WWL

Winkler Weltliteratur

Blaue Reihe

HANS CHRISTIAN ANDERSEN

SÄMTLICHE MÄRCHEN IN ZWEI BÄNDEN

Zweiter Band

Vollständige Ausgabe
Aus dem Dänischen von Thyra Dohrenburg
Mit Illustrationen von Vilhelm Pedersen und Lorenz Frølich

Mit einem Nachwort, Anmerkungen
und einer Zeittafel herausgegeben
von Heinrich Detering

ARTEMIS & WINKLER

Sämtliche 156 Märchen nach der von Andersen selbst noch betreuten Ausgabe seiner *Gesammelten Schriften* (Kopenhagen 1880)

Die Deutsche Bibliothek verzeichnet diese Publikation
in der Deutschen Nationalbibliographie;
detaillierte bibliographische Daten
sind im Internet unter http://dnb.ddb.de abrufbar.

Artemis & Winkler Verlag, Düsseldorf und Zürich

Umschlaggestaltung: Groothuis, Lohfert, Consorten (Hamburg)
Druck und Bindung: Friedrich Pustet, Regensburg
ISBN 3-538-06992-1
www.patmos.de

Des Schlammkönigs Tochter

Die Störche erzählen ihren Kleinen so viele Märchen, alle vom Sumpf und vom Moor; die sind für gewöhnlich ihrem Alter und Fassungsvermögen angepaßt; die kleinsten Jungen sind zufrieden, wenn man zu ihnen sagt: „Kribbel, krabbel, blupp, blupp!" das finden sie ausgezeichnet, aber die älteren möchten einen tieferen Sinn dabei haben oder zum mindesten etwas über die Familie. Von den beiden ältesten und längsten Märchen, die sich bei den Störchen erhalten haben, kennen wir alle das eine, das von Moses, der, nachdem er von seiner Mutter auf den Fluten des Nils ausgesetzt worden war, von der Königstochter gefunden wurde, eine gute Erziehung erhielt und ein großer Mann wurde, von dem die Nachwelt nicht weiß, wo er begraben liegt. Das ist ganz das Übliche!

Das zweite Märchen ist noch nicht bekannt, vielleicht, weil es sozusagen aus dem Inland stammt. Das Märchen ist tausend Jahre lang von einer Storchenmutter auf die andere überkommen, und jede hat es immer besser und besser erzählt, und wir erzählen es jetzt am allerbesten.

Das erste Storchenpaar, das damit ankam und das Ganze erlebte, hatte seinen Sommeraufenthalt auf dem Blockhaus des Wikings oben am Wildmoor in Vendsyssel; es liegt im Kreise Hjöring in Jütland, oben in der Nähe von Skagen, wenn wir nun unser Wissen zeigen wollen; es ist noch immer ein ungeheures Moor, man kann darüber in den Beschreibungen jenes Kreises lesen. Hier war früher Meeresboden, der hat sich aber gehoben, wie da steht; das Moor erstreckt sich meilenweit, auf allen Seiten von feuchten Wiesen und Bebemooren umgeben, mit Torfmooren, Sumpfheidelbeeren und verkrüppelten Bäumen; fast immer liegt ein Dunst darüber, und vor siebzig Jahren gab es hier noch Wölfe; es trägt seinen Namen „Wildmoor“ zu Recht, und man kann sich vorstellen, wie unwegsam es hier vor tausend Jahren gewesen ist, wie viele Sümpfe und Seen es gegeben hat! Ja, im einzelnen sah man damals hier, was man noch heute sieht: das Schilfrohr war genauso hoch, hatte die gleichen langen Blätter und veilchenbraune Federbüschel, wie es sie heute noch trägt, die Birke zeigte ihre weiße Rinde und hatte feine, lose hängende Blätter genau wie heute, und was die Lebewesen anbetrifft, die hier beheimatet waren, ja, die Fliege trug ihr Schleierkleid im gleichen Schnitt wie jetzt, die Leibfarben des Storchs waren Weiß mit Schwarz und roten Strümpfen, dagegen hatten die Menschen zu jener Zeit einen anderen Rockschnitt als heutzutage, aber jedem von ihnen, ob Leibeigener oder Jäger, wer immer es auch war, der aufs Wibbelwabbel hinausgeriet, erging es vor tausend Jahren genauso, wie es noch immer denen ergeht, die hierherkommen; sie plumpsten hinein und sanken in die Tiefe zum Schlammkönig, wie sie ihn nannten, der dort unten über das große Sumpfreich regierte. Moorkönig wurde er auch genannt, aber uns gefällt es besser, Schlammkönig zu sagen; und so nannten die Störche ihn auch. Sehr wenig weiß man über seine Regierung, aber das ist vielleicht besser so.

In der Nähe des Moores, dicht am Limfjord, lag das

Blockhaus des Wikings mit ausgemauertem Keller, mit Turm und drei Stockwerken; ganz oben auf dem Dach hatte der Storch sein Nest gebaut, Mutter Storch lag auf den Eiern und war überzeugt, daß sie geraten würden.

Eines Abends blieb Vater Storch etwas lange aus, und als er heimkam, sah er zerzaust und abgehetzt aus.

„Ich muß dir etwas ganz Entsetzliches erzählen!" sagte er zu Mutter Storch.

„Laß das!" sagte sie, „denk dran, ich liege auf Eiern, ich könnte Schaden davontragen, und das wirkt sich auf die Eier aus!"

„Du mußt es erfahren!" sagte er. „Sie ist hierhergekommen, die Tochter von unserem Hauswirt in Ägypten! Sie hat die Reise hierherauf gewagt! Und weg ist sie!"

„Die, die aus der Familie der Feen stammt? Erzähl doch mal! Du weißt, ich kann es nicht vertragen zu warten in der Zeit, wenn ich liege!"

„Siehst du, Mutter! sie hat doch an das geglaubt, was der Doktor sagte, wie du mir erzählt hattest; sie hat daran geglaubt, daß die Sumpfblume hier oben ihrem kranken Vater helfen könnte, und sie ist im Federkleid mit den beiden anderen Federkleidprinzessinnen zusammen geflogen, die alljährlich hier in den Norden müssen, um Bäder zu nehmen und sich zu verjüngen! Sie ist gekommen, und sie ist weg!"

„Du machst es so weitschweifig!" sagte die Storchenmutter, „die Eier könnten sich erkälten! Ich kann es nicht vertragen, wenn ich in Spannung bin!"

„Ich habe aufgepaßt!" sagte Vater Storch, „und heute abend, als ich im Röhricht war, wo das Bebemoor mich tragen kann, da kamen drei Schwäne, an deren Bögen war etwas, das mir sagte: Paß auf, das ist nicht ganz Schwan, das ist nur Schwanengefieder! Du hast es im Gefühl, Mutter! genau wie ich, du weißt, was das Richtige ist!"

„Ja gewiß!" sagte sie, „aber nun erzähle von der Prinzessin! Ich hab genug vom Schwanengefieder!"

„Hier mitten im Moor, du weißt es, gibt es so was wie einen See", sagte Vater Storch, „du kannst ein Stück davon sehen, wenn du dich ein bißchen aufrichtest; dort oben dicht beim Schilf und dem grünen Wibbelwabbel lag ein großer Erlenstumpf; auf den setzten sich die drei Schwäne,

schlugen mit den Flügeln und schauten sich um; einer davon warf sein Schwanengefieder ab, und ich erkannte in ihr unsere Hausprinzessin aus Ägypten wieder; sie saß jetzt da und hatte keinen anderen Mantel um als ihr langes, schwarzes Haar; ich hörte, wie sie die beiden anderen bat, gut auf das Gefieder achtzugeben, wenn sie unter Wasser tauchte, um die Blume zu pflücken, die sie zu sehen meinte. Sie nickten und flogen auf, hoben das lose Federkleid hoch; sieh mal an, dachte ich, was die wohl damit wollen, und sie fragte sie offenbar sogleich dasselbe, und eine Antwort bekam sie, mit eigenen Augen sah sie, die beiden flogen mit ihrem Federkleid in die Lüfte. ‚Tauche du nur!' riefen sie, ‚nie wirst du mehr im Schwanenkleide fliegen, nie wirst du Ägypten wiedersehen! Sitz du nur im Wildmoor!' und dann rissen sie ihr Federkleid in hundert Fetzen, so daß die Federn überall herumflogen, als sei es Schneegestöber, und fort flogen die beiden bösen Prinzessinnen!"

„Das ist entsetzlich!" sagte Mutter Storch, „ich kann es nicht vertragen, das zu hören! Erzähl mir, was dann geschah!"

„Die Prinzessin jammerte und weinte! Die Tränen rollten auf den Erlenstumpf hinunter, und da bewegte dieser sich, denn es war der Schlammkönig selber, der im Moor wohnt. Ich sah, wie der Stumpf sich umdrehte, und dann war es kein Stumpf mehr, lange, schwammige Äste reckten sich empor, genau wie Arme; da erschrak das arme Kind und rannte fort, über das schwankende Bebemoor, aber das kann mich nicht tragen, wieviel weniger sie, sie sank sofort ein, und der Erlenstumpf ging mit in die Tiefe, er war es nämlich, der zog; jetzt kamen große schwarze Blasen hoch, und dann war keine Spur mehr übrig. Jetzt ist sie im Wildmoor begraben, nie kommt sie mit einer Blume ins Land Ägypten. Du hättest es nicht ertragen, das mit anzusehen, Mutter!"

„So was dürftest du mir in dieser Zeit gar nicht erzählen! Die Eier könnten darunter leiden! – Die Prinzessin wird schon durchkommen! Die kriegt leicht Hilfe! Wäre ich das gewesen oder du, einer der unseren, dann wäre es vorbei gewesen!"

„Ich möchte doch jeden Tag mal nachsehen!" sagte Vater Storch, und das tat er.

Es verging eine lange Zeit.

Da sah er eines Tages, daß tief aus dem Grunde ein grüner Stengel hervorsproß, und als er die Wasserfläche erreicht hatte, wuchs ein Blatt darauf, breiter und immer breiter wurde es; dicht daneben entstand eine Knospe, und als der Storch eines Morgens in der Frühe darüber hinwegflog, öffnete sich durch die starken Sonnenstrahlen die Blütenknospe, und in ihrer Mitte lag ein liebliches Kind, ein kleines Mädchen, fast so, als wäre es aus dem Bad gestiegen; sie glich der Prinzessin aus Ägypten in solchem Maße, daß der Storch zuerst glaubte, sie sei es, die so klein geworden war, aber als er nachdachte, kam es ihm wahrscheinlicher vor, daß es ihr und des Schlammkönigs Kind sei; darum lag es in der Wasserrose.

„Da kann es doch nicht liegenbleiben", dachte der Storch, „in meinem Nest sind wir schon so viele! Aber da fällt mir etwas ein! Die Wikingerfrau hat keine Kinder, oft hat sie sich was Kleines gewünscht, mir schreibt man es ja zu, daß ich die Kleinen bringe, nun will ich es doch einmal ernstlich tun! Ich fliege mit dem Kind zur Wikingerfrau; da wird eitel Freude herrschen!"

Und der Storch ergriff das kleine Mädchen, flog zum Blockhaus, stach mit dem Schnabel ein Loch in die Blasenscheibe, legte der Wikingerfrau das Kind an die Brust, flog dann zu Mutter Storch und erzählte davon, und die Jungen hörten zu; sie waren groß genug dafür.

„Siehst du, die Prinzessin ist nicht tot! Sie hat das Kleine hier heraufgeschickt, und nun ist es untergebracht!"

„Das habe ich ja von Anfang an gesagt!" sagte Mutter Storch, „denk jetzt ein bißchen an deine eigenen Kinder! Es ist bald Zeit zum Reisen; es fängt schon an, mir ab und zu unter den Flügeln zu kribbeln! Der Kuckuck und die Nachtigall sind schon fort, und die Wachteln reden davon, wie ich höre, daß wir bald günstigen Wind haben werden! Unsere Jungen werden beim Manöver sicher gut abschneiden, wenn ich sie recht kenne!"

Na, die Wikingerfrau war aber froh, als sie morgens aufwachte und an ihrer Brust das kleine, süße Kind fand; sie küßte und streichelte es, aber es schrie fürchterlich und zappelte mit Armen und Beinen, es schien durchaus nicht erfreut zu sein; schließlich weinte es sich in Schlaf, und wie es da so lag, war es das Schönste, das man sich vorstellen kann. Die Wikingerfrau war so froh, ihr war so leicht zumute, so zuversichtlich, ihr ahnte jetzt, daß ihr Gemahl mit allen seinen Mannen nun sicher ebenso unerwartet kommen würde wie das Kleine, und sie und das ganze Haus hatten alle Hände voll zu tun, damit alles instand wäre. Die langen, farbigen Tapeten, die sie und die Mägde selber mit Bildern von ihren Götzen gewoben hatten, Odin, Thor und Freyja, wie sie hießen, wurden aufgehängt, die Leibeigenen mußten die alten Schilder scheuern, die man als Zierat benutzte, Pfühle wurden auf die Bänke gelegt, und trockenes Brennholz wurde auf die Feuerstelle mitten in der Halle geschichtet, damit das Feuer sofort angezündet werden konnte. Die Wikingerfrau legte selbst mit Hand an, so daß sie gegen Abend ziemlich müde war und gut schlief.

Als sie gegen Morgen aufwachte, war sie zutiefst erschrocken, denn das kleine Kind war ganz und gar verschwunden; sie sprang aus dem Bett, zündete einen Kienspan an und blickte sich um, und da lag dort, wo sie im Bett ihre Füße ausstreckte, nicht das Kindchen, sondern ein großer garstiger Lurch; sie schüttelte sich vor Ekel, sie nahm eine dicke Stange und wollte den Frosch töten, aber der sah sie mit so sonderbar traurigen Augen an, daß sie nicht zuschlagen konnte. Noch einmal schaute sie sich um, der

Frosch ließ ein feines, jammervolles Quaken hören, sie fuhr dabei zusammen und sprang vom Bett aus zur Fensterluke hin, die stieß sie auf; im selben Augenblick kam die Sonne hervor, warf ihre Strahlen bis aufs Bett und auf den großen Lurch, und es war mit einemmal, als zöge sich der breite Mund des Ungeheuers zusammen und würde klein und rot, die Gliedmaßen streckten sich und erhielten die reizendste Form, es war ihr eigenes kleines, süßes Kind, das da lag, und kein garstiger Frosch.

„Was ist das nur?“ sagte sie. „Habe ich einen bösen Traum gehabt! Es ist ja mein allerliebstes, süßes Elfenkind, das dort liegt!“ und sie küßte es und drückte es an ihr Herz, aber es kratzte und biß um sich genau wie ein wildes Kätzchen.

An diesem Tage kam der Wikingerherr nicht, auch nicht am nächsten, obgleich er unterwegs war, aber er hatte den Wind gegen sich, der ging in südlicher Richtung für die Störche. Was des einen Vorteil, ist des anderen Schaden.

Nach ein paar Tagen und Nächten war es der Wikingerfrau klar, was für eine Bewandtnis es mit ihrem Kindchen hatte, es lastete ja ein furchtbarer Zauber auf ihm. Tagsüber war es entzückend wie ein kleiner Lichtelf, hatte aber ein böses, wildes Wesen, nachts dagegen war es ein garstiger Lurch, still und winselnd, mit leidvollen Augen; hier wechselten sich zwei Naturen ab, sowohl äußerlich wie innerlich; es kam daher, daß das kleine Mädchen, welches der Storch gebracht hatte, am Tage das Äußere seiner richtigen Mutter besaß, aber zur selben Zeit das Gemüt seines Vaters; nachts dagegen wurde seine Verwandtschaft mit ihm in seiner Körpergestalt sichtbar, dagegen strahlte nunmehr in seinem Innern der Mutter Sinn und Herz auf. Wer sollte nun die durch Zauberei ausgeübte Macht brechen? Die Wikingerfrau hatte Angst und Kummer deswegen, und dennoch hing ihr Herz an dem armen Geschöpf, von dessen Zustand sie meinte ihrem Gemahl nichts erzählen zu dürfen; wenn er nun bald heimkam, dann würde er sicher, wie es Sitte und Brauch war, das arme Kind auf die Landstraße legen, damit der erste beste es mitnehmen könnte. Das brachte die gutherzige Wikingerfrau nicht über sich, er sollte nur bei Tageslicht das Kind zu sehen bekommen.

Eines Morgens früh rauschten die Storchenflügel über das Dach hin; hier hatten nächtlicherweile über hundert Storchenpaare nach dem großen Manöver Rast gemacht, nun flogen sie auf, um südwärts zu ziehen.

„Alle Mann fertig!" hieß es, „Frau und auch die Kinder!"

„Ich bin so leicht!" sagten die jungen Störche, „es kribbelt und krabbelt in mir bis in die Beine hinein, als ob wir voll lebendiger Frösche wären! Wie ist es herrlich, ins Ausland zu reisen!"

„Haltet euch an den Schwarm!" sagten Vater und Mutter, „und laßt das viele Geklapper, es schadet der Brust!"

Und sie flogen los.

In derselben Stunde ertönte die Lure über die Heide, der Wiking war mit allen seinen Mannen gelandet; sie kehrten mit reicher Beute von der gallischen Küste heim, wo die Bewohner Bretlands in ihrer Angst sangen: „Befrei uns von den wilden Normannen!"

Na, jetzt zogen Leben und Frohsinn in die Wikingerburg am Wildmoor ein! Das Metfaß wurde in die Halle gestellt, das Feuer angefacht, und Pferde wurden geschlachtet; hier sollte tüchtig gebrutzelt werden. Der Opferpriester besprengte die Leibeigenen zur Weihe mit dem heißen Pferdeblut; das Feuer knisterte, der Rauch zog unter der Decke hin, der Ruß tropfte von den Balken, aber daran war man gewöhnt. Gäste waren geladen, und sie erhielten schöne Geschenke, vergessen waren Ränke und Arglist; es wurde getrunken, und man warf sich gegenseitig die abgenagten Knochen ins Gesicht, das war ein Zeichen von guter Stimmung. Der Skalde – es war so eine Art Spielmann, der aber auch zugleich Krieger war – war mit dabeigewesen und wußte, wovon er sang: er sang ihnen ein Lied, darin sie von all ihren kriegerischen Taten und Besonderheiten hörten; jeder Vers hatte denselben Kehrreim: „Das Vieh stirbt, die Freunde sterben, endlich stirbt man selbst; doch nimmer mag ihm der Nachruhm sterben, welcher sich guten gewann!" und dann hieben sie alle auf die

Schilde und hämmerten mit dem Messer oder einem Bratenknochen auf die Tischplatte, daß es weithin zu hören war.

Die Wikingerfrau saß auf der Querbank in der offenen Festhalle, sie trug ein seidenes Kleid, goldene Armbänder und große Bernsteinperlen; sie war in ihrem besten Schmuck, und der Sänger erwähnte auch sie in seinem Lied, sprach von dem goldenen Schatz, den sie ihrem reichen Gemahl gebracht hatte, und dieser freute sich richtig über das schöne Kind, er hatte es nur am Tage in all seiner Schönheit gesehen; die Wildheit, die es an sich hatte, gefiel ihm gut; sie konnte, sagte er, eine treffliche Walküre werden, die ihren Recken bezwang; sie würde nicht mit der Wimper zucken, wenn eine geübte Hand im Scherz mit dem scharfen Schwert ihr die Augenbrauen abhiebe.

Das Metfaß wurde geleert, ein neues aufgefahren, ja, es wurde wacker getrunken, es waren Leute, die ein reichlich Maß vertragen konnten. Es gab ein Sprichwort aus jener Zeit: „Das Vieh weiß, wann es von der Weide gehen muß, aber ein unkluger Mann kennt nicht seines Magens Maß." Ja, das wußte man, aber eines weiß man, und ein zweites tut man! Man wußte auch: „Der Freund ist eine Last, bleibt er zu lang beim anderen zu Gast!" aber man blieb dennoch da, Fleisch und Met sind gute Dinge! Es ging lustig zu, und zur Nacht schliefen die Leibeigenen in der heißen Asche, tunkten die Finger in den fetten Ruß und leckten sie ab. Es war eine prächtige Zeit!

Noch einmal in diesem Jahr zog der Wiking aus, ungeachtet der Herbststürme, die sich erhoben; er fuhr mit seinen Mannen an die Küste von Bretland, es war ja „nur übers Wasser", sagte er, und seine Gemahlin blieb mit ihrem kleinen Mädchen zurück, und es war in der Tat so, daß die Pflegemutter den armen Lurch mit den frommen Augen und den tiefen Seufzern beinahe lieber hatte als das schöne Ding, das kratzte und um sich biß.

Der klamme, feuchte Herbstnebel „Ohnemund", der die Blätter abnagt, legte sich über Wald und Heide, „Vogel Ohnefeder", wie man den Schnee nannte, flog dicht an dicht daher, der Winter war im Anmarsch; die Sperlinge belegten das Storchennest mit Beschlag und hielten sich in ihrer Weise über die abwesende Herrschaft auf; diese aber, das Storchenpaar mit allen Jungen, ja, wo war es nun?

Die Störche waren jetzt im ägyptischen Land, wo die Sonne heiß schien, wie bei uns an einem schönen Sommertag, die Tamarinden und Akazien blühten ringsum, Mohammeds Mond gleißte von den Tempelkuppeln; auf den schlanken Türmen saß manch ein Storchenpaar und hielt Rast nach der langen Reise; ganze große Schwärme hatten auf den riesigen Säulen und zerbrochenen Tempelbögen und vergessenen Stätten ihre Nester, eins neben dem anderen; die Dattelpalme wölbte ihr Schirmdach hoch empor, als wollte sie Sonnenschirm sein. Die weißlichgrauen Pyramiden hoben sich gleich Schattenrissen in der hellen Luft gegen die Wüste ab, wo der Strauß zeigte, daß er seine Beine gebrauchen konnte, und der Löwe mit großen, klugen Augen dasaß und die marmorne Sphinx ansah, die halb im Sand begraben lag. Die Wasser des Nils waren zurückgetreten, das ganze Flußbett wimmelte von Fröschen, und das war nun für die Storchenfamilie der allerköstlichste Anblick in diesem Land. Die Jungen meinten, es sei ein Augentrug, so unvergleichlich fanden sie das Ganze.

„So ist es hier, und so geht es uns immer in unserem heißen Land!“ sagte Mutter Storch, und den Kleinen kribbelte es im Bauch.

„Kriegen wir noch mehr zu sehen?“ sagten sie, „müssen wir viel, viel weiter ins Land hinein?“

„Da ist nichts weiter zu sehen!“ sagte Mutter Storch; „am

sich keinen Vers machen konnte – und für den Kranken kam auch nichts dabei heraus noch für die Tochter im Wildmoor; aber deshalb können wir ruhig ein bißchen zuhören, man muß ja so vieles mit anhören.

Aber dann ist es richtig, auch das zu hören und zu erfahren, was voraufgegangen war, dann können wir der Geschichte besser folgen, zum mindesten ebensogut wie Vater Storch.

„Liebe erzeugt Leben! Die größte Liebe erzeugt das höchste Leben! Nur durch Liebe ist Rettung für sein Leben zu erhoffen!" war gesagt worden, und das war überaus klug und gut gesagt, versicherten die Gelehrten.

„Das ist ein schöner Gedanke!" sagte Vater Storch sofort.

„Ich verstehe ihn nicht so ganz!" sagte Mutter Storch, „und das ist nicht meine Schuld, sondern die des Gedankens, aber das ist ja wohl auch ganz gleich, ich habe an andere Dinge zu denken!"

Und nun hatten die Gelehrten von der Liebe zwischen diesem und jenem geredet, den Unterschiedlichkeiten, die es gab, der Liebe von jungen Leuten zueinander und der zwischen Eltern und Kindern sowie der zwischen dem Licht und den Pflanzen – wie der Sonnenstrahl den Schlamm küßt, und wie der Keim dadurch hervorkommt –, es wurde so weitschweifig und gelehrt dargelegt, daß es Vater Storch unmöglich war, zu folgen, geschweige denn es zu wiederholen; er war dadurch ganz nachdenklich geworden, schloß halb die Augen und stand danach einen ganzen Tag lang auf einem Bein; die Gelehrsamkeit ward für ihn eine zu schwere Bürde.

Eins jedoch begriff Vater Storch, er hatte sowohl kleine Leute wie die Allervornehmsten aus tiefstem Herzen sagen hören, es sei für viele Tausende und auch für das Land ein großes Unglück, daß dieser Mann krank daniederliege und nicht gesunden könne; Freude und Segen würde es bringen, wenn er seine Gesundheit zurückerlangen könnte. „Aber wo wächst seine Gesundheitsblume?" danach hatten sie alle gefragt, die gelehrten Schriften gefragt, die glitzernden Sterne, Wetter und Wind; auf allen Umwegen, die es gab, hatten sie sich erkundigt, und schließlich hatten die Gelehrten und Weisen wie gesagt eins herausbekommen: „Liebe erzeugt Leben, die Liebe zum Vater", und da sagten sie mehr, als sie selber begriffen; sie wiederholten es und schrieben es als Rezept auf: „Liebe erzeugt Leben", wie aber die ganze Sache nach dem Rezept zusammengerührt werden sollte, ja, da blieb man stecken. Zuletzt waren sie sich darüber einig, daß die Hilfe von der Prinzessin kommen müsse, von ihr, die aus ganzer Seele und von ganzem Herzen diesen Vater liebte. Man kam zuletzt auch auf den Gedanken, wie es einzurichten wäre, ja, es war nun über Jahr und Tag her, sie sollte sich nachts, wenn der zunehmende Mond wieder untergegangen wäre, zur Marmorsphinx am Wüstenrand begeben, am Sockel den Sand von der Tür wegfegen und durch den langen Gang hineingehen, der mitten in eine der großen Pyramiden hineinführte, wo einer von den mächtigen Königen aus dem Altertum, von Pracht und Herrlichkeit umgeben, in seiner Mumienhülle lag; hier sollte sie ihren Kopf an den Toten lehnen, dann würde ihr offenbart werden, wo für ihren Vater Leben und Rettung zu finden seien.

All das hatte sie ausgeführt, und sie hatte im Traum erfahren, daß sie von dem tiefen Sumpf oben im dänischen Land, der Ort war ganz genau bezeichnet worden, die Lotusblume heimbringen sollte, nachdem diese in der Tiefe des Wassers ihre Brust berührt hätte, dann würde er gerettet werden.

Und darum flog sie im Schwanenkleid aus dem Lande Ägypten zum Wildmoor hinauf. Seht, dies alles wußten Vater Storch und Mutter Storch, und nun wissen wir es genauer, als wir es vorher wußten. Wir wissen, daß der Schlammkönig sie zu sich herunterzog, wissen, daß sie für die in der Heimat gestorben und verdorben war; nur der Weiseste von allen sagte noch, genau wie Mutter Storch: „Sie wird schon durchkommen!" und darauf wollten sie nun warten, denn etwas Besseres fiel ihnen nicht ein.

„Ich glaube, ich stiebitze den beiden bösen Prinzessinnen das Schwanenkleid!" sagte Vater Storch, „dann können sie auf alle Fälle nicht zum Wildmoor kommen, um Böses zu tun; die Schwanenkleider selber bewahre ich da oben auf, bis man sie mal braucht!"

„Wo oben bewahrst du sie auf?" fragte Mutter Storch.

„In unserem Nest am Wildmoor!" sagte er. „Ich und unsere jüngsten Kinder, wir lösen uns beim Tragen gegenseitig ab, und wenn sie uns zu lästig werden, dann gibt es unterwegs genügend Stellen, wo wir sie bis zum nächsten Zuge verbergen können. Ein Schwanengefieder wäre wohl auch genug für sie, aber zwei sind besser; es ist gut, wenn man in einem nördlichen Land viel Reisekleidung bei sich hat!"

„Es wird dir nicht gedankt werden!" sagte Mutter Storch, „aber du bist ja der Herr im Hause! Ich habe nichts zu sagen außer in der Brutzeit!"

In der Wikingerburg am Wildmoor, wohin die Störche im Frühling flogen, hatte das kleine Mädchen einen Namen bekommen; Helga hatten sie sie genannt, aber dieser Name war viel zu weich für eine Wesensart, wie sie diese schönste Gestalt hier hatte; von Monat zu Monat kam es mehr zum Vorschein, und mit den Jahren – ja, während die Störche immer die gleiche Reise machten, im Herbst zum Nil, im Frühling zum Wildmoor – wurde aus dem kleinen Kind ein großes Mädchen, und ehe man es sich versah, war sie sechzehn Jahre alt und die schönste Jungfrau; herrlich die Schale, aber hart und schroff der Kern, wilder als die meisten in dieser harten, dunklen Zeit.

Es war ihr eine Wonne, mit ihren weißen Händen das dampfende Blut des geschlachteten Opferpferdes zu verspritzen; sie biß aus Wildheit dem schwarzen Hahn, den der Opferpriester schlachten sollte, den Hals durch, und zu ihrer Pflegemutter sagte sie in vollem Ernst: „Käme dein Feind und würfe einen Strick um die Balkenköpfe des Daches und höbe er es über deiner Kammer hoch, während du schliefest, ich würde dich nicht wecken, selbst wenn ich könnte! Ich würde es nicht hören, so saust mir noch immer das Blut in dem Ohr, auf das du mir vor Jahren einen Backenstreich versetzt hast, du! Ich vergesse nichts!"

Aber der Wiking glaubte diesen Worten nicht, er war ebenso wie die anderen von ihrer Schönheit betört; er wußte nichts davon, wie bei Jung-Helga Gemüt und Aussehen wechselten. Ohne Sattel saß sie wie auf dem Rosse festgewachsen, das in vollem Galopp dahinjagte, und sie sprang nicht ab, wenn es sich mit den anderen bösartigen Pferden biß. In all ihren Kleidern warf sie sich oftmals vom Steilufer in die starke Strömung des Fjords und schwamm dem Wiking entgegen, wenn sein Schiff Land ansteuerte. Von ihrem wunderbaren, langen Haar schnitt sie die längste Locke ab und flocht sich daraus eine Sehne für ihren Bogen.

„Selbst getan ist wohlgetan!" sagte sie.

Die Wikingerfrau war zwar der Zeit und Sitte entsprechend von starkem Willen und Wesen, aber mit der Tochter verglichen, war sie ein schwaches, ängstliches Weib, sie wußte ja, daß über dem entsetzlichen Kind ein Zauber lag.

Es war, als gefiele sich Helga, so recht aus böser Freude, etwas zu häufig darin, wenn die Mutter auf dem Söller stand oder auf den Hof hinaustrat, sich auf den Brunnenrand zu setzen, mit Armen und Beinen auszuschlagen und sich darauf in das enge, tiefe Loch hineinplumpsen zu lassen, in dem sie mit ihrer Froschnatur auf- und niedertauchte und aus dem sie heraufstieg, als wäre sie eine Katze, um dann von Wasser triefend in die Halle zu treten, so daß die grünen Blätter, die über den Fußboden gestreut waren, sich in der nassen Flut umdrehten.

Doch gab es eines, was Jung-Helga bändigte, das war die Abenddämmerung; in dieser wurde sie still und schien nachdenklich zu sein, ließ sich rufen und führen; da schien ein inneres Gefühl sie zur Mutter hinzuziehen, und wenn die Sonne sank und der Wandel innen und außen vor sich ging, saß sie still da, trübselig, zur Froschgestalt zusammengeschrumpft, der Körper war zwar jetzt viel größer als bei diesem Tiere sonst, aber gerade dadurch um so grausiger; sie sah aus wie ein erbarmungswürdiger Zwerg mit Froschkopf und Schwimmhäuten zwischen den Fingern. In den Augen, mit denen sie sehen konnte, lag etwas so Trauri-

ges, eine Stimme hatte sie nicht, nur ein hohles Quaken ganz wie bei einem Kind, das im Traume schluchzt; dann konnte die Wikingerfrau sie auf den Schoß nehmen, sie vergaß die garstige Gestalt, sah nur die betrübten Augen und sagte mehr als einmal: „Ich möchte fast wünschen, du wärest immer mein stummes Froschkind; du bist schrecklicher anzuschauen, wenn die Schönheit nach außen gekehrt ist!“

Und sie zeichnete Runen gegen Zauber und Siechtum, warf sie auf die Bejammernswerte, aber es zeigte sich keine Besserung.

„Man sollte nicht meinen, daß sie einmal so klein gewesen ist und in einer Wasserrose gelegen hat!“ sagte Vater Storch; „jetzt ist sie ein ganzer Mensch und ihrer ägyptischen Mutter wie aus dem Gesicht geschnitten; von ihr haben wir später nie wieder etwas gesehen! Sie ist nicht durchgekommen, wie du und die Gelehrtesten meinten. Ich bin nun jahraus, jahrein kreuz und quer über das Wildmoor geflogen, aber sie hat nie ein Zeichen von sich gegeben! Ja, eins kann ich dir erzählen, in den Jahren, da ich einige Tage vor dir hierherkam, um das Nest auszubessern und dies und jenes instand zu setzen, bin ich eine ganze Nacht, als ob ich eine Eule wäre oder eine Fledermaus, unablässig über das offene Wasser geflogen, aber ohne jeden Erfolg!

Ebenso ist es mit den beiden Schwanenkleidern, die ich und die Jungen vom Lande des Nils heraufschleppten; es war mühselig genug, drei Reisen brauchten wir, um sie mitzubekommen. Nun haben sie viele Jahre auf dem Boden des Nestes gelegen, und gibt es hier einmal eine Feuersbrunst, brennt das Blockhaus ab, dann sind sie eben weg!"

„Und unser gutes Nest ist weg!" sagte Mutter Storch. „An das denkst du weniger als an das Federzeugs und deine Sumpfprinzessin! Du solltest einmal zu ihr hinuntergehen und im Schlamm bleiben! Deiner Familie bist du ein schlechter Vater, das habe ich gesagt, seit ich das erstemal auf den Eiern saß. Wenn wir oder unsere Kinder nur nicht eines schönen Tages einen Pfeil von dem verrückten Wikingermädchen in unsere Schwingen kriegen! Sie weiß ja nicht, was sie tut. Wir sind schließlich ein wenig länger hier beheimatet als sie, das sollte sie bedenken; wir vergessen nie unsere Verpflichtungen, wir erlegen jährlich unsere Abgaben, eine Feder, ein Ei und ein Junges, wie das Recht es gebeut. Denkst du, ich hätte Lust, wenn sie im Freien ist, da hinunterzugehen, wie in früheren Zeiten und wie ich es in Ägypten tue, wo ich halb auf du und du mit den Leuten stehe und, ohne mir etwas zu vergeben, ihnen in die Töpfe gucke? Nein, ich sitze hier oben und ärgere mich über sie – das Frauenzimmer! – Und über dich ärgere ich mich außerdem! Du hättest sie nur in der Wasserrose liegenlassen sollen, dann wäre sie weggewesen!"

„Du bist viel achtbarer als deine Rede!" sagte Vater Storch; „ich kenne dich doch besser, als du dich selber kennst!"

Und dann machte er einen Hüpfer, zwei schwere Flügelschläge, streckte die Beine nach hinten und flog, segelte von dannen, ohne die Schwingen zu bewegen, er war ein ganzes Stück entfernt, da griff er kräftig aus, die Sonne schien auf die weißen Federn, Hals und Kopf waren nach vorn gestreckt! Schwung und Schnelligkeit waren in seiner Bewegung. „Er ist doch immer noch der Schönste von allen!" sagte Mutter Storch, „aber ich sag's ihm nicht!"

In diesem Herbst kam der Wiking früh mit Beute und Gefangenen nach Hause; unter den letzteren war ein junger, christlicher Priester, einer jener Männer, die die Götter der nordischen Länder verfolgten. Oftmals in der letzten Zeit war in Halle und Frauengemächern von dem neuen Glauben gesprochen worden, der sich in allen Ländern südwärts weithin verbreitete, ja, durch den heiligen Ansgarius sogar bis nach Hedeby an der Schlei gelangt war; selbst Jung-Helga hatte von dem Glauben an den weißen Christ vernommen, der sich aus Liebe zu den Menschen hingegeben hatte, um sie zu erlösen; ihr war es, wie man sagt, zum einen Ohr hinein- und zum anderen hinausgegangen, für das Wort Liebe schien sie nur ein Empfinden zu haben, wenn sie sich in der jammervollen Froschgestalt in der verschlossenen Kammer zusammenkauerte; aber die Wikingerfrau hatte gelauscht und sich durch die Sagen und Erzählungen seltsam ergriffen gefühlt, die von dem Sohn eines einzigen, wahren Gottes umgingen.

Die Männer, wenn sie von ihren Fahrten heimkehrten, hatten von den prächtigen Tempeln erzählt, aus zugehauenen, kostbaren Steinen, für ihn errichtet, dessen Botschaft Liebe war; ein paar schwere, goldene Schalen, kunstvoll gehämmert und aus reinstem Golde, waren heimgeführt worden, an jeder hing ein eigentümlich würziger Duft, es waren Räuchergefäße, wie sie die christlichen Priester vor dem Altar schwenkten, wo niemals Blut vergossen wurde, sondern der Wein und das geweihte Brot in das Blut dessen verwandelt wurden, der sich den noch ungeborenen Geschlechtern geopfert hatte.

In den tiefen, ausgemauerten Keller des Blockhauses war der gefangene junge Christenpriester geworfen worden, an Händen und Füßen mit Baststricken gefesselt; schön war er, „wie Baldur anzuschauen!“ sagte die Wikingerfrau, und sie war bewegt ob seiner Not, aber Jung-Helga begehrte, daß ein Strick durch seine Kniekehlen gezogen und er den wilden Ochsen an den Schwanz gebunden werden sollte.

„Dann würde ich die Hunde losmachen! Hui! von dannen ginge es über Moor und Sumpf, zur Heide hin! Das wäre lustig anzusehen, lustiger noch, ihm auf die Fahrt das Geleit zu geben!"

Doch diesen Tod wollte der Wiking ihn nicht erleiden lassen, sondern er sollte, als Leugner und Verfolger der hohen Götter, am morgigen Tag auf dem Blutstein im Hain geopfert werden, es geschah zum erstenmal, daß hier ein Mensch geopfert wurde.

Jung-Helga bat, ob sie die Götterbildnisse und das Volk mit seinem Blute besprengen dürfe; sie wetzte ihr blankes Messer, und als einer der großen, reißenden Hunde, von denen es genügend auf dem Hofe gab, ihr über die Füße lief, stach sie ihm das Messer in die Flanke. „Ich will es nur ausprobieren!" sagte sie, und die Wikingerfrau sah das wilde, bösartige Mädchen traurig an, und als die Nacht kam, und die Schönheit der Tochter an Leib und Seele sich verwandelte, sprach sie mit ihr in den warmen Worten des Leides und aus ihrer betrübten Seele.

Der garstige Lurch mit dem Leib des Trolls stand vor ihr und heftete seine braunen, leidvollen Augen auf sie, hörte zu und schien mit der Vernunft des Menschen zu begreifen.

„Nie, nicht einmal meinem Gemahl gegenüber, ist es mir über die Lippen gekommen, wie ich zwiefach durch dich leide!" sagte die Wikingerfrau; „es ist mehr Jammer in meinem Herzen über dich, als ich selber glaubte! Groß ist einer Mutter Liebe; aber nie ist Liebe in dein Gemüt eingezogen! Dein Herz ist wie ein kalter Schlammklumpen! Woher bist du denn nur in mein Haus gekommen!"

Da erzitterte die bejammernswerte Gestalt gar wunderlich, es war, als berührten diese Worte ein unsichtbares Band zwischen Leib und Seele, große Tränen traten ihr in die Augen.

„Für dich wird die harte Zeit noch kommen!" sagte die Wikingerfrau, „grausig wird sie auch für mich werden! Besser wäre es gewesen, wenn du als Kind auf der Landstraße ausgesetzt worden wärest und die Kälte der Nacht dich in den Tod gewiegt hätte!" Und die Wikingerfrau vergoß heiße Tränen und ging zornig und traurig fort, hinter den losen Fellvorhang, der über dem Balken hing und die Stube teilte.

Allein im Winkel saß der zusammengeschrumpfte Lurch; kein Laut war zu hören, aber nach kurzer Zeit stieg in seinem Innern ein halberstickter Seufzer auf; es war, als würde in Schmerzen ein Leben im tiefstem Herzensgrund geboren. Er machte einen Schritt vorwärts, lauschte, ging noch einen Schritt weiter und griff nun mit den unbeholfenen Händen um die schwere Stange, die vor die Tür geschoben war; leise schob er sie zurück, leise zog er den Pflock heraus, der durch die Klinke gesteckt war; er ergriff die brennende Lampe, die vorn in der Kammer stand; es war, als schenkte ein starker Wille ihm Kräfte; er zog den eisernen Bolzen aus der versperrten Falltür, schlich zu dem Gefangenen hinunter; der schlief; er berührte ihn mit seiner kalten, klammen Hand, und als der Gefangene erwachte und die häßliche Gestalt erblickte, schauderte es ihn wie vor einer bösen Erscheinung. Der Lurch zog sein Messer heraus, zerschnitt die Fesseln des Gefangenen und winkte ihm, er möge ihm folgen.

Er sprach heilige Namen aus, machte das Zeichen des Kreuzes, und da die Gestalt unverändert dastand, sprach er die Worte der Bibel: „Selig der, welcher verständig gegen den Geringen handelt; der Herr wird ihn erretten an einem bösen Tag! – Wer bist du? Woher dies Äußere des Tieres und dennoch voll von den Taten der Barmherzigkeit?“

Die Lurchgestalt winkte ihm und führte ihn hinter verbergenden Decken einen einsamen Gang entlang, hinaus in den Stall, zeigte auf ein Pferd, er schwang sich darauf, aber auch sie setzte sich vorn drauf und hielt sich an der Mähne des Tieres fest. Der Gefangene verstand sie, und in schnellem Trab ritten sie auf einem Wege, den er nie gefunden hätte, auf die offene Heide hinaus.

Er vergaß ihre häßliche Gestalt, die Gnade und Barmherzigkeit des Herrn wirkte durch das Untier, das spürte er; er sprach fromme Gebete und stimmte heilige Gesänge an; da erzitterte sie, war es die Macht des Gebets oder des Gesanges, was hier seine Wirkung ausübte, oder war es der Kälteschauer vor dem Morgen, der bald kommen würde? Was war es nur, was sie spürte? Sie richtete sich hoch auf, wollte das Pferd anhalten und abspringen; aber der christliche Priester hielt sie mit aller Kraft fest, sang laut einen Choral, als vermöge der den Zauber zu brechen, der sie in die häßliche Froschgestalt bannte, und das Roß jagte wilder dahin, der Himmel rötete sich, der erste Sonnenstrahl drang durch die Wolke, und bei der hellen Lichtflut trat die Verwandlung ein, sie war die junge Schöne mit dem dämonisch bösen Gemüt; er hielt das schönste junge Weib in seinen Armen und entsetzte sich darüber, sprang vom Pferd, brachte es zum Stehen, weil er glaubte, einem neuen, zerstörenden Zauber zu begegnen; aber Jung-Helga war ebenfalls mit einem Sprung auf der Erde, das kurze Kinderkleid ging ihr nur bis zu den Knien; sie riß das scharfe Messer aus ihrem Gürtel und stürzte sich auf den Überraschten.

„Wenn ich dich nur erst habe!“ rief sie, „wenn ich dich erst habe – das Messer werde ich in dich hineinstoßen! Du bist ja fahl wie Heu! Leibeigener, der du bist! Du Milchgesicht!“

Sie drang auf ihn ein; sie fochten einen schweren Ringkampf aus, aber es war, als verliehe eine unsichtbare Macht dem christlichen Manne Kraft; er hielt sie fest, und die alte Eiche dicht daneben kam ihm zu Hilfe, es war, als stellte sie sich mit ihren halb aus dem Erdreich gelösten Wurzeln den Füßen des Mädchens in den Weg, die sich darin verfingen. Gleich daneben sprudelte ein Quell, der Mann besprenkelte ihr mit der frischen Feuchte Brust und Gesicht, gebot dem unreinen Geist auszufahren und segnete sie nach christlichem Brauch, aber das Wasser der Taufe hat dort keine Macht, wo nicht der Quell des Glaubens auch von innen strömt.

Und dennoch war er auch hier der Starke; ja, mehr als die Stärke des Mannes gegen die streitenden bösen Mächte lag in seinem Tun, er bannte sie gleichsam, das Mädchen ließ die Arme sinken, sah mit erstaunten Blicken und erblassenden Wangen diesem Manne zu, der ein mächtiger Zauberer zu sein schien, stark in geheimen Künsten und Beschwörungen; er las dunkle Worte, zeichnete geheime Runen in die Luft! Nicht vor der blitzenden Axt oder dem scharfen Messer, wenn er es vor ihren Augen geschwenkt hätte, würde ihr Auge gezuckt haben, aber es tat es, als er das Zeichen des Kreuzes auf ihrer Stirn und Brust beschrieb; und sie saß nunmehr wie ein zahmer Vogel da, das Haupt auf die Brust geneigt.

Da sprach er mild zu ihr von dem Liebeswerk, das sie in dieser Nacht an ihm vollbracht hatte, als sie in der häßlichen Froschgestalt gekommen war, seine Fesseln gelöst und ihn zu Licht und Leben hinausgeführt hatte; sie sei auch gefesselt, mit schwereren Banden gefesselt, als er es gewesen sei, sagte er, aber auch sie sollte, und zwar durch ihn, zu Licht und Leben gelangen. Nach Hedeby, zum heiligen Ansgarius, wolle er sie bringen; dort, in der christlichen Stadt, werde die Verwünschung aufgehoben werden; aber nicht vorn auf dem Pferde, selbst wenn sie gutwillig dort säße, dürfe er sie mit sich führen.

„Hinten auf dem Pferde mußt du sitzen, nicht vor mir! Der Zauber deiner Schönheit hat eine Macht, die ist vom

Bösen, ich fürchte sie – und dennoch ist der Sieg in Christo mein!"

Er beugte seine Knie, betete sehr fromm und innig! Es war, als würde der stumme Wald dadurch zu einer heiligen Kirche geweiht; die Vögel begannen zu singen, als gehörten sie mit zur neuen Gemeinde, die wilde Krauseminze

duftete, als wollte sie Ambra und Weihrauch ersetzen; laut verkündete er die Worte der Heiligen Schrift: „Das Volk, das in Finsternis saß, hat ein großes Licht gesehn, und die da saßen am Ort und Schatten des Todes, denen ist ein Licht aufgegangen!"

Und er sprach von der Sehnsucht der Allnatur, und während er sprach, stand das Pferd, das sie im wilden Lauf dahingetragen hatte, still und zerrte an den dichten Brombeerranken, so daß reife, saftige Beeren in Jung-Helgas Hand niederfielen, sich selbst zur Labe anbietend.

Sie ließ sich geduldig auf den Rücken des Pferdes heben, saß dort wie eine Schlafwandlerin, die nicht wacht und dennoch nicht wandelt. Der christliche Mann band zwei Äste mit einem Baststrick zusammen, so daß sie ein Kreuz bildeten, das hielt er hoch in seiner Hand, und so ritten sie durch den Wald, der wurde immer dichter, der Weg immer enger oder war gar kein Weg mehr. Der Schlehdorn stand wie eine Wegschranke davor, man mußte um ihn herumreiten; die Quelle wurde nicht zu einem sprudelnden Bach, sondern zum stillstehenden Sumpf, man mußte um ihn herumreiten. In der frischen Waldluft war Kraft und Erquickung, eine nicht geringere Kraft lag in den Worten der Milde, die vom Glauben und von christlicher Liebe widerklangen, in dem innigen Drang, die Überwältigte dem Licht und Leben zuzuführen.

Der stete Tropfen, sagt man ja, höhlt den harten Stein, die Meereswogen schleifen mit der Zeit die abgesplitterten, kantigen Felsblöcke glatt, der Tau der Gnade, der für Jung-Helga bereitgehalten war, höhlte das Harte, schliff das Scharfe rund; zwar war es nicht zu merken, sie wußte es selber nicht, was weiß der Keim im Erdreich angesichts der erquickenden Feuchte und des warmen Sonnenstrahls, daß er in sich Wachstum und Blüte birgt.

Wie der Gesang der Mutter sich unmerklich im Gemüt niederschlägt und das Kind die einzelnen Wörter nachlallt, ohne sie zu verstehen, diese sich aber später im Gedanken sammeln und mit der Zeit klarer werden, so wirkte auch hier das Wort, welches schöpferisch zu sein vermag.

Sie ritten aus dem Wald hinaus, über die Heide, wieder durch unwegsame Wälder, da stießen sie gegen Abend auf Räuber.

„Wo hast du das hübsche Kind gestohlen!“ riefen sie, hielten das Pferd an, rissen die beiden Reiter herab, denn ihrer waren viel an Zahl. Der Priester hatte keine andere Waffe als das Messer, das er Jung-Helga abgenommen hatte, mit diesem stieß er um sich, einer der Räuber schwang

seine Axt, aber der junge Christ machte einen glücklichen Satz zur Seite, sonst wäre er getroffen worden. Jetzt fuhr die Schneide der Axt tief in des Pferdes Hals, so daß das Blut herausströmte und das Tier zu Boden stürzte; da schoß Jung-Helga, wie aus ihrer langen, tiefen Gedankenruhe geweckt, auf das röchelnde Tier zu und warf sich darüber; der christliche Priester stellte sich zu ihrem Schutz vor sie hin, aber einer der Räuber schwang seinen schweren eisernen Hammer gegen dessen Stirn, so daß sie zerschmettert wurde und Blut und Hirn weit umherspritzten, tot fiel er zu Boden.

Die Räuber packten Jung-Helga an ihrem weißen Arm, im selben Augenblick ging die Sonne unter, der letzte Sonnenstrahl erlosch, und sie war in einen häßlichen Lurch verwandelt; das weißgrüne Maul zog sich über das halbe Gesicht; die Arme wurden dünn und glitschig, eine breite Hand mit Schwimmhäuten entfaltete sich fächerförmig – da ließen die Räuber voller Entsetzen von ihr ab; sie stand als häßliches Ungeheuer mitten unter ihnen, und der Froschnatur gemäß hüpfte sie hoch in die Luft, höher, als sie selber groß war, und verschwand im Dickicht; da merkten die Räuber, es war Lokes böse List oder seine geheime Zauberkunst, und entsetzt eilten sie von hinnen.

Der Vollmond war schon aufgegangen, bald verbreitete er Glanz und Licht, und aus dem Gestrüpp kroch im jammervollen Kleid des Frosches Jung-Helga; sie blieb an der Leiche des christlichen Priesters und vor ihrem toten Roß stehen, sie sah sie mit Augen an, die zu weinen schienen; der Froschkopf stieß ein Quaken aus, wie wenn ein Kind in Tränen ausbricht. Sie warf sich bald auf den einen und bald auf den anderen, nahm Wasser in die Hand, die durch die Schwimmhaut größer und hohler geworden war, und besprenkelte sie damit. Tot waren sie, tot würden sie bleiben! Sie begriff es. Bald könnten die wilden Tiere kommen und ihre Leiber fressen; nein, das durfte nicht sein! Daher grub sie in die Erde ein Loch, so tief sie es vermochte; ein Grab wollte sie ihnen machen, aber sie hatte zum Graben nichts als einen harten Baumast und ihre beiden Hände, zwischen deren Fingern sich jedoch die Schwimmhaut spannte, sie platzte, das Blut floß. Helga sah ein, daß die Arbeit ihr nicht glücken würde; da nahm sie Wasser und wusch des Toten Antlitz ab, bedeckte es mit frischen, grünen Blättern, trug große Zweige herbei und legte sie über ihn, streute Laub dazwischen; alsdann nahm sie die schwersten Steine, die sie zu heben vermochte, legte diese auf die toten Körper und verstopfte die Lücken mit Moos, nun meinte sie, der Grabhügel sei fest und sicher, aber bei dieser schweren Arbeit war die Nacht weitergeschritten, die Sonne brach hervor – und Jung-Helga stand in all ihrer Schönheit da, mit blutenden Händen und zum erstenmal mit Tränen auf den errötenden, jungfräulichen Wangen.

Da geschah es während der Verwandlung, als rängen zwei Naturen in ihrem Innern; sie erzitterte, blickte sich um, als erwachte sie aus einem beängstigenden Traum, stürzte zu der schlanken Buche hin, hielt sich daran fest, um doch eine Stütze zu haben, und im Nu kletterte sie wie eine Katze auf die Spitze des Baumes und klammerte sich hier an; sie saß dort wie ein verängstigtes Eichkätzchen, saß den lieben langen Tag in der tiefen Waldeinsamkeit, wo alles still und tot ist, wie man sagt! Tot, ja, zwei Falter flogen im Spiel oder Kampf umeinander herum; in der Nähe waren ein paar Ameisenhaufen, jeder hatte Hunderte von emsigen Geschöpfen, die aus und ein krabbelten; in der Luft tänzelten unzählige Mücken, ein Schwarm neben dem anderen; Scharen sirrender Fliegen jagten vorbei, „des Herrgotts Hühner", die kleinen Marienkäfer, Wasserjungfern und andere fliegende Tierchen; der Regenwurm kroch aus dem feuchten Erdreich hervor, die Maulwürfe warfen ihre Hügel auf; im übrigen war es still, ausgestorben ringsum, ausgestorben, wie man es nennt und nicht anders versteht. Niemand bemerkte Jung-Helga außer den Eichelhähern, die schreiend den Baumwipfel umflogen, in dem sie saß; sie hüpften in dreister Neugierde an den Zweigen entlang auf sie zu; das Zucken ihrer Augenlider genügte, um sie wieder wegzujagen – aber sie wurden nicht klüger aus ihr und sie aus sich selber auch nicht.

Als der Abend näher kam und die Sonne allmählich unterging, rief die Verwandlung sie zu neuer Tätigkeit auf; sie ließ sich am Stamm hinabgleiten, und kaum war der letzte Sonnenstrahl erloschen, da stand sie in der eingeschrumpften Gestalt des Frosches da, mit zerrissenen Schwimmhäuten an den Händen, aber die Augen strahlten jetzt in einem Schönheitsglanz, den sie vorher in der Gestalt der Schönheit selber kaum besessen hatten; es waren die sanftesten, frömmsten Mädchenaugen, die hinter der Froschmaske hervorleuchteten, sie zeugten von dem tiefen Gemüt, dem menschlichen Herzen; und die schönen Augen brachen in Tränen aus, sie vergossen die schweren Tränen eines erleichterten Herzens.

An dem aufgeschütteten Grabe lag noch das Kreuz aus Ästen, das mit Baststricken zusammengefügt worden war, die letzte Arbeit dessen, der jetzt gestorben und verdorben war; Jung-Helga hob es auf, der Gedanke kam von selbst, sie steckte es zwischen den Steinen über ihm und dem erschlagenen Pferd ins Erdreich; in der Wehmut des Gedenkens brachen die Tränen hervor, und in dieser Herzensstimmung ritzte sie das gleiche Zeichen rund um das Grab in den Boden, es umhegte es so zierlich – und während sie mit beiden Händen das Zeichen des Kreuzes zeichnete, fiel die Schwimmhaut wie ein zerrissener Handschuh ab, und als sie sich im sprudelnden Quell wusch und erstaunt auf ihre feinen, weißen Hände blickte, machte sie abermals das Zeichen des Kreuzes in der Luft zwischen sich und dem Toten, da zitterten ihre Lippen, da bewegte sich ihre Zunge, und jener Name, den sie auf dem Ritt durch den

Wald am meisten hatte singen und aussprechen hören, kam vernehmbar aus ihrem Munde, sie sagte: „Jesus Christus!"

Da fiel die Froschhaut ab, sie war die junge Schönheit; jedoch der Kopf neigte sich müde, die Glieder bedurften der Ruhe – sie schlief.

Aber der Schlaf währte nur kurz; gegen Mitternacht wurde sie geweckt; vor ihr stand das tote Pferd, strahlend, voller Leben; es leuchtete aus den Augen und aus dem verletzten Hals; dicht daneben erschien der getötete christliche Priester; „schöner als Baldur!" würde die Wikingerfrau gesagt haben, und doch kam er wie in Feuerlohen.

Ernst lag in den großen, freundlichen Augen, ein Urteil der Gerechtigkeit; der Blick war so durchdringend, daß er der Geprüften bis in den tiefsten Winkel des Herzens leuchtete. Jung-Helga erschauerte darunter, und ihr Gedächtnis

wurde geweckt mit einer Kraft wie am Jüngsten Tage. Alles, was ihr an Gutem widerfahren war, jedes liebevolle Wort, das zu ihr gesprochen worden war, wurde gleichsam lebendig; sie erkannte, es war die Liebe, die ihr in den Tagen der Prüfung, in denen Geschöpfe aus Seele und Schlamm gieren und streben, hienieden Kraft verliehen hatte. Sie erkannte, daß sie nur dem Ansporn der Stimmungen gefolgt war und selber nichts aus sich getan hatte; alles war ihr geschenkt worden, alles war gleichsam gelenkt worden; sie beugte sich, gering, demütig, beschämt, dem, der jede Falte des Herzens entziffern kann; und in diesem Augenblick verspürte sie, wie in einem Blitz von der läuternden Flamme, die Lohe des Heiligen Geistes.

„Du Tochter des Schlammes!" sagte der christliche Priester; „aus dem Schlamm, aus der Erde bist du gekommen – aus der Erde sollst du wiederauferstehen! Der Sonnenstrahl in dir geht, sich des Körpers bewußt, an seinen Ursprung zurück, der Strahl, nicht von dem Sonnenkörper, sondern der Strahl von Gott! Keine Seele wird verlorengehen, aber lange währt das Zeitliche, das die Flucht des Lebens ins Ewige ist. Ich komme aus dem Lande der Toten; auch du wirst einstmals durch die tiefen Täler in das leuchtende Bergland ziehen, wo die Barmherzigkeit und die Vollkommenheit wohnen. Ich führe dich noch nicht nach Hedeby zur Christentaufe, zuerst mußt du den Wasserschild über dem tiefen Moorgrund sprengen, die lebendige Wurzel deines Lebens und deiner Wiege heraufziehen, deine Aufgabe vollbringen, ehe die Weihe kommen darf."

Und er hob sie aufs Pferd, reichte ihr ein goldenes Räuchergefäß wie jenes, das sie schon früher in der Wikingerburg gesehen hatte, es stieg ein Duft daraus auf so süß und stark. Die offene Wunde auf der Stirn des Erschlagenen leuchtete wie ein strahlendes Diadem; das Kreuz nahm er vom Grab, hob es hoch empor, und nun ging es dahin durch die Lüfte, über den rauschenden Wald, über die Hünengräber, wo die Recken begraben lagen, auf ihren erschlagenen Rossen sitzend; und die riesigen Gestalten richteten sich auf, ritten aus und hielten auf der Kuppe des Grabhügels; im Mondschein strahlte um ihre Stirn der breite Goldreif mit dem goldenen Knoten, der Mantel flatterte im Wind. Der Lindwurm, der über Schätzen brütete, hob den Kopf und sah ihnen nach. Das Volk der Zwerge schaute hinter Hügeln und Pflugfurchen hervor, sie liefen durcheinander mit roten, blauen und grünen Lichtern, ein Gewimmel, das aussah wie die Asche von verbranntem Papier.

Über Wald und Heide, Bäche und Sümpfe flogen sie, dem Wildmoor entgegen; über diesem schwebten sie in weiten Kreisen dahin. Der christliche Priester hob das Kreuz hoch, es glänzte wie Gold, und von seinen Lippen ertönte der Meßgesang; Jung-Helga sang ihn mit, wie das Kind das Lied seiner Mutter mitsingt; sie schwang das Räuchergefäß, es stieg ein Altarduft auf, so stark, so wundertätig, daß Schilf und Rohr des Sumpfes dadurch erblühten; alle Keimlinge schossen aus dem tiefen Grunde auf, alles, was Leben hatte, hob sich empor, eine Flut von Wasserlilien breitete sich aus, wie ein gewirkter Blütenteppich, und auf diesem lag ein schlafendes Weib, jung und herrlich schön, Jung-Helga meinte sich selber zu sehen, ihr Spiegelbild in dem stillen Wasser; es war ihre Mutter, die sie sah, des Schlammkönigs Weib, die Prinzessin von den Wassern des Nils.

Der tote christliche Priester gebot, daß die Schläferin aufs Pferd gehoben werde, aber dies brach unter der Bürde zusammen, als wäre sein Leib nur ein Leichentuch, das im Winde flatterte, aber das Zeichen des Kreuzes stärkte das Luftphantom, und alle drei ritten auf festen Grund hinauf.

Da krähte der Hahn in der Wikingerburg, und die Gesichte lösten sich in Nebel auf, der vom Wind auseinandergeweht wurde, aber Mutter und Tochter standen sich gegenüber.

„Bin ich es selber, die ich im tiefen Wasser sehe?“ sagte die Mutter.

„Bin ich es selber, die ich im blanken Schilde sehe!“ rief die Tochter aus, und sie gingen aufeinander zu, lagen Brust an Brust, Arm in Arm, am stärksten schlug der Mutter Herz, und sie verstand es.

„Mein Kind! du Blüte meines eigenen Herzens! mein Lotus aus den tiefen Wassern!“

Und sie umarmte ihr Kind und weinte; die Tränen waren für Jung-Helga eine neue Taufe des Lebens, der Liebe.

„Im Schwanenkleide kam ich her und warf es ab!" sagte die Mutter. „Ich sank durch den weichenden Sumpf, tief hinab in den Schlamm des Moores, der sich wie eine Mauer um mich schloß; aber bald spürte ich eine frischere Strömung; eine Kraft zog mich tiefer, immer tiefer hinab, ich fühlte den Druck des Schlafes auf meinen Augenlidern, ich schlief ein, ich träumte – ich meinte, ich läge wieder in der Pyramide Ägyptens, aber vor mir stand noch der schwankende Erlenstumpf, der mich auf der Sumpfebene erschreckt hatte, ich betrachtete die Risse in der Rinde, und sie leuchteten in Farben auf und wurden zu Hieroglyphen, es war die Hülle der Mumie, die ich vor mir hatte, sie barst, und heraus trat der tausendjährige Gebieter, die Mumiengestalt, schwarz wie Pech, schwarzglänzend wie die Waldschnecke oder der fette, schwarze Schlamm, der Schlammkönig oder die Mumie der Pyramide, ich wußte es nicht. Er umschlang mich mit seinen Armen, und mir war, als müßte ich sterben. Ich fühlte erst wieder Leben, als es auf meiner Brust warm wurde und dort ein Vögelchen mit den Flügeln flatterte, zwitscherte und sang. Er flog von meiner Brust hoch, hinauf zu der finsteren, schweren Decke, aber ein langes, grünes Band hielt es noch an mich gefesselt; ich hörte und begriff die Töne seiner Sehnsucht: Freiheit! Sonnenschein! zum Vater! – da gedachte ich meines Vaters im sonnigen Land der Heimat, meines Lebens, meiner Liebe! Und ich löste das Band, ließ ihn fortfliegen – heim zum Vater. Seit jener Stunde habe ich nicht mehr geträumt, ich schlief einen Schlaf, fürwahr so schwer und lang, bis in diesem Augenblick Töne und Düfte mich hoben und mich erlösten!"

Das grüne Band von der Mutter Herzen bis zum Flügel des Vogels, wo flatterte es nun, wo war es hingeworfen worden? Nur der Storch hatte es gesehen; das Band war der grüne Stengel, die Schleife die leuchtende Blüte, die Wiege des Kindes, das nun an Schönheit gewonnen hatte und wieder an der Mutter Herzen ruhte.

Und wie sie dort eng umschlungen standen, flog Vater Storch in Kreisen über ihnen, eilte alsdann zu seinem Nest, holte die dort seit Jahren aufbewahrten Federkleider, warf

jeder der beiden eins hinunter, und es schloß sich um sie, und sie hoben sich in die Lüfte hinauf als weiße Schwäne.

„Wir wollen miteinander reden!“ sagte Vater Storch, „nun verstehen wir unser beider Sprache, wenn auch der Schnabel bei dem einen Vogel anders zugeschnitten ist als bei dem anderen; es trifft sich so glücklich, wie es nur kann, daß ihr heute nacht kommt, morgen wären wir weggewesen, Mutter, ich und die Jungen! Wir fliegen gen Süden! Ja, seht mich nur an! Ich bin ja ein alter Freund des Nillandes, und Mutter ebenfalls, bei ihr sitzt's mehr im Herzen als im Klappern. Sie hat immer gemeint, die Prinzessin würde schon durchkommen; ich und die Kinder haben die Schwanenkleider hierhergetragen! Na, ich freue mich mächtig! Und was ist es für ein Glück, daß ich noch hier bin; wenn der Tag graut, dann ziehen wir von dannen! Große Storchengesellschaft! Wir fliegen vorauf, fliegt nur hinterdrein, dann könnt ihr den Weg nicht verfehlen; ich und die Jungen werden schon noch ein Auge auf euch haben!"

„Und die Lotusblüte, die ich mitbringen sollte", sagte die ägyptische Prinzessin, „die fliegt im Schwanenkleid an meiner Seite! Meine Herzensblume habe ich mit, so hat sich das Rätsel aufgelöst! Heimwärts, heimwärts!"

Aber Helga sagte, sie könnte das dänische Land nicht verlassen, ehe sie nicht noch einmal ihre Pflegemutter, die liebevolle Wikingerfrau, gesehen hätte. In Helgas Gedächtnis erblühte jede schöne Erinnerung, jedes liebevolle Wort, jede Träne, die die Pflegemutter vergossen hatte, und fast war es in diesem Augenblicke so, als liebte sie diese Mutter am meisten.

„Ja, wir müssen zum Wikingerhof!" sagte Vater Storch, „dort warten ja Mutter und die Jungen! Wie werden sie die Köpfe wenden und die Klapper erschallen lassen! Ja, Mutter sagt allerdings nicht soviel! Kurz und bündig ist sie, und dabei meint sie es viel besser! Ich werde es gleich mal knattern lassen, damit sie hören können, daß wir kommen!"

Und dann knatterte der Vater Storch mit dem Schnabel, und er und die Schwäne flogen zur Wikingerburg.

Dort drinnen lag alles noch in tiefem Schlaf; erst zu später nächtlicher Stunde war die Wikingerfrau zur Ruhe gekommen; sie lag in Ängsten wegen Jung-Helga, die jetzt drei Tage und drei Nächte verschwunden war, zusammen mit dem christlichen Priester; sie mußte ihm geholfen haben, fortzukommen, es war ihr Pferd, das im Stall vermißt wurde; welche Macht hatte dies alles zuwege gebracht? Die Wikingerfrau dachte an die Wundertaten, von denen vernommen wurde, daß sie durch den weißen Christ vollbracht wurden und durch jene, die an ihn glaubten und ihm folgten. Die wechselnden Gedanken erhielten Gestalt im Traumleben, es wollte ihr scheinen, als säße sie noch wach, nachdenklich auf ihrem Lager, und draußen brütete die Finsternis. Der Sturm kam, sie hörte das Rollen des Meeres in West und in Ost, von der Nordsee und den Wassern des Kattegatts; die ungeheure Schlange, die die Erde auf dem Meeresgrund umspannte, zuckte in Krämpfen; es ging auf die

Nacht der Götter zu, das Ragnarök, wie das Heidenvolk die Stunde des Jüngsten Gerichts nannte, da alles vergehen sollte, selbst die erhabenen Götter. Das Gjallarhorn erscholl, und über den Regenbogen ritten die Götter dahin, in Stahl gekleidet, um den letzten Kampf zu bestehen; vor ihnen flogen die flügelbekleideten Walküren dahin, den Zug beschlossen die Gestalten der toten Kämpen; die ganze Luft leuchtete um sie herum vom blitzenden Nordlicht, aber die Finsternis war die Siegerin. Es war eine erschreckende Stunde.

Und dicht neben der verängstigten Wikingerfrau saß auf dem Erdboden Jung-Helga in der häßlichen Gestalt des Frosches, auch sie bebte und drängte sich dicht an die Pflegemutter, die sie auf ihren Schoß nahm und liebend umfing, wie häßlich das Lurchgewand auch zu sein schien. Die Luft tönte wider von Schwerter- und Keulenhieben, von schwirrenden Pfeilen, als ginge ein stürmischer Hagelschauer über sie hinweg. Die Stunde war gekommen, da Erde und Himmel bersten, die Gestirne stürzen, alles in Surts Feuer zugrunde gehen sollte, aber eine neue Erde, ein neuer Himmel würden kommen, das wußte sie, das Korn würde wogen, wo das Meer jetzt über den unfruchtbaren Sandboden dahinrollte, der unausprechliche Gott würde gebieten, und zu ihm stieg Baldur empor, der milde, liebreiche, erlöst aus dem Reiche der Toten – er kam, die Wikingerfrau sah ihn, sie erkannte sein Antlitz – es war der christliche Priester.

„Weißer Christ!" rief sie laut, und bei Nennung des Namens drückte sie einen Kuß auf die Stirn ihres häßlichen Froschkindes; da fiel die Froschhaut, und Jung-Helga stand da in all ihrer Schönheit, sanft wie niemals zuvor und mit strahlenden Augen; sie küßte die Hände der Pflegemutter, segnete sie um all der Fürsorge und Liebe willen, die sie ihr in den Tagen der Drangsal und Heimsuchung hatte angedeihen lassen; dankte ihr für die Gedanken, die sie in ihr geweckt und angeregt hatte, dankte ihr für die Nennung des Namens, den sie wiederholte: Weißer Christ! Und Jung-Helga erhob sich als ein riesiger Schwan, die Flügel breiteten sich weit aus, mit einem Brausen, wie wenn die Schar der Zugvögel von dannen fliegt.

Die Wikingerfrau erwachte davon, und draußen erklang noch immer derselbe starke Flügelschlag – es war, das wußte sie, um die Zeit, da die Störche fortzogen, und sie hörte sie; noch einmal wollte sie sie vor ihrem Aufbruch sehen und Abschied von ihnen nehmen! Sie stand auf, ging auf den Söller hinaus, und da sah sie auf dem Dachfirst des Nebenhauses einen Storch neben dem anderen stehen, und rings um den Hof, über die hohen Bäume flogen Scharen in großen Bögen, aber gerade vor ihr auf dem Brunnenrand, wo Jung-Helga so oft gesessen und sie mit ihrer Wildheit erschreckt hatte, saßen jetzt zwei Schwäne und blickten sie mit klugen Augen an; und sie erinnerte sich an ihren Traum, sie war noch ganz davon erfüllt, genau wie von etwas Wirklichem, sie dachte an Jung-Helga in Schwanengestalt, sie dachte an den christlichen Priester, und mit einemmal wurde ihr so seltsam froh ums Herz.

Die Schwäne klatschten mit den Flügeln, krümmten ihre Hälse, so als wollten auch sie ihr einen Gruß entbieten; und die Wikingerfrau breitete ihre Arme nach ihnen aus, als ob sie es verstünde, lächelte unter Tränen und mancherlei Gedanken.

Da erhoben sich mit Flügelrauschen und Klappern alle Störche in die Lüfte, zur Reise gen Süden.

„Wir warten nicht auf die Schwäne!“ sagte Mutter Storch, „wollen sie mit, müssen sie kommen! Wir können nicht hierbleiben, bis die Brachvögel reisen! Es hat doch etwas Schönes an sich, so familienweise zu reisen, nicht wie Buchfinken und Kampfhähne, bei denen die Männchen für sich fliegen und die Weibchen für sich, das ist, wenn man es richtig nimmt, nicht anständig! Und was haben die Schwäne für einen Flügelschlag?“

„Jeder fliegt auf seine Art!“ sagte Vater Storch, „die Schwäne fliegen schräg, die Kraniche im Dreieck und die Brachvögel in Schlangenlinie!“

„Rede nicht von Schlangen, wenn wir hier oben fliegen!“ sagte Mutter Storch, „da kriegen die Jungen Gelüste, die nicht zu befriedigen sind!“

„Sind das die hohen Berge da unten, von denen ich hörte?“ fragte Helga im Schwanenkleide.

„Es sind Gewitterwolken, die unter uns dahintreiben!“ sagte die Mutter.

„Was sind das für weiße Wolken, die sich so hoch erheben?“ fragte Helga.

„Das sind die Berge mit ewigem Schnee, die du siehst!“ sagte die Mutter, und sie flogen über die Alpen, dem erblauenden Mittelmeer entgegen.

„Das Land Afrika! Der Strand Ägyptens!“ jubelte in der Schwanengestalt die Tochter des Nils, als sie hoch aus den Lüften gleich einem weißlichgelben, wellenförmigen Streifen ihre Heimat erspähte.

Auch die Vögel sahen ihn und beschleunigten ihren Flug.

„Ich rieche Nilschlamm und feuchte Frösche!“ sagte Mutter Storch, „es kribbelt in mir! Ja, jetzt werdet ihr etwas zu kosten bekommen, und ihr solltet den Marabu sehen, den Ibis und die Kraniche! Sie gehören alle zur Familie, sind aber nicht annähernd so schön wie wir; sie haben ein vornehmes Gehabe, namentlich der Ibis; er ist eben von den Ägyptern so verwöhnt worden, sie machen eine Mumie aus ihm, stopfen ihn mit Würzkräutern aus. Ich möchte lieber mit lebendigen Fröschen gestopft werden, das wollt ihr auch, und das werdet ihr! Lieber etwas in den Wanst, solange man lebt, als zur Zierde dienen, wenn man tot ist! Das ist meine Meinung, und die ist immer richtig!"

„Jetzt sind die Störche gekommen!" sagte man in dem reichen Haus am Ufer des Nils, wo in der offenen Halle auf weichen, mit Leopardenfellen bedeckten Pfühlen der königliche Herr ausgestreckt lag, nicht lebendig, auch nicht tot, auf die Lotusblüte aus dem tiefen Sumpf im Norden hoffend. Anverwandte und Gesinde standen um ihn herum.

Und in die Halle hinein flogen zwei prächtige weiße Schwäne, sie waren mit den Störchen gekommen; sie warfen das blendende Federkleid ab, und dort standen zwei wunderschöne Frauen, einander gleichend wie zwei Tautropfen; sie neigten sich über den bleichen, hinsiechenden alten Mann, sie warfen ihr langes Haar zurück, und als Jung-Helga sich über den Großvater beugte, stieg die Röte in seine Wangen, seine Augen erhielten Glanz, es kam Leben in die erstarrten Glieder. Der Alte erhob sich gesund und verjüngt; Tochter und Enkeltochter hielten ihn in ihren Armen wie zum freudigen Morgengruß nach einem langen, schweren Traum.

Und es herrschte Freude am ganzen Hof und im Storchennest dazu, aber dort war es doch vor allem des guten Futters, der vielen, wimmelnden Frösche wegen; und während die Gelehrten schnell und obenhin die Geschichte von den beiden Prinzessinnen und der Heilblume aufzeichneten, die ein großes Ereignis und ein Segen für Haus und Land war, erzählten die Storcheneltern sie ihrer Familie auf ihre Art, aber erst, als sie alle satt waren, sonst hatten sie ja anderes zu tun als Geschichten anzuhören.

„Nun wirst du wohl was werden!“ flüsterte Mutter Storch. „Das ist nicht mehr als recht und billig!“

„Und was sollte ich werden?“ sagte Vater Storch, „und was habe ich getan? Nichts!“

„Du hast mehr getan als all die anderen! Ohne dich und die Kinder hätten die beiden Prinzessinnen Ägypten nie wiedergesehen und den Alten nicht gesund machen können. Du wirst etwas! Du kriegst bestimmt den Doktorgrad, und unsere Kinder werden späterhin damit geboren, und deren Kinder ebenfalls und so weiter! Du siehst auch schon aus wie ein ägyptischer Doktor – in meinen Augen!“

Die Gelehrten und Weisen entwickelten den Grundgedanken, wie sie es nannten, der sich durch das ganze Ereignis zog: „Liebe erzeugt Leben!“ Diesem gaben sie verschiedenartige Erklärungen: „Der warme Sonnenstrahl war Ägyptens Prinzessin, sie stieg zum Schlammkönig hinab, und ihrer beider Begegnung entsproß die Blüte –“

„Ich kann die Worte nicht so richtig wiederholen!“ sagte Vater Storch, der vom Dach aus zugehört hatte und im Nest davon erzählen sollte. „Es war so verzwickt, was sie sagten, es war so klug, daß sie sogleich im Range stiegen und Gaben erhielten, selbst der Mundkoch erhielt einen Orden – das war sicher für die Suppe!“

„Und was hast du bekommen?“ fragte Mutter Storch, „die sollten doch den Wichtigsten nicht vergessen, und das bist du! Die Gelehrten haben bei der ganzen Sache nur geklappert! Aber du kommst wohl noch!“

In später Nacht, als der Frieden des Schlafs auf dem neuen, glücklichen Hause ruhte, gab es jemanden, der noch wachte, und das war nicht Vater Storch, ungeachtet dessen, daß er auf einem Bein im Neste aufrecht stand und Schildwacht schlief, nein, Jung-Helga wachte, beugte sich über den Balkon und sah hinauf in den hellen Himmel mit den großen, flimmernden Sternen, größer und reiner an Glanz, als sie sie im Norden gesehen hatte, und dennoch dieselben. Sie dachte an die Wikingerfrau am Wildmoor, an die sanften Augen der Pflegemutter, die Tränen, die sie des armen Froschkindes wegen geweint hatte, das jetzt in Glanz und Sternenpracht an den Wassern des Nils in köstlicher Frühlingsluft stand. Sie dachte an die Liebe in der Brust des heidnischen Weibes, die Liebe, die sie einem jämmerlichen Geschöpf erwiesen hatte, das in Menschengestalt ein böses Tier und in Tiergestalt abscheulich anzusehen und anzufassen war. Sie blickte auf die leuchtenden Sterne und dachte an den Glanz auf der Stirn des Toten, als sie über Wald und Sumpf hinflogen; es erklangen Töne in ihrer Erinnerung, Worte, die sie hatte aussprechen hören, als sie von dannen ritten und sie überwältigt dasaß, Worte von dem großen Ursprung der Liebe, der höchsten Liebe, die alle Geschlechter umfing.

Ja, was war nicht gegeben, gewonnen, erreicht! Jung-Helgas Denken umspannte, bei Tag, bei Nacht, die ganze Summe ihres Glücks und stand angesichts ihrer wie das Kind, das sich schnellstens vom Spender zur Spende hinwendet, zu all den herrlichen Gaben; sie ging gleichsam auf in der zunehmenden Glückseligkeit, die kommen konnte, kommen würde; sie war ja durch Wundertaten zu immer größerer Freude, zu immer größerem Glück emporgetragen worden, und hierin verlor sie sich eines Tages so völlig, daß sie nicht mehr an den Spender dachte. Es war die Keckheit jugendlichen Mutes, die sich hier so unbekümmert äußerte! Ihre Augen leuchteten davon, aber urplötzlich wurde sie durch ein heftiges Lärmen unten auf dem Hofe aus ihren Gedanken herausgerissen. Da sah sie zwei riesige Strauße eiligst in engen Kreisen herumlaufen; nie zuvor hatte sie dieses Tier, so groß wie ein Vogel, so plump und schwerfällig, gesehen, die Flügel sahen aus, als wären sie gestutzt, der Vogel selbst sah aus, als sei ihm Unglimpf angetan worden, und sie fragte, was mit ihm geschehen sei, und zum erstenmal hörte sie die Sage, die die Ägypter vom Strauß erzählen.

Herrlich war sein Geschlecht einstmals gewesen, seine Fittiche waren groß und stark; da sagten eines Abends die riesigen Vögel des Waldes zu ihm: „Bruder! wollen wir morgen, wenn Gott es so will, zum Flusse fliegen und trinken?“ Und der Strauß antwortete: „Ich will es!“ Als es tagte, flogen sie von dannen, zuerst hoch hinauf der Sonne zu, dem Auge Gottes, immer höher und höher hinauf, der Strauß allen anderen vorauf; er flog stolz dem Licht entgegen; er vertraute auf seine Kraft und nicht auf den Spender; er sagte nicht: „Wenn Gott will!“ Da zog der Racheengel den Schleier von der Flammenlodernden, und im Nu waren die Fittiche des Vogels versengt, er fiel elendiglich zur Erde nieder. Er und sein Geschlecht vermögen sich nie mehr in die Lüfte zu erheben; er flieht voller Schrecken, stürmt im Kreis in dem engen Raum herum; eine Mahnung ist er für uns Menschen, bei all unserem Denken, bei all unserem Tun zu sagen: „Wenn Gott will!“

Und Helga neigte nachdenklich das Haupt, schaute auf den jagenden Strauß, sah seine Angst, sah seine törichte Freude beim Anblick seines eigenen großen Schattens auf der weißen, sonnenbeschienenen Mauer. Und in Gemüt und Denken schlug der Ernst tief Wurzel. Ein Leben so reich, im Zeichen des Glückes, war gegeben, gewonnen – was würde geschehen, was würde noch kommen? Das Beste: „Wenn Gott will!“

Im frühen Frühjahr, als die Störche wieder gen Norden zogen, nahm Jung-Helga ihren goldenen Armreif, ritzte ihren Namen hinein, winkte Vater Storch herbei, legte ihm den goldenen Reif um den Hals und bat ihn, diesen der Wikingerfrau zu bringen, die daraus ersehen würde, daß die Pflegetochter lebte, glücklich war und ihrer gedachte.

„Es ist schwierig, den umzuhaben!" dachte der Storch, als der Reif um den Hals gelegt wurde; „aber Gold und Ehren soll man nicht auf die Landstraße werfen! Der Storch bringt Glück, das werden sie dort oben erfahren!" –

„Du legst Gold, und ich lege Eier!" sagte Mutter Storch, „aber du legst nur einmal, ich tue es Jahr um Jahr! Aber eine Anerkennung bekommt keiner von uns! Das ist kränkend!"

„Man hat das eigene Bewußtsein, Mutter!" sagte Vater Storch.

„Das kannst du dir nicht umhängen!" sagte Mutter Storch, „das bringt dir weder günstigen Wind noch Futter!"

Und dann flogen sie von dannen.

Die kleine Nachtigall, die im Tamarindenstrauch sang, wollte auch bald gen Norden ziehen; dort oben am Wildmoor hatte Jung-Helga sie oftmals gehört; eine Kunde wollte sie ihr mitgeben, sie konnte die Sprache der Vögel sprechen, seit sie im Schwanenkleid geflogen war, sie hatte seither oftmals mit Storch und Schwalbe gesprochen, die Nachtigall würde sie verstehen; und sie bat sie, zum Buchenwald auf der jütischen Halbinsel zu fliegen, wo das Grab aus Stein und Ästen errichtet war, sie bat sie, allen kleinen Vögeln zu sagen, sie möchten das Grab wohl hüten und ein Lied und wieder ein Lied singen.

Und die Nachtigall flog von dannen – und die Zeit flog dahin!

Der Adler stand auf der Pyramide und sah im Herbst einen prächtigen Zug mit reich beladenen Kamelen vorüberziehen, mit kostbar gekleideten, bewaffneten Männern auf schnaubenden arabischen Pferden, weiß wie Silber schimmernd und mit roten, bebenden Nüstern, mit großer, schwellender Mähne, die um die schlanken Beine niederhing. Reiche Gäste, ein königlicher Prinz aus dem Lande

Arabiens, schön, wie ein Prinz sein soll, zog in das stolze Haus ein, dessen Storchennest jetzt leer stand; die dort oben wohnten, waren ja in einem nördlichen Land, aber bald würden sie zurückkehren. – Und an diesem Tage gerade kamen sie, als hier ein Überschwang an Freude und Frohsinn herrschte. Hier ward die Hochzeit festlich begangen, und Jung-Helga war die Braut, mit Seide und Juwelen angetan; der Bräutigam war der junge Prinz aus dem Lande Arabien; sie saßen zuoberst an der Tafel zwischen Mutter und Großvater.

Aber sie blickte nicht auf die braune, männliche Wange des Bräutigams, auf der sich der schwarze Bart kräuselte, sie sah nicht in seine feurigen, dunklen Augen, die sich auf sie hefteten, sie sah hinaus, hinauf zu dem blitzenden, funkelnden Stern, der vom Himmel herniederstrahlte.

Da rauschte es von starken Flügelschlägen draußen in den Lüften, die Störche kehrten zurück; und das alte Storchenpaar, wie müde es von der Reise auch sein mochte und sosehr es der Ruhe wohl bedurfte, flog dennoch sogleich auf das Geländer der Veranda hinab, sie wußten, was für ein Fest es war. Sie hatten schon an der Landesgrenze davon vernommen, daß Jung-Helga sie auf die Mauer hatte malen lassen, sie gehörten mit zu ihrer Geschichte.

„Das ist ein sehr hübscher Gedanke!" sagte Vater Storch.

„Das ist sehr wenig!" sagte Mutter Storch, „weniger hätte es nicht gut sein können."

Und als Helga sie sah, erhob sie sich und ging zu ihnen auf die Veranda hinaus, um ihnen über den Rücken zu fahren. Das alte Storchenpaar knickste mit den Hälsen, und die jüngsten Kinder sahen zu und fühlten sich geehrt.

Und Helga blickte zu dem leuchtenden Stern empor, der immer heller erstrahlte; und zwischen ihm und ihr bewegte sich eine Gestalt, reiner noch als die Luft und dadurch sichtbar, sie schwebte ganz nahe an sie heran, es war der tote christliche Priester, auch er kam auf ihr Hochzeitsfest, er kam vom Himmelreich.

„Der Glanz und die Herrlichkeit droben übertreffen alles, was die Erde kennt!" sagte er.

Und Jung-Helga bat so weich, so innig, wie sie nie zuvor gebeten hatte, daß sie, nur eine einzige Minute, hineinsehen dürfe, nur einen einzigen Blick ins Himmelreich werfen dürfe, auf Gottvater.

Und er hob sie hinauf zu Glanz und Herrlichkeit, in eine Flut von Tönen und Gedanken; nicht nur außen um sie her leuchtete und tönte es, sondern auch in ihrem Innern. Worte können es nicht schildern.

„Jetzt müssen wir zurück, man vermißt dich!" sagte er.

„Nur noch einen Blick!" bat sie; „nur eine einzige, kurze Minute!"

„Wir müssen auf die Erde zurück, alle Gäste gehen fort!"

„Nur einen Blick! den letzten!"

Und Jung-Helga stand wieder auf der Veranda – aber draußen waren alle Flammen gelöscht, alle Kerzen im Brautsaal waren fort, die Störche waren fort, keine Gäste zu sehen, kein Bräutigam, alles wie weggeweht in drei kurzen Minuten.

Da verspürte Helga Angst, ging durch die leere, große Halle, ins erste Gemach hinein; hier schliefen fremde Soldaten, sie öffnete die Seitentür, die in ihre Stube führte, und während sie meinte, dort zu stehen, stand sie draußen im Garten – so war es doch hier vorher nicht gewesen; rötlich glänzte der Himmel, der Tag graute.

Drei Minuten im Himmel nur, und eine ganze Erdennacht war vergangen!

Da erblickte sie die Störche; sie rief ihnen zu, sprach in ihrer Sprache, und Vater Storch wandte den Kopf, lauschte und kam näher heran.

„Du sprichst unsere Sprache!" sagte er. „Was willst du? Weshalb kommst du hierher, du fremdes Weib?"

„Ich bin es doch! Helga! Kennst du mich nicht? Vor drei Minuten sprachen wir zusammen, dort drüben auf der Veranda."

„Das ist ein Irrtum!" sagte der Storch; „das hast du alles geträumt!"

„Nein, nein!“ sagte sie und erinnerte ihn an die Wikingerburg und an das Wildmoor, die Reise hierher . . .!

Da kniff Vater Storch die Augen zusammen: „Das ist ja eine alte Geschichte, die ich aus der Zeit meines Ururgroßvaters gehört habe! Ja, allerdings war hier in Ägypten eine

solche Prinzessin vom dänischen Land, aber sie verschwand an ihrem Hochzeitsabend vor vielen hundert Jahren und kehrte nie zurück! Das kannst du selber alles hier auf dem Monument im Garten lesen; da sind ja Schwäne und auch Störche eingemeißelt, und ganz oben stehst du selber in weißem Marmor.“

So war es. Jung-Helga sah es, begriff es und sank auf die Knie nieder.

Die Sonne ging strahlend auf, und wie in alten Zeiten durch ihre Strahlen die Froschhaut abgefallen und die schöne Gestalt zum Vorschein gekommen war, so erhob sich nunmehr durch die Taufe des Lichts eine Schönheitsgestalt, heller, reiner als die Luft, ein Lichtstrahl – zum Vater empor.

Der Leib zerfiel zu Staub; dort, wo sie gestanden hatte, lag eine verwelkte Lotusblüte.

„Der Schluß der Geschichte ist neu!“ sagte Vater Storch; „den hatte ich nun gar nicht erwartet! Aber er gefällt mir ganz gut!“

„Was die Kinder wohl dazu sagen werden?“ fragte Mutter Storch.

„Ja, das ist allerdings das wichtigste!“ sagte Vater Storch.

Die Schnelläufer

Es war ein Preis ausgesetzt, ja, zweie waren ausgesetzt, der kleine und der große, für die größte Geschwindigkeit, nicht bei einem Lauf, sondern so fürs Laufen das ganze Jahr hindurch.

„Ich bekam den ersten Preis!“ sagte der Hase; „Gerechtigkeit muß doch sein, wenn die eigenen Anverwandten und gute Freunde im Rat sitzen; aber daß der Schneck den zweiten Preis bekommen hat, empfand ich beinahe als beleidigend mir gegenüber!“

„Nein“, versicherte der Heckpfahl, der bei der Preisverteilung Zeuge gewesen war, „Fleiß und guter Wille müssen auch berücksichtigt werden, das ist von mehreren achtbaren Personen geltend gemacht worden, und das habe ich auch verstanden. Der Schneck hat allerdings ein halbes Jahr gebraucht, um über die Türschwelle zu kommen, aber er hat sich bei der Eile, mit der er es immerhin bewerkstelligen mußte, den Schenkel gebrochen. Er hat einzig und allein für seinen Lauf gelebt, und er lief mitsamt dem Haus! All dies ist lobenswert! Und darum bekam er den zweiten Preis!“

„Ich hätte doch auch in Betracht gezogen werden können!“ sagte die Schwalbe; „schneller im Fliegen und Wenden als ich hat sich, glaube ich, keiner gezeigt, und wo bin ich nicht überall gewesen: weit, weit, weit!“

„Ja, das ist Ihr Unglück!“ sagte der Heckpfahl; „Sie treiben sich zuviel herum! Sie müssen immer auf und davon, aus dem Land fort, wenn hier der Frost einsetzt; Sie haben keine Vaterlandsliebe! Sie können nicht in Betracht kommen!“

„Wenn ich nun aber den ganzen Winter drüben im Sumpf läge?“ sagte die Schwalbe, „die ganze Zeit verschliefe, käme ich dann in Betracht?“

„Bringen Sie ein Attest von der Moorfrau, daß Sie die Hälfte der Zeit im Vaterland verschlafen haben, dann kommen Sie in Betracht!“

„Ich hätte eigentlich den ersten Preis verdient und nicht den zweiten!“ sagte der Schneck. „Eins weiß ich doch, der Hase ist nur aus Feigheit gelaufen, immer wenn er dachte, es wäre Gefahr im Verzuge; ich dagegen habe mir das Laufen zur Lebensaufgabe gemacht und bin im Dienst zum Krüppel geworden! Wenn jemand den ersten Preis verdient haben sollte, wäre ich es wohl! Aber ich mache keinen Wind davon, das verachte ich!“

Und dann spuckte er.

„Ich werde in Wort und Tat dafür einstehen, daß jeder Preis, zum mindesten was meine Stimme dabei betrifft, in gerechter Erwägung verliehen worden ist!“ sagte das alte Vermessungszeichen im Wald, welches Mitglied der vereinigten Preisrichter war. „Ich gehe immer mit Ordnung, Überlegung und Berechnung vor. Bereits siebenmal habe ich schon die Ehre gehabt, bei der Preisverleihung dabeizusein; aber erst heute habe ich meinen Willen durchsetzen können. Ich bin bei jeder Verteilung von etwas Bestimmtem ausgegangen. Ich habe immer beim ersten Preis die Buchstaben vorn im Alphabet genommen und beim zweiten Preis die von hinten. Und wollen Sie nun aufmerken, wenn man von vorn anfängt: Der achte Buchstabe von A ist H, da haben wir den Hasen, und so stimmte ich also beim ersten Preis für den Hasen, und der achte Buchstabe von hinten – das Æ zähle ich nicht mit, das hat so einen ungehörigen Laut, das Ungehörige übergehe ich immer – ist dann das S; darum stimmte ich beim zweiten Preis für den Schneck. Das nächste Mal wird es das I für den ersten und das R für den zweiten sein! – Jedes Ding muß seine Ordnung haben! Man muß doch irgend etwas haben, an das man sich halten kann!"

„Ich hätte nun für mich selber gestimmt, wenn ich nicht unter den Richtern gewesen wäre", sagte der Maulesel, der auch mit zu den Preisrichtern gehörte. „Man muß nicht nur

in Betracht ziehen, wie schnell man vorwärts kommt, sondern auch, was sonst noch für Eigenschaften vorhanden sein könnten, so etwa der Umstand, wieviel man zieht; das wollte ich jedoch diesmal nicht hervorheben, auch nicht die Klugheit des Hasen bei seinem Lauf, seine Schläue, daß er mit einemmal einen Sprung zur Seite macht, um die Leute in die Irre zu führen und von der Stelle weg, wo er sich verkrochen hat; nein, es gibt noch etwas, was viele beobachten und was auch nicht unbeachtet gelassen werden darf, und das ist das, was man das Schöne nennt; darauf habe ich hier mein Augenmerk gehabt, ich habe auf die schönen, wohlgeformten Ohren des Hasen gesehen, es ist ein Vergnügen,

zu sehen, wie lang die sind! Mir war, als sähe ich mich selber, da ich klein war, und so gab ich ihm meine Stimme!"

„Pscht!" sagte die Fliege, „ja, ich will keine Rede halten, ich will nur etwas sagen! Eins weiß ich, ich habe mehr als einen Hasen überholt. Neulich brach ich einem der jüngsten die Hinterläufe; ich saß auf der Lokomotive vor dem Eisenbahnzug, das tue ich oft, dann merkt man am besten seine eigene Schnelligkeit. Ein junger Hase lief lange vor etwas her, er ahnte nicht, daß ich da war; zuletzt mußte er abbiegen, aber da wurden die Hinterläufe von der Lokomotive überfahren, denn ich saß darauf. Der Hase blieb liegen, ich fuhr weiter. Das heißt doch wohl, soviel wie ihn besiegt haben. Aber ich habe den Preis nicht nötig!"

„Ich finde eigentlich" – dachte die wilde Rose, aber sie sagte es nicht laut, es ist nicht ihre Art, sich zu äußern, obwohl es ganz gut gewesen wäre, wenn sie es getan hätte –, „ich finde eigentlich, der Sonnenstrahl hätte den ersten Ehrenpreis haben müssen und den zweiten dazu! Der fliegt im Nu den unermeßlichen Weg von der Sonne zu uns herab und kommt mit einer Kraft, daß die ganze Natur dadurch erwacht; er besitzt eine Schönheit, daß wir Rosen alle davon erröten und duften! Die hohe, preisrichterliche Obrigkeit scheint ihn gar nicht bemerkt zu haben! Wäre ich Sonnenstrahl, ich gäbe jedem einen Sonnenstich – aber das würde sie nur verrückt machen, das können sie auch ohne das werden! Ich sage nichts!" dachte die wilde Rose; „Frieden im Walde! Herrlich ist es, zu blühen, zu duften und sich zu erquicken, in Sage und Lied zu leben! Der Sonnenstrahl überlebt uns doch alle miteinander!"

„Was ist der erste Preis?" fragte der Regenwurm, der verschlafen hatte und jetzt erst herbeikam.

„Freier Zutritt zu einem Kohlgarten!" sagte der Maulesel; „ich habe den Preis vorgeschlagen! Der Hase mußte und sollte ihn haben, und da nahm ich, als denkendes und tätiges Mitglied, vernünftigerweise Rücksicht auf die Zweckdienlichkeit des Preises für den, der ihn haben sollte; nun ist der Hase versorgt. Der Schneck erhält die Erlaubnis, auf dem Steinwall zu sitzen und Moos und Sonnenschein zu naschen, und ist weiterhin als einer der ersten Preisrichter im Schnellauf aufgenommen. Es ist so gut, wenn man in einem Komitee, wie die Menschen es nennen, einen vom Fach dabei hat! Ich muß sagen, ich erhoffe viel von der Zukunft, wir haben schon so gut angefangen!"

Das Glockentief

„Ding-dang! ding-dang!“ tönt es aus dem Glockentief im Odense-Bach. Was ist das für ein Bach? Jedes Kind in der Stadt Odense kennt ihn, er fließt unterhalb der Gärten dahin, von der Schleuse bis zur Wassermühle unter den Holzbrücken. Im Bach wachsen gelbe Mummeln, braungefiedertes Schilfrohr und die schwarzen, samtartigen Rohrkolben, ganz hoch und ganz groß; alte, schrundige Weidenbäume, krumm und verwachsen, hängen auf dem Ufer von Munkemose und bei der Wiese des Bleichers weit ins Wasser hinein, aber gegenüber liegt Garten neben Garten, einer immer anders als der andere, bald mit wunderschönen Blumen und Lauben, glatt und sauber, ganz wie kleiner Puppentand, bald haben sie nur Kohl, oder es ist überhaupt kein Garten zu erkennen, denn die großen Holundersträucher breiten sich darüber aus und hängen weit über das strömende Wasser hinweg, das hier und da tiefer ist, als man mit dem Ruder reichen kann. Auf der Höhe des alten Fräuleinklosters ist die tiefste Stelle, sie wird das Glockentief genannt, und hier wohnt der Wassermann; er schläft tagsüber, wenn die Sonne durch das Wasser scheint, kommt aber in sternhellen Nächten und bei Mondenschein hervor. Er ist sehr alt; Großmutter hat von ihrer Großmutter über ihn erzählen hören, sagt sie, er führt ein einsames Leben, hat niemanden, mit dem er reden kann, außer der großen, alten Kirchenglocke. Die hing einstmals im Kirchturm, ja, jetzt ist keine Spur mehr davon übrig, weder vom Turm noch von der Kirche, die den Namen Sankt Albani trug.

„Ding-dang! ding-dang!" tönte die Glocke, als der Turm stand, und eines Abends, als die Sonne unterging und die Glocke im heftigsten Schwingen war, riß sie sich los und flog durch die Luft; das blanke Erz leuchtete glühend in den roten Strahlen.

„Ding-dang! ding-dang! jetzt gehe ich zu Bett!" sang die Glocke und flog in den Odense-Bach hinaus, wo er am tiefsten ist, und daher wird diese Stelle heute das Glockentief genannt; aber dort fand sie weder Schlaf noch Frieden! Beim Wassermann klingt und läutet sie, so daß es zuweilen durch das Wasser bis hierherauf zu hören ist, und viele Leute sagen, es bedeute: jetzt stirbt einer, aber deswegen ist es nicht, nein, sie läutet und erzählt dem Wassermann Geschichten, der nun nicht mehr allein ist.

Und was erzählt die Glocke? Sie ist so alt, so alt, wird gesagt, sie war schon lange da, bevor Großmutters Großmutter geboren wurde, und dennoch ist sie dem Alter nach ein Kind gegen den Wassermann, der ein alter, ein stiller, ein sonderbarer Kauz ist mit Aalhauthosen und einem Rock aus Fischschuppen mit goldenen Mummeln dran als Knöpfen, Schilf um den Kopf und Entengrün im Bart, und das ist nicht gerade schön.

Um zu wiederholen, was die Glocke erzählt, brauchte man Jahr und Tag; die erzählt von vorn und von hinten, oft und immer wieder dasselbe, bald kurz, bald lang, wie es sie gelüstet; sie erzählt von alten Zeiten, den harten, den dunklen Zeiten.

„In die Kirche von Sankt Albani dort oben in den Turm, wo die Glocke hing, kam der Mönch, er war jung und auch schön, aber in seine Gedanken verloren wie kein anderer; er blickte von der Luke über den Odense-Bach, als dieser ein breites Bett hatte und der Sumpf ein See war, er blickte über ihn und den grünen Wall hinweg, den ‚Nonnenhügel' drüben, wo das Kloster lag, wo das Licht aus der Zelle der Nonne schien; er hatte sie gut gekannt – und er mußte daran denken, und sein Herz schlug heftig dabei: Ding-dang! ding-dang!"

Ja, so erzählt die Glocke.

„Da kam des Bischofs blöder Bursch, und wenn ich, die Glocke, die ich aus Erz gegossen bin, hart und schwer, schwankte und schwang, hätte ich seine Stirn zermalmen können; er setzte sich unter mich und spielte mit zwei Stecken, als wären sie ein Saitenspiel, und er sang dazu: ‚Nun darf ich laut singen, was ich sonst nicht flüstern darf, von allem singen, was hinter Schloß und Riegel verborgen ist! Da ist es kalt und naß! Die Ratten fressen sie bei lebendigem Leibe! Niemand weiß darum, niemand hört davon! Auch jetzt nicht, denn die Glocke läutet ganz laut: Ding-dang! ding-dang!'

Es war einmal ein König, Knud ward er genannt, er verbeugte sich vor Bischof und Mönch, aber als er den Vendsysselern zu nahe trat mit schweren Steuern und harten Worten, nahmen sie Waffen und Stangen, jagten ihn davon, als wäre er ein Stück Wild; er suchte Zuflucht in der Kirche, versperrte Tür und Tor; die gewalttätige Schar lag draußen, ich vernahm davon: Elstern und Krähen und auch die Dohle wurden durch Schreien und Kreischen scheu gemacht; sie flogen in den Turm hinein und wieder hinaus, sie blickten auf die Menge dort unten, sie blickten auch zu den Fenstern der Kirche hinein und schrien laut heraus, was sie sahen. König Knud lag vor dem Altar und betete, seine Brüder Erik und Benedikte standen als Wache mit gezücktem Schwerte dabei, aber des Königs Diener, der falsche

Blake, verriet seinen Herrn; sie wußten draußen, wo er zu treffen war, und einer warf einen Stein durch die Scheibe, und der König lag tot hingestreckt! Ein Schreien und Rufen stieg auf von dem wilden Haufen und dem Schwarm der Vögel, und ich rief mit, ich sang und ich klang: Ding-dang! ding-dang!

Die Kirchenglocke hängt hoch, blickt weit umher, erhält Besuch von den Vögeln und versteht ihre Sprache, zu ihr braust der Wind herein durch Luken und Schallöcher, aus jedem Spalt, und der Wind weiß alles, er hat es von der Luft, und die umschließt alles, was lebt, sie dringt in die Lungen der Menschen ein, erfährt alles, was laut wird, hört jedes Wort und jeden Seufzer! Die Luft weiß es, der Wind erzählt es, die Kirchenglocke versteht ihre Sprache und läutet es in die ganze Welt hinaus: Ding-dang! ding-dang!

Aber es wurde mir zuviel, dies alles zu hören und zu erfahren, ich vermochte es nicht hinauszuläuten! Ich wurde so müde, ich wurde so schwer, daß der Balken brach und ich in die flimmernde Luft hinausflog, hinunter, wo der Bach am tiefsten ist, wo der Wassermann wohnt, einsam und allein, und dort erzähle ich jahraus, jahrein, was ich gehört habe und was ich weiß: Ding-dang! ding-dang!"

So tönt es aus dem Glockentief im Odense-Bach, das hat Mutters Mutter erzählt.

Aber unser Schullehrer sagt: „Es gibt keine Glocke, die da unten läuten kann, denn sie kann einfach nicht! – Und es gibt keinen Wassermann dort unten, denn es gibt keinen Wassermann!" und wenn alle Kirchenglocken so lustig erklingen, dann sagt er, daß es nicht die Glocken seien, sondern eigentlich die Luft, welche klinge; die Luft ist es, die den Laut erzeugt – das sagte auch Großmutter, daß die Glocke das gesagt hätte, darin sind sie sich einig, und dann ist es richtig! „Sei achtsam, sei achtsam, sei gut auf der Hut!" sagen sie beide.

Die Luft weiß alles! Die ist um uns, die ist in uns, sie spricht von unserem Denken und Tun, und sie spricht länger davon als die Glocke unten im Tief des Odense-Baches, wo der Wassermann wohnt, sie spricht davon zu dem großen Himmelstief, weit, weithin, ewig und immer, wo die Glocken des Himmels erklingen: Ding-dang! ding-dang!

Der böse Fürst

Eine Sage

Es war einmal ein böser und übermütiger Fürst, dessen ganzes Denken darauf gerichtet war, alle Länder der Erde zu erringen und durch seinen Namen Schrecken zu verbreiten; er jagte mit Feuer und Schwert herbei; seine Soldaten trampelten das Korn auf den Feldern nieder, sie zündeten das Haus des Bauern an, so daß die rote Flamme die Blätter von den Bäumen leckte und die Frucht gebraten an den schwarzen, versengten Ästen hing. Manch arme Mutter verkroch sich mit ihrem nackten Säugling hinter der rauchenden Hauswand, und die Soldaten suchten sie und fanden sie und das Kind, dann begann ihre teuflische Freude; böse Geister konnten nicht schlimmer handeln; aber der Fürst fand gerade, es ginge, wie es sollte; Tag für Tag wuchs seine Macht, sein Name ward von allen gefürchtet, und das Glück folgte ihm bei all seinem Tun. Aus den eroberten Städten entführte er Gold und große Schätze; in seiner Königsstadt wurde ein Reichtum aufgestapelt, dessengleichen es an keinem anderen Orte gab. Nun ließ er prächtige Schlösser erbauen, Kirchen und Säulengänge, und jeder, der diese Herrlichkeit sah, sagte: „Welch ein großer Fürst!" sie dachten nicht an die Not, die er über die anderen Länder gebracht hatte, sie hörten nicht die Seufzer und den Jammer, der aus den niedergebrannten Städten aufklang.

Der Fürst betrachtete sein Gold, betrachtete seine prächtigen Bauwerke und dachte dann wie die Menge: „Welch ein großer Fürst! Aber ich muß mehr haben! viel mehr! Keine Macht darf der meinen gleich geheißen werden, geschweige denn größer als meine!" Und er zog in den Krieg gegen alle seine Nachbarn, und er besiegte sie alle. Die überwundenen Könige ließ er mit goldenen Ketten an seinen Wagen fesseln, wenn er durch die Straßen fuhr; und saß er an der Tafel, dann mußten sie zu seinen und der Hofschranzen Füßen liegen und die Brotbrocken nehmen, die man ihnen zuwarf.

Nun ließ der Fürst seine Bildsäule auf den Märkten und in den königlichen Schlössern aufstellen, ja, er wollte, daß sie in den Kirchen vor dem Altar des Herrn stünde; aber die Priester sagten: „Fürst, du bist groß, aber Gott ist größer, wir wagen es nicht."

„Nun wohl", sagte der böse Fürst, „dann bezwinge ich auch Gott!" und in seines Herzens Übermut und Torheit ließ er ein kunstvolles Schiff erbauen, mit dem er durch die Luft fahren konnte; es war bunt wie der Schweif des Pfauen und schien mit Tausenden von Augen besteckt, aber jedes Auge war ein Büchsenlauf; der Fürst saß mitten im Schiff, er brauchte nur auf eine Feder zu drücken, da flogen Tausende von Kugeln heraus, und die Büchsen waren wieder geladen wie vorher. Hunderte von starken Adlern wurden vor das Schiff gespannt, und so flog er der Sonne zu. Die Erde lag tief unten; zunächst wirkte sie mit ihren Bergen und Wäldern nur wie ein umgepflügter Acker, wo aus den umgebrochenen Erdschollen das Grün hervorschaute, danach ähnelte sie der flachen Landkarte, und bald war sie gänzlich in Nebel und Wolken verborgen. Höher und höher flogen die Adler in die Lüfte; da schickte Gott einen einzigen seiner unzähligen Engel aus, und der böse Fürst ließ tausend Kugeln auf ihn los, aber die Kugeln fielen gleich Hagelkörnern von den schimmernden Flügeln des Engels ab; ein Blutstropfen, nur ein einziger, tropfte von der weißen Flügelfeder, und dieser Tropfen fiel auf das Schiff, in dem der Fürst saß; der Tropfen brannte sich ein, lastete auf dem Schiff wie tausend Zentner Blei und riß es in rasender Geschwindigkeit zur Erde nieder; die starken Fittiche der Adler brachen, der Wind brauste um des Fürsten Kopf, und die Wolken ringsum – die waren ja aus den gebrandschatzten Städten geschaffen – verwandelten sich in drohende Gestalten, in meilenlange Krebse, die ihre starken Klauen nach ihm ausstreckten, in rollende Felsblöcke und feuerspeiende Drachen; halbtot lag er auf dem Schiff, das zuletzt im dichten Astwerk des Waldes hängenblieb.

„Ich will Gott besiegen!" sagte er, „ich habe es geschworen, mein Wille geschehe!" und er ließ sieben Jahre lang kunstvolle Schiffe erbauen, mit denen man durch die Lüfte fliegen konnte, er ließ Blitzstrahlen aus dem härtesten Stahl schmieden; denn er wollte die Festung des Himmels sprengen. Aus allen Landen sammelte er große Kriegsheere, sie bedeckten einen Umkreis von mehreren Meilen, als er sie Mann neben Mann aufstellen ließ. Sie bestiegen die kunstvollen Schiffe, der König seinerseits näherte sich dem seinen, da schickte Gott einen Mückenschwarm aus, einen einzigen kleinen Mückenschwarm, der surrte um den König herum und stach ihn in Gesicht und Hände; der König zückte im Zorn sein Schwert, schlug aber nur in die leere Luft, die Mücken konnte er nicht treffen. Da befahl er, man solle ihm kostbare Decken bringen, diese mußte man um ihn herumwickeln, da konnte keine Mücke mit ihrem Stachel hindurchdringen, und man tat, wie er befahl: aber eine einzige kleine Mücke setzte sich auf die innerste Decke, die ihm am nächsten war, sie kroch in des Königs Ohr und stach ihn hinein: es brannte wie Feuer, das Gift zog ins Gehirn hinauf, er riß sich los, zerrte die Decken herunter, zerriß seine Kleider und tanzte nackt vor den rohen, wüsten Soldaten, die nun den tollen Fürsten verspotteten, der Gott stürmen wollte und so schnell von einer einzigen kleinen Mücke bezwungen worden war.

Der Wind erzählt von Valdemar Daae und seinen Töchtern

Wenn der Wind über das Gras hinläuft, dann kräuselt es sich wie ein Gewässer, läuft er über das Getreide, dann wogt es wie eine See, das ist der Tanz des Windes; aber hör ihn erzählen: er singt drauflos, und anders klingt es in den Bäumen des Waldes als durch die Schallöcher im Gemäuer, durch Spalten und Ritzen. Siehst du, wie der Wind dort oben die Wolken jagt, als ob sie eine Schafherde wären! Hörst du, wie der Wind hier unten durch das offene Tor heult, als ob er der Wächter wäre und ins Horn bliese? Seltsam saust er in den Schornstein hinab und hinein in den Kamin; das Feuer lodert und knistert dabei, leuchtet weit in die Stube hinein, und hier ist es so traulich und behaglich zu sitzen und zuzuhören. Laßt den Wind nur erzählen! Er weiß Märchen und Geschichten, viel mehr als wir alle miteinander. Hört nun, was er erzählt.

„Hui-ii-naus! fahre hin!“ – das ist der Kehrreim des Liedes.

„Am Großen Belt liegt ein alter Hof mit dicken, roten Mauern!“ erzählt der Wind, „ich kenne jeden Stein, ich habe sie schon früher gesehen, als sie in der Burg des Marsk Stig auf der Landzunge gesessen hatten; die mußte niedergerissen werden! Die Steine kamen wieder hoch und wurden zu einer neuen Mauer, einem neuen Hof, anderswo, es war das Gut Borreby, wie es noch heute steht.

Ich habe die hochadligen Männer und Frauen gesehen und gekannt, die wechselnden Geschlechter, die dort drinnen lebten, jetzt erzähle ich von Valdemar Daae und seinen Töchtern!

Er trug seine Stirn so stolz, er war königlichen Geblüts! Er konnte mehr als einen Hirsch jagen und einen Becher leeren – was, das würde sich schon herausstellen, sagte er selber.

Seine Gemahlin schritt aufrecht in golddurchwirktem Gewand über den blanken, getäfelten Fußboden; die Tapeten waren prächtig, die Möbel kostbar, sie waren kunstvoll geschnitzt. Silber und Gold hatte sie ins Haus mitgebracht; deutsches Bier lag im Keller, als dort noch etwas lag; schwarze, feurige Rosse wieherten im Stall; es war reich dort drinnen auf dem Gutshof von Borreby, als der Reichtum herrschte.

Und Kinder waren da; drei feine Jungfräulein, Ide, Johanne und Anna Dorthea; ich weiß noch immer die Namen.

Es waren reiche Leute, es waren vornehme Leute, geboren in Herrlichkeit und darin aufgewachsen! Hui-ii-naus! fahre hin!" sang der Wind, und dann erzählte er weiter.

„Hier sah ich nicht, wie auf anderen alten Höfen, die hochgeborene Frau mit ihren Mägden im Saale sitzen und den Spinnrocken drehen, sie spielte auf der klingenden Laute und sang dazu, jedoch nicht immer die alten dänischen Lieder, sondern Weisen in einer fremden Sprache. Hier war ein Leben, hier gab es Gastereien, hierher kamen vornehme Gäste von nah und fern, die Musik erklang, die Becher klangen, ich konnte sie nicht übertönen!" sagte der Wind. „Hier herrschte Hochmut mit Prunk und Gepränge, Herrschaftlichkeit, aber nicht der Herrgott!

Da war es an einem Maienabend", sagte der Wind, „ich kam vom Westen, hatte Schiffe an Westjütlands Küste zu Wracks zerschellen sehen, war über die Heide und die waldige grüne Küste gejagt, über die Insel Fünen und kam nun über den Großen Belt, ganz außer Atem stürmte ich daher.

An Seelands Küste, in der Nähe von Borreby, wo noch immer herrlicher Eichwald steht, legte ich mich zur Ruhe nieder.

Die jungen Burschen aus der Gegend kamen hier heraus und sammelten Reiser und Zweige, die größten und dürrsten, die sie finden konnten. Sie brachten sie ins Dorf, schichteten sie übereinander, fachten ein Feuer an, und Mädchen und Burschen tanzten mit Gesang drumherum.

Ich lag still", sagte der Wind, „aber ganz sacht berührte ich einen Zweig, einen, der von dem schönsten Burschen hingelegt worden war; sein Holz flammte auf, flammte am höchsten; er war der Auserwählte, erhielt den Ehrennamen, wurde Maikönig, erwählte sich als erster unter den Mädchen seine kleine Königin; hier herrschten Freude und Frohsinn, in anderem Maß als auf dem reichen Borreby.

Und auf den Hof kam in goldener Kutsche mit sechs Pferden die hohe Frau mit ihren drei Töchtern gefahren, so feine, so junge, so liebliche Blumen: Rose, Lilie und die blasse Hyazinthe. Die Mutter ihrerseits war eine prunkvolle Tulpe, sie grüßte nicht einen aus der ganzen Schar, die ihr Spiel unterbrach und knickste und unterwürfig tat, man sollte meinen, der Stengel der Dame sei aus Glas.

Rose, Lilie und die blasse Hyazinthe, ja, ich sah sie alle drei! Wessen Maikönigin sie wohl dermaleinst werden sollten, dachte ich; ihr Maikönig wird ein stolzer Ritter sein, vielleicht ein Prinz! Hui-ii-naus! fahre hin! fahre hin!

Ja, das Gefährt sauste mit ihnen dahin, und die Bauern sausten im Tanze herum. Der Sommer wurde in Borreby eingeritten, in Tjæreby, ja, in allen Dörfern ringsum*.

Nachts aber, als ich mich erhob", sagte der Wind, „legte sich die hochfürnehme Frau hin, um nie wieder aufzustehen;

* Alte dänische Sitte: die jungen Burschen reiten in den Wald, brechen frisch ausgeschlagene Zweige und bringen sie ins Dorf, zum Zeichen, daß der Sommer angefangen hat (Anmerkung d. Übers.).

es fiel sie so an, wie es alle Menschen anfällt, das ist nichts Neues. Valdemar Daae stand ernst und nachdenklich ein Weilchen dabei; der stolzeste Baum kann niedergebogen werden, ohne zu zerknicken, sagte es in ihm; die Töchter weinten, und auf dem Hofe wischten sich alle die Augen, aber Frau Daae war dahingefahren – und ich fuhr dahin! Hui-ii-naus!" sagte der Wind.

„Ich kam wieder, ich kam oftmals wieder, kam über die Insel Fünen und die Wasser des Belts, ließ mich am Strande von Borreby nieder vor dem prächtigen Eichwald; hier horstete der Fischadler, hier nisteten die Holztauben, die blauen Raben und selbst der schwarze Storch. Es war zeitig im Jahr, manche hatten Eier und andere hatten Junge. Nein, wie sie flogen, wie sie schrien! Axtschläge waren zu hören, Schlag auf Schlag; der Wald sollte gefällt werden, Valdemar Daae wollte ein kostbares Schiff bauen, ein Kriegsschiff mit drei Vordecks, das der König sicher kaufen würde, und deshalb fiel der Wald, das Seezeichen der Schiffer, die Behausung der Vögel. Der Würger flog erschrocken auf, sein

Nest wurde zerstört; der Fischadler und alle Vögel des Waldes verloren ihre Heimat, sie flogen wie irr umher und schrien vor Angst und Zorn, ich konnte sie aber verstehen. Krähen und Dohlen riefen laut im Spott: ‚Aus dem Nest! aus dem Nest! Rasch! rasch!‘

Und mitten im Wald, bei der Schar der Arbeiter, standen Valdemar Daae und seine drei Töchter, und alle miteinander lachten sie über das wilde Geschrei der Vögel, aber seine jüngste Tochter, Anna Dorthea, spürte Mitleid in ihrem Herzen, und als sie einen halb abgestorbenen Baum fällen wollten, auf dessen kahlem Geäst der schwarze Storch horstete und die kleinen Jungen die Köpfe heraussteckten, legte sie Fürbitte für ihn ein, bat mit Tränen in den Augen, und da durfte der Baum stehenbleiben mit dem Horst des schwarzen Storchs. Es war nicht der Rede wert.

Da wurde geschlagen, da wurde gesägt – ein Schiff mit drei Vordecks wurde gebaut. Der Baumeister selbst war aus einfachem Haus, aber wie ein Edler sah er aus; Augen und Stirn verrieten, wie klug er war, und Valdemar Daae hörte ihm gern zu, wenn er erzählte, die kleine Ide ebenfalls, die älteste, fünfzehnjährige Tochter; und während er dem Vater das Schiff baute, erbaute er für sich selber ein Traumschloß, darin er und Klein-Ide als Mann und Frau sitzen sollten, und es wäre auch so gekommen, wäre dies Schloß aus gemauerten Steinen gewesen, mit Wällen und Gräben, Wald und Garten. Aber bei all seiner Klugheit war der Meister doch nur ein armer Schlucker, und was soll ein Sperling beim Kranichstanz? Hui-ii-naus! – ich flog davon, und er flog davon, denn er durfte nicht bleiben, und Klein-Ide kam darüber hinweg, denn sie mußte darüber hinwegkommen.

Im Stalle wieherten die Rappen, sehenswert waren sie, und man sah sie sich an. Der Admiral war vom Könige selber entsandt worden, um sich das neue Kriegsschiff anzusehen und über den Kauf zu verhandeln, er sprach voller Bewunderung von den feurigen Rossen; ich hörte es genau“, sagte der Wind; „ich ging mit den Herren zusammen durch die offene Tür und streute Strohhalme gleich Goldbarren vor ihre Füße. Gold wollte Valdemar Daae haben, der Admiral wollte die Rappen haben, drum pries er sie so, aber das wurde nicht verstanden, und so wurde das Schiff auch nicht gekauft, es lag auf dem Strand und prunkte, mit Planken verkleidet, eine Arche Noah, die nie aufs Wasser kommen sollte. Hui-ii-naus! fahre hin! fahre hin! und das war ein Jammer.

Zur Winterszeit, wenn die Felder mit Schnee bedeckt waren, das Treibeis den Belt anfüllte und ich es auf den Strand hinaufschob", sagte der Wind, „kamen Raben und Krähen, eine schwärzer als die andere, große Scharen; sie setzten sich auf das verlassene, das tote, das einsame Schiff am Strand und schrien heiser vom Wald, der nicht mehr war, von den vielen kostbaren Vogelnestern, die zerstört worden waren, von den obdachlosen Alten, den obdachlosen Kleinen, und all dies nur wegen des großen Gerümpels, des stolzen Fahrzeugs, das nie in See gehen sollte.

Ich wirbelte den Schnee auf; der lag gleich großen Brechern hoch um das Schiff herum und darüber weg! Ich ließ ihm durch meine Stimme verkünden, was ein Sturm zu sagen hatte! Ich weiß, ich habe das Meine dazu getan, daß es Schiffskenntnisse bekam. Hui-ii-naus! fahre hin!

Und der Winter ging dahin, Winter und Sommer, sie kamen und gingen, wie ich komme und gehe, wie der Schnee stiebt, wie die Apfelblüte stiebt und das Laub fällt; fahre hin, fahre hin, fahre hin, fahre hin, auch ihr Menschen!

Aber noch waren die Töchter jung, Klein-Ide so schön wie eine Rose anzusehen, wie damals, als der Schiffsbauer sie sah. Oft griff ich in ihr langes, braunes Haar, wenn sie nachdenklich am Apfelbaum im Garten stand und nicht merkte, wie ich ihr Blüten aufs Haar rieseln ließ, das sich auflöste, und sie schaute auf die rote Sonne und den goldenen Himmelsgrund zwischen den dunklen Bäumen und Sträuchern des Gartens.

Ihre Schwester war wie eine Lilie, leuchtend und kerzengerade, Johanne; sie war stolz und hochmütig, schien wie die Mutter aus Glas zu sein. Sie liebte es, in den großen

Saal zu gehen, wo die Bilder der Sippe hingen; die Frauen waren in Samt und Seide gemalt mit einem perlenbestickten, winzig kleinen Hut auf dem geflochtenen Haar; es waren schöne Frauen! Ihre Männer sah man in Stahl oder in einem kostbaren Mantel mit Eichkätzchenfutter und dem blauen gefältelten Kragen; das Schwert war um die Schenkel geschnallt und nicht um die Lende. Wo würde wohl Johannes Bild einst an der Wand hängen, und wie sah er aus, der adelige Gatte? Ja, daran dachte sie, davon redete sie leise mit sich, ich hörte es, wenn ich durch den langen Flur in den Saal hineinfegte und dort wieder umkehrte.

Anna Dorthea, die blasse Hyazinthe, erst ein vierzehnjähriges Kind, war still und versonnen; die großen wasserblauen Augen blickten nachdenklich drein, aber das Kinderlächeln saß um den Mund, ich konnte es nicht wegpusten, und das wollte ich auch nicht.

Ich traf sie im Garten, auf dem Feldweg und auf den Fronäckern, sie sammelte Kräuter und Blumen, von denen sie wußte, daß ihr Vater sie für die Getränke und Tropfen gebrauchen konnte, die er zu destillieren verstand; Valdemar Daae war hochmütig und trutzig, aber er konnte auch viel und wußte sehr viel; das merkte man wohl, es wurde darüber gemunkelt; das Feuer brannte in seinem Kamin selbst in der Sommerszeit; die Tür zum Gemach war verschlossen; das währte Tage und Nächte, aber er sprach nicht viel darüber; die Kräfte der Natur muß man in der Stille wirken lassen, bald würde er das Beste gefunden haben – das rote Gold.

Darum dampfte es aus dem Kamin, darum knisterte und flammte es; ja, ich war dabei!" erzählte der Wind, „laß fahren dahin! sang ich durch den Schornstein. Rauch wird es geben, Schmauch, Brodem und Asche! Du wirst noch selber verbrennen! Hui-ii-naus! laß fahren! laß fahren! Aber Valdemar Daae ließ es nicht fahren.

Die prächtigen Rosse im Stall – wo blieben sie? Das alte Silber und Gold in Schränken und Läden, die Kühe auf den Weiden, Haus und Hof? Ja, sie mußten schmelzen! im Goldtiegel schmelzen, und es kam dennoch kein Gold.

Es wurde leer in Tenne und Vorratshaus, im Keller und auf dem Boden. Weniger Menschen, mehr Mäuse. Eine Scheibe brach, eine knackte, ich brauchte nicht durch die Türen hineinzugehen", sagte der Wind. „Wo der Schornstein raucht, brutzelt das Mahl, der Schornstein rauchte, der schluckte alle Mahlzeiten, um des roten Goldes willen.

Ich blies durch das Burgtor, wie ein Türmer, der das Horn bläst, aber da war kein Türmer", sagte der Wind; „ich drehte den Wetterhahn der Turmspitze, er kreischte, als schnarchte der Türmer auf dem Turm, aber da gab es keinen Türmer; da gab es Ratten und Mäuse; Armut deckte den Tisch, Armut saß im Kleiderschrank und im Vorratsschrank, die Tür fiel aus den Angeln, Spalten und Ritzen öffneten sich; ich ging aus, und ich ging ein", sagte der Wind, „deshalb weiß ich Bescheid.

In Rauch und Asche, in Sorge und schlafloser Nacht wurde das Haar am Bart und um die Stirne grau, die Haut fahl und gelb, die Augen so gierig auf das Gold, das ersehnte Gold.

Ich blies ihm Rauch und Asche ins Gesicht und in den Bart; Schulden kamen an Stelle von Gold. Ich sang in den zerbrochenen Scheiben und offenen Ritzen, blies über die Schlafbank der Töchter, deren Kleider verblichen, blankgewetzt waren, denn sie mußten noch lange halten. Das war diesen Kindern nicht an der Wiege gesungen worden! Herrenleben wurde zu kümmerlichem Leben! Ich war es, der im Schloß am lautesten sang!" sagte der Wind. „Ich ließ sie einschneien, das wärmt, wie man sagt; Brennholz hatten sie nicht, der Wald, wo sie es hätten holen sollen, war gefällt. Es war klirrender Frost; ich schwang mich durch Schalllöcher und Flure, über Giebel und Mauern, um geschmeidig zu bleiben; dort drinnen lagen sie im Bett, der Kälte wegen, die adligen Töchter; der Vater kroch unter die Felldecke. Nichts zu beißen, nichts zu brennen, das ist Herrenleben! Hui-ii-naus! laß fahren! – Aber gerade das konnte Herr Daae nicht.

‚Auf Regen folgt Sonnenschein', sagte er, ‚auf Drangsal folgen gute Zeiten; aber sie lassen auf sich warten! Jetzt ist der Hof ein Schuldschein! Jetzt ist der Jüngste Tag – und nun kommt das Gold! Zu Ostern!'

Ich hörte ihn in die Netze der Spinnen murmeln. ,Du tüchtige kleine Weberin! Du lehrst mich, auszuhalten! Wird dein Gespinst zerrissen, beginnst du von vorn und vollendest es! Abermals entzwei – und unverdrossen fängst du von neuem an, von vorn! von vorn! Das eben muß man tun! Und das wird belohnt.'

Es war Ostermorgen, die Glocken klangen, die Sonne spielte am Himmel. In Fieberhitze hatte er gewacht, gekocht und gekühlt, gemischt und abgeschieden. Ich hörte ihn stöhnen wie eine verzweifelte Seele, ich hörte ihn beten, ich spürte, wie er den Atem anhielt. Die Lampe war ausgegangen, er merkte es nicht; ich blies in die Kohlenglut, die leuchtete ihm in sein kreidebleiches Gesicht, es erhielt einen farbigen Schimmer, die Augen in den tiefen Höhlen waren zusammengekniffen – aber nun wurden sie immer größer, als wollten sie herausspringen.

Sieh da das alchimistische Glas! Es blinkt darin! Es ist glühend, rein und schwer! Er hob es mit zitternden Händen hoch, er rief mit lallender Zunge: ,Gold! Gold!' ihm schwindelte dabei, ich hätte ihn umwehen können", sagte der Wind, „aber ich blies nur auf die glühenden Kohlen, begleitete ihn durch die Tür bis dorthin, wo die Töchter froren. Sein Gewand war mit Asche bedeckt, die hing in seinem Bart und in seinem verfilzten Haar. Er richtete sich ganz hoch auf, hob seinen reichen Schatz in dem spröden Glas: ,Gefunden! gewonnen! – Gold!' rief er, hielt das Glas in die Höhe, das in den Sonnenstrahlen blinkte; und die Hand zitterte, und das alchimistische Glas fiel zu Boden und zersprang in tausend Stücke; zerplatzt war die letzte Blase seines Glückstraums. Hui-ii-naus! fahre hin! – Und ich fuhr vom Hofe des Goldmachers.

Spät im Jahr, während der kurzen Tage dort oben, wenn der Nebel mit seinen Wischlappen kommt und nasse Tropfen über die roten Beeren und die blattlosen Zweige auswringt, geriet ich in muntere Stimmung, lüftete aus, fegte den Himmel sauber und zerknickte morsche Äste, und das ist keine große Arbeit, aber sie muß getan werden. Es wurde auch auf andere Art dort auf dem Hof von Borreby bei Valdemar Daae ausgefegt. Sein Feind Ovel Ramel aus Basnæs war da mit dem erworbenen Schuldschein über Hof und Hausrat. Ich trommelte an die zerbrochenen Scheiben, knallte mit den verfallenen Türen, pfiff durch Ritzen und Spalten: Hui-ii-naus – Herrn Ovel sollte die Lust vergehen, dortzubleiben. Ide und Anna Dorthea weinten bittere Tränen; Johanne stand aufrecht und bleich, biß sich in den Daumen, so daß er blutete, als ob das was nützte! Ovel Ramel gestattete Herrn Daae, auf Lebenszeit auf dem Hofe zu bleiben, dies Angebot wurde ihm aber nicht gedankt; ich horchte genau hin; ich sah den Herrn ohne Besitz sein Haupt noch stolzer heben, es zurückwerfen, und ich brauste tüchtig durch den Hof und in den alten Linden, so daß der dickste Ast brach, und der war nicht morsch; er lag vor dem Tor wie ein Besen, falls einer auskehren wollte, und da wurde gekehrt; ich dachte es mir schon.

Es war ein bitterer Tag, eine lange Zeit, um auszuhalten, aber der Sinn war hart, der Nacken war starr.

Nichts gehörte ihnen zu eigen, außer den Kleidern am Leibe; doch – das alchimistische Glas, das kürzlich gekauft und mit den Abfällen gefüllt worden war, die man vom Erdboden zusammengekratzt hatte; dem Schatz, der viel verhieß, aber nichts hielt. Valdemar Daae verwahrte ihn auf seiner bloßen Brust, nahm seinen Knotenstock in die Hand, und der einstmals so reiche Herr verließ mit seinen drei Töchtern den Hof von Borreby. Ich wehte ihm kalt über seine heißen Wangen, ich streichelte seinen grauen Bart und sein langes weißes Haar, ich sang, wie es mir gegeben ist: Hui-ii-naus! fahre hin! fahre hin! – Das war das Ende der reichen Herrlichkeit.

Ide und Anna Dorthea schritten ihm zur Seite dahin; Johanne wandte sich im Tor um, was sollte das nun, das Glück würde sich dennoch nicht wenden. Sie blickte auf die roten Steine der Mauer von Marsk Stigs Burg, dachte sie an seine Töchter?

,Die Älteste nahm die Jüngste bei der Hand,
Und sie zogen weithin durch die Welt!'

Dachte sie an dies Lied? Hier waren sie drei – der Vater war dabei! Sie gingen die Straße entlang, wo sie mit der Kutsche gefahren waren, sie machten einen Bittgang mit dem Vater, zur Gemarkung von Smidstrup zu der Lehmhütte, die für zehn Mark im Jahre gemietet worden war, dem neuen Herrensitz mit leeren Wänden und leeren Schüsseln. Krähen und Dohlen flogen über sie hinweg und schrien wie zum Spott: ,Aus dem Nest! aus dem Nest! Rasch! rasch!' wie die Vögel im Walde von Borreby geschrien hatten, als die Bäume gefällt wurden.

Herr Daae und seine Töchter vernahmen es wohl; ich blies ihnen um die Ohren, es war nicht nötig, daß sie es mit anhörten.

So zogen sie in die Lehmhütte in der Gemarkung Smidstrup ein, und ich fuhr dahin über Sumpf und Feld, durch kahle Hecken und gerupfte Wälder, zu offenen Meeren, anderen Ländern – hui-ii-naus! fahre hin! fahre hin! und das Jahr um Jahr."

Wie erging es Waldemar Daae, wie erging es seinen Töchtern? Der Wind erzählt: „Die letzte von ihnen, die ich sah, ja, zum letztenmal, das war Anna Dorthea, die blasse Hyazinthe – jetzt war sie alt und gebeugt, es war ein halbes Jahrhundert später. Sie lebte am längsten, sie wußte von allem.

Drüben auf der Heide, bei der Stadt Viborg, lag des Dompropsts neuer, stattlicher Besitz, aus roten Steinen und mit Treppengiebeln; der Rauch quoll fett aus dem Schornstein heraus. Die sanfte Hausfrau und die holden Töchter saßen im Erker und blickten über den hängenden Bocksdorn des Gartens hinweg auf die braune Heide; wonach hielten sie Ausschau? Sie schauten nach dem Storchennest dort draußen auf dem baufälligen Haus. Das Dach war mit Moos und Hauslauch gedeckt, soweit ein Dach da war; was vor allem deckte, war das Storchennest, und das war das einzige, wofür etwas getan wurde, der Storch hielt es instand.

Es war ein Haus zum Anschauen, nicht zum Anfassen; ich mußte behutsam damit umgehen", sagte der Wind. „Dem Storch zuliebe durfte das Haus stehenbleiben, es war sonst ein Schreckgespenst auf der Heide. Den Storch wollte der Dompropst nicht vertreiben, so mochte die Hütte bleiben und die Arme weiter darinnen wohnen; das hatte sie dem ägyptischen Vogel zu verdanken – oder war es ein Dank, weil sie einstmals für das Nest seines schwarzen wilden Bruders im Walde von Borreby Fürbitte getan hatte? Damals war sie, die Ärmste, ein junges Kind, eine feine, blasse Hyazinthe im adeligen Blumengarten. Sie erinnerte sich an alles: Anna Dorthea.

‚Oh! oh!' – ja, die Menschen können seufzen, so wie der Wind es in Schilf und Röhricht kann –, ‚oh! keine Glocken läuteten über deinem Grab, Valdemar Daae! Die armen Schulknaben sangen nicht, als Borrebys einstiger Herr in die Grube gelegt wurde! Oh! alles hat dennoch ein Ende, auch Elend! Schwester Ide wurde eines Bauern Eheweib; das war für unseren Vater die härteste Heimsuchung! Der Tochtermann, ein jämmerlicher Leibeigener, den der Herr auf der harten Bohle reiten lassen konnte. Nun wird er doch unter der Erde sein? Und du auch, Ide? – O ja! o ja! es ist dennoch nicht vorbei, ich armes Weib! ich armes Weib! Erlöse mich doch, du reicher Christ!'

Das war Anna Dortheas Bitte in dem elenden Haus, das um des Storches willen stehenbleiben durfte.

Der gesündesten unter den Schwestern nahm ich mich an", sagte der Wind, „sie lag, wie sie sich gebettet hatte! Sie kam als armer Knecht zu einem Schiffer und ließ sich bei ihm anheuern; wortkarg war sie, mit mürrischer Miene, aber willig in ihrer Arbeit; nur klettern konnte sie nicht – da fegte ich sie über Bord, ehe einer merkte, daß sie ein Weibsbild war, und das war doch wohlgetan", sagte der Wind.

„Es war an einem Ostermorgen, wie damals, als Valdemar Daae meinte, er habe das rote Gold gefunden, da hörte ich unter dem Storchennest zwischen den wackeligen Wänden Choralgesang, Anna Dortheas letztes Lied.

Da waren keine Fensterscheiben, da war nur ein Loch in der Wand; die Sonne kam, gleich einem Goldklumpen, und setzte sich hinein; das war ein Glanz! Ihr Auge brach, ihr Herze brach! Das hätten sie auch getan, wenn die Sonne nicht an jenem Morgen auf sie geschienen hätte.

Der Storch gab ihr ein Dach über dem Kopf bis zu ihrem Tod! Ich sang an ihrem Grabe!" sagte der Wind; „ich habe an ihres Vaters Grabe gesungen, ich weiß, wo es ist und wo ihr Grab ist, das weiß sonst keiner.

Neue Zeiten, andere Zeiten! Alte Landstraßen werden zu umzäunten Feldern, gepflegte Gräber werden vielbefahrene Straßen – und bald kommt der Dampf mit seiner Wagenkette und braust über die Gräber hinweg, vergessen wie die Namen, hui-ii-naus! fahre hin!

Das ist die Geschichte von Valdemar Daae und seinen Töchtern. Erzählt sie besser, ihr anderen, wenn ihr könnt!" sagte der Wind und drehte sich.

Weg war er.

Das Mädchen, das aufs Brot trat

Du hast sicher von dem Mädchen gehört, das aufs Brot trat, um sich nicht die Schuhe schmutzig zu machen, und wie übel es ihr daraufhin erging. Das ist verbrieft und verbürgt.

Sie war ein armes Kind, stolz und hochmütig, in ihr war ein schlechter Kern, wie man sagt. Als ganz kleines Ding hatte sie ihre Freude daran, Fliegen zu fangen, ihnen die Flügel auszureißen und Kriechtiere aus ihnen zu machen. Sie nahm den Maikäfer und den Mistkäfer, steckte sie auf eine Nadel, hielt alsdann ein grünes Blatt oder einen kleinen Fetzen Papier gegen ihre Beine, und das arme Tier klammerte sich daran fest, drehte und wand sich, um von der Nadel loszukommen.

„Jetzt liest der Maikäfer!" sagte die kleine Inger, „sieh nur, wie er die Seite umwendet!"

Als sie heranwuchs, wurde sie eher schlimmer als besser, aber schön war sie, und das war ihr Unglück, sonst hätte sie sicher mehr Knüffe bekommen, als es der Fall war.

„Für diesen Kopf braucht's eine scharfe Lauge!" sagte ihre eigene Mutter. „Du hast mir als Kind oft auf die Schürze getreten, ich fürchte, daß du mir als Erwachsene oft aufs Herz treten wirst."

Und das tat sie fürwahr.

Jetzt kam sie aufs Land hinaus, um bei vornehmen Leuten zu dienen, sie hielten sie wie ihr eigenes Kind, und als solches wurde sie gekleidet, hübsch sah sie aus, und ihr Hochmut nahm zu.

Ein Jahr lang war sie draußen gewesen, da sagte ihre Herrschaft zu ihr: „Du solltest doch einmal deine Eltern besuchen, Ingerchen!"

Sie ging auch hin, aber nur, um sich zu zeigen; sie sollten sehen, wie fein sie geworden war; als sie aber ans Dorfgatter kam und die Mädchen und jungen Burschen am Dorfteich schwatzen sah, während ihre Mutter dort zufällig auf einem Steine saß und sich mit einem Bündel Brennholz ausruhte, das sie im Wald gesammelt hatte, machte Inger kehrt, sie schämte sich, daß sie, die so fein angezogen war, so eine zerlumpte Frau, die Brennholz sammelte, zur Mutter haben sollte. Es reute sie gar nicht, daß sie umkehrte, sie war nur ärgerlich.

Nun verging abermals ein halbes Jahr.

„Du solltest doch einmal heimgehen und deine alten Eltern besuchen, Ingerchen!“ sagte ihre Herrin. „Hier hast du ein großes Weißbrot, das kannst du ihnen mitnehmen; sie werden sich freuen, dich zu sehen.“

Und Inger zog ihr bestes Kleid an und ihre neuen Schuhe, und sie hob ihre Röcke hoch und ging ganz vorsichtig, um an den Füßen fein sauber zu bleiben, und daraus konnte man ihr ja keinen Vorwurf machen; als sie aber dorthin kam, wo der Steig über sumpfigen Boden führte und ein ganzes Stück Wegs Wasser und Matsch war, warf sie das Brot in den Matsch, um darauf zu treten und trokkenen Fußes hinüberzugelangen, aber als sie mit dem einen Fuß auf dem Brot stand und den anderen hob, sank das Brot immer tiefer mit ihr, sie verschwand ganz und gar, und es war nichts zu sehen als ein schwarzer, brodelnder Sumpf.

Das ist die Geschichte.

Wo kam sie hin? Sie kam zur Moorfrau hinunter, welche braut. Die Moorfrau ist die Tante der Elfenmädchen väterlicherseits, die sind hinreichend bekannt, es sind Lieder über sie gemacht worden, und sie sind gemalt worden, aber von der Moorfrau wissen die Leute nur, daß sie braut, wenn die Wiesen im Sommer dampfen. In ihre Brauerei hinunter versank nun Inger, und da kann man es nicht lange aushalten. Die Schlammgrube ist ein lichtes Prunkgemach gegen die Brauerei der Moorfrau! jeder Bottich stinkt, daß die Menschen davon in Ohnmacht fallen müßten, und dann stehen die Bottiche fest übereinander, und gibt es irgendwo zwischen ihnen eine kleine Lücke, wo man sich hindurchquetschen könnte, so kann man es trotzdem nicht wegen all der feuchten Kröten und fetten Nattern, die hier ineinander verfilzt liegen; hier hinab sank die kleine Inger; all das ekelhafte, lebendige Gefilz war so eisig kalt, daß sie an allen Gliedmaßen schlotterte, ja, sie erstarrte mehr und mehr dadurch. An dem Brot hing sie fest, und es zog sie, ebenso wie ein Bernsteinknopf einen kleinen Halm anzieht.

Die Moorfrau war zu Hause, die Brauerei wurde an die-

sem Tag vom Teufel und seiner Großmutter besichtigt, und die ist ein altes, sehr giftiges Frauenzimmer, das niemals müßig ist; sie geht nie aus, ohne ihre Handarbeit mitzunehmen, die hatte sie auch hier. Sie nähte Lederstücke zurecht, die den Menschen in die Schuhe gelegt wurden und sie unstet machten, so daß sie keine Rast noch Ruhe hatten; sie stickte Lügen und häkelte unbedachte Worte, die man hatte fallenlassen, allen zum Schaden und Verdruß. O ja, sie konnte nähen, sticken und häkeln, die alte Urgroßmutter!

Sie sah Inger, hielt nun ihre Brille vor die Augen und sah sie noch einmal an: „Das Mädchen hat Anlagen!" sagte sie, „ich bitte sie mir aus zum Andenken an den Besuch hier! Sie kann einen passenden Sockel im Vorgemach meines Ururenkels abgeben."

Und sie erhielt sie. So kam die kleine Inger in die Hölle. Dort fahren die Leute nicht immer schnurstracks hinunter, aber sie können auf Umwegen hinkommen, wenn sie Anlagen haben.

Das war ein Vorgemach von unendlicher Ausdehnung; es wurde einem schwindlig, wenn man dort nach vorn blickte, und schwindlig, wenn man zurückblickte; und dann stand hier eine Schar von Verschmachtenden, die darauf warteten, daß das Tor der Gnade geöffnet werden sollte; sie konnten lange warten! Große fette, watschelnde Spinnen spannen tausendjährige Netze um ihre Füße, und dieses Gespinst klemmte wie Fußschrauben und hielt wie kupferne Ketten; und zudem war eine ewige Unruhe in jeder Seele, eine peinigende Unruhe. Der Geizkragen stand hier und hatte den Schlüssel zu seinem Geldkasten vergessen, und er wußte, daß er steckte. Ja, es führte zu weit, wollte man alle Arten von Pein und Qual aufzählen, die hier durchlitten wurden. Inger empfand es als etwas Grauenhaftes, hier als Sockel zu stehen; sie war gleichsam unten am Brot festgeschraubt.

„Das hat man davon, wenn man an den Füßen sauber sein will!" sagte sie zu sich selber. „Sieh nur, wie sie mich anglotzen!" O ja, sie blickten alle zu ihr hin; ihre bösen Gelüste funkelten ihnen aus den Augen und sprachen ohne Worte aus ihren Mundwinkeln, sie waren furchtbar anzusehen.

„Mich anzusehen, muß ein Vergnügen sein!" dachte die kleine Inger, „ich habe ein schönes Gesicht und gute Kleider an!" und nun verdrehte sie die Augen, das Genick war zu steif dazu. Nein, wie war sie im Bräuhaus der Moorfrau besudelt worden, das hatte sie nicht bedacht. Die Kleider waren wie mit einem einzigen, großen Schleimklecks bespritzt; eine Natter hatte sich in ihr Haar gehängt und klatschte ihr am Nacken herunter, und aus jeder Falte ihres Kleides schaute eine Kröte heraus, die wie ein engbrüstiger Mops bellte. Es war sehr unangenehm. „Aber die anderen hier unten sehen doch auch furchtbar aus!" tröstete sie sich selber.

Am schlimmsten von allem war ihr jedoch der entsetzliche Hunger, den sie verspürte; konnte sie sich denn gar nicht bücken und sich ein Stück von dem Brot abschneiden, auf dem sie stand? Nein, der Rücken war steif geworden,

Arme und Hände waren steif geworden, ihr ganzer Körper war wie eine Bildsäule aus Stein, nur die Augen konnte sie im Kopfe drehen, ganz rundherum drehen, so daß sie nach hinten sehen konnten, und das war ein abscheulicher Anblick. Und dann kamen die Fliegen, sie krochen ihr über die Augen, hin und her, sie blinzelte mit den Augen, aber die Fliegen flogen nicht weg, denn sie konnten nicht, die Flügel waren ihnen ausgerissen worden, sie waren Kriechtiere geworden; es war eine Qual, und dann der Hunger, ja, zuletzt war ihr, als ob ihre Eingeweide sich selber auffräßen und sie wurde im Innern so leer, so schauerlich leer.

„Wenn das noch lange so weitergeht, dann halte ich es nicht aus!" sagte sie, sie mußte aber aushalten, und es ging so weiter.

Da fiel eine heiße Träne auf ihren Kopf, die rollte ihr über Gesicht und Brust bis hinab aufsBrot, es fiel noch eine Träne, es fielen eine Menge. Wer weinte über die kleine Inger? Hatte sie nicht oben auf der Erde eine Mutter? Die Tränen der Betrübnis, die eine Mutter über ihr Kind weint, erreichen es immer, aber sie erlösen nicht, sie brennen, sie machen die Qual nur größer.Und dann dieser unerträgliche Hunger, und daß man nicht an das Brot heran konnte, auf das sie mit dem Fuße trat! Sie hatte schließlich eine Empfindung, daß alles in ihr sich selber aufgegessen haben mußte, sie war wie ein dünnes, hohles Rohr, das jedes Geräusch in sich einsog; sie hörte deutlich alles, was oben auf der Erde sie betraf, und was sie hörte, war böse und hart. Ihre Mutter weinte zwar aus tiefstem Herzen und war traurig, sagte aber dazu: „Hochmut kommt vor dem Fall! Es war dein Unglück, Inger! Wie hast du deine Mutter betrübt!"

Ihre Mutter und alle dort oben wußten von ihrer Sünde, daß sie aufs Brot getreten hatte, eingesunken und verschwunden war; der Kuhhirt hatte es erzählt, er hatte es selbst vom Hang aus gesehen.

„Wie hast du deine Mutter betrübt, Inger!" sagte die Mutter; „ja, ich hatte es mir ja gedacht!"

„Wäre ich doch nie geboren worden!" dachte Inger dann,

„das wäre viel besser für mich gewesen. Es hat jetzt keinen Zweck, daß meine Mutter greint."

Sie hörte, wie ihre Herrschaft, die herzensguten Leute, die wie Eltern gegen sie gewesen waren, sprach: „Sie war ein sündiges Kind! Sie hat die Gabe des Herrgotts nicht geachtet, sondern mit Füßen getreten, es wird ihr sauer werden, die Tür der Gnade zu öffnen."

„Sie hätten mich mehr züchtigen sollen!" dachte Inger, „mir die Mucken austreiben sollen, falls ich welche hatte."

Sie hörte, daß ein ganzes Lied auf sie gemacht wurde:

„Das hochmütige Mädchen, das aufs Brot trat, um saubere Schuhe zu haben", und es wurde im ganzen Land gesungen.

„Daß man das immer wieder zu hören bekommt! Deswegen so viel leiden muß!" dachte Inger, „die anderen müßten wirklich auch für ihre Sünden gestraft werden! Ja, dann gäbe es allerlei zu strafen! Uh, wie ich gepeinigt werde!"

Und ihr Sinn wurde noch härter als ihre Schale.

„Hier unten in dieser Gesellschaft wird man doch nicht besser! Und ich will nicht besser sein! Sieh, wie die Mund und Nase aufsperren!"

Und ihr Gemüt war zornig und böse auf alle Menschen.

„Jetzt haben sie doch da oben was zu reden! – Uh, wie ich gepeinigt werde!"

Und sie hörte, wie man den Kindern ihre Geschichte erzählte, und die Kleinen nannten sie die gottlose Inger. „Sie war so abscheulich!" sagten sie, „so garstig, sie müßte tüchtig gepeinigt werden!"

Immer führten Kinder harte Worte über sie im Munde.

Eines Tages jedoch, als Groll und Hunger in ihrer hohlen Schale nagten und sie hörte, wie einem unschuldigen Kinde gegenüber ihr Name fiel und ihm ihre Geschichte erzählt wurde – es war ein kleines Mädchen –, merkte sie, wie das Kleine bei der Geschichte von der hochmütigen, putzsüchtigen Inger in Tränen ausbrach.

„Kommt sie denn nie wieder herauf?" fragte das kleine Mädchen.

Und es wurde geantwortet: „Sie kommt nie wieder herauf!"

„Wenn sie nun aber Abbitte tut und es nie wieder tun will?"

„Aber sie tut nicht Abbitte!" sagte man.

„Ich möchte so gern, daß sie es täte!" sagte das kleine Mädchen und war ganz untröstlich. „Ich gebe meinen Puppenschrank dafür her, wenn sie heraufkommen darf! Es ist so grausig für die arme Inger!"

Und diese Worte gelangten bis in Ingers Herz hinein, sie taten ihr irgendwie gut; es war das erstemal, daß jemand sagte: „Arme Inger!“ und nicht das geringste über ihre Fehler hinzufügte; ein kleines, unschuldiges Kind weinte und bat für sie, es wurde ihr ganz seltsam zumute dabei, sie hätte gern selber geweint, aber sie konnte nicht weinen, und das war auch eine Qual.

Während die Jahre droben vergingen – unten gab es keine Veränderung –, hörte sie seltener einen Laut von dort oben, es wurde weniger über sie gesprochen; da vernahm sie eines Tages einen Seufzer: „Inger! Inger! wie hast du mich betrübt! ich habe es ja gesagt!“ Es war ihre Mutter, die starb.

Bisweilen hörte sie ihren Namen von der alten Herrschaft nennen, und die mildesten Worte, die die Herrin sagte, waren: „Ob ich dich jemals wiedersehe, Inger! Man weiß nicht, wo man hinkommt!“

Aber Inger verstand natürlich, daß ihre brave Herrin nie dorthin kam, wo sie war.

So verging abermals eine Zeit, lang und bitter.

Da hörte Inger von neuem ihren Namen nennen und sah über sich etwas schimmern gleich zwei klaren Sternen; es waren zwei freundliche Augen, die sich auf Erden schlossen. Soviele Jahre waren seit damals vergangen, als das kleine Mädchen so trostlos wegen der „armen Inger" weinte, daß dieses Kind eine alte Frau geworden war, die nun der Herrgott zu sich rufen wollte, und gerade in dieser Stunde, als die Gedanken an die Summe des ganzen Lebens in ihr aufstiegen, fiel es ihr auch ein, wie sie als kleines Kind so bitterlich hatte weinen müssen, als sie Ingers Geschichte hörte; diese Zeit und dieser Eindruck standen der alten Frau in ihrer Todesstunde so lebendig vor Augen, daß sie ganz laut ausrief: „Herr mein Gott, ob ich nicht auch wie Inger oftmals auf die Gabe deines Segens getreten habe, ohne daran zu denken, ob ich nicht auch Hochmut in meinem Herzen gehabt habe, aber du hast mich in deiner Gnade nicht sinken lassen, sondern mich gehalten! Laß mich in meiner letzten Stunde nicht aus deinen Händen!"

Und die Augen der Alten schlossen sich, und die Augen der Seele wurden dem Verhüllten aufgetan, und da Inger so lebendig in ihren letzten Gedanken gewesen war, sah sie das Mädchen, sah, wie tief es hinabgezogen worden war, und bei diesem Anblick brach die Fromme in Tränen aus, im Himmelreich stand sie wie als Kind und weinte um die arme Inger; diese Tränen und diese Bitten hallten gleich einem Echo in die hohle, leere Schale hinab, die die gefesselte, gequälte Seele umschloß, und sie wurde überwältigt von dieser nie erwarteten Liebe von oben: ein Engel Gottes weinte um sie! Weshalb wurde ihr dies vergönnt? Die gequälte Seele sammelte in Gedanken gleichsam jede Tat des Erdenlebens, die sie verübt hatte, und sie erschauerte in Tränen, wie Inger sie nie hätte vergießen können; Trauer über sich selber erfüllte sie, ihr war, als könnte das Tor der Gnade sich für sie nie auftun, und wie sie dies in Zerknirschung erkannte, fiel im selben Augenblick ein heller Strahl in den Abgrund hinein, der Strahl hatte eine Kraft, stärker als der Sonnenstrahl, der den Schneemann auftaut, den die Jungen auf dem Hofe bauen; und dann, viel schneller als die

Schneeflocke, die auf den warmen Mund des Kindes fällt und zum Tropfen zerschmilzt, löste sich Ingers versteinerte Gestalt in Dunst auf, ein kleiner Vogel schwang sich im Zickzack des Blitzes zur Menschenwelt hinauf, aber furchtsam und scheu war er gegen alles ringsum, er schämte sich vor sich selber und vor allen Lebewesen und suchte eilends in einem finsteren Loche Zuflucht, das er in der verfallenen Mauer fand; hier saß er und kauerte sich zusammen, am ganzen Leibe zitternd, keinen Laut konnte er von sich geben, er hatte keine Stimme; er saß lange Zeit so da, ehe er in Ruhe all die Herrlichkeit draußen sehen und empfinden konnte; ja, eine Herrlichkeit war es: die Luft war so frisch und mild, der Mond schien so hell, die Bäume und Sträucher dufteten; und dazu war es so lauschig dort, wo er saß, sein Federkleid war so rein und fein. Nein, wie war doch alles Geschaffene in Liebe und Herrlichkeit hervorgebracht! Die Gedanken alle, die sich in der Brust des Vogels regten, wollten sich freisingen, aber der Vogel vermochte es nicht, gern hätte er gesungen wie im Lenz der Kuckuck und die Nachtigall. Der Herrgott, der auch den lautlosen Lobgesang des Wurms vernimmt, hörte hier den Lobgesang, der in Gedankenakkorden emporstieg, so wie der Psalm in Davids Brust erklang, ehe er Wort und Melodie erhielt.

Tage und Wochen lang wuchsen und schwollen diese lautlosen Gesänge an, sie mußten zum Ausbruch kommen beim ersten Flügelschlag zu einer guten Tat, eine solche mußte vollbracht werden!

Jetzt kam das heilige Weihnachtsfest. Der Bauer stellte dicht an der Mauer eine Stange auf und befestigte eine ungedroschene Hafergarbe daran, auf daß die Vögel des Himmels auch ein fröhliches Weihnachten und eine frohe Mahlzeit in dieser Zeit des Erlösers hätten.

Und am Weihnachtsmorgen ging die Sonne auf und schien auf die Hafergarbe, und all die zwitschernden Vögel umflogen die Futterstange, da erklang es auch von der Mauer: „Piep! piep!“ Der überquellende Gedanke wurde

zu einem Ton, das leise Piepsen ward ein ganzer Freudenhymnus, der Gedanke an eine gute Tat war geweckt, und der Vogel flog aus seinem Versteck; im Reich des Himmels wußte man sehr wohl, was für ein Vogel das war.

Der Winter setzte ernstlich ein, die Gewässer waren mit dickem Eis bedeckt, die Vögel und die Tiere des Waldes waren in großer Futternot. Der kleine Vogel flog auf die Landstraße, und in den Schlittenspuren suchte er hier und da ein Korn und fand es auch, vor den Gasthäusern fand er ein paar Brotkrumen, davon fraß er nur ein einziges, rief aber all die anderen ausgehungerten Sperlinge herbei, daß sie hier Nahrung finden könnten. Er flog über die Ortschaften, spähte überall umher, und wo eine liebevolle Hand an einem Fenster Brot für die Vögel ausgestreut hatte, fraß er selber nur eine einzige Krume und überließ alles den anderen.

Im Laufe des Winters hatte der Vogel so viele Brotkrumen gesammelt und verschenkt, daß sie zusammen jenes ganze Brot ausmachten, auf das die kleine Inger getreten hatte, um sich ihre Schuhe nicht schmutzig zu machen, und als die letzte Brotkrume gefunden und verschenkt worden war, wurden die grauen Flügel des Vogels weiß und breiteten sich aus.

„Da fliegt eine Seeschwalbe über den See!" sagten die Kinder, die den weißen Vogel sahen; jetzt tauchte er in den See, jetzt stieg er in den hellen Sonnenschein empor, er flimmerte, es war nicht möglich zu sehen, wo er blieb; sie sagten, er sei geradeswegs in die Sonne hineingeflogen.

Der Türmer Ole

„In der Welt geht es auf und ab und ab und auf! Jetzt kann ich nicht höher gelangen!“ sagte der Türmer Ole. „Auf und ab und ab und auf, das müssen die meisten erfahren; im Grunde werden wir zuletzt alle Türmer; seht das Leben und die Dinge von oben an!“

So sprach Ole auf dem Turm, mein Freund, der alte Wächter, ein drolliger, redseliger Bursche, der alles zu sagen schien und dennoch so viel Ernstes auf dem Grunde seines Herzens bewahrte; ja, er stammte von feinen Leuten ab, es gab welche, die sagten, er wäre der Sohn eines Konferenzrats oder hätte es sein können; studiert hatte er, war Hilfslehrer gewesen, Hilfsküster, aber was nützte das schon! Da wohnte er beim Küster, sollte alles im Hause frei haben; damals war er noch jung und schön, wie man sagt: er wollte seine Stiefel mit Wichse putzen, aber der Küster wollte ihm nur Fett geben, und darüber gerieten sie in Streit; der eine sprach von Geiz, der andere von Eitelkeit, die Wichse wurde der schwarze Boden der Feindschaft, und dann trennten sie sich; was er aber vom Küster verlangte, das verlangte er auch von der Welt: Wichse, und er bekam immer nur Fett; so kehrte er allen Menschen den Rücken und wurde Einsiedler, aber eine Einsiedelei mit Broterwerb mitten in einer großen Stadt gibt es nur auf dem Kirchturm, dort stieg er hinauf und rauchte auf seinem einsamen Gang seine Pfeife; er blickte nieder, und er blickte hinauf, dachte nach und erzählte in seiner Art, was er sah und nicht sah, was er in Büchern las und in seinem Innern. Ich lieh ihm oftmals Lesestoff, gute Bücher; und an denen, mit denen man umgeht, wird man erkannt. Englische Gouvernantenromane liebe er nicht, sagte er, auch nicht die französischen, die aus Zugwind und Rosenstengeln gebraut seien, nein, Lebensbeschreibungen wollte er, Bücher über die Wunder der Natur. Ich besuchte ihn mindestens einmal im Jahr, für gewöhnlich gleich nach Neujahr, er hatte dann immer dies oder jenes, an das sich seine Gedanken über den Jahreswechsel knüpften.

Ich werde von zwei Besuchen erzählen und seine eigenen Worte wiedergeben, soweit ich es kann.

Erster Besuch

Unter jenen Büchern, die ich Ole zuletzt geliehen hatte, war ein Buch über die Kieselsteine, das ihn besonders erfreut und erfüllt hatte.

„Ja, das sind rechte Jubelgreise, diese Kieselsteine!" sagte er, „und an denen geht man gedankenlos vorbei! Das habe ich selbst auf dem Feld und am Strand getan, wo sie zu Haufen liegen. Da läuft man auf den Pflastersteinen herum, diesen Überresten aus der allerältesten Vorzeit! Das habe ich selbst getan. Jetzt hat jeder Pflasterstein meine Hochachtung! Vielen Dank für dies Buch, es hat mich ausgefüllt, alte Gedanken und Gewohnheiten beiseite geschoben, mich begierig gemacht, mehr dergleichen zu lesen, der Roman der Erde ist doch der merkwürdigste von allen Romanen! Schade, daß man die ersten Teile nicht lesen kann, da sie in einer Sprache abgefaßt sind, die wir nicht gelernt haben; man muß in den Erdschichten lesen, in den Kieselsteinen, in allen Erdperioden, und die handelnden Personen treten dann erst im sechsten Teil auf, Herr Adam und Frau Eva, es ist für viele Leser etwas spät, die möchten sie gleich dabei haben, mir ist es einerlei. Es ist ein Roman, höchst abenteuerlich, und wir kommen alle miteinander darin vor. Wir kribbeln und krabbeln und bleiben am selben Platz, aber die Kugel dreht sich, ohne daß das Weltmeer über uns hinwegschwappt; die Kruste, auf der wir gehen, hält zusammen, wir fallen nicht hindurch; und dann ist es eine Geschichte, die über Millionen von Jahren reicht und ständig weitergeht. Vielen Dank für das Buch von den Kieselsteinen! Das sind Burschen, die könnten etwas erzählen, wenn sie reden könnten! Ist es nicht lustig, so hin und wieder einmal zu einem Nichts zu werden, wenn man so hoch oben sitzt wie ich, und dann daran gemahnt zu werden, daß wir alle, sogar mit Wichse, nur Minutenameisen auf dem Erdenhügel sind, auch wenn wir Ameisen mit Ordensbändern sind, Ameisen, die gehen und sitzen können. Man kommt sich so peinlich jung vor neben diesen Millionen Jahre alten, ehrwürdigen Kieselsteinen. Ich las am Altjahrsabend in einem Buch und war so sehr darin vertieft, daß ich vergaß, meinem gewohnten Vergnügen in der Neujahrsnacht, dem ‚wilden Heer nach Amager', zuzusehen! Ja, das werden Sie kaum kennen!

Der Ritt der Hexen auf dem Besenstiel ist hinreichend bekannt, der findet in der Johannisnacht statt und geht zum Blocksberg, aber wir haben auch das wilde Heer, das ist ein einheimisches und heutiges, es zieht in der Neujahrsnacht nach Amager hinaus. Alle schlechten Poeten, Poetinnen, Spielleute, Zeitungsschreiber und in der Öffentlichkeit stehenden Personen der Kunst, die nichts taugen, reiten in der Neujahrsnacht durch die Luft nach Amager hinaus; sie sitzen rittlings auf ihrem Pinsel oder ihrem Federkiel, die Stahlfeder kann sie nicht tragen, die ist zu steif. Ich sehe es, wie gesagt, in jeder Neujahrsnacht; die meisten von ihnen könnte ich mit Namen nennen, aber es ist besser, man legt sich nicht mit ihnen an; sie mögen es nicht, daß die Leute etwas von ihrem Amagerausflug auf dem Federkiel erfahren. Ich habe eine Art Nichte, die ist Fischfrau und liefert drei geachteten Zeitungen Schimpfwörter, wie sie erzählt; sie ist selber als geladener Gast draußen gewesen, sie wurde hinausgetragen, sie hält sich selber keine Schreibfeder und kann nicht reiten. Sie hat es erzählt. Die Hälfte von dem, was sie sagt, ist gelogen, aber schon die Hälfte genügt. Als sie da draußen war, fingen sie mit Singen an, jeder von den Gästen hatte sein Lied gemacht, und jeder sang seines, denn das war das beste; es kam auf eins heraus, es war dieselbe ‚Melodei'. Dann marschierten in kleinen Kameradschaften diejenigen auf, die nur mit dem Mundwerk wirkten, da waren die Glockenspiele, die immer abwechselnd singen, dann kamen die kleinen Trommler, die in den Familien herumtrommeln. Bekanntschaften wurden gemacht mit denen, die schreiben, ohne den Namen drunterzusetzen, das heißt in diesem Fall, wo Stiefelfett als Wichse ausgegeben wird; da war der Henker mit seinem

Knecht, und der Knecht war der schärfere, sonst hätte man ihn nicht bemerkt; da war der gute Abfallmann, der den Eimer umkehrt und ihn ‚gut, sehr gut, ausgezeichnet!' nennt. Mitten in diesem ganzen Vergnügen, denn das mußte es ja sein, schoß aus der Grube ein Stengel empor, ein Baum, eine ungeheure Blüte, ein großer Pilz, ein ganzes Dach, das war die Schlaraffenstange der geehrten Versammlung,

die alles trug, was sie im alten Jahr der Welt geschenkt hatten; aus dieser stoben Funken gleich Flammen, das waren all die geborgten Gedanken und Ideen, die sie benutzt hatten, die sich jetzt lösten und loszischten gleich einem ganzen Feuerwerk. Da wurde ‚Feuer, Wasser, Kohle' gespielt, und die kleinen Poeten spielten: ‚das Herz fängt Feuer'; die Witzbolde machten Kalauer, weniger tat's nicht. Die Witze dröhnten, als schlüge man leere Töpfe gegen Türen oder Töpfe mit Torfasche. Es war äußerst vergnüglich! sagte die Nichte; eigentlich sagte sie noch eine ganze Menge mehr, was sehr maliziös, aber ulkig war! Ich sage es nicht weiter, man soll ein guter Mensch sein und kein Nörgler! Sie werden indessen einsehen, wenn man wie ich so gut über das Fest dort draußen Bescheid weiß, ist es dann nicht begreiflich, daß ich in jeder Neujahrsnacht zuzusehen versuche, wie das wilde Heer von dannen jagt? Vermisse ich in einem Jahr einzelne, dann sind neue hinzugekommen, aber in diesem Jahre habe ich es verabsäumt, mir die Gäste anzusehen, ich rollte auf den Kieselsteinen davon, rollte durch Millionen von Jahren und sah, wie die losen Steine oben in den nördlichen Ländern polterten, sah sie auf Eisschollen, lange bevor die Arche Noah gebaut wurde, dahintreiben, sah sie auf den Grund sinken und auf einer Sandbank wieder zum Vorschein kommen, die aus dem Wasser herausguckte und sagte: ‚Dies soll Seeland sein!' Ich sah, wie sie der Sitz für Vogelarten wurden, die wir nicht kennen, Sitz wilder Häuptlinge, die wir auch nicht kennen, bis die Axt in ein paar von den Steinen Runenzeichen ritzte, die nun in die Zeitrechnung eingehen, aber ich war ganz aus ihr herausgekommen, zu einem Nichts geworden. Da fielen drei, vier herrliche Sternschnuppen, die brachten Licht, die Gedanken bekamen einen anderen Schwung; Sie wissen doch, was eine Sternschnuppe ist? Das wissen die gelehrten Leute im allgemeinen nicht! Ich habe nun meine eigenen Gedanken darüber, und ich gehe von folgendem aus: Wie oft wird nicht im geheimen ein Dank und Segen jedem gewährt, der etwas Schönes und Gutes gewirkt hat, oftmals

ist der Dank tonlos, aber er fällt nicht zu Boden! Ich denke mir, er wird vom Sonnenschein aufgefangen, und der Sonnenstrahl trägt den still empfundenen, geheimen Dank zu dem Wohltäter, ist es ein ganzes Volk, das im Verlauf der Zeiten seinen Dank ausschickt, ja, dann kommt der Dank gleich einem Strauß, fällt gleich einer Sternschnuppe auf das Grab des Wohltäters. Ich mache mir richtig ein Vergnügen daraus, wenn ich eine Sternschnuppe sehe – namentlich in der Neujahrsnacht –, herauszubekommen, wem dieser Dankesstrauß nun gelten mag. Kürzlich ging eine leuchtende Sternschnuppe im Südwesten nieder: ein inniger Dank an viele, viele! Wem mochte er gelten? Sie fiel bestimmt, dachte ich, auf den Hang an der Flensburger Förde, wo der Danebrog über den Gräbern von Schleppegrell, Læssöe und deren Kameraden weht. Eine fiel mitten im Lande nieder, die fiel auf Sorö, ein Strauß auf Holbergs Sarg, ein Dank im vergangenen Jahr von so vielen, ein Dank für die herrlichen Komödien!

Es ist ein großer Gedanke, ein froher Gedanke, wenn man weiß, daß Sternschnuppen auf unser Grab niedergehen können, auf meines werden sie zwar nicht fallen, nicht ein Sonnenstrahl bringt mir einen Dank, denn hier gibt es nichts zu danken; ich bringe es nicht zu Wichse", sagte Ole, „mein Los in dieser Welt ist Stiefelfett."

Zweiter Besuch

Es war an einem Neujahrstag, als ich auf den Turm hinaufstieg. Ole sprach von dem Glas, das beim Übergang vom alten Tropfen zum neuen Tropfen, wie er das Jahr nannte, geleert wurde. Da bekam ich seine Geschichte von den Gläsern zu hören, und darin lag wirklich so mancher Gedanke.

„Wenn die Uhr in der Neujahrsnacht zwölf geschlagen hat, erheben sich die Leute am Tisch mit ihren vollen Gläsern und heißen das neue Jahr mit einem Trunk willkommen. Man beginnt das Jahr mit dem Glas in der Hand, das ist ein guter Anfang für Trinker; man beginnt das Jahr damit, ins Bett zu gehen, das ist ein guter Anfang für die Faulheit; der Schlaf wird im Laufe des Jahres sicher eine große Rolle spielen, die Gläser ebenfalls. Wissen Sie, was in den Gläsern wohnt?" fragte er. „Ja, Gesundheit, Freude und Ausgelassenheit wohnen in ihnen! Verdruß und das bittere Unglück wohnen in ihnen! Wenn ich die Gläser aufzähle, spreche ich natürlich von dem jeweiligen Wert der einzelnen Gläser für die verschiedenen Menschen.

Siehst du, das erste Glas, das ist das Glas der Gesundheit! In ihm wächst die Pflanze der Gesundheit, steck sie in den Deckenbalken, und am Jahresende kannst du dann unterm Baume der Gesundheit sitzen.

Nimmst du das zweite Glas – ja, aus diesem fliegt ein kleiner Vogel, der zwitschert harmlos fröhlich, so daß die Menschen lauschen und vielleicht mitsingen: Das Leben ist schön! Wir wollen nicht den Kopf hängen lassen! Frohgemut vorwärts!

Aus dem dritten Glas erhebt sich ein kleiner Bursche mit Flügeln, ein Engelskind kann man ihn gerade nicht nennen, denn er hat Wichtelblut und Wichtelsinn, nicht um einen zu ärgern, sondern um seinen Schabernack zu treiben; er setzt sich uns hinters Ohr und flüstert uns einen lustigen Einfall zu; er legt sich uns in die Herzgrube und verbreitet dort Wärme, so daß man ausgelassen wird oder, nach dem Urteil anderer Köpfe, Geist hat.

Im vierten Glas ist weder Pflanze, Vogel noch Bürschlein zu finden, dies ist für den Verstand der Gedankenstrich, und über diesen Strich darf man nie gehen.

Wird nun das fünfte Glas getrunken, dann weinst du über dich selber, wirst so unwahrscheinlich komisch gerührt, oder es geht jetzt richtig los; aus dem Glas springt mit einem Knall Prinz Karneval, sprudelnd und außer Rand und Band; er zieht dich mit sich, du vergißt deine Würde, wenn du eine hast! Du vergißt mehr, als du vergessen sollst und vergessen darfst. Alles ist Tanz, Gesang und Klang; die Masken zerren dich mit, die Töchter des Teufels, in Schleier und Seide, kommen mit aufgelöstem Haar und herrlichen Gliedern – reiße dich los, falls du kannst!

Das sechste Glas! – ja, in ihm sitzt der Satan selber, ein kleiner, gutangezogener, beredter, sympathischer, höchst angenehmer Mann, der dich so völlig versteht, dir in allem recht gibt, sich ganz in deine Lage versetzen kann! Er kommt mit der Laterne, um dich zu sich nach Haus zu führen. Es gibt eine alte Legende von dem Heiligen, der eine der sieben Todsünden wählen sollte, und er wählte, wie er meinte, die geringste, die Trunkenheit, und in dieser beging er all die anderen sechs Sünden. Mensch und Teufel mischen ihr Blut, das ist das sechste Glas, und dann sprießen alle bösen Keime in uns; jeder einzelne wächst mit einer Kraft empor wie das biblische Senfkorn, wird groß wie ein Baum, breitet sich über die ganze Welt aus, und die meisten haben nichts weiter vor sich, als in den Schmelzofen zu kommen und umgegossen zu werden.

Das ist die Geschichte der Gläser!" sagte der Türmer Ole, „und die kann mit Wichse wie auch mit Stiefelfett gereicht werden! Ich reiche sie mit beidem."

Das war der zweite Besuch bei Ole, willst du von weiteren hören, dann müssen die Besuche fortgesetzt werden.

Anne Lisbeth

Anne Lisbeth war wie Milch und Blut, jung und heiter, hübsch anzusehen, die Zähne blitzten weiß, die Augen so hell; ihr Fuß war leicht beim Tanz und der Sinn noch leichter! Was kam dabei heraus? „Das greuliche Kind!“ – Ja, hübsch war es nicht! Es wurde zur Frau des Grabenarbeiters gegeben, Anne Lisbeth kam aufs gräfliche Schloß, saß im prächtigen Gemach mit Kleidern aus Seide und Samt; kein Wind durfte sie anwehen, niemand ihr ein hartes Wort geben, denn das schadete ihr, und das sollte sie nicht erdulden müssen. Sie stillte das Grafenkind, es war fein wie ein Prinz, schön wie ein Engel, wie sie dieses Kind liebte! Ihr eigenes, ja, das hatte ein Obdach, war im Haus des Grabenarbeiters, wo nicht der Kessel, wohl aber der Mund überkochte, und meistens war kein Mensch zu Hause, der Junge schrie – aber was ich nicht weiß, macht mich nicht heiß –, er schrie sich in Schlaf, und im Schlaf verspürt man keinen Hunger und Durst, der Schlaf ist eine sehr gute Erfindung; im Laufe der Jahre – ja, mit der Zeit schießt das Unkraut in die Höhe, sagt man – schoß Anne Lisbeths Junge in die Höhe, und dennoch war er gedrungen von

Wuchs, erzählte man; aber er gehörte ganz zur Familie, sie hatten Geld dafür bekommen, Anne Lisbeth war ihn ganz und gar los, sie war eine städtische Madame geworden, hatte es warm und gut bei sich und trug einen Hut, wenn sie ausging, aber nie ging sie zu dem Grabenarbeiter, es war weit von der Stadt entfernt, und sie hatte da auch nichts zu suchen, der Junge gehörte ihnen, und essen, das konnte er, und gar nicht knapp, erzählte man; seine Kost sollte er sich verdienen, und so hütete er Mads Jensens rote Kuh, er konnte sehr gut Hütedienste tun und mit anpacken.

Der Kettenhund auf der Bleiche des Guts sitzt stolz im Sonnenschein auf seiner Hütte und bellt jeden an, der vorbeikommt, bei Regenwetter verkriecht er sich nach drinnen, liegt trocken und warm. Anne Lisbeths Junge saß im Sonnenschein am Graben, schnitt einen Tüderpflock zurecht, im Frühling hatte er drei Erdbeerpflanzen in Blüte gesehen, die würden sicher Frucht tragen, es war sein glücklichster Gedanke, aber es kamen keine Beeren. Er saß in Regen und Sturm draußen, wurde naß bis auf die Haut, der scharfe

Wind trocknete ihm die Sachen am Leibe; kam er aufs Gut, wurde er geknufft und gestoßen, er sei garstig und häßlich, sagten Mägde und Knechte, das war er gewöhnt – niemals geliebt!

Wie erging es Anne Lisbeths Jungen? Wie sollte es ihm ergehen? Sein Los war: „Niemals geliebt."

Vom Land wurde er über Bord geworfen, stach auf einem kümmerlichen Fahrzeug in See, saß am Steuer, während der Schiffer trank; schmutzig und garstig war er, verfroren und gierig, man sollte meinen, er wäre nie satt geworden, und das war er auch nicht.

Es war spät im Jahr, rauhes, nasses, windiges Wetter, der Wind blies kalt durch die dicken Sachen, namentlich auf See, und da fuhr ein kümmerliches Fahrzeug vor einem Segel mit nur zwei Mann an Bord, ja, nur einem und einem halben, kann man auch sagen, das waren der Schiffer und sein Schiffsjunge. Trübe war es den ganzen Tag gewesen, jetzt wurde es finsterer, eine schneidende Kälte herrschte. Der Schiffer nahm sich einen Schnaps, der konnte von innen wärmen; die Flasche war alt und das Glas ebenfalls, oben war es heil, aber der Fuß war abgebrochen, und es hatte statt dessen einen geschnitzten, blauangestrichenen Holzklotz, auf dem es stehen konnte. Ein Schnaps tat gut, zwei taten besser, meinte der Schiffer. Der Junge saß am

Ruder, das er mit seinen harten, teerbeschmutzten Händen festhielt; häßlich war er, das Haar war struppig, eingeschüchtert und geduckt war er, er war der Sohn des Grabenarbeiters, im Kirchenbuch war er als Anne Lisbeths Kind aufgeführt.

Der Wind wehte auf seine Weise, das Fahrzeug fuhr auf seine! Das Segel blähte sich, der Wind griff hinein, sie machten sausende Fahrt, rauh, naß ringsum, aber noch mehr konnte kommen – Halt! – Was war das? Was stieß, was sprang, was griff an das Fahrzeug? Es legte sich um! Kam ein Wolkenbruch, rollte ein Brecher heran? – Der Junge am Ruder schrie laut: „In Jesu Namen!" Das Fahrzeug war auf einen riesigen Stein auf dem Meeresgrunde gestoßen und sank wie ein alter Schuh im Dorfteich; versank mit Mann und Maus, wie man sagt; und da waren Mäuse, aber nur anderthalb Mann: der Schiffer und der Junge des Grabenarbeiters. Niemand sah es, außer den schreienden Möwen und den Fischen dort unten, ja, und die sahen es nicht einmal richtig, denn die flitzten erschrocken auseinander, als das Wasser in das sinkende Fahrzeug donnerte; kaum einen Faden unter Wasser saß es fest; begraben waren die beiden; begraben, vergessen! Nur das Glas mit dem blauangemalten Holzklotz als Fuß sank nicht, der Holzklotz schwamm oben; das Glas trieb weiter, brach ab und wurde an den Strand gespült – wann und wo? Ja, es war ja nichts weiter! Nun hatte es ausgedient, und es war geliebt worden; nicht so Anne Lisbeths Junge! Jedoch im Himmelreich wird keine Seele mehr sagen können: „Niemals geliebt!"

Anne Lisbeth war in der Stadt, und zwar schon viele Jahre, wurde Madame genannt und trug den Kopf besonders hoch, wenn sie von alten Zeiten redete, der gräflichen Zeit, als sie in der Kutsche fuhr und mit Gräfinnen und Baroninnen reden konnte. Ihr süßes Grafenkind war ein

reizendes Engelskind, die liebevollste Seele, der Junge hatte sie liebgehabt, und sie hatte ihn liebgehabt. Sie hatten sich geküßt und sich gestreichelt, er war ihre Freude, das halbe Leben für sie. Nun war er groß, war vierzehn Jahre alt, war klug und schön; sie hatte ihn nicht gesehen, seit sie ihn auf den Armen getragen hatte; auch war sie viele Jahre lang nicht auf dem gräflichen Schloß gewesen, es war eine ganze Reise bis dorthin.

„Ich muß mich mal kurz entschließen!" sagte Anne Lisbeth, „ich muß zu meinem Goldkind, zu meinem süßen Grafenkind! Ja er sehnt sich gewiß auch nach mir, denkt an mich, hat mich lieb wie damals, als er mit seinen Engelsärmchen an meinem Hals hing und ‚An-Lis!' sagte, es war wie eine Violine, ja, ich muß mich mal kurz entschließen und ihn wiedersehen."

Sie fuhr mit dem Kälberwagen, sie ging zu Fuß, sie kam zum gräflichen Schloß, es war groß und prächtig wie je, außen der Garten wie früher, aber die Leute im Haus waren alle fremd, und nicht einer von ihnen wußte etwas von Anne Lisbeth, sie wußten nicht, was sie hier einmal vorgestellt hatte, das würde die Gräfin ihnen sicher sagen, auch ihr lieber Junge; wie sehnte sie sich nach ihm!

Nun war Anne Lisbeth da; lange mußte sie warten, und Wartezeit wird einem lang! Bevor die Herrschaft zu Tische ging, wurde sie zur Gräfin hereingerufen und sehr nett behandelt. Ihren süßen Jungen sollte sie nach Tisch sehen, da wurde sie wieder hereingerufen.

Wie war er groß geworden, lang und dünn, aber die entzückendsten Augen hatte er und den Engelsmund! Er schaute sie an, sagte aber kein Wort. Er erkannte sie sicher nicht. Er drehte sich um, wollte wieder gehen, aber da ergriff sie seine Hand, drückte sie an ihren Mund. „Na ja, schon gut!" sagte er, und dann ging er aus dem Zimmer, er, das Andenken ihrer Liebe, er, den sie geliebt hatte und am meisten liebte, er, ihr Stolz hienieden.

Anne Lisbeth trat vors Schloß und ging auf der offenen Landstraße davon, ihr war so trübselig zumute; er war ihr so fremd entgegengetreten, hatte keinen Gedanken an sie verwandt, kein Wort, er, den sie einstmals bei Tag und bei Nacht getragen hatte und immer im Herzen trug.

Da flog ein großer, schwarzer Rabe vor ihr über den Weg, schrie und schrie noch einmal. „Ei weh!“ sagte sie, „was bist du für ein Unglücksvogel!“

Sie kam am Haus des Grabenarbeiters vorbei; die Frau stand in der Tür, und dann unterhielten sie sich.

„Du bist aber gut beieinander!“ sagte die Frau des Grabenarbeiters, „du bist dick und fett! Dir geht es gut!“

„Na ja, schon!“ sagte Anne Lisbeth.

„Das Fahrzeug ist nun mit ihnen untergegangen!“ sagte die Frau des Grabenarbeiters. „Sie sind beide ertrunken, Lars Schiffer und der Junge. Jetzt haben sie Ruhe. Ich hätte doch gemeint, der Junge würde mir mal mit einem Schilling helfen können, dich hat er nun nichts mehr gekostet, Anne Lisbeth!“

„Sind sie ertrunken!“ sagte Anne Lisbeth, und dann redeten sie nicht mehr von der Sache. Anne Lisbeth war so traurig, weil ihr Grafenkind keine Lust gehabt hatte, mit ihr zu reden, mit ihr, die sie ihn so liebte und sich auf den weiten Weg gemacht hatte, um hierherzukommen; das hatte auch Geld gekostet, die Freude, die sie gehabt hatte, war nicht groß, aber darüber verlor sie hier kein Wort, sie wollte sich das Herz nicht erleichtern und zu der Frau des Grabenarbeiters darüber reden, die könnte ja glauben, sie, Anne Lisbeth, sei bei Grafens nicht mehr wohlangesehen. Da schrie der Rabe von neuem über ihr.

„Das schwarze Greuel", sagte Anne Lisbeth, „hat mir heute schon genug Angst eingejagt!"

Sie hatte Kaffeebohnen und Zichorie mitgebracht, es würde eine Aufmerksamkeit gegenüber der Frau des Grabenarbeiters sein, wenn sie ihr die gab, damit sie eine Schale Kaffee machen könnte, Anne Lisbeth könnte eine Tasse mittrinken; und die Frau des Grabenarbeiters kochte welchen, und Anne Lisbeth setzte sich auf einen Stuhl, und da schlief sie ein; da träumte sie von dem, von dem sie nie

zuvor geträumt hatte, das war schon seltsam: sie träumte von ihrem eigenen Kind, das in diesem Haus gehungert und geschrien hatte, ganz und gar vernachlässigt worden

war und nun im tiefen Meere lag, der Herrgott mochte wissen wo. Sie träumte, daß sie saß, wo sie saß, und daß die Frau des Grabenarbeiters draußen war, um Kaffee zu machen, sie konnte die Bohnen riechen, und in der Tür stand so ein wunderschönes Wesen, es war genauso schön wie das Grafenkind, und der Kleine sagte: „Die Welt geht jetzt unter! Halte dich an mir fest, denn du bist doch schließlich meine Mutter! Du hast einen Engel im Himmelreich! Halte dich an mir fest!"

Und dann griff er nach ihr, aber da ertönte ein gewaltiges Poltern, das war sicherlich die Welt, die auseinanderplatzte, und der Engel stieg empor und hielt sie an ihrem Hemdärmel fest, so fest, schien ihr, daß sie vom Erdboden hochgehoben wurde, aber irgend etwas hängte sich so schwer an ihre Beine, es lag auf ihrem Rücken, es war, als klammerten sich hundert Frauen an sie an, und sie sagten: „Wenn du erlöst wirst, müssen wir es auch werden! Hängt euch an! hängt euch an!" und dann hängten sie sich alle miteinander an sie: es war zuviel. „Ritsch-ratsch!" machte es, der Ärmel zerriß, und Anne Lisbeth stürzte entsetzlich, so daß sie davon erwachte – und nahe daran war, mit dem Stuhl umzufallen, auf dem sie saß, der Kopf war ihr so dumpf, daß sie sich gar nicht erinnern konnte, was sie geträumt hatte, aber etwas Schlechtes war es gewesen.

Dann wurde der Kaffee getrunken, dann wurde geredet, und dann ging Anne Lisbeth zum nächsten Ort, wo sie den Fuhrmann treffen wollte, um noch am selben Abend mit ihm in ihren Heimatort zu fahren, die Nacht durch; als sie aber zum Fuhrmann kam, sagte er, sie könnten nicht vor dem nächsten Abend losfahren, sie dachte nun darüber nach, was es sie kosten würde, wenn sie bliebe, überschlug die Länge des Weges und rechnete aus, wenn sie am Strand entlang ginge und nicht die Fahrstraße, dann wäre es fast zwei Meilen kürzer; es war ja schönes Wetter und sicher Vollmond, und so wollte Anne Lisbeth laufen; am nächsten Tage könnte sie daheim sein.

Die Sonne war gesunken, die Abendglocken läuteten noch – nein, es waren nicht die Glocken, es waren Peder Oxes Frösche, die in den Sumpflöchern quakten. Jetzt verstummten sie, alles war still, keinen Vogel hörte man, sie waren alle zur Ruhe gegangen, und die Eule war sicher nicht daheim; lautlos war es im Wald und am Strand, wo sie entlangging, sie hörte ihre eigenen Schritte im Sand, keine Welle plätscherte, alles draußen über der Tiefe des Wassers war ohne Laut; stumm waren sie alle dort unten, die Lebenden und die Toten.

Anne Lisbeth ging dahin und dachte an gar nichts, wie man sagt, sie war fern von ihren Gedanken, aber die Gedanken waren nicht fern von ihr, sie sind niemals fern von uns, sie liegen nur wie in einem Halbschlummer, sowohl die lebendigen, die sich zur Ruhe begeben haben, als auch die, die sich noch nicht gerührt haben. Aber die Gedanken kommen schon noch hervor, sie können sich im Herzen rühren, sich in unserem Kopfe rühren oder uns überfallen.

„Gute Tat trägt segensreiche Frucht!" steht geschrieben; „in der Sünde ist Tod!" steht auch geschrieben! Viel steht geschrieben, viel ist gesagt worden, man weiß es nicht, man behält es nicht, so erging es Anne Lisbeth; aber es kann einem plötzlich klarwerden, es kann kommen!

Alle Laster, alle Tugenden liegen in unseren Herzen! In deinem, in meinem! Sie liegen dort als kleine, unsichtbare Körner; da kommt von außen ein Sonnenstrahl, die Berührung einer bösen Hand, du biegst um die Ecke, nach rechts oder links, ja, das kann entscheidend sein, und das kleine Samenkorn wird geschüttelt, es schwillt dadurch an, es wird gesprengt und ergießt seine Säfte in dein ganzes Blut, und nun bist du ausgeliefert. Es sind beängstigende Gedanken, die hat man nicht, wenn man im Halbschlaf dahingeht, aber sie sind in Aufruhr: Anne Lisbeth ging wie in einem Halbschlaf, die Gedanken waren in Aufruhr! Von Lichtmeß bis Lichtmeß ist dem Herzen viel angekreidet worden, es ist die Rechnung eines Jahres, vieles ist vergessen, Sünden in Worten und Gedanken gegen Gott, unseren Nächsten und unser eigenes Gewissen; wir denken nicht darüber nach; das tat auch Anne Lisbeth nicht, sie hatte nichts Böses gegen Recht und Gesetz des Landes verübt, sie war durchaus wohlangesehen, gutartig und ehrbar, das wußte sie. Und wie sie nun so am Strand dahinging – was lag denn da? Sie blieb stehen; was war da angeschwemmt? Ein alter Männerhut lag da. Wo der wohl über Bord gegangen war. Sie ging näher heran, blieb stehen und sah ihn sich an – ja! was lag denn da noch! Sie erschrak richtig; aber da war kein Grund zum Erschrecken, es war Tang und Schilf, das um einen großen, länglichen Stein gewickelt war, das Ganze sah aus wie ein richtiger Mensch, es war nur Schilf und Tang, aber erschrocken war sie, und während sie weiterging, kam ihr so vieles ins Gedächtnis zurück, was sie als Kind gehört hatte, all der Aberglaube von dem „Strandgeist", dem Geist der Unbestatteten, die auf dem verlassenen Strand angespült waren. Die „Wasserleiche", der tote Leib, der tat nichts, aber sein Wiedergänger, der Strandgeist, folgte dem einsamen Wanderer, hängte sich an ihn und verlangte, daß man ihn auf den Kirchhof trage, damit er in christlicher Erde begraben werde. „Häng dich an! häng dich an!“ sagte er; und als Anne Lisbeth diese Worte bei sich wiederholte, stand ihr mit einemmal ihr ganzer Traum wieder vor Augen, so lebendig, wie die Mütter sich mit diesem Ausruf an sie angeklammert hatten: „Hängt euch an! hängt euch an!“ als die Welt unterging, ihr Hemdärmel zerriß und sie ihrem Kind entglitt, das in der Stunde des Jüngsten Gerichts sie hatte oben halten wollen. Ihr Kind, ihr eigenes, leibliches Kind, das sie nie geliebt, ja, an das sie nicht einmal gedacht hatte, dieses Kind war jetzt auf dem Grunde des Meeres, es konnte als Strandgeist kommen und rufen: „Häng dich an! häng dich an! Bring mich in christliche Erde!“ und als sie daran dachte, stach die Angst sie in die Ferse, so daß sie schneller ausschritt; die Furcht kam wie eine kalte, klamme Hand und legte sich ihr in die Herzgrube, so daß ihr fast übel wurde, und wie sie jetzt übers Meer hinwegschaute, wurde es dort dicker und dichter; ein schwerer Nebel kam heran und legte sich um Strauch und Baum, die ein wunderliches Aussehen bekamen. Sie drehte sich um und wollte nach dem Mond sehen, der hinter ihr stand, der sah aus wie eine fahle Scheibe ohne Strahlen, es war, als hätte sich etwas schwer auf alle ihre Glieder gelegt: Hängt euch an! hängt euch an! dachte sie, und als sie sich von neuem umdrehte und nach dem Mond sah, war ihr, als wäre sein weißes Antlitz dicht neben ihr, und der Nebel hing ihr wie ein Leintuch über die Schultern hinab: „Hängt euch an! Bring mich in christliche Erde!“ vermeinte sie einen Ton zu hören und hörte ihn auch, so hohl, so seltsam, er kam nicht von den Fröschen im Sumpf, weder von Raben noch von Krähen, denn die sah sie ja nicht. „Begrab mich! begrab mich!“ klang es vernehmlich! Ja, das war der Strandgeist ihres Kindes, das auf dem Grund des Meeres lag, es hatte keinen Frieden, bevor es nicht zum Kirchhof getragen und das Grab in christlicher Erde geschaufelt worden war. Dorthin wollte sie gehen, dort wollte sie graben, sie ging in die Richtung, in der die Kirche lag, und da war ihr, als würde die Bürde leichter, sie verschwand, und sie wollte nun wieder umkehren und auf dem kürzesten Wege heimwärts gehen, aber da drückte es sie von neuem: „Hängt euch an! hängt euch an!“ es klang wie das Quaken der Frösche, es klang wie ein klagender Vogel, es klang ganz deutlich: „Begrab mich! begrab mich!“

Der Nebel war kalt und klamm, ihre Hand und ihr Gesicht waren kalt und klamm vor Grauen; von außen her preßte es sie, in ihrem Innern entstand ein unendlicher Raum für Gedanken, die ihr nie zuvor gekommen waren.

Hier im Norden kann der Buchenwald in einer einzigen Frühlingsnacht ausschlagen, in seiner jungen, lichten Pracht im Sonnenschein des Tages stehen, in einer einzigen Sekunde kann in uns der Same sündhafter Gedanken, Worte und Taten aufgehen und sich entfalten, der in unser bisheriges Leben hineingesenkt worden ist; er geht auf und entfaltet sich in einer einzigen Sekunde, wenn das Gewissen erwacht; und der Herrgott weckt es, wenn wir es am wenigsten erwarten; da gibt es dann nichts zu entschuldigen, die Tat steht da und legt Zeugnis ab, die Gedanken erhalten Worte, und die Worte erklingen vernehmlich über die Welt hin. Wir entsetzen uns über das, was wir in uns getragen und nicht erstickt haben, entsetzen uns über das, was wir in Übermut und Gedankenlosigkeit ausgestreut haben. Das Herz trägt in seinen geheimen Fächern alle Tugenden, aber auch alle Laster, und sie können selbst auf dem unfruchtbarsten Boden gedeihen.

Anne Lisbeth dachte all das in ihrem Innern, was wir hier in Worten ausgedrückt haben, sie war davon überwältigt, sie sank zur Erde nieder, kroch auf ihr ein Stück weiter. „Begrab mich! begrab mich!“ sagte es, und am liebsten wäre sie selber begraben gewesen, falls das Grab ewiges Vergessen von allem bedeutete. Es war die ernste Stunde der Erweckung, mit Grauen und Angst. Der Aberglaube ergoß sich heiß und kalt in ihr Blut; so vieles, wovon sie nie hatte reden mögen, kam ihr in den Sinn. Geräuschlos, wie der Schatten einer Wolke im hellen Mondschein, huschte eine Erscheinung an ihr vorüber, sie hatte schon früher davon gehört. Dicht an ihr vorbei sprengten vier schnaubende

Rosse, Feuer loderte ihnen aus Augen und Nüstern, sie zogen eine glühende Kutsche, in dieser saß der böse Herr, der vor mehr als hundert Jahren in dieser Gegend gehaust hatte. Allmitternächtlich, hieß es, fahre er auf seinen Gutshof und kehre sogleich wieder um; er war nicht weiß, wie man es von den Toten erzählt, nein, er war schwarz wie Kohle, eine ausgebrannte Kohle. Er nickte Anne Lisbeth zu und winkte: „Häng dich an! häng dich an! Dann kannst du wieder im gräflichen Wagen fahren und dein Kind vergessen!"

Noch eiliger lief sie dahin, und sie kam an den Kirchhof; aber die schwarzen Kreuze und die schwarzen Raben flossen vor ihren Augen ineinander, die Raben schrien, wie der Rabe heute geschrien hatte, jedoch verstand sie nun, was er sagte: „Ich bin die Rabenmutter! ich bin die Rabenmutter!" sagte jeder einzelne, und Anne Lisbeth wußte, dieser Name galt auch ihr, sie würde vielleicht in so einen schwarzen Vogel verwandelt werden und unaufhörlich schreien müssen, was der schrie, wenn sie das Grab nicht schaufelte.

Und sie warf sich auf die Erde nieder, und sie grub mit den Händen ein Grab in der harten Erde, so daß das Blut ihr aus den Nägeln spritzte.

„Begrab mich! begrab mich!" tönte es ohne Unterlaß, sie fürchtete den Hahnenschrei und den ersten roten Streifen im Osten, dann kamen die, ehe ihre Arbeit beendet war, dann war sie verloren. Und der Hahn krähte, und im Osten begann es hell zu werden – das Grab war nur halb gegraben, eine eisige Hand strich ihr über den Kopf und das Gesicht bis zu der Stelle, wo das Herz saß. „Halbes Grab nur!" seufzte es und entschwebte, hinab auf den Grund des Meeres, ja, es war der Strandgeist; Anne Lisbeth sank vernichtet und betäubt zu Boden, sie hatte keinen Gedanken noch irgendeine Empfindung.

Es war hellichter Tag, als sie wieder zu sich kam, zwei Männer hoben sie hoch; sie lag nicht auf dem Friedhof, sondern unten am Strand, und dort hatte sie vor sich ein tiefes Loch in den Strand gegraben und sich an einem zerbrochenen Glas, dessen scharfer Stiel in einem blaugestrichenen

Holzfuß steckte, die Finger geschnitten, so daß sie bluteten. Anne Lisbeth war krank; das Gewissen hatte die Karten des Aberglaubens gemischt, sie ausgebreitet, und es ergab sich, daß sie von nun an nur eine halbe Seele besaß, die andere Hälfte hatte ihr Kind mit sich hinab auf den Meeresgrund genommen; nimmer würde sie sich zur Gnade des Himmels erheben können, ehe sie nicht die zweite Hälfte wiederhätte, die in dem tiefen Wasser festgehalten wurde; Anne Lisbeth kam nach Hause zurück, sie war nicht mehr

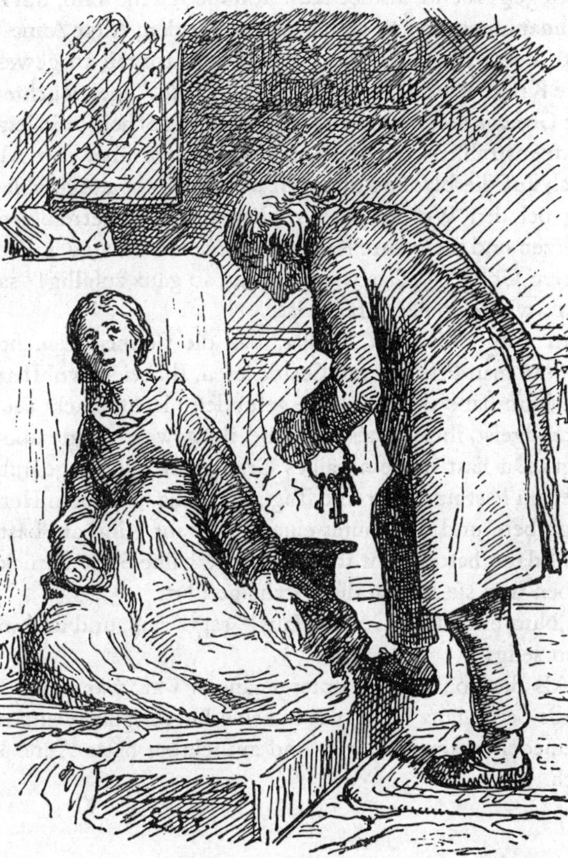

der Mensch, der sie vorher gewesen war; ihre Gedanken waren verwirrt wie das Garn, das sich verwirrt, einen Faden nur hatte sie in Händen, es war der, daß sie den Strandgeist auf den Kirchhof tragen und dort ein Grab graben müsse, um dadurch ihre ganze Seele zurückzugewinnen.

Manche Nacht wurde sie in ihrem Hause vermißt, und immer fand man sie dann am Strand, wo sie auf den Strandgeist wartete; so verging ein ganzes Jahr, da verschwand sie wieder eines Nachts, war aber nicht zu finden; der ganze darauffolgende Tag verging mit vergeblichem Suchen.

Gegen Abend, als der Küster in die Kirche kam, um zum Sonnenuntergang zu läuten, sah er vor dem Altar Anne Lisbeth liegen; hier war sie vom frühen Morgen an gewesen, ihre Kräfte waren fast erschöpft, aber ihre Augen leuchteten, ihr Gesicht hatte einen rot überhauchten Schein; die letzten Sonnenstrahlen glänzten auf ihr, strahlten über den Altartisch auf die blanken Spangen der Bibel, die aufgeschlagen lag bei den Worten des Propheten Joel: „Zerreißet eure Herzen und nicht eure Kleider, bekehret euch zu dem Herrn eurem Gott!" – „Das war aber nun so ganz zufällig!" sagte man, wie so vieles zufällig ist.

In Anne Lisbeths Antlitz, das die Sonne beleuchtete, konnte man Frieden und Gnade lesen. Ihr sei so wohl! sagte sie. Nun habe sie ihre Ruhe gefunden! Heute nacht sei der Strandgeist, ihr eigenes Kind, bei ihr gewesen und habe gesagt: Du hast nur ein halbes Grab – für mich – gegraben, aber du hast nun Jahr und Tag mich ganz in deinem Herzen begraben, und dort hütet eine Mutter ihr Kind am besten! Und dann hatte es ihr ihre verlorene halbe Seele zurückgegeben und sie hier in die Kirche geführt.

„Nun bin ich in Gottes Haus!" sagte sie, „und in ihm ist man selig!"

Als die Sonne ganz untergegangen war, war Anne Lisbeths Seele ganz oben, wo es keine Furcht gibt, wenn man hienieden ausgelitten hat, und ausgelitten hatte Anne Lisbeth.

Kindergeschwätz

Bei Großkaufmanns drinnen war große Kindergesellschaft, reicher Leute Kinder und vornehmer Leute Kinder; der Großkaufmann stand sich gut, war ein Mann mit Bildung; er hatte einmal das Abiturium gemacht, dazu wurde er von seinem braven Vater angehalten, der ganz zu Anfang Viehhändler gewesen war, aber ehrlich und eifrig; das hatte Geld eingebracht, das der Großkaufmann später noch mehrte; Verstand hatte er und Herz dazu, aber davon wurde weniger gesprochen als von seinem vielen Geld.

Vornehme Leute gingen bei ihm aus und ein, sowohl von Geblüt, wie man es nannte, als auch von Geist, wie man es nannte, solche, die beides hatten, und solche, die keins von beiden hatten. Jetzt war dort Kindergesellschaft, kindliche Unterhaltung, und Kinder reden frei von der Leber weg.

Da war ein reizendes kleines Mädchen, aber sie war so schrecklich stolz, das hatten die Hausangestellten in sie hineingeküßt, nicht die Eltern, die waren viel zu vernünftig dazu; ihr Vater war Kammerjunker, und sie wußte, das war etwas furchtbar Hohes.

„Ich bin ein Kammerkind!" sagte sie. Sie hätte ja nun auch ebensogut ein Kellerkind sein können, man kann selber für das eine oder das andre gleich viel, und dann erzählte sie den anderen Kindern, sie sei „geboren", und sagte, wenn man nicht geboren sei, dann könne man nichts werden; das Lernen nütze einem nichts, und wenn man noch so fleißig wäre; wenn man nicht geboren sei, könne man nichts werden.

„Und die, deren Namen auf ‚sen' endigen", sagte sie, „aus denen kann nun im ganzen Leben nichts werden! Man muß die Arme in die Seiten stemmen und diese ‚-sen! -sen!' allesamt weit von sich abhalten." Und dann stemmte sie ihre kleinen, hübschen Arme in die Seite, machte den Ellenbogen spitz, um zu zeigen, wie man es machen sollte; und die Ärmchen waren ganz reizend. Niedlich war sie!

Aber des Großkaufmanns Töchterchen wurde ganz zornig; ihr Vater hieß Madsen, und dieser Name endete auf „sen", das wußte sie, und dann sagte sie so stolz, wie sie überhaupt konnte: „Aber mein Vater kann für hundert Reichstaler Kandiszucker kaufen und einen Bonbonregen machen! Kann dein Vater das?"

„Ja, aber mein Vater", sagte das Töchterchen eines Schriftstellers, „kann deinen Vater und deinen Vater und alle Vaters in die Zeitung setzen! Alle Menschen sind bange vor ihm, sagt Mutter, denn es ist mein Vater, der in der Zeitung regiert."

Und das kleine Mädchen reckte sich dabei empor, als ob sie eine richtige Prinzessin wäre, die den Kopf hoch tragen muß.

Aber hinter der angelehnten Tür stand ein armer Junge und schaute durch den Spalt. Der Kleine durfte nicht einmal mit in die Stube kommen, so gering war er; er hatte der Köchin den Spieß gedreht und nun Erlaubnis bekommen, hinter der Tür hervor zu den geputzten Kindern hineinzuschauen, die sich ergötzten, und das war für ihn sehr viel.

„Wer doch mit zu denen gehörte!“ dachte er, und dann hörte er, was gesprochen wurde, das war allerdings so, daß man darüber mißmutig werden konnte. Nicht einen Schilling hatten die Eltern daheim, den sie hätten auf die hohe Kante legen können, und eine Zeitung zu halten, das konnten sie sich auch nicht leisten, geschweige denn eine schreiben, und das Allerschlimmste kam noch hinzu, seines Vaters Name, und demnach auch sein Name, endete durchaus auf „sen“! Aus ihm konnte daher nie im Leben etwas werden. Es war so traurig! Aber geboren war er, so schien es ihm, richtig geboren! Das war nicht anders möglich.

Seht, das war jener Abend!

Es vergingen viele Jahre, und in deren Verlauf werden Kinder zu erwachsenen Menschen.

In der Stadt stand ein prächtiges Haus, das war voll von Herrlichkeiten, alle Leute wollten es sehen, selbst Leute von außerhalb der Stadt kamen, um es sich anzusehen, welches von jenen Kindern, von denen wir erzählt haben, konnte wohl dieses Haus das seine nennen? Ja, das ist leicht zu erraten! Nein, so leicht ist es nun doch nicht. Das Haus gehörte dem armen kleinen Jungen; aus ihm war etwas geworden, obwohl sein Name auf „sen“ endigte – Thorvaldsen.

Und die drei anderen Kinder? – Die Kinder des Blutes, des Geldes und des geistigen Hochmuts, ja, eins steht dem anderen in nichts nach, sie stehen alle auf gleicher Stufe – aus ihnen wurde etwas Gutes und Ordentliches, in ihnen steckte ein guter Kern; was sie damals gedacht und gesagt hatten, war nur – Kindergeschwätz.

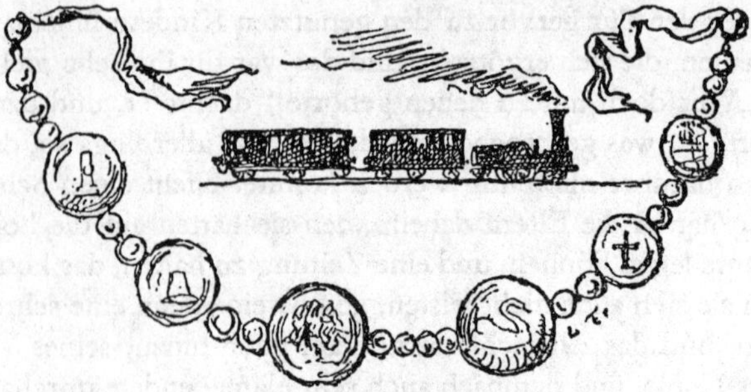

Ein Stück Perlenschnur

1

Die Eisenbahn in Dänemark geht bis jetzt nur von Kopenhagen bis Korsör, sie ist ein Stück von der Perlenschnur, von der Europa einen Reichtum besitzt; dort sind die kostbarsten Perlen Paris, London, Wien, Neapel; manch einer hebt jedoch nicht diese großen Städte als seine schönste Perle hervor, sondern weist statt dessen auf einen kleinen, unbeachteten Ort hin, die Heimat des Vaterhauses; dort wohnen die Lieben; ja, oftmals ist es nur ein vereinzelter Hof, ein kleines Haus, zwischen grünen Hecken versteckt, ein Punkt, der vorüberfliegt, während der Zug vorbeisaust.

Wie viele Perlen sind auf der Schnur von Kopenhagen bis Korsör? Wir wollen uns sechs ansehen, auf die die meisten ihr Augenmerk richten mögen, alte Erinnerungen und die Poesie selber verleihen diesen Perlen einen Glanz, so daß sie in unser Bewußtsein hineinstrahlen.

Nahe am Hügel, wo das Schloß Frederiks VI. liegt, Oehlenschlägers Vaterhaus, schimmert im Schutz des Waldes von Söndermarken eine dieser Perlen, man nannte sie „Philemons und Baucis' Hütte“, das heißt: das Haus zweier liebenswerter Alter. Hier lebte Rahbeck mit seiner Ehefrau Camma; hier unter ihrem gastlichen Dach versammelten sich ein Menschenalter hindurch alle Tüchtigen des Geistes aus dem betriebsamen Kopenhagen, hier war eine Heimstatt des Geistes – und jetzt! Sagt nicht: „Ach, wie verändert!" – nein, hier hat der Geist noch immer seine Heimstatt, es ist das Treibhaus der siechenden Pflanze! Die Blütenknospe, nicht kräftig genug, um sich zu entfalten, bewahrt dennoch verborgen alle Ansätze für Blatt und Samen. Hier scheint die Sonne des Geistes in ein umfriedetes Haus des Geistes, sie erheitert und erweckt Leben. Die Welt ringsum strahlt durch die Augen in die unerforschliche Tiefe der Seele: die Heimstatt des Schwachsinnigen, von Menschenliebe umschwebt, ist eine geheiligte Stätte, ein Treibhaus für die siechende Pflanze, die dermaleinst in Gottes Blumengarten umgepflanzt werden und dort blühen soll. Die Schwächsten im Geiste sind jetzt hier versammelt, wo einstmals die Größten und Stärksten sich trafen, Gedanken austauschten und emporgehoben wurden – hoch lodert noch immer die Flamme der Seelen in „Philemons und Baucis' Hütte".

Die Stadt der Königsgräber bei Hroars Quell, das alte Roeskilde, liegt vor uns; der schlanke, spitze Turm der Kirche ragt über die niedrige Stadt hinaus und spiegelt sich im Isefjord; ein Grab nur wollen wir hier suchen, es im Glanz der Perle betrachten; es ist nicht das der mächtigen Unions-Königin Margrethe – nein, drinnen auf dem Kirchhof, an dessen weißer Mauer wir dicht vorübersausen, liegt das Grab, ein schlichter Stein ist darübergelegt, der Beherrscher der Orgel, der Erneuerer der dänischen Romanze ruht hier; zu Melodien in unserer Seele wurden die alten Sagen, wir hörten, wo „die klaren Wogen rollen", „es wohnte ein König in Leire!" – Roeskilde, die Stadt der Königsgräber, in deiner Perle wollen wir das geringe Grab anschauen, in dessen Stein die Leier eingemeißelt ist und der Name Weyse.

Jetzt kommen wir nach Sigersted bei Ringsted; das Bachbett ist flach; das gelbe Korn wächst dort, wo Hagbarths Schiff anlegte, nicht weit von Signes Jungfrauenkemenaten. Wer kennte nicht die Sage von Hagbarth, der an der Eiche hing, und Klein-Signes Gemach, das in Flammen stand, die Sage von der mächtigen Liebe.

„Schönes Sorö, umkränzt von Wald!" dein stiller Klosterort hat einen Ausblick zwischen den bemoosten Bäumen bekommen; mit jugendlichem Blick schaut es von der Akademie über den See auf die Weltstraße, hört den Drachen der Lokomotive schnaufen, wenn er durch den Wald fliegt. Sorö, du Perle der Dichtung, das du Holbergs Staub verwahrst! Gleich einem mächtigen weißen Schwan am tiefen Waldsee liegt dein Schloß der Gelehrsamkeit, und dicht daneben – und dorthin strebt unser Blick – schimmert, wie die weiße Sternblume auf dem Waldgrunde, ein kleines Haus, fromme Lieder erklingen von dort durch das Land, Worte werden dort drinnen gesprochen, selbst der Bauer lauscht ihnen und erkennt darin Dänemarks entschwundene Zeiten wieder. Der grüne Wald und der Gesang der Vögel gehören zusammen, so auch die Namen Sorö und Ingemann.

Nach Slagelse! Was spiegelt sich hier im Glanz der Perle? Verschwunden ist das Kloster Antvorskov, verschwunden sind die reichen Säle des Schlosses, selbst sein einsamer, verlassener Flügel; doch steht noch ein altes Wahrzeichen, erneuert und abermals erneuert, ein hölzernes Kreuz auf der Anhöhe dort, wo in der Zeit der Legende der heilige Anders, der Priester von Slagelse, erwachte, in einer einzigen Nacht von Jerusalem hierhergetragen.

Korsör – hier wurdest du geboren, der du uns

„Scherz mit Ernst gemischt
In Liedern von Knud Sjællandsfar"

schenktest. Du Meister in Wort und Witz! Die verfallenden alten Wälle der verlassenen Festung sind hier nunmehr der letzte sichtbare Zeuge deiner Jugendheimat; wenn die Sonne untergeht, weisen ihre Schatten auf den Platz, wo dein Geburtshaus stand; von diesen Wällen, die auf die Anhöhe von Sprogöe schauen, sahest du, als du klein warst, „den Mond hinter die Insel gleiten" und besangest sie, so daß sie unsterblich wurde, wie du späterhin die Schweizer Berge besungen hast, du, der du in den Irrgarten der Welt hinauszogst und fandest:

„Nirgends blühen die Rosen so reich,
Nirgends sind die Dornen so gut,
Nirgends sind die Daunen so weich
Wie dort, wo die kindliche Unschuld geruht."

Du holder Sänger des Humors! Wir winden dir einen Kranz von Waldmeister, werfen ihn in den See, und die Woge wird ihn zur Kieler Förde tragen, an deren Küste dein Staub zur Ruhe bestattet ist*; er bringt einen Gruß vom jungen Geschlecht, einen Gruß von der Geburtsstadt Korsör – wo die Perlenschnur aufhört.

2

„Es ist wirklich ein Stück Perlenschnur von Kopenhagen bis Korsör", sagte Großmutter, die mit angehört hatte, was wir eben gerade lasen. „Für mich ist es eine Perlenschnur, und das wurde sie für mich schon vor mehr als vierzig Jahren", sagte sie. „Da hatten wir keine Dampfmaschinen, wir brauchten Tage für den Weg, für den ihr jetzt nur Stunden braucht. Das war 1815; da war ich einundzwanzig Jahre alt; es ist ein herrliches Alter! Aber so in den Sechzigern, das ist auch ein herrliches Alter, so gesegnet! – In meiner Jugend, ja, da war es eine viel größere Seltenheit als jetzt, nach Kopenhagen zu kommen, in die Stadt aller Städte, wie wir meinten. Meine Eltern wollten nach zwanzig Jahren wieder einmal einen Besuch dort machen, ich sollte mitkommen; von dieser Reise hatten wir jahrelang gesprochen, und nun sollte sie wirklich vor sich gehen! Ich fand, ein ganz neues Leben sollte beginnen, und in gewissem Sinne begann für mich auch ein neues Leben.

Es wurde genäht, und es wurde gepackt, und als wir schließlich aufbrechen wollten, ja, wie viele gute Freunde kamen da an, um sich von uns zu verabschieden! Es war eine große Reise, die wir vorhatten! Im Laufe des Vormittags fuhren wir in dem holsteinischen Wagen meiner Eltern aus Odense ab. Bekannte nickten die ganze Straße ent-

* Baggesen (Anmerkung d. Übers.).

lang aus den Fenstern, bis wir fast aus dem Sankt Jörgens-Tor hinaus waren. Das Wetter war herrlich, die Vögel sangen, alles atmete Frohsinn, man vergaß, daß es ein beschwerlicher, langer Weg bis nach Nyborg war; gegen Abend kamen wir dort an; die Post traf erst im Laufe der Nacht ein, und vorher ging das Fährschiff nicht ab; wir stiegen nun an Bord; da lag vor uns das große Wasser, so weit wir sehen konnten, ganz spiegelglatt. Wir legten uns in unseren Kleidern zum Schlafen nieder. Als ich morgens aufwachte und an Deck ging, war in keiner Richtung auch nur das allergeringste zu sehen, einen solchen Nebel hatten wir. Ich hörte die Hähne krähen, merkte, daß die Sonne aufging und die Glocken läuteten; wo wir wohl waren? Der Nebel lichtete sich, und wir lagen wahrhaftig noch dicht vor Nyborg. Im Laufe des Tages kam endlich ein bißchen Wind auf, aber Gegenwind; wir kreuzten und kreuzten, und schließlich hatten wir das Glück, kurz nach elf Uhr abends Korsör zu erreichen, da hatten wir zweiundzwanzig Stunden für die vier Meilen gebraucht.

Es tat gut, an Land zu kommen; aber dunkel war es, die Laternen brannten überall schlecht, und mir war alles so wildfremd, nie war ich in einer anderen Stadt als Odense gewesen.

‚Schau, hier ist Baggesen geboren', sagte mein Vater, ‚und hier hat Birckner gelebt.'

Da war es mir, als würde die alte Stadt mit den kleinen Häusern auf einmal heller und größer; wir waren außerdem so froh, festen Boden unter den Füßen zu haben; schlafen konnte ich in der Nacht nicht viel nach allem, was ich schon gesehen und erlebt hatte, seit ich vorgestern von zu Hause aufgebrochen war.

Am nächsten Morgen mußten wir zeitig aufstehen, wir hatten einen schlimmen Weg vor uns mit furchtbaren Anhöhen und vielen Löchern, bis wir Slagelse erreichten, und auf der anderen Seite war es sicher nicht viel besser, und wir wollten zeitig zum Krebshaus kommen, damit wir von dort noch bei Tage in Sorö eintrafen und Möllers Emil besuchen konnten, wie wir ihn nannten, ja, das war euer Großvater, mein seliger Mann, der Propst, der war Student in Sorö und gerade mit seinem zweiten Examen fertig.

Wir kamen nach der Mittagsstunde im Krebshaus an, es war ein feines Lokal, das beste Gasthaus auf der ganzen Reise und die entzückendste Gegend, ja, das müßt ihr doch alle zugeben, daß sie das jetzt noch ist. Hier war eine tüchtige Wirtin, Madame Planbek, alles im Hause war wie ein blankgescheuertes Spickbrett. An der Wand hing unter Glas und Rahmen Baggesens Brief an sie, der war wahrhaftig sehenswert! Für mich war er etwas sehr Merkwürdiges. – Dann gingen wir nach Sorö hinauf und trafen dort Emil; ihr könnt glauben, der hat sich gefreut, uns zu sehen, und wir haben uns gefreut, ihn zu sehen, er war so gütig und aufmerksam. Mit ihm zusammen sahen wir uns dann die Kirche mit Absalons Grab und Holbergs Sarkophag an; wir besahen uns die alten Mönchsinschriften, und wir fuhren über den See zum ‚Parnaß', der schönste Abend, dessen ich mich erinnere! Ich fand wirklich, sollte man irgendwo auf der Welt dichten können, dann müßte es in Sorö sein, in diesem Frieden und dieser Schönheit der Natur. Dann gingen wir im Mondenschein den Philosophenweg entlang, wie sie ihn nannten, den wunderbaren, einsamen Weg am See und am Flommen entlang, wie sie die seichten Wiesen dort nennen, auf die Landstraße zum Krebshaus hinaus; Emil blieb da und aß mit uns, Vater und Mutter fanden, er sei so klug geworden und sehe so gut aus. Er stellte uns in Aussicht, daß er binnen fünf Tagen bei seinen Angehörigen in Kopenhagen und mit uns zusammen sein würde; es war ja Pfingsten. Die Stunden in Sorö und im Krebshaus gehören zu den schönsten Perlen meines Lebens. –

Am nächsten Morgen fuhren wir sehr früh weiter, wir hatten einen langen Weg vor uns, bis wir Roeskilde erreichten, und dort mußten wir so rechtzeitig sein, daß die Kirche besichtigt werden und Vater gegen Abend einen alten Schulkameraden besuchen konnte; es kam auch so, und dann übernachteten wir in Roeskilde, und am folgenden Tag, aber erst gegen Mittag – denn den schlimmsten, den ausgefahrensten Weg hatten wir noch vor uns – kamen

wir nach Kopenhagen. Wir hatten ungefähr drei Tage von Korsör bis Kopenhagen gebraucht, jetzt macht ihr denselben Weg in drei Stunden. Die Perlen sind nicht kostbarer geworden, das können sie nicht; aber die Schnur ist neu und wunderbar geworden. Ich blieb mit meinen Eltern drei Wochen in Kopenhagen. Mit Emil waren wir dort ganze achtzehn Tage zusammen, und als wir nach Fünen zurückfuhren, da brachte er uns von Kopenhagen bis ganz nach Korsör; dort verlobten wir uns, bevor wir uns trennten; also könnt ihr sicher verstehen, daß auch ich die Strecke von Kopenhagen bis Korsör ein Stück Perlenschnur nenne.

Später, als Emil eine Pfarrstelle in Assens bekam, heirateten wir; wir haben oftmals von der Kopenhagener Reise gesprochen, und daß wir sie wieder einmal machen wollten, aber dann kam zuerst eure Mutter, und die bekam dann Geschwister, und da gab es viel zu besorgen und wahrzunehmen, und als jetzt Vater zum Propst befördert wurde, ja, alles war eitel Segen und Freude, aber nach Kopenhagen kamen wir nicht. Nie bin ich wieder hingekommen, wie oft wir auch die Absicht gehabt und davon gesprochen hatten, und jetzt bin ich zu alt geworden, habe nicht mehr die Kraft, mit der Eisenbahn zu fahren; aber freuen tue ich mich über die Eisenbahn; es ist ein Segen, daß man sie hat! So kommt ihr doch schneller zu mir! Heute ist Odense ja nicht mehr viel weiter von Kopenhagen entfernt als in meiner Jugend von Nyborg! Ihr könnt jetzt in eben der Zeit nach Italien brausen, die wir brauchten, um nach Kopenhagen zu fahren! Ja, das ist was! – Dennoch bleibe ich sitzen, ich lasse die anderen reisen; lasse sie zu mir kommen; aber ihr solltet trotzdem nicht lächeln, weil ich so stille sitze, ich habe eine viel größere Reise vor mir als ihr, eine viel schnellere als die mit der Eisenbahn; wenn der Herrgott es will, reise ich zu Großvater hinauf, und wenn ihr dann euer Werk getan und euch an dieser wunderschönen Welt erfreut habt, dann weiß ich, daß ihr zu uns heraufkommt, und sprechen wir dann von den Tagen unseres Erdenlebens, glaubt mir, Kinder! ich sage auch dort wie jetzt: ‚Von Kopenhagen nach Korsör, ja, das ist wahrhaftig ein Stück Perlenschnur.'"

Schreibfeder und Tintenfass

In eines Dichters Stube hieß es einmal, als man sein Tintenfaß betrachtete, das auf dem Tische stand: „Es ist doch merkwürdig, was alles aus diesem Tintenfaß herauskommen kann! Was nun wohl das Nächste sein wird? Ja, es ist merkwürdig!“

„Das ist es“, sagte das Tintenfaß. „Es ist unbegreiflich! Das habe ich ja immer gesagt!“ sagte es zur Schreibfeder und zu allem, was auf dem Tische ihm noch zuhören konnte. „Es ist merkwürdig, was alles aus mir herauskommen kann! Ja, es ist fast unglaublich! Und ich weiß wirklich selber nicht, was das Nächste sein wird, wenn der Mensch anfängt, aus mir zu schöpfen. Ein Tropfen von mir, der genügt für eine halbe Seite Papier, und was kann auf der nicht alles stehen! Ich bin etwas ganz Merkwürdiges! Von mir gehen alle Werke des Dichters aus! Diese lebendigen Menschen, die die Leute zu kennen meinen, diese innigen Gefühle, diese heitere Laune, diese entzückenden Naturschilderungen; ich begreife es selber nicht, denn ich kenne die Natur nicht, aber es ist nun einmal in mir! Von mir ging und geht diese Heerschar schwebender, anmutsvoller Mädchen aus, die kecken Ritter auf schnaubenden Rossen, Peer Döver und Kirsten Kimer*! Ja, ich weiß es selber nicht! ich versichere Ihnen, ich denke nicht darüber nach."

„Da haben Sie recht!" sagte die Schreibfeder; „Sie denken überhaupt nicht, wenn Sie nämlich denken würden, dann würde es Ihnen klar sein, daß Sie nur Flüssigkeit geben! Sie geben das Nasse, damit ich das, was ich in mir habe, das, was ich niederschreibe, aussprechen und auf dem Papier sichtbar machen kann. Die Feder ist es, die schreibt! Daran zweifelt kein Mensch, und die meisten Menschen haben nun ebensoviel Ahnung von der Poesie wie ein altes Tintenfaß."

„Sie haben nur geringe Erfahrung!" sagte das Tintenfaß. „Sie sind ja erst eine knappe Woche im Dienst und schon halb verschlissen. Bilden Sie sich ein, Sie wären der Dichter? Sie sind nur Gesinde, und viele von der Art habe ich gehabt, bevor Sie kamen, und zwar aus der Gänsefamilie wie von englischem Fabrikat! Ich kenne Gänsefedern und auch Stahlfedern! Viele habe ich in Dienst gehabt, und ich werde noch viele weitere haben, wenn der Mensch, der für mich die Bewegungen macht, kommt und niederschreibt, was er aus meinem Inneren herausholen kann. Ich wüßte wirklich zu gern, was er nun als Nächstes aus mir heraushebt."

„Tintenkübel!" sagte die Feder.

Spät am Abend kam der Dichter nach Hause, er war im Konzert gewesen, hatte einen ausgezeichneten Geiger gehört und war von dessen unvergleichlichem Spiel ganz erfüllt und berückt. Es war eine erstaunliche Flut von Tönen gewesen, die jener aus dem Instrument herausgeholt hatte: bald klang es wie sprudelnde Wassertropfen, Perlen über Perlen, bald wie zwitschernde Vögel im Chor, so als brauste der Sturm durch einen Tannenwald; er meinte sein eigenes

* Holzfiguren an der Uhr des Doms zu Roeskilde, um 1500 (Anmerkung d. Übers.).

Herz weinen zu hören, aber als Melodie, wie sie in der herrlichen Stimme einer Frau zu vernehmen ist. Es war so gewesen, als hätten nicht nur die Saiten der Violine geklungen, sondern auch der Steg, ja, Wirbel und Resonanzboden; es war etwas Außerordentliches! Und schwierig war es gewesen, hatte aber ausgesehen wie ein Spiel, als liefe der Bogen nur hin und her über die Saiten, man sollte meinen, ein jeder könnte das nachmachen. Die Violine tönte von selbst, der Bogen spielte von selbst, die beiden machten das Ganze, man vergaß den Meister, der sie führte, ihnen Leben und Seele gab; den Meister vergaß man – aber an ihn dachte der Dichter, ihn erwähnte er und schrieb unterdes seine Gedanken nieder.

„Wie töricht, wenn Bogen und Geige sich auf ihr Tun etwas einbilden würden, und dennoch tun wir Menschen es so oft, der Dichter, der Künstler, der Erfinder in den Wissenschaften, der Feldherr; wir bilden uns auf unser Tun etwas ein – und sind doch alle nur die Instrumente, auf denen der Herrgott spielt; ihm allein sei die Ehre! Wir haben nichts, worauf wir uns etwas einbilden könnten!“

Ja, das schrieb der Dichter nieder, schrieb es als eine Parabel und nannte es „Der Meister und die Instrumente“.

„Da haben Sie aber Ihr Fett gekriegt, mein Herr!“ sagte die Feder zum Tintenfaß, als die beiden wieder allein waren. „Sie haben ihn wohl vorlesen hören, was ich hingeschrieben habe?“

„Ja, was ich Ihnen zu schreiben ermöglichte“, sagte das Tintenfaß. „Es war ja ein Hieb auf Sie wegen Ihrer Überheblichkeit! Sie verstehen ja nicht einmal, daß man sich über Sie lustig macht! Ich habe Ihnen einen Hieb aus meinem Inneren versetzt! Ich muß doch meine eigene Boshaftigkeit kennen.“

„Tintenspucker!“ sagte die Feder.

„Schreibstecken!“ sagte das Tintenfaß.

Und beide waren sich bewußt, daß sie eine gute Antwort gegeben hatten, und es ist angenehm, wenn man das Bewußtsein hat, eine gute Antwort gegeben zu haben, da kann man drauf schlafen, und sie schliefen drauf; aber der

Dichter schlief nicht; die Gedanken strömten herbei wie die Töne aus der Geige, rollten wie Perlen, brausten wie der Sturm durch den Wald; er verspürte sein eigenes Herz darin, er verspürte einen Schimmer von dem ewigen Meister.

Ihm allein gebührt die Ehre!

Das Kind im Grabe

Es herrschte Trauer im Hause, es herrschte Trauer in den Herzen, das jüngste Kind, ein vierjähriger Junge, der einzige Sohn, die Freude der Eltern und die Hoffnung auf die Zukunft, war gestorben; wohl hatten sie zwei ältere Töchter, die älteste sollte gerade in diesem Jahr eingesegnet werden, beides herzensgute, liebe Mädchen, aber das Kind, das man verliert, ist immer das liebste, und dies war das jüngste und ein Sohn. Es war eine schwere Heimsuchung. Die Schwestern trauerten, wie junge Herzen trauern, namentlich durch den Schmerz der Eltern ergriffen, den Vater hatte das große Leid gebeugt, aber die Mutter war überwältigt davon. Tag und Nacht war sie bei dem kranken Kind gewesen, hatte es gepflegt, es hochgehoben und getragen; sie hatte gefühlt und gespürt, es war ein Teil ihrer selbst, sie konnte sich gar nicht denken, daß es tot war, daß es in den Sarg gelegt und ins Grab gesenkt werden sollte: Gott konnte ihr dies Kind nicht nehmen, meinte sie, und da es dennoch geschah und eine Gewißheit war, sagte sie in ihrem wehen Schmerz: „Gott hat es nicht gewußt! Er hat herzlose Diener hier auf Erden, sie handeln, wie es sie gelüstet, sie hören nicht auf die Gebete einer Mutter."

Sie wandte sich in ihrem Schmerz vom Herrgott ab, und da kamen düstere Gedanken, Gedanken des Todes, des ewigen Todes, daß der Mensch zu Erde in der Erde werde und daß dann alles vorbei wäre. In einem solchen Gedanken lag für sie nichts, an das sie sich klammern konnte, sondern sie versank in dem bodenlosen Nichts der Verzweiflung.

In den schwermütigsten Stunden konnte sie nicht mehr weinen; sie dachte nicht an die jungen Töchter, die sie hatte, die Tränen des Mannes fielen auf ihre Stirn nieder, sie blickte nicht zu ihm auf; ihre Gedanken waren bei dem toten Kind, ihr ganzes Leben und Trachten war nur dem einen hingegeben: sich jede Erinnerung an das Kind, jedes seiner unschuldigen, kindlichen Worte zurückzurufen.

Der Tag der Beerdigung kam, in den vorhergehenden Nächten hatte sie nicht geschlafen, am Morgen übermannte sie die Müdigkeit, und sie fand ein wenig Ruhe, während der Sarg in eine entlegene Stube getragen wurde, wo der Deckel geschlossen werden sollte, damit sie die Hammerschläge nicht hörte.

Als sie erwachte, aufstand und ihr Kind sehen wollte, sagte der Mann unter Tränen zu ihr: „Wir haben den Sarg geschlossen; es mußte sein!"

„Wenn Gott hart gegen mich ist", rief sie aus, „weshalb sollten die Menschen dann besser sein!" und sie schluchzte und weinte.

Der Sarg wurde zu Grabe getragen, die trostlose Mutter saß bei ihren Töchtern, sie blickte sie an, ohne sie zu sehen, ihr Denken hatte nichts mehr mit der Familie zu schaffen, sie gab sich dem Leid hin, und das trieb sie umher, wie die See das Schiff treibt, welches Ruder und Steuer eingebüßt hat. So verging der Tag des Begräbnisses, und es folgten weitere Tage mit demselben eintönigen, schwermütigen Schmerz. Mit feuchten Augen und traurigen Blicken schauten die Trauernden daheim sie an, sie hörte nicht ihren Trost, was konnten sie auch sagen, sie waren zu traurig dazu.

Es war, als kennte sie den Schlaf nicht mehr, und dieser allein wäre ihr der beste Freund gewesen, würde den Körper gestärkt und Ruhe in die Seele gesenkt haben; sie brachten sie dazu, sich ins Bett zu legen, sie lag auch still wie eine Schlafende. Eines Nachts, als der Mann auf ihren Atem lauschte und ganz sicher meinte, sie habe Ruhe und Erleichterung gefunden, faltete er die Hände, betete und schlief alsbald gesund und fest, so merkte er nicht, wie sie aufstand, sich in ihre Kleider hüllte und leise das Haus verließ, um dorthin zu gehen, wo ihre Gedanken sich Tag und Nacht aufhielten, zum Grabe, das ihr Kind umschloß. Sie ging durch den Garten des Hauses, aufs Feld hinaus, wo der Fußsteig außen um die Stadt zum Kirchhof führte; niemand sah sie, sie sah niemanden.

Es war wunderbar sternklar, die Luft noch so mild, es war Anfang September. Sie kam auf den Kirchhof, zu dem kleinen Grab, es war wie ein einziger Blütenstrauß, er duftete, sie setzte sich nieder und beugte den Kopf aufs Grab hinab, als könnte sie durch die dicke Erdschicht hindurch ihren kleinen Jungen sehen, an dessen Lächeln sie sich so lebhaft erinnerte; der liebe Ausdruck in den Augen, selbst auf dem Krankenlager, konnte ja niemals vergessen werden, wie sprechend war sein Blick dort gewesen, wenn sie sich über ihn neigte und seine feine Hand aufnahm, die er selbst nicht zu heben vermochte. Wie sie an seinem Bett gesessen hatte, so saß sie jetzt an seinem Grab, aber hier ließ sie den Tränen freien Lauf, sie fielen auf das Grab nieder.

„Du möchtest zu deinem Kind hinab!" sagte eine Stimme ganz in der Nähe, die klang ganz klar, ganz tief, die tönte in ihr Herz hinein, sie blickte hoch, und da stand neben ihr ein Mann, in einen großen Trauermantel gehüllt, mit einer Kapuze über dem Kopf, aber sie sah unter dieser in sein Gesicht, es war streng, aber dennoch vertrauenerweckend, seine Augen strahlten, als wäre er jugendlichen Alters.

„Zu meinem Kind hinab!" wiederholte sie, und es klang eine Bitte der Verzweiflung hindurch.

„Wagst du es, mir zu folgen?" fragte die Gestalt. „Ich bin der Tod!"

Und sie nickte zustimmend; da war es mit einemmal, als ob alle Sterne in der Höhe mit dem Glanz des Vollmonds leuchteten, sie sah die bunte Farbenpracht der Blumen auf dem Grab, die Erddecke hier gab weich und sacht nach

gleich einem schwebenden Tuch, sie sank, und die Gestalt breitete ihren schwarzen Mantel um sie, es wurde Nacht, die Nacht des Todes, sie sank tiefer hinab, als die Grabschaufel eindringt, der Kirchhof lag wie ein Dach über ihrem Kopfe.

Der Zipfel des Mantels glitt zur Seite, sie stand in einer riesigen Halle, de sich groß und freundlich weitete; ringsum herrschte Dämmerung, aber vor sich hielt sie im selben

Augenblick, dicht an ihr Herz gedrückt, ihr Kind, das ihr in einer Schönheit zulächelte, größer als je zuvor; sie stieß einen Schrei aus, doch war er nicht zu hören, denn ganz nahe und dann wieder weit entfernt und wieder ganz nahe erklang eine schwellende, wundersam brausende Musik, nie zuvor hatten so seligstimmende Töne ihr Ohr erreicht, sie erklangen jenseits des nachtschwarzen, dichten Vorhangs, der die Halle von dem großen Ewigkeitslande trennte.

„Meine liebe Mutter! meine einzige Mutter!" hörte sie ihr Kind sagen. Es war die bekannte, geliebte Stimme; und

ein Kuß folgte auf den anderen in unendlicher Glückseligkeit; und das Kind zeigte auf den dunklen Vorhang.

„So schön ist es oben auf der Erde nicht! Siehst du, Mutter! Siehst du sie alle? Das ist Glückseligkeit!"

Aber die Mutter sah nichts; dort, wo das Kind hinzeigte, sah sie nichts außer der schwarzen Nacht; sie sah mit irdischen Augen, sah nicht auf dieselbe Weise wie das Kind, welches Gott zu sich gerufen hatte, sie hörte die Klänge, die Töne, aber sie vernahm nicht das Wort, das sie zu glauben hatte.

„Jetzt kann ich fliegen, Mutter!" sagte das Kind, „mit all den anderen fröhlichen Kindern ganz bis zu Gott hinfliegen; ich möchte es so gern, wenn du aber weinst, so wie du jetzt weinst, kann ich nicht von dir loskommen, und ich möchte so gern! Darf ich denn nicht? Du kommst ja in ganz kurzer Zeit auch dort hinein zu mir, liebe Mutter!"

„O bleib, o bleib!" sagte sie, „nur noch einen Augenblick! Ein einziges Mal noch muß ich dich ansehen, dich küssen, dich fest in meinen Armen halten!"

Und sie küßte und hielt fest. Da erklang ihr Name von oben; so klagend waren diese Laute; was war das nur?

„Kannst du hören?" sagte das Kind, „das ist Vater, der dich ruft!"

Und wieder, nach wenigen Sekunden, ertönte tiefes Seufzen wie von Kindern, die weinen.

„Das sind meine Schwestern!" sagte das Kind, „Mutter, du hast sie doch nicht vergessen?"

Und sie erinnerte sich der Zurückgebliebenen, eine Angst befiel sie, sie sah vor sich hin, und immer schwebten Gestalten vorüber, sie meinte manche zu kennen, sie schwebten durch die Halle des Todes, auf den dunklen Vorhang zu, und dahinter verschwanden sie. Ob wohl ihr Mann, ihre Töchter hier unten erschienen? Nein, ihre Rufe, ihre Seufzer erklangen noch von dort oben; fast hätte sie sie um des Toten willen ganz vergessen.

„Mutter, jetzt läuten die Glocken des Himmelreichs!" sagte das Kind. „Mutter, jetzt geht die Sonne auf!"

Und ein übermächtiges Licht strömte auf sie zu – das

Kind war fort, und sie wurde emporgehoben; es wurde kalt um sie her, sie hob den Kopf und sah, daß sie auf dem Kirchhof lag, auf ihres Kindes Grab; aber Gott war im Traum ihrem Fuß eine Stütze geworden, ein Licht für ihren Geist, sie beugte die Knie und betete.

„Vergib mir, Herr mein Gott, daß ich eine ewige Seele von ihrem Flug hatte zurückhalten wollen und daß ich meine Pflichten gegen die Lebenden vergessen konnte, die du mir hier geschenkt hast!" Und bei diesen Worten war es, als fände ihr Herz Erleichterung. Da kam die Sonne hervor, ein kleiner Vogel sang über ihrem Kopf, und die Kirchenglocken läuteten zur Morgenandacht. Es wurde ringsum so feierlich, so feierlich wie in ihrem Herzen! Sie erkannte ihren Gott, sie erkannte ihre Pflichten, und voller Sehnsucht eilte sie in ihr Haus zurück. Sie neigte sich über den Mann, ihre warmen, innigen Küsse weckten ihn, und sie sprachen die Worte des Herzens, der Innerlichkeit, und sie war stark und sanft, wie die Gattin es sein muß, von ihr kam der Quell des Trostes: „Gottes Wille ist immer der beste!"

Und der Mann fragte sie: „Woher hast du ganz plötzlich diese Kraft erhalten, dies trostvolle Herz?"

Und sie küßte ihn und küßte ihre beiden Kinder.

„Ich bekam es von Gott, durch das Kind im Grabe."

Der Hofhahn und der Wetterhahn

Da waren zwei Hähne, einer auf dem Mist und einer auf dem Dach, beide hochmütig; aber wer leistete am meisten? Sag uns deine Meinung – wir behalten trotzdem unsere eigene.

Der Hühnerhof war durch einen Bretterzaun von einem anderen Hof getrennt, in dem ein Komposthaufen lag, und auf diesem wuchs eine große Gurke, die sich wohl bewußt war, ein Mistbeetgewächs zu sein.

„Das ist man von Geburt!" sagte es in ihr; „nicht alle können als Gurken geboren werden, es muß auch andere lebende Arten geben! Die Hühner, die Enten und der ganze Bestand des Nachbarhofes sind auch Geschöpfe. Zum Hofhahn auf dem Bretterzaun blicke ich freilich auf, er ist wirklich von weit größerer Wichtigkeit als der Wetterhahn, der so hochgestellt ist und nicht einmal kreischen, geschweige denn krähen kann! Er hat weder Hennen noch Küken, er denkt nur an sich und schwitzt Grünspan! Nein, der Hofhahn, das ist ein Hahn! Ihn den Tritt machen zu sehen, das ist ein Tanz! Ihn krähen zu hören, das ist Musik! Wo er hinkommt, da erfährt man, was ein Trompeter ist! Wenn er hier hereinkäme, wenn er mich mit Blatt und Stengel auffräße, wenn ich in seinen Leib einginge, es wäre ein seliger Tod!" sagte die Gurke.

Zur Nacht kam ein fürchterliches Gewitter auf; Hennen, Küken und auch der Hahn suchten Zuflucht; der Bretterzaun zwischen den Höfen wurde umgeweht, so daß es laut polterte; Dachziegel fielen herunter, aber der Wetterhahn saß fest, er drehte sich nicht einmal, er konnte nicht, und dennoch war er jung, neu gegossen, aber bedächtig und gesetzt; er war alt geboren, glich nicht den flatternden Vögeln des Himmels, den Sperlingen und Schwalben, die verachtete er, „die Piepvögel, gering an Größe und gewöhnlich." Die Tauben seien groß, blank und schimmerten wie Perlmutter, sähen aus wie eine Art Wetterhahn, aber sie seien dick und dumm, ihr ganzes Denken liefe darauf hinaus, wie man etwas in den Wanst kriegte, sagte der Wetterhahn, langweilig im Umgang seien sie. Die Zugvögel hatten auch Besuch gemacht, von fremden Landen erzählt, von Luftkarawanen und fürchterlichen Räubergeschichten mit den Raubvögeln, das erstemal war es neu und interessant, aber später, das wußte der Wetterhahn, wiederholten sie sich, es war immer dasselbe, und das ist langweilig! Sie waren langweilig, und alles war langweilig, keiner war für den Umgang mit ihm geeignet, jeder war fad und abgeschmackt.

„Die Welt ist nichts wert!" sagte er. „Unfug das Ganze!"

Der Wetterhahn war blasiert, wie man es nennt, und das hätte ihn bestimmt in den Augen der Gurke interessant gemacht, hätte sie es gewußt, aber sie blickte nur zu dem Hofhahn auf, und jetzt war er bei ihr drinnen auf dem Hofe.

Der Bretterzaun war umgeweht worden, aber Blitz und Donner waren vorüber.

„Was sagt ihr zu dem Krähen?" sagte der Hofhahn zu Hennen und Küken. „Es war etwas roh, es fehlte an Eleganz."

Und Hennen und Küken traten auf den Komposthaufen, der Hahn kam im Reiterschritt daher.

„Gartenpflanze!" sagte er zu der Gurke, und durch dies eine Wort hörte sie seine ganze umfassende Bildung hindurch und vergaß, daß er auf sie einhackte und sie fraß.

„Seliger Tod!"

Und die Hennen kamen, und die Küken kamen, und wenn eins rennt, dann rennt das andere auch, und sie gluckten, und sie piepsten, und sie blickten auf den Hahn, sie waren stolz auf ihn, er war ihresgleichen.

„Kikeriki!" krähte er, „die Küken werden bald große Hühner, wenn ich es im Hühnerhof der Welt sage."

Und Hennen und Küken gluckten und piepsten dazu.

Und der Hahn verkündete eine große Neuigkeit.

„Ein Hahn kann ein Ei legen! Und wißt ihr, was in dem Ei liegt? Ein Basilisk liegt drin! Dessen Anblick kann niemand ertragen! Das wissen die Menschen, und nun wißt ihr es auch, wißt, was mir innewohnt! wißt, was für ein Allerhühnerhofsbursche ich bin!"

Und dann klatschte der Hofhahn mit den Flügeln, spreizte den Kamm und krähte abermals; und alle Hennen und all die kleinen Küken erschauerten, aber sie waren fürchterlich stolz darauf, daß einer der Ihren so ein Allerhühnerhofsbursche war; sie gluckten und sie piepsten, so daß der Wetterhahn es hören mußte, und er hörte es, aber deshalb rührte er sich doch nicht.

„Unfug das Ganze!" sagte es innen im Wetterhahn. „Der Hofhahn legt niemals Eier, und ich habe keine Lust! Wenn ich wollte, könnte ich sehr wohl ein Windei legen! Aber die Welt ist kein Windei wert! Unfug das Ganze! Nun habe ich nicht einmal mehr Lust zu sitzen!"

Und dann brach der Wetterhahn ab, aber er tötete den Hofhahn nicht, „obwohl es beabsichtigt gewesen war!" sagten die Hennen; und was sagt die Moral?

„Es ist immerhin besser, zu krähen, als blasiert zu sein und abzubrechen."

„Schön!"

Der Bildhauer Alfred – ja, du kennst ihn doch? Wir kennen ihn alle –, er bekam die goldene Medaille, fuhr nach Italien und kam wieder nach Hause; damals war er jung, ja, das ist er doch noch, aber immerhin doch ein Dutzend Jahre älter als damals.

Er kam nach Hause, kam zu Besuch in ein Städtchen auf Seeland, die ganze Stadt wußte von dem Fremden, wußte, wer er war; seinetwegen gab eine der reichsten Familien eine Gesellschaft, alles, was etwas war oder etwas hatte, war geladen, es war ein Ereignis, die Stadt wußte es ohne Trommel; Handwerksburschen und kleiner Leute Kinder, auch einige Eltern standen draußen und schauten zu den herabgelassenen, erleuchteten Vorhängen hinauf, der Wächter konnte so tun, als gäbe er eine Gesellschaft, so viele Leute standen um ihn herum; es schmeckte nach Vergnügen, und drinnen war tatsächlich das Vergnügen zu Gast, dort war Herr Alfred, der Bildhauer.

Er sprach, er erzählte, und alle hörten ihm mit Freude, mit Salbung zu, aber niemand so sehr wie eine ältere Witwe aus dem Beamtenstand, und sie war bezüglich all dessen, was Herr Alfred sagte, ein unbeschriebenes graues Papier, das alles Gesagte sofort aufsog und um mehr bat, höchst empfänglich, unglaublich unwissend, ein weiblicher Kaspar Hauser.

„Rom möchte ich zu gern sehen!" sagte sie, „es muß eine wunderhübsche Stadt sein mit all den vielen Fremden, die dort hinkommen, beschreiben Sie uns doch Rom! Wie sieht es denn dort aus, wenn man zum Tor hineingeht?"

„Das ist nicht so leicht zu beschreiben!" sagte der junge Bildhauer. „Da ist ein großer Platz; mitten darauf steht ein Obelisk, der viertausend Jahre alt ist."

„Ein Organist!" rief die Dame aus, sie hatte nie zuvor das Wort Obelisk gehört; manche waren dem Lachen nahe, der Bildhauer ebenfalls, aber das Lächeln, welches erschien, verlor sich in Betrachtung, denn er sah dicht neben der Dame in ein Paar große, meerblaue Augen, es war die Tochter von der, welche redete, und wenn man eine solche Tochter hat, kann man nicht einfältig sein. Die Mutter war ein sprudelnder Fragenquell, die Tochter die Schönheitsnajade des Quells, die dazugehörte. Wie war sie schön! Sie war eine Augenweide für einen Bildhauer, aber nichts zum Reden, und sie redete nicht, oder jedenfalls sehr wenig.

„Hat der Papst eine große Familie?" fragte die Dame.

Und der junge Mann antwortete auf die Frage, wie sie besser hätte gestellt sein können: „Nein, er ist aus keiner großen Familie!"

„Das meine ich nicht!" sagte die Dame; „ich meine, hat er Frau und Kinder?"

„Der Papst darf nicht heiraten!" antwortete er.

„Das gefällt mir nicht!" sagte die Dame.

Sie hätte wirklich gescheiter fragen und sprechen können, hätte sie aber nicht so gefragt und gesprochen, wie sie es tat, ob dann die Tochter sich wohl so an ihre Schulter gelehnt und mit diesem fast rührenden Lächeln dagesessen hätte?

Und Herr Alfred sprach, erzählte von der Farbenpracht

Italiens, den blauen Bergen, dem blauen Mittelmeer, dem Blau des Südens, einer Schönheit, die im Norden nur von den blauen Augen der nordischen Frau übertroffen werde. Und das war hier als Anspielung gesagt, aber die, auf die es gemünzt war, sie ließ es sich nicht anmerken, daß sie es verstand; und das war ja nun auch schön!

„Italien!" seufzten manche, „reisen!" seufzten andere. „Schön! schön!"

„Ja, wenn ich nun die fünfzigtausend Reichstaler in der Lotterie gewinne", sagte die Witwe, „dann reisen wir! Ich und meine Tochter, und Sie, Herr Alfred, werden uns führen! Wir reisen alle drei! Und ein paar andere gute Freunde mit uns!" und dann nickte sie ihnen allen fröhlich zu, jeder mochte ja ruhig glauben, ich bin es, der mitkommt. „Nach Italien fahren wir! Aber wir wollen nicht dorthin, wo es Räuber gibt, wir bleiben in Rom und auf den großen Landstraßen, wo man sicher ist."

Und die Tochter stieß einen kleinen Seufzer aus; wie viel kann nicht in einem kleinen Seufzer liegen oder in ihn hineingelegt werden; der junge Mann legte viel hinein; die beiden blauen Augen, die ihm diesen Abend erhellten, bargen Schätze, Schätze des Geistes und des Herzens, reich wie alle Herrlichkeiten Roms, und als er die Gesellschaft verließ – ja, da war er weg – weg in das Fräulein.

Von allen Häusern war das Haus der Witfrau dasjenige, welches Herr Alfred, der Bildhauer, besuchte; man war sich darüber klar, daß es nicht um der Mutter willen sein konnte, ungeachtet dessen, daß er und sie immer die Sprecher gewesen waren, es mußte der Tochter wegen sein, daß er hinging. Kala wurde sie genannt, sie hieß Karen Malene, die beiden Namen waren zu dem einen Namen Kala zusammengezogen worden; schön war sie, aber ein wenig verschlafen, sagten dieser und jener; sie pflegte morgens ziemlich lange im Bett zu liegen.

„Das ist sie von Kind auf gewöhnt!" sagte die Mutter, „sie ist immer ein Venuskind gewesen, und die werden so leicht müde. Sie liegt ein bißchen lange im Bett, aber davon hat sie ihre klaren Augen."

Welch eine Macht lag doch in diesen klaren Augen, diesen meerblauen Wassern! Diesem stillen Wasser mit dem tiefen Grund! Das spürte der junge Mann, er saß auf diesem tiefen Grund fest. Er redete und erzählte, und Mama fragte immer genauso lebhaft, unbefangen und frisch, wie bei der ersten Begegnung.

Es war eine Freude, Herrn Alfred erzählen zu hören; er erzählte von Neapel, von den Wanderungen auf den Vesuv und zeigte dazu bunte Bilder von einigen Ausbrüchen. Und die Witwe hatte nie zuvor davon gehört oder Überlegungen darüber angestellt.

„Hilf Himmel!" sagte sie, „das ist ja aber ein feuerspukkender Berg, kann niemand dabei zu Schaden kommen?"

„Ganze Städte sind zugrunde gegangen!" entgegnete er, „Pompeji und Herkulaneum!"

„Aber die unglücklichen Menschen! Und das haben Sie alles selber gesehen?"

„Nein, keinen von den Ausbrüchen, die ich hier in Bildern habe, aber ich werde Ihnen eine Zeichnung von mir selber zeigen, von einem Ausbruch, den ich gesehen habe."

Und er holte eine Skizze hervor, mit Bleistift gezeichnet, und Mama, die in Betrachtung der stark farbigen Bilder versunken saß, sah die blasse Bleistiftskizze an und rief vor Überraschung aus: „Bei Ihnen hat er weiß gespien!"

Einen Augenblick lang wurde es finster in Herrn Alfreds Hochachtung für Mama, aber bald, im Glanze Kalas, begriff er, daß ihre Mutter keinen Farbensinn hatte, das war alles, sie hatte das Beste, das Allerschönste, sie hatte Kala.

Und mit Kala verlobte sich Alfred, es war ja begreiflich; und die Verlobung stand im Lokalblatt. Mama holte sich dreißig Exemplare davon, um die Stelle auszuschneiden und Briefen an Freunde und Bekannte beizulegen. Und die Verlobten waren glücklich, und die Schwiegermama ebenfalls, sie war jetzt in gewissem Sinne mit Thorvaldsen verwandt.

„Sie sind doch seine Fortsetzung!" sagte sie.

Und Alfred fand, sie sage etwas Geistreiches. Kala sagte nichts, aber ihre Augen leuchteten, das Lächeln spielte um ihren Mund, jede Bewegung war schön; und schön war sie, das konnte man nicht zu oft sagen.

Alfred machte eine Büste von Kala und von der Schwiegermama; sie saßen ihm, und sie sahen zu, wie er mit dem Finger den weichen Ton glattstrich und knetete.

„Das ist wohl unsertwegen", sagte Schwiegermama, „daß Sie diese gemeine Arbeit selbst tun und das nicht Ihren Bedienten zusammenklecksen lassen!"

„Es ist gerade erforderlich, daß ich es in Ton forme!" sagte er.

„Ja, Sie sind nun immer so außerordentlich galant!" sagte Mama, und Kala drückte still seine Hand, an der der Ton saß.

Und er entwickelte ihnen beiden die Herrlichkeit der Natur im Geschaffenen, wie das Lebendige über dem Toten stehe, die Pflanze über dem Mineral, das Tier über der Pflanze, der Mensch über dem Tier; wie Geist und Schönheit sich durch die Form offenbarten und daß der Bildhauer der irdischen Gestalt das Herrlichste in deren Offenbarung verliehe.

Kala stand stumm dabei, seinen ausgesprochenen Gedanken erwägend, Schwiegermama gestand: „Es ist schwer, da zu folgen! Aber ich komme langsam mit den Gedanken hinterdrein, und die schwirren davon, aber ich halte sie fest."

Und die Schönheit hielt ihn fest, sie erfüllte ihn, bezauberte und beherrschte ihn. Die Schönheit leuchtete aus Kalas ganzer Gestalt, aus ihrem Blick, aus den Mundwinkeln, selbst aus der Bewegung der Finger; das äußerte Alfred, und er, der Bildhauer, verstand etwas davon, er sprach nur von ihr, dachte nur an sie, die beiden wurden eins, und auf diese Weise sprach sie auch viel, denn er sprach besonders viel.

Das war der Verlobungstag, jetzt kam die Hochzeit mit Brautjungfern und Hochzeitsgeschenken, und diese wurden in der Hochzeitsrede erwähnt.

Schwiegermama hatte im Hochzeitshause am Tischende Thorvaldsens Büste aufgestellt, mit einem Schlafrock umgetan, er sollte Gast sein, das war ihre Idee; es wurden Lieder gesungen, und es wurde auf aller Wohl getrunken, es war eine fröhliche Hochzeit, ein schönes Paar: „Pygmalion bekam seine Galathea", hieß es in einem der Lieder. „Das ist so eine Mythologie!" sagte Schwiegermama.

Am folgenden Tage fuhr das junge Paar nach Kopenhagen, um dort sein Heim zu gründen, Schwiegermama begleitete es, um sich des Groben anzunehmen, wie sie sagte, das heißt, den Haushalt zu führen. Kala sollte im Puppenschrank sitzen! Alles war neu, blitzeblank und schön! Da saßen sie alle drei – und Alfred, ja, um ein Sprichwort zu gebrauchen, das beleuchtet, wie er saß, er saß wie die Maus im Speck.

Die Zauberkraft der Form hatte ihn betört, er hatte das Futteral angesehen und nicht, was in dem Futteral steckte, und das ist von Übel, von großem Übel im Ehestand; geht die Hülle aus den Fugen und fällt das Flittergold ab, dann bereut man den Handel. In großer Gesellschaft ist es höchst unangenehm, wenn man merkt, daß man seine beiden Hosenträgerknöpfe verloren hat, und weiß, daß man sich nicht auf seine Schnalle verlassen kann, denn man hat keine

Schnalle, aber noch schlimmer ist es, wenn man in großer Gesellschaft merkt, daß Frau und Schwiegermama dumme Reden führen, und man sich dann nicht auf sich selber verlassen kann, daß einem ein witziger Gedanke kommt, der die Dummheit übertönt.

Oft saß das junge Ehepaar Hand in Hand, und er sprach, und sie flocht ein Wort mit ein, dieselbe Melodie, dieselben zwei, drei Glockentöne. Es war wie ein geistiger Luftzug, wenn Sophie, eine der Freundinnen, kam.

Sophie war keineswegs schön; ja, sie hatte kein Gebrechen, zwar war sie ein bißchen schief, sagte Kala, aber das war nur so viel, daß die Freundinnen es sehen konnten; sie war ein sehr vernünftiges Mädchen, jedoch kam es ihr nicht in den Sinn, daß sie hier gefährlich werden könnte. Sie war ein erfrischender Hauch im Puppenschrank, und frische Luft braucht man, das sahen sie alle miteinander ein; gelüftet werden mußte, und nun sollten sie an die Luft geführt werden, Schwiegermama und das junge Ehepaar reisten nach Italien.

„Gott sei Dank! wir sind wieder daheim in unseren vier Wänden!" sagten Mutter und Tochter, als sie nach einem Jahr mit Alfred zurückkehrten.

„Es ist kein Vergnügen zu reisen!" sagte Schwiegermama; „es ist eigentlich langweilig! Entschuldigt, daß ich es sage. Ich habe mich gelangweilt, obwohl ich meine Kinder bei mir hatte, und Reisen ist teuer! sehr teuer! All die Galerien, die man sich ansehen muß! All die Dinge, hinter denen man herrennen muß! Man muß es ja aber notgedrungen tun, weil man ausgefragt wird, wenn man nach Hause kommt; und dann muß man sich trotzdem noch sagen lassen, das und das wäre das Schönste, und gerade das hat man vergessen, sich anzusehen. Mich haben diese ewigen Madonnen auf die Dauer gelangweilt, man wird selber ganz zur Madonna."

„Und was für ein Essen man bekommt!" sagte Kala.

„Nicht ein einziges Mal eine anständige Fleischbrühe!" sagte Mama. „Es ist schlecht bestellt mit der Kochkunst dort!"

Und Kala war von der Reise sehr müde, fortwährend müde, das war das schlimmste. Sophie kam ganz zu ihnen ins Haus, und sie machte sich nützlich.

Das müsse man zugeben, sagte Schwiegermama, Sophie verstehe etwas vom Hauswesen und Kunstwesen und alledem, was sie sich ihrer Vermögenslage nach nicht leisten konnte, und außerdem war sie auch noch sehr achtbar und von Herzen treu; das bewies sie so richtig, als Kala krank lag und immer mehr abnahm.

Wo das Futteral alles ist, da muß das Futteral durchhalten, sonst ist es mit dem Futteral aus – und es war aus mit dem Futteral – Kala starb.

„Sie war schön!" sagte die Mutter, „sie war wirklich was anderes als die Antiken, die sind so ramponiert! Kala war heil, und das muß eine Schönheit sein."

Alfred weinte, und die Mutter weinte, und sie liefen beide in Schwarz herum, Mama stand Schwarz besonders gut, und sie ging am längsten in Schwarz, trug am längsten Schwarz, und für sie kam noch ein Kummer hinzu, Alfred heiratete wieder, nahm Sophie, die äußerlich gar nichts hermachte.

„Er fällt vom einen Extrem ins andere", sagte Schwiegermama, „ist vom Schönsten zum Häßlichsten übergegangen, er hat seine erste Frau vergessen können. Die Männer haben keine Ausdauer! Mein Mann war anders! Er starb auch vor mir."

„Pygmalion bekam seine Galathea!" sagte Alfred, „ja, das stand im Hochzeitslied; ich hatte mich auch wirklich in die schöne Statue verliebt, die in meinen Armen Leben erhielt: aber die verwandte Seele, die der Himmel uns sendet, einen seiner Engel, die mit uns fühlen, mit uns denken, uns erheben können, wenn wir niedergebeugt werden, den habe ich jetzt erst gefunden und errungen. Du, Sophie! bist nicht als Schönheit zu mir gekommen, nicht im Strahlenglanz – aber wohl gütig, hübscher, als nötig ist! Die Hauptsache ist die Hauptsache! Du kamst und lehrtest den Bildhauer, daß sein Werk nur Ton ist, Staub, nur ein Abdruck von dem inneren Kern, den wir suchen müssen. Arme Kala! unser Erdenleben war wie ein Reiseleben! Dort oben, wo man sich in Sympathie zusammenfindet, sind wir uns vielleicht halb fremd."

„Das ist nicht sehr liebevoll gesprochen", sagte Sophie, „das war nicht christlich! Droben, wo man keine Ehen schließt, sondern wo, wie du sagst, die Seelen sich in Sympathie begegnen, dort, wo alles Herrliche sich entfaltet und steigert, wird ihre Seele vielleicht so kraftvoll erklingen. daß sie die meine übertönt, und du – du wirst dann wieder, wie in deiner ersten Verliebtheit, ausrufen: Schön, schön!"

Eine Geschichte aus den Dünen

Es ist eine Geschichte aus den Dünen in Jütland, aber sie beginnt nicht da drüben, nein, weit fort, im Süden, in Spanien; das Meer ist die Straße zwischen den Ländern; versetze dich dorthin, nach Spanien! Dort ist es warm, und dort ist es schön; dort wachsen die feuerroten Granatblüten zwischen den dunklen Lorbeerbäumen; von den Bergen fächelt ein erfrischender Wind über die Orangengärten und die prächtigen maurischen Hallen mit den goldenen Kuppeln und den bunten Wänden hinweg; durch die Straßen ziehen Kinder in Prozessionen mit Kerzen und wehenden Fahnen, und über ihnen erhebt sich so hoch und hell der Himmel mit glitzernden Sternen; Gesang und Kastagnetten ertönen, Burschen und Mädchen schwingen sich im Tanz unter den blühenden Akazienbäumen, während der Bettler auf dem ausgehauenen Marmorstein sitzt, sich an der saftigen Wassermelone erquickt und das Leben verdöst; das Ganze ist wie ein herrlicher Traum, und sich ihm hinzugeben – ja, das taten zwei jungvermählte Leute, und ihnen waren auch alle irdischen Güter verliehen: Gesundheit, ein heiteres Gemüt, Reichtum und Ehren.

„Wir sind so glücklich, wie man es nur sein kann", sagten sie aus der vollen Überzeugung ihres Herzens; jedoch könnten sie noch eine Stufe höher im Glücke steigen, und das wäre der Fall, wenn Gott ihnen ein Kind gewährte, einen Sohn, der ihnen an Leib und Seele ähnlich wäre.

Das glückliche Kind würde mit Jubel begrüßt werden, die höchste Sorgfalt und Liebe finden, all das Wohlbefinden, das Reichtum und vermögende Verwandte schaffen können.

Wie ein Fest verstrichen die Tage für sie.

„Das Leben ist ein Gnadengeschenk der Liebe, beinahe unfaßbar groß", sagte die junge Frau, „und diese Fülle der Glückseligkeit soll in dem anderen Leben wachsen können und bis in die Ewigkeit hinein – ich kann diesen Gedanken nicht fassen."

„Und er ist wahrlich auch menschlicher Übermut", sagte der Mann. „Es ist im Grunde ein furchtbarer Stolz, zu glauben, daß man ewig lebt – daß man wie Gott werde! Das waren ja auch die Worte der Schlange, und sie war die Herrin der Lüge."

„Du zweifelst doch nicht etwa an einem Leben nach diesem?" fragte die junge Gattin, und es war, als huschte zum erstenmal ein Schatten durch ihrer beider sonniges Gedankenreich.

„Der Glaube verheißt es, die Priester sagen es!" sagte der junge Mann, „aber gerade in all meinem Glück fühle und erkenne ich, daß es ein Stolz ist, ein Gedanke des Übermuts, ein zweites Leben nach diesem zu fordern, eine fortgesetzte Glückseligkeit – ist uns nicht hier in diesem Dasein so viel gewährt, daß wir zufrieden sein können und sein sollten?"

„Ja, uns ist es gewährt worden", sagte die junge Frau, „aber wie vielen Tausenden wurde dies Leben nicht zu einer schweren Prüfung, wie viele sind nicht gewissermaßen in die Welt hineingeworfen worden, in Armut, Schande, Krankheit und Unglück! Nein, gäbe es nicht ein Leben nach diesem, dann wäre alles auf dieser Welt zu ungleich verteilt; dann wäre Gott nicht der gerechte Gott."

„Der Bettler hier unten hat Freuden, die für ihn ebenso groß sind, wie der König sie auf seinem reichen Schlosse hat", sagte der junge Mann, „und meinst du nicht, daß das Arbeitstier, das geprügelt wird, hungert und sich zu Tode schindet, ein Empfinden für seine schweren Erdentage besitzt? Das könnte doch auch ein anderes Leben fordern, es ein Unrecht nennen, daß es nicht auf eine höhere Stufe der Schöpfung gestellt wurde."

„Im Himmelreich gibt es viele Wohnungen, hat Christus gesagt", entgegnete die junge Frau, „das Himmelreich ist das Unendliche, wie Gottes Liebe es ist – auch das Tier ist ein Geschöpf, und kein Leben, glaube ich, geht verloren, sondern wird all der Glückseligkeit teilhaftig werden, die es nur empfangen kann und die ihm genug ist."

„Aber mir ist nun diese Welt genug", sagte der Mann und schlang seine Arme um seine schöne, liebenswerte Frau, rauchte seine Zigarette auf dem offenen Altan, wo die erfrischende Luft voll war von dem Duft der Orangen und Nelken; Musik und Kastagnetten erklangen unten auf der Straße, die Sterne blitzten hoch droben, und zwei Augen, voller Liebe, die Augen seiner Frau, sahen ihn mit dem ewigen Leben der Liebe an.

„Für eine solche Minute", sagte er, „lohnt es sich wohl, geboren zu sein, sie zu empfinden und – zu verschwinden!" er lächelte, die Frau hob mit mildem Vorwurf die Hand – und das Gewölk war wieder weg, sie waren viel zu glücklich.

Und alles schien sich für sie so zu fügen, daß es in Ehre, Freude und Wohlbefinden vorwärtsgehen würde, es kam ein Wechsel, aber nur des Ortes, und nicht im Erringen und Genießen der Freude und Wonne des Lebens. Der junge Mann wurde von seinem König als Gesandter an den kaiserlichen Hof in Rußland geschickt, es war ein Ehrenamt, seine Geburt und seine Kenntnisse gaben ihm ein Recht darauf; ein großes Vermögen besaß er, seine junge Frau hatte ihm ein nicht geringeres eingebracht, sie war die Tochter des reichsten, angesehensten Kaufmanns. Eines von dessen größten und besten Schiffen sollte gerade in diesem

Jahr nach Stockholm ausfahren, es sollte die lieben Kinder, Tochter und Schwiegersohn, nach Petersburg bringen, und es wurde an Bord alles königlich eingerichtet; weiche Teppiche für die Füße, Seide und Herrlichkeit ringsum.

Es gibt ein altes Heldenlied, das sicher alle Dänen kennen, es heißt „Des Königs Sohn von Engelland"; er fährt auch auf so einem kostbaren Schiff, in seinen Anker ist das rote Gold eingelegt, und in jedes Tau sind seidene Fäden eingedreht, an dies Schiff mußte man denken, als man das aus Spanien sah, hier war die gleiche Pracht, der gleiche Abschiedsgedanke:

„Gott laß uns all in Freuden wiedersehen!"

Und der Wind blies kräftig von der spanischen Küste fort, der Abschied war nur kurz; in wenigen Wochen mußten sie das Ziel ihrer Reise erreichen können; aber als sie ein weites Stück draußen waren, legte sich der Wind, das Meer wurde spiegelblank und ruhig, das Wasser gleißte, die Sterne am Himmel gleißten, es waren gleichsam Festabende in der reichen Kajüte.

Zuletzt wünschte man sich doch, daß es windig werden und ein günstiger Wind aufkommen möge, aber er kam nicht; kam er einmal, dann war es immer Gegenwind, so vergingen Wochen, ja zwei ganze Monate, erst dann ward der Wind günstig, er kam aus Südwesten, sie waren mitten zwischen Schottland und Jütland, und der Wind frischte auf, ganz so wie in dem alten Lied vom ‚Königssohn aus Engelland':

Da kam ein Wetter, finstre Wolken schwer,
Sie fanden weder Land noch Schutz noch Wehr,
So warfen sie denn Anker auf dem Meer,
Jedoch der Sturm wirft sie in Dänemark auf Land.

Das ist nun lange her. König Christian VII. saß auf dem dänischen Thron und war damals ein junger Mann; viel ist geschehen seit jener Zeit, viel hat sich gewandelt und geändert; Seen und Sümpfe sind fruchtbare Wiesen, Heide ist bebautes Ackerland geworden, und im Windschutz wachsen am Hause des Westjüten Apfelbäume und Rosen, aber man muß sie suchen, denn sie verkriechen sich vor den scharfen Westwinden und suchen Schutz. Man kann sich dort drüben so recht in die alte Zeit zurückversetzen, weiter zurück als bis zu Christians VII. Regierung; wie damals in Jütland, so dehnt sich noch immer die braune Heide mit ihren Hünengräbern meilenweit aus, mit ihren Luftspiegelungen, ihren holprigen und sandigen Wegen kreuz und quer; westwärts, wo große Bachläufe in die Fjorde einmünden, ziehen sich Wiese und Sumpf hin, von hohen Dünen abgegrenzt, die sich gleich einer Gebirgskette mit sägeförmigen Spitzen zum Meer erheben, sie werden nur durch hohe Lehmhänge unterbrochen, von denen die See Jahr um Jahr Riesenhappen abbeißt, so daß Böschungen und Steilufer stürzen, wie von einem Erdbeben erschüttert. So sieht es bis auf den heutigen Tag noch aus, so war es vor all den vielen Jahren, als die beiden Glücklichen dort draußen auf dem reichen Schiffe fuhren.

Es war Ende September, es war ein Sonntag und sonniges Wetter, das Geläute der Kirchenglocken am Nissumfjord entlang verschmolz ineinander, die Kirchen dort standen wie ausgehauene Feldsteine, jede einzelne ein Stück Fels; die Nordsee kann über sie hinwegrollen, und sie würden stehen bleiben; den meisten fehlte der Turm, die Glocken hingen dann zwischen zwei Balken unter freiem Himmel. Der Gottesdienst war zu Ende, die Gemeinde ging vom Gotteshaus auf den Kirchhof, auf dem es damals wie heute weder Baum noch Strauch gab, keine gepflanzte Blume und keinen Kranz auf dem Grab; bucklige Hügel zeigen an, wo die Toten begraben sind, ein scharfes Gras, vom Winde gepeitscht, wächst überall auf dem Kirchhof; ganz selten einmal hat ein Grab vielleicht ein Denkmal, das heißt einen verrottenden Baumstamm, in Form eines Sarges zurechtgehauen; das Baumstück ist aus dem Wald des Westens geholt: dem wilden Meer; dort wachsen für den Küstenbewohner die zugehauenen Balken, Bretter und Bäume, die die Brandung an Land treibt, Wind und Meeresdunst lassen das aufgestellte Baumstück schnell verrotten; ein solcher Überrest lag hier auf einem Kindergrab, und an dieses trat eine der Frauen, die aus der Kirche kamen; sie stand still, blickte auf das halb auseinandergefallene Holzstück; gleich darauf trat ihr Mann zu ihr; sie sprachen kein Wort, er nahm sie bei der Hand, und sie gingen vom Grabe fort in die braune Heide hinaus, über Sumpfland und auf die Dünen zu; lange gingen sie schweigend dahin.

„Es war heute eine gute Predigt", sagte der Mann, „hätte man nicht den Herrgott, dann hätte man gar nichts."

„Ja", erwiderte die Frau, „er erfreut und er betrübt! Dazu hat er das Recht! Morgen wäre unser kleiner Junge fünf Jahre alt geworden, hätten wir ihn behalten dürfen."

„Es führt zu nichts, daß du trauerst", sagte der Mann. „Er ist gut davon gekommen! Er ist ja dort, wo wir hinkommen möchten, darum beten wir ja."

Und dann sprachen sie nichts mehr und gingen auf ihr Haus zwischen den Dünen zu; plötzlich erhob sich von einer der Dünen, auf der der Strandhafer den Sand nicht so festhielt, eine mächtige Staubwolke, es war ein Windstoß, der sich in die Düne hineinbohrte und die feinen Sandteilchen hochwirbelte; es kam noch ein Windstoß, so daß die auf ausgespannten Leinen hängenden Fische gegen die Hauswand klatschten, und wieder war alles still; die Sonne glühte heiß.

Mann und Frau gingen ins Haus und waren schnell aus den Sonntagskleidern, eilten alsdann über die Dünen, die dalagen gleich ungeheuren, plötzlich in ihrer Bewegung erstarrten Sandwogen; Rohrgras und die blaugrünen, scharfen Halme des Strandhafers brachten etwas farbige Abwechslung in den weißen Sand. Ein paar Nachbarn kamen dazu, sie waren einander behilflich, die Boote höher auf den Strand heraufzuziehen, der Wind wurde stärker, er war schneidend kalt, und als sie über die Dünen zurückgingen, fegten ihnen Sand und scharfe kleine Steine ins Gesicht. Die Wellen zeigten weiße Spitzen, und der Wind schnitt den obersten Kamm ab, so daß es weithin spritzte.

Es wurde Abend, da erklang ein schwellendes Rauschen in der Luft, heulend, klagend, gleich einer Heerschar verzweifelter Geister, es übertönte das Grollen des Meeres, obgleich das Fischerhaus so dicht daran lag. Der Sand flog gegen die Scheiben, und zwischendurch kam einmal ein Stoß, als erbebte das Haus in seinen Grundfesten. Es war finster, aber gegen Mitternacht würde der Mond aufgehen.

Die Luft wurde klarer, aber der Sturm tobte mit aller Gewalt über das tiefe schwärzliche Meer. Die Fischersleute waren schon längst ins Bett gegangen, aber in diesem Unwetter war es unmöglich, ein Auge zuzumachen; da pochte es an die Scheibe, die Tür ging auf, und irgend jemand sagte: „Auf der äußersten Sandbank sitzt ein Fahrzeug auf Grund!" Mit einem Sprung waren die Fischersleute aus dem Bett und in den Kleidern.

Der Mond war aufgegangen; es wäre zum Sehen hell genug gewesen, wenn man die Augen vor dem Flugsand hätte offenhalten können; es war ein Sturm, daß man sich dagegen anstemmen mußte, und nur mit großer Mühe, zwischen den Windstößen vorwärts kriechend, kam man über die Dünen, und hier flog gleich Schwanendaunen der salzige Gischt und Schaum vom Meere, das wie ein grollender, kochender Wasserfall auf die Küste rollte, in der Luft herum. Man mußte wahrlich ein geübtes Auge haben, wollte man das Fahrzeug dort draußen so schnell finden; es war ein prachtvoller Zweimaster; er wurde nun über die Sandbank hinweggehoben, drei, vier Kabellängen außerhalb der gewöhnlichen Brandung, er trieb aufs Land zu, lief auf die zweite Sandbank auf und saß fest. Unmöglich war es, Hilfe zu bringen, die See war zu heftig, sie schlug gegen das Fahrzeug und darüber weg. Man meinte, die Notschreie zu hören, die Rufe in Todesnot, man sah die emsige, zwecklose Tätigkeit. Jetzt kam ein Brecher, der gleich einem zermalmenden Felsblock auf den Bugspriet niederfiel, und dieser war fort, der Achtersteven hob sich hoch über das Wasser. Zwei Menschen sprangen zusammen in die See, sie verschwanden – ein kurzer Augenblick –, und eine der größten Wogen, die gegen die Düne anrollten, warf einen Körper an den Strand – eine Frau war es, eine Leiche, wie man annahm; ein paar von den Frauen am Strand mühten sich mit ihr ab und meinten, noch Leben in ihr zu bemerken, sie wurde über die Dünen ins Fischerhaus gebracht. Wie war sie schön und fein, sicherlich eine vornehme Dame.

Sie legten sie in das ärmliche Bett; da gab es keinen leinenen Faden, sondern ein wollenes Laken, in das man sich einwickelte, und das hielt gut warm.

Das Leben kehrte in sie zurück, aber im Fieber, sie wußte gar nicht, was geschehen war oder wo sie sich befand, und das war ja nur gut, denn alles, was ihr teuer war, das lag auf dem Meeresgrund, es erging ihnen dort draußen, wie es das Heldenlied vom ‚Königssohn von Engelland‘ gesungen hatte:

„Ein großer Jammer war's, mit anzusehen,
Man sah das Schiff in tausend Stücke gehen."

Wrackreste und Holzsplitter wurden an Land gespült, sie war die einzige Überlebende von allen. Noch immer toste der Wind heulend über die Küste, für ein paar Augenblicke hatte sie Ruhe, aber bald kamen Schmerzen und Schreie, sie schlug ihre beiden wunderschönen Augen auf, sprach ein paar Worte, aber niemand konnte sie verstehen.

Und da, nach allem, was sie gelitten und durchgemacht hatte, hielt sie in ihren Armen ein neugeborenes Kind; es hätte in einem Prunkbett ruhen sollen, mit seidenen Gardinen, in dem reichen Haus; es hätte mit Jubel willkommen geheißen sein sollen, zu einem Leben, reich an den Gütern der Erde, und nun hatte der Herrgott es in diesem ärmlichen Winkel zur Welt kommen lassen; nicht einmal einen Kuß erhielt es von seiner Mutter.

Die Fischersfrau legte das Kind an die Mutterbrust, und es lag an einem Herzen, das nicht mehr schlug, sie war tot. Das Kind, welches in Reichtum und Glück großgezogen werden sollte, war in eine Welt hineingeworfen, vom Meer auf die Dünen geworfen worden, auf daß es das Los und die schweren Tage des Armen kennenlernen sollte.

Und immer kommt uns hier das alte Lied in den Sinn:

Dem Königssohn die Träne über die Wange rann,
Um Christi willen, ich kam vor Bovbjerg an!
Nun geht's mir schlecht, die Gefahr ist groß;
In Herrn Bugges Kreis wär mir's besser ergangen,
Weder Ritter noch Knapp hätten mich aufgehangen.

Etwas südlich vom Nissumfjord, auf dem Strand, den Herr Bugge einmal den seinen genannt hatte, war das Schiff gestrandet; die harten, unmenschlichen Zeiten, da die Bewohner der Westküste, wie man erzählt, an den Gestrandeten Böses verübten, waren längst vorüber; Liebe und Herzensgüte, Opferbereitschaft für die Schiffbrüchigen fand man hier, wie sie in heutiger Zeit in den edelsten Zügen leuchten; die sterbende Mutter und das elende Kind hätten

Fürsorge und Pflege bekommen, wo immer der Sturm sie hingeweht hätte, aber nirgendwo herzlicher als bei der armen Fischersfrau, die noch gestern schwermütigen Herzens am Grabe gestanden hatte, das ihr Kind barg, welches heute sein fünftes Lebensjahr vollendet hätte, wenn Gott es ihm vergönnt hätte, am Leben zu bleiben.

Niemand wußte, wer das fremde tote Weib war oder woher sie kam. Die Überreste und Splitter des Schiffes ließen nichts darüber verlauten.

In Spanien, in dem reichen Hause, trafen niemals Briefe oder eine Kunde über die Tochter oder den Schwiegersohn ein; sie waren an ihrem Bestimmungsort nicht angekommen; starke Stürme hatten in den letzten Wochen getobt; man wartete monatelang. „Völliger Schiffbruch; alle umgekommen!" das wußten sie.

Aber im Fischerhause bei den Huusbydünen hatten sie jetzt ein kleines Bürschlein.

Wo Gott zweien das tägliche Brot beschert, findet der dritte wohl auch noch ein wenig für eine Mahlzeit; und nahe am Meer gibt es sicher ein Gericht Fische für einen hungrigen Mund. Jörgen wurde der Kleine genannt.

„Er ist sicher ein Judenkind", sagte man, „er sieht so schwarz aus!" – „Er kann auch Italiener oder Spanier sein!" sagte der Pfarrer. Diese drei Völker schienen der Fischersfrau auf eins hinauszulaufen, und sie tröstete sich damit, daß das Kind christlich getauft war. Der Junge gedieh, das adelige Blut blieb warm und bekam Kräfte durch die karge Kost, er wuchs in dem geringen Haus heran; die dänische Sprache wurde seine Sprache, so wie der Westjüte sie spricht. Der Granatkern aus Spaniens Erdreich wurde zu einer Strandhaferpflanze an der Westküste Jütlands, so weit kann ein Mensch es bringen! An dies Zuhause klammerte er sich mit den einjährigen Wurzeln seines Lebens. Hunger und Kälte, Bedrängnis und Not des armen Mannes sollte er erfahren, aber auch die Freuden des Armen.

Die Kinderzeit hat für jeden ihre Lichtpunkte, die später durch das ganze Leben weiterstrahlen. Wie reich war er nicht an Freuden und Spielen! Der ganze Strand, meilenweit, lag voller Spielzeug: ein Mosaik von Geröll, rot wie Korallen, gelb wie Bernstein, und weiß, abgerundet, als ob es Vogeleier wären; in allen Farben, und alle vom Meere geschliffen und geglättet. Selbst das windgedörrte Fischskelett, die windgedörrten Wasserpflanzen, der Tang, schimmernd weiß, lang und schmal wie Leinenbänder, zwischen den Steinen flatternd, alles war zu Spiel und Lust fürs Auge und fürs Denken da; und der Junge war ein aufgewecktes Kind,

viele und große Fähigkeiten lagen in ihm verborgen. Wie gut behielt er Geschichten und Lieder, die er hörte. Und geschickt mit den Fingern war er: aus Steinen und Schalen setzte er ganze Fahrzeuge und Bilder zusammen, mit denen man die Stube schmücken konnte; er könne ganz seltsam seine Einfälle in ein Stück Holz schnitzen, sagte seine Pflegemutter, und der Junge wäre doch noch klein; schön klang seine Stimme, Melodien flossen ihm schnell über die Zunge. In dieser Brust waren viele Saiten gespannt, sie hätten in die Welt hinausklingen können, wäre er an einen anderen Platz gestellt worden als ins Fischerhaus an der Nordsee.

Eines Tages strandete hier ein Schiff, eine Kiste mit seltenen Blumenzwiebeln trieb an Land; man nahm sich welche und steckte sie in den Kochtopf, man glaubte, man könne sie essen, andere lagen im Sand und verfaulten am Strand, sie konnten ihre Bestimmung nicht erfüllen: die Farbenpracht zu entfalten, die Herrlichkeit, die in ihnen lag – würde es Jörgen besser ergehen? Mit den Blumenzwiebeln war es schnell vorbei, er hatte noch Jahre der Prüfungen vor sich.

Es wurde weder ihm noch einem von den anderen da drüben bewußt, wie einsam und eintönig der Tag verging, es gab vollauf zu tun, zu hören und zu sehen. Allein das Meer war ein großes Lehrbuch, jeden Tag bot es eine neue Seite dar, Meeresstille, Dünung, harten Wind und Sturm, die Strandungen waren Höhepunkte; der Kirchgang galt als Festbesuch, jedoch gab es daheim im Fischerhaus einen Besuch, der besonders willkommen war, er wurde zweimal im Jahre wiederholt, das war der Besuch des Onkels, des Bruders der Mutter, des Aalbauern aus Fjaltring, oben in der Nähe von Bovbjerg; er kam mit einem rotgestrichenen Wagen voller Aale, der Wagen war geschlossen wie ein Sarg und mit blauen und weißen Tulpen bemalt, er wurde von zwei falben Ochsen gezogen, und Jörgen erhielt die Erlaubnis, sie zu lenken.

Der Aalbauer war der helle Kopf, der muntere Gast, er brachte ein Lägel voll Branntwein mit, jeder bekam einen Schnaps oder auch eine Kaffeetasse voll, falls es an Gläsern fehlte, selbst Jörgen, wie klein er auch war, erhielt einen Fingerhut voll, es war, um den fetten Aal festzuhalten, sagte der Aalbauer und erzählte dann immer dieselbe Geschichte, und wenn man über sie lachte, erzählte er sie denselben Leuten gleich noch einmal; das tun alle redseligen Personen, und da Jörgen während seines Heranwachsens und bis in seine Mannesjahre hinein diese Geschichte erzählte und ihre Redeweise anwandte, so wollen wir sie hören.

„Draußen im Bach standen die Aale, und Mutter Aal sagte zu ihren Töchtern, als sie darum baten, ob sie allein einen kleinen Spaziergang den Bach hinauf machen dürften: ‚Geht nicht zu weit! Leicht kann der garstige Aalstecher kommen und euch alle miteinander holen!‘ – aber sie gingen zu weit, und von acht Töchtern kamen nur drei wieder zu Mutter Aal zurück; und sie jammerten: ‚Wir waren nur ein bißchen vor die Tür gegangen, da kam der garstige Aalstecher und stach unsere fünf Schwestern tot!‘ – ‚Die werden schon wiederkommen!‘ sagte Mutter Aal. – ‚Nein!, sagten die Töchter, ‚denn er hat ihnen die Haut abgezogen, hat sie zerschnitten und gebraten.' – ‚Die werden schon wiederkommen!' sagte Mutter Aal. – ‚Ja, aber er hat sie gefressen!' – ‚Die werden schon wiederkommen!' sagte Mutter Aal ‚Aber dann hat er obendrein noch Branntwein getrunken', sagten die Töchter. – ‚Oh, au! dann kommen sie niemals wieder!' heulte Mutter Aal. ‚Branntwein begräbt den Aal!'

Und deshalb muß man immer seinen Branntweinschnaps zu diesem Gericht trinken!" sagte der Aalbauer.

Und diese Geschichte wurde zum goldenen Faden, zum Faden der Heiterkeit in Jörgens Leben. Auch er wollte gern ein bißchen vor die Tür, „ein bißchen den Bach hinauf", das heißt mit dem Fahrzeug in die Welt hinaus, und Mutter sagte wie die Aalmutter: „Es gibt viele böse Menschen, Aalstecher!" aber ein wenig über die Dünen hinaus, nur ein wenig in die Heide mußte er denn doch; und das sollte ihm auch beschieden sein. Vier fröhliche Tage, die hellsten in seinem ganzen kindlichen Leben, brachen an; alle Herrlichkeit Jütlands, die Freude und Sonne der Heimat lagen darin; er sollte zu einem Schmause – allerdings war es ein Leichenschmaus.

Ein wohlhabender Anverwandter der Fischerfamilie war gestorben; der Hof lag drinnen im Lande, „ostwärts, einen Strich gen Norden", wie es hieß. Vater und Mutter wollten hin, und Jörgen kam mit. Von den Dünen kamen sie über Heide und Sumpfland zu der grünen Wiese, durch die der Skærumbach sich seinen Weg bahnt, der Bach mit den vielen Aalen, wo Mutter Aal mit ihren Töchtern wohnte, mit denen, die die bösen Menschen abstachen und entzweischnitten; jedoch hatten die Menschen oftmals nicht besser an ihren Mitmenschen gehandelt; auch Herr Ritter Bugge, der in dem alten Lied erwähnt wird, wurde von bösen Menschen ermordet, und wenn man ihm auch viel Gutes nachsagte, so wollte er doch einmal den Baumeister töten, der ihm das Schloß mit Türmen und dicken Mauern gerade dort erbaute, wo Jörgen mit seinen Pflegeeltern stand, wo der Skærumbach in den Nissumfjord einmündet. Der Wallhügel ist noch immer zu sehen, die roten Mauerreste ringsum. Hier hatte Ritter Bugge, als der Baumeister aufgebrochen war, zu seinem Knappen gesagt: „Lauf hinterher und sag ihm: Meister, der Turm wankt! Dreht er sich um, dann töte ihn und nimm ihm das Geld ab, das er von mir bekam, dreht er sich aber nicht um, dann laß ihn in Frieden ziehen!" Und der Knappe gehorchte, und der Baumeister entgegnete: „Der Turm wankt nicht, aber einstmals wird aus Westen ein Mann in einem blauen Mantel kommen, der wird ihn zum Wanken bringen!" und das geschah hundert Jahre danach, da brach die Nordsee ein, und der Turm stürzte um, aber der Besitzer des Hofes, Predbjörn Gyldenstjerne, baute sich weiter oben, wo die Wiese aufhört, einen neuen Hof, und der steht heute noch, das ist Nörre-Vosberg.

Dort kamen Jörgen und seine Pflegeeltern vorbei, von jedem Plätzchen hier drüben hatte man ihm an den langen Winterabenden erzählt, jetzt sah er den Hof mit seinen doppelten Gräben, seinen Bäumen und Sträuchern, dem Wall, von Farnen überwuchert, der sich dazwischen erhob; aber am schönsten waren die hohen Linden, sie reichten bis zum Dachfirst hinauf und erfüllten die Luft mit dem süßesten Duft. Nach Nordwesten zu, in einer Ecke des Gartens, stand ein großer Strauch mit Blüten, wie Winterschnee auf dem Sommergrün; es war ein Holunderstrauch, der erste, den Jörgen so hatte blühen sehen; der und die Lindenbäume blieben ihm für alle Zeiten im Gedächtnis haften: Dänemarks Duft und Schönheit, die die Kinderseele fürs Alter bewahrte.

Die Reise ging sogleich weiter und nun bequemer, denn gleich hinter Nörre-Vosberg, wo der Holunder in Blüte stand, durfte er fahren, sie begegneten anderen Gästen, die zum Beerdigungsfest wollten, und die nahmen sie im Wagen mit, allerdings mußten sie alle drei hinten auf einer kleinen hölzernen Kiste mit eisernen Beschlägen sitzen, aber es war doch immer besser, als zu laufen, meinten sie. Die Fahrt ging über die bucklige Heide; die Zugochsen blieben hin und wieder stehen, wenn ein frischer Grasfleck zwischen dem Heidekraut auftauchte, die Sonne schien warm, und seltsam war es, weit draußen einen wogenden Dampf zu sehen, der dennoch klarer war als die Luft, man sah quer hindurch, es war, als ob die Lichtstrahlen über der Heide wirbelten und tänzelten.

„Das ist Loke, der seine Schafherde treibt", sagte man, und dieser Ausspruch genügte Jörgen, ihm war es, als führe er mitten in das Märchenland hinein, und er war dennoch in der Wirklichkeit. Wie war es hier still!

Weitgedehnt und groß lag die Heide da, aber wie ein richtiger kostbarer Teppich anzuschauen; das Heidekraut blühte, die zypressengrünen Wacholdersträucher und frischen Eichentriebe wurden gleich Sträußen im Heidekraut der Heide sichtbar; hier wäre man am liebsten herumgetobt, wären nur die giftigen Kreuzottern nicht gewesen, von denen redete man und von den vielen Wölfen, die es hier gegeben hatte, weshalb der Bezirk auch den Namen Wolfsburg trug. Der Alte, welcher lenkte, erzählte aus seines Vaters Zeiten, wie die Pferde hier draußen oft einen harten

Strauß mit den jetzt ausgerotteten wilden Tieren auszufechten hatten und wie, als er eines Morgens hier herauskam, eines der Pferde auf einem Wolf herumtrampelte, den es getötet hatte, aber das Fleisch war dem Pferde ganz von den Beinen weggefetzt.

Viel zu schnell ging die Fahrt über die bucklige Heide und durch den tiefen Sand. Sie hielten vorm Trauerhaus an, wo es voll war von Gästen, drinnen wie draußen; Wagen stand neben Wagen, Pferde und Ochsen grasten auf dem mageren Stück Weide; große Sanddünen, genau wie daheim an der Nordsee, erhoben sich hinter dem Anwesen und zogen sich weit und breit hin! Wie waren die hierhergekommen, drei Meilen ins Land hinein, und ebenso hoch und riesig wie die am Strande? Der Wind hatte sie hochgehoben und versetzt, sie hatten auch ihre Geschichte.

Es wurden Choräle gesungen, geweint wurde auch, ein paar Alte taten es, sonst fand Jörgen alles recht ergötzlich, hier gab es Essen und Trinken die Hülle und Fülle, die schönsten, fettesten Aale, und hinterher soll man einen Schnaps trinken; „der hält den Aal nieder!" hatte der Aalbauer gesagt, und seine Worte wurden hier wahrlich beherzigt.

Jörgen war drinnen, und Jörgen war draußen; am dritten Tage fühlte er sich hier daheim wie im Fischerhaus und in den Dünen, wo er alle seine bisherigen Jahre verlebt hatte. Hier auf der Heide war es aber im Gegensatz zu den Dünen reich, hier wimmelte es von Heidekraut, Krähenbeeren und Blaubeeren, sie quollen so groß und so süß hervor, man konnte sie richtig mit dem Fuß zerquetschen, so daß das Heidekraut vom roten Safte troff.

Hier lag ein Hünengrab, hier ein zweites; Rauchsäulen stiegen in die stille Luft empor, es sei Heidebrand, sagte man, er leuchtete so wunderbar in der Abendstunde.

Der vierte Tag brach an, und nun war der Leichenschmaus zu Ende – sie mußten von den Landdünen zu den Stranddünen zurück.

„Unsere sind doch die richtigen", sagte Vater, „diese haben keine Macht."

Und es wurde davon gesprochen, wie sie hierhergekommen waren, und das war alles sehr verständlich. Am Strande war eine Leiche gefunden worden, die Bauern hatten sie auf dem Kirchhof begraben, da begann der Sandsturm, das Meer brach gewaltig ein, ein kluger Mann im Sprengel riet, das Grab zu öffnen und nachzusehen, ob der Beerdigte nicht daläge und an seinem Daumen lutschte, dann war es nämlich ein Wassermann, den man begraben hatte, und das Meer würde sich aufmachen, um ihn zu holen; das Grab wurde geöffnet, er lag da und lutschte an seinem Daumen, und da legten sie ihn schnell auf einen Karren, zwei Ochsen wurden vorgespannt, und wie von Bremsen gestochen, fuhren sie mit ihm über Heide und Sumpf ins Meer hinaus, da hörte der Sandsturm auf, aber die Dünen liegen noch da. All dies hörte und bewahrte Jörgen aus den glücklichsten Tagen seiner Kinderzeit im Gedächtnis: den Tagen des Leichenschmauses.

Herrlich war es, hinauszukommen, neue Gegenden und neue Menschen zu sehen, und er sollte weiter herumkommen. Er war keine vierzehn Jahre alt, noch ein Kind; er ging mit einem Fahrzeug in See, kam hinaus und lernte kennen, was die Welt zu bieten hat; er erlebte böses Wetter, harte See, böses Gemüt und harte Menschen; er wurde Kajütenjunge! Geringe Kost, kalte Nächte, Prügel und Faustschläge fielen ab, da kochte irgend etwas in seinem hochadligen Blut auf, so daß ihm böse Worte aus dem Munde schäumten, aber es war wohl doch das klügste, sie wieder zurückzunehmen, und das war ein Gefühl, wie für den Aal, wenn er gehäutet, zerschnitten und in die Pfanne gelegt wird.

„Ich komme wieder", sagte etwas in ihm. Die spanische Küste, das Vaterland seiner Eltern, die Stadt selbst, wo sie in Wohlstand und Glück gelebt hatten, bekam er zu sehen, aber er wußte nichts von Heimat und Verwandtschaft, die Familie wußte von ihm noch weniger.

Der arme Schiffsjunge erhielt auch keine Erlaubnis, an Land zu gehen; am letzten Tag jedoch, da das Schiff hier lag, kam er an Land; es mußten Einkäufe gemacht werden, und er mußte sie an Bord schleppen.

Da stand Jörgen in seinen schäbigen Kleidern, sie sahen aus, als wären sie im Graben gewaschen und im Schornstein getrocknet worden; zum erstenmal sah er, der Dünenbewohner, eine große Stadt. Wie waren die Häuser doch hoch, die Straßen schmal, wie wimmelten sie von Menschen! Manche drängelten sich hier, manche dort, es war wie ein einziger Mahlstrom von Städtern und Bauern, Mönchen und Soldaten; hier war ein Kreischen, Schreien, ein Glöckchengebimmel von Eseln und Mauleseln, die Kirchenglocken läuteten ebenfalls; es ertönten Gesang und Musik, Hämmern und Klopfen, denn jeder Beruf hatte seine Werkstatt in der Tür oder auf der Straße, und dann glühte die Sonne so heiß, die Luft war dick, es war genauso, als wäre man in einen Backofen voller Mistkäfer, Maikäfer, Bienen und Fliegen gekommen, es summte und es schwirrte; Jörgen wußte nicht, wo er ging, noch wo er stand. Da sah er gerade vor sich das riesige Portal des Domes, die Kerzen strahlten aus den halbdunklen Gewölben, und ein Duft von Weihrauch drang heraus. Selbst der ärmste Bettler in Lumpen wagte sich die Treppe hinauf und hinein. Der Matrose, mit dem Jörgen ging, nahm den Weg durch die Kirche, und Jörgen stand in dem Heiligtum. Bunte Bilder strahlten auf goldenem Grund. Die Gottesmutter mit dem Jesuskind stand auf dem Altar unter Blumen und Kerzen; Priester in Festtagsgewändern sangen, und schöne, geputzte Chorknaben schwangen silberne Weihrauchgefäße; es war eine Herrlichkeit, eine Pracht, dies zu sehen, es durchströmte Jörgens Seele, überwältigte ihn; die Kirche seiner Eltern, ihr Glaube umschlossen ihn und schlugen einen Akkord in seiner Seele an, so daß ihm Tränen in die Augen traten.

Von der Kirche ging es zum Markte, er hatte ein ganz Teil Küchen- und Eßwaren zu schleppen; der Weg war nicht kurz, müde wurde er, und da ruhte er sich vor einem großen, prächtigen Haus aus, das Marmorsäulen hatte, Statuen und breite Treppen; er stützte seine Last hier gegen die Mauer; da kam ein livrierter Pförtner, hob seinen silberbeschlagenen Stock und jagte ihn fort, ihn – das Enkelkind des Hauses, aber das wußte dort keiner; am allerwenigsten er selbst.

Und dann kam er an Bord, wurde geknufft und bekam harte Worte, wenig Schlaf und viel Arbeit – so hatte er denn das erfahren! Und es soll gut sein, in der Jugend Böses zu erdulden, sagt man – ja, wenn dann das Alter nur schön wird.

Seine Fahrenszeit war um, das Schiff lag wieder am Ringkjöbingfjord, er kam an Land und nach Haus zu den Huusbydünen, aber Mutter war gestorben, während er auf Fahrt gewesen war.

Nun folgte ein strenger Winter; Schneestürme tosten über Meer und Land, man konnte kaum weiterkommen. Wie unterschiedlich war es doch in dieser Welt verteilt! So eine eisige Kälte und ein stöbernder Schnee hier, während im Lande Spanien eine glühende Sonnenhitze herrschte, ja, viel zu stark, und dennoch, wenn es hier zu Hause einen Tag richtig frostklar war und Jörgen die Schwäne in großen Schwärmen vom Meer über den Nissumfjord auf Nörre-Vosberg zufliegen sah, dann meinte er, daß man hier dennoch am besten atmen könne, und hier herrschte auch Schönheit des Sommers; in Gedanken sah er dann die Heide blühen und von reifen, saftigen Beeren überquellen; die Linden und der Holunder bei Nörre-Vosberg standen in Blüte; dort mußte er noch einmal hin.

Es ging auf den Frühling zu, der Fischfang begann, Jörgen half, er war im letzten Jahre gewachsen und flink in seiner Arbeit; Leben war in ihm, schwimmen konnte er, Wasser treten, sich dort draußen drehen und tummeln, oftmals wurde er gewarnt, er solle sich vor den Makrelenschwärmen in acht nehmen; sie holen den besten Schwimmer, ziehen ihn unter die Wasserfläche, fressen ihn, und dann ist er weg, aber das wurde nicht Jörgens Los.

Beim Nachbarn in den Dünen war ein Junge, Morten, mit ihm verstand Jörgen sich gut, und sie nahmen beide Heuer auf einem Schiff nach Norwegen, fuhren auch nach Holland, und die beiden hatten niemals Streit miteinander; aber das kann es ja leicht einmal geben, und ist man etwas heftig von Natur, dann gebärdet man sich nur zu leicht ein wenig heftig, das tat Jörgen einmal, als sie an Bord sich um nichts und wieder nichts in die Haare gerieten; sie saßen gerade hinter dem Kajütenverdeck und aßen aus einem Tonnapf, den sie zwischen sich hatten, Jörgen hielt sein Taschenmesser in der Hand, zückte es gegen Morten, wurde aber im selben Augenblick kreidebleich und bekam einen garstigen Blick. Und Morten sagte nur: „So so, du bist also so einer, der das Messer zieht!"

Kaum war es gesagt, da war Jörgens Hand auch schon wieder unten, er sprach kein Wort, aß sein Essen und ging an seine Beschäftigung; als sie von der Arbeit kamen, ging er zu Morten hin und sagte: „Schlag mir nur ruhig ins Gesicht! Ich habe es verdient! Es ist, als hätte ich einen Kessel in mir, der überkocht."

„Laß schon gut sein!" sagte Morten, und darauf waren sie fast doppelt so gute Freunde; ja, als sie späterhin in das jütische Land zu den Dünen zurückkamen und erzählten, was so geschehen war, kam auch das zur Sprache; Jörgen konnte überkochen, aber er war trotz allem ein ehrlicher Kessel. „Ein Jüte ist er ja nicht! Einen Jüten kann man ihn nicht nennen*!" und das war von Morten allerdings witzig gesagt.

* Doppeldeutig: „Jüten" sind auch gedörrte Schollen (Anmerkung d. Übers.).

Jung und gesund waren sie beide, gut gewachsen und mit starken Gliedmaßen, aber Jörgen war der Gewandtere.

Oben in Norwegen ziehen die Bauern auf die Sennen und führen das Vieh zum Weiden auf die Höhen, an Jütlands Westküste hat man drinnen in den Dünen Hütten errichtet, aus Wrackteilen zusammengezimmert und mit Heidetorf und Heidekrautsoden gedeckt, Schlafstellen ziehen sich in der ganzen Stube an den Wänden hin, und hier schlafen und wohnen im frühen Frühling die Fischersleute; jeder hat sein „Ködermädchen", wie sie genannt wird, und ihr Amt ist es, Köder auf den Haken zu ziehen, die Fischer beim Landen mit heißem Bier zu empfangen und ihnen Essen zu bereiten, wenn sie müde heimkehren. Die Ködermädchen schleppen die Fische vom Boot herbei, schneiden sie auf und haben viel zu tun.

Jörgen, sein Vater, zwei andere Fischer und ihre Ködermädchen hatten eine Hütte gemeinsam; Morten wohnte dicht daneben.

Nun war eines der Mädchen darunter, Else, die hatte Jörgen gekannt, seit sie klein war, die beiden verstanden sich sehr gut, sie waren in vielen Dingen gleichen Sinnes, im Aussehen aber gerade Gegensätze; er hatte eine braune Hautfarbe, und sie war weiß und hatte flachsblondes Haar; ihre Augen waren so blau wie das Meerwasser im Sonnenschein.

Eines Tages, als sie zusammen gingen und Jörgen sie an der Hand hielt, so richtig innig und fest, sagte sie zu ihm: „Jörgen, ich habe etwas auf dem Herzen! Laß mich dein Ködermädchen sein, denn du bist mir wie ein Bruder, aber Morten, der mich angeheuert hat, wir beide sind versprochen – aber es hat keinen Zweck, den anderen etwas davon zu sagen!"

Und für Jörgen war es so, als käme der Dünensand unter ihm in Bewegung, er sagte kein Wort, sondern nickte nur, und das bedeutet dasselbe wie ja; mehr brauchte es nicht; aber er spürte mit einemmal in seinem Herzen, daß er Morten nicht ausstehen konnte; und je länger er darüber nachdachte – so hatte er nie zuvor an Else gedacht –, desto klarer wurde es ihm, daß Morten ihm das einzige gestohlen hatte, was er liebte, und das war wahrhaftig die Else, jetzt war es ihm sonnenklar geworden.

Ist die See einigermaßen bewegt, und kehren die Fischer mit ihrem Boot zurück, dann seht sie einmal über die Sandbänke setzen; einer der Leute steht vorn hochaufgerichtet, die anderen geben genau auf ihn acht, sitzen an den Riemen, die sie vor der Sandbank auswärts bewegen, bis er ihnen ein Zeichen gibt, daß jetzt die große Welle kommt, die das Boot hinüberhebt, und es wird so hochgehoben, daß man vom Land aus seinen Kiel sieht, im nächsten Augenblick ist das ganze Fahrzeug von den Seen vor ihm verborgen, weder Boot noch Leute noch Mast sind zu erblicken, man sollte meinen, das Meer habe sie verschlungen, einen Augenblick darauf kommt das Boot zum Vorschein, als wäre es ein riesiges Seetier, das auf die Woge hinaufgeklettert ist, die Riemen bewegen sich, als ob es dessen rührige Beine wären; bei der zweiten und dritten Sandbank geht es genau wie bei der ersten, und nun springen die Fischer ins Wasser, ziehen das Boot an Land, jeder Wellenschlag hilft ihnen und hebt es ein tüchtiges Stück weiter hinauf, bis sie es aus der Brandung heraus haben.

Ein falscher Befehl außerhalb der Sandbank, ein Zaudern, und sie erleiden Schiffbruch.

„Dann wäre es mit mir vorbei und mit Morten ebenfalls!" Dieser Gedanke kam Jörgen draußen auf See, wo sein Pflegevater gerade ernstlich krank geworden war. Das Fieber lähmte ihn; es war kurz vor der äußersten Bank, Jörgen sprang nach vorn.

„Vater, laß mich!" sagte er, und sein Blick schweifte über Morten und über die Seen hinweg, aber als die Riemen sich unter dem starken Zugriff bewegten und die größte Welle kam, sah er in seines Vaters blasses Gesicht und – konnte seiner bösen Eingebung nicht folgen. Das Boot kam heil über die Sandbänke und an Land, aber der böse Gedanke lag ihm im Blut, es sträubte sich jede kleine Faser der Bitterkeit in ihm, die sich in seiner Erinnerung aus der Kameradenzeit in ihm aufgerauht hatte; er konnte jedoch keinen Strick daraus drehen, und so ließ er es sein. Morten hatte ihn zunichte gemacht, das fühlte er, und das genügte ja, um ihm Haß entgegenzubringen. Einige von den Fischern bemerkten es, nur Morten nicht, er war genauso wie immer, hilfsbereit und redselig, vom letzteren ein wenig zuviel.

Jörgens Pflegevater mußte das Bett hüten, es wurde das Sterbelager, er starb eine Woche darauf – und nun erbte Jörgen das Haus drüben hinter den Dünen, ein ärmliches Haus nur, aber es war doch immerhin etwas, so viel hatte Morten nicht.

„Nun nimmst du wohl keine Heuer mehr, Jörgen, sondern bleibst für immer bei uns?" sagte einer der alten Fischer.

Dies lag nicht in Jörgens Absicht, er gedachte sich wieder ein wenig in der Welt umzusehen. Der Aalbauer aus Fjaltring hatte einen Onkel oben in Gammel-Skagen, der war Fischer, aber außerdem auch ein wohlhabender Kaufmann, der ein Fahrzeug hatte; er sollte so ein reizender, alter Mann sein, in seinem Dienst zu stehen, mochte sich vielleicht lohnen. Gammel-Skagen liegt am nördlichsten Ende von Jütland, so weit von den Huusbydünen entfernt, wie man in diesem Land nur kommen konnte, und das mag es gewesen sein, was Jörgen am meisten zusagte, er wollte nicht einmal bis zu Elses und Mortens Hochzeit bleiben, die in zwei Wochen stattfinden sollte.

Es wäre unklug, fortzugehen, meinte der alte Fischer, nun hätte Jörgen ein Haus, Else wäre wohl eher dazu geneigt, ihn zu nehmen.

Jörgen antwortete darauf sehr kurz angebunden, es war nicht leicht, seine Rede zu verstehen, aber der Alte führte Else zu ihm; sie sagte nicht viel, aber eins sagte sie: „Du hast ein Haus! Das will überlegt sein!"

Und Jörgen überlegte viel.

Das Meer hat schwere Seen, das menschliche Herz hat noch schwerere, durch Jörgens Kopf und Gemüt gingen viele Gedanken, starke und schwache, und er fragte Else: „Wenn nun Morten ein Haus hätte, so gut wie meines, wen von uns würdest du dann lieber nehmen?"

„Aber Morten hat keins und kriegt auch keins."

„Aber wir stellen uns nun vor, er kriegte eins!"

„Ja, dann nähme ich wohl Morten, denn so ist es nun mal mit mir bestellt. Aber davon kann man nicht leben."

Und Jörgen überlegte eine ganze Nacht. In ihm war irgend etwas, er konnte sich selber keine Rechenschaft darüber ablegen, aber er hatte einen Gedanken, der stärker war als seine Liebe zu Else; und so ging er zu Morten, und was er dort sagte und tat, hatte er sich wohl überlegt, er überließ ihm zu den günstigsten Bedingungen das Haus, er selber wollte Heuer nehmen, der Sinn stand ihm so sehr danach. Und Else küßte ihn mitten auf den Mund, als sie das hörte, denn sie liebte ja Morten am meisten.

Früh am Morgen wollte Jörgen aufbrechen. Am vorhergehenden Abend, es war schon spät, wandelte ihn die Lust an, Morten noch einmal zu besuchen, er ging, und zwischen den Dünen begegnete er dem alten Fischer, dem die Abreise nicht gefiel, Morten müsse ja wohl einen Entenschnabel, in die Hosen eingenäht, bei sich tragen, sagte er, da die Mädchen so arg in ihn verliebt seien. Jörgen ging über die Bemerkung hinweg, verabschiedete sich und ging zu dem Haus, wo Morten wohnte; er hörte drinnen lautes Reden, Morten war nicht allein; Jörgen schwankte, mit Else gerade wollte er am wenigsten zusammentreffen, und wenn er es sich recht überlegte, so wollte er auch nicht, daß Morten ihm noch einmal danken sollte, und da kehrte er denn wieder um.

Am nächsten Morgen, vor Tag, schnürte er sein Bündel, nahm seinen Mundvorrat und ging die Dünen hinab auf den Strand zu; hier war es leichter, voranzukommen als auf dem schwierigen, sandigen Weg, außerdem war der Weg kürzer, denn er wollte zuerst nach Fjaltring, bei Bovbjerg, wo der Aalbauer wohnte, dem er einen Besuch versprochen hatte.

Das Meer lag glatt und blau da, Schalen und Muscheln lagen herum, sein Kinderspielzeug knirschte ihm unter den Füßen. – Wie er so dahinging, bekam er Nasenbluten, es war nur eine Kleinigkeit, aber die kann auch von Wichtigkeit sein, ein paar große Blutstropfen fielen auf seinen Ärmel; er wusch sie ab, brachte das Blut zum Stocken, und ihm war es fast so, als hätte der Blutverlust seinen Kopf und sein Gemüt erleichtert. Im Sande blühte ein wenig Meerkohl, er brach einen Zweig ab und steckte ihn sich an den Hut; frei und fröhlich wollte er sein; es ging in die weite Welt hinaus, „vor die Tür, ein bißchen den Bach hinauf!" wie die

Aalkinder es wollten. „Nehmt euch vor den bösen Menschen in acht, sie stechen euch, ziehen euch die Haut ab, schneiden euch entzwei und legen euch in die Pfanne!" wiederholte er bei sich und lachte darüber, er würde wohl mit heiler Haut durch die Welt kommen; guter Mut ist ein guter Schutz.

Die Sonne stand schon hoch oben, als er sich der schmalen Einfahrt von der Nordsee in den Nissumfjord näherte; er blickte zurück und bemerkte ein ganzes Stück entfernt zwei zu Pferde, andere folgten, sie beeilten sich, ihn ging das nichts an.

Das Fährboot lag auf der anderen Seite der Einfahrt; Jörgen rief, bis es kam, und stieg dann an Bord, aber ehe er mit dem Fährschiffer noch halbwegs drüben war, kamen die Männer, die sich so sehr beeilt hatten, sie riefen, sie drohten und nannten den Namen der Obrigkeit. Jörgen verstand nicht, was es zu bedeuten hatte, meinte aber, es sei das beste, umzukehren; er ergriff selbst den einen Riemen und ruderte zurück; im selben Augenblick sprangen die Leute ins Boot, und ehe er es sich noch versah, schlangen sie ihm einen Strick um die Hände.

„Deine böse Tat wird dich das Leben kosten", sagten sie; „gut, daß wir dich erwischt haben."

Es war nicht mehr und nicht weniger als ein Mord, den begangen zu haben sie ihn beschuldigten. Morten war mit einem Messer im Hals aufgefunden worden; einer der Fischer hatte Jörgen am Vortage abends spät getroffen, als er zu Morten ging; es war nicht das erstemal, daß Jörgen das Messer gegen ihn erhoben hatte, das wußte man; er mußte der Mörder sein, es handelte sich jetzt darum, ihn hinter Schloß und Riegel zu bringen; Ringkjöbing war der rechte Ort, aber der Weg war lang, der Wind genau westlich, keine halbe Stunde brauchten sie, um über den Fjord zum Skærumbach überzusetzen, und von dort hatten sie nur eine Viertelmeile bis Nörre-Vosberg, einer starken Burg mit Wällen und Gräben. Im Boot war ein Bruder des Großknechts von da drüben, er meinte, sie würden wohl die Erlaubnis bekommen, Jörgen bis auf weiteres dort in das Loch zu stecken, in dem die Zigeunerin Langemargrethe bis zu ihrer Hinrichtung gesessen hatte.

Jörgens Verteidigung wurde nicht angehört, ein paar Blutstropfen auf seinem Hemd sprachen sicherer gegen ihn; seiner Unschuld war er sich bewußt, und da es hier zu keiner Rechtfertigung kommen konnte, ergab er sich in sein Schicksal.

Sie stiegen gerade dort an dem alten Wall an Land, wo Ritter Bugges Hof gestanden hatte, hier, wo Jörgen mit seinen Pflegeeltern zum Schmaus entlanggewandert war, dem Leichenschmaus, jene vier glückseligsten, lichtesten

Kindertage. Er wurde wieder denselben Weg über die Wiese nach Nörre-Vosberg geführt, und hier stand der Holunderstrauch in voller Blüte, die hohen Linden dufteten, er meinte, er sei erst gestern hiergewesen.

Im westlichen Flügel des Hofes befindet sich ein Einstieg unter der hohen Treppe, hier kommt man in einen niedrigen, gewölbten Keller, und von hier aus war Langemargrethe zum Richtplatz geführt worden; sie hatte fünf Kinderherzen gefressen und daran geglaubt, daß sie, wenn sie zwei mehr bekommen hätte, hätte fliegen und sich unsichtbar machen können. In der Mauer war ein kleines, fensterloses, enges Luftloch; die duftenden Linden draußen vermochten kein bißchen Erfrischung hineinzuschicken, alles hier drinnen war klamm und dumpf; nur eine Pritsche stand hier, aber ein gutes Gewissen ist ein sanftes Ruhekissen, ja, da mochte Jörgen wohl weich liegen.

Die dicke Bohlentür war versperrt, eine eiserne Stange davorgeschoben worden, aber der Alb des Aberglaubens kriecht durch ein Schlüsselloch, auf dem Herrensitz wie im Fischerhaus, um wieviel leichter hier, wo Jörgen nun saß und an Langemargrethe und ihre Untaten dachte; ihre letzten Gedanken hatten diesen Raum erfüllt, in der Nacht vor der Hinrichtung; ihm fiel all der Zauberspuk ein, der hier in alten Zeiten sein Wesen getrieben hatte, als der Herr Swanwedel hier hauste, und es war nur zu wohlbekannt, daß noch heute der Kettenhund, der auf der Brücke stand, allmorgendlich über dem Geländer an seiner Kette aufgehängt gefunden wurde. All dies erfüllte und durchschauerte Jörgen, jedoch ein Sonnenstrahl von draußen leuchtete zu ihm herein, und das war die Erinnerung an den blühenden Holunder und die Lindenbäume.

Lange saß er nicht hier, er wurde nach Ringkjöbing geführt, wo die Gefangenschaft ebenso scharf war.

Jene Zeiten waren nicht wie die unsrigen; der Arme hatte es schwer. Es war noch nicht verwunden worden, daß Bauernhöfe und Bauerndörfer in neuen Gütern aufgingen, und unter diesem Regiment wurden Kutscher und Diener Kreisrichter, die den Armen um eines geringen Vergehens willen zum Verlust von Haus und Hof und zum Stäupen verurteilen konnten; noch immer gab es den einen oder anderen von ihnen; und in dem jütischen Land, weit vom königlichen Kopenhagen und den aufgeklärten, wohlgesonnenen Lenkern entfernt, wurde das Gesetz oftmals gehandhabt, wie es sich gerade ergab; das Geringste war noch, daß sich die Haft für Jörgen in die Länge zog.

Bitterkalt war es dort, wo er saß, wann würde es ein Ende haben? Schuldlos war er in Verdruß und Elend gestürzt worden, das war sein Los! Wie es ihm in dieser Welt beschieden sein mochte, darüber nachzudenken hatte er jetzt Zeit; weshalb war er in diese Lage geraten? Ja, das würde sich in „einem zweiten Leben" aufklären, das unser ganz gewiß harrte! Dieser Glaube hatte sich in ihm festgesetzt, während jener Jahre in der ärmlichen Hütte; was in Spaniens Fülle und Sonnenschein den Gedanken seines Vaters nicht eingeleuchtet hatte, wurde für ihn in Kälte und Finsternis ein Licht des Trostes, Gottes Gnadengeschenk, und das wird nie zur Enttäuschung.

Nun kündigten sich die Frühjahrsstürme an. Das Grollen der Nordsee hört man meilenweit ins Land hinein, aber erst wenn der Sturm sich gelegt hat; es klingt, wie wenn schwere Wagen zu Hunderten über einen harten, unterhöhlten Weg fahren; Jörgen vernahm es drinnen in seinem Gefängnis, und das war eine Abwechslung; keine alten Melodien konnten tiefer ins Herz eindringen als diese Geräusche; das rollende Meer, das freie Meer, auf dem man durch die Welt getragen wurde, mit den Winden dahinflog, und wo man auch hinkam, man hatte sein eigenes Haus bei sich, ebenso wie die Schnecke das ihre; man stand immer auf eigenem, immer auf dem Boden der Heimat, selbst in fremden Landen.

Wie lauschte er auf das tiefe Rollen, wie rollte der Geist Erinnerungen auf! „Frei, frei! glückselig, frei zu sein, selbst ohne Sohlen an den Schuhen und mit geflicktem Werghemd!" Es kam wohl vor, daß es dabei in ihm aufloderte, und er schlug mit der geballten Faust gegen die Mauer.

Wochen, Monate, ein ganzes Jahr war vergangen, da ergriff man einen Schurken, Niels Tyv, den „Roßtäuscher“ nannte man ihn auch, und da – kamen bessere Zeiten, es wurde offenbar, welches Unrecht Jörgen erlitten hatte.

Nördlich vom Ringkjöbingfjord bei einem Häusler, der auch eine Gastwirtschaft hatte, waren an dem Nachmittag vor Jörgens Aufbruch aus der Heimat, und bevor der Mord geschah, Niels Tyv und Morten zusammengetroffen, es wurden ein paar Gläser getrunken, und die sollten wohl einem Manne nicht gleich zu Kopfe steigen, aber sie lösten Morten wohl doch die Zunge ein wenig zu sehr, er redete groß und breit davon, daß er einen Hof erworben hätte und heiraten wollte, und als Niels nach dem Geld dafür fragte, schlug sich Morten prahlerisch auf die Tasche: „Das ist da, wo es hingehört“, erwiderte er.

Diese Großtuerei kostete ihn das Leben; als er gegangen war, folgte Niels ihm und jagte ihm das Messer in den Hals, um sich das Geld zu holen, das es nicht gab.

Dies wurde weitläufig auseinandergepflückt, uns genügt es indessen zu erfahren, daß Jörgen auf freien Fuß gesetzt wurde, aber was erhielt er als Ersatz für alles, was er seit Jahr und Tag erlitten hatte, in Gefangenschaft, in Kälte, von den Menschen verstoßen? Ja, es wurde ihm gesagt, es sei ein Glück, daß er unschuldig wäre, nun könnte er gehen. Der Bürgermeister gab ihm zehn Mark als Reisegeld, und mehrere Bürger der Stadt gaben ihm Bier und gutes Essen, es gab auch gute Menschen! Nicht alle „stechen, ziehen die Haut ab und legen in die Pfanne“! Aber das beste an allem war, daß Kaufmann Brönne aus Skagen, der, bei dem Jörgen vor einem ganzen Jahr hatte Heuer nehmen wollen, gerade in diesen Tagen in Ringkjöbing zu tun hatte; er hörte von der ganzen Sache, Herz hatte er, er begriff und fühlte, was Jörgen gelitten haben mußte, nun wollte er ihm ein wenig Gutes tun und noch etwas mehr, ihn spüren lassen, daß es auch gute Menschen gebe.

Vom Gefängnis ging es jetzt in die Freiheit, ins Himmelreich, zu Liebe und Herzensgüte, ja, das sollte man auch erfahren; kein Lebensbecher ist nur Wermut, das konnte kein guter Mensch einem Menschenkinde einschenken, sollte dann Gott, die Alliebe, es können?

„Laß dies alles nun begraben und vergessen sein!“ sagte Kaufmann Brönne, „wir machen einen ganz dicken Strich unter das letzte Jahr. Den Kalender verbrennen wir, und in zwei Tagen fahren wir in das friedliche, liebe und vergnügte Skagen; eine entlegene Ecke des Landes ist es, sagt man; eine herrliche Ofenecke ist es, mit offenem Fenster in die weite Welt hinaus.“

Das war eine Reise! das war ein Atmen! Von der kalten Gefängnisluft in den warmen Sonnenschein hinauszukommen. Die Heide blühte, es war ein überströmender Flor, und der Hirtenjunge saß auf dem Hünengrab und blies auf der Flöte, die er sich aus einem Schafsknochen geschnitzt hatte. Die Fata Morgana, die schöne Luftspiegelung der Wüste, mit hängenden Gärten und schwimmenden Wäldern, tauchte auf, und das sonderbar leichte Luftbeben, von dem man sagt, es sei Loke, der seine Herde treibt.

Zum Limfjord ging die Reise über das Land der Vendler, nach Skagen hinauf, von wo aus die Männer mit den langen Bärten, die Langobarden, ausgewandert waren, als in der Hungerzeit unter König Snio alle Kinder und Alten getötet werden sollten, aber das edle Weib Gambaruk, das hier oben irdische Güter besaß, schlug vor, man sollte die Jungen lieber außer Landes ziehen lassen; davon wußte Jörgen, so gelehrt war er, und kannte er auch nicht das Land der Langobarden hinter den hohen Alpen, so wußte er dennoch, wie es dort aussehen mußte, er war ja selber als Junge im Süden gewesen, im spanischen Land: er entsann sich der dort aufgestapelten Obstberge, der roten Granatapfelblüten, des Summens, Brummens und Klingens der Glocken in dem großen Bienenkorb der Stadt, aber am schönsten ist es doch im heimatlichen Land, und Jörgens Heimat war Dänemark.

Schließlich gelangten sie dann nach „Vendilskaga“, wie Skagen in alten norwegischen und isländischen Schriften genannt wird. Meilenweit, mit Dünen und Ackerland dazwischen, erstreckt und erstreckte sich schon damals Gammel-Skagen, Vester- und Österby bis zum Leuchtturm nahe „Grenen*“; die Häuser und Gehöfte lagen wie noch heute zwischen zusammengefegten, immer wechselnden Sandhügeln verstreut, eine Wüstenlandschaft, wo der Wind sich in dem lockeren Sande tummelt und wo Möwen, Seeschwalben und die wilden Schwäne zu hören sind, daß es einem ins Trommelfell schneidet. Südwestlich, eine Meile von „Grenen“ entfernt, liegt Höien oder Gammel-Skagen, hier wohnte Kaufmann Brönne, hier sollte Jörgen jetzt leben. Der Hof war geteert, die kleinen Außengebäude hatten jedes ein umgekehrtes Boot als Dach, Wrackreste waren zu einem Schweinestall zusammengenagelt, Umzäunung gab es keine, es gab ja nichts, was man einzäunen mußte, aber in langen Reihen hingen an Leinen, eine über der anderen, aufgeschnittene Fische, die im Winde dörren sollten. Der ganze Strand war mit verfaulenden Heringen übersät, das Schleppnetz kam ja kaum ins Wasser, da wurde der Hering auch schon fuderweise an Land gezogen, es gab zu viele davon, man schmiß sie wieder ins Meer oder ließ sie liegen und verfaulen.

Frau und Tochter des Kaufmanns, ja, auch seine Leute kamen jubelnd herbei, als der Vater zurückkehrte, da gab es ein Händeschütteln, ein Schreien und Schwatzen, und was hatte doch die Tochter für ein liebes Gesicht und für freundliche Augen!

Drinnen im Haus war es gemütlich und weiträumig; Schüsseln mit Fisch wurden auf den Tisch gestellt, Rotzungen, die ein König ein Prachtessen hätte nennen können; Wein von Skagens Weinbergen, dem großen Meer, die Trauben rollten gekeltert an Land, und zwar in Fässern und Flaschen.

Als Mutter und Tochter später erfuhren, wer Jörgen war und wie unschuldig und schwer er hatte leiden müssen, leuchteten ihm ihre Augen noch freundlicher zu, und am freundlichsten leuchteten die der Tochter, der holden Jungfer Clara. Er fand in Gammel-Skagen ein freundliches Zu-

* Gren = Ast, der oberste Zipfel von Jütland (Anm. d. Ü.).

hause, es tat dem Herzen wohl, und Jörgens Herz hatte ja viel ausgestanden, auch die bittere See der Liebe, sie härtet ab, oder sie macht weicher, Jörgens Herz war noch immer so weich, es war so jung, es war ein freier Platz darin; es war deshalb sicher ein großes Glück, daß Jungfer Clara zufällig gerade in drei Wochen mit dem Schiff nach Christianssand in Norwegen wollte, um eine Tante zu besuchen und den ganzen Winter dort zu bleiben.

Am Sonntag vor der Abreise waren sie alle in der Kirche zum Abendmahl; groß und ansehnlich war die Kirche, Schotten und Holländer hatten sie vor mehreren Jahrhunderten gebaut, ein Stück von dem Platz entfernt, wo jetzt der Ort lag; ein wenig baufällig war sie geworden, und der Weg hinauf und hinab durch den tiefen Sand war sehr mühsam, doch nahm man es gern auf sich, um ins Gotteshaus zu gelangen, Choräle zu singen und eine Predigt zu hören. Der Sand lag bis über die Ringmauer des Kirchhofs hinweg, aber die Gräber drinnen hielt man noch frei vom Flugsand.

Es war die größte Kirche nördlich des Limfjords. Jungfrau Maria, mit der goldenen Krone auf dem Haupt und dem Jesuskind auf dem Arm, stand wie leibhaftig auf dem Altarbild. Im Chor sah man die geschnitzten heiligen Apostel und zuoberst auf der Mauer Porträts von Skagens alten Bürgermeistern und Räten mit ihren Hauszeichen; die Kanzel war ebenfalls geschnitzt. Die Sonne schien gar ermunternd in die Kirche hinein auf den blanken Messingkronleuchter und das kleine Schiff, das von der Decke herabhing.

Jörgen war von einem frommen, kindlichreinen Gefühl überwältigt, wie damals in seiner Kindheit, als er in der reichen Kirche in Spanien stand, aber hier war er sich voll bewußt, daß er mit zur Gemeinde gehörte.

Nach der Predigt war Abendmahl, er erhielt mit den anderen zusammen Brot und Wein gereicht, und es traf sich so, daß er gerade neben Jungfer Clara niederkniete; seine Gedanken waren indessen so ganz Gott und der frommen Handlung zugewandt, daß er erst, als man sich erhob, bemerkte, wer seine Nachbarin gewesen war; er sah die heißen Tränen über ihre Wangen rinnen.

Zwei Tage später reiste sie nach Norwegen ab, und Jörgen machte sich nun auf dem Hofe nützlich, ging auf Fischfang, und es gab Fische zu fangen, damals mehr als heutzutage. Die Makrelenschwärme glitzerten in den dunklen Nächten und zeigten an, wo sie des Wegs gezogen kamen, der Knurrhahn knurrte, und der Tintenfisch gab jämmerliche Schreie von sich, wenn er gejagt wurde, die Fische sind nicht so stumm, wie man sagt, Jörgen war es viel eher, er verschloß vieles in sich, aber einmal würde es wohl auch herauskommen.

Jeden Sonntag, wenn er in der Kirche saß und seine Augen an dem Bildnis der Mutter Maria auf dem Altarbild haften blieben, ruhten sie auch eine Weile auf dem Fleck, wo Jungfer Clara neben ihm niedergekniet war, und er dachte an sie, wie herzensgut sie zu ihm gewesen war.

Der Herbst kam mit Schmuddelwetter und Tauschnee, das Wasser stand in Skagen auf den Straßen und schwappte hin und her, der Sand konnte nicht all das viele Wasser schlucken, man mußte waten, wenn nicht gar mit dem Boote fahren; die Stürme warfen ein Fahrzeug nach dem anderen auf die todbringenden Sandbänke, es kamen Schneestürme und Sandstürme, der Sand wirbelte um die Häuser, so daß die Leute oben durch den Schornstein nach draußen klettern mußten; mollig und schön war es drinnen in der Stube, Heidetorf und Wrackstücke knisterten und krachten, und Kaufmann Brönne las laut aus einer alten Chronik vor, las vom Prinzen Amlet von Dänemark, der aus England kommend hier drüben bei Bovbjerg landete und eine Schlacht führte; bei Ramme lag sein Grab, nur wenige Meilen von dort entfernt, wo der Aalbauer wohnte; Hünengräber zu Hunderten erhoben sich auf der Heide, ein großer Kirchhof, Kaufmann Brönne war selbst an Amlets Grabe gewesen; es wurde von alten Zeiten gesprochen, von den Nachbarn, den Engländern und Schotten, und Jörgen sang dann das Lied vom ‚Königssohn von Engelland', von dem prachtvollen Schiff, wie es ausgerüstet war:

Gold über Gold von Bord zu Bord.
Drauf stand geschrieben Gottes Wort.
Und am Vordersteven sah man ein Bild,
Den Königssohn, im Arme die Jungfrau mild.

Besonders diesen Vers sang Jörgen ganz innig, seine Augen leuchteten davon, sie waren ja aber auch von Haus aus richtig schwarz und leuchtend.

Es wurde gesungen, und es wurde vorgelesen, hier herrschte Wohlstand im Hause, Familienleben bis zu den Haustieren hinunter, und alles war gut gehalten; da schimmerte die Reihe von gescheuerten Zinntellern, und unter der Decke hingen Würste und Schinken, Wintervorrat die Hülle und Fülle; ja, wir können dergleichen noch heute drüben auf den vielen reichen Bauernhöfen an der Westküste sehen, reiche Vorräte, schmucke Stuben, Klugheit und heitere Laune, und in heutiger Zeit sind sie zu Kräften gekommen; Gastlichkeit wird dort geübt wie in des Arabers Zelt.

Jörgen hatte nie wieder eine so fröhliche Zeit erlebt, seit er als Kind die vier Tage zum Begräbnisschmaus gewesen

war, und dennoch war Jungfer Clara fort, nur nicht aus dem Sinn und der Rede.

Im April sollte ein Schiff nach Norwegen abgehen. Jörgen sollte dann mitfahren. Jetzt war seine gute Laune wahrlich wieder zurückgekehrt, und in guter Verfassung sei er auch, sagte Mutter Brönne, es sei eine Freude, ihn anzuschauen.

„Und dich auch“, sagte der alte Kaufmann. „Jörgen hat die Winterabende belebt und unsere Mutter ebenfalls; du bist in diesem Jahre jünger geworden, du siehst hübsch und liebreizend aus! Du warst aber auch das schönste Mädchen in ganz Viborg, und das will etwas heißen, denn immer habe ich die Mädchen dort am schönsten gefunden.“

Jörgen äußerte nichts dazu, es schickte sich nicht, aber er dachte an eine aus Skagen, und zu ihr segelte er hinauf, das Fahrzeug legte in Christianssand an, er kam mit steifer Brise in einem halben Tag hinauf.

Eines Morgens früh ging Kaufmann Brönne zum Leuchtturm hinaus, der weit von Gammel-Skagen entfernt in der Nähe von „Grenen“ liegt; die Kohlen auf der Drehscheibe dort oben waren längst gelöscht worden, die Sonne stand schon hoch, als er auf den Turm hinaufkam; eine ganze Meile von der äußersten Spitze des Landes aus erstreckten sich Sandbänke unter Wasser nach draußen; an deren Ende erschienen heute viele Schiffe, und unter ihnen meinte er mit dem Fernglas die „Karen Brönne“ zu erkennen, so hieß das Fahrzeug, und ganz richtig, es kam angesegelt; Clara und Jörgen waren an Bord. Leucht- und Kirchturm von Skagen erschienen ihnen als ein Reiher und ein Schwan auf dem blauen Wasser. Clara saß an der Reling und sah die Dünen ganz allmählich auftauchen; ja, hielt sich der Wind, dann konnten sie innerhalb einer Stunde die Heimat erreichen; so nahe waren sie ihr und der Freude – so nahe waren sie dem Tod und seiner Angst.

Da barst eine Planke im Schiff, das Wasser drang ein, es wurde gedichtet und gepumpt, alle Segel wurden gesetzt, die Notflagge gehißt; sie waren noch eine ganze Meile weit draußen, Fischerboote wurden sichtbar, aber noch weit entfernt, der Wind wehte zum Land hin, der Seegang, den sie hatten, half auch nach, aber nicht genügend, das Fahrzeug sank. Jörgen schlang seinen rechten Arm fest um Clara.

Mit welch einem Blick sah sie ihm aber ins Auge, als er sich im Namen des Herrn mit ihr zusammen ins Meer stürzte; sie stieß einen Schrei aus, aber sie konnte sicher sein, er würde sie nicht loslassen.

Was das Heldenlied sang:

„Und am Vordersteven sah man ein Bild,
Den Königssohn, im Arme die Jungfrau mild"

das paßte jetzt in der Stunde der Gefahr und der Angst auf Jörgen; jetzt gereichte es ihm zum Vorteil, daß er ein tüchtiger Schwimmer war, er arbeitete sich mit den Füßen und einer Hand vorwärts, mit der anderen hielt er das junge Mädchen fest, er lag auf dem Wasser, trat mit den Füßen, machte alle Bewegungen, die er kannte und wußte, damit er genügend Kräfte hätte, um an Land zu gelangen. Er spürte, wie sie einen Seufzer ausstieß, er fühlte, wie ein zuckender Krampf sie durchrann, und immer fester hielt er sie; eine vereinzelte See spülte über sie hinweg, eine Strömung hob sie jedoch, das Wasser war so tief, so klar, einen Augenblick meinte er, den glitzernden Makrelenschwarm dort unten zu erkennen, oder war es der Leviathan selber, der sie verschlingen wollte; die Wolken warfen Schatten auf das Wasser, und wieder kamen glitzernde Sonnenstrahlen; schreiende Vögel in großen Scharen flitzten über sie hinweg, und die Wildenten, die sich schwerfällig und verschlafen auf dem Wasser treiben ließen, flogen vor dem Schwimmer erschrocken auf; aber seine Kräfte nahmen ab, er fühlte es; vom Land war er noch ein paar Kabellängen entfernt, doch die Hilfe kam, ein Boot näherte sich – aber unter Wasser stand, er sah es deutlich, eine weiße, starrende Gestalt – eine See hob ihn hoch, die Gestalt kam näher – er verspürte einen Stoß, es wurde Nacht, alles verschwand vor ihm.

Auf der Sandbank lag das Wrack eines Schiffes, das Meer ging darüber weg, die weiße Galionsfigur stützte sich auf einen Anker, das scharfe Eisen ragte genau bis zur Wasseroberfläche hinauf. Jörgen war dagegen gestoßen, die Strö-

mung hatte ihn mit gesteigerter Kraft vorwärtsgetrieben; bewußtlos sank er mit seiner Last hinab, aber die nächste See hob ihn und das junge Mädchen von neuem hoch.

Die Fischer ergriffen sie und holten sie ins Boot, das Blut strömte Jörgen über das Gesicht, er war wie tot, aber das Mädchen hielt er so fest umklammert, daß sie sie seinem Arm und seiner Hand entwinden mußten; totenblaß, leblos und ausgestreckt lag sie dort im Boot, das auf Skagens Gren lossteuerte.

Alle Mittel wurden angewandt, um Clara ins Leben zurückzurufen, sie war tot; lange war er dort draußen mit einer Leiche im Arme geschwommen, hatte für eine Tote gearbeitet und seine Kräfte hergegeben.

Jörgen atmete noch, ihn trugen sie in das nächste Haus hinter den Dünen; eine Art Feldscher, der am Orte war, übrigens auch Schmied und kleiner Krämer, verband Jörgen, bis am nächsten Tag der Arzt aus Hjörring geholt wurde.

Das Gehirn des Kranken war in Mitleidenschaft gezogen, er bekam Tobsuchtsanfälle, stieß wilde Schreie aus, aber am dritten Tag versank er in einen todesähnlichen Schlaf, das Leben schien nur an einem Faden zu hängen, und daß er zerreißen möge, sagte der Arzt, wäre das Beste, was man Jörgen wünschen könnte.

„Laßt uns zum Herrgott beten, daß er erlöst wird! Er wird nie wieder ein Mensch.“

Aber das Leben gab ihn nicht her, der Faden wollte nicht zerreißen, wohl aber die Erinnerung, alle Bande des Geistes waren durchgeschnitten, das war das Schaurige, ein lebendiger Leib war übrig, ein Leib, der die Gesundheit wiedererlangen sollte.

Jörgen blieb in Kaufmann Brönnes Haus.

„Er hat ja seine tödliche Krankheit bekommen, weil er unser Kind retten wollte“, sagte der alte Mann, „er ist nun unser Sohn.“

Blöde nannte man Jörgen, aber das war nicht der richtige Ausdruck, er war wie ein Instrument, bei dem die Saiten gelockert sind und nicht mehr erklingen können – nur hin und wieder einen Augenblick, wenige Minuten, erhielten sie eine Spannkraft, und sie klangen – alte Melodien klangen, einzelne Takte; Bilder entrollten sich und verschwanden – er saß wieder da und starrte vor sich hin, ohne Gedanken; wir dürfen glauben, daß er nicht litt; die dunklen Augen büßten wiederum all ihren Glanz ein, ein schwarzes, behauchtes Glas schienen sie zu sein.

„Armer, blöder Jörgen!“ sagte man.

Das war er nun, der unter seiner Mutter Herzen einem Erdenleben entgegengetragen wurde, reich und glücklich, so daß es „ein Übermut, ein furchtbarer Stolz“ war, ein Leben nach diesem zu wünschen, geschweige daran zu glauben. All die großen Eigenschaften der Seele also vergeudet? Nur harte Tage, Schmerz und Enttäuschung waren ihm zuteil geworden; eine Prachtzwiebel war er gewesen, aus seinem reichen Erdreich gerissen und auf den Sand geschleudert, um zu verfaulen! Das in Gott geschaffene Bildnis hatte keinen höheren Wert? Nur ein Spiel der Zufälle war und ist das Ganze? Nein! der Gott der Alliebe mußte und würde ihm einen Ersatz in einem zweiten Leben gewähren für alles, was er hier erlitt und entbehrte. „Der Herr ist barmherzig, und seine Güte währet ewiglich!" Diese Worte aus Davids Psalm sprach in Glauben und Zuversicht die Ehefrau des frommen, alten Kaufmanns aus, und sie betete aus ganzem Herzen, daß der Herrgott Jörgen bald erlösen möge, auf daß er zur „Gnade Gottes", zum ewigen Leben eingehen könne.

Auf dem Kirchhof, wo der Sand über die Mauer wirbelte, lag Clara begraben; es schien, als schenkte Jörgen dem keinen Gedanken, es gehörte nicht zu seinem Denkbereich, der wurde nur in Wrackteilen aus einer Vergangenheit emporgehoben. Jeden Sonntag begleitete er die Familie in die Kirche und saß still mit gedankenleerem Blicke da; eines Tages während des Chorals stieß er einen Seufzer aus, seine Augen leuchteten, sie waren auf den Altar gerichtet, auf die Stelle, wo er vor Jahr und Tag mit seiner toten Freundin niedergekniet war, er nannte ihren Namen und wurde weiß wie ein Leintuch, Tränen rannen ihm über die Wangen.

Man geleitete ihn aus der Kirche, und er sagte ihnen, er fühle sich wohl, er finde nicht, daß ihm etwas gefehlt habe; er hatte keine Erinnerung daran, der von Gott Geprüfte, Verworfene. – Und Gott, unser Schöpfer, ist weise und alliebend, wer wird daran zweifeln? Unser Herz und unser Verstand erkennen es, die Bibel bestätigt es: „Seine Güte währet ewiglich."

In Spanien, wo zwischen Orangen und Lorbeer um die maurischen goldenen Kuppeln warme Luftströmungen wallten, wo Gesang und Kastagnetten erklangen, saß in dem prachtvollen Haus ein kinderloser Greis, der reichste Kaufmann; durch die Straßen zogen Kinder in Prozession mit Kerzen und wehenden Fahnen. Wie viel von seinem Reichtum hätte er nicht hergegeben, um noch seine Kinder, seine Tochter oder deren Kind bei sich zu haben, das vielleicht nie das Licht dieser Welt erblickt hatte, und wie dann das der Ewigkeit, des Paradieses? „Armes Kind!"

Ja, armes Kind! eben Kind und dennoch an die dreißig Jahre alt – so alt war Jörgen dort in Gammel-Skagen geworden.

Der Flugsand hatte sich auf die Gräber des Kirchhofs gelegt, ganz hoch um die Kirchenmauer herum, aber hier, bei den Voraufgegangenen, bei Verwandten und Lieben, wollten und mußten die Toten bestattet werden. Kaufmann Brönne und seine Frau ruhten hier bei ihren Kindern unter dem weißen Sand.

Es war zeitig im Jahr, die Zeit der Stürme; die Dünen flogen, das Meer warf hohe Wellen, die Vögel sausten schreiend in großen Scharen, wie Wolken vor dem Sturm, über die Dünen; auf den Sandbänken von Skagens Gren bis zu den Huusbydünen lag ein gestrandetes Schiff neben dem anderen.

Eines Nachmittags, Jörgen saß allein in der Stube, hellte sich sein Geist auf, ihn ergriff ein Gefühl der Unrast, wie es ihn so oft in seinen jungen Jahren in die Dünen und auf die Heide hinausgetrieben hatte.

„Heim! heim!" sagte er; niemand hörte ihn; er ging aus dem Hause, in die Dünen hinein, der Sand und kleine Steine prasselten ihm ins Gesicht, stoben in Wirbeln um ihn her auf. Er ging auf die Kirche zu; der Sand lag bis zur Mauer hinauf und halb über die Fenster, aber auf dem Pfad davor war der Sand weggefegt worden, die Kirchentür war nicht abgeschlossen und leicht zu öffnen; Jörgen ging hinein.

Der Wind toste heulend über die Stadt Skagen hin; es war ein Orkan wie seit Menschengedenken nicht, ein fürchterliches Unwetter, aber Jörgen war in Gottes Haus, und während es draußen finstere Nacht war, leuchtete es in ihm, es war das Licht der Seele, das nie erlöschen wird; der schwere Stein, der in seinem Kopfe lag – er spürte es – sprang mit einem Knall. Ihm war, als spielte die Orgel, aber das waren der Sturm und das tosende Meer; er setzte sich ins Kirchengestühl, und die Lichter wurden angezündet, Licht neben Licht, in einem solchen Reichtum, wie er es nur im spanischen Land gesehen hatte, und alle Bilder der alten Ratsherren und Bürgermeister wurden lebendig, sie traten aus der Wand, wo sie Jahre gestanden hatten, sie setzten sich in den Chor; die Tore und Türen der Kirche taten sich auf, und herein traten alle Toten, festlich gekleidet, wie zu ihrer Zeit, sie kamen zum Klang einer schönen Musik und setzten sich auf die Bänke; da tönte der Choralgesang wie ein brausendes Meer, und seine alten Pflegeeltern von den Huusbydünen waren hier, und der alte Kaufmann Brönne und seine Frau, und neben ihnen, gleich neben Jörgen, saß ihre freundliche, liebwerte Tochter; sie reichte Jörgen die Hand, und sie traten zum Altar, wo sie ehedem gekniet hatten, und der Pfarrer tat ihre Hände zusammen, weihte sie für ein Leben in Liebe. – Da brauste der Schall der Posaunen, seltsam voll von Sehnsucht und Wonne wie eine Kinderstimme, er schwoll zum Orgelklang an, zu einem Orkan von vollen, erhebenden Tönen, selig anzuhören und dennoch imstande, die Steine des Grabes zu sprengen.

Und das Schiff, das im Chor hing, senkte sich auf die beiden nieder, es wurde so groß, so prachtvoll, mit seidenen Segeln und vergoldeten Rahen, die Anker waren von rotem Golde, und in jede Trosse war Seide gedreht, wie in dem alten Liede stand. Und das Brautpaar stieg an Bord, und die ganze Gemeinde der Kirche folgte ihm, und hier war Platz und Herrlichkeit für sie alle. Und die Wände und Bögen der Kirche blühten wie der Holunder und die duftenden Linden, sanft fächelten Zweige und Blätter; sie neigten sich, gingen auseinander, und das Schiff wurde emporgehoben und segelte mit ihnen durch das Meer, durch die Luft, jedes Kirchenlicht war ein kleiner Stern, und die Winde stimmten einen Choral an, und alle sangen mit: „In Liebe zur Herrlichkeit!" – „Kein Leben wird verloren sein!" – „Holdselig froh! Halleluja!"

Und diese Worte waren auch seine letzten auf dieser Welt, das Band, welches die unsterbliche Seele festhielt, riß – nur ein toter Leib lag in der finsteren Kirche, über die der Sturm hinbrauste und die er mit Flugsand umwirbelte.

Am nächsten Morgen war Sonntag, die Gemeinde und der Pfarrer kamen zum Gottesdienst. Der Weg hierher war mühsam gewesen, es war fast nicht vorwärtszukommen im Sand, und jetzt, als sie da waren, war eine große Sanddüne vor der Kirchentür zusammengefegt worden. Und der Pfarrer sprach ein kurzes Gebet, sagte, Gott habe das Tor zu diesem seinem Hause geschlossen, sie müßten nun anderwärts hingehen und ihm ein neues errichten.

Dann sangen sie einen Choral und wanderten heimwärts.

Jörgen war weder im Orte Skagen noch zwischen den Dünen zu finden, wo sie auch suchten; die den Sand hinaufrollenden Seen hätten ihn mit sich gerissen, hieß es.

Sein Leib lag in dem größten Sarkophag bestattet, in der Kirche selber; Gott hatte im Sturm Erde auf den Sarg werfen lassen, die schwere Sandschicht lag dort und liegt da noch.

Der Flugsand hat die riesigen Gewölbe bedeckt. Sanddorn und wilde Rosen wachsen über die Kirche hinweg, wo der Wanderer jetzt zu ihrem Turm hinschreitet, der aus dem Sand aufragt, ein riesiger Leichenstein auf dem Grabe, meilenweit zu sehen; kein König erhielt einen prächtigeren! Niemand stört die Ruhe des Toten, niemand wußte es oder weiß es bis jetzt – mir hat der Sturm in den Dünen davon gesungen.

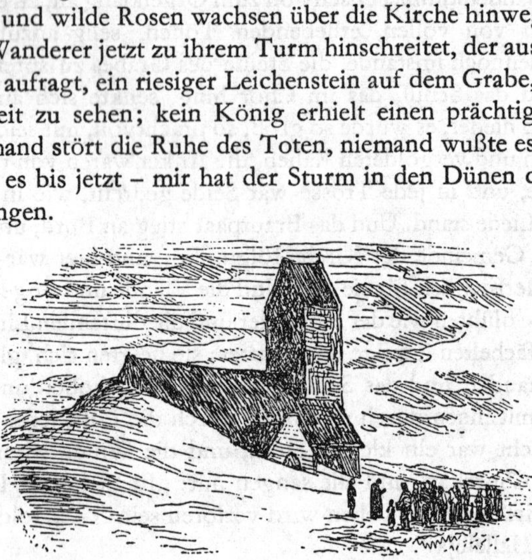

Der Marionettenspieler

Auf dem Dampfschiff war ein ältlicher Mann mit einem so fröhlichen Gesicht, daß er, wenn es nicht trog, der glücklichste Mensch auf Erden sein mußte. Das sei er auch, sagte er; ich hörte es aus seinem eigenen Munde; er war Däne, war mein Landsmann und reisender Theaterdirektor. Die ganze Truppe hatte er bei sich, sie lag in einer Kiste; er war Marionettenspieler. Seine angeborene Heiterkeit, sagte er, sei von einem polytechnischen Kandidaten geläutert worden, und durch dies Experiment sei er vollkommen glücklich geworden. Ich verstand ihn nicht sogleich, aber da setzte er mir die ganze Geschichte klar auseinander, und hier ist sie.

„Es war in Slagelse", sagte er, „ich gab im Postgasthaus eine Vorstellung und hatte ein brillantes Haus und brillantes Publikum, ganz und gar unkonfirmiert bis auf ein paar alte Weibspersonen. Da kommt auf einmal ein schwarz gekleideter Mensch von studentischem Aussehen, er setzt sich dazu und lacht genau an den richtigen Stellen, klatscht völlig richtig, es war ein ungewöhnlicher Zuschauer! Ich mußte erfahren, wer er war, und ich hörte, es sei ein Kandidat von der polytechnischen Lehranstalt, ausgeschickt, um

Leute in der Provinz zu belehren. Um acht Uhr war meine Vorstellung aus, Kinder müssen ja früh ins Bett, und man muß an die Bequemlichkeit des Publikums denken. Um neun Uhr begann der Kandidat mit seinen Vorlesungen und Experimenten, und nun war ich sein Zuhörer. Es war merkwürdig, das zu sehen und zu hören. Das meiste ging über meinen Kopf hinweg und in den des Pfarrers hinein, wie man sagt, aber ein Gedanke drängte sich mir auf: können wir Menschen dergleichen erfinden, dann müssen wir auch länger aushalten können, als bis wir in die Erde gesteckt werden. Die Wunder, die er vollführte, waren nur klein und dennoch alle ganz einfach, mitten aus der Natur. Zur Zeit von Moses und den Propheten müßte so ein polytechnischer Kandidat einer der Weisen des Landes geworden sein, und im Mittelalter wäre er verbrannt worden. Ich schlief die ganze Nacht nicht, und als ich am nächsten Abend eine Vorstellung gab und der Kandidat wieder da war, kam ich ordentlich in Stimmung. Ich habe von einem Schauspieler gehört, daß er in Liebhaberrollen nur an eine einzige unter den Zuschauern dachte, für sie spielte er und vergaß das ganze übrige Haus; der polytechnische Kandidat, das war meine ‚sie', mein einziger Zuschauer, für den allein ich spielte. Als die Vorstellung zu Ende war, wurden alle Marionetten hervorgerufen, und ich wurde von dem polytechnischen Kandidaten zu einem Glase Wein bei ihm eingeladen; er sprach von meiner Komödie, und ich sprach von seiner Wissenschaft, und ich glaube, wir hatten an beidem das gleiche Vergnügen, aber ich führte dennoch das Wort, denn in seiner Rede war so vieles, worüber er selber keine Rechenschaft ablegen konnte, wie nun zum Beispiel, daß ein Stück Eisen, welches durch eine Spirale fällt, magnetisch wird, ja was ist das: der Geist kommt über das Eisen, aber wo kommt er her? Es ist genauso wie mit den Menschen dieser Welt, denke ich, der Herrgott läßt sie durch die Spirale der Zeit plumpsen, und der Geist kommt über sie, und dann steht da ein Napoleon, ein Luther oder eine ähnliche Figur. Die ganze Welt ist eine Kette von Wundertaten, sagte der Kandidat, aber wir sind so sehr an sie gewöhnt, daß wir sie alltäglich nennen. Und er sprach, und er erklärte, es war zuletzt so, als höbe er mir meine Hirnschale hoch, und ich gestand ehrlich, wenn ich nicht schon ein alter Mann wäre, dann würde ich sofort auf die polytechnische Anstalt gehen und lernen, die Welt in allen Stücken zu ergründen, und ungeachtet dessen, daß ich einer der glücklichsten Menschen sei. ‚Einer der glücklichsten!' sagte er, und es war, als schmeckte er gewissermaßen daran. ‚Sind Sie glücklich?' fragte er. – ‚Ja', sagte ich, ‚glücklich bin ich, und willkommen bin ich allerorten, wo ich mit meiner Gesellschaft hinkomme. Es gibt allerdings einen Wunsch, der mich zwischendurch einmal anfällt wie ein Kobold, ein Alb, der meine Heiterkeit reitet, das ist: Theaterdirektor einer lebendigen Truppe zu werden, einer richtigen, aus Menschen bestehenden Gesellschaft.' – ‚Sie wünschen sich, daß Ihre Marionetten lebendig würden, Sie wünschen, daß sie richtige Schauspieler würden', sagte er, ‚und daß Sie selber der Direktor wären, dann würden Sie vollkommen glücklich sein, glauben Sie?' Er glaubte es nun nicht, aber ich glaubte es, und wir redeten hin, und wir redeten her, und dann waren wir in unseren Meinungen immer gleich weit voneinander entfernt, aber mit den Gläsern stießen wir an, und der Wein war sehr gut, aber es war ein Zauberzeug drin, denn sonst wäre an der ganzen Geschichte nichts weiter, als daß ich einen Rausch bekommen hätte. Das war es nicht, ich behielt einen klaren Kopf. Die Sonne schien gleichsam in der Stube, sie leuchtete aus dem Antlitz des polytechnischen Kandidaten, und ich mußte an die alten Götter in ihrer ewigen Jugend denken, als sie in der Welt umhergingen; und das sagte ich ihm, und da lächelte er, und ich hätte drauf schwören mögen, daß er ein verkleideter Gott war oder einer von dessen Verwandten – und er war es, mein höchster Wunsch sollte erfüllt, die Marionetten lebendig werden und ich Direktor von Menschen. Wir tranken eins drauf; er packte alle meine Puppen in die hölzerne Kiste, band sie mir auf dem Rücken fest, und dann ließ er mich durch eine Spirale plumpsen; ich höre noch, wie ich plumpste, ich lag auf dem Fußboden, das ist gewißlich wahr, und die ganze Gesellschaft sprang aus der Kiste, der Geist war über sie alle gekommen, alle Marionetten waren ausgezeichnete Künstler geworden, das sagten sie selber, und ich war Direktor; alles war für die erste Vorstellung bereit; die ganze Gesellschaft wollte mit mir reden, und das Publikum auch. Die Tänzerin sagte, wenn sie nicht auf einem Bein stünde, dann fiele das Haus zusammen, sie wäre das Haupt von dem Ganzen und wollte als solches behandelt werden. Die Puppe, die die Kaiserin spielte, wollte auch außerhalb der Bühne als Kaiserin behandelt werden, denn sonst käme sie aus der Übung; der, welcher dazu benutzt wurde, mit einem Brief hereinzukommen, machte sich ebenso wichtig wie der erste Liebhaber, denn die Kleinen wären in einem künstlerischen Ganzen von genau derselben Wichtigkeit wie die Großen, sagte er. Dann verlangte der Held, seine ganze Rolle sollte nur in Abgangsrepliken bestehen, denn die wurden beklatscht; die Primadonna wollte nur bei rotem Lichte spielen, denn das stünde ihr – sie wollte nicht in blauem auf-

treten. Es war, wie wenn Fliegen in einer Flasche sind, und ich war mittendrin in der Flasche, ich war Direktor. Mir blieb die Luft weg, ich wußte nicht, wo mir der Kopf stand, ich fühlte mich so elend, wie ein Mensch sich nur fühlen kann, es war ein neues Menschengeschlecht, in das ich ge-

raten war, ich wünschte, ich hätte sie alle miteinander wieder in der Kiste und wäre niemals Direktor geworden. Ich sagte ihnen frei heraus, daß sie im Grunde doch alle Marionetten wären, und da brachten sie mich um. – Ich lag im Bett in meiner Stube, wie ich von dem polytechnischen Kandidaten bis dorthin gekommen war, mag er wissen, ich weiß es nicht. Der Mond schien auf den Fußboden, wo die Puppenkiste umgekippt lag und alle Puppen weit herum verstreut waren, kleine und große, die ganze Bande; aber ich war nicht faul, aus dem Bett schoß ich, und in die Kiste kamen sie alle miteinander, manche kopfüber und manche mit den Beinen zuerst; ich knallte den Deckel zu und setzte mich selber obendrauf; das war ein Anblick für Götter. Können Sie es vor sich sehen, ich kann es sehen. ‚Nun bleibt ihr da', sagte ich, ‚und nie wieder wünsche ich, daß ihr von Fleisch und Blut wäret!' Mir war so leicht zumute, ich war der glücklichste Mensch; der polytechnische Kandidat hatte mich geläutert; ich saß in reinster Glückseligkeit da und schlief auf der Kiste ein, und morgens – es war eigentlich mittags, aber ich schlief an dem Morgen erstaunlich lange – saß ich noch da, glücklich, alldieweil ich gelernt hatte, daß mein bisher einziger Wunsch dumm gewesen war; ich erkundigte mich nach dem polytechnischen Kandidaten, aber der war weg, ebenso wie die griechischen und römischen Götter. Und seit jener Zeit bin ich der glücklichste Mensch. Ich bin ein glücklicher Direktor, meine Truppe zetert nicht, das Publikum auch nicht, es ergötzt sich aus Herzensgrund; frei kann ich selber alle meine Stücke zusammenschustern. Ich nehme von allen Komödien das Beste, was ich finde, und niemand ärgert sich darüber. Stücke, die heute von den großen Theatern mißachtet werden, zu denen das Publikum aber vor dreißig Jahren hinrannte und über die es dann schluchzte, die nehme ich jetzt vor, ich gebe sie für die Kleinen, und die Kleinen, die schluchzen genauso wie Vater und Mutter geschluchzt haben; ich gebe *Johanna Montfaucon* und *Dyveke*, aber gekürzt, denn die Kleinen mögen das lange Liebesgefasel nicht, sie wollen: unglücklich, aber rasch. Nun habe ich Dänemark die Kreuz und die Quer bereist, kenne alle Menschen und werde wiedererkannt; jetzt bin ich nach Schweden gegangen, und habe ich hier Erfolg und verdiene gut, dann werde ich Skandinavier, sonst nicht, das kann ich Ihnen sagen, der Sie mein Landsmann sind."

Und ich, als Landsmann, erzählte es natürlich sofort weiter, nur um zu erzählen.

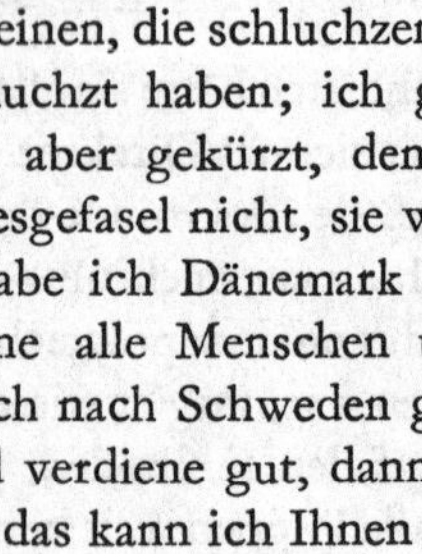

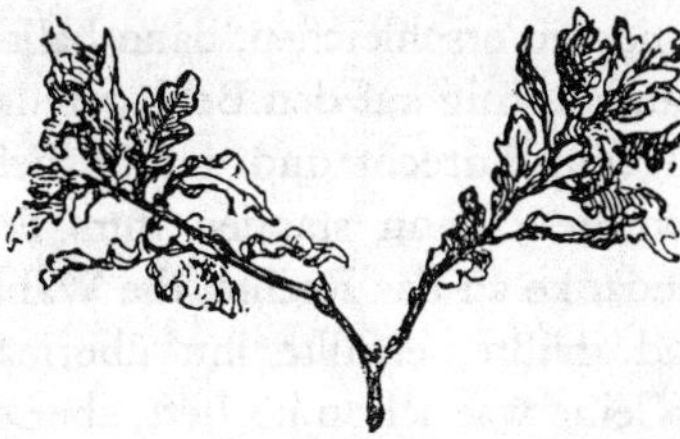

Zwei Brüder

Auf einer der dänischen Inseln, wo alte Thingstätten sich in den Getreidefeldern erheben und riesige Bäume in den Buchenwäldern, liegt eine kleine Stadt mit roten Dächern auf den niedrigen Häusern; in einem der Häuser wurden auf der Esse über glühenden Kohlen und Dämpfen seltsame Dinge vorgenommen; es wurde in Gläsern gekocht, es wurde gemischt und destilliert, Pflanzen wurden in den Mörsern zerstoßen; ein älterer Mann stand dem Ganzen vor.

„Man muß das Rechte gut verwalten!" sagte er, „ja, das Rechte, das Richtige, die Wahrheit in jedem erschaffenen Teile muß man kennen und sich an sie halten."

Drinnen in der Stube bei der braven Hausfrau saßen zwei von den Söhnen, noch klein, aber erwachsen im Denken. Über Fug und Recht hatte die Mutter auch immer mit ihnen gesprochen, darüber, daß man sich an die Wahrheit halten müsse, sie sei das Antlitz Gottes in dieser Welt.

Der älteste der Jungen sah schalkhaft und keck aus, seine Wonne war es, über die Kräfte der Natur zu lesen, über Sonne und Sterne, kein Märchen fand er herrlicher. Oh, wie glücklich wäre man, wenn man auf Entdeckungsreisen gehen könnte oder wenn man herausbekäme, wie die Flügel des Vogels nachzumachen wären, so daß man fliegen könnte! Ja, das hieß, das Richtige finden! Vater hatte recht, und Mutter hatte recht; die Wahrheit hielt die Welt zusammen.

Der jüngere Bruder war stiller und versenkte sich ganz in seine Bücher; las er über Jakob, der sich in ein Ziegenfell hüllte, um Esau zu gleichen und sich dadurch das Recht des Erstgeborenen zu erschleichen, dann ballte er im Groll seine kleine Hand, zornig auf den Betrüger; las er von Tyrannen und all dem Unrecht und der Bosheit, die in der Welt verübt wurden, dann standen ihm Tränen in den Augen. Der Gedanke an das Rechte, die Wahrheit, die siegen würde und müßte, erfüllte ihn übermächtig. Eines Abends – der Kleine war schon im Bett, aber die Vorhänge waren noch nicht drumherum zugezogen, das Licht schimmerte zu ihm herein – lag er da mit seinem Buch und mußte unbedingt die Geschichte von Sidon auslesen.

Und die Gedanken erhoben und trugen ihn so seltsam weit hinweg; es war, als würde das Bett ein ganzes Schiff vor vollen Segeln; träumte er, oder was war das? Er glitt über wogende Wasser, die großen Seen der Zeit, er hörte Solons Stimme, verständlich und dennoch in fremder Zunge ertönte der dänische Wahlspruch: „Auf dem Gesetz soll man ein Land gründen!"

Und der Genius des Menschengeschlechts stand in der armen Stube, neigte sich über das Bett und drückte einen Kuß auf des Knaben Stirn: „Werde stark in Ehren und stark im Lebenskampf! Mit Wahrheit in deiner Brust fliege zum Lande der Wahrheit!"

Der ältere Bruder war noch nicht im Bett, er stand am Fenster, sah auf die Nebel, die von der Wiese aufstiegen; es waren nicht die Elfenmädchen, die dort tanzten, das hatte allerdings eine alte Magd ihm gesagt, aber er wußte es besser, es waren Dämpfe, wärmer als die Luft, und dann stiegen sie empor. Eine Sternschnuppe leuchtete, und die Gedanken des Knaben flogen im selben Augenblick von den Dünsten der Erde bis ganz hinauf zu dem leuchtenden Meteor. Des Himmels Gestirne flimmerten, es war, als hingen lange goldene Fäden von ihnen zur Erde nieder.

„Fliege mit mir!" sang und klang es bis ins Herz des Knaben hinein; und der riesige Genius der Geschlechter, hurtiger als der Vogel, als der Pfeil, als alles Irdische, was fliegen kann, trug ihn in den Raum hinaus, wo Strahlen von Stern zu Stern die Himmelskörper aneinanderketteten; unsere Erde drehte sich in der dünnen Luft, Stadt schien dicht neben Stadt zu liegen. Durch die Sphären erscholl es: „Was ist nahe, was ist fern, wenn des Geistes mächtiger Genius dich emporhebt!“

Und abermals stand der Kleine am Fenster und blickte hinaus, der jüngere Bruder lag in seinem Bett, Mutter nannte sie bei ihren Namen: „Anders und Hans Christian!“

Dänemark kennt sie, die Welt kennt die beiden – die Gebrüder Örsted.

Die alte Kirchenglocke

(Geschrieben für *Schillers Album*)

Im deutschen Lande Württemberg, wo die Akazien an der Landstraße so herrlich blühen und die Apfel- und Birnenbäume im Herbst von reichem Segen strotzen, liegt eine kleine Stadt, Marbach; es ist eine ganz unscheinbare Ortschaft, aber schön liegt sie am Neckar, der an Städten, alten Ritterburgen und grünen Weinbergen vorübereilt, um seine Wasser mit dem stolzen Rhein zu mischen.

Es war spät im Jahr, das Weinlaub hatte sich rot verfärbt, Regenschauer fielen herab, und der kalte Wind nahm zu; es war nicht eben die munterste Zeit für die Armen; es kamen finstere Tage, und noch finsterer war es drinnen in den alten Häuschen. Eines davon lag mit dem Giebel zur Straße, mit niedrigen Fenstern, arm und gering von Aussehen, und das war die Familie ja auch, die hier wohnte, aber brav und fleißig; dazu mit Gottesfurcht in der Schatzkammer des Herzens. Noch ein Kind würde der Herrgott ihnen bald bescheren; es war die Stunde, da die Mutter in Schmerzen und Not lag, da ertönte vom Kirchturm Glokkenklang zu ihr herein, so tief, so festlich, es war eine Feierstunde, und der Ton der Glocke erfüllte die Betende mit Andacht und Glauben; die Gedanken erhoben sich so innig zu Gott, und in derselben Stunde gebar sie ihren kleinen Sohn und fühlte sich so unendlich froh. Die Glocke im Turm schien ihre Freude über Stadt und Land hinauszuläuten. Zwei helle Kinderaugen blickten sie an, und das Haar des Kleinen glänzte, als wäre es vergoldet; das Kind wurde mit Glockenklang in der Welt empfangen an jenem dunklen Novembertag; Mutter und Vater küßten es, und in ihre Bibel schrieben sie: „Gott schenkte uns am zehnten November 1759 einen Sohn“, und später wurde hinzugefügt, daß er in der Taufe die Namen „Johan Christoph Friedrich“ erhielt.

Was wurde aus dem kleinen Kerlchen, dem armen Knaben aus dem winzigen Marbach? Ja, das wußte damals niemand, nicht einmal die alte Kirchenglocke, wie hoch sie auch hing, die als erste für ihn gedröhnt und gesungen hatte, für ihn, der später das schöne *Lied von der Glocke* schuf.

Und der Kleine wuchs heran, und die Welt wuchs für ihn, zwar zogen die Eltern an einen anderen Ort, aber liebe Freunde blieben in dem kleinen Marbach zurück, und darum kamen auch Mutter und Sohn eines Tages dort zu Besuch; der Junge war erst sechs Jahre alt, aber er wußte schon ein ganz Teil von der Bibel und den frommen Liedern, er hatte schon manchen Abend von seinem kleinen Rohrstuhl aus den Vater Gellerts Fabeln und aus dem *Messias* vorlesen hören; heiße Tränen hatten er und die zwei Jahre ältere Schwester beim Vorlesen über den vergossen, der den Kreuzestod erlitt zu unser aller Erlösung.

Beim ersten Besuch in Marbach hatte der Ort sich nicht weiter verändert, es war ja auch nicht so sehr lange her, seit sie fortgezogen waren; die Häuser standen wie früher da, mit spitzen Giebeln, schiefen Mauern und niedrigen Fenstern; auf dem Kirchhof waren neue Gräber hinzugekommen, und dort, ganz dicht an der Mauer, stand jetzt unten im Gras die alte Glocke, sie war von ihrer Höhe heruntergestürzt, hatte einen Riß bekommen und konnte nicht mehr läuten, eine neue war an ihre Stelle gekommen.

Mutter und Sohn waren auf den Kirchhof getreten, sie standen vor der alten Glocke, und die Mutter erzählte ihrem kleinen Jungen, wie diese Glocke jahrhundertelang ihren Dienst getan, zur Kindtaufe, zur Hochzeitsfreude und zum Begräbnis geläutet hatte; sie hatte von Festesfreude und dem Grauen der Feuersbrunst gekündet; ja, die Glocke sang von einem ganzen Menschenleben. Und nie vergaß das Kind, was die Mutter erzählte, es tönte in seiner Brust, bis er als Mann laut davon singen mußte. Und die Mutter erzählte ihm, wie diese alte Kirchenglocke ihr Trost und Freude in der Stunde ihrer Angst geläutet hatte, wie sie gehallt und gesungen hatte, als ihr kleiner Knabe ihr geschenkt wurde. Und das Kind blickte fast mit Andacht auf die große alte Glocke, es beugte sich hinunter und küßte sie, wie alt, gesprungen und verschmäht sie hier zwischen Gras und Nesseln auch stand.

Im Gedächtnis blieb sie dem kleinen Knaben haften, der in Armut in die Höhe schoß; lang und mager, mit rötlichem Haar, Sommersprossen im Gesicht, ja, so sah er aus, aber zwei helle Augen wie das tiefe Wasser besaß er. Wie erging es ihm? Es ging ihm gut, ungewöhnlich gut! Er war durch höchste Gnade in die militärische Schule aufgenommen worden, in die Abteilung, wo die Kinder der feineren Leute gingen, und das war eine Ehre, ein Glück; er trug Stiefeletten, steife Halsbinde und gepuderte Perücke. Gelehrsamkeit wurde ihm zuteil, und die wurde mit „Marsch!" – „Halt!" – „Geradeaus!" eingebleut. Dabei kam gewiß etwas heraus.

Die alte Kirchenglocke, fortgetan und vergessen, würde wohl eines Tages in den Schmelzofen kommen, was wurde dann aus ihr? Ja, das war unmöglich zu sagen, und es war auch nicht möglich zu sagen, was aus der Glocke drinnen in der jungen Brust werden würde, dort drinnen war ein Erz, das hallte, das mußte in die weite Welt hinausklingen, und je enger es hinter den Mauern der Schule wurde, und je betäubender das „Marsch!" – „Halt!" – „Geradeaus!" ertönte, desto kräftiger klang es in der Brust des jungen Gesellen, und er sang es im Kreise der Kameraden, und der Klang tönte über die Landesgrenze hinaus; aber dafür hatte er nicht Schule, Kleidung und Kost erhalten; die Nummer hatte er für den Zahn, der er in dem großen Uhrwerk sein sollte, zu dem wir alle gehören, um greifbaren Nutzen zu stiften. Wie wenig verstehen wir uns selber, wie sollten dann die anderen, selbst die besten, uns immer verstehen! Aber gerade durch den Druck wird der Edelstein geschaffen. Der Druck war hier da, ob im Laufe der Zeit die Welt den Edelstein erkennen würde?

In der Hauptstadt des Landesherrn war großes Fest. Tausende von Lampen brannten, Raketen strahlten auf; an diesen Glanz erinnert man sich noch durch ihn, der damals in Tränen und Schmerz unerkannt fremden Boden zu gewinnen suchte; er mußte aus dem Vaterland fort, von der Mutter, von allen seinen Lieben, oder in der Flut der Gewöhnlichkeit untergehen.

Der alten Glocke ging es gut, sie stand im Schutze der Kirchenmauer von Marbach, fortgetan, vergessen! Der Wind fuhr darüber hin und hätte von dem erzählen können, bei dessen Geburt die Glocke läutete, erzählen können, wie kalt er über ihn hinweggeweht war, als er jüngst erschöpft von Müdigkeit im Wald des Nachbarlandes hingesunken war, wo sein ganzer Reichtum und seine Zukunftshoffnung nur beschriebene Blätter des *Fiesko* waren; der Wind hätte von den einzigen Beschützern erzählen können, alles zwar Künstler, die sich beim Vorlesen des Stückes wegschlichen und Kegel spielten. Der Wind konnte von dem blassen Flüchtling berichten, der Wochen, Monate in dem armen Wirtshaus lebte, wo der Wirt lärmte und trank, wo rohe Lustigkeit herrschte, während er von den Idealen sang. Schwere Tage, düstere Tage! Selbst muß das Herz erleiden und erproben, wovon es singen will.

Düstere Tage, kalte Nächte gingen über die alte Glocke hinweg; sie verspürte es nicht, aber die Glocke in der Brust des Menschen verspürt ihre bedrängte Zeit. Wie erging es dem jungen Mann? Wie erging es der alten Glocke? Ja, die Glocke kam weit fort, weiter, als sie droben vom Turm aus hätte gehört werden können; der junge Mann, ja, die Glocke in seiner Brust tönte weiter, als sein Fuß wandern und seine Augen sehen konnten, sie hallte und hallt noch immer über das Weltmeer hinweg, um die ganze Erde. Hört aber zuerst von der Glocke! Sie kam von Marbach fort, verkauft wurde sie als altes Kupfer und sollte drinnen im bayrischen Land in den Schmelzofen. Wie kam sie dahin und wann? Ja, das muß die Glocke selber erzählen, wenn sie kann, das ist von keiner so großen Wichtigkeit; aber sicher ist, sie kam in Bayerns Königsstadt; viele Jahre waren vergangen, seit sie vom Turm heruntergestürzt war, jetzt sollte sie eingeschmolzen werden, sollte zum Guß eines großen Ruhmesdenkmals mit verwandt werden, für eine große Gestalt des deutschen Volkes und Landes. Hört nun, wie es sich traf, seltsam und wunderbar geht es doch in dieser Welt zu!

Oben in Dänemark, auf einer der grünen Inseln, wo die Buche wächst und wo es viele Hünengräber gibt, lebte ein ganz armer Junge, der in Holzschuhen gelaufen war und seinem Vater, der auf einer Werft Schnitzer gewesen war, in einem alten Tuch Essen gebracht hatte; das arme Kind war seines Landes Stolz geworden, er meißelte Herrlichkeiten in Marmor, so daß die Welt sich darüber verwunderte, und er war es gerade, der den Ehrenauftrag erhalten hatte, die Gestalt der Größe und Schönheit in Ton zu formen, damit sie in Erz gegossen werden könnte, das Bildnis von ihm, dessen Namen der Vater in seine Bibel geschrieben hatte: Johan Christoph Friedrich.

Und das Erz floß glühend in die Form, die alte Kirchenglocke – ja, niemand dachte an deren Heimat und ihr erstorbenes Klingen, die Glocke floß mit in die Form und bildete Kopf und Brust der Statue, so wie sie heute in Stuttgart vor dem alten Schloß enthüllt steht, auf dem Platz, wo er, den sie darstellt, als lebendiger Mensch umherging, im

Kampf und im Streben, bedrückt durch die Welt um ihn herum, er, der Knabe aus Marbach, der Schüler der Karlsschule, der Flüchtling, Deutschlands großer, unsterblicher Dichter, der von dem Befreier der Schweiz und Frankreichs gottbeseelter Jungfrau sang.

Es war ein herrlicher, sonniger Tag, Fahnen wehten von Türmen und Dächern im königlichen Stuttgart, die Kirchenglocken läuteten zu Fest und Freude, nur eine Glocke war stumm, sie leuchtete im hellen Sonnenschein, leuchtete von Antlitz und Brust der Ruhmesgestalt; es war gerade hundert Jahre her seit jenem Tag, da die Glocke im Turm zu Marbach Freude und Trost für die leidende Mutter läutete, die ihr Kind gebar, arm im ärmlichen Haus, dereinst ein reicher Mann, dessen Schätze die Welt segnet; er, der Dichter des edlen Frauenherzens, der Sänger des Großen und Herrlichen, Johan Christoph Friedrich Schiller.

Es war klirrender Frost, sternklares Wetter, windstill. „Bumms!" da hauten sie mit einem Topf gegen die Tür, „Paff!" da schossen sie das neue Jahr ein; es war Altjahrsabend; jetzt schlug die Uhr zwölf.

„Tatterata!" da kam die Post. Die große Postkutsche hielt außerhalb des Stadttors, sie brachte zwölf Personen, mehr hatten dort nicht Platz, alle Plätze waren besetzt.

„Hurra! Hurra!" wurde drinnen in den Häusern gesungen, wo die Leute Altjahrsabend feierten und sich gerade eben mit gefüllten Gläsern erhoben hatten und auf das neue Jahr tranken.

„Gesundheit und Glück im neuen Jahr!" sagten sie, „eine kleine Frau! Viel Geld! Schluß mit dem Ärger!"

Ja, das wünschte man sich gegenseitig, und es wurde angestoßen und – die Post hielt vor dem Stadttor mit den fremden Gästen, den zwölf Reisenden.

Was waren das für Leute? Sie hatten Paß und Reisegepäck mit, ja, Geschenke für dich und mich und alle Menschen in der Stadt. Wer waren diese Besucher? Was wollten sie und was brachten sie?

„Guten Morgen!" sagten sie zur Schildwache am Tor.

„Guten Morgen!" sagte die, denn die Uhr hatte ja zwölf geschlagen.

„Ihr Name? Ihr Stand?" fragte die Schildwache den, der als erster aus dem Wagen stieg.

„Sehen Sie sich den Paß an!" sagte der Mann. „Ich bin ich!" Er war auch ein Mordskerl, in Bärenpelz und Schneestiefeln. „Ich bin der Mann, auf den gar viele ihre Hoffnung setzen. Komm morgen, dann wirst du ein Neujahr erleben! Ich werfe Schillinge und Taler unter die Menge, mache Geschenke, ja, ich gebe Bälle, ganze einunddreißig Bälle, mehr Nächte habe ich nicht zu verschenken. Meine Schiffe sind eingefroren, aber in meinem Kontor ist es warm. Ich bin Großkaufmann und heiße Januar. Ich habe nur Rechnungen mit."

Dann kam der nächste, er war ein Spaßmacher, er war

Direktor der Komödien, Maskenfeste und jeglichen Vergnügens, auf das man verfallen kann. Sein Reisegepäck war eine große Tonne.

„Aus der schlagen wir zur Fastnacht mehr als nur den Kater heraus*", sagte er. „Ich möchte andere ergötzen und mich selber dazu, denn ich habe von der ganzen Familie die kürzeste Zeit zu leben; ich werde nur achtundzwanzig! Ja, vielleicht schaltet man einen Tag ein; aber das tut nichts zur Sache. Hurra!"

„Sie dürfen nicht so laut schreien", sagte die Schildwache.

„Doch, natürlich darf ich das", sagte der Mann, „ich bin Prinz Karneval und reise unter dem Namen Februarius."

Jetzt kam der dritte; er sah aus wie das reinste Fasten, hielt sich aber kerzengerade, denn er war mit den „vierzig Rittern" verwandt und war Wetterprophet; aber das macht nicht fett, daher pries er die Fastenzeit. Sein Schmuck war ein Büschel Veilchen im Knopfloch, aber sie waren sehr klein.

„März, marsch!" rief der vierte und puffte den dritten. „März, marsch! hinein in die Wache, hier gibt's Punsch! Ich kann ihn riechen!" aber das war nicht wahr, er wollte ihn zum Aprilnarren machen, damit begann der vierte Bursche. Er sah aus, als wäre er ziemlich forsch; sicher tat er nicht allzuviel, hielt aber viele Feiertage ab. „Mit der Stimmung geht es auf und ab!" sagte er, „Regen und Sonnenschein, Einziehen und Ausziehen! Ich bin auch Umzugstagkommissarius, ich bin Leichen- und Hochzeitsbitter, ich kann lachen und weinen. Ich habe Sommerkleider im Koffer, aber es wäre sehr verkehrt, sie zu benutzen. Hier bin ich! Zum Staat trage ich seidene Strümpfe und einen Muff."

Jetzt kam eine Dame aus dem Wagen.

„Fräulein Mai!" sagte sie. In Sommerkleidung mit Gum-

* Ein alter, jetzt verschwundener Fastnachtsbrauch in Dänemark, bei dem eine Tonne über der Straße aufgehängt wurde, in die man eine Katze steckte. Wer mit einem Schlag ein Loch in die Tonne machen konnte, so daß die Katze hinauszuschlüpfen vermochte, war Fastnachtskönig (Anm. d. Übers.).

mischuhen an; sie trug ein buchenblattgrünes seidenes Kleid, Anemonen im Haar, und außerdem duftete sie so sehr nach Waldmeister, daß die Schildwache niesen mußte. „Gesundheit!" sagte sie, das war ihre Begrüßung. Sie war reizend! und Sängerin war sie; nicht in den Theatern, sondern drinnen im Walde; nicht in den Zelten, nein, im frischen, grünen Wald ging sie umher und sang zu ihrem eigenen Vergnügen; sie hatte in ihrem Nähbeutel Christian Winthers *Holzschnitte* bei sich, denn die sind wie der Buchenwald selbst, und *Kleine Gedichte von Richardt*, die sind genau wie der Waldmeister.

„Jetzt kommt die Gnädige, die junge Gnädige!" riefen sie drinnen im Wagen, und dann kam die Dame, jung und fein, stolz und reizend. Sie war dazu geboren, „Siebenschläfer" zu sein, das konnte man gleich sehen. Sie hielt am längsten Tag des Jahres einen Festschmaus ab, damit man Zeit hätte, die vielen Gerichte zu verspeisen; sie konnte es sich leisten, im eigenen Wagen zu fahren, kam aber trotzdem mit der Post wie die anderen, sie wollte dadurch zeigen, daß sie nicht hochmütig war; allein reiste sie auch nicht, sie wurde von ihrem jüngeren Bruder begleitet, Julius.

Er war gut bei Schick, sommerlich gekleidet und trug einen Panamahut. Nur wenig Gepäck führte er mit, es sei so lästig in der Hitze. Er hatte nur eine Badekappe und Schwimmhose; das ist nicht viel.

Jetzt kam die Mutter, Madame August, Obsthändlerin en gros, Besitzerin vieler Fischkästen, Landwirtin in großer Krinoline; sie war fett und warm, nahm an allem teil, ging selbst mit den Bierfäßchen zu den Leuten auf dem Felde. „Im Schweiße seines Angesichts sein Brot essen, das soll man", sagte sie, „das steht in der Bibel; hinterher kann man Waldbälle und Erntefeste abhalten!" Sie war Mutter.

Jetzt kam wieder eine Mannsperson, Maler von Beruf, der Farbmeister, das sollte der Wald erfahren, die Blätter mußten die Farbe wechseln, aber schön, wenn er es wollte; rot, gelb, braun sollte der Wald bald aussehen. Der Meister pfiff wie der schwarze Star, war ein tüchtiger Arbeiter und hängte die bräunlichgrüne Hopfenranke um seinen Bier-

krug, das war ein Schmuck, und für Schmuck hatte er einen Blick. Hier stand er nun mit seinem Farbtopf, der war sein ganzes Reisegepäck.

Jetzt kam der Gutsherr, der dachte an den Monat des Säens, an das Pflügen und die Bearbeitung des Bodens, ja auch ein wenig an die Freuden der Jagd; er hatte Hund und Gewehr bei sich, er hatte Nüsse in seiner Tasche, knick, knack! Schrecklich viel Gepäck hatte er mit und einen englischen Pflug; er redete von Landwirtschaft, aber man konnte nicht allzuviel verstehen vor lauter Husten und Keuchen – es war der November, der kam.

Er hatte einen Schnupfen, einen heftigen Schnupfen, so daß er ein Laken benutzte und kein Taschentuch, und dennoch müsse er die Mägde in das neue Gedinge einführen! sagte er, aber die Erkältung würde wohl vorübergehen, wenn er erst Holz hackte, und das würde er tun, denn er war Holzsägemeister für die Zunft. Die Abende brachte er damit zu, Schlittschuhe zu schnitzen, er wußte, in wenigen Wochen schon würde man für dieses ergötzliche Schuhzeug Verwendung haben.

Jetzt kam die letzte, das alte Mütterchen mit dem Kohlenbecken; sie fror, aber ihre Augen strahlten wie zwei helle Sterne. Sie hatte einen Blumentopf mit einem kleinen Tannenbaum im Arm. „Den will ich pflegen und hüten, damit er zum Weihnachtsabend groß wird, vom Fußboden bis an die Decke reicht und mit brennenden Lichtern, vergoldeten Äpfeln und ausgeschnittenen Figuren dasteht. Das Kohlenbecken wärmt wie ein Ofen, ich hole das Märchenbuch aus der Tasche und lese vor, so daß alle Kinder in der Stube still werden, aber die Puppen am Baume werden lebendig, und der kleine Wachsengel ganz oben auf dem Baum bebt mit den Flügeln aus Rauschgold, fliegt von dem grünen Wipfel herab und küßt groß und klein drinnen in der Stube, ja auch die armen Kinder, die draußen vor der Tür stehen und das Weihnachtslied von dem Stern von Bethlehem singen."

„Und nun kann die Kutsche weiterfahren", sagte die Schildwache, „jetzt haben wir das Dutzend beisammen. Laßt einen neuen Reisewagen vorfahren!"

„Laß zuerst die zwölf ordnungsgemäß zu mir herein!" sagte der Hauptmann vom Dienst. „Einen zur Zeit! Den Paß behalte ich; er gilt für jeden einen Monat lang; wenn der vorüber ist, werde ich draufschreiben, wie jeder einzelne sich betragen hat. Bitte sehr, Herr Januar, wollen Sie die Güte haben, einzutreten."

Und dann ging der hinein.

Wenn ein Jahr um ist, werde ich dir sagen, was die zwölf dir, mir und uns allen gebracht haben. Jetzt weiß ich es nicht, und sie wissen es wohl auch selber nicht – denn es ist eine sonderbare Zeit, in der wir leben.

Der Mistkäfer

Des Kaisers Roß bekam goldene Hufeisen; goldene Hufeisen an jeden Huf.

Weshalb bekam es goldene Hufeisen?

Es war das schönste Tier, hatte feine Beine, gar kluge Augen und eine Mähne, die ihm wie ein seidener Schleier um den Hals hing. Es hatte seinen Herrn in Pulverdampf und Kugelregen getragen, hatte die Kugeln schwirren und pfeifen hören; es hatte um sich gebissen, um sich geschlagen, mitgekämpft, als die Feinde vordrangen; war mit seinem Kaiser in einem Sprung über das Pferd des gestürzten Feindes hinweggesetzt, hatte seines Kaisers Krone aus rotem Golde gerettet, seines Kaisers Leben gerettet, das mehr wert war als das rote Gold, und darum bekam des Kaisers Roß goldene Hufeisen, goldene Hufeisen an jeden Huf.

Und der Mistkäfer kroch hervor.

„Zuerst die Großen, dann die Kleinen", sagte der, „es ist aber nicht die Größe, die es macht." Und dann streckte er seine dünnen Beine vor.

„Was willst du?" fragte der Schmied.

„Goldene Hufeisen!" antwortete der Mistkäfer.

„Du bist nicht ganz richtig im Kopf", sagte der Schmied, „du willst auch goldene Hufeisen haben?"

„Goldene Hufeisen!" sagte der Mistkäfer. „Bin ich nicht ebenso gut wie das große Vieh, das Bedienung haben muß, gestriegelt, gepflegt wird, Essen und Trinken bekommt? Gehöre ich nicht auch zu des Kaisers Stall?"

„Aber weswegen bekommt das Pferd goldene Hufeisen?" fragte der Schmied, „kannst du das nicht verstehen?"

„Verstehen? Ich verstehe, daß es eine Geringschätzung mir gegenüber ist", sagte der Mistkäfer, „es ist eine Kränkung – und nun gehe ich deshalb in die weite Welt hinaus."

„Lauf los!" sagte der Schmied.

„Grober Geselle!" sagte der Mistkäfer, und dann ging er nach draußen, flog ein Stückchen, und da war er in einem reizenden kleinen Blumengarten, wo es nach Rosen und Lavendel duftete.

„Ist es hier nicht schön?" sagte einer der kleinen Marienkäfer, die mit schwarzen Tupfen auf den roten, schilderstarken Flügeln umherflogen. „Wie es hier süß riecht, und wie wunderbar es hier ist!"

„Ich bin Besseres gewöhnt", sagte der Mistkäfer, „nennt ihr das wunderbar? Hier gibt es ja nicht einmal einen Misthaufen."

Und dann ging er weiter, in den Schatten einer großen Levkoje; auf dieser kroch eine Kohlraupe herum.

„Wie ist die Welt doch schön!" sagte die Kohlraupe, „die Sonne ist so warm! Alles ist so fröhlich! Und wenn ich einmal einschlafe und sterbe, wie man es nennt, dann wache ich auf und bin ein Schmetterling."

„Das denkst du dir so!“ sagte der Mistkäfer. „Jetzt fliegen wir als Schmetterling umher! Ich komme aus des Kaisers Stall, aber niemand dort, nicht einmal des Kaisers Leibroß, das immerhin mit meinen abgelegten goldenen Hufeisen herumläuft, bildet sich dergleichen ein. Flügel bekommen! Fliegen! ja, jetzt fliegen wir!“ Und dann flog der Mistkäfer. „Ich möchte mich nicht ärgern, aber ich ärgere mich trotzdem.“

Dann plumpste er auf einen großen Rasenplatz hinunter; hier lag er ein Weilchen, dann schlief er ein.

Himmel, was für ein Regenschauer stürzte herab! Der Mistkäfer erwachte von dem Geplatsche und wollte schnell in die Erde hinein, konnte aber nicht: er kippte um, er schwamm auf dem Bauch und auf dem Rücken, an Fliegen war nicht zu denken, er kam bestimmt niemals lebendig von dieser Stelle weg; er lag, wo er lag, und blieb liegen.

Als der Regen ein wenig nachließ und der Mistkäfer sich das Wasser aus den Augen gezwinkert hatte, sah er undeutlich etwas Weißes, es war Leinen auf der Bleiche; er gelangte dorthin und kroch in eine Falte des nassen Leinens; es war zwar nicht so, wie wenn man in dem warmen Haufen im Stalle lag; aber etwas Besseres gab es hier nun nicht, und so blieb er einen ganzen Tag und eine ganze Nacht da, und auch das Regenwetter blieb. In früher Morgenstunde kam der Mistkäfer zum Vorschein; er war sehr ärgerlich über das Klima.

Auf dem Leinen saßen zwei Frösche; ihre hellen Augen glänzten vor lauter Freude. „Es ist ein gesegnetes Wetter!" sagte der eine. „Wie es erfrischt! Und das Leinen hält das Wasser so schön fest! Es kribbelt mir in den Hinterläufen, so als müßte ich schwimmen."

„Ich möchte wirklich wissen", sagte der zweite, „ob die Schwalbe, die weit umherfliegt, ob die auf ihren vielen Reisen ins Ausland ein besseres Klima als das unsere angetroffen hat; so einen Regen und so eine Nässe! Es ist gerade, als läge man in einem nassen Graben! Ist man dessen nicht froh, dann liebt man wahrlich sein Vaterland nicht."

„Ihr seid wohl niemals in des Kaisers Ställen gewesen?" fragte der Mistkäfer. „Da ist das Nasse zugleich warm und würzig! Das bin ich gewöhnt; das ist mein Klima, aber das kann man nicht mit auf die Reise nehmen. Gibt es hier im Garten kein Mistbeet, wo Standespersonen wie ich einkehren und sich wie zu Hause fühlen können?"

Aber die Frösche verstanden ihn nicht oder wollten ihn nicht verstehen.

„Ich frage nie ein zweites Mal", sagte der Mistkäfer, als er dreimal gefragt hatte, ohne Antwort zu bekommen.

Dann ging er ein Stückchen weiter, da lag ein Topfscher-

ben; der sollte dort nicht liegen, aber wie er da lag, gewährte er Obdach. Hier wohnten mehrere Ohrwurmfamilien; sie beanspruchten nicht viel Platz, sondern nur Geselligkeit; die Weibchen sind besonders zur Mutterliebe befähigt, daher hielt auch eine jede ihr Kind für das schönste und klügste.

„Unser Sohn hat sich verlobt!" sagte eine Mutter, „die süße Unschuld! sein höchstes Ziel ist, einmal einem Pfarrer ins Ohr zu kriechen. Er ist so kindlich lieb, und die Verlobung bewahrt ihn vor Ausschweifungen; das ist für eine Mutter so erfreulich."

„Unser Sohn", sagte eine zweite Mutter, „ist eben aus dem Ei gekrochen und hat sich sofort bemerkbar gemacht; er sprüht inwendig, er läuft sich die Hörner ab. Das ist eine ungeheure Freude für eine Mutter! Nicht wahr, Herr Mistkäfer?" Sie erkannten den Gast an seinen Merkmalen.

„Sie haben beide recht", sagte der Mistkäfer, und dann wurde er in die Stube heraufgebeten, soweit er unter dem Topfscherben vorwärts kommen konnte.

„Nun müssen Sie auch meinen kleinen Ohrwurm sehen", sagten eine dritte und eine vierte Mutter, „die Kinder sind zu süß und so drollig! Sie sind niemals unartig, außer wenn sie Leibweh haben, aber das bekommt man so leicht in ihrem Alter."

Und so sprach jede Mutter von ihren Kindern, und die Kinder redeten mit und benutzten die kleine Gabel, die sie am Schwanz hatten, um den Mistkäfer am Schnauzbart zu ziehen.

„Die kommen aber auch auf die komischsten Dinge, die kleinen Schelme!" sagten die Mütter und dampften vor Mutterliebe, aber das langweilte den Mistkäfer, und dann fragte er, ob es von hier bis zum Mistbeet noch weit sei.

„Es ist weit draußen in der Welt, jenseits vom Graben", sagte der Ohrwurm, „so weit geht, hoffe ich, niemals eins von meinen Kindern fort, das wäre nämlich mein Tod."

„Ich möchte versuchen, so weit zu gehen", sagte der Mistkäfer und ging, ohne sich zu verabschieden; das ist am höflichsten.

Am Graben traf er mehrere von seiner Sippe, alles Mistkäfer.

„Hier wohnen wir!“ sagten sie. „Wir haben es ganz schön warm! Dürfen wir Sie nicht ins Fette hinunterbitten! Die Reise hat Sie sicherlich angestrengt!“

„Das stimmt“, sagte der Mistkäfer. „Ich habe beim Regen auf Leinen gelegen, und Reinlichkeit nimmt mich besonders mit; ich habe auch Gicht im Flügelgelenk bekommen, als ich unter einem Topfscherben im Zug stand. Es ist wirklich ein Labsal, wieder einmal zu seinesgleichen zu kommen.“

„Sie kommen wahrscheinlich vom Mistbeet“, fragte der Älteste.

„Höher hinauf“, sagte der Mistkäfer. „Ich komme aus des Kaisers Stall, wo ich mit goldenen Hufeisen zur Welt gekommen bin; ich reise in geheimem Auftrag, über den Sie mich nicht ausforschen dürfen, denn ich sage nichts.“

Und dann stieg der Mistkäfer in den fetten Schlamm hinab; hier saßen drei junge Mistkäferweibchen, die kicherten, denn sie wußten nicht, was sie sagen sollten.

„Sie sind nicht verlobt“, sagte die Mutter, und dann kicherten sie wieder, aber das war vor Verlegenheit.

„Ich habe in des Kaisers Ställen keine schöneren gesehen“, sagte der reisende Mistkäfer.

„Verderben Sie mir nicht meine Mädels! Und sprechen Sie nicht mit ihnen, es sei denn, Sie haben ehrliche Absichten! Aber die haben Sie, und ich gebe Ihnen meinen Segen.“

„Hurra!“ sagten die anderen alle, und nun war der Mistkäfer verlobt. Zuerst Verlobung, dann Hochzeit, man hatte ja keinen Grund, zu warten.

Der nächste Tag verlief sehr gut, der folgende schleppte sich hin, aber am dritten mußte man doch an die Versorgung der Frau und möglicherweise an die der Kleinen denken.

„Ich habe mich überraschen lassen!“ sagte er, „dann muß ich sie wohl meinerseits auch überraschen.“

Und das tat er. Weg war er; den ganzen Tag über weg, weg die ganze Nacht – und die Frau saß als Witwe da. Die anderen Mistkäfer sagten, es sei ein richtiger Landstreicher gewesen, den sie in die Familie aufgenommen hätten; nun hätten sie die Frau auf dem Hals.

„Dann mag sie wieder als Jungfrau gehen", sagte die Mutter, „und als mein Kind gelten. Pfui, der elende Schuft, der sie verlassen hat."

Er war unterdes auf Reisen, war auf einem Kohlblatt über den Graben gesegelt; gegen Morgen kamen zwei Menschen, die sahen den Mistkäfer, hoben ihn auf, wandten und drehten ihn, und sie waren beide sehr gelehrt, vor allem der Knabe. „‚Allah sieht den schwarzen Mistkäfer in dem schwarzen Gestein auf dem schwarzen Berg!' steht es nicht so im Koran?" fragte er, und er übersetzte den Namen des Mistkäfers ins Lateinische, erklärte dessen Art und Natur. Der ältere Gelehrte war dagegen, daß er mit nach Hause genommen werden sollte, sie hätten dort ebenso gute Exemplare, sagte er, und solche Rede fand der Mistkäfer nicht höflich, daher flog er ihm von der Hand, flog ein ganzes Stück, seine Flügel waren getrocknet, und dann gelangte er zum Treibhaus, wo er mit größter Bequemlichkeit, da die eine Scheibe hochgeschoben war, hineinschlüpfen und sich in den frischen Dung eingraben konnte.

„Hier ist es köstlich", sagte er.

Bald schlief er ein und träumte, des Kaisers Roß sei gestürzt und Herr Mistkäfer habe das eine goldene Hufeisen bekommen und zwei seien ihm noch versprochen worden. Das war eine Annehmlichkeit, und als der Mistkäfer dann aufwachte, kroch er hervor und schaute sich um. Welch eine Pracht hier im Treibhaus! Große Fächerpalmen breiteten sich in der Höhe aus, die Sonne machte sie durchsichtig, und unter ihnen quoll eine Fülle von Grün hervor, Blumen leuchteten dazwischen auf, rot wie Feuer, gelb wie Bernstein und weiß wie frischgefallener Schnee.

„Es ist eine unvergleichliche Pflanzenpracht! Wie die munden wird, wenn sie in Fäulnis übergeht!" sagte der Mistkäfer. „Es ist eine gute Speisekammer; hier wohnen bestimmt Verwandte; ich werde Nachforschungen anstellen, sehen, ob ich welche finde, mit denen ich verkehren kann. Stolz bin ich, das ist mein Stolz!" Und dann ging er los und dachte an seinen Traum von dem toten Pferd und den goldenen Hufeisen, die er errungen hatte.

Da griff mit einemmal eine Hand um den Mistkäfer, er wurde gedrückt, gewendet und gedreht.

Des Gärtners kleiner Sohn und ein Kamerad waren im Treibhaus, die hatten den Mistkäfer gesehen und wollten sich einen Spaß mit ihm machen; in ein Weinblatt gelegt,

kam er in eine warme Hosentasche, er kribbelte und krabbelte, die Hand des Jungen drückte dann ein bißchen zu, der Junge ging schnell zu dem großen See am Ende des Gartens, hier wurde der Mistkäfer in einen alten, geplatzten Holzschuh gesetzt, von dem der Spann abgegangen war; ein Stock wurde daran als Mast befestigt; und an diesen wurde der Mistkäfer mit einem Wollfaden angebunden; jetzt war er Schiffer und sollte segeln.

Es war ein sehr großer See, dem Mistkäfer kam er wie ein Weltmeer vor, und er war so erstaunt, daß er auf den Rükken fiel und mit den Beinen zappelte.

Der Holzschuh segelte, das Wasser hatte Strömung, wenn aber das Fahrzeug ein wenig zu weit hinausgeriet, dann krempelte der eine Junge sogleich seine Hosen hoch und ging hinein, um es zu holen, als es aber wieder davontrieb, wurden die Jungen gerufen, dringend gerufen, und sie eilten von dannen und ließen den Holzschuh Holzschuh sein; der trieb, und zwar immer mehr vom Land weg, immer weiter hinaus, es war schauerlich für den Mistkäfer; fliegen konnte er nicht, er war an den Mast festgebunden.

Er erhielt Besuch von einer Fliege.

„Wir haben herrliches Wetter“, sagte die Fliege. „Hier kann ich mich ausruhen! Hier kann ich mich sonnen. Sie haben es sehr behaglich!“

„Sie reden, wie Sie's verstehen! Sehen Sie nicht, daß ich festgebunden bin.“

„Ich bin nicht festgebunden“, sagte die Fliege, und dann flog sie weg.

„Jetzt kenne ich die Welt! Es ist eine gemeine Welt! Ich bin der einzig Rechtschaffene darin! Erst schlägt man mir goldene Hufeisen ab, dann muß ich auf nassem Leinen schlafen, im Zugwind stehen, und schließlich hängen sie mir eine Frau an den Hals. Tue ich dann einen munteren Schritt in die Welt hinein und sehe mich um, wie es anderen ergeht und wie es mir gehen müßte, dann kommt ein Menschenbalg und legt mich auf dem wilden Meere fest an die Kette. Und unterdessen läuft des Kaisers Roß mit goldenen Hufeisen herum! Das wurmt mich am meisten; aber Anteilnahme kann man in dieser Welt nicht erwarten! Mein Lebenslauf ist sehr interessant, aber was nützt das schon, wenn keiner ihn kennt! Die Welt verdient es auch nicht, ihn zu kennen, sonst hätte sie mir in des Kaisers Stall goldene Hufeisen gegeben, als das Leibroß beschlagen wurde und die Beine ausstreckte. Hätte ich goldene Hufeisen bekommen, dann hätte ich dem Stall Ehre gemacht, nun hat er mich verloren, und die Welt hat mich verloren, alles ist aus!“

Aber es war noch nicht alles aus, es kam ein Boot an mit ein paar jungen Mädchen.

„Da segelt ein Holzschuh“, sagte die eine.

„Da ist ein Tierchen darin festgebunden“, sagte die andere.

Sie waren jetzt neben dem Holzschuh, sie holten ihn herauf, und eines der Mädchen nahm eine kleine Schere, schnitt den Wollfaden durch, ohne den Mistkäfer zu beschädigen, und als sie an Land kamen, setzte sie ihn ins Gras.

„Krieche, krieche! Fliege, fliege! wenn du kannst!“ sagte sie. „Freiheit ist eine schöne Sache.“

Und der Mistkäfer flog ins offene Fenster eines großen

Gebäudes hinein, und dort sank er müde auf die feine, weiche, lange Mähne von des Kaisers Leibroß nieder, das im Stall stand, in dem es und der Mistkäfer beheimatet waren; er krallte sich in der Mähne fest und saß ein Weilchen da und erholte sich. „Hier sitze ich auf des Kaisers Leibroß! Sitze da wie ein Reiter! Was sage ich da! Ja, jetzt wird es mir klar! es ist eine gute Idee, und sie ist richtig. Weshalb bekam das Pferd goldene Hufeisen? Danach fragte er mich auch, der Schmied. Jetzt sehe ich es ein! meinetwegen bekam das Pferd goldene Hufeisen."

Und nun war der Mistkäfer guter Laune.

„Man bekommt auf Reisen einen klaren Kopf", sagte er.

Die Sonne schien zu ihm herein, schien sehr schön. „Die Welt ist gar nicht einmal so übel!" sagte der Mistkäfer, „man muß sie nur zu nehmen wissen!" Die Welt war schön, denn des Kaisers Leibroß hatte goldene Hufeisen anbekommen, weil der Mistkäfer sein Reiter sein sollte.

„Nun will ich zu den anderen Käfern hinunterklettern und erzählen, wie viel man für mich getan hat; ich werde von all den Annehmlichkeiten erzählen, die ich auf der Auslandsreise genossen habe, und ich will sagen, daß ich jetzt so lange zu Hause bleibe, bis das Pferd seine goldenen Hufeisen abgelaufen hat."

Was Vadder tut, ist immer das Richtige

Jetzt werde ich dir eine Geschichte erzählen, die ich gehört habe, als ich klein war, und jedesmal, wenn ich seitdem darüber nachgedacht habe, fand ich sie schöner; denn es geht mit den Geschichten wie mit vielen Menschen, sie werden mit dem Alter schöner und schöner, und das ist so vergnüglich!

Du bist doch draußen auf dem Lande gewesen? Du hast ein richtiges altes Bauernhaus mit Strohdach gesehen; Moos und Pflanzen wachsen dort von selber; auf dem Dachfirst ist ein Storchennest, den Storch kann man nicht missen, die Mauern sind schief, die Fenster niedrig, ja, es gibt nur ein einziges, das zu öffnen ist; der Backofen wölbt sich vor wie ein kleiner, dicker Bauch, und der Holunderstrauch hängt über den Zaun, wo unter dem knorrigen Weidenbaum ein kleiner Wassertümpel mit einer Ente oder Entenküken liegt. Ja, und dann ist da ein Kettenhund, der all und jeden anbellt.

Genau so ein Bauernhaus lag draußen auf dem Lande, und darin wohnten zwei Leute, Bauersmann und Bauersfrau. Wie wenig sie auch hatten, konnten sie trotzdem ein Stück entbehren, es war ein Pferd, das am Straßengraben stand und weidete. Vater ritt auf ihm zur Stadt, der Nachbar lieh es sich aus, und Vater wurde für den Gefallen wieder ein

Gefallen getan, aber es war für sie doch wohl vorteilhafter, wenn sie das Pferd verkauften oder es gegen dies oder jenes eintauschten, was ihnen eben von größerem Nutzen sein konnte. Aber was sollte das sein?

„Das wirst du, Vadder, am besten wissen!" sagte die Frau. „Jetzt ist in der Stadt Markt, reite du hin, mach das Pferd zu Geld oder mache einen guten Tausch! Wie du es machst, so ist es immer richtig. Reite zum Jahrmarkt!"

Und dann knüpfte sie ihm sein Halstuch um, denn das konnte sie doch besser als er; sie band ihm eine doppelte Schleife, das sah flott aus, und dann putzte sie seinen Hut mit der flachen Hand ab, und sie küßte ihn auf seinen warmen Mund, und dann ritt er auf dem Pferde davon, das verkauft oder eingetauscht werden sollte. ja, O Vadder wußte es!

Die Sonne glühte, es waren keine Wolken am Himmel! Der Weg war staubig, hier waren so viele Marktleute zu Wagen und zu Pferde und auf ihren eigenen Beinen unterwegs. Es war eine Sonnenglut, und auf der Straße gab es nirgendwo Schatten.

Da ging einer und trieb eine Kuh, die war so wunderfein, wie eine Kuh nur sein kann. „Die gibt sicher schöne Milch!" dachte der Bauersmann, wenn man die kriegte, wäre das ein ganz guter Tausch. „Weißt du was, du da mit der Kuh!" sagte er, „wollen wir beiden uns nicht mal ein bißchen unterhalten? Siehst du, ein Pferd, glaube ich, kostet mehr als eine Kuh, aber das macht nichts! Ich habe mehr Nutzen von der Kuh; wollen wir tauschen?"

„Ja sicher!" sagte der Mann mit der Kuh, und dann tauschten sie.

Nun war das getan, und nun hätte der Bauersmann umkehren können, er hatte ja erledigt, was er wollte, aber da er nun einmal die Absicht hatte, auf den Markt zu gehen, so wollte er auf den Markt gehen, nur um ihn sich anzusehen; und so ging er denn mit seiner Kuh dahin. Er schritt schnell aus, und die Kuh schritt schnell aus, und da gingen sie bald neben einem Manne her, der ein Schaf führte. Es war ein gutes Schaf, in guter Verfassung und mit viel Wolle.

„Das hätte ich gern!" dachte der Bauer. „Das würde an unserem Grabenrand genügend Weide haben, und zum Winter könnte man es zu sich in die Stube nehmen. Im Grunde wäre es richtiger für uns, Schafe zu halten, als Kühe zu halten. – Wollen wir tauschen?"

Ja, das wollte der Mann, dem das Schaf gehörte, allerdings, und so wurde der Tausch gemacht, und der Bauersmann ging mit seinem Schaf die Landstraße entlang. Dort am Zauntritt sah er einen Mann mit einer großen Gans unter dem Arm.

„Du hast da aber eine schwere Gans!" sagte der Bauersmann, „die hat Federn und auch Fett! Die würde sich am Pflock neben unserem Wassertümpel hübsch ausnehmen! Dann könnte Mutter alle Abfälle für sie sammeln! Sie hat oft gesagt: ‚Hätten wir doch nur eine Gans!' jetzt könnte sie ja eine kriegen – und sie soll sie haben! Willst du tauschen? Ich geb dir das Schaf für die Gans und einen schönen Dank dazu!"

Ja, das wollte der andere allerdings, und so tauschten sie; der Bauersmann kriegte die Gans. Dicht vor der Stadt war er, das Gedränge auf der Straße nahm zu, es war ein Gewühl von Mensch und Tier; sie gingen auf der Straße und im Graben bis zum Kartoffelfeld des Schlagbaumwärters heran, wo dessen Huhn angepflöckt stand, damit es nicht vor Schrecken davonlaufen und wegkommen würde. Es war ein Huhn mit einem kurzen Hinterteil, es blinzelte mit einem Auge, sah gut aus. „Tuck, tuck!" sagte es; was es sich dabei dachte, kann ich nicht sagen, aber der Bauersmann dachte, als er es sah: Das ist die schönste Henne, die ich bis jetzt gesehen habe, sie ist schöner als die Glucke vom Pfarrer, die hätte ich zu gern! Ein Huhn findet immer ein Korn, das kann sich beinahe selber versorgen! Ich glaube, es ist ein guter Tausch, wenn ich das für die Gans bekäme. „Wollen wir tauschen?" fragte er. „Tauschen?" sagte der andere, „ja, das wäre nun gar nicht so übel!" und dann tauschten sie. Der Schrankenwärter bekam die Gans, der Bauersmann die Henne.

Nun hatte er auf der Reise zur Stadt eine Menge erledigt;

und heiß war es, und müde war er. Einen Schnaps und einen Bissen Brot hatte er nötig; da war er am Gasthaus, dort wollte er hinein; aber der Hausknecht wollte hinaus, er stieß gerade in der Tür auf ihn, und der Knecht hatte einen Sack, der war mit irgend etwas zum Platzen gefüllt.

„Was hast du da?" fragte der Bauersmann.

„Faule Äpfel!" erwiderte der Knecht, „einen ganzen Sack voll für die Schweine."

„Das ist aber eine unheimliche Menge! Ich wünschte, Mutter könnte das sehen! Wir hatten im vorigen Jahr nur einen einzigen Apfel an dem alten Baum beim Torfschuppen! Dieser Apfel sollte aufbewahrt werden, und der lag auf der Ziehkiste*, bis er platzte. Das ist immerhin Wohlstand! sagte unsere Mutter, hier könnte sie aber erst Wohlstand sehen! Ja, das würde ich ihr gönnen."

„Ja, was gebt Ihr?" fragte der Knecht.

„Geben? Ich gebe mein Huhn in Tausch", und dann gab er sein Huhn in Tausch, bekam die Äpfel und ging in die Wirtsstube, gleich bis zum Schanktisch hin, seinen Sack mit den Äpfeln stellte er gegen den Ofen, und es war geheizt, das bedachte er nicht. Viele Gäste waren hier in der Stube, Pferdehändler, Ochsenhändler und zwei Engländer, und die sind so reich, daß ihre Taschen von Goldgeld platzen; die schließen Wetten ab, jetzt hör bloß mal!

„Sussss! Susss!" was war das für ein Geräusch am Ofen? Die Äpfel fingen an zu brutzeln.

„Was ist das?" Ja, das sollten sie nun schnell erfahren! die ganze Geschichte: vom Pferd, das gegen eine Kuh getauscht worden war, bis hinunter zu den faulen Äpfeln.

„Na! Du kriegst aber einen Rüffel von Mutter, wenn du nach Hause kommst!" sagten die Engländer, „die wird einen schönen Krach machen!"

„Einen Kuß kriege ich und keinen Rüffel!" sagte der Bauer, „unsere Mutter sagt bestimmt: was Vadder tut, ist das Richtige!"

* Großes Möbelstück mit Schubladen, Vorläufer der kleineren Kommode (Anmerkung d. Übers.).

„Wollen wir wetten!“ sagten sie, „Tonnen voller Goldstücke! Hundert Pfund sind ein Zentner!“

„Es genügt, wenn ihr den Scheffel vollmacht!“ sagte der Bauersmann, „ich kann nur den Scheffel mit Äpfeln und mich selber und Mutter dagegen setzen, aber das ist dann mehr als gestrichen voll, das ist ein gehäuftes Maß!“

„Topp! Topp!“ sagten sie, und schon war die Wette abgeschlossen.

Der Wagen des Gastwirts fuhr vor, die Engländer kamen darauf, der Bauersmann kam darauf, die faulen Äpfel kamen darauf, und so kamen sie zu des Bauern Haus.

„Guten Abend, Mutter!“

„Schönen guten Abend, Vadder!“

„Jetzt hab ich einen Tausch gemacht!“

„Ja, du verstehst es!“ sagte die Frau, umarmte ihn und vergaß den Sack wie auch die Gäste.

„Ich habe das Pferd gegen eine Kuh eingetauscht!"

„Gottlob, dann haben wir Milch!" sagte die Frau, „nun können wir Milchbrei essen, Butter und Käse auf den Tisch stellen. Das ist ein prächtiger Tausch!"

„Ja, aber die Kuh habe ich wieder gegen ein Schaf eingetauscht!"

„Das ist auch bestimmt besser!" sagte die Frau, „du bist immer so umsichtig; für ein Schaf haben wir reichlich Weideland. Nun haben wir Schafmilch und Schafkäse und wollene Strümpfe, ja, wollene Nachthemden! Die gibt die Kuh nicht! Die verliert die Haare! Du bist wirklich ein umsichtiger Mann!"

„Aber das Schaf habe ich gegen eine Gans eingetauscht!"

„Kriegen wir in diesem Jahr wirklich eine Martinsgans, Vadderchen? Du denkst doch immer daran, mir eine Freude zu machen! Es ist ein goldiger Einfall von dir! Die Gans kann man am Strick anbinden, die kann bis zum Martinstag noch fetter werden!"

„Aber die Gans habe ich gegen ein Huhn eingetauscht!" sagte der Mann.

„Ein Huhn! das ist ein guter Tausch", sagte die Frau, „das Huhn legt Eier, das brütet, wir kriegen Küken, wir kriegen einen Hühnerhof! Das habe ich mir gerade so sehr gewünscht!"

„Ja, aber das Huhn habe ich gegen einen Sack voll fauler Äpfel getauscht!"

„Jetzt muß ich dir aber einen Kuß geben!" sagte die Frau, „ich danke dir, mein einzig lieber Mann! Jetzt werde ich dir etwas erzählen. Als du weg warst, hatte ich mir vorgenommen, dir ein richtig gutes Gericht zu machen: Eierpfannkuchen mit Schnittlauch. Die Eier hatte ich, mir fehlte der Schnittlauch. Da ging ich zur Frau vom Schulmeister rüber; da haben sie Schnittlauch, das weiß ich, aber die Frau ist geizig, die alte Zicke! Ich bat sie, ob sie mir etwas Schnittlauch borgen könnte! ‚Borgen?' sagte sie. ‚Nichts wächst in unserem Garten, nicht einmal ein fauler Apfel! nicht einmal den kann ich Ihr borgen!' Jetzt kann ich ihr zehn Stück borgen, ja, einen ganzen Sack voll! Das ist ein

Hauptspaß, Vadder!“ und dann küßte sie ihn mitten auf den Mund.

„Das gefällt uns!“ sagten die Engländer. „Immer bergab und immer gleich fröhlich! Das ist wahrlich das Geld wert!“ und dann zahlten sie einen Zentner Goldstücke an den Bauersmann, der einen Kuß bekam und keinen Rüffel.

O ja, es lohnt sich immer, wenn die Frau einsieht und erklärt, Vadder ist der Klügste, und was er tut, ist immer das Richtige.

Seht, das ist nun eine Geschichte! Die hab ich als kleiner Junge gehört, und nun hast du sie auch gehört und weißt, was Vadder tut, ist immer das Richtige.

„Es kracht und knackt in mir, so wunderbar kalt ist es!“ sagte der Schneemann, „der Wind kann wirklich schneiden, so daß man davon lebendig wird! Und wie die Gafferin da gafft!“ Es war die Sonne, die er meinte; sie war gerade im Begriff, unterzugehen. „Sie wird mich nicht dazu bringen, daß ich blinzle, ich werde die Brocken schon noch festhalten.“

Es waren zwei große, dreieckige Ziegelsteinbrocken, die er als Augen hatte; der Mund war ein Stück von einer alten Harke, darum hatte er Zähne.

Er war unter Hurrarufen von den Jungen in die Welt gesetzt, vom Schellenklang und Peitschenknallen der Schlitten begrüßt worden.

Die Sonne ging unter, der Vollmond ging auf, rund und groß, hell und herrlich in der blauen Luft.

„Da hätten wir sie aus einer anderen Ecke wieder“, sagte der Schneemann. Er meinte, es wäre die Sonne, die wieder zum Vorschein käme. „Ich habe ihr das Gaffen abgewöhnt! Nun mag sie da hängen und leuchten, da kann ich mich selber sehen. Wüßte ich nur, wie man es anstellt, sich weiterzubewegen! Ich möchte mich so gern weiterbewegen! Wenn ich das könnte, würde ich jetzt aufs Eis hinunterlaufen und schliddern, wie ich es von den Jungen gesehen habe; aber ich weiß nicht, wie man läuft.“

„Weg! weg!“ kläffte der alte Kettenhund; er war ein bißchen heiser, das war er schon, als er noch Stubenhund gewesen war und unterm Ofen lag. „Die Sonne wird dir das Laufen schon beibringen! Das hab ich bei deinem Vorgänger im vorigen Jahr gesehen und bei seinem Vorgänger: Weg! weg! und weg sind sie alle.“

„Ich verstehe dich nicht, Kamerad!“ sagte der Schneemann; „die da oben soll mir das Laufen beibringen?“ er meinte den Mond; „ja, sie ist allerdings vorhin weggelaufen, als ich sie starr anguckte, jetzt schleicht sie aus einer anderen Ecke wieder herbei.“

„Du hast keine Ahnung“, sagte der Kettenhund, „aber

du bist ja auch eben erst zusammengebackt worden! Was du jetzt siehst, heißt Mond, die weggegangen ist, das war die Sonne, sie kommt morgen wieder, sie wird dich schon lehren, in den Wallgraben hinunterzulaufen. Wir kriegen bald anderes Wetter, ich kann es an meinem linken Hinterlauf merken, in dem zuckt es. Wir kriegen Witterungswechsel."

„Ich verstehe ihn nicht", sagte der Schneemann, „aber ich habe das Gefühl, als wäre es etwas Unangenehmes, was er sagt. Die da vorhin gaffte und unterging und die er die Sonne nennt, die ist auch nicht meine Freundin, das habe ich im Gefühl."

„Weg! weg!" kläffte der Kettenhund, drehte sich dreimal um sich selber und legte sich dann in seine Hütte, um zu schlafen.

Es trat wirklich Witterungswechsel ein. Ein Nebel, ganz dick und klamm, legte sich am Morgen über die ganze Gegend; bei Morgengrauen kam ein Wind auf; der war so eisig, der Frost packte tüchtig zu, aber welch ein Anblick war es, als die Sonne aufging! Alle Bäume und Sträucher waren von Rauhreif überzogen; es sah wie ein ganzer Wald von weißen Korallen aus, es sah aus, als wären alle Äste mit strahlendweißen Blüten überschüttet. Die unendlich vielen und feinen Verästelungen, die man im Sommer der vielen Blätter wegen nicht sehen kann, kamen jetzt alle zum Vorschein; es war wie ein Spitzengewebe und so schimmernd weiß, als strömte ein weißer Glanz von jedem Zweig aus. Die Hängebirke bewegte sich im Wind, es war Leben in ihr wie in den Bäumen zur Sommerszeit; die Schönheit war unvergleichlich! Und als die Sonne dann schien, nein, wie das Ganze funkelte, als wäre es mit Diamantenstaub überpudert, und auf der Schneeschicht des Erdbodens glitzerten die großen Diamanten, oder man konnte auch glauben, daß unzählige winzig kleine Lichtchen brannten, noch weißer als der weiße Schnee.

„Es ist unbeschreiblich schön", sagte ein junges Mädchen, das mit einem jungen Mann zusammen in den Garten hinaustrat und dicht vor dem Schneemann stehenblieb, wo sie die gleißenden Bäume betrachteten. „Einen schöneren Anblick hat man auch im Sommer nicht!" sagte sie, und ihre Augen strahlten.

„Und so einen Burschen wie den da hat man schon gar nicht", sagte der junge Mann und zeigte auf den Schneemann. „Der ist großartig."

Das junge Mädchen lachte, nickte dem Schneemann zu und tanzte alsdann mit ihrem Freund über den Schnee, der unter ihnen knirschte, als liefen sie auf Stärke.

„Wer waren die beiden?" fragte der Schneemann den Kettenhund; „du bist älter am Platz als ich, kennst du die?"

„Das tue ich!" sagte der Kettenhund. „Sie hat mich doch

gestreichelt, und er hat mir einen Knochen geschenkt; die beiße ich nicht."

„Aber was machen sie hier?" fragte der Schneemann.

„Verrrlobt sind sie!" sagte der Kettenhund. „Die wollen in die Hundehütte ziehen und zusammen Knochen knabbern. Weg! weg!"

„Haben die beiden ebensoviel zu bedeuten wie du und ich?" fragte der Schneemann.

„Die gehören ja zur Herrschaft", sagte der Kettenhund; „es ist tatsächlich sehr wenig, was man so weiß, wenn man von gestern ist; das merke ich an dir! Ich habe Alter und Kenntnisse, ich kenne alle hier im Haus! Und ich habe eine Zeit gekannt, da lag ich nicht hier in der Kälte und an der Kette; weg! weg!"

„Die Kälte ist schön!" sagte der Schneemann. „Erzähle, erzähle! Aber du darfst nicht mit der Kette rasseln, dann knackt es nämlich in mir."

„Weg! weg!" kläffte der Kettenhund. „Ein Welp bin ich gewesen; klein und niedlich, sagte man, da lag ich dort in dem Haus auf einem Plüschsessel, lag auf dem Schoß der höchsten Herrschaft, wurde auf die Schnauze geküßt, und meine Pfoten wurden mit einem gestickten Taschentuch abgewischt; ich hieß ‚der Süßeste', ‚Wackelbeinchen', aber dann wurde ich ihnen zu groß; da verschenkten sie mich an die Haushälterin; ich kam in den Keller hinunter! Du kannst von dem Platz, wo du stehst, da reingucken, du kannst in die Kammer gucken, wo ich Herrschaft gewe-

sen bin; das war ich nämlich bei der Haushälterin. Es war allerdings ein schlechterer Ort als oben, aber hier war es angenehmer; ich wurde nicht von Kindern gedrückt und herumgeschleppt wie oben. Ich hatte ebenso gutes Futter wie früher und viel mehr! Ich hatte mein eigenes Kissen, und dann war da ein Ofen, der ist um diese Zeit das Schönste auf der Welt! Ich kroch darunter, so daß ich ganz weg war. Oh, von diesem Ofen träume ich noch heute; weg! weg!"

„Sieht ein Ofen so schön aus?" fragte der Schneemann. „Sieht er mir ähnlich?"

„Der ist genau das Gegenteil von dir! Kohlschwarz ist er! Hat einen langen Hals mit Messingtrommel. Der frißt Holz, so daß ihm das Feuer aus dem Maul sprüht. Man muß dicht bei ihm bleiben, ganz dicht bei ihm und unter ihm, das ist eine große Annehmlichkeit! Du mußt ihn durchs Fenster sehen können, von dem Platz, wo du stehst!"

Und der Schneemann guckte, und tatsächlich sah er einen schwarzpolierten Gegenstand mit Messingtrommel; das Feuer glänzte unten heraus. Dem Schneemann ward es ganz sonderbar zumute; er hatte eine Empfindung, über die er sich selber keine Rechenschaft ablegen konnte; es kam etwas über ihn, was er nicht kannte, was aber alle Menschen kennen, sofern sie nicht Schneemänner sind.

„Und weshalb hast du sie verlassen?" sagte der Schneemann. Er fühlte, es mußte ein weibliches Wesen sein. „Wie konntest du einen solchen Ort verlassen?"

„Dazu war ich wohl gezwungen", sagte der Kettenhund, „sie haben mich rausgeschmissen und legten mich hier an die Kette. Ich hatte den jüngsten jungen Herrn ins Bein gebissen, er stieß nämlich den Knochen weg, an dem ich nagte; und Bein um Bein, denke ich! Das haben sie aber übelgenommen, und seit der Zeit liege ich an der Kette und habe meine klare Stimme eingebüßt, hör doch, wie heiser ich bin: weg! weg! da war's dann aus."

Der Schneemann hörte nicht mehr zu; er schaute noch immer in das Kellergeschoß zu der Haushälterin hinein, bis in die Stube, wo der Ofen auf seinen vier eisernen Beinen stand und so groß wirkte wie der Schneemann selber.

„Es knarrt so sonderbar in mir", sagte er. „Ob ich denn nie da hineinkommen kann? Es ist ein harmloser Wunsch, und unsere harmlosen Wünsche müßten doch eigentlich erfüllt werden. Es ist mein höchster Wunsch, mein einziger Wunsch, und es wäre fast ungerecht, wenn er nicht befriedigt werden würde. Ich muß hinein, ich muß mich an ihn anlehnen, und wenn ich auch das Fenster einschlagen sollte."

„Da kommst du nie hinein", sagte der Kettenhund, „und kommst du an den Ofen, dann bist du weg! weg!"

„Ich bin so gut wie weg", sagte der Schneemann, „ich glaube, ich breche entzwei!"

Den ganzen Tag über stand der Schneemann da und schaute durchs Fenster; in der Dämmerstunde sah die Stube noch einladender aus; vom Ofen glänzte es so freundlich, wie nicht einmal der Mond glänzt und auch die Sonne nicht, nein, wie nur der Ofen glänzen kann, wenn etwas in ihm ist! Sobald die Tür aufging, züngelte die Flamme heraus, das war eine Angewohnheit bei ihm; es glühte ordentlich rot in des Schneemanns weißem Gesicht, es leuchtete rot auf seiner Brust.

„Ich kann es nicht aushalten", sagte er. „Wie gut es ihr steht, wenn sie die Zunge herausstreckt!"

Die Nacht war sehr lang, aber nicht für den Schneemann, er stand in seine eigenen schönen Gedanken versunken, und die froren, daß sie ächzten.

Am nächsten Morgen waren die Kellerfenster zugefroren, sie trugen die schönsten Eisblumen, die ein Schneemann nur verlangen konnte, aber sie verbargen den Ofen. Die Scheiben wollten nicht auftauen, er konnte ihn nicht sehen. Es ächzte, es knirschte, es war ganz ein Frostwetter, wie es einem Schneemann Freude machen mußte, aber er war nicht froh; er hätte sich so glücklich fühlen müssen und können, aber er war nicht glücklich, er hatte Ofensehnsucht.

„Das ist für einen Schneemann eine böse Seuche", sagte der Kettenhund; „ich habe diese Seuche auch ein wenig, aber ich habe sie überstanden; weg! weg! – jetzt kriegen wir Witterungsumschlag."

Und es kam ein Witterungsumschlag, es kam Tauwetter.

Das Tauwetter nahm zu, der Schneemann nahm ab. Er sagte nichts, er klagte nicht, und das ist das richtige Zeichen.

Eines Morgens stürzte er zusammen. Dort, wo er gestanden hatte, stak so etwas wie ein Besenstiel, um den herum hatten die Jungen ihn aufgebaut.

„Jetzt kann ich das mit seiner Sehnsucht verstehen", sagte der Kettenhund, „der Schneemann hat einen Schürhaken im Leibe gehabt; und der war es, der den Aufruhr in ihm verursacht hat, jetzt ist es überstanden; weg! weg!"

Und bald war auch der Winter überstanden.

„Weg! weg!" kläffte der Kettenhund; aber die kleinen Mädchen auf dem Hofe sangen:

„Sprieße, Waldmeister, frisch und grün!
Häng, Weide, deine wollenen Handschuhe hin.
Kommt, Kuckuck, Lerche, singt, wir erwarten
Schon Ende Februar Frühling im Garten!
Ich singe mit, kuckuck, kwiwitt, o Wonne!
Komm und bescheine uns oft, liebe Sonne!"

Dann denkt keiner mehr an den Schneemann.

Auf dem Entenhof

Es kam eine Ente aus Portugal, manche sagten, aus Spanien, das ist einerlei, sie wurde die Portugiesische genannt, sie legte Eier, wurde geschlachtet und aufgetragen; das ist ihr Lebenslauf. Alle, die aus ihren Eiern auskrochen, wurden die Portugiesischen genannt, und das hatte etwas zu bedeuten; jetzt war von diesem ganzen Geschlecht nur eine einzige auf dem Entenhof übrig, einem Hof, zu dem auch die Hühner Zugang hatten und wo der Hahn mit unendlichem Hochmut auftrat.

„Er kränkt mich mit seinem heftigen Gekrähe", sagte die Portugiesische. „Aber schön ist er, das kann man nicht abstreiten, wenn er auch kein Erpel ist. Mäßigen sollte er sich, aber sich zu mäßigen, das ist eine Kunst, das zeugt von höherer Bildung, die haben die kleinen Singvögel oben auf der Linde des Nachbargartens; wie entzückend die singen! Es liegt so etwas Rührendes in ihrem Gesang; ich nenne es Portugal! Hätte ich so einen kleinen Singvogel, ich würde ihm eine Mutter sein, liebevoll und gütig, das liegt mir im Blut, in meinem portugiesischen."

Und wie sie gerade so sprach, kam ein kleiner Singvogel kopfüber oben vom Dach herunter. Die Katze war hinter ihm her, aber der Vogel kam mit einem gebrochenen Flügel davon und fiel in den Entenhof hinunter.

„Das sieht dem Kater ähnlich, diesem Schurken!“ sagte die Portugiesische; „ich kenne ihn aus der Zeit, als ich selber Küken hatte! Daß so ein Kerl auf der Welt sein und auf den Dächern rumlaufen darf! So etwas kommt, glaube ich, in Portugal nicht vor.“

Und der kleine Singvogel dauerte sie, und die anderen Enten, die nicht portugiesisch waren, dauerte er ebenfalls.

„Das kleine Vieh“, sagten sie, und dann kam die eine, und dann kam die andere. „Zwar singen wir selber nicht“, sagten sie, „aber wir haben einen inneren Resonanzboden oder etwas Ähnliches; das fühlen wir, wenn wir auch nicht davon sprechen.“

„Dann will ich darüber sprechen“, sagte die Portugiesische, „und ich will etwas für ihn tun, denn die Verpflichtung hat man!“ und dann stieg sie in den Wassertrog und platschte im Wasser, so daß sie den kleinen Singvogel in dem Schauer, den er bekam, beinahe ertränkt hätte, aber es war gut gemeint. „Es ist eine gute Tat“, sagte sie, „da können die anderen zusehen und sich ein Beispiel daran nehmen.“

„Piep!“ sagte das Vögelchen, sein einer Flügel war gebrochen; es wurde ihm schwer, sich zu schütteln, aber es verstand so gut das wohlgemeinte Platschen. „Sie sind so herzensgut, meine Dame!“ sagte es, wollte aber nicht gern noch mehr abkriegen.

„Ich habe nie so richtig über meine Gesinnung nachgedacht“, sagte die Portugiesische, „aber eins weiß ich, ich liebe alle meine Mitgeschöpfe, bis auf den Kater, aber das kann wohl keiner von mir verlangen! Er hat zwei von den Meinen gefressen; aber tun Sie nun so, als wären Sie hier zu Hause, das kann man! Ich komme selber aus einer fremden Gegend, wie Sie wohl meiner Haltung und meinem Gefieder ansehen werden; mein Gatte ist Einheimischer, hat nicht mein Blut, aber ich bin nicht überheblich! Wenn jemand hier drinnen Sie versteht, dann darf ich wohl sagen, daß ich das tue.“

„Sie hat Portulak im Kropf“, sagte ein kleines, gewöhnliches Entenküken, das witzig war, und die anderen Gewöhnlichen fanden dies „Portulak" ausgezeichnet, es klang wie Portugal; und sie stießen sich gegenseitig an und sagten: „Raab!" Es war so unbeschreiblich witzig! Und dann machten sie sich an den kleinen Singvogel heran.

„Die Portugiesische hat zwar Talent zum Reden", sagten sie. „Es liegt uns nicht, so große Worte in den Schnabel zu nehmen, aber wir nehmen ebensoviel Anteil; tun wir nichts für Sie, dann behalten wir es still für uns; und das finden wir am hübschesten!"

„Sie haben eine reizende Stimme", sagte eine der Ältesten. „Es muß ein schönes Gefühl sein, so viele zu erfreuen, wie Sie es tun; zwar verstehe ich ganz und gar nichts davon! Daher halte ich meinen Mund, und das ist immer besser, als Ihnen etwas Dummes zu sagen, wie so viele andere es tun."

„Plagt ihn nicht!" sagte die Portugiesische, „er braucht Ruhe und Pflege. Singvögelchen, soll ich Sie wieder ein bißchen bespritzen?"

„Ach nein, lassen Sie mich trocken bleiben!" bat er.

„Die Wasserkur ist das einzige, was mir hilft", sagte die Portugiesische; „Zerstreuung ist auch etwas Gutes! Jetzt kommen bald die Nachbarhühner und machen einen Besuch, da sind zwei chinesische Hühner, die tragen Mamelucken, haben eine große Bildung, und sie sind eingeführt worden, dadurch steigen sie in meiner Achtung."

Und die Hühner kamen, und der Hahn kam, er war heute so höflich, daß er nicht grob wurde.

„Sie sind ein richtiger Singvogel", sagte er, „und Sie machen aus Ihrer kleinen Stimme alles, was man aus so einer kleinen Stimme machen kann. Aber etwas mehr Lokomotive muß man haben, damit jedermann hören kann, daß man männlichen Geschlechts ist."

Die beiden Chinesischen standen beim Anblick des Singvogels begeistert da, er sah so zerzaust aus von dem Schauer, den er bekommen hatte, daß sie fanden, er ähnele einem chinesischen Küken. „Er ist süß!" und dann machten sie sich an ihn heran; sie redeten mit Flüsterstimme und P-Laut in vornehmem Chinesisch.

„Wir gehören aber zu Ihrer Art. Die Enten, sogar die Portugiesische, gehören zu den Schwimmvögeln, wie Sie sicher bemerkt haben. Uns kennen Sie noch nicht, aber wie viele kennen uns schon oder machen sich die Mühe! Niemand, nicht einmal unter den Hühnern, obgleich wir dazu geboren sind, höher zu sitzen als die meisten anderen. Das ist nun aber einerlei, wir gehen still für uns unter den anderen umher, deren Grundsätze nicht die unseren sind, wir sehen nämlich nur auf die guten Seiten und reden nur vom Guten, obwohl es schwer zu finden ist, wo es nicht vorhanden ist. Mit Ausnahme von uns beiden und dem Hahn gibt es keinen im Hühnerstall, der begabt wäre, und dabei ehrbar! Dies kann man von den Bewohnern des Entenhofes nicht sagen. Wir warnen Sie, kleiner Singvogel! Trauen Sie der da mit dem Stummelschwanz nicht, sie ist heimtückisch! Die Gesprenkelte da, mit dem schiefen Spiegel an den Flügeln, die ist streitsüchtig und läßt keinem je das letzte Wort, und dabei hat sie doch immer unrecht! – Die fette Ente redet über alle schlecht, und das ist unserer Natur zuwider, kann man nichts Gutes sagen, dann muß man seinen Mund halten. Die Portugiesische ist die einzige, die ein wenig Bildung hat, und mit der man verkehren kann, aber sie ist leidenschaftlich und redet zu viel von Portugal."

„Was haben die beiden Chinesischen nur soviel zu tuscheln!" sagten zwei von den Enten, „mich langweilen sie; ich habe nie mit ihnen geredet."

Jetzt kam der Enterich. Er meinte, der Singvogel wäre ein Sperling. „Ja, ich kann keinen Unterschied sehen", sagte er, „und das ist doch auch gehupft wie gesprungen! Er gehört zu der Musik, und gehört man dazu, nun, dann gehört man eben dazu!"

„Kümmern Sie sich nie um das, was er sagt!" flüsterte die Portugiesische. „Er ist in Geschäften achtbar, und Geschäfte gehen allem voran. Aber jetzt begebe ich mich zur Ruhe; man ist es sich selber schuldig, daß man schön fett wird, bis man mit Äpfeln und Pflaumen balsamiert werden soll."

Und dann legte sie sich in die Sonne, blinzelte mit dem

einen Auge; sie lag so gut, sie war so gut, und nun schlief sie so gut. Der kleine Singvogel zupfte an seinem gebrochenen Flügel und legte sich ganz dicht neben seine Beschützerin, die Sonne schien warm und wunderbar, hier war es gut sein.

Die Nachbarhühner liefen herum und scharrten, sie waren im Grunde einzig und allein des Futters wegen gekommen; die Chinesischen gingen zuerst fort, und danach die anderen; das witzige Entenküken sagte von der Portugiesischen, daß die Alte bald „kükisch“ würde, und dann lachten die anderen Enten: „Kükisch! er ist unglaublich witzig!“ und dann wiederholten sie den Witz von vorhin: „Portulak!“ das war sehr ulkig; und dann legten sie sich hin.

Sie lagen ein Weilchen, da wurde mit einemmal etwas Schlabberkram in den Entenhof geworfen, es klatschte, daß der ganze schlafende Bestand hochfuhr und mit den Flügeln flatterte; die Portugiesische erwachte ebenfalls, kippte auf die Seite und quetschte den kleinen Singvogel ganz fürchterlich.

„Piep!“ sagte der, „Sie haben so hart zugetreten, Madame!“

„Warum liegen Sie mir im Weg“, sagte sie, „Sie dürfen nicht so empfindlich sein! Ich habe auch Nerven, aber ich habe niemals Piep gesagt.“

„Seien Sie nicht böse!“ sagte der kleine Vogel, „dies Piep rutschte mir so heraus!“

Die Portugiesische hörte nicht darauf, sondern machte sich über den Schlabberkram her und hielt eine gute Mahlzeit; als diese beendet war und sie sich hinlegte, kam der kleine Singvogel an und wollte sich Liebkind machen.

„Tireli, tireli!
Deinem Herzen ich bringe
Ein Lied, das ich singe,
Weit, weithin es klinge.“

„Ich muß nach dem Essen ruhen“, sagte sie. „Sie müssen sich hier drinnen an die Hausregeln halten! Jetzt schlafe ich.“

Der kleine Singvogel war völlig verblüfft, denn er meinte es so gut. Als die Dame später wach wurde, stand er vor ihr mit einem kleinen Korn, das er gefunden hatte; er legte es vor sie hin; aber sie hatte nicht sehr gut geschlafen, und da war sie natürlich gnadderig.

„Das können Sie einem Küken geben“, sagte sie; „stehen Sie nicht da und hängen so an mir herum!“

„Aber Sie sind böse auf mich“, sagte er. „Was hab ich verbrochen?“ – „Verbrochen!“ sagte die Portugiesische, „der Ausdruck ist nicht gerade sehr fein, darauf möchte ich Sie aufmerksam machen.“

„Gestern schien hier die Sonne“, sagte der kleine Vogel, „heute ist es hier dunkel und trübe! Ich bin ganz furchtbar betrübt.“

„Sie haben von Zeitrechnung offenbar keine Ahnung“, sagte die Portugiesische, „der Tag ist noch nicht vorbei, stellen Sie sich doch nicht so dumm an!“

„Sie sehen mich so böse an, wie die beiden schlimmen Augen mich ansahen, als ich hier in den Hof herunterfiel.“

„Unverschämtheit!“ sagte die Portugiesische, „Sie wollen mich mit dem Kater vergleichen, diesem Raubtier! Kein Tropfen böses Blut ist in mir; ich habe mich Ihrer angenommen, und gutes Benehmen werde ich Ihnen beibringen.“

Und dann biß sie dem Singvogel den Kopf ab, der lag tot da.

„Was ist denn das?“ sagte sie; „konnte er das nicht aushalten! Ja, dann war er allerdings nichts für diese Welt! Ich bin wie eine Mutter zu ihm gewesen, das weiß ich! Denn ein Herz habe ich.“

Und der Hahn vom Nachbarn steckte den Kopf zum Hof herein und krähte mit der Kraft einer Lokomotive.

„Sie bringen einen um mit dem Gekrähe“, sagte sie; „es ist alles Ihre Schuld; er hatte den Kopf verloren, und ich bin nahe daran, meinen zu verlieren.“

„Er nimmt nicht viel Platz weg, wie er da liegt“, sagte der Hahn.

„Reden Sie mit Achtung von ihm!“ sagte die Portugiesische, „er hatte Stimme, er hatte Gesang in sich und eine hohe Bildung! Liebevoll und weich war er, und das gehört sich für die Tiere wie für die sogenannten Menschen."

Und alle Enten scharten sich um den kleinen toten Singvogel; die Enten sind sehr leidenschaftlich, entweder empfinden sie Neid oder Mitleid, und da es hier nichts zu beneiden gab, waren sie voller Mitleid, das waren die beiden chinesischen Hühner ebenfalls.

„Solch einen Singvogel bekommen wir niemals wieder! Er war beinahe ein Chinese", und sie weinten, daß es weithin gluckste, und alle Hühner gluckst en, aber die Enten liefen mit den rötesten Augen herum.

„Herz haben wir", sagten sie, „das kann uns nun niemand absprechen."

„Herz!" sagte die Portugiesische, „ja, das haben wir – fast ebensoviel wie in Portugal!"

„Nun wollen wir aber daran denken, daß wir was in den Kropf kriegen!" sagte der Erpel. „Das ist wichtiger! Geht von der Musik wirklich eins drauf, so haben wir noch allemal genug davon!"

Die Muse des neuen Jahrhunderts

Die Muse des neuen Jahrhunderts, wie die Kinder unserer Kindeskinder oder vielleicht ein noch ferneres Geschlecht sie kennen wird, nicht aber wir, wann offenbart sie sich? Wie sieht sie aus? Was singt sie? Welche Saiten der Seele wird sie berühren? Zu welchem Höhepunkt wird sie ihr Zeitalter emporheben?

So viele Fragen in unserer geschäftigen Zeit, da die Poesie einem beinahe im Wege ist und da man genau weiß, daß das viele „Unsterbliche", was Gegenwartspoeten schreiben, künftig vielleicht nur als Kohleinschriften auf den Gefängnismauern existiert, von vereinzelten Neugierigen gesehen und gelesen.

Die Poesie muß mit zugreifen, zum mindesten das Vorladen besorgen in den Parteikämpfen, bei denen Blut oder Tinte fließt.

Das sei einseitiges Denken, sagen viele; die Poesie ist in unserer Zeit nicht vergessen.

Nein, es gibt noch Menschen, die an ihrem „blauen Montag" den Drang nach Poesie verspüren und dann ganz bestimmt, wenn sie dies geistige Knurren in den betreffenden edleren Teilen spüren, in die Buchhandlung schicken und für ganze vier Schillinge Poesie kaufen, die bestempfohlene; manche lassen sich's auch mit der genügen, die sie als Zugabe erhalten, oder sind befriedigt, wenn sie eine Ecke vom Einwickelpapier des Gemüseladens lesen; die ist billiger, und in unserer geschäftigen Zeit muß auf die Billigkeit Rücksicht genommen werden. Der Drang nach dem, was wir haben, ist vorhanden, und das genügt! Zukunftspoesie ebenso wie Zukunftsmusik gehören zu den Donquichotterien; von diesen zu sprechen ist das gleiche, als spräche man von Reiseentdeckungen auf dem Uranus.

Die Zeit ist zu kurz und zu kostbar für Phantasiespiele, und was ist – wenn wir mal ganz vernünftig reden wollen –, was ist Poesie? Diese klingenden Ergüsse von Gefühlen und Gedanken, das sind nur Schwingungen und Bewegungen der Nerven. Alle Begeisterung, Freude, Schmerz, alles, selbst das materielle Streben, sind, wie die Gelehrten uns sagen, nur Nervenschwingungen. Wir sind alle, jeder einzelne – ein Saitenspiel.

Aber wer greift in diese Saiten? Wer bringt sie zum Schwingen und Zittern? Der Geist, der Geist der unsichtbaren Gottheit, der durch sie seine Bewegung, seine Stimmung erklingen läßt, und diese wird von den anderen Saitenspielen verstanden, so daß sie dadurch in zusammenschmelzenden Tönen erklingen und in den starken Dissonanzen des Gegensatzes. So war es, so wird es sein, beim Vormarsch der großen Menschheit im Bewußtsein der Freiheit.

Jedes Jahrhundert, jedes Jahrtausend kann man auch sagen, hat seinen Ausdruck von Größe in der Poesie; im zu Ende gehenden Zeitraum geboren, tritt sie hervor und herrscht im neuen, im kommenden Zeitraum.

Inmitten unserer geschäftigen, von Maschinen brausenden Zeit ist sie also schon geboren, sie, die Muse des neuen Jahrhunderts. Unseren Gruß entbieten wir ihr! Sie hört ihn oder liest ihn dereinst, vielleicht unter den Kohleinschriften, von denen wir soeben sprachen.

Ihre Wiegenkufen reichten vom äußersten Punkt, den der menschliche Fuß bei den Untersuchungen am Nordpol betrat, bis ganz dahin, wo das lebendige Auge in die „schwarzen Kohlensäcke" des Polarhimmels blickt. Wir hörten die Schaukelstangen nicht vor dem Klappern der Maschinen, dem Pfeifen der Lokomotive, dem Sprengen wirklicher Felsen und der alten Fesseln des Geistes.

In der Fabrik unserer heutigen großen Zeit ist sie geboren, wo der Dampf seine Kraft geltend macht, wo Meister Blutlos und seine Gesellen sich Tag und Nacht schinden.

Sie besitzt das große, liebevolle Herz des Weibes, mit der Flamme der Vestalin und dem Feuer der Leidenschaft. Sie erhielt das blitzende Licht des Verstandes, in allen durch die Jahrtausende wechselnden Farben des Prismas, die nach der Modefarbe gewertet werden. Das mächtige Schwanenkleid der Phantasie ist ihre Pracht und ihre Stärke, die Wissen-

schaft hat es gewoben, die „Urkräfte“ verliehen ihr Schwungkraft.

Sie ist väterlicherseits ein Kind aus dem Volke, gesund an Gemüt und Denken, mit Ernst im Auge, Humor auf den Lippen. Die Mutter ist die hochwohlgeborene Akademieschülerin, Tochter des Emigranten mit den goldenen Erinnerungen aus dem Rokoko. Die Muse des neuen Jahrhunderts hat in sich Blut und Seele von beiden.

Herrliche Patengeschenke wurden ihr in die Wiege gelegt. In Mengen wurden als Bonbons die verhüllten Rätsel der Natur mit der Auflösung über sie hingestreut; die Taucherglocke hat wunderbare „Nippes“ aus der Tiefe des Meeres vor uns ausgeschüttet. Die Himmelskarte, dieser aufgehängte Stille Ozean mit den Myriaden von Inseln, jede eine Welt, wurde im Druck als Wiegendecke über sie gelegt. Die Sonne malt ihr Bilder; die Photographie muß ihr das Spielzeug schenken.

Ihre Amme hat ihr von Eivind Skaldespiller und Firdûsi gesungen, von den Minnesängern und was Heine knabenhaft übermütig aus seiner wirklichen Dichterseele sang. Viel, zu viel hat ihre Amme ihr erzählt; sie kennt die Edda, die grauenerregenden Sagas der Mutter der alten Urgroßmutter, wo der Fluch mit blutigen Flügeln rauscht. All die Geschichten des Orients aus *Tausendundeine Nacht* hat sie in einer Viertelstunde gehört.

Die Muse des neuen Jahrhunderts ist noch ein Kind, doch ist sie der Wiege entwachsen, sie ist voller Willen, ohne zu wissen, was sie will.

Noch spielt sie in ihrer großen Kinderstube, wo es Kunstschätze und Rokoko in Hülle und Fülle gibt. Die griechische Tragödie und das römische Lustspiel stehen hier in Marmor gemeißelt; die Volkslieder der Nationen hängen gleich gedörrten Pflanzen an der Wand, ein Kuß nur, und sie schwellen in Frische und Duft. Sie ist in ewigen Akkorden von den Gedanken Beethovens, Glucks, Mozarts und all der großen Meister der Töne umbraust. Auf dem Bücherbrett stehen so viele, die seinerzeit unsterblich waren, und hier ist viel Platz für viele andere, deren Namen wir durch den Telegraphendraht der Unsterblichkeit erklingen hören, die aber mit dem Telegramm sterben.

Entsetzlich viel hat sie gelesen, viel zuviel, sie ist ja in unserer Zeit geboren, arg viel muß wieder vergessen werden, und die Muse wird es zu vergessen wissen.

Sie denkt nicht an ihren Gesang, der im neuen Jahrtausend fortleben wird, wie Moses' Dichtungen leben und Bidpais goldgekrönte Fabel von des Fuchsen List und Glück. Sie denkt nicht an ihre Sendung, ihre tönende Zukunft, sie spielt noch, unter dem Kampf von Nationen, der die Luft erschüttert und Klangfiguren von Federkielen und

Kanonen schafft, die Kreuz und die Quer, Runen, die schwer zu deuten sind.

Sie trägt einen Garibaldihut, liest unterdes ihren Shakespeare und denkt für einen kurzen Augenblick, er kann noch aufgeführt werden, wenn ich groß werde. Calderon ruht im Sarkophag seiner Werke mit der Inschrift des Ruhms. Holberg, ja, die Muse ist Kosmopolitin, sie hat ihn in einen Band mit Molière, Plautus und Aristophanes geheftet, liest aber meistens Molière.

Sie ist frei von der Unruhe, die die Gemsen der Alpen treibt, und dennoch trachtet ihre Seele nach dem Salz des Lebens, wie die Gemsen nach dem des Berges; in ihrem Herzen ist eine Ruhe wie in den uralten Sagen der Hebräer, dieser Stimme von Nomaden auf den grünen Ebenen in stillen, sternhellen Nächten, und dennoch schwillt im Gesange das Herz stärker als bei dem begeisterten Krieger von Thessaliens Gebirge im griechischen Altertum.

Wie steht es mit ihrem Christentum? – Sie hat das große und das kleine Einmaleins der Philosophie gelernt; die Urstoffe haben einen ihrer Milchzähne abgebrochen, aber sie hat wieder neue bekommen, in die Frucht der Erkenntnis biß sie schon in der Wiege, aß und wurde klug – so daß „Unsterblichkeit" vor ihr aufblitzte als der genialste Gedanke der Menschheit.

Wann bricht das neue Jahrhundert der Poesie an? Wann gibt sich die Muse zu erkennen? Wann wird man sie anhören?

An einem wunderschönen Lenzmorgen kommt sie auf dem Drachen der Lokomotive durch Tunnel und über Viadukte gebraust, oder sie kommt über das weiche, starke Meer auf dem schnaubenden Delphin oder durch die Luft auf dem Vogel Rock von Montgolfier und senkt sich auf das Land hinab, von dem aus ihre göttliche Stimme zum erstenmal das Menschengeschlecht grüßen wird. Wo? Wird es vom Fund des Columbus sein, dem Lande der Freiheit, wo die Eingeborenen ein gehetztes Wild wurden und die Afrikaner Arbeitstiere, dem Land, aus dem wir das Lied von „Hiawatha" hörten? Wird es vom Erdteil der Antipoden sein, dem Goldklumpen in der Südsee, dem Land der Gegensätze, wo unsere Nacht Tag ist und schwarze Schwäne in Mimosenwäldern singen? Oder aus dem Land, wo die Memnonsäule klang und klingt, wir aber die Sphinx des Gesanges in der Wüste nicht verstanden? Wird es von der Steinkohleninsel sein, wo Shakespeare seit Elisabeths Zeiten Herrscher ist? Aus Tycho Brahes Heimat, wo er nicht geduldet wurde, oder aus dem Märchenland Kalifornien, wo der Wellingtonbaum als König der Erdenwälder seine Krone emporhebt?

Wann wird der Stern leuchten, der Stern auf der Stirne der Muse, die Blüte, in deren Blätter der Ausdruck des Jahrhunderts vom Schönen in Form, Farbe und Duft eingeschrieben ist?

„Wie lautet das Programm der neuen Muse?“ fragen die kundigen Reichstagsmänner unserer Zeit. „Was will sie?“

Frag lieber, was sie nicht will!

Als Wiedergänger der entschwundenen Zeit will sie nicht auftreten! Sie will keine Dramen aus den abgelegten Herrlichkeiten der Bühne zusammenschustern oder durch die blendenden Draperien der Lyrik Mängel in der dramatischen Architektur verdecken! Ihr Flug vor uns her wird sein wie vom Thespiskarren zum marmornen Amphitheater. Sie zerschlägt nicht die gesunde menschliche Rede, um sie dann wieder zu einem kunstvollen Glockenspiel zusammenzukleistern, mit einschmeichelndem Klang aus den Turnieren der Troubadoure. Sie wird nicht das Versmaß als adlig hinstellen und die Prosa als bürgerlich! Ebenbürtig sind sich beide in Klang, Fülle und Kraft. Sie wird nicht aus den Sagablöcken Islands die alten Götter herausmeißeln! Sie sind tot, in der neuen Zeit ist keine Neigung für sie da, keine Verwandtschaft! Sie wird es ihren Zeitgenossen nicht zumuten, ihre Gedanken in französischen Romankneipen einzumieten! Sie wird nicht mit dem Chloroform der „Alltagsgeschichten“ betäuben! Ein Lebenselixier wird sie bringen! Ihr Gesang in Versen und Prosa wird kurz, klar, reich sein! Der Herzschlag der Nationalitäten – jeder ist nur ein einziger Buchstabe in dem großen Alphabet der Entwicklung, aber jeden Buchstaben nimmt sie mit der gleichen Liebe her – stellt sie zu Worten zusammen und windet die Worte zu Rhythmen für den Hymnus ihrer eigenen Zeit.

Und wann wird sich die Zeit erfüllen?

Es dauert lange für uns, die wir noch hier sind, es ist kurz für die, die voraufflogen.

Bald fällt die chinesische Mauer; Europas Eisenbahnen erreichen das versperrte Kulturarchiv Asiens – die beiden Kulturströmungen begegnen sich! Dann vielleicht braust der Wasserfall mit seinem tiefen Klang, wir Alten der Gegenwart würden erzittern bei den lauten Tönen und darin ein Ragnarök erleben, den Sturz der alten Götter, würden vergessen, daß hienieden Zeiten und Völker verschwinden müssen und nur ein kleines Bild von jedem, eingeschlossen in die Kapsel des Wortes, als Lotusblüte auf dem Strome der Ewigkeit schwimmt und uns erzählt, daß sie alle Fleisch von unserem Fleische waren und sind, in verschiedenartigem Gewande; das Bildnis der Juden erstrahlt aus der Bibel, das der Griechen aus der Ilias und der Odyssee, und das unsere . . .? Fragt die Muse des neuen Jahrhunderts im Ragnarök, wenn das neue Gimle* sich in Verklärung und Einsicht erhebt.

Alle Macht des Dampfes, aller Druck der Gegenwart sind Hebel! Meister Blutlos und seine emsigen Gesellen, die die mächtigen Herrscher unserer Zeit zu sein scheinen, sind nur Diener, schwarze Sklaven, die die Königshalle schmücken, die Schätze herbeitragen, die Tische decken zu dem großen Fest, wo die Muse mit der Unschuld des Kindes, der Begeisterung des jungen Weibes und der Ruhe und Erfahrung der Matrone die wunderbare Lampe der Dichtung hochhebt, dies reiche, volle Menschenherz mit der Gottesflamme.

Sei gegrüßt, du Muse der Poesie im neuen Jahrhundert! Unser Gruß steigt empor und wird vernommen, wie der Gedankenhymnus der Würmer vernommen wird, des Wurms, der unter dem Pflugeisen mitten durchgeschnitten

* Nach der Edda die neue Götterwohnung nach der Götterdämmerung (Anmerkung d. Übers.).

wird, wenn ein neuer Lenz leuchtet und der Pflug Furchen zieht, uns Würmer zerschneidet, auf daß der Segen für ein künftiges neues Geschlecht gedeihen kann.

Sei gegrüßt, du Muse des neuen Jahrhunderts!

Die Eisjungfrau

1

Der kleine Rudy

Wir wollen einmal die Schweiz besuchen, uns in dem herrlichen Gebirgsland umsehen, wo die Wälder an den steilen Felswänden emporklettern; wir wollen auf die blendend weißen Schneefelder hinaufsteigen und wieder zu den grünen Wiesen hinabgehen, wo Flüsse und Bäche dahinrauschen, als fürchteten sie, daß sie das Meer nicht rechtzeitig erreichen und verschwinden könnten. Die Sonne glüht im tiefen Tal, sie glüht auch oben auf den schweren Schneemassen, so daß diese im Laufe der Jahre zu schimmernden Eisblökken zusammenschrumpfen und rollende Lawinen werden, hochgetürmte Gletscher. Zwei davon liegen in den breiten Felsenschluchten unter dem Schreckhorn und dem Wetterhorn bei dem kleinen Gebirgsort Grindelwald; merkwürdig sind sie anzuschauen, und daher kommen zur Sommerszeit viele Fremde aus aller Herren Ländern hierher; sie kommen über die hohen, schneebedeckten Berge, sie kommen unten aus den tiefen Tälern, und dann müssen sie viele Stunden steigen, und während sie steigen, senkt sich das Tal immer tiefer hinab, sie sehen hinein, als erblickten sie es von einem Luftballon aus. Oben hängen oftmals die Wolken gleich dicken, schweren Rauchvorhängen um die Bergspitzen, während unten im Tal, wo die vielen braunen Holzhäuser verstreut liegen, noch ein Sonnenstrahl glänzt und einen Flecken in strahlendem Grün hervorhebt, als wäre er transparent. Das Wasser braust, murmelt und rauscht dort unten, das Wasser rieselt und singt dort oben, es sieht dort aus wie über den Felsen hinabflatternde silberne Bänder.

Zu beiden Seiten des Weges hierherauf liegen Blockhäuser, jedes Haus hat seinen kleinen Kartoffelacker, und der ist eine Notwendigkeit, denn hier gibt es viele Münder im Haus, hier sind Haufen von Kindern, und die können ganz gut futtern; aus allen Häusern strömen sie heraus, umdrängen die Reisenden, ob diese zu Fuß kommen oder mit dem Wagen; der ganze Kinderschwarm treibt Handel; die Kleinen bieten wunderhübsch geschnitzte Holzhäuser, wie man sie hier in den Bergen sieht, feil und verkaufen sie. Ob Regen oder Sonnenschein, das Kindergewimmel kommt mit seinen Waren herbei.

Vor einigen zwanzig Jahren stand hier immer wieder einmal, aber stets etwas abseits von den anderen Kindern, ein kleiner Junge, der auch verkaufen wollte; er stand mit einem so ernsthaften Gesicht da und hielt mit beiden Händen seinen Spankorb so fest, als wolle er ihn am liebsten nicht hergeben; aber gerade dieser Ernst und daß der Bursche so klein war, bewirkte, daß gerade er bemerkt wurde, ja, er wurde gerufen, und oft machte er das beste Geschäft, er wußte selbst nicht wieso. Weiter oben am Berg wohnte sein Großvater, der die feinen, reizenden Häuser schnitzte, und dort oben in der Stube stand ein alter Schrank, voll von solchen Schnitzereien; da gab es Nußknacker, Messer, Gabeln und Schachteln mit wunderhübschem Blattwerk und springenden Gemsen; da war alles, was Kinderaugen erfreuen konnte, aber der Kleine, Rudy hieß er, schaute mit mehr Lust und Verlangen nach dem alten Gewehr unter dem Balken; das würde er einmal bekommen, hatte der Großvater gesagt, aber erst mußte er groß und stark genug sein, um es handhaben zu können.

So klein der Junge war, wurde er trotzdem dazu angestellt, die Ziegen zu hüten, und falls das den guten Hirten ausmacht, daß man mit ihnen klettern kann, ja, dann war Rudy ein guter Hirte; er kletterte sogar ein wenig höher hinauf, er liebte es, hoch oben in den Bäumen Vogelnester zu sammeln, verwegen und kühn war er, aber lächeln sah man ihn nur, wenn er an dem brausenden Wasserfall stand oder wenn er eine Lawine zu Tal donnern hörte. Nie spielte er mit den anderen Kindern; er traf nur mit ihnen zusammen, wenn sein Großvater ihn hinunterschickte, um Geschäfte zu machen, und das mochte Rudy nicht besonders gern, mehr Lust hatte er, allein auf den Bergen herumzukraxeln oder bei Großvater zu sitzen und ihn von alten Zeiten und von dem Volksstamm unten bei Meiringen erzählen zu hören, wo er her war; dieser Volksstamm war nicht vom Anbeginn der Zeiten dort gewesen, sagte Großvater, sie waren eingewandert; hoch oben aus dem Norden waren sie gekommen, und dort wohnte das Geschlecht, und wurde Schweden genannt. Das zu wissen, bedeutete große Klugheit, und Rudy wußte es, aber er wurde noch klüger durch anderen guten Umgang, und das war der Tierbestand des Hauses. Da war ein großer Hund, Ajola, ein Erbteil von Rudys Vater, und da war ein Kater; dieser vor allem hatte viel für Rudy zu bedeuten, von dem hatte er das Klettern gelernt.

„Komm mit aufs Dach hinaus!" hatte der Kater gesagt, und zwar ganz deutlich und verständlich, denn wenn man Kind ist und noch nicht sprechen kann, kann man ausgezeichnet Hühner und Enten, Katzen und Hunde verstehen, sie reden für uns ebenso verständlich wie Vater und Mutter, man muß nur wirklich klein sein; selbst Großvaters Stock kann dann wiehern, ein Pferd werden, mit Kopf, Beinen und Schweif. Manchen Kindern geht dies Verständnis später verloren als anderen, und von diesen sagt man, sie seien weit zurück, seien arg späte Kinder. Man sagt so viel!

„Komm mit, Rudychen, aufs Dach hinaus!" war mit das erste, was der Kater sagte, und Rudy verstand es. „Das ist alles Einbildung mit dem Hinunterfallen; man fällt nicht, wenn man es nicht selber fürchtet. Komm, setz deine eine Pfote so, deine andere so! Greife mit den vorderen Pfoten so vor dich! Hab Augen im Kopf und sei gelenkig in den Gliedern! Kommt ein Spalt, dann springe und halte dich fest, so mach ich es!"

Und das tat Rudy auch; deshalb saß er so häufig auf dem Dachfirst bei dem Kater, er saß mit ihm im Baumwipfel, ja hoch oben am Felsrand, wo der Kater nicht hinkam.

„Höher! höher!" sagten Bäume und Sträucher. „Siehst du, wie wir nach oben kraxeln! Wie hoch wir kommen, wie wir uns festhalten, selbst an der äußersten schmalen Felsspitze!"

Und Rudy gelangte den Berg hinauf, oft ehe noch die Sonne dort hingelangte, und dort bekam er seinen Morgentrunk, die frische, stärkende Gebirgsluft, den Trunk, den nur der Herrgott bereiten kann, und die Menschen können das Rezept studieren, und da steht geschrieben: den frischen Duft von den Pflanzen des Berges und der Krauseminze und dem Thymian des Tals. Alles, was schwer ist, saugen die hängenden Wolken auf, und dann kämmt der Wind sie an den Tannenwäldern entlang, der Hauch des Duftes wird Luft, leicht und frisch, immer frischer; die war Rudys Morgentrunk.

Die Sonnenstrahlen, die segenbringenden Töchter der Sonne, küßten seine Wangen, und der Schwindel stand lauernd daneben, wagte sich aber nicht näher heran, und die Schwalben unten von Großvaters Hause – es gab dort nicht weniger als sieben Nester – flogen zu ihm und den Ziegen hinauf und sangen: „Wir und ihr! und ihr und wir!" Grüße brachten sie von zu Hause, sogar von den beiden

Hühnern, den einzigen Vögeln in der Stube, mit denen Rudy sich doch nicht einließ.

So klein wie er war, so war er schon gereist und gar nicht wenig für so einen kleinen Knirps; geboren war er drüben im Kanton Wallis und hierher über das Gebirge getragen worden; kürzlich hatte er zu Fuß den nahegelegenen Staubbach besucht, der wie ein Silberschleier in der Luft vor der schneebekleideten, blendendweißen Jungfrau niederwallt. Und in Grindelwald war er an dem großen Gletscher gewesen, aber das war eine traurige Geschichte, hier fand seine Mutter den Tod, dort sei dem Rudychen, sagte ihr Vater, die Kinderfröhlichkeit ausgetrieben worden. Als der Junge noch kein Jahr war, lachte er mehr, als er weinte, hatte Mutter geschrieben, aber seit er in der Eisspalte gesessen hatte, war er ganz anderen Gemüts geworden. Großvater erzählte sonst nicht viel darüber, aber auf dem ganzen Berg wußte man Bescheid.

Rudys Vater war, wie wir wissen, Postkutscher gewesen; der große Hund in der Stube hatte ihn immer auf der Fahrt über den Simplon zum Genfer See hinunter begleitet. Im Rhonetal, im Kanton Wallis, wohnten noch jetzt Rudys Verwandte väterlicherseits, der Bruder des Vaters war ein tüchtiger Gemsjäger und ein bekannter Führer; Rudy war erst ein Jahr alt, als er seinen Vater verlor, und die Mutter wollte nun gern mit ihrem kleinen Kind nach Hause zu ihren Anverwandten im Berner Oberland; einige Wegstunden von Grindelwald lebte ihr Vater; er schnitzte in Holz und verdiente sich dadurch so viel, daß er sich durchschlagen konnte. Im Monat Juni ging sie, ihr kleines Kind auf dem Arm, zusammen mit zwei Gemsjägern heimwärts über den Gemmi, um nach Grindelwald zu gelangen. Schon hatten sie das längste Stück Wegs hinter sich, waren über den Höhenrücken auf das Schneefeld gelangt, sahen schon ihr heimatliches Tal mit all seinen wohlbekannten, verstreut liegenden Holzhäusern, es war nur noch eine Schwierigkeit zu überwinden, über die Höhe des einen großen Gletschers zu gehen. Der Schnee war frisch gefallen und verbarg eine Spalte, die nicht gerade bis zum tiefen Grund hinabreichte, wo das Wasser rauschte, aber immerhin doch tiefer hinab als mannshoch; die junge Frau, die ihr Kind trug, rutschte, versank und war weg, man hörte nicht einen Schrei, keinen Seufzer, aber man hörte ein kleines Kind weinen. Es verging mehr als eine Stunde, ehe ihre beiden Begleiter vom nächsten Haus weiter unten Seile und Stangen geholt hatten, mit denen sie womöglich helfen konnten, und nach großen Mühen wurden aus der Eisspalte zwei Leichen heraufgeholt, so schien es. Alle Mittel wurden angewandt, und es gelang, das kleine Kind ins Leben zurückzurufen, aber nicht die Mutter; und so kam es, daß der alte Großvater einen Tochtersohn ins Haus bekam anstatt einer Tochter, den Kleinen, der mehr gelacht als geweint hatte, aber das schien ihm nun abgewöhnt worden zu sein, dieser Wandel war sicher in der Gletscherspalte vor sich gegangen, in der kalten, seltsamen Eiswelt, wo die Seelen der Verdammten bis zum Jüngsten Tag eingeschlossen sind, wie der Schweizer Bauer glaubt.

Einem brausenden Wasser nicht unähnlich, das vereist und zu grünen Glasblöcken zusammengepreßt ist, liegt der Gletscher da, große Eisstücke, eins auf das andere gewälzt; dort unten in der Tiefe braust der reißende Strom aus geschmolzenem Eis und Schnee dahin; tiefe Höhlen, gewaltige Schluchten tun sich dort unten auf, es ist ein wunderherrlicher Glaspalast, und in ihm wohnt die Eisjungfrau, die Gletscherkönigin. Sie, die Mordende, die Zerschmetternde, ist zur Hälfte ein Kind der Luft, halb des Flusses mächtige Herrscherin, darum vermag sie sich mit der Schnelligkeit der Gemse auf die oberste Zinne des Schneeberges zu erheben, wo sich die kühnsten Bergsteiger Stufen ins Eis hauen müssen, um dem Fuße Halt zu bieten; sie segelt auf dem dünnen Tannenzweig den reißenden Fluß hinab, springt hier von Felsblock zu Felsblock, umflattert von ihren langen, schneeweißen Haaren und ihrem blaugrünen Gewand, das wie das Wasser der tiefen Schweizer Seen glänzt.

„Zerschmettern, festhalten! Mein ist die Macht!" sagt sie. „Einen prächtigen Jungen hat man mir gestohlen, einen

Jungen, den ich küßte, aber nicht zu Tode küßte. Er ist wieder unter den Menschen, er hütet die Ziegen im Gebirge, klettert immer nach oben, immer nach oben, fort von den anderen, nicht von mir! Mein ist er, ich hole ihn!"

Und sie bat den Schwindel, sich ihrer Sache anzunehmen; in der Sommerszeit war es der Eisjungfrau zu stickig im

Grünen, wo die Krauseminze gedeiht; und der Schwindel hob sich und duckte sich; dort kam einer, dort kamen drei; der Schwindel hat viele Brüder, eine ganze Schar; und die

Eisjungfrau erwählte den stärksten unter den vielen, die sowohl drinnen wie draußen gebieten. Sie sitzen auf dem Treppengeländer und auf dem Geländer des Turms, sie laufen wie ein Eichhörnchen am Felsrand entlang, sie springen hinaus und treten Luft, wie der Schwimmer Wasser tritt, und locken ihr Opfer heraus und in den Abgrund herab. Der Schwindel und die Eisjungfrau, beide greifen sie nach den Menschen, wie der Polyp nach allem greift, was sich um ihn her bewegt, der Schwindel sollte Rudy ergreifen.

„Ja, greif ihn mir mal!" sagte der Schwindel, „ich vermag es nicht! Der Kater, der Bösewicht, hat ihn seine Künste gelehrt! Dies Menschenkind besitzt eine Macht, die mich wegstößt; ich kann den kleinen Wicht nicht erreichen, wenn er am Ast über dem Abgrund hängt und ich ihn am liebsten unter den Fußsohlen kitzeln würde oder ihn in die Luft untertauchen möchte! Ich kann es nicht!"

„Wir können es", sagte die Eisjungfrau, „du oder ich! ich! ich!"

„Nein, nein!" tönte es zu ihnen herüber, als wäre es ein Gebirgsecho der Kirchenglocken, aber es war Gesang, es war Rede, es war ein zusammenfließender Chor von anderen Naturgeistern, freundlichen, liebreichen und guten, den Töchtern der Sonne; die lagern sich allabendlich auf den Bergzinnen im Kreis, entfalten ihre rosenfarbenen Schwingen, die, je mehr die Sonne sinkt, immer röter flammen, die hohen Alpen erglühen, die Menschen nennen es Alpenglühen; wenn die Sonne dann fort ist, ziehen sie in die Berggipfel hinein, in den weißen Schnee, schlummern hier, bis die Sonne aufgeht, dann kommen sie wieder hervor. Besonders lieben sie die Blumen, die Schmetterlinge und die Menschen, und unter diesen hatten sie sich besonders den kleinen Rudy auserkoren.

„Ihr fangt ihn nicht! Ihr fangt ihn nicht!" sagten sie.

„Größere und Stärkere habe ich gefangen und behalten!" sagte die Eisjungfrau.

Da sangen die Töchter der Sonne ein Lied vom Wandersmann, dem der Wirbelwind den Mantel wegriß und in stürmendem Flug entführte; „die Hülle nahm der Wind mit, aber nicht den Mann; ihn könnt ihr, Kinder der Kraft, greifen, aber nicht halten; er ist stärker, er ist luftiger als selbst wir! Er steigt höher als die Sonne, unsere Mutter! Er kennt das Zauberwort, welches Wind und Wasser bannt, so daß sie ihm dienen und gehorchen müssen. Ihr löst das schwere, drückende Gewicht, und er steigt höher empor."

So wunderbar tönte der glockenähnliche Chor.

Und allmorgendlich schienen die Sonnenstrahlen zu dem kleinen, einzigen Fenster in Großvaters Haus hinein, hinein zu dem stillen Kind; die Töchter der Sonnenstrahlen küßten es, sie wollten die Eisküsse auftauen, aufwärmen, endlich einmal fortnehmen, die die königliche Jungfrau der Gletscher ihm gegeben hatte, als er auf seiner toten Mutter Schoß in der tiefen Eisspalte lag und dort, wie durch ein Wunder, gerettet wurde.

2

Eine Reise in die neue Heimat

Und nun war Rudy acht Jahre alt; sein Onkel im Rhonetal, jenseits des Gebirges, wollte den Jungen zu sich nehmen; dort könnte er besser ausgebildet werden und vorwärtskommen; das sah auch Großvater ein und ließ ihn daher ziehen.

Rudy sollte aufbrechen. Es gab noch andere, von denen er sich verabschieden mußte, als Großvater, da war zunächst Ajola, der alte Hund.

„Dein Vater war Postkutscher, und ich war Posthund", sagte Ajola. „Wir sind hinauf- und hinuntergefahren, ich kenne die Hunde und auch die Menschen jenseits der Berge. Viel zu reden, war bei mir nicht Sitte, aber jetzt, da wir sicher nicht mehr viel Zeit haben, noch miteinander zu reden, möchte ich ein wenig mehr sprechen als sonst; ich werde dir eine Geschichte erzählen, auf der ich immer herumgekaut habe; ich kann sie nicht verstehen, und das kannst du auch nicht, aber das mag nun auch einerlei sein, denn eins habe ich immerhin herausgekriegt, so ganz richtig ist es nicht verteilt in der Welt, weder für Hunde noch für Menschen; nicht alle sind dazu erschaffen, auf einem Schoß zu liegen oder Milch zu schlabbern; ich bin es nicht gewöhnt, aber ich habe einen jungen Hund gesehen, der fuhr mit der Postkutsche und hatte dort einen Menschenplatz, die Dame, die seine Herrschaft war oder deren Herrschaft er war, hatte eine Milchflasche bei sich, aus der sie ihm zu trinken gab; Zuckerbrot kriegte er, mochte es aber nicht einmal fressen,

schnupperte bloß daran, und dann fraß sie es selbst; ich rannte durch den Matsch neben der Kutsche her, hungrig wie ein Hund nur sein kann, ich kaute auf meinen eigenen Gedanken herum, das war nicht in der Ordnung – aber es gibt sicher vieles, was nicht in der Ordnung ist! Mögest du auf den Schoß genommen werden und mit der Kutsche fahren, aber das kann man sich nicht selber einrichten, ich habe es nicht gekonnt, weder durch Bellen noch durch Gähnen."

So lautete Ajolas Rede, und Rudy legte ihm den Arm um den Hals und gab ihm einen Kuß mitten auf seine feuchte Schnauze, und dann nahm er den Kater in die Arme, aber der krümmte sich.

„Du wirst mir zu stark, und gegen dich will ich die Krallen nicht gebrauchen! Klettere du nur über das Gebirge, ich habe dich ja klettern gelehrt! Denke nie, daß du hinunterfällst, dann hältst du dich bestimmt oben!" Und dann lief der Kater davon, er wollte Rudy nicht zeigen, daß der Kummer ihm aus den Augen leuchtete.

Die Hühner liefen in der Stube herum, eins hatte seinen

Schwanz verloren; ein Reisender, der Jäger sein wollte, hatte den Schwanz abgeschossen, da der Kerl das Huhn für einen Raubvogel hielt.

„Rudy will übers Gebirge", sagte das eine Huhn.

„Er hat es immer so eilig", sagte das zweite, „und ich liebe es nicht, Abschied zu nehmen!" und dann trippelten sie beide davon.

Den Ziegen sagte er auch Lebewohl, und die riefen: „Mit! mit! mäh!" und das war so traurig.

Unter den Leuten der Gegend gab es zwei tüchtige Führer, die gerade übers Gebirge wollten, sie wollten auf der anderen Seite beim Gemmi hinunter, mit denen ging Rudy, und zwar zu Fuß. Es war ein mühsamer Marsch für so einen kleinen Burschen, aber Kräfte besaß er und einen Mut, der nicht ermüdete.

Die Schwalben flogen ein Stückchen mit: „Wir und ihr! und ihr und wir!" sangen sie. Der Weg führte über die reißende Lütschine, die in vielen kleinen Rinnsalen aus der schwarzen Spalte des Grindelwaldgletschers hervorstürzte. Lose Baumstämme und Steinblöcke dienten hier als Brücke; jetzt waren sie drüben beim Erlengehölz und begannen den Berg hinanzusteigen, dicht neben der Stelle, wo der Gletscher sich von der Bergseite abgelöst hatte, und dann traten sie auf den Gletscher hinaus, über Eisblöcke hinweg und um diese herum; Rudy mußte ein bißchen kriechen, ein bißchen laufen; seine Augen glänzten vor lauter Freude, und dann trat er mit seinen eisenbeschlagenen Bergstiefeln so fest auf, als müßte er Spuren hinterlassen, wo er gegangen war. Das schwarze Geröll, das der Bergstrom über den Gletscher ausgegossen hatte, verlieh diesem ein verkalktes Aussehen, aber das bläulichgrüne, glasartige Eis schimmerte dennoch hindurch; die kleinen Teiche, von aufgetürmten Eisblöcken eingedämmt, mußte man umgehen, und auf dieser Wanderung kam man einem großen Gesteinsblock zu nahe, der schwankend auf dem Rand einer Eisspalte lag, der Stein kam aus dem Gleichgewicht, stürzte, rollte und ließ das Echo unten aus den hohlen, tiefen Gängen des Gletschers hallen.

Aufwärts, immer aufwärts ging es; der Gletscher selbst dehnte sich nach oben aus wie ein Fluß wild aufgetürmter Eismassen, zwischen steilen Felsen eingezwängt. Rudy dachte einen Augenblick an das, was ihm erzählt worden war, daß er mit seiner Mutter unten in einer von diesen Kälte atmenden Spalten gelegen hatte, aber bald waren solche Gedanken wieder weg, es war für ihn eine Geschichte wie irgendeine der vielen, die er vernommen hatte. Hin und wieder einmal, wenn die Männer meinten, das Steigen sei für den kleinen Gesellen zu schwierig, reichten sie ihm die Hand, aber er war nicht müde, und auf dem glatten Eis stand er fest wie eine Gemse. Jetzt kamen sie über Felsgrund, bald gingen sie zwischen moosfreien Steinen, bald zwischen niedrigen Tannen und wieder auf die grüne Grasfläche hinaus, immer wechselnd, immer neu; ringsum erhoben sich Schneeberge, deren Namen er wie jedes Kind hier kannte: die Jungfrau, der Mönch und der Eiger. Rudy war nie zuvor so hoch gewesen, nie zuvor hatte er das ausgedehnte Schneemeer betreten; es lag da mit den regungslosen Schneewogen, von denen der Wind vereinzelte Flokken hochwehte, wie er den Gischt von den Meereswellen hochweht. Gletscher neben Gletscher, sie halten einander, wenn man es so ausdrücken kann, an den Händen, jeder ist ein Glaspalast für die Eisjungfrau, deren Macht und Wille es ist, zu fangen und zu begraben. Die Sonne glühte heiß, der Schnee leuchtete so blendend und war wie mit weißlichblauen, funkelnden Diamantenblitzen übersät. Zahllose Insekten, vor allem Falter und Bienen, lagen haufenweise tot im Schnee, sie hatten sich zu hoch nach oben gewagt, oder der Wind hatte sie hergetragen, bis sie in dieser Kälte das Leben aushauchten. Um das Wetterhorn hing gleichsam ein feingekämmter schwarzer Wollballen, eine drohende Wolke; sie senkte sich herab, prall gefüllt mit dem, was sie in sich barg, einen Föhn, gewalttätig in seiner Macht, wenn er losbrach. Der Eindruck von dieser ganzen Wanderung, das Nachtquartier hier oben und der Weg weiter, die tiefen Bergschluchten, wo das Wasser die Gesteinsblöcke durchgenagt hatte, in einem Zeitraum, so lang, daß einem schwindlig wurde, blieb für immer in Rudys Gedächtnis haften.

Ein verlassener Steinbau jenseits des Schneemeeres gewährte Schutz und Obdach für die Nacht; hier fanden sie Holzkohle und Tannenzweige; das Feuer war schnell entfacht, das Nachtlager bereitet, so gut man konnte, die Männer setzten sich um das Feuer, rauchten ihren Tabak und tranken das heiße, würzige Getränk, das sie selber zubereitet hatten; Rudy erhielt seinen Anteil, und es wurde von den geheimnisvollen Wesen des Alpenlandes gesprochen, von den seltsamen Riesenschlangen in den tiefen Seen, von dem Nachtvolk, dem Gespensterheer, das die Schlafenden durch die Luft zu der wundersamen, schwimmenden Stadt Venedig trug; von dem wilden Hirten, der seine schwarzen Schafe über die Weide trieb – hatte man sie nicht gesehen, so hatte man immerhin den Klang ihrer Glocken gehört, das unheimliche Blöken der Herde. Rudy lauschte mit Neugierde, aber ohne jegliche Furcht, die kannte er nicht, und während er lauschte, meinte er das spukhafte, hohle Blöken zu hören; ja! es wurde immer vernehmlicher, die Männer hörten es auch, hielten in ihrer Unterhaltung inne, lauschten und sagten zu Rudy, er dürfe nicht einschlafen.

Es war ein Föhn, der aufkam, der heftige Sturmwind, der sich von den Bergen ins Tal niederwirft und in seiner Heftigkeit Bäume knickt, als wären sie Schilfrohr, die Blockhäuser vom einen Ufer des Flusses auf das andere hinüberbefördert, so wie wir Schachfiguren versetzen.

Eine Stunde war vergangen, als sie zu Rudy sagten, nun wäre es überstanden, nun könnte er schlafen, und müde vom Marsch schlief er, wie auf höheren Befehl.

Früh am nächsten Morgen brachen sie auf. Die Sonne beschien an diesem Tag Berge, die Rudy neu waren, neue Gletscher und Schneefelder; sie waren in den Kanton Wallis gekommen und waren jenseits des Bergrückens, den man von Grindelwald aus sah, aber noch weit von der neuen Heimat entfernt. Andere Gebirgsschluchten, andere Weideflächen, Wälder und Bergpfade enthüllten sich, andere Häuser, andere Menschen zeigten sich, aber was sah er für Menschen, Verunstaltete waren es, unheimlich fette weißgelbe Gesichter, der Hals ein schweres, häßliches Stück Fleisch, das wie ein Beutel herabhing; es waren Kretins, siech schleppten sie sich vorwärts und sahen mit dummen Augen den Fremden entgegen, die da kamen; die Frauen sahen am entsetzlichsten aus. Waren das die Menschen in der neuen Heimat?

3
Der Onkel

Im Hause des Onkels, in das Rudy kam, sahen die Menschen gottlob so aus, wie Rudy sie zu sehen gewohnt war; hier war nur ein einziger Kretin, ein armer, blöder Wicht, eines jener armen Geschöpfe, die in ihrer Armut und Verlassenheit immer reihum in die Familien im Kanton Wallis kamen und in jedem Hause zwei Monate blieben, der arme Saperli war gerade da, als Rudy kam.

Der Onkel war noch immer ein kräftiger Jäger, er verstand außerdem das Böttcherhandwerk; seine Frau war eine kleine, lebhafte Person mit einem Vogelgesicht, mit Augen wie die eines Adlers, der Hals war lang und ganz flaumig.

Alles war für Rudy neu, Kleidung, Sitten und Gebräuche, sogar die Sprache, aber diese würde das Kinderohr schnell verstehen lernen. Wohlhabend sah es hier aus im Verhältnis zum Hause des Großvaters. Die Stube, in der sie wohnten, war größer, die Wände prangten von Gemsenhörnern und blankpolierten Büchsen, über der Tür hing das Bildnis der Muttergottes; frische Alpenrosen und eine brennende Lampe standen davor.

Der Onkel war, wie gesagt, einer der tüchtigsten Gemsjäger der Gegend und dazu der geübteste und beste Führer. Hier im Haus sollte Rudy nun das verwöhnte Kind werden, allerdings gab es hier schon eines, das war ein alter, blinder, tauber Jagdhund, der zu nichts mehr nutze war, aber früher war er es einmal gewesen, man bewahrte die Tüchtigkeit des Tieres aus früheren Jahren im Gedächtnis, und daher gehörte es jetzt mit zur Familie und sollte gute Tage haben.

Rudy streichelte den Hund, der aber ließ sich nicht mehr mit Fremden ein, und ein solcher war Rudy ja noch, aber nicht lange; er schlug bald Wurzel im Haus und in den Herzen.

„Hier im Kanton Wallis ist es nicht so schlimm", sagte der Onkel, „Gemsen haben wir, die sterben nicht so schnell aus wie der Steinbock; viel besser ist es hier als in alter Zeit; wie viel hier auch zu deren Preis gesagt wird, die unsere ist dennoch besser, hier ist ein Loch in den Beutel gekommen, ein Luftzug in unser eingeschlossenes Tal. Es kommt immer etwas Besseres, wenn das alte Überlebte fällt!" sagte er, und wurde der Onkel so richtig redselig, dann erzählte er aus seiner Kindheit, bis zurück in die beste Zeit seines Vaters, als Wallis das war, was er einen zugeschnürten Beutel nannte mit viel zu vielen kranken Leuten, bejammernswerten Kretins. „Aber die französischen Soldaten kamen, sie waren die rechten Doktoren, die schlugen bald die Krankheit tot und die Menschen dazu. Schlagen konnten die Franzmänner, mancherlei Arten von Schlachten schlagen, und die Mädchen konnten auch schlagen!" und dann nickte der Onkel seiner Frau zu, die Französin war, und lachte. „Die Franzosen konnten ins Gestein schlagen, daß es dröhnte! Die Simplonstraße haben sie in die Felsen geschlagen, dort einen Weg gehauen, so daß ich jetzt zu einem dreijährigen Kinde sagen kann, geh du nach Italien hinunter! Bleib nur immer auf der Landstraße! und das Kind findet nach Italien hinein, wenn es auf der Landstraße bleibt." Und dann sang der Onkel ein französisches Lied und brachte ein Hurra auf Napoleon Bonaparte aus.

Hier hörte Rudy zum ersten Male von Frankreich, von Lyon, der großen Stadt an der Rhone, und dort war der Onkel gewesen.

In wenigen Jahren nur würde Rudy sicher ein tüchtiger Gemsjäger sein, Anlagen dazu hätte er, sagte der Onkel, und er lehrte ihn, eine Büchse zu halten, zu zielen und sie abzudrücken; er nahm ihn in der Jagdzeit mit auf die Berge, ließ ihn von dem warmen Gemsenblut trinken, um dem Jäger den Schwindel zu nehmen; er lehrte ihn, zu welcher

Zeit an den verschiedenen Gebirgswänden die Lawinen niedergehen würden, um die Mittagszeit oder gegen Abend, je nachdem, wie die Sonnenstrahlen dort auftrafen; er lehrte ihn, ja recht auf die Gemsen achtzugeben und ihnen das Springen abzugucken, so daß man auf die Beine fiel und feststand, und gab es dort in der Felsspalte keine Fußstütze, dann mußte man sehen, daß man sich mit den Ellbogen aufstützte, sich mit den Muskeln anklammerte, die man in Schenkeln und Waden hatte; selbst das Genick konnte sich festkrallen, wenn es nötig war. Die Gemsen waren klug, stellten ihre Vorposten aus, aber der Jäger mußte klüger sein, um ihren Nasen aus dem Weg zu gehen; er konnte sie täuschen, seine Joppe und seinen Hut auf den Gebirgsstock hängen, und die Gemse hielt die Joppe für den Mann. Diesen Spaß machte sich der Onkel eines Tages, als er mit Rudy auf Jagd war.

Der Bergpfad war schmal, ja, es gab fast keinen, eine schmale Kante war es, dicht neben dem schwindelnden Abgrund. Hier lag der Schnee halb getaut, der Stein bröckelte ab, wenn man darauftrat, der Onkel legte sich daher nieder, so lang wie er war, und kroch vorwärts. Jeder wegbrechende Stein fiel, stieß auf, sprang und rollte von neuem, machte viele Sprünge von Felswand zu Felswand, ehe er in der schwarzen Tiefe zur Ruhe kam. Hundert Schritte hinter dem Onkel stand Rudy auf dem äußersten festen Felsbuckel, und er sah in der Luft, über den Onkel hinschwebend, einen riesigen Lämmergeier herankommen, der mit seinem Flügelschlag das kriechende Gewürm in den Abgrund werfen wollte, um Aas aus ihm zu machen. Der Onkel hatte nur Augen für die Gemse, die mit ihrem jungen Zicklein jenseits der Schlucht zum Vorschein kam; Rudy hielt sein Augenmerk auf den Vogel gerichtet, erkannte, was der wollte, und daher hatte er die Hand an der Büchse, um abzudrücken; da stieß sich die Gemse zu einem Sprung ab, der Onkel schoß, und das Tier ward von der tötenden Kugel getroffen, aber das Zicklein war auf und davon, als wäre es ein ganzes Leben lang in Flucht und Gefahr erprobt und geübt. Der ungeheure Vogel bog geschwind ab, durch den Knall vergrämt; der Onkel wußte nichts von der Gefahr, erfuhr erst durch Rudy davon.

Wie sie nun in bester Stimmung auf dem Heimwege waren und der Onkel ein Liedchen aus seiner Knabenzeit pfiff, vernahmen sie nicht sehr entfernt ein eigentümliches Geräusch; sie schauten nach allen Seiten aus, sie blickten nach oben, und dort in der Höhe, auf dem abschüssigen Felsabsatz, hob sich die Schneedecke, sie wogte, wie wenn der Wind unter ein ausgebreitetes Leinentuch fährt. Die Spitzen der Wellen brachen, als wären sie berstende Marmorplatten, und lösten sich in schäumende, stürzende Wasser auf, dröhnend wie gedämpftes Donnergrollen; es war eine Lawine, die herniederkam, nicht über Rudy und den Onkel, aber nahe bei ihnen, viel zu nahe.

„Halt dich fest, Rudy!" rief er. „Fest, mit aller Kraft!"

Und Rudy griff um den Baumstamm dicht neben ihm; der Onkel kletterte über ihm in die Äste des Baums und hielt sich fest, während die Lawine viele Klafter von ihnen entfernt niederrollte, aber der Luftdruck, die Sturmflossen, die von ihr abstanden, knickte und zerbrach ringsum

Bäume und Büsche, als wären sie nur dürres Schilfrohr, und schleuderte sie weit herum. Rudy lag gegen den Erdboden gepreßt; der Baumstamm, an dem er sich festhielt, war wie mittendurch gesägt und die Krone ein ganzes Stück fortgeschleudert worden; dort, zwischen den geknickten Ästen, lag mit zerschmettertem Kopf der Onkel, seine Hand war noch warm, das Gesicht aber nicht zu erkennen. Rudy stand blaß und zitternd dabei; es war der erste Schrecken in seinem Leben, die erste Minute des Grauens, die er kennenlernte.

Er kam mit der Todesbotschaft am späten Abend zu dem Hause zurück, das jetzt ein Trauerhaus war. Die Ehefrau stand ohne Worte, ohne Tränen da, und erst als die Leiche gebracht wurde, kam der Schmerz zum Ausbruch. Der arme Kretin kroch in sein Bett, man sah ihn den ganzen Tag nicht, gegen Abend kam er zu Rudy.

„Schreib Brief für mich! Saperli kann nicht schreiben! Saperli kann den Brief auf die Post tragen!"

„Einen Brief von dir?" fragte Rudy. „Und an wen?"

„An den Herrn Christ!"

„Wen meinst du damit?"

Und der Halbblöde, wie man den Kretin nannte, sah Rudy mit einem rührenden Blick an, faltete seine Hände und sagte dann feierlich und fromm: „Jesus Christus! Saperli will ihm Brief schicken, ihn bitten, daß Saperli tot sein soll und nicht Mann hier im Haus."

Und Rudy drückte ihm die Hand. „Der Brief kommt dort nicht an! Der Brief bringt ihn uns nicht zurück."

Schwierig war es für Rudy, ihm das Unmögliche klarzumachen.

„Nun bist du die Stütze des Hauses", sagte die Pflegemutter, und Rudy wurde es.

4
*Babette**

Wer ist der beste Schütze im Kanton Wallis? Ja, das wußten die Gemsen: „Nimm dich vor Rudy in acht!“ konnten sie sagen. „Wer ist der schönste Schütze?“ – „Ja, das ist Rudy!“ sagten die Mädchen, aber sie sagten nicht: „Nimm dich in acht vor Rudy!“ das sagten nicht einmal die ernsthaften Mütter; denn er nickte denen ebenso freundlich zu wie den jungen Mädchen, er war so keck und fröhlich, seine Wangen waren braun, seine Zähne von frischem Weiß, und die Augen glänzten kohlschwarz, ein schöner Bursche war er und erst zwanzig Jahre alt. Das Eiswasser war ihm nicht zu eisig, wenn er schwamm; er konnte sich wie ein Fisch im Wasser drehen und klettern wie kein anderer, konnte sich wie eine Schnecke an der Felswand anklammern, er hatte gute Muskeln und Sehnen; das bewies er auch beim Springen, zuerst hatte der Kater es ihn gelehrt und später die Gemsen. Der beste Führer, dem man sich anvertrauen konnte, war Rudy, er würde sich dadurch ein ganzes Vermögen verdienen können; das Böttcherhandwerk, das der Onkel ihn ebenfalls gelehrt hatte, war nicht nach seinem Sinn, seine Lust, sein Verlangen war es, Gemsen zu schießen; das brachte auch Geld ein. Rudy war eine gute Partie, wie man sagte, wenn er nur nicht über seinen Stand hinausblickte. Er war ein Tänzer, von dem die Mädchen träumten, an den diese und jene im Wachen dachte.

„Mich hat er beim Tanze geküßt!“ sagte Schullehrers Anette zu ihrer liebsten Freundin, aber das hätte sie nicht sagen sollen, selbst nicht zu ihrer liebsten Freundin. Dergleichen kann man schwer bei sich behalten, es ist wie Sand in einem löcherigen Beutel, er läuft hinaus; wie anständig und brav Rudy auch war, bald wußte man trotzdem, daß er beim Tanzen küßte, und doch hatte er die, die er am liebsten küssen wollte, gar nicht geküßt.

„Ihr sollt mal sehen!“ sagte ein alter Jäger, „er hat die

* In der kritischen Ausgabe fehlt die Überschrift (A. d. Ü.).

Anette geküßt, mit A hat er angefangen, er wird sicher das ganze Alphabet durchküssen."

Ein Kuß bei einem Tanz war bis jetzt alles, was der Klatsch über Rudy wußte, aber er hatte Anette geküßt, und sie war gar nicht die Blume seines Herzens.

Unten bei Bex, zwischen den großen Nußbäumen, dicht an einem kleinen reißenden Gebirgsbach, wohnte der reiche Müller; das Wohnhaus war ein großer Bau von drei Stockwerken mit kleinen Türmen, mit Schindeln gedeckt und mit Blechplatten ausgelegt, die im Sonnen- wie Mondenschein blinkten; der erste Turm hatte als Windfahne einen blitzenden Pfeil, der durch einen Apfel gebohrt war, das sollte auf Tells Pfeilschuß anspielen. Die Mühle machte einen wohlhabenden und schmucken Eindruck, ließ sich zeichnen und auch beschreiben, aber des Müllers Tochter ließ sich nicht zeichnen und beschreiben, das hätte zum mindesten Rudy gesagt, und dennoch war ihr Bild in seinem Herzen; ihre beiden Augen strahlten dort drinnen, so daß es eine wahre Feuersbrunst war; sie war ganz urplötzlich ausgebrochen, so wie jede Feuersbrunst, und das seltsamste daran war, daß des Müllers Tochter, die wunderhübsche Babette, keine Ahnung davon hatte, sie und Rudy hatten nie auch nur zwei Worte miteinander gewechselt.

Der Müller war reich, dieser Reichtum hatte zur Folge, daß Babette sehr hoch saß, wollte man sie erreichen; aber nichts sitzt so hoch, sagte Rudy bei sich selber, daß man nicht hinaufgelangen kann; man muß klettern, und man fällt nicht hinunter, wenn man es nicht selber denkt. Diese Weisheit hatte er von daheim.

Nun traf es sich so, daß Rudy etwas in Bex zu tun hatte, es war eine ganze Reise bis dorthin, die Eisenbahn war hier noch nicht gebaut. Vom Rhonegletscher, am Fuße des Simplon entlang, erstreckt sich zwischen vielen und wechselnden Bergeshöhen das breite Walliser Tal mit seinem riesigen Strom, der Rhone, die oft anschwillt und über Felder und Straßen hinflutet, alles zerstörend. Zwischen den Ortschaften Sion und Sankt Maurice macht das Tal eine Biegung, krümmt sich wie ein Ellbogen und wird unterhalb von Maurice so eng, daß es nur für das Flußbett und den schmalen Fahrweg Platz hat. Ein alter Turm, die Schildwache für den Kanton Wallis, der hier zu Ende ist, steht an der Bergwand und blickt über die gemauerte Brücke zum Zollhaus auf der anderen Seite; hier beginnt der Kanton Vaud, und der nächste Ort, nicht weit davon gelegen, ist Bex. Hier drüben, mit jedem Schritt, den man vorwärts tut, fließt alles in Fülle und Fruchtbarkeit über, man ist wie in einem Garten von Kastanien und Nußbäumen; hier und da schauen Zypressen und Granatblüten heraus; südlich heiß ist es hier, als wäre man nach Italien hineingekommen.

Rudy gelangte nach Bex, erledigte seine Sache, blickte sich um, aber keinen Müllergesellen bekam er zu Gesicht, geschweige denn Babette. Das war nicht, wie es sein sollte.

Es wurde Abend, die Luft war voll von dem Duft des wilden Thymians und der blühenden Linden; um die waldig grünen Berge lag gleichsam ein schimmernder, luftig blauer Schleier, eine Stille herrschte allüberall, nicht die des Schlummers, nicht die des Todes, nein, es war, als hielte die ganze Natur den Atem zurück, als fühlte sie sich vor dem blauen Himmelsraum aufgebaut, damit ihr Bild photographiert werden könnte. Hier und da zwischen den Bäumen, über den grünen Feldern, standen Stangen für den Telegraphendraht, der durch das stille Tal gezogen worden war; an einer von diesen lehnte ein Gegenstand, so reglos, daß man meinen konnte, es sei ein abgestorbener Baumstumpf, aber es war Rudy, der hier so still stand wie die ganze Umgebung in diesem Augenblick; er schlief nicht, war noch weniger tot, aber wie durch den Telegraphendraht oftmals große Weltereignisse fliegen, Lebensmomente von Bedeutung für den einzelnen, ohne daß der Draht es durch ein Zittern oder einen Ton verriete, so zog durch Rudys Gedanken mächtig, überwältigend das Glück seines Lebens hindurch, sein steter Gedanke von nun an. Seine Augen waren auf einen Punkt zwischen dem Laub geheftet, auf ein Licht in der Wohnstube des Müllers, wo Babette wohnte. So still, wie Rudy dastand, hätte man meinen können, er zielte, um eine Gemse zu schießen, aber er selber war in diesem Augenblick der Gemse gleich, die minutenlang dastehen kann, als wäre sie aus dem Berg gemeißelt, und die plötzlich, während ein Stein hinabrollt, ihren Sprung macht und von dannen jagt; und genau das tat Rudy; ein Gedanke rollte dahin.

„Niemals aufgeben!" sagte er. „Besuch in der Mühle! Guten Abend dem Müller, guten Tag der Babette. Man fällt nicht, wenn man es nicht selber denkt! Babette muß mich doch einmal sehen, soll ich ihr Mann werden."

Und Rudy lachte, war guten Mutes und ging zur Mühle; er wußte, was er wollte, er wollte Babette haben.

Der Strom mit dem weißlichgelben Wasser brauste dahin, die Weiden und Linden hingen über das eilende Wasser hinab; Rudy ging den Fußsteig entlang, und wie es in dem alten Kinderlied heißt:

„... zu des Müllers Haus,
Aber niemand war zu sehn,
Nur das Kätzchen sah er stehn!"

Die Stubenkatze stand auf der Treppe, machte einen Buckel und sagte „Miau!" aber Rudy kümmerte sich nicht um die Rede; er klopfte an; niemand hörte, niemand öffnete. „Miau!" sagte die Katze. Wäre Rudy klein gewesen, dann hätte er die Sprache der Tiere verstanden und gehört, daß die Katze sagte: „Hier ist niemand daheim!" Nun mußte er zur Mühle hinübergehen und sich erkundigen; dort erhielt er auch Auskunft. Der Hausherr sei verreist, weit fort in Interlaken, „inter lacus, zwischen den Seen", wie der Schullehrer, Anettes Vater, im Unterricht erklärt hatte. Weit dort hinten war der Müller, und Babette ebenfalls; dort war großes Schützenfest, es begann morgen und dauerte acht volle Tage. Die Schweizer aus allen deutschen Kantonen kamen dorthin.

Armer Rudy, konnte man sagen, er war nicht zu dem glücklichsten Zeitpunkt nach Bex gekommen, er konnte wieder umkehren, und das tat er, nahm den Weg über Sankt Maurice und Sion in sein eigenes Tal zu seinen eigenen Bergen, aber verzagt war er nicht. Als die Sonne am nächsten Morgen aufging, war seine Stimmung schon lange oben, sie war niemals unten gewesen.

„Babette ist in Interlaken, viele Tagereisen entfernt", sagte er zu sich selber. „Es ist ein langer Weg bis dorthin, will man die große Landstraße gehen, aber es ist nicht so weit, wenn man übers Gebirge abschneidet, und das ist gerade der Weg für einen Gemsjäger; diesen Weg bin ich schon früher gegangen, dort drüben ist meine Heimat, wo ich als Kind bei dem Großvater war; und Schützenfest feiern sie in Interlaken! Dort will ich der Erste sein, und das will ich auch bei Babette sein, wenn ich erst ihre Bekanntschaft gemacht habe."

Mit seinem leichten Ranzen, in dem der Sonntagsrock lag, mit Gewehr und Jagdtasche ging Rudy ins Gebirge hinauf, den kurzen Weg, der indessen doch ziemlich weit war, aber das Schützenfest hatte ja erst heute begonnen und dauerte länger als bis zum Sonntag; während dieser ganzen Zeit blieben, hatte man gesagt, der Müller und Babette bei ihren Verwandten in Interlaken. Rudy ging über den Gemmi, er wollte bei Grindelwald hinunter.

Gesund und fröhlich schritt er aus, bergauf in der frischen, der leichten, der stärkenden Gebirgsluft. Das Tal sank tiefer hinab, der Gesichtskreis wurde weiter; hier ein Schneegipfel, dort ein Schneegipfel, und bald die funkelnd weiße Alpenkette. Rudy kannte jeden Schneeberg; er ging auf das Schreckhorn zu, das hob seinen weißbepuderten steinernen Finger hoch in die blaue Luft hinauf.

Er war endlich über den Höhenrücken gelangt, die Almen zogen sich bis in die Täler der Heimat hinab; die Luft war leicht, der Sinn war leicht; Berg und Tal standen in einer Fülle von Blumen und Grün, das Herz war voll von dem Gedanken der Jugend: Man wird niemals alt, man stirbt nie; leben, herrschen, genießen! Frei wie ein Vogel, leicht wie ein Vogel war er. Und die Schwalben flogen vorbei und sangen wie in der Kindheit: „Wir und ihr! und ihr und wir!" Alles war Flug und Freude.

Dort unten lag die samtgrüne Wiese, mit braunen Holzhäusern bestreut, die Lütschine rauschte und brauste. Er sah den Gletscher mit dessen glasgrünen Rändern in dem schmutzigen Schnee, die tiefen Spalten, den oberen und unteren Gletscher sah er. Die Glocken klangen von der Kirche zu ihm herüber, als wollten sie „Willkommen in der Heimat" läuten; sein Herz klopfte stärker, weitete sich so sehr aus, daß Babette dort drinnen einen Augenblick weg war, so groß wurde sein Herz, so sehr von Erinnerungen erfüllt.

Er ging wieder auf dem Wege dahin, wo er als kleiner Knirps mit den anderen Kindern am Grabenrand gestanden und geschnitzte Holzhäuser verkauft hatte. Dort oben hinter den Tannen lag noch immer des Großvaters Haus, Fremde wohnten dort. Kinder kamen auf dem Weg angelaufen, sie wollten etwas verkaufen, eines davon reichte eine Alpenrose hin, Rudy nahm sie als ein gutes Vorzeichen und dachte an Babette. Bald war er unten auf der Brücke, wo die beiden Lütschinen zusammenflossen, die Laubbäume wurden zahlreicher, die Nußbäume spendeten Schatten. Jetzt sah er wehende Flaggen, das weiße Kreuz im roten Tuch, wie es der Schweizer und der Däne haben; und vor ihm lag Interlaken.

Das war nun eine Prachtstadt wie keine zweite, fand Rudy. Eine Schweizer Stadt im Sonntagsgewand; sie war nicht wie die anderen Marktflecken ein Haufen gewichtiger Steinhäuser, schwerfällig, fremd und vornehm, nein! Hier sah es aus, als ob die Holzhäuser oben vom Gebirge an dem klaren, pfeilschnellen Fluß entlang in das grüne Tal hinuntergerannt wären und sich in Reih und Glied aufgestellt hätten, ein wenig vor und ein wenig zurück, um eine Straße zu bilden; und die prächtigste von allen Straßen, ja, die war erst entstanden, nachdem Rudy als kleines Kind zuletzt hier gewesen war; sie schien dadurch zustande gekommen zu sein, daß all die reizenden Holzhäuser, die Großvater geschnitzt hatte und von denen der Schrank daheim voll war, sich hier aufgestellt hatten und aus eigener Kraft größer geworden waren wie die alten, ältesten Kastanienbäume. Jedes Haus war ein Hotel, wie man es nannte, mit geschnitztem hölzernem Zierat um Fenster und Balkone, vorspringenden Dächern, so schmuck und fein, und vor jedem Haus lag ein ganzer Blumengarten bis zu der breiten, makadamisierten Landstraße hin; an dieser entlang, nur auf einer Seite, standen die Häuser, sie hätten sonst die frische grüne Wiese gegenüber verdeckt, wo die Kühe mit Glocken umhergingen, die klangen wie auf den Matten in der Höhe. Die Wiesen waren von hohen Bergen umgeben, die gerade gegenüber gleichsam beiseite traten, damit man die funkelnde, schneebedeckte Jungfrau ordentlich sehen konnte, den Berg, der von allen Schweizer Bergen die schönste Form hat.

Welch eine Menge geputzter Herren und Damen aus fremden Ländern, welch ein Gewimmel von Landbewohnern aus den verschiedenen Kantonen! Die Schützen trugen ihre Schußzahlen in einem Kranz um den Hut. Hier gab es Musik und Gesang, Leierkästen und Blasinstrumente, Rufen und Lärmen. Häuser und Brücken waren mit Versen und Emblemen geschmückt; Flaggen und Wimpel wehten, aus den Büchsen knallte Schuß auf Schuß, das war in Rudys Ohren die beste Musik, er vergaß bei alledem völlig Babette, um derentwillen er doch hergekommen war.

Die Schützen drängten sich zum Scheibenschießen, Rudy war bald unter ihnen und der tüchtigste, der erfolgreichste; immer traf er mitten ins Schwarze.

„Wer ist nur der fremde, blutjunge Jäger?“ fragte man. „Er spricht das Französisch, wie man es im Kanton Wallis spricht! Er verständigt sich auch recht gut in unserem Deutsch!“ sagten manche. „Als Kind soll er hier in der Gegend bei Grindelwald gelebt haben!“ wußte einer von ihnen.

In dem Burschen war Leben, seine Augen leuchteten, sein Blick und sein Arm waren sicher, darum traf er. Der Erfolg macht Mut, und Mut hatte Rudy ja immer gehabt; bald hatte er hier schon einen ganzen Kreis von Freunden um sich, er wurde geehrt, ihm wurde gehuldigt, Babette war ihm fast ganz aus dem Sinn entschwunden. Da schlug ihm eine schwere Hand auf die Schulter, und eine grobe Stimme redete ihn in französischer Sprache an.

„Ihr seid aus dem Kanton Wallis?“

Rudy wandte sich um und erblickte ein rotes, vergnügtes Gesicht, einen dicken Menschen, es war der reiche Müller aus Bex; er verbarg mit seinem massigen Körper die feine, wunderliebliche Babette, die jedoch bald mit den strahlenden dunklen Augen hervorschaute. Der reiche Müller tat sich etwas darauf zugute, daß es ein Jäger aus seinem Kanton war, der die besten Schüsse machte und der Geehrte war. Rudy war wirklich ein Glückspilz; weswegen er ausgezogen war, was er aber hier am Orte fast vergessen hatte, das suchte ihn auf.

Wo man weit von der Heimat entfernt Leute von zu Hause trifft, da kennt man sich, da spricht man miteinander. Rudy war beim Schützenfest durch seine Schüsse der Erste, ebenso wie der Müller daheim in Bex kraft seines Geldes und seiner guten Mühle der Erste war; und nun drückten die beiden Männer einander die Hand, das hatten sie nie zuvor getan; auch Babette nahm Rudy so treuherzig bei der Hand, und er drückte die ihre ebenfalls und sah sie an, so daß sie ganz rot dabei wurde.

Der Müller sprach von dem langen Weg, den sie bis hierher gefahren waren, von den vielen großen Orten, die sie gesehen hatten, es war eine richtige Reise; sie waren mit dem Dampfschiff gefahren, mit der Eisenbahn und mit der Post.

„Ich habe den kürzeren Weg genommen", sagte Rudy. „Ich bin übers Gebirge gelaufen; kein Weg ist so hoch, daß man ihn nicht gehen könnte."

„Aber auch den Hals brechen kann", sagte der Müller. „Und Ihr seht mir gerade so aus, als solltet Ihr Euch mal den Hals brechen, so verwegen wie Ihr seid."

„Man fällt nicht, wenn man es selber nicht denkt!" sagte Rudy.

Und die Verwandten des Müllers in Interlaken, bei denen der Müller und Babette zu Besuch waren, forderten Rudy auf, zu ihnen hereinzuschauen, er stammte ja aus demselben Kanton wie ihre Verwandten. Das war für Rudy ein gutes Angebot, das Glück war ihm hold, wie es immer demjenigen hold ist, der auf sich selber baut und daran denkt: „Der

Herrgott schenkt uns die Nüsse, aber er knackt sie nicht für uns."

Und Rudy saß bei des Müllers Verwandten, als gehöre er zur Familie, und dort wurde auf das Wohl des besten Schützen getrunken, und Babette stieß mit an, und Rudy dankte für den Trinkspruch.

In der Abendstunde wandelten sie alle auf dem schönen Weg an den reizenden Hotels unter den alten Nußbäumen entlang, und hier war eine solche Volksmenge, ein Gedränge, daß Rudy Babette den Arm anbieten mußte. Er freue sich so, daß er Leute aus Vaud getroffen habe, sagte er. Vaud und Wallis seien gute Nachbarkantone. Er sprach seine Freude so innig aus, daß Babette fand, sie müsse ihm dafür die Hand drücken. Sie gingen fast wie zwei alte Bekannte dahin, und unterhaltsam war sie, das kleine, anmutige Persönchen; es stand ihr wunderhübsch, fand Rudy, in der Kleidung der fremden Damen das Lächerliche und Übertriebene hervorzuheben und die Art und Weise, wie sie gingen; und es geschah gar nicht, um sich lustig zu machen, denn es konnten durchaus rechtschaffene Menschen sein, ja, rührend und liebenswert, das wußte Babette, sie hatte eine Patentante, das war so eine vornehme Dame aus England. Vor achtzehn Jahren, als Babette getauft wurde, war diese in Bex; sie hatte Babette die kostbare Brosche geschenkt, die sie an der Brust trug. Zweimal hatte die Patentante einen Brief geschrieben, und in diesem Jahre hatten sie sie hier in Interlaken mit ihren Töchtern treffen sollen, die beide alte Fräulein waren, so um die dreißig, sagte Babette – sie war ja erst achtzehn.

Das niedliche Mündchen stand keinen Augenblick still, und alles, was Babette sagte, erschien Rudy so, als wären es Dinge von höchster Bedeutung, und er erzählte seinerseits, was er zu erzählen hatte, er erzählte, wie oft er in Bex gewesen war, wie gut er die Mühle kannte und wie oft er Babette gesehen hatte, aber sie habe ihn vermutlich niemals bemerkt, und als er jetzt zuletzt zur Mühle gekommen sei, und zwar mit mancherlei Absichten, über die er nicht sprechen könne, seien sie und ihr Vater fortgewesen, sehr weit fort, aber doch nicht so weit, daß er nicht über die Mauer hätte klettern können, durch die der Weg so weit wurde.

Ja, das sagte er, und er sagte so vieles; er sagte, wie gut sie ihm gefiele – und daß er ihretwegen gekommen sei und nicht wegen des Schützenfestes.

Babette wurde ganz still; es war fast zu viel, was er ihr zu tragen auferlegte.

Und während sie dahingingen, sank die Sonne hinter der hohen Felswand, die Jungfrau stand in einer Pracht und einem Glanz, von dem waldiggrünen Kranz der nahen Berge umgeben. Die Menschen standen alle still und blickten hinüber; auch Rudy und Babette betrachteten all diese Großartigkeit.

„Nirgendwo ist es schöner als hier!" sagte Babette.

„Nirgendwo!" sagte Rudy und schaute Babette an.

„Morgen muß ich fort!" sagte er kurz darauf.

„Besuche uns in Bex!" sagte Babette flüsternd, „es wird meinem Vater Freude machen."

5

Auf dem Heimwege

Oh, wie viel hatte Rudy zu tragen, als er am nächsten Tag über die hohen Berge heimging! Ja, er hatte drei silberne Becher, zwei ausgezeichnete Büchsen und eine Kaffeekanne aus Silber, die konnte man brauchen, wenn man einen Hausstand gründen wollte; das war indessen nicht das Gewichtigste, etwas Gewichtigeres, Mächtigeres trug er, oder es trug ihn, heim über die hohen Berge. Aber das Wetter war rauh, trübe, regnerisch und dumpf; die Wolken senkten sich gleich Trauerfloren über die Bergeshöhen und hüllten die flimmernden Berggipfel ein. Aus der Waldestiefe ertönten die letzten Axtschläge, und am Berghang rollten Baumstämme hinab, aus der Höhe wie Stöcke anzuschauen, aber aus der Nähe wie schwere Mastbäume. Die Lütschine ließ brausend ihren eintönigen Akkord hören, der Wind sauste, die Wolken segelten dahin. Dicht vor Rudy ging

plötzlich ein junges Mädchen daher, er hatte sie nicht bemerkt, bis sie ganz dicht bei ihm war; auch sie wollte übers Gebirge. Ihre Augen hatten eine eigentümliche Kraft, man mußte in sie hineinblicken, sie waren so seltsam glasklar, so tief, unergründlich.

„Hast du einen Schatz?" fragte Rudy; all sein Denken war von dem einen erfüllt: einen Schatz zu haben.

„Ich habe keinen!" sagte sie und lachte, aber es war gerade, als spräche sie nicht die Wahrheit. „Wir wollen aber keinen Umweg machen!" fuhr sie fort. „Wir müssen uns mehr links halten, das ist kürzer!"

„Ja, damit wir in eine Eisspalte stürzen!" sagte Rudy. „Weißt du keinen besseren Weg und willst Führerin sein?"

„Ich kenne gerade den Weg!" sagte sie, „und ich habe meine Gedanken beisammen. Deine sind sicher unten im Tal; hier oben muß man an die Eisjungfrau denken, sie ist den Menschen nicht gut, sagen die Menschen."

„Ich fürchte sie nicht", sagte Rudy, „sie mußte mich herausgeben, als ich ein Kind war, ich werde ihr sicher entwischen, nun da ich älter bin."

Und die Dunkelheit nahm zu, der Regen fiel, der Schnee kam, er gleißte, er blendete.

„Reich mir deine Hand, dann helfe ich dir beim Steigen!" sagte das Mädchen, und sie berührte ihn mit eiskalten Fingern.

„Du mir helfen!" sagte Rudy. „Bis jetzt bedurfte ich noch keiner weiblichen Hilfe zum Klettern!" und er schritt schneller aus, von ihr fort; das Schneegestöber umgab ihn wie ein Vorhang, der Wind brauste, und hinter sich hörte er das Mädchen lachen und singen; es klang so sonderbar. Das war sicher irgendwelche Zauberei im Dienste der Eisjungfrau; Rudy hatte davon gehört, als er in seiner Kindheit hier oben auf seiner Wanderung übers Gebirge nächtigte.

Der Schnee rieselte schwächer, die Wolke lag unter ihm; er blickte zurück, es war niemand mehr zu sehen, aber er hörte Gelächter und Jodler, und es klang gar nicht so, als käme es von einem Menschen.

Als Rudy endlich den obersten Teil des Berges erreichte, wo der Gebirgssteig ins Rhonetal hinabführt, sah er in dem klaren, blauen Luftstreif nach Chamouny zu zwei helle Sterne, sie leuchteten so funkelnd, und er dachte an Babette, an sich selbst und sein Glück, und ihm wurde heiß bei diesem Gedanken.

6

Der Besuch in der Mühle

„Herrschaftliche Sachen bringst du ins Haus!" sagte die alte Pflegemutter, und ihre seltsamen Adleraugen blitzten, sie bewegte den mageren Hals noch schneller in seltsamen Verdrehungen. „Das Glück ist mit dir, Rudy! Ich muß dir einen Kuß geben, mein guter Junge!"

Und Rudy ließ sich küssen, aber es war seinem Gesicht anzusehen, daß er sich in die Umstände schickte, in die kleinen, häuslichen Mühen. „Wie siehst du schön aus, Rudy!“ sagte die alte Frau.

„Mach mich nicht eingebildet!“ sagte Rudy und lachte, er freute sich aber doch.

„Ich sage es noch einmal“, sagte die alte Frau, „das Glück ist mit dir!“

„Ja, das glaube ich dir!“ sagte er und dachte an Babette.

Nie hatte er sich so nach dem tiefen Tale gesehnt wie jetzt.

„Sie müssen nach Hause gekommen sein!“ sagte er bei sich. „Es ist schon zwei Tage über die Zeit, daß sie zurückkommen wollten. Ich muß nach Bex!“

Und Rudy kam nach Bex, und Müllers waren daheim. Gut wurde er aufgenommen, und Grüße wurden ihm ausgerichtet, von den Verwandten in Interlaken. Babette sagte nicht viel, sie war so schweigsam geworden, aber die Augen waren beredt, das war Rudy auch völlig genug. Der Müller, der sonst das Wort zu führen pflegte – er war es gewohnt, daß man immer über seine Einfälle und Wortspiele lachte, er war ja der reiche Müller –, schien lieber zuzuhören, wie Rudy von Jagdabenteuern, Anstrengungen und Gefahren erzählte, die die Gemsjäger auf den hohen Bergzinnen zu bestehen hatten, und wie man über die unsicheren Schneewächten hinwegklettern mußte, die Wind und Wetter an die Felskante festkitten, wie man auf den kühnen Brücken dahinkriechen mußte, die das Schneegestöber über die tiefen Abgründe gebaut hatte. Rudy sah so keck aus, seine Augen glänzten, während er vom Jägerleben erzählte, von der Klugheit der Gemsen und ihren kühnen Sprüngen, von dem starken Föhn und den rollenden Lawinen; er merkte wohl, daß er mit jeder neuen Beschreibung den Müller mehr und mehr für sich einnahm, und was diesen am meisten fesselte, das war die Erzählung von den Lämmergeiern und den kühnen Königsadlern.

Nicht weit von hier im Kanton Wallis gab es einen Adlerhorst, ganz schlau unter dem vorspringenden Felsrand angelegt; dort oben war ein Junges, das holte man sich nicht! Ein Engländer hatte Rudy vor einigen Tagen eine ganze

Handvoll Gold geboten, wenn er ihm das Junge lebend brächte, aber „alles hat eine Grenze", sagte Rudy, „das Adlerjunge dort kann man nicht holen, es wäre Wahnsinn, sich auf dergleichen einzulassen."

Und der Wein floß, und die Rede floß, aber der Abend war viel zu kurz, fand Rudy, und dennoch war Mitternacht vorüber, als er von diesem ersten Besuch in der Mühle weg- ging.

Die Lichter schimmerten noch eine kurze Weile durch das Fenster und zwischen den grünen Zweigen hindurch; durch die offene Dachluke kam die Stubenkatze heraus, und in der Dachrinne kam die Küchenkatze herangekrochen.

„Weißt du das Neueste von der Mühle?" sagte die Stubenkatze. „Hier im Hause hat sich eine heimlich verlobt! Vater weiß es noch nicht; Rudy und Babette haben sich den ganzen Abend gegenseitig unterm Tisch auf die Pfoten getreten; mich haben sie zweimal getreten, aber ich habe trotzdem nicht miaut, das hätte ja Aufsehen gemacht!"

„Ich hätte das aber getan!" sagte die Küchenkatze.

„Was sich in der Küche schickt, das schickt sich nicht in der Stube!" sagte die Stubenkatze. „Ich wüßte jetzt gar zu gern, was der Müller sagt, wenn er von der Verlobung hört!"

Ja, was würde der Müller sagen, das hätte Rudy auch gar zu gern gewußt, aber lange darauf warten, es zu erfahren, das konnte er nicht; und darum, als der Omnibus nur wenige

Tage später über die Rhonebrücke zwischen Wallis und Vaud ratterte, saß Rudy drin, guten Mutes wie immer, und mit schönen Hoffnungen auf ein Jawort noch am selben Abend.

Und als dann der Abend kam und der Omnibus denselben Weg zurückfuhr, ja, da saß Rudy auch drin, fuhr denselben Weg zurück, aber in der Mühle trug die Stubenkatze Neuigkeiten herum.

„Weißt du es schon, du aus der Küche? Der Müller weiß jetzt alles. Das hat ja ein schönes Ende genommen! Rudy kam gegen Abend her, und er und Babette hatten viel zu flüstern und zu tuscheln, sie standen auf dem Flur vor der Stube des Müllers. Ich lag zu ihren Füßen, aber sie hatten weder Augen noch Ohren für mich. ‚Ich gehe schnurstracks zu deinem Vater hinein!' sagte Rudy, ‚es ist eine ehrliche Sache.' – ‚Soll ich mit dir gehen?' sagte Babette, ‚das flößt dir Mut ein!' – ‚Ich habe Mut genug!' sagte Rudy, ‚wenn du aber dabei bist, dann muß er freundlich dreinschauen, ob er will oder nicht!' Und dann sind sie hineingegangen. Rudy hat mich fürchterlich auf den Schwanz getreten! Rudy ist furchtbar tolpatschig! Ich habe miaut, aber weder er noch Babette hatten Ohren, um zu hören. Sie öffneten die Tür, gingen beide hinein, ich vornweg; aber ich sprang auf eine Stuhllehne, ich konnte nicht wissen, wie weit Rudy ausschlagen würde. Aber der Müller schlug aus! Das war ein kräftiger Schlag! Hinaus aus der Tür, hinauf ins Gebirge zu den Gemsen! Auf die kann Rudy jetzt zielen und nicht etwa auf unsere kleine Babette."

„Aber was wurde denn da gesagt?" fragte die Küchenkatze.

„Gesagt? – Da wurde alles gesagt, was sie so sagen, wenn sie auf Freite sind: ‚Ich liebe sie, und sie liebt mich! Und wenn für einen Milch im Eimer ist, dann ist auch für zweie Milch im Eimer!' – ‚Aber sie sitzt zu hoch für dich!' sagte der Müller, ‚sie sitzt auf Grütze, auf goldener Grütze, das weißt du ja! An sie kommst du nicht heran!' – ‚Nichts sitzt zu hoch, man kann herankommen, wenn man nur will!' sagte Rudy; er geht zu forsch drauflos. ‚Aber an das

Adlerjunge kannst du doch nicht herankommen, sagtest du neulich! Babette sitzt höher!' – ,Ich hole sie beide!' sagte Rudy. – ,Ja, ich werde sie dir geben, wenn du mir das lebende Adlerjunge bringst!' sagte der Müller und lachte, daß ihm das Wasser aus den Augen lief. ,Aber nun danke ich dir für den Besuch, Rudy! Komm morgen wieder, dann ist keiner zu Hause! Auf Wiedersehen, Rudy!' Und Babette sagte ebenfalls auf Wiedersehen, so kläglich wie ein junges Kätzchen, das seine Mutter nicht sehen kann. ,Ein Mann, ein Wort!' sagte Rudy. ,Weine nicht, Babette, ich bringe den jungen Adler!' – ,Ich hoffe, du brichst dir das Genick!' sagte der Müller, ,dann hört wenigstens dein Gerenne hier auf!' Das nenne ich ausschlagen! Nun ist Rudy weg, und Babette sitzt und weint, aber der Müller singt deutsch, das hat er auf der Reise gelernt! Ich will mir nun keine Sorgen darüber machen, das hat keinen Zweck!"

„Aber das sieht immerhin nach was aus!" sagte die Küchenkatze.

7
Der Adlerhorst

Vom Gebirgspfad erklang das Jodeln so lustig und kräftig, es ließ auf gute Laune und fröhlichen Mut schließen; es war Rudy; er ging zu seinem Freunde Vesinand.

„Du mußt mir helfen! Wir nehmen Ragli mit, ich muß den jungen Adler oben am Felsrand holen!"

„Möchtest du nicht lieber die schwarze Seite vom Mond holen, das ist sicher ebenso leicht!" sagte Vesinand. „Du bist ja mächtig in Stimmung!"

„Ja, denn ich habe die Absicht, Hochzeit zu feiern! Aber jetzt, im Ernst, du sollst erfahren, wie die Dinge für mich stehen!"

Und bald wußten Vesinand und Ragli, was Rudy wollte. „Du bist ein Wagehals!" sagten sie. „Das geht nicht! Du brichst dir das Genick!"

„Man fällt nicht hinunter, wenn man es selber nicht denkt!" sagte Rudy.

Um Mitternacht brachen sie auf mit Stangen, Leitern und Stricken; der Weg führte zwischen Gestrüpp und Sträuchern hindurch, über Gerölle, ständig aufwärts, aufwärts in der finsteren Nacht. Unten rauschte das Wasser, oben rieselte das Wasser, feuchtes Gewölk segelte durch die Lüfte. Die Jäger gelangten an den schroffen Felsrand, finsterer wurde es hier, die Felswände stießen fast zusammen, und nur hoch droben über dem schmalen Spalt schimmerte die Luft; dicht neben ihnen, unter ihnen gähnte tiefer Abgrund mit einem brausenden Gewässer. Still saßen sie alle drei, sie wollten das Morgengrauen abwarten, dann flog der Adler aus dem Horst, der mußte zuerst geschossen werden, ehe man daran denken konnte, das Junge zu holen. Rudy saß in der Hocke, so still, als wäre er ein Stück von dem Stein, auf dem er saß, das Gewehr hatte er vor sich im Anschlag, die Augen waren unverwandt auf die oberste Spalte gerichtet, unter deren überhängendem Felsen der Adlerhorst versteckt lag. Die drei Jäger warteten lange.

Jetzt ertönte hoch über ihnen ein knackendes, brausendes

Geräusch; es wurde finster von etwas Großem, Schwebendem. Zwei Büchsenläufe zielten, als die schwarze Adlergestalt vom Horst aufflog; ein Schuß fiel; die gebreiteten Fittiche bewegten sich einen Augenblick, und darauf senkte sich der Vogel langsam, als müsse er durch seine Größe und seine ausgebreiteten Flügel die ganze Schlucht ausfüllen und die Jäger in seinem Sturz mit sich reißen. Der Adler stürzte in die Tiefe; es knackte in Baumästen und Büschen, die beim Sturz des Vogels zerknickten.

Und nun begann ein geschäftiges Treiben; drei von den längsten Leitern wurden zusammengeseilt, die mußten bis nach oben reichen; sie wurden am äußersten Rand der Schlucht aufgestellt, aber sie reichten nicht bis hinauf; und die Felswand war ein weites Stück aufwärts, bis dort, wo der Horst im Schutze des obersten vorspringenden Felsbuckels verborgen lag, glatt wie eine Mauer. Nach kurzer Beratung war man sich darin einig, daß es das beste wäre, von oben zwei zusammengeseilte Leitern in die Spalte hinabzulassen und dann zuzusehen, daß man diese mit den dreien verband, die schon unten aufgestellt waren. Mit großer Mühe konnte man die beiden Leitern hoch hinaufschleppen und dort die Stricke festmachen; die Leitern wurden über den vorspringenden Fels hinweggeschoben und hingen nunmehr frei schwebend mitten über dem Abgrund; Rudy saß dort schon auf der untersten Sprosse. Es war ein eiskalter Morgen, die Nebelwolken stiegen aus der schwarzen Schlucht nach oben. Rudy saß dort draußen wie eine Fliege auf dem wippenden Strohhalm, den ein Vogel beim Nestbau auf den Rand des hohen Fabrikschornsteins hat fallen lassen, aber die Fliege kann wegfliegen, wenn der Halm hinunterfällt, Rudy konnte sich nur den Hals brechen. Der Wind umbrauste ihn, und unten im Abgrund brauste das eilige Wasser von dem geschmolzenen Gletscher, dem Palast der Eisjungfrau.

Nun brachte er die Leiter in schwingende Bewegung, wie die Spinne, die von ihrem langen, schwebenden Faden aus sich an etwas festkrallen will, und als Rudy zum vierten Male die Spitze der von unten aufgerichteten, zusammengeseilten Leitern berührte, hatte er sie erwischt, sie wurden mit sicherer und starker Hand zusammengefügt, aber sie schlenkerten, als hätten sie ausgeleierte Angeln.

Wie ein schwankendes Rohr wirkten die fünf langen Leitern, die zum Horst hinaufreichten, senkrecht an die Felswand gelehnt; doch jetzt kam das Gefährlichste, jetzt hieß

es klettern, wie die Katze klettern kann, aber Rudy konnte es auch, die Katze hatte es ihn gelehrt; er verspürte den Schwindel nicht, der hinter ihm Luft trat und seine Polypenarme nach ihm ausstreckte. Jetzt stand er auf der obersten Sprosse der Leiter und merkte, noch nicht einmal von hier aus reichte er so hoch, daß er in den Horst hineinschauen konnte, nur mit der Hand konnte er hinauflangen; er fühlte erst nach, wie fest die dicken, ineinander verflochtenen Zweige saßen, die den untersten Teil des Horstes bildeten, und als er sich eines dicken Zweiges versichert hatte, der nicht nachgab, schwang er sich von der Leiter auf den Zweig hinauf und kam nun mit der Brust und dem Kopf über den Horst, aber hier schlug ihm ein würgender Gestank von Aas entgegen; in Fäulnis übergegangene Lämmer, Gemsen und Vögel lagen hier zerfleischt. Der Schwindel, der seiner nicht habhaft zu werden vermochte, blies ihm die giftigen Dünste ins Gesicht, damit sie ihn betäubten, und unten in der schwarzen, gähnenden Tiefe auf dem dahineilenden Wasser saß die Eisjungfrau selber mit ihrem langen, weißgrünen Haar und starrte mit Todesaugen, als ob es zwei Büchsenläufe wären.

„Jetzt fange ich dich!"

In einem Winkel des Adlerhorstes sah er groß und gewaltig den jungen Adler sitzen, der noch nicht flügge war. Rudy heftete seine Augen auf ihn, hielt sich mit der ganzen Kraft seiner einen Hand fest und warf mit der anderen Hand die Schlinge um den jungen Adler; lebendigen Leibes war er gefangen: seine Beine wurden durch den Strick zusammengeschnürt, und Rudy warf die Schlinge mit dem Vogel über die Schulter, so daß das Tier ein ganzes Stück tiefer hing als er selber, während er sich an einem herabhängenden Seil festhielt, bis die Fußspitze wieder die oberste Sprosse der Leiter erreicht hatte.

„Halte fest! Denke nicht, daß du fällst, dann fällst du nicht!" es war die alte Lehre, und die befolgte er, hielt fest, kletterte, war sicher, daß er nicht fiel, und er fiel nicht.

Jetzt erklang ein Gejodel, so kräftig und fröhlich. Rudy stand mit seinem jungen Adler auf dem festen Felsgrund.

8

Was die Stubenkatze Neues erzählen konnte

„Hier ist das Verlangte!" sagte Rudy, der beim Müller in Bex eintrat und einen großen Korb ins Zimmer stellte, das Tuch abnahm, und da glotzten zwei gelbe, schwarzumrandete Seher hervor, so funkelnd, so wild, so als wollten sie sich, wohin sie auch blickten, einbrennen und festbeißen; der kurze, kräftige Schnabel war zum Bisse weit aufgerissen, der Hals war rot und flaumig.

„Der junge Adler!" rief der Müller. Babette stieß einen Schrei aus und sprang beiseite, konnte aber ihre Augen weder von Rudy noch von dem Adlerjungen abwenden.

„Du läßt dich nicht kopfscheu machen!" sagte der Müller.

„Und Ihr haltet immer Wort!" sagte Rudy, „jeder hat seine Eigenart!"

„Aber wie kam es, daß du dir nicht den Hals gebrochen hast?" fragte der Müller.

„Weil ich festgehalten habe!" entgegnete Rudy, „und das tue ich noch, ich halte fest an Babette!"

„Sieh erst zu, daß du sie hast!" sagte der Müller und lachte; und das waren gute Zeichen, das wußte Babette.

„Wir wollen den Adler aus dem Korb nehmen, es sieht gefährlich aus, wie er glotzt! Wo hast du ihn erwischt?"

Und Rudy mußte berichten, und der Müller machte Augen, die größer und immer größer wurden.

„Mit deinem Mut und deinem Glück kannst du drei Frauen versorgen!" sagte der Müller.

„Danke! danke!" rief Rudy.

„Ja, die Babette, die hast du aber noch nicht!" sagte der Müller und schlug im Scherz dem jungen Alpenjäger auf die Schulter.

„Weißt du schon das Neueste aus der Mühle?" sagte die Stubenkatze zur Küchenkatze. „Rudy hat uns den jungen Adler gebracht und nimmt Babette dafür in Tausch. Sie haben sich geküßt und den Vater zusehen lassen! Das ist doch so gut wie eine Verlobung; der Alte hat nicht ausgeschlagen, er hat die Krallen eingezogen, ein Mittagsschläfchen gehalten und die beiden dasitzen und schmusen lassen; die haben so viel zu erzählen, die werden bis Weihnachten nicht fertig!"

Und sie wurden auch bis Weihnachten nicht fertig. Der Wind wirbelte das braune Laub hoch, der Schnee stob im Tal wie auf den hohen Bergen; die Eisjungfrau saß in ihrem stolzen Schloß, das sich zur Winterszeit weiter ausdehnt;

die Felswände waren mit einer Eisschicht überzogen, und armdicke, elefantenschwere Eiszapfen hingen dort, wo im Sommer der Gebirgsstrom seinen Wasserschleier wogen läßt; Girlanden von phantastischen Eiskristallen glitzerten an den mit Schnee überpuderten Tannen. Die Eisjungfrau ritt auf dem brausenden Wind über die tiefsten Täler. Die Schneedecke war bis nach Bex hinuntergelegt worden, sie konnte dort hinkommen und Rudy im Hause beobachten, er war dort öfter, als es seine Art war, er saß bei Babette. Zum Sommer sollte die Hochzeit stattfinden; es klang ihnen häufig in den Ohren, so oft sprachen Freunde davon. Dort war eitel Sonnenschein, die herrlichste Alpenrose glühte, die muntere, lachende Babette, schön wie der anbrechende Frühling, der Frühling, der alle Vögel von der Sommerszeit singen ließ, vom Hochzeitstag.

„Wie die beiden dasitzen und nicht voneinander lassen können!" sagte die Stubenkatze. „Jetzt hab ich das Miauen satt!"

9

Die Eisjungfrau

Der Frühling hatte seine saftiggrüne Girlande aus Nuß- und Kastanienbäumen entfaltet, sie bauschte sich besonders von der Brücke bei Sankt Maurice bis zum Ufer des Genfer Sees an der Rhone entlang, die mit heftiger Geschwindigkeit von ihrer Quelle unter dem grünen Gletscher dahinjagte, dem Eispalast, wo die Eisjungfrau wohnt, wo sie sich von dem scharfen Wind auf das oberste Schneefeld tragen läßt und in dem starken Sonnenlicht auf den zusammengewehten Polstern ausstreckt; hier saß sie und schaute mit scharfem Blick in die tiefen Täler hinab, wo die Menschen, wie Ameisen auf einem von der Sonne beschienenen Stein, sich emsig bewegten.

„Geisteskräfte, wie die Kinder der Sonne euch nennen!" sagte die Eisjungfrau, „Gewürm seid ihr! Ein rollender Schneeball, und ihr und eure Häuser und Orte seid zermalmt und ausgetilgt!" Und sie hob ihr stolzes Haupt höher

und sah mit todesblitzenden Augen weit um sich und tief hinab. Aber aus dem Tal ertönte ein Grollen, das Sprengen von Felsen, Menschenwerk; Weg und Tunnel für Eisenbahnen wurden angelegt.

„Die spielen Maulwurf!“ sagte sie; „sie graben Gänge, deshalb hört man Geräusche wie von Flintenschüssen. Verlege ich meine Schlösser, dann braust es stärker als Donnergrollen.“

Aus dem Tale stieg Rauch auf, der sich vorwärts bewegte wie ein wehender Schleier, ein flatternder Federbusch von der Lokomotive, die auf der jüngst eröffneten Strecke die Wagen zog, diese sich windende Schlange, deren Glieder die einzelnen aneinandergereihten Wagen waren. Pfeilschnell schoß sie dahin.

„Die da unten spielen die Herren, die Geisteskräfte!“

sagte die Eisjungfrau. „Die Kräfte der Naturmächte sind dennoch die führenden!“ und sie lachte, sie sang, und es dröhnte im Tal.

„Jetzt ist eine Lawine heruntergegangen!“ sagten die Menschen dort unten.

Aber die Kinder der Sonne sangen noch lauter vom menschlichen Gedanken, welcher gebietet, welcher das Meer unterjocht, Berge versetzt, Täler füllt; vom menschlichen Gedanken, welcher Herr über die Naturgewalten ist. In derselben Stunde kam über die Schneefelder, wo die Eisjungfrau saß, gerade eine Gesellschaft von Reisenden gegangen; sie hatten sich gegenseitig mit Seilen festgebunden, um auf der glatten Eisfläche an den tiefen Abgründen gewissermaßen ein größerer Körper zu sein.

„Gewürm!“ sagte sie. „Ihr wollt die Herren der Naturmächte sein!“ und sie wandte sich von ihnen ab und blickte spöttisch ins tiefe Tal hinab, wo der Eisenbahnzug vorbeibrauste.

„Da sitzen sie, diese Gedanken! Sie sitzen in der Gewalt der Kräfte! Ich sehe sie alle! – Einer sitzt stolz wie ein König, allein! Da sitzen sie in einem Haufen beisammen! Da schläft die Hälfte! Und wenn der Dampfdrache anhält, steigen sie aus, gehen ihres Weges. Die Gedanken gehen in die Welt hinaus!“ Und sie lachte.

„Da ist wieder eine Lawine heruntergegangen!“ sagten die drunten im Tal.

„Uns erwischt sie nicht!“ sagten zwei auf dem Rücken des Dampfdrachens, „zwei Seelen und ein Gedanke“, wie es heißt. Es waren Rudy und Babette; auch der Müller war dabei.

„Als Gepäck!“ sagte er. „Ich bin mit dabei als Gebrauchsgegenstand!“

„Da sitzen die beiden!“ sagte die Eisjungfrau. „Manche Gemse habe ich zerschmettert, Millionen von Alpenrosen habe ich geknickt und gebrochen, nicht einmal die Wurzel blieb zurück! Ich lösche sie aus! Die Gedanken! Die Geisteskräfte!“ Und sie lachte.

„Da ist wieder eine Lawine heruntergegangen!“ sagten die unten im Tal.

10
Die Patin

In Montreux, einer der nächsten Städte, die zusammen mit Clarens, Vernex und Crin die Girlande um den nordöstlichen Teil des Genfer Sees bildet, wohnte Babettes Patentante, die vornehme englische Dame, mit ihren Töchtern und einem jungen Verwandten; sie waren kürzlich angekommen, der Müller hatte jedoch schon einen Besuch bei ihnen gemacht, Babettes Verlobung verkündet und von Rudy und dem jungen Adler erzählt, dem Besuch in Interlaken, kurzum, die ganze Geschichte, und die hatte in höchstem Grade Freude erweckt und für Rudy und für Babette und auch für den Müller eingenommen; sie sollten doch auf jeden Fall alle drei kommen, und deshalb kamen sie. Babette sollte ihre Patin sehen, die Patin sollte Babette sehen.

Bei dem Städtchen Villeneuve, am Ende des Genfer Sees, lag das Dampfschiff, das von dort in einer halben Stunde Fahrzeit nach Vernex gelangt, genau unterhalb Montreux. Es ist eine von Dichtern besungene Küste; hier, unter den Nußbäumen an dem tiefen, blaugrünen See, saß Byron und schrieb seine melodischen Verse von dem Gefangenen in dem düsteren Felsenschloß Chillon. Hier, wo Clarens sich mit seinen Trauerweiden im Wasser spiegelt, wandelte Rousseau einher, von Héloïse träumend. Die Rhone strömt unterhalb von Savoyens hohen schneebedeckten Bergen dahin, hier, nicht weit von ihrer Mündung in den See, liegt eine kleine Insel, ja, sie ist so klein, daß sie von der Küste aus wie ein Fahrzeug dort draußen erscheint. Es ist ein Felsen, den vor hundert Jahren eine Dame mit Steinen einfassen, mit Erde belegen und mit drei Akazien bepflanzen ließ, sie überschatten nun die ganze Insel. Babette war überaus entzückt von dem kleinen Fleck, der schien ihr das Hübscheste an der ganzen Wasserfahrt zu sein, dort müßte man hin, dort sollte man hin, dort mußte es unbeschreiblich schön sein, meinte sie. Aber das Dampfschiff fuhr vorüber und legte, wie es sollte, bei Vernex an.

Die kleine Gesellschaft wanderte von hier aus zwischen den weißen, sonnenbeschienenen Mauern hinauf, die die Weingärten vor der kleinen Gebirgsstadt Montreux umgeben, wo Feigenbäume des Bauern Haus beschatten, Lorbeeren und Zypressen in den Gärten stehen. Auf halbem Wege nach oben lag die Pension, wo die Patin wohnte.

Der Empfang war sehr herzlich. Die Patin war eine große, freundliche Frau mit einem rundlichen, lächelnden Gesicht; als Kind mußte sie ein wahrhaft raphaelischer Engelskopf gewesen sein, aber jetzt war sie ein alter Engelskopf, um den sich das silberweiße Haar reich lockte. Die Töchter waren ansehnlich, fein, lang und schlank. Der junge Vetter, der sie begleitete und vom Scheitel bis zur Sohle ganz in Weiß gekleidet war, mit vergoldetem Haar und einem vergoldeten Backenbart, so groß, daß er hätte auf drei Gentlemen verteilt werden können, erwies der kleinen Babette sogleich die allergrößte Aufmerksamkeit.

Reich eingebundene Bücher, Notenhefte und Zeichnungen lagen über den ganzen Tisch verstreut, die Balkontür stand nach dem herrlichen, weithin sich dehnenden See offen, der so blank und still war, daß die Berge Savoyens mit Städtchen, Wäldern und Schneegipfeln sich umgekehrt darin spiegelten.

Rudy, der sonst immer keck, lebensfrisch und unbefangen war, fühlte sich gar nicht wohl in seiner Haut, wie man sagt; er bewegte sich hier so, als liefe er auf Erbsen über einen glatten Fußboden. Wie zäh die Zeit auch dahinschlich! Sie schien auf der Stelle zu treten, und nun sollte man einen Spaziergang machen! Das ging ebenso langweilig vonstatten; zwei Schritte vor und einen zurück mußte Rudy machen, um mit den anderen Schritt zu halten. Nach Chillon hinunter, dem alten, düsteren Schloß auf der Felsinsel, gingen sie, um sich den Marterpfahl und die Todeszellen anzusehen, verrostete Ketten an der Felswand, eine steinerne Pritsche für die zum Tode Verurteilten, Falltüren, durch die die Unglücklichen gestürzt waren, um mitten in der Brandung auf eisernen Stacheln aufgespießt zu werden. Das nannte man nun ein Vergnügen, sich so etwas anzusehen.

Ein Richtplatz war es, durch Byrons Lied in die Welt der Poesie erhoben. Rudy vergegenwärtigte sich den Richtplatz ganz deutlich; er lehnte sich gegen die großen Simse des Fensters und sah in das tiefe, blaugrüne Wasser hinab und hinüber zu der kleinen, verlassenen Insel mit den drei Akazien; dort wünschte er sich hin, der ganzen schwatzenden Gesellschaft ledig; aber Babette war besonders heiterer Stimmung. Sie hätte sich unbeschreiblich gut unterhalten, sagte sie später; den Vetter fände sie vollkommen.

„Ja, ein vollkommener Schwätzer!" sagte Rudy; und es war das erstemal, daß Rudy etwas sagte, was ihr nicht behagte. Der Engländer hatte ihr ein Büchlein geschenkt zur Erinnerung an Chillon, es war Byrons Dichtung *Der Gefangene von Chillon*, in die französische Sprache übersetzt, damit Babette es lesen könnte.

„Das Buch mag ja gut sein", sagte Rudy, „aber der geleckte Bursche, der dir's geschenkt hat, hat mir nicht gefallen."

„Er sah aus wie ein Mehlsack ohne Mehl", sagte der Müller und lachte über seinen Witz. Rudy lachte mit und sagte, das sei gut und richtig ausgedrückt.

11
Der Vetter

Als Rudy ein paar Tage später zum Besuch in die Mühle kam, fand er den jungen Engländer dort vor; Babette tischte ihm gerade gekochte Forellen auf, die sie bestimmt selber mit Petersilie geschmückt hatte, damit sie sich schön ausnähmen. Es bedurfte dessen gar nicht. Was wollte der Engländer hier? Was sollte er hier? Sich von Babette bewirten und einschenken lassen? Rudy war eifersüchtig, und das machte Babette Spaß; es ergötzte sie, alle Seiten seines Herzens kennenzulernen, die starken und die schwachen. Die Liebe war bis jetzt noch ein Spiel, und sie spielte mit Rudys ganzem Herzen, und dennoch, das muß man sagen, er war ihr Glück, ihr ganzer Lebensinhalt, das Beste und

Herrlichste in dieser Welt, aber je finsterer er dreinblickte, desto mehr lachten ihre Augen, sie hätte liebend gern den blonden Engländer mit dem vergoldeten Backenbart küssen mögen, wenn sie dadurch erreichte, daß Rudy wütend weglief, das zeigte ihr ja gerade, wie sie von ihm geliebt wurde. Aber es war nicht recht, nicht klug von Babettchen, doch war sie ja erst neunzehn Jahre alt. Sie dachte nicht darüber nach, dachte noch weniger darüber nach, wie ihr Benehmen gedeutet werden könnte, von dem jungen Engländer lustiger und leichter, als es sich für des Müllers ehrbare, kürzlich verlobte Tochter geziemte.

Wo die Landstraße von Bex unter der schneebedeckten Felshöhe dahinläuft, die in der Sprache des Landes Diablerets heißt, lag die Mühle, nicht weit von einem reißenden Gießbach, der weißgrau war wie geschlagenes Seifenwasser; dieser trieb nicht die Mühle; dagegen wurde das große Mühlrad von einem kleineren Bach getrieben, der auf dem anderen Flußufer vom Felsen herabstürzte und durch eine Steinsetzung unter der Straße infolge seiner Kraft und Geschwindigkeit anschwoll und dann in einem geschlossenen Holzbecken, einer breiten Rinne, über den reißenden Fluß hinweglief. Die Rinne führte so reichlich Wasser, daß es überfloß und dadurch ein nasser, schlüpfriger Weg für denjenigen entstand, dem es in den Sinn kommen sollte, auf ihm schneller zur Mühle gelangen zu wollen, und dies kam einem jungen Mann in den Sinn, dem Engländer; weißgekleidet wie ein Müllergeselle kletterte er in der Abendstunde hier herum, von dem Licht geleitet, das aus Babettes Kammer schimmerte; klettern hatte er nicht gelernt, und beinahe wäre er kopfüber in den Fluß gesaust, kam aber mit nassen Ärmeln und bespritzten Hosen davon; schlammfeucht und beschmiert kam er unter Babettes Fenstern an, wo er in den alten Lindenbaum hinaufkletterte und dort die Eule nachahmte, einen anderen Vogel konnte er nicht nachmachen. Babette hörte es und schaute durch die dünnen Vorhänge, als sie aber den weißen Mann erblickte und sich wohl dachte, wer er wäre, schlug ihr das Herzchen vor Schrecken, aber auch vor Zorn. Sie löschte schleunigst die Lampe, fühlte nach, ob alle Fensterhaspen übergehakt waren, und dann ließ sie ihn heulen und brüllen.

Es wäre schrecklich gewesen, wenn Rudy jetzt hier in der Mühle gewesen wäre, aber Rudy war nicht in der Mühle, nein, es war viel schlimmer, er war gerade hier unter ihrem Fenster. Es wurde laut gesprochen, zornige Worte; eine Prügelei würde es geben, vielleicht einen Totschlag.

Babette öffnete vor Schrecken das Fenster, rief Rudy beim Namen, bat ihn, doch zu gehen, sie dulde es nicht, daß er bliebe, sagte sie.

„Du duldest es nicht, daß ich bleibe!" rief er aus, „es ist also eine Verabredung! Du erwartest gute Freunde, bessere als mich! Du solltest dich schämen, Babette!"

„Du bist abscheulich!" sagte Babette. „Ich hasse dich!" und nun weinte sie. „Geh! Geh!"

„Das habe ich nicht verdient!" sagte er, und er ging, seine Wangen brannten wie Feuer, sein Herz war wie Feuer.

Babette warf sich aufs Bett und weinte.

„So sehr wie ich dich liebe, Rudy! Und du kannst schlecht von mir denken!"

Und sie war böse, sehr böse, und das war gut für sie, sonst wäre sie tief traurig gewesen; jetzt konnte sie einschlafen und den stärkenden Schlaf der Jugend finden.

12
Böse Mächte

Rudy verließ Bex, ging heimwärts, schlug den Weg über die Berge hinauf ein, in die frische, kühlende Luft, wo der Schnee lag, wo die Eisjungfrau herrschte. Die Laubbäume standen tief drunten, als wären sie nur Kartoffelkraut, Tanne und Strauch wurden kleiner, die Alpenrosen wuchsen neben dem Schnee, von dem noch vereinzelte Fladen lagen, wie Leinen auf der Bleiche. Dort stand eine blaue Enzianblüte, er zerquetschte sie mit seinem Gewehrkolben.

Weiter oben tauchten zwei Gemsen auf, Rudys Augen bekamen Glanz, die Gedanken neuen Auftrieb; aber er war nicht nahe genug, um sicher zu treffen; höher stieg er hinauf, wo nur stachliges Gras zwischen den Gesteinsblöcken wuchs; die Gemsen standen ruhig auf dem Schneefeld; schnell eilte er dahin; die Nebelwolken senkten sich um ihn nieder, und plötzlich stand er vor der steilen Felswand, der Regen begann niederzuströmen.

Er verspürte brennenden Durst, Hitze im Kopf, Kälte in allen seinen Gliedmaßen; er griff nach seiner Jagdflasche, aber die war leer, er hatte nicht an sie gedacht, als er auf die Berge hinaufstürmte. Nie war er krank gewesen, aber jetzt hatte er das Gefühl, es zu sein; müde war er, hatte nicht übel Lust, sich niederzuwerfen und zu schlafen, aber alles troff von Wasser, er versuchte sich aufzuraffen; seltsam flimmerte alles vor seinen Augen, aber da sah er plötzlich, was er bisher noch nie gesehen hatte, ein frischgezimmertes, niedriges Haus, das sich gegen den Fels lehnte, und in der Tür stand ein junges Mädchen, er meinte, es sei Schullehrers Anette, die er einmal beim Tanze geküßt hatte, aber es war nicht Anette, und doch hatte er sie schon einmal gesehen, vielleicht bei Grindelwald, an jenem Abend, als er vom Schützenfest in Interlaken heimkam.

„Wo kommst du her?“ fragte er.

„Ich bin daheim!“ sagte sie. „Ich hüte meine Herde!“

„Deine Herde, wo weidet die? Hier gibt es nur Schnee und Felsen!“

„Du kennst dich aber aus!“ sagte sie und lachte. „Hier hinten, etwas weiter unten, liegt eine wunderschöne Weide! Dort laufen meine Ziegen! Ich hüte sie gut! Nicht eine kommt mir abhanden, was mein ist, bleibt mein!“

„Du bist keck!“ sagte Rudy.

„Du auch!“ erwiderte sie.

„Hast du Milch, dann gib mir davon! Ich habe ganz unerträglichen Durst!“

„Ich habe etwas Besseres als Milch!“ sagte sie, „das sollst du haben! Gestern kamen hier Reisende mit ihrem Führer entlang, sie haben eine halbe Flasche Wein vergessen, wie du sicher nie einen ähnlichen gekostet hast; sie haben ihn sich nicht geholt, ich trinke ihn nicht, trinke du!“

Und sie brachte den Wein herbei, goß diesen in einen hölzernen Napf und reichte ihn Rudy.

„Der ist gut!“ sagte er. „Noch nie habe ich einen so wärmenden, so feurigen Wein gekostet!“ und seine Augen strahlten, sie erhielten ein Leben, eine Glut, als ob alle Kümmernisse und aller Druck wie fortgeweht wären; die sprudelnde, frische Menschennatur regte sich in ihm.

„Aber du bist ja doch Schullehrers Anette!“ rief er aus. „Schenk mir einen Kuß!“

„Ja, schenk mir den schönen Ring, den du am Finger trägst!“

„Meinen Verlobungsring?“

„Eben den!“ sagte das Mädchen und goß Wein in die Schale, setzte ihm diese an die Lippen, und er trank. Es strömte eine Lebensfreude in sein Blut, die ganze Welt war sein, meinte er, warum sich plagen! Alles ist dazu da, daß wir es genießen, daß wir glückselig werden! Der Strom des Lebens ist der Strom der Freude, von ihm mitgerissen zu werden, sich von ihm tragen zu lassen, das ist Glückseligkeit. Er sah das junge Mädchen an, es war Anette und doch nicht Anette, noch weniger jenes Zauberphantom, wie er die genannt hatte, die er bei Grindelwald traf; das Mädchen hier auf dem Berge war frisch wie der jüngst gefallene Schnee, schwellend wie die Alpenrose und leicht wie ein Zicklein; jedoch immerhin aus Adams Rippe erschaffen,

Mensch wie Rudy. Und er schlang seine Arme um sie, sah in ihre wundersam hellen Augen, nur eine Sekunde dauerte es, und in dieser – ja, erkläre es uns, fasse es in Worte für uns, war es das Leben des Geistes oder des Todes, was ihn

erfüllte – wurde er erhoben oder sank er hinab in den tiefen, tötenden Eisschlund, tiefer, immer tiefer hinab; er sah die Eiswände wie blaugrünes Glas; unendliche Spalten gähnten ringsum auf, und das Wasser tropfte, klingend wie ein Glockenspiel und so licht wie Perlen, in blauweißen Flammen leuchtend, die Eisjungfrau gab ihm einen Kuß, der seine Rückenwirbel bis in die Stirn hinein durcheiste, er stieß einen Schmerzensschrei aus, riß sich los, taumelte und fiel, es wurde Nacht vor seinen Augen, aber er öffnete sie wieder. Böse Mächte hatten ihr Spiel getrieben.

Fort war das Alpenmädchen, fort die schirmende Hütte, das Wasser troff an der kahlen Felswand herab, ringsum lag Schnee; Rudy schlotterte vor Kälte, er war bis auf die Haut durchweicht, und sein Ring war fort, der Verlobungsring, den Babette ihm geschenkt hatte. Sein Gewehr lag im Schnee neben ihm, er nahm es auf, wollte abdrücken, es versagte. Nasse Wolken lagen gleich festen Schneemassen in der Spalte, der Schwindel saß dort und lauerte auf die kraftlose Beute, und unter ihm hallte es in der tiefen Schrunde, als ob ein Felsblock stürzte, alles zermalmte und wegrisse, was ihn im Sturz aufhalten wollte.

Aber in der Mühle saß Babette und weinte; Rudy war seit sechs Tagen nicht dagewesen; und dabei war er im Unrecht, er mußte sie um Verzeihung bitten, denn sie liebte ihn von ganzem Herzen.

13
Im Müllerhaus

„Mit diesen Menschen gibt's immer entsetzlich viel Ärger", sagte die Stubenkatze zur Küchenkatze. „Nun ist es zwischen Babette und Rudy wieder aus. Sie weint, und er denkt sicher nicht mehr an sie."

„Das gefällt mir nicht", sagte die Küchenkatze.

„Mir auch nicht", sagte die Stubenkatze „aber ich mach mir darüber keine Gedanken! Babette kann sich ja mit dem roten Backenbart verloben! Er ist aber auch nicht mehr hier gewesen, seit er aufs Dach raufwollte."

Böse Mächte treiben ihr Spiel, außen und in unserem Innern; das hatte Rudy verspürt, und darüber hatte er nachgedacht; was war um ihn her und in ihm vor sich gegangen, dort droben auf dem Berge? Waren es Erscheinungen gewesen oder ein Fiebertraum, nie zuvor hatte er Fieber oder Krankheit gekannt. Einen Blick in sich selber hatte er getan, als er Babette verurteilte. Er dachte an die wilde Jagd in seinem Herzen, den heißen Föhn, der jüngst losgebrochen war. Konnte er Babette alles beichten, jeden Gedanken, der in der Stunde der Versuchung bei ihm zur Tat werden konnte? Ihren Ring hatte er verloren, und gerade durch diesen Verlust hatte sie ihn zurückgewonnen. Konnte sie ihm beichten? Es war, als sollte das Herz ihm zerspringen, wenn er an sie dachte; da stiegen so viele Erinnerungen auf; er sah Babette leibhaftig, lachend, ein übermütiges Kind; manch liebevolles Wort, das sie aus der Fülle ihres Herzens gesagt hatte, flog gleich einem Sonnenfunken in seine Brust, und bald war hier drinnen lauter Sonnenschein für Babette.

Sie mußte ihm beichten können, und sie würde es tun.

Er kam in die Mühle; es kam zu einer Beichte, es begann mit einem Kuß und endete damit, daß Rudy der Sünder war, sein großer Fehler war es, daß er an Babettes Treue hatte zweifeln können, das war fast abscheulich von ihm! Solches Mißtrauen, solche Heftigkeit konnte sie beide ins Unglück bringen. Ja, ganz sicher! und darum hielt Babette ihm eine kleine Predigt, die machte ihr selber Spaß, und die stand ihr so reizend, doch in einem hatte Rudy recht, der Verwandte der Patentante war ein Schwätzer! Sie wollte das Buch verbrennen, das er ihr verehrt hatte, und nicht das kleinste bißchen besitzen, was sie an ihn erinnern könnte.

„Jetzt ist es überstanden!“ sagte die Stubenkatze. „Rudy ist wieder hier, und sie verstehen sich, und es sei das größte Glück, sagen sie.“

„Ich habe heute nacht“, sagte die Küchenkatze, „die Ratten sagen hören, das größte Glück wäre, Talglichte zu fressen und verdorbenen Speck in Hülle und Fülle vor sich zu haben. Wem soll man nun glauben, den Ratten oder den Verlobten?“

„Keinem von beiden!“ sagte die Stubenkatze. „Das ist immer das sicherste.“

Das größte Glück für Rudy und Babette sollte gerade angehen, den schönsten Tag, wie man ihn nennt, hatten sie vor sich, den Hochzeitstag.

Aber nicht in der Kirche von Bex, nicht im Hause des

Müllers sollte die Hochzeit stattfinden; die Patin wollte, daß die Hochzeit bei ihr gefeiert würde und daß die Trauung in der hübschen kleinen Kirche in Montreux stattfände. Der Müller bestand darauf, daß diesem Verlangen nachgegeben werde; er allein wußte, was die Patin für die Jungverheirateten geplant hatte; sie sollten von ihr ein Hochzeitsgeschenk erhalten, das eine solche kleine Nachgiebigkeit wohl wert sein konnte. Der Tag war festgesetzt. Schon am Abend vorher wollten sie nach Villeneuve fahren, um morgens mit dem Schiff so rechtzeitig nach Montreux überzusetzen, daß die Töchter der Patin die Braut schmücken konnten.

„Dann wird hier im Hause sicher nachträglich noch ein-

mal Hochzeit gefeiert", sagte die Stubenkatze. „Sonst gebe ich nicht ein Miau für das Ganze."

„Hier gibt's einen Schmaus!" sagte die Küchenkatze, „Enten sind geschlachtet worden, Tauben erwürgt, und ein ganzes Reh hängt an der Wand. Mich juckt's in den Zähnen, wenn ich es nur sehe! Morgen geht nun die Reise los."

Ja, morgen! – An diesem Abend saßen Rudy und Babette zum letztenmal als Verlobte in der Mühle.

Draußen war Alpenglühen, die Abendglocke läutete, die Töchter der Sonnenstrahlen sangen: „Das Beste geschieht!"

14
Erscheinungen in der Nacht

Die Sonne war untergegangen, die Wolken senkten sich ins Rhonetal zwischen den hohen Bergen hinab, der Wind kam aus Süden, ein afrikanischer Wind; über die hohen Alpen wehte er, ein Föhn, der die Wolken zerriß, und als der Wind dahingefegt war, wurde es für einen Augenblick ganz still; die zerrissenen Wolken hingen in phantastischen Gebilden zwischen den bewaldeten Bergen über dem eilig strömenden Rhonefluß; sie hingen da in Gestalten wie die Seetiere der Urwelt, wie der schwebende Adler der Lüfte und wie die hüpfenden Frösche im Sumpf; sie senkten sich auf den reißenden Strom nieder, sie segelten auf ihm dahin und segelten dennoch in der Luft. Der Strom führte eine mit der Wurzel ausgerissene Tanne mit sich, das Wasser vor ihr kreiste in Wirbeln; es war der Schwindel, es waren mehr als einer, die sich da im Kreise auf dem vorwärts brausenden Strome drehten; der Mond leuchtete auf den Schnee der Berggipfel, auf die dunklen Wälder und die weißen, seltsamen Wolken, die Erscheinungen der Nacht, die Geister der Naturkräfte; der Gebirgsbauer sah sie durch die Scheibe, sie segelten dort unten in Scharen vor der Eisjungfrau her; sie kam aus ihrem Gletscherschloß, sie saß auf dem brüchigen Schiff, einer ausgerissenen Tanne, das Gletscherwasser trug sie den Strom hinab auf den offenen See zu.

„Die Hochzeitsgäste kommen!" sauste und sang es in Luft und Wasser.

Erscheinungen draußen, Erscheinungen drinnen. Babette hatte einen seltsamen Traum.

Es kam ihr so vor, als wäre sie mit Rudy verheiratet, und zwar schon viele Jahre. Er war jetzt auf Gemsenjagd, aber sie war zu Hause, und bei ihr saß der junge Engländer mit

dem rotgoldenen Backenbart; seine Augen waren so heiß, seine Worte hatten eine Zauberkraft, er reichte ihr die Hand, und sie mußte ihm folgen. Sie gingen vom Hause fort. Ständig abwärts! Und es kam Babette so vor, als läge eine Last auf ihrem Herzen, die wurde immer schwerer, eine Sünde war es gegen Rudy, eine Sünde gegen Gott; und plötzlich stand sie verlassen da, ihre Kleider waren von Dornen zerfetzt, ihr Haar war ergraut, sie sah im Schmerz nach oben, und auf dem Felsrand erspähte sie Rudy – sie streckte die Arme nach ihm aus, wagte aber nicht zu rufen oder zu bitten, und es hätte auch gar nichts genützt, denn bald sah sie, er war es gar nicht, sondern nur seine Jägerjoppe und sein Hut, die auf dem Alpenstock hingen, wie sie die Jäger aufstellen, um die Gemsen zu täuschen. Und in grenzenlosem Schmerz klagte Babette: „Oh, wäre ich an meinem Hochzeitstag gestorben, meinem glücklichsten Tag! Herr du mein Gott, es wäre eine Gnade gewesen, ein seliges Glück! Dann wäre das Beste geschehen, was mir und Rudy hätte geschehen können! Keiner kennt seine Zukunft!" und in gottlosem Schmerz stürzte sie sich in die tiefe Felsschlucht hinab. Da riß eine Saite, da erklang ein Wehlaut!

Babette erwachte, der Traum war zu Ende – und ausgelöscht, aber sie wußte, sie hatte etwas Schreckliches geträumt und von dem jungen Engländer geträumt, den sie monatelang nicht gesehen, an den sie nicht gedacht hatte. Ob er wohl in Montreux sein würde? Würde sie ihn auf der Hochzeit sehen? Ein kleiner Schatten huschte um den feinen Mund. Die Brauen zogen sich zusammen; aber bald trat ein Lächeln hervor, und ein Funkeln war in ihren Augen, die Sonne schien so wunderbar draußen, und morgen war ihr und Rudys Hochzeitstag.

Er war schon in der Stube, als sie herunterkam, und bald brach man nach Villeneuve auf. Sie waren so glücklich, die beiden, und der Müller dazu, er lachte und strahlte in der glänzendsten Laune; ein guter Vater war er, eine ehrliche Seele.

„Jetzt sind wir die Herrschaft im Hause!" sagte die Stubenkatze.

15
Das Ende

Es war noch nicht Abend, als die drei fröhlichen Menschen Villeneuve erreichten und ihre Mahlzeit zu sich nahmen. Der Müller setzte sich mit seiner Pfeife in den Lehnstuhl und hielt ein Nickerchen. Die jungen Brautleute gingen Arm in Arm aus dem Ort hinaus, auf der Fahrstraße entlang, die unter den von Buschwerk bestandenen Felsen an dem blaugrünen, tiefen See dahinführte; das düstere Chillon spiegelte seine grauen Mauern und schweren Türme in dem durchsichtigen Wasser; die kleine Insel mit den drei Akazien schien noch näher zu sein, sie sah aus wie ein Strauß auf dem See.

„Da drüben muß es entzückend sein!“ sagte Babette, sie hatte wieder die größte Lust, dort hinüberzukommen, und dieser Wunsch konnte sogleich erfüllt werden; am Ufer lag ein Kahn, das Tau, das ihn festhielt, war leicht loszubinden. Niemanden sah man, den man um Erlaubnis hätte bitten können, und so nahm man sich ohne weiteres den Kahn, Rudy konnte wahrlich rudern.

Die Riemen griffen wie die Flossen des Fischs in das nachgiebige Wasser, es ist so weich und dennoch so stark, es ist ein richtiger Rücken, der trägt, ein richtiger Mund, der verschlingt, freundlich lächelnd, die Weichheit selber, und dennoch Schrecken einflößend und stark im Zerschmettern. Das Kielwasser schäumte hinter dem Kahn, der mit den beiden in wenigen Minuten die Insel erreichte, wo sie an Land gingen. Hier war nicht mehr Platz als für einen Tanz der beiden.

Rudy schwenkte Babette zwei-, dreimal herum, und dann setzten sie sich auf die kleine Bank unter den tief herabhängenden Akazien, sahen einander in die Augen, hielten einander an den Händen, und alles ringsum erstrahlte im Glanz der untergehenden Sonne; die Tannenwälder auf den Bergen nahmen ein rotviolettes Aussehen an, ganz wie blühende Heide, und wo die Bäume aufhörten und das Felsgestein hervortrat, erglühte dieses, als wäre der Berg transparent, die Wolken am Himmel leuchteten wie das rote Feuer, der ganze See war wie das frische, errötende Rosenblatt. Als allmählich die Wolken über den schneebedeckten Bergen Savoyens aufstiegen, wurden diese schwarzblau, aber die oberste Zinne funkelte wie die rote Lava, sie ließen einen Augenblick aus der Zeit der Gebirgsbildung wiedererstehen, als diese Massen sich glühend aus dem Schoß der Erde emporhoben und noch nicht erloschen waren. Es war ein Alpenglühen, wie Rudy und Babette nie ein ähnliches gesehen zu haben meinten. Der schneebedeckte Dent du

Midi hatte einen Glanz wie die Scheibe des Vollmonds, wenn sie gerade über dem Horizont aufgeht.

„So viel Schönheit! so viel Glück!" sagten die beiden. – „Mehr hat die Erde mir nicht zu schenken!" sagte Rudy. „Eine Abendstunde wie diese ist doch ein ganzes Leben! Wie oft fühlte ich mein Glück, wie ich es jetzt fühle, und dachte, wenn nun alles zu Ende wäre, wie glücklich habe ich dennoch gelebt! Wie gesegnet ist diese Welt! Und der Tag endete, aber ein neuer begann, und ich meinte, der sei noch schöner! Der Herrgott ist doch unendlich gütig, Babette!"

„Ich bin so glücklich!" sagte sie.

„Mehr hat die Erde mir nicht zu schenken!" rief Rudy aus.

Und die Abendglocken läuteten von den Bergen Savoyens, von den Schweizer Bergen; im goldenen Glanz erhob sich gen Westen der schwarzblaue Jura.

„Gott schenke dir das Herrlichste und Beste!" rief Babette aus.

„Das wird er tun!" sagte Rudy. „Morgen habe ich es! Morgen bist du ganz mein! meine liebe kleine, süße Frau!"

„Das Boot!" rief Babette im selben Augenblick aus.

Das Boot, das sie zurückbringen sollte, hatte sich losgemacht und trieb von der Insel fort.

„Ich hole es!" sagte Rudy, warf seinen Rock ab, streifte seine Stiefel ab, sprang in den See und schwamm mit raschen Stößen auf den Kahn zu.

Kalt und tief war das klare, blaugrüne Eiswasser vom Gletscher des Berges. Rudy warf einen Blick hinab, nur einen einzigen Blick, und es war, als sähe er einen goldenen Ring rollen, blitzen und flimmern – er dachte an seinen verlorengegangenen Verlobungsring, und der Ring wurde größer, weitete sich zu einem funkelnden Kreis, und in diesem glänzte der helle Gletscher; unendliche, tiefe Schründe gähnten ringsum, und das Wasser tropfte hinab, klingend wie ein Glockenspiel, und leuchtete in weißblauen Flammen; in einem kurzen Augenblick sah er, was wir in langen, vielen Worten ausdrücken müssen. Junge Jäger und junge

Mädchen, Männer und Frauen, einst in den Spalten des Gletschers versunken, standen hier voller Leben mit offenen Augen und lächelndem Mund, und tief unter ihnen ertönte von begrabenen Städten der Klang der Kirchenglocken; die Gemeinde kniete unter dem Kirchengewölbe. Eisstücke bildeten Orgelpfeifen, der Gießbach orgelte; die Eisjungfrau saß auf dem hellen, durchsichtigen Grund, sie erhob sich, kam Rudy entgegen, küßte seine Füße, und ein tödlicher Krampf durcheiste seine Glieder, ein elektrischer Schlag – Eis und Feuer! Man kann bei der kurzen Berührung zwischen ihnen nicht unterscheiden.

„Mein! mein!" ertönte es um ihn und in ihm. „Ich küßte dich, als du klein warst! küßte dich auf deinen Mund! Jetzt küsse ich dich auf deinen Zeh und deine Ferse, mein bist du ganz!"

Und er war in dem hellen blauen Wasser verschwunden.

Alles war still; die Kirchenglocken hörten auf zu läuten, die letzten Töne verschwanden mit dem Glanz auf den roten Wolken.

„Mein bist du!" tönte es in der Tiefe; „mein bist du!" tönte es in der Höhe, aus dem Unendlichen.

Herrlich, von Liebe zu Liebe zu fliegen, von der Erde bis in den Himmel hinein.

Da riß eine Saite, ein Wehlaut ertönte, der Eiskuß des Todes besiegte das Vergängliche; das Vorspiel endete, auf daß das Lebensdrama beginnen konnte, der Mißklang löste sich auf in Harmonie.

Nennst du das eine traurige Geschichte?

Arme Babette! für sie war es die Stunde der Angst! Das Boot trieb immer weiter fort. Niemand an Land wußte, daß das Brautpaar auf der kleinen Insel war. Der Abend brach herein. Wolken senkten sich nieder; die Dunkelheit kam. Allein, verzweifelt, jammernd stand Babette da. Ein Unwetter hing über ihr; Blitze zuckten über den Jurabergen, über dem Schweizer Land und über Savoyen; von allen Seiten Blitz auf Blitz, Donner auf Donner, einer rollte in den nächsten hinein, minutenlang. Die zuckenden Blitze nahmen bald den Glanz der Sonne an, man konnte jeden einzelnen

Weinstock sehen, als ob es Mittag wäre, und gleich darauf brütete wieder die schwarze Finsternis. Die Blitze bildeten Schleifen, Schnörkel, Zickzacks, schlugen ringsum in den See ein, sie funkelten von allen Seiten, während das Donnern anschwoll durch das Grollen des Echos. An Land zog man die Boote aufs Ufer hinauf; alles Lebende suchte Obdach – und nun rauschte der Regen nieder.

„Wo sind nur Rudy und Babette in diesem Unwetter!" sagte der Müller.

Babette saß mit gefalteten Händen da; mit dem Kopf in

ihrem Schoß, stumm vor Schmerz, vor Schreien und Jammern.

„In dem tiefen Wasser!" sagte sie in sich selber hinein. „Tief dort unten, wie unter dem Gletscher, da ist er!"

Sie mußte daran denken, was Rudy über den Tod seiner Mutter erzählt hatte, über seine Errettung, wie er, fast eine Leiche, aus der Gletscherspalte geborgen wurde. „Die Eisjungfrau hat ihn wieder!"

Und nun flammte ein Blitz, so blendend wie Sonnenglast auf dem weißen Schnee. Babette fuhr hoch; der See erhob sich in diesem Augenblick, wie ein schimmernder Gletscher, da stand die Eisjungfrau, majestätisch, blaßblau, funkelnd, und zu ihren Füßen lag Rudys Leiche. „Mein!" sagte sie, und wieder war ringsum tiefe Finsternis, wogendes Wasser.

„Grausam!" klagte Babette. „Weshalb mußte er nur sterben, als gerade der Tag unseres Glücks da war! Gott! erleuchte meinen Verstand! Erleuchte mein Herz! Ich verstehe nicht deine Wege, tappe blind in deiner Allmacht und Weisheit umher!"

Und Gott erleuchtete ihr Herz. Ein Gedankenblitz, ein Strahl der Barmherzigkeit, ihr Traum in der vergangenen Nacht durchzuckte sie mit aller Lebendigkeit; sie erinnerte sich der Worte, die sie gesprochen hatte: des Wunsches nach dem Besten für sich und Rudy.

„Weh mir! war es der Keim der Sünde in meinem Herzen? War mein Traum das künftige Leben, dessen Saite zerrissen werden mußte um meines Heiles willen? Ich Elende!"

Klagend saß sie in der pechschwarzen Nacht. In deren tiefer Stille tönten noch immer Rudys Worte, wie ihr schien; das letzte, was er sagte, war: „Mehr Glück hat die Erde mir nicht zu schenken!" Die Worte erklangen in der Fülle der Freude, sie wurden wiederholt in der Übermacht des Schmerzes.

Zwei Jahre sind seither vergangen. Der See lächelt, die Ufer lächeln; die Weinranke setzt schwellende Trauben an: Dampfschiffe mit wehenden Wimpeln hasten vorüber, Lustjachten mit ihren beiden gestrafften Segeln fliegen wie weiße Falter über den Wasserspiegel; die Eisenbahn über Chillon ist im Betrieb, sie führt tief hinein ins Rhonetal. An jeder Station steigen Fremde aus, sie kommen mit ihrem rot eingebundenen Reiseführer und studieren, was es für sie Sehenswertes gibt. Sie besuchen Chillon, sie sehen dort draußen im See die kleine Insel mit den drei Akazien und lesen im Buch über das Brautpaar, das im Jahre 1856 in einer Abendstunde hinüberruderte, von dem Tode des Bräutigams und: „... erst am nächsten Morgen hörte man am Ufer die verzweifelten Schreie der Braut."

Aber das Reisebuch vermeldet nichts von Babettes stillem Leben bei ihrem Vater; nicht in der Mühle, dort wohnen jetzt Fremde, sondern in dem schmucken Haus in der Nähe des Bahnhofs, wo sie vom Fenster aus noch manchen Abend über die Kastanienbäume zu den Schneebergen hinüberblickt, wo Rudy einstmals herumgeklettert ist; sie sieht in der Abendstunde das Alpenglühen, die Töchter der Sonne lagern sich dort oben und wiederholen das Lied von dem Wandersmann, dem der Wirbelwind den Mantel entriß und entführte; die Hülle raubte er und nicht den Mann.

Rosenglanz liegt auf dem Schnee des Gebirges, Rosenglanz liegt in jedem Herzen, welches denkt: „Gott ordnet es am besten für uns!" Aber das wird uns nicht immer offenbart, so wie es Babette in ihrem Traum offenbart wurde.

Der Schmetterling

Der Schmetterling wollte sich eine Braut suchen, natürlich wollte er eine hübsche, kleine unter den Blumen haben. Er sah sie sich an; sie saßen alle so still und besinnlich auf ihrem Stengel, wie eine Jungfrau es tun muß, wenn sie nicht verlobt ist; aber hier war eine so reiche Auswahl, das würde große Mühe machen, dazu hatte der Schmetterling keine Lust, und so flog er zur Gänseblume. Die nennen die Franzosen Margrethe, sie wissen, sie kann weissagen, und das tut sie, wenn Verliebte ihr Blatt für Blatt auszupfen und bei jedem eine Frage nach dem Liebsten stellen: „Von Herzen? – Mit Schmerzen? – Über alle Maßen? – Klein wenig? – Fast gar nicht?“ oder so ähnlich. Jeder fragt in seiner Sprache. Der Schmetterling kam auch, um zu fragen; er zupfte die Blättchen nicht ab, sondern küßte jedes einzelne, da er der Ansicht war, daß man im Guten am weitesten komme.

„Liebste Margrethe Gänseblume!“ sagte er, „Sie sind die klügste Frau unter allen Blumen! Sie verstehen zu weissagen! Sagen Sie mir, kriege ich die oder die? Und wen kriege ich? Wenn ich es weiß, kann ich einfach hinfliegen und um ihre Hand anhalten!“

Aber Margrethe antwortete gar nicht. Sie mochte es nicht, daß er sie „Frau“ nannte, denn sie war ja eine Jungfrau, und dann ist man keine Frau. Er fragte ein zweites Mal, und er fragte ein drittes Mal, und da er kein Wort aus ihr herausbekam, hatte er keine Lust mehr, noch weiterzufragen, sondern flog mir nichts dir nichts auf die Freite.

Es war im Vorfrühling; es gab Schneeglöckchen und Krokus in Mengen. „Die sind sehr hübsch!“ sagte der Schmetterling, „niedliche kleine Konfirmanden! aber ein wenig zu grün.“ Er schaute wie alle jungen Männer nach älteren Mädchen aus. Nun flog er zu den Anemonen, die waren ihm etwas zu herbe; die Veilchen etwas zu verschwärmt; die Tulpen zu prunkvoll; die Narzissen zu bürgerlich; die Lindenblüten zu klein, und sie hatten so viele Verwandte; die Apfelblüten sahen ja allerdings aus wie Rosen, aber sie blühten heute und fielen morgen ab, je nachdem wie windig es war, die Ehe würde zu kurz sein, fand er. Die Erbsenblüte gefiel ihm noch am ehesten, sie war rot und weiß, sie war rein und fein, gehörte zu den häuslichen Mägdelein, die gut aussehen und doch in der Küche bewandert sind; er wollte gerade um ihre Hand anhalten, da sah er im selben Augenblick dicht daneben eine Schote mit einer welken Blüte an der Spitze hängen. „Wer ist das?“ fragte er. „Das ist meine Schwester“, sagte die Erbsenblüte.

„Aha, so werden Sie später einmal aussehen!“ Das erschreckte den Schmetterling, und so flog er davon.

Die Kaprifolien hingen über den Zaun; da gab es eine Menge von diesen Fräulein mit langen Gesichtern und gelber Haut; dergleichen liebte er nicht. Ja, aber was liebte er denn? Fragt ihn!

Der Frühling verging, der Sommer verging, und nun war es Herbst; er war noch immer nicht weitergekommen. Und die Blumen erschienen in den schönsten Kleidern, aber was nützte das schon, der frische, duftende Jugendsinn war nicht mehr. Und Duft braucht das Herz gerade mit zunehmendem Alter, und Duft gibt es nicht allzuviel bei Georginen und Malven. Da wandte sich der Schmetterling der Krauseminze zu.

„Die hat zwar gar keine Blüte, sondern ist ganz und gar Blüte, duftet von der Wurzel bis zur Spitze, hat Blütenduft in jedem Blatt. Die nehme ich!“

Und nun machte er endlich einen Antrag.

Aber die Krauseminze stand starr und still, und zuletzt sagte sie: „Freundschaft, aber mehr auch nicht! Ich bin alt, und Sie sind alt! Wir können sehr gut füreinander leben, aber heiraten – nein! Wir wollen uns in unserem hohen Alter doch nicht lächerlich machen!"

Und so bekam der Schmetterling gar keine. Er hatte zu lange gesucht, und das darf man nicht tun. Der Schmetterling wurde ein Hagestolz, wie man es nennt.

Spätherbst war es, mit Regen und Wind; der fuhr den alten Weiden kalt am Rücken hinunter, so daß es in ihnen ächzte. Es war nicht gesund, in Sommerkleidern umherzufliegen, da würde man die Liebe zu spüren bekommen, wie es heißt; aber der Schmetterling flog nun auch nicht draußen umher, er war zufällig unter Dach gekommen, wo der Ofen geheizt war, ja, hier war es ganz sommerlich warm; er konnte leben. „Aber leben allein genügt nicht!" sagte er; „Sonnenschein, Freiheit und eine kleine Blume muß man haben!"

Und er flog gegen die Fensterscheibe, wurde gesehen, bewundert und auf eine Nadel gespießt in den Raritätenkasten gelegt; mehr konnte man für ihn nicht tun.

„Nun sitze ich auch auf dem Stengel genau wie die Blumen!" sagte der Schmetterling; „sehr angenehm ist es jedoch nicht! Es ist sicher so, wie wenn man verheiratet ist, man sitzt fest!" und damit tröstete er sich dann.

„Es ist ein schlechter Trost!" sagten die Topfblumen in der Stube.

„Aber den Topfblumen kann man nicht so recht glauben", meinte der Schmetterling, „sie kommen zuviel mit Menschen zusammen."

Die Psyche

Im Morgengrauen funkelt in der rötlichen Luft ein großer Stern, der hellste Stern des Morgens; sein Strahl flimmert auf der weißen Wand, als wollte er dort niederschreiben, was er zu erzählen weiß, was er in all den Jahrtausenden hier und da auf unserer sich drehenden Erde gesehen hat. Hört eine von seinen Geschichten!

Jetzt kürzlich – sein „kürzlich“ bedeutet für uns Menschen: vor Jahrhunderten – folgten meine Strahlen einem jungen Künstler; es war im päpstlichen Staat, in der Weltstadt Rom. Dort hatte sich vieles im Laufe der Zeiten gewandelt, aber nicht so rasch, wie die menschliche Gestalt vom Kindes- ins Greisenalter übergeht. Die kaiserliche Burg lag wie heute noch in Trümmern; der Feigenbaum und der Lorbeerstrauch wuchsen zwischen den gestürzten Marmorsäulen und über die zerstörten, an den Wänden von Gold prangenden Baderäume hinweg; das Kolosseum war eine Ruine; die Kirchenglocken läuteten, der Weihrauch duftete,

Prozessionen zogen mit Kerzen und strahlenden Baldachinen durch die Straßen. Es war feierlich wie in einer Kirche, und die Kunst war hoch und heilig. In Rom lebte der größte Maler der Welt, Raphael; hier lebte der erste Bildhauer des Zeitalters, Michelangelo; selbst der Papst huldigte den beiden, beehrte sie mit seinem Besuch; die Kunst war anerkannt, geehrt und erhielt ihren Lohn. Aber nicht alles Große und Tüchtige wird deswegen gesehen und anerkannt.

In einer kleinen, engen Straße stand ein altes Haus, es war einst ein Tempel gewesen; hier wohnte ein junger Künstler; arm war er, unbekannt war er; ja, er hatte wohl junge Freunde, ebenfalls Künstler, jung an Gemüt, an Hoffnung und Denken; die sagten ihm, er sei reich an Talent und Können, aber er sei ein Narr, daß er niemals selbst daran glaube. Er zerstörte ja alles wieder, was er in Ton gebildet hatte, er war niemals zufrieden, bekam nie etwas fertig, und das muß man, damit es gesehen und anerkannt werden kann und Geld einbringt.

„Du bist ein Träumer!" sagten sie, „und das ist dein Unglück! Aber das kommt daher, weil du noch nicht gelebt, noch nicht das Leben gekostet hast, es in großen, gesunden Zügen genossen hast, wie es genossen sein will. In der Jugend gerade soll und muß man das Leben und sich selber miteinander verschmelzen! Schau dir den großen Meister Raphael an, den der Papst ehrt und die Welt bewundert, er langt zu beim Wein und beim Brot!"

„Er ißt auch gleich die Bäckersfrau mit, die hübsche Fornarina!" sagte Angelo, einer der lustigsten jungen Freunde.

Ja, sie sagten alle so viel, ihrer Jugend und ihrem Verstande gemäß. Sie wollten den jungen Künstler mit auf Vergnügungen nehmen, auf Tollheiten, Verrücktheiten kann man auch sagen; und dazu hatte er auch in manchen Augenblicken Lust; sein Blut war heiß, seine Phantasie stark; er konnte auf die lustige Rede eingehen, laut mit den anderen lachen, und dennoch, was sie „Raphaels munteren Lebenswandel" nannten, versank vor ihm wie der Morgennebel, sah er den göttlichen Glanz, der von des großen Meisters Bildern aufleuchtete, und stand er im Vatikan vor den Schönheitsgestalten, die die Meister vor Jahrtausenden aus dem Marmorblock geschaffen hatten, dann quoll ihm die Brust über, er spürte in sich etwas so Hohes, so Heiliges, so Erhebendes, Großes und Gutes, und er hatte den Wunsch, solche Gestalten aus dem Marmorblock herauszumeißeln. Er wollte ein Bild von dem wiedergeben, was sich in seinem Herzen dem Unendlichen entgegenschwang, aber wie und in welcher Gestalt? Der weiche Ton fügte sich seinen Fingern, nahm die Formen der Schönheit an, aber am nächsten Tage brach er, wie immer, entzwei, was er geschaffen hatte.

Eines Tages ging er an einem der reichen Paläste vorüber, von denen Rom viele besitzt, er blieb dort an dem großen, offenen Eingangstor stehen und sah mit Statuen geschmückte Säulengänge, die einen kleinen Garten umschlossen, der von den schönsten Rosen überquoll. Große, weiße Kallas mit ihren grünen, saftigen Blättern entsprossen dem Marmorbecken, in dem das klare Wasser plätscherte; und hier schwebte eine Gestalt vorüber, ein junges Mädchen, die Tochter dieses fürstlichen Hauses; wie fein, wie leicht, wie reizvoll! Noch keine Frau wie diese hatte er gesehen – doch! gemalt, von Raphael als Psyche gemalt, in einem Palast in Rom Ja, dort war sie gemalt, hier ging sie lebendig einher.

In seiner Vorstellung und seinem Herzen war sie lebendig; und er ging heim in seine ärmliche Stube und formte Psyche in Ton; es war die reiche, junge Römerin, das edelgeborene Weib; und zum erstenmal sah er sein Werk mit Befriedigung an. Es war von Bedeutung, es war sie. Und die Freunde, die es sahen, jubelten laut vor Freude; diese Arbeit war eine Offenbarung seiner künstlerischen Größe, die sie schon früher erkannt hatten, nun sollte die Welt sie erkennen.

Der Ton ist zwar leiblich und lebendig, aber er hat nicht die Weiße und Dauerhaftigkeit des Marmors; aus dem Marmorblock mußte diese Psyche hier Leben erhalten, und das kostbare Stück Marmor besaß er; es hatte schon viele Jahre als Besitz der Eltern auf dem Hofe gelegen;

Flaschenscherben, Fenchelkraut, die Überreste von Artischocken waren darübergeworfen worden und besudelten den Block, aber im Innern war er wie der Schnee des Gebirges; aus diesem sollte die Psyche aufsteigen.

Eines Tages traf es sich dann, ja, der helle Stern berichtet nichts darüber, der sah es nicht, aber wir wissen es: eine vornehme römische Gesellschaft kam in die enge, ärmliche Straße. Der Wagen hielt etwas weiter weg, die Gesellschaft kam, um die Arbeit des jungen Künstlers zu sehen, durch einen Zufall hatte man davon vernommen. Und wer waren die vornehmen Besucher? Armer junger Mann! viel zu glücklicher junger Mann könnte man ihn auch nennen. Das junge Mädchen selbst stand hier im Raum, und mit welchem Lächeln, als ihr Vater die Worte sprach: „Das bist du ja, wie du leibst und lebst!" Dies Lächeln kann nicht nachgebildet, dieser Blick nicht wiedergegeben werden, dieser wundersame Blick, mit dem sie den jungen Künstler ansah, es war ein Blick, der verhieß, adelte und – zerschmetterte.

„Die Psyche muß in Marmor ausgeführt werden!" sagte der reiche Herr. Und das waren lebenspendende Worte für den toten Ton und den schweren Marmorblock, wie es lebenspendende Worte für den hingerissenen jungen Mann waren. „Wenn die Arbeit vollendet ist, erwerbe ich sie!" sagte der fürstliche Herr.

Es war, als bräche eine neue Zeit in der ärmlichen Werkstatt an; Leben und Heiterkeit leuchteten dort drinnen, geschäftig ging es hier zu. Der glänzende Morgenstern sah, wie die Arbeit vorwärtsschritt. Der Ton sogar war wie beseelt, seit sie dagewesen war, er ließ sich den wohlbekannten Zügen in erhabener Schönheit anpassen.

„Jetzt weiß ich, was Leben ist!" jubelte der junge Künstler, „es ist Liebe! Es ist der Aufstieg zum Herrlichen, die Berückung durch das Schöne! Was die Freunde Leben und Genuß nennen, ist eitel, sind Blasen in der gärenden Hefe, es ist nicht der reine, himmlische Altarwein, die Weihe zum Leben!"

Der Marmorblock wurde aufgestellt, der Meißel hieb große Stücken weg; es wurde gemessen, Punkte und Zeichen wurden eingeritzt, das Handwerkliche wurde getan, bis nach und nach der Stein Körper wurde, Schönheitsgestalt, die Psyche, herrlich wie Gottes Ebenbild in dem jungen Weibe. Der schwere Stein wurde schwebend, tanzend, luftig leicht, eine bezaubernde Psyche, mit dem himmlisch unschuldsvollen Lächeln, wie es sich im Herzen des jungen Bildhauers gespiegelt hatte.

Der Stern an jenem rosenfarbenen Morgen sah es und verstand nur zu gut, was sich in dem jungen Mann regte, verstand die wechselnde Farbe auf seinen Wangen, das Blitzen seiner Augen, während er arbeitete, wiedergab, was Gott gegeben hatte.

„Du bist ein Meister wie die zur Zeit der Griechen!" sagten die begeisterten Freunde. „Bald wird die ganze Welt deine Psyche bewundern."

„Meine Psyche!" wiederholte er. „Meine! Ja, das muß sie werden! Auch ich bin Künstler, wie jene großen Dahingeschiedenen! Gott hat mir das Gnadengeschenk vergönnt, mich hoch emporgehoben wie den Adligen."

Und er sank auf die Knie, weinte vor Dankbarkeit gegen Gott – und vergaß ihn wieder um ihretwillen, ihres Marmorbildnisses willen, der Gestalt der Psyche, die dastand, wie aus Schnee geschnitten, in der Morgensonne errötend.

Er sollte sie in Wirklichkeit sehen, die Lebende, Schwebende, sie, deren Worte wie Musik tönten. Im reichen Palast konnte er die Nachricht überbringen, daß die Marmorpsyche vollendet sei. Er kam hinein, ging durch den offenen Hof, wo das Wasser aus den Delphinen im Marmorbecken plätscherte, wo die Kallas blühten und die frischen Rosen alles überfluteten. Er trat in die große, hohe Vorhalle, deren Wände und Decke von Farben prangten, mit Wappen und Bildern. Geputzte Diener, stolz den Kopf aufwerfend wie Schlittenpferde mit Schellen, gingen auf und ab, manche hatten sich auch faul, übermütig auf den geschnitzten Holzbänken ausgestreckt; sie schienen die Herren des Hauses zu sein. Er brachte ihnen sein Anliegen vor und wurde nunmehr auf den weichen Teppichen der blanken Marmortreppe nach oben geführt. Zu beiden Seiten standen Statuen; er kam durch reiche Räume mit Bildern und schimmernden Mosaikfußböden. Diese Pracht und dieser Glanz machten ihm das Atmen etwas schwer, aber bald wurde es wieder leicht; der alte, fürstliche Herr empfing ihn gar freundlich, fast herzlich, und nachdem sie miteinander geredet hatten, forderte er ihn beim Abschied auf, bei der jungen Signora einzutreten, sie wollte ihn ebenfalls sehen. Die Diener führten ihn durch prachtvolle Gemächer und Säle in ihre Stube, wo sie die Pracht und die Herrlichkeit war.

Sie sprach mit ihm; kein Miserere, kein Kirchenlied hätte sein Herz so schmelzen, die Seele höher erheben können. Er ergriff ihre Hand, preßte sie an seine Lippen; keine Rose ist so weich, aber von dieser Rose ging ein Feuer aus, ein Feuer durch ihn hindurch, ein Überschwang; von seiner Zunge strömten Worte, er wußte es selber nicht; weiß der Krater, daß er glühende Lava speit? Er gestand ihr seine Liebe. Sie stand da, überrascht, beleidigt, stolz und mit einem Hohn, ja einem Ausdruck, als hätte sie plötzlich den feuchten, klammen Frosch berührt; ihre Wangen wurden rot, die Lippen sehr blaß; ihre Augen waren Feuer und dennoch schwarz wie die finstere Nacht.

„Wahnwitziger!" sagte sie. „Fort! Hinab!" und sie kehrte ihm den Rücken zu. Das schöne Gesicht hatte einen Ausdruck wie jenes versteinernde Antlitz mit den Schlangenhaaren.

Einem sinkenden, leblosen Gegenstand gleich kam er auf die Straße, wie ein Schlafwandler gelangte er heim und wachte in Wut und Schmerz auf, ergriff seinen Hammer, hob ihn empor und wollte das schöne Marmorbildnis zertrümmern; aber in seinem Zustand merkte er nicht, daß der Freund Angelo dicht hinter ihm stand, ihm mit einem kräftigen Griff in den Arm fiel.

„Bist du toll geworden? Was hast du vor?"

Sie rangen miteinander; Angelo war der Stärkere, und tiefatmend warf sich der junge Künstler auf einen Stuhl.

„Was ist geschehen?" fragte Angelo. „Nimm dich doch zusammen! Sprich!"

Aber was konnte er sagen? Worüber sollte er sprechen? Und da Angelo ihn nicht zum Sprechen bringen konnte, gab er es auf.

„Dein Blut gerinnt bei der ewigen Träumerei! Sei doch ein Mensch wie wir anderen und lebe nicht in Idealen, daran zerbricht man! Hol dir einen kleinen Rausch vom Wein, dann schläfst du hinterher herrlich! Laß ein hübsches Mädchen dein Arzt sein! Die Mädchen der Campagna sind schön wie die Prinzessin im Marmorschloß, beides sind Evastöchter und im Paradies nicht voneinander zu unterscheiden! Folge deinem Angelo! Dein Engel bin ich, der Engel des Lebens! Es kommt eine Zeit, du wirst alt, der Körper wird hinfällig, und dann an einem schönen Sonnentag, wenn alles lacht und jubelt, liegst du da wie ein welker Halm, der nicht mehr wachsen kann; ich glaube nicht, was die Priester sagen, daß es ein Leben nach dem Grabe gibt; das ist eine hübsche Erdichtung, ein Märchen für Kinder, sicher ergötzlich, wenn man es sich einbilden kann, ich lebe nicht in Einbildungen, sondern in der Wirklichkeit; komm mit! Werde Mensch!"

Und er zog ihn mit sich, er konnte es in diesem Augenblick; in des jungen Künstlers Blut war ein Feuer, ein Wandel in seiner Seele, ein Drang, sich von all dem Alten loszureißen, all dem, woran er gewöhnt war, sich aus dem eigenen alten Ich loszureißen, und er folgte heute Angelo.

Draußen am Rande von Rom lag eine von Künstlern besuchte Osteria, in den Ruinen einer alten Badestube errichtet; die großen gelben Zitronen hingen in dem dunklen, blanken Laub und bedeckten einen Teil der rotgelben alten Mauern; die Osteria war ein tiefes Gewölbe, fast wie eine Höhle in den Ruinen; eine Lampe brannte dort drinnen vor einem Madonnenbild; ein großes Feuer loderte auf der Esse, hier wurde gebraten, gekocht und gebrutzelt; draußen, unter Zitronen- und Lorbeerbäumen, standen ein paar gedeckte Tische.

Lustig und jubelnd wurden die beiden von den Freunden empfangen; man aß ein wenig, man trank ein wenig, das stimmte heiter; gesungen wurde und auf der Gitarre gespielt; der Saltarello erklang, und der lustige Tanz begann. Zwei junge römische Mädchen, Modelle der jungen Künstler, tanzten mit, mischten sich in das lustige Treiben; zwei reizende Bacchantinnen! Ja, sie hatten nicht die Gestalt

einer Psyche, waren keine feinen, schönen Rosen, sondern frische, kräftige lodernde Nelken.

Wie war es heiß an diesem Tag, heiß selbst nach Sonnenuntergang! Feuer im Blut, Feuer in der Luft, Feuer in jedem Blick! Die Luft schwamm in Gold und Rosen, das Leben war Gold und Rosen.

„Jetzt bist du endlich einmal dabei! Laß dich vom Strom um dich und in dir tragen!"

„Nie zuvor bin ich so gesund und heiter gewesen!" sagte der junge Künstler. „Du hast recht, ihr alle habt recht, ich war ein Narr, ein Träumer, der Mensch gehört der Wirklichkeit und nicht der Phantasie."

Mit Gesang und klingenden Gitarren zogen die jungen Männer in den hellen, sternklaren Abend, von der Osteria durch die kleinen Gassen; die beiden lodernden Nelken, die Töchter der Campagna, waren mit bei dem Umzug.

In Angelos Stube, zwischen verstreut liegenden Skizzen, umhergeworfenen Weinflaschen und glühenden, üppigen Bildern klangen die Stimmen gedämpfter, wenn auch nicht weniger feurig; auf dem Fußboden lag manche Zeichnung, die den Töchtern der Campagna in ihrer wechselnden, kräftigen Schönheit sehr ähnlich war, und dennoch waren sie selber weit schöner. Der sechsarmige Leuchter ließ alle seine Dochte brennen und leuchten; und von innen brannte und leuchtete die menschliche Gestalt als Gottheit hervor.

„Apollo! Jupiter! zu eurem Himmel und eurer Herrlichkeit werde ich emporgehoben! Es ist, als spränge die Blume des Lebens in dieser Minute in meinem Herzen auf!"

Ja, sie sprang auf – knickte, stürzte, und ein betäubender, häßlicher Dunst quoll heraus, blendete die Augen, betäubte die Gedanken, das Feuerwerk der Sinne erlosch, und es wurde finster.

Er gelangte nach Hause, setzte sich auf sein Bett, kam wieder zu sich. „Pfui!" erklang es aus seinem eigenen Mund, aus seinem Herzensgrund. „Elender! Fort! Hinab!" – Und er seufzte schmerzlich tief auf.

„Fort! Hinab!" diese ihre Worte, die Worte der lebenden Psyche, tönten in seiner Brust, tönten von seinen Lippen.

Er legte den Kopf auf die Kissen, seine Gedanken verschwammen, und er schlief.

Im Morgengrauen fuhr er hoch, kam von neuem wieder zu sich. Was war das? Hatte er das Ganze geträumt? ihre Worte geträumt, den Besuch in der Osteria, den Abend mit den purpurroten Nelken der Campagna geträumt? – Nein, alles war Wirklichkeit, wie er sie bisher nicht gekannt hatte.

In der purpurfarbenen Luft glänzte der helle Stern, sein

Strahl fiel auf ihn und die Marmorpsyche, er selbst erschauerte, als er das Abbild der Unvergänglichkeit betrachtete, unrein war sein Blick, meinte er. Er warf das Tuch über sie, noch einmal griff er danach, um die Gestalt zu enthüllen, aber er konnte sein Werk nicht betrachten.

Still, finster, in sich selbst versunken, saß er den lieben langen Tag da, merkte nicht, was sich draußen regte, niemand wußte, was in diesem Menschenherzen vor sich ging.

Es vergingen Tage, es vergingen Wochen; die Nächte waren am längsten. Der flimmernde Stern sah ihn, wie er sich eines Morgens blaß, vom Fieber geschüttelt, aus dem

Bett erhob, zum Marmorbildnis ging, das Tuch hochhob, mit einem schmerzlichen, innigen Blick sein Werk betrachtete und darauf, fast unter dem Gewicht zusammenbrechend, die Statue in den Garten schleppte. Hier lag ein verfallener, ausgetrockneter Brunnen, ein Loch konnte man ihn nennen, da hinein versenkte er die Psyche, warf Erde darüber, schmiß Reiser und Nesseln über die frische Grube.

„Fort! Hinab!" war die kurze Grabrede.

Der Stern sah es aus der rosaroten Luft und zitterte in zwei schweren Tränen auf den todblassen Wangen des jungen Mannes, des Fieberkranken – des Todkranken, wie man ihn auf dem Krankenlager nannte.

Der Klosterbruder Ignatius kam als Freund und Arzt, kam mit tröstlichen Worten der Religion, sprach vom Frieden und Glück der Kirche, der Sünde der Menschen, der Gnade und dem Frieden in Gott.

Und die Worte fielen gleich warmen Sonnenstrahlen auf den feuchten, gärenden Boden; dieser dampfte und ließ Nebelwolken emporsteigen, Phantasiebilder, Bilder, die Wirklichkeit besaßen; und von diesen schwimmenden Inseln blickte der Kranke über das menschliche Leben hin: aus Fehlgriffen, Täuschungen bestand es, hatte es für ihn bestanden. Die Kunst war ein Zauberweib, das uns zur Eitelkeit verleitete, zu irdischen Gelüsten. Falsch waren wir gegen uns selbst, falsch gegen unsere Freunde, falsch gegen Gott. Die Schlange sprach immer in uns: „Iß, und du wirst sein wie Gott!"

Nun erst meinte er sich verstanden, den Weg zur Wahrheit und zum Frieden gefunden zu haben. In der Kirche war Gottes Licht und Helle, in der Mönchszelle die Ruhe, in der der menschliche Baum in die Ewigkeit emporwachsen konnte.

Bruder Ignatius bestärkte ihn in seinem Gedanken, und der Entschluß stand fest. Ein Weltkind wurde ein Diener der Kirche, der junge Künstler entsagte der Welt, ging ins Kloster.

Wie liebreich, wie froh wurde er von den Brüdern begrüßt! Wie sonntäglich festlich war die Weihe. Gott schien ihm im Sonnenschein der Kirche zu sein, strahlte drinnen von den heiligen Bildern und dem glänzenden Kreuz. Und als er jetzt in der Abendstunde bei Sonnenuntergang in seiner kleinen Zelle stand und das Fenster öffnete, über das alte Rom hinwegblickte, über die zertrümmerten Tempel, das riesige, aber tote Kolosseum, als er es in der Frühlingszeit sah, da die Akazien blühten, das Immergrün frisch war, die Rosen aufsprangen, Zitronen und Orangen leuchteten, die Palmen fächelten – da war er ergriffen und erfüllt wie nie zuvor. Die freie, stille Campagna erstreckte sich bis zu den blauen, schneebedeckten Bergen, sie schienen in die Luft gemalt zu sein; alles verschmolz ineinander, atmete Frieden und Schönheit, so schwebend, so träumend – ein Traum das Ganze!

Ja, ein Traum war hier die Welt, und der Traum hat für Stunden die Herrschaft und kann für Stunden wiederkehren, aber das Klosterleben ist ein Leben auf Jahre, viele lange Jahre.

Von innen kommt vieles, was den Menschen unrein macht, das mußte der junge Mönch hier erfahren! Was waren es für Flammen, die ihn bisweilen durchloderten? Was war es für ein Strom des Bösen, das er nicht wollte, das aber ständig hervorquoll? Er strafte seinen Leib, aber das Böse kam von innen. Was war es für ein Teil des Geistes in ihm, der so geschmeidig wie die Schlange sich um sich selber wand und mit seinem Gewissen zusammen unter den Mantel der Nächstenliebe kroch und tröstete: die Heiligen beten für uns, die Mutter betet für uns, Jesus selbst hat sein Blut für uns vergossen. War es das kindliche Gemüt oder der leichte Sinn der Jugend, daß er sich der Gnade hingab und fühlte, er wurde durch sie erhoben, über so viele hinausgehoben; denn er hatte ja die Eitelkeit der Welt von sich gestoßen, er war ein Sohn der Kirche.

Eines Tages nach vielen Jahren begegnete er Angelo, der ihn wiedererkannte.

„Mensch!“ sagte er, „ja, du bist es! Bist du nun glücklich? – Du hast dich gegen Gott versündigt und sein Gnadengeschenk fortgeworfen, deine Sendung in dieser Welt verscherzt. Lies die Parabel von dem anvertrauten Pfunde! Der Meister, der sie erzählte, er hat die Wahrheit gesprochen! Was hast du nun gewonnen und errungen! Machst du dir nicht ein Traumleben zurecht? Machst dir eine Religion zurecht nach deinem Kopfe, wie sie es wohl alle tun. Wenn nun alles ein Traum war, ein Phantasiegebilde, schöne Gedanken nur!"

„Hebe dich hinweg, Satan!" sagte der Mönch und ließ Angelo stehen.

„Es gibt einen Teufel, einen Teufel in Menschengestalt! Ich habe ihn heute gesehen!" murmelte der Mönch. „Ich reichte ihm einstmals einen Finger, er nahm meine ganze Hand! Nein", seufzte er, „in mir selbst ist das Böse, und in diesem Menschen ist das Böse, aber ihn bedrückt es nicht, er geht mit hocherhobener Stirn einher, befindet sich wohl – und ich suche mein Wohlbefinden im Trost der Religion! Wenn sie nur ein Trost wäre! Wenn alles hier, wie die Welt, der ich entrann, nur schöne Gedanken wären! Trug ist es, wie die Schönheit der roten Abendwolken, wie die wogenblaue Schönheit der fernen Berge! Nahebei sind sie anders! Ewigkeit, du bist wie der große, unendliche, windstille Ozean, der winkt, ruft, uns mit Ahnungen erfüllt, und betreten wir ihn, dann sinken wir, wir gehen unter – sterben – hören auf zu sein! – Trug! Fort! Hinab!"

Und ohne Tränen, in sich selber versunken, saß er auf seinem harten Lager, kniend – vor wem? Dem steinernen Kreuz, das in die Mauer eingelassen war? Nein, die Gewohnheit ließ den Leib in dieser Krümmung zusammensinken.

Je tiefer er in sich selber hineinblickte, desto dunkler kam es ihm dort vor. „Nichts drinnen, nichts draußen! Dieses Leben vergeudet!" Und dieser Gedankenschneeball rollte, wurde größer, zerschmetterte ihn – löschte ihn aus.

„Keinem darf ich etwas von diesem nagenden Wurm hier drinnen anvertrauen! Mein Geheimnis ist mein Gefangener, gebe ich es frei, bin ich sein!"

Und die Gotteskraft in ihm litt und rang.

„Herr! Herr!" rief er in seiner Verzweiflung aus, „sei

barmherzig, schenke mir Glauben! Dein Gnadengeschenk warf ich von mir, meine Sendung in dieser Welt! Mir fehlte es an Kraft, du gewährtest sie mir nicht. Die Unsterblichkeit, die Psyche in meiner Brust – fort, hinab! –, begraben muß sie werden wie jene Psyche, mein bester Lebensblitz! Nie wird sie aus dem Grabe wiederauferstehen!"

Der Stern in der rosenroten Luft glänzte, der Stern, der sicher erlöschen und vergehen wird, während die Seelen leben und leuchten; seine zitternden Strahlen fielen auf die weiße Mauer, aber keine Schrift hinterließ er dort von Gottes Herrlichkeit, von der Gnade, der Alliebe, die in des Gläubigen Brust aufklingt.

„Die Psyche hier drinnen stirbt niemals! Im Bewußtsein leben? – Kann das Unfaßliche eintreten? – Ja! ja! unfaßlich ist mein Ich. Unfaßlich du, o Herr! Deine ganze Welt ist unfaßlich – ein Wunder an Macht, Herrlichkeit – Liebe!"

Seine Augen glänzten, seine Augen brachen. Der Klang der Kirchenglocke war der letzte Ton über ihm, dem Toten; und er wurde in Erde bestattet, die aus Jerusalem geholt und mit dem Staub von frommen Toten gemischt war.

Nach Jahren wurde das Skelett hervorgeholt, wie das der toten Mönche vor ihm, es wurde in die braune Kutte gehüllt, erhielt eine Perlenschnur in die Hand und wurde in eine Nische voll von Menschengebeinen gestellt, die es hier in der Gruft des Klosters gab. Und die Sonne schien draußen, und der Weihrauch duftete dort drinnen, die Messen wurden gelesen.

Jahre vergingen.

Knochen und Gebeine fielen auseinander, durcheinander; Totenköpfe wurden aufgereiht, sie bildeten eine ganze äußere Mauer um die Kirche; dort stand auch der seine im glühenden Sonnenschein, es gab so viele, viele Tote, niemand wußte heute mehr ihre Namen, auch nicht den seinen. Und siehe! im Sonnenschein bewegte sich etwas Lebendiges in den beiden Augenhöhlen. Was war das? Eine bunte Eidechse sprang drinnen in der hohlen Stirnhöhle umher, schlüpfte durch die leeren, großen Augenhöhlen aus und ein. Die war jetzt das Leben in diesem Kopfe, in dem einstmals die großen Gedanken, lichten Träume, die Liebe zur Kunst und zum Herrlichen aufgestiegen waren, von dem heiße Tränen gerollt waren und wo die Hoffnung auf Unsterblichkeit gelebt hatte. Die Eidechse sprang, verschwand; die Stirnhöhle zerfiel, wurde zu Staub im Staube.

Es war Jahrhunderte später. Der helle Stern leuchtete unverändert, klar und groß, wie seit Jahrtausenden, die Luft leuchtete rötlich, frisch wie Rosen, flammend wie Blut.

Wo einstmals eine enge Gasse gewesen war mit den Überresten eines alten Tempels, dort lag jetzt nach dem Platze zu ein Nonnenkloster; hier im Garten wurde ein Grab ausgehoben, eine junge Nonne war gestorben und sollte an diesem Morgen in die Erde gesenkt werden. Der Spaten stieß gegen einen Stein, der schimmerte blendend weiß; der weiße Marmor war zu sehen, er rundete sich zu einer Schulter, diese kam immer mehr zum Vorschein; vorsichtiger wurde der Spaten geführt; ein Frauenkopf wurde sichtbar – Schmetterlingsflügel. Aus der Grube, in die die junge Nonne gesenkt werden sollte, hob man an diesem rosenroten, erglühenden Morgen eine wundervolle Psychegestalt, aus dem weißen Marmor gemeißelt. „Wie ist sie schön, vollendet! Ein Kunstwerk aus der besten Zeit!" sagte man. Wer mochte der Meister sein? Niemand wußte es, niemand kannte ihn außer dem hellen, seit Jahrtausenden leuchtenden Stern; der kannte seinen Erdenwandel, seine Prüfung, seine Schwachheit, dies „Nur ein Mensch!" Er war tot, verweht, wie der Staub es sein muß, aber das Ergebnis seines besten

Strebens, das Herrlichste, was das Göttliche in ihm aufzeigte, die Psyche, die niemals stirbt, die den Nachruhm überstrahlt, der Schimmer von ihr hier auf Erden, selbst dieser blieb hienieden, wurde gesehen, anerkannt, bewundert und geliebt.

Der helle Morgenstern in der rosenfarbenen Luft ließ seinen blitzenden Strahl auf die Psyche fallen und auf das Lächeln der Glückseligkeit um Mund und Augen der Bewunderer, die die Seele in Marmor gemeißelt schauten.

Was irdisch ist, das verweht, wird vergessen, nur der Stern im Unendlichen weiß es. Was himmlisch ist, erstrahlt selbst im Nachruhm, und wenn der Nachruhm erlischt – dann lebt die Psyche immerdar.

Die Schnecke und der Rosenstrauch

Rund um den Garten zog sich eine Hecke von Haselsträuchern, und außerhalb davon lagen Äcker und Wiesen mit Kühen und Schafen, aber mitten im Garten stand ein blühender Rosenstrauch, unter diesem saß eine Schnecke, sie hatte viel in sich, sie hatte sich selber.

„Warten Sie, bis meine Zeit kommt!" sagte sie, „ich muß mehr ausrichten als Rosen hervorbringen, als Nüsse tragen oder Milch geben wie Kühe und Schafe."

„Ich erhoffe sehr viel von Ihnen", sagte der Rosenstrauch. „Darf ich fragen, wann es soweit ist?"

„Ich lasse mir Zeit", sagte die Schnecke. „Ihnen ist es nun so furchtbar eilig! das setzt die Erwartungen nicht herauf."

Im nächsten Jahr lag die Schnecke ungefähr am selben Platz im Sonnenschein unter dem Rosenstrauch, der Knospen ansetzte und Rosen entfaltete, immer frische, immer neue. Und die Schnecke kroch halb hervor, streckte die Fühler aus und zog sie wieder ein.

„Alles sieht aus wie im vorigen Jahr! Da ist keinerlei Fortschritt zu sehen; der Rosenstrauch bleibt bei den Rosen, weiter kommt er nicht."

Der Sommer verging, der Herbst verging, der Rosen-

strauch hatte noch immer Blüten und Knospen, bis der Schnee fiel, das Wetter rauh und feucht wurde; der Rosenstrauch neigte sich zur Erde nieder, die Schnecke kroch in die Erde hinein.

Nun begann ein neues Jahr, und die Rosen kamen hervor, und die Schnecke kam hervor.

„Nun sind Sie ein alter Rosenstock", sagte sie, „Sie müssen bald sehen, daß Sie eingehen. Sie haben der Welt alles geschenkt, was Sie in sich gehabt haben; ob es etwas von Bedeutung war, ist eine Frage, über die nachzudenken ich keine Zeit habe; aber es ist immerhin ganz klar, daß Sie nicht das geringste für Ihre innere Entwicklung getan haben, sonst wäre doch etwas anderes aus Ihnen herausgekommen. Können Sie das verantworten? Sie sind bald nichts als lauter Holz! Können Sie verstehen, was ich sage?"

„Sie erschrecken mich", sagte der Rosenstrauch. „Darüber habe ich nie nachgedacht."

„Nein, Sie haben sich wohl niemals viel mit Denken abgegeben! Haben Sie sich jemals selber Rechenschaft darüber abgelegt, weshalb Sie geblüht haben und wie es zuging, daß Sie blühten? Weshalb so und nicht anders?"

„Nein!" sagte der Rosenstrauch. „Ich blühte aus Freude, denn ich konnte nicht anders. Die Sonne war so warm, die Luft so erfrischend, ich trank den hellen Tau und den kräftigen Regen; ich atmete, ich lebte! Aus der Erde stieg eine Kraft in mir hoch, von oben kam eine Kraft, ich verspürte ein Glück, immer neu, immer groß; und darum mußte ich immer blühen, das war mein Leben, ich konnte nicht anders!"

„Sie haben ein sehr gemächliches Leben geführt", sagte die Schnecke.

„Gewiß doch! Alles wurde mir geschenkt!" sagte der Rosenstrauch; „aber Ihnen wurde noch mehr geschenkt! Sie sind eine von jenen nachdenklichen, tiefsinnigen Naturen, eine von den hochbegabten, die die Welt in Erstaunen setzen werden."

„Das habe ich durchaus nicht im Sinn", sagte die Schnecke. „Die Welt geht mich nichts an! Was habe ich mit der Welt zu schaffen? Ich habe genug an mir selbst und genug in mir selbst."

„Aber sollten wir nicht alle hier auf Erden unser Bestes den anderen schenken! Ihnen darbringen, was wir können? Ja, ich habe nur Rosen geschenkt! – Aber Sie? Sie haben so viel mitbekommen, was haben Sie der Welt geschenkt? Was schenken Sie ihr?"

„Was ich geschenkt habe? Was ich der Welt schenke? Ich spucke sie an! Sie taugt nichts! Sie geht mich nichts an. Treiben Sie Rosen, Sie können es zu nichts weiter bringen! Lassen Sie den Haselstrauch Nüsse tragen! Lassen Sie Kühe und Schafe Milch geben; von denen hat jedes sein Publikum, ich habe meines in mir selbst! Ich gehe in mich selbst, und da bleibe ich. Die Welt geht mich nichts an!"

Und dann ging die Schnecke in ihr Haus und kleisterte es zu.

„Es ist so trostlos!" sagte der Rosenstrauch. „Ich kann beim besten Willen nicht hineinkriechen, ich muß immer aufspringen, mich in Rosen entfalten. Die Blätter fallen ab, sie entschweben im Wind! Jedoch sah ich eine der Rosen, wie sie in das Gesangbuch der Hausfrau gelegt wurde, eine meiner Rosen erhielt einen Platz an der Brust eines jungen, schönen Mädchens, und eine wurde in holdseliger Freude von einem Kindermund geküßt. Es tat mir so wohl, es war ein rechter Segen. Das ist meine Erinnerung, mein Leben!"

Und der Rosenstrauch blühte in Unschuld, und die Schnecke faulenzte in ihrem Haus, die Welt ging sie nichts an.

Und Jahre vergingen.

Die Schnecke war zu Erde in der Erde geworden, der Rosenstrauch war zu Erde in der Erde geworden, auch die Rose der Erinnerung im Gesangbuch war dahingegangen – aber im Garten blühten neue Rosensträucher, im Garten wuchsen neue Schnecken heran: sie krochen in ihr Haus, spuckten, die Welt ging sie nichts an.

Wollen wir die Geschichte noch einmal von vorn lesen? – Sie wird nicht anders.

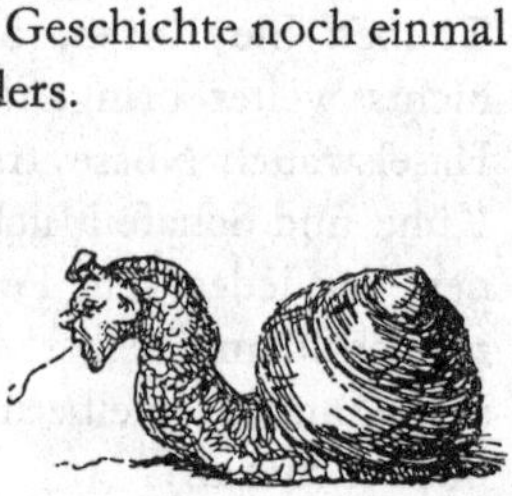

Die Irrlichter sind in der Stadt, sagte die Moorfrau

Da war ein Mann, der immer so viele neue Märchen wußte, aber nun seien sie ihm ausgegangen, sagte er; das Märchen, das von selber Besuch machte, kam nicht mehr zu ihm und pochte nicht mehr an seine Tür; und weshalb kam es nicht? Ja, es ist schon wahr, der Mann hatte seit Jahr und Tag nicht daran gedacht, nicht erwartet, daß es kommen und anklopfen könnte, und es war auch sicher nicht dagewesen, denn draußen war Krieg und im Inneren Kummer und Not, wie der Krieg es mit sich bringt.

Storch und Schwalbe kamen von ihrer langen Reise; sie dachten an keinerlei Gefahren, und als sie kamen, war das Nest verbrannt, die Häuser der Menschen brannten, das Tor war aus den Angeln, ja, es war ganz weg*; die feindlichen Pferde trampelten auf den alten Gräbern herum. Es waren harte, düstere Zeiten; aber auch die nehmen ein Ende.

Und nun hatten sie ein Ende, sagte man, aber noch pochte das Märchen nicht an oder ließ von sich hören.

„Es wird gestorben und verdorben sein wie die vielen anderen", sagte der Mann. Aber das Märchen stirbt nie!

Und es verging ein ganzes Jahr, und er sehnte sich gar sehr.

„Ob nicht das Märchen doch wiederkommt und anpocht?" Und er erinnerte sich seiner so lebhaft, an all die vielen Gestalten, in denen es zu ihm gekommen war; bald jung und wunderlieblich, der Frühling selber, ein entzückendes kleines Mädchen mit einem Kranz aus Waldmeister im Haar und dem Buchenzweig in der Hand, seine Augen schimmerten wie tiefe Waldseen in hellem Sonnenschein; bald war es auch als Hausierer gekommen, hatte den Kasten aufgemacht und seidene Bänder flattern lassen mit Versen und Inschriften voll alter Erinnerungen; aber am aller-

* Gemeint ist das Grenztor nach dem Süden in übertragener Bedeutung (Anmerkung d. Übers.).

schönsten war es doch, wenn es als altes Mütterchen mit silberweißem Haar kam und mit Augen so groß und so klug, da wußte es so recht von den allerältesten Zeiten zu erzählen, lange bevor die Prinzessinnen mit der goldenen Spindel spannen, während Drachen und Lindwürmer draußen lagen und wachten. Da erzählte es dann so lebendig, daß jedem, der es hörte, schwarze Flecke vor den Augen tanzten, der Fußboden wurde schwarz von Menschenblut; grausig zu sehen und anzuhören, und dennoch so kurzweilig, denn es war so lange her, seit es geschah.

„Ob es nie mehr anpochen sollte?" sagte der Mann und starrte auf die Tür, so daß ihm schwarze Flecke vor die Augen kamen, schwarze Flecke auf dem Fußboden; er wußte nicht, ob es Blut war oder ein Trauerflor aus den schweren, finsteren Tagen.

Und wie er so saß, kam ihm der Gedanke, ob nicht das Märchen sich versteckt haben könnte, ebenso wie die Prinzessin in den richtigen alten Märchen, und nun gesucht werden wollte; wurde es gefunden, dann erstrahlte es in neuer Herrlichkeit, schöner als je zuvor.

„Wer weiß! Vielleicht liegt es in dem weggeworfenen Strohhalm verborgen, der auf dem Brunnenrand wippt. Vorsichtig! vorsichtig! vielleicht hat es sich in einer welken Blume versteckt, die in eines der großen Bücher auf dem Bord gelegt worden ist."

Und der Mann ging hin, schlug eins von den allerneuesten auf, von denen man gescheit werden sollte; aber da lag keine Blume, da stand über Holger Danske zu lesen; und der Mann las, daß die ganze Geschichte erfunden und von einem Mönch in Frankreich zusammengesetzt worden sei, daß es ein Roman sei, den man „in die dänische Sprache übersetzt und gedruckt" habe; daß es Holger Danske gar nicht gegeben hätte und er also gar nicht wiederkommen könnte, wovon wir immer gesungen und woran wir gern geglaubt haben. Es war mit Holger Danske wie mit Wilhelm Tell, nur loses Gerede, auf das kein Verlaß war, und das war in dem Buche mit großer Gelehrsamkeit auseinandergesetzt worden.

„Ja, ich glaube nun aber, was ich glaube“, sagte der Mann; „da, wo kein Fuß gegangen ist, da wächst kein Wegerich.“

Und er klappte das Buch zu, stellte es auf das Bord und trat nun zu den frischen Blumen auf dem Fensterbrett; dort hatte sich das Märchen vielleicht in der roten Tulpe mit den goldgelben Rändern versteckt oder in der frischen Rose oder in der farbenprächtigen Kamelie. Der Sonnenschein lag zwischen den Blütenblättern, nicht aber das Märchen.

„Die Blumen, die hier in den Zeiten des Kummers standen, waren alle viel schöner; aber sie wurden abgeschnitten, jede einzelne, zu Kränzen gewunden, in den Sarg gelegt, und darüber wurde die Fahne gebreitet. Vielleicht ist das Märchen mit diesen Blumen begraben worden! Aber davon hätten die Blumen wissen müssen, und der Sarg hätte es gemerkt, die Erde hätte es gemerkt, jeder kleine Grashalm, der hervorsproß, hätte es erzählt. Das Märchen stirbt niemals!

Vielleicht ist es auch hiergewesen und hat angeklopft, aber wer hatte damals ein Ohr dafür, einen Gedanken dafür! Man blickte finster, schwermütig, fast böse auf den Sonnenschein des Frühlings, sein Vogelgezwitscher und all das fröhliche Grün; ja, die Zunge konnte die alten, schlichten, frischen Volkslieder nicht ertragen, sie wurden mit so vielem, was unserem Herzen lieb war, begraben. Das Märchen kann sehr wohl angepocht haben; aber man hat es nicht gehört, nicht ‚Willkommen‘ gesagt, und so ist es denn weggeblieben.

Ich will gehen und es suchen.

Hinaus aufs Land! hinaus in den Wald am offenen Meer!“

Dort draußen liegt ein alter Herrensitz mit roten Mauern, Treppengiebeln und einer wehenden Flagge auf dem Turm. Die Nachtigall singt unter den feingezackten Buchenblättern, während sie auf die blühenden Apfelbäume des Gartens blickt und meint, sie trügen Rosen. Hier sind in der Sommersonne die Bienen emsig beschäftigt, und mit summendem Gesang umschwärmen sie ihre Königin. Der Herbststurm weiß von der wilden Jagd zu berichten, von

Menschengeschlechtern und dem Laub des Waldes, daß dies alles vergeht. Um die Weihnachtszeit singen die wilden Schwäne vom offenen Meere draußen, während man drinnen auf dem alten Gutshof, beim brennenden Ofen, in Stimmung ist, Lieder und Sagen zu hören.

In den alten Teil des Gartens, wo die große Allee von Roßkastanien mit ihrem Halbdunkel lockte, ging der Mann, der das Märchen suchte; hier hatte einstmals der Wind ihm von Valdemar Daae und seinen Töchtern etwas vorgebraust. Die Dryade im Baum, es war die Märchenmutter selber, hatte ihm hier von dem letzten Traum des alten Eichbaums erzählt. Zu Großmutters Zeiten standen hier beschnittene Hecken, jetzt wuchsen hier nur Farne und Nesseln; sie breiteten sich über verstreuten Resten alter steinerner Figuren aus; Moos wuchs ihnen in den Augen, aber sie konnten ebenso gut sehen wie vorher, das konnte der Mann, der nach Märchen ausgegangen war, nicht, er sah das Märchen nicht. Wo war es?

Über ihn und die alten Bäume hinweg flogen Krähen zu Hunderten und schrien: „Nicht da! nicht da!"

Und er ging aus dem Garten hinaus über den alten Wallgraben des Gutshofs und in das Erlenwäldchen; hier stand ein kleines, sechseckiges Haus mit Hühnerstall und Entenhof. Mitten in der Stube saß die alte Frau, die das Ganze verwaltete, und die wußte genau über jedes Ei Bescheid, das gelegt wurde, jedes Küken, das aus dem Ei kroch; aber sie war nicht das Märchen, das der Mann suchte; das konnte sie durch christlichen Taufschein und Impfschein beweisen, beide lagen in der Ziehkiste.

Draußen, nicht weit vom Haus, ist eine Anhöhe mit Rotdorn und Goldregen; da liegt ein alter Grabstein, der vor vielen Jahren aus der Kirche im Städtchen hierherkam, ein Andenken an einen der ehrbaren Ratsherren der Stadt; seine Frau und seine fünf Töchter, alle mit gefalteten Händen und gefälteltem Kragen, stehen um ihn herum, in Stein ausgehauen. Man konnte diesen so lange betrachten, daß er gleichsam auf die Gedanken einwirkte und diese wiederum auf den Stein, so daß er von alten Zeiten erzählte; zum mindesten war es dem Mann, der das Märchen suchte, so ergangen. Wie er nun so daherkam, sah er einen lebendigen Schmetterling genau auf der Stirn von des Ratsherrn ausgehauenem Bildnis sitzen; er klappte mit den Flügeln, flog ein kleines Stückchen und setzte sich dann wieder dicht neben dem Grabstein hin, um gleichsam zu zeigen, was dort wuchs. Dort wuchs ein vierblättriges Kleeblatt, es standen sogar sieben Stück dicht beieinander. Kommt das Glück, dann kommt es in Hülle und Fülle! Der Mann pflückte die Kleeblätter und steckte sie in die Tasche. Das Glück ist ebensoviel wert wie bares Geld, aber ein neues, schönes Märchen wäre doch noch besser, dachte der Mann, aber das fand er hier nicht.

Die Sonne ging unter, rot und groß; die Wiese dampfte, die Moorfrau braute.

Es war gegen Abend; er stand allein in seiner Stube, sah über den Garten, über Wiese, Moor und Strand; der Mond schien hell, es lag ein Dunst über der Wiese, als wäre sie ein großer See, und der war hier auch einmal gewesen, es ging eine Sage davon, und im Mondschein konnte man es mit eigenen Augen beobachten. Da dachte der Mann an das, was er drinnen in der Stadt gelesen hatte, daß es keinen Wilhelm Tell und Holger Danske gegeben habe, aber im Volksglauben sind sie dennoch, wie der See hier draußen, lebendige Zeugen der Sage. Doch, Holger Danske kehrt wieder!

Wie er da so stand und nachdachte, schlug irgend etwas ganz stark ans Fenster. War es ein Vogel? Eine Fledermaus oder eine Eule? Ja, die läßt man nicht herein, wenn sie anpochen. Das Fenster sprang von selber auf, eine alte Frau schaute zu dem Manne herein.

„Wie beliebt?“ sagte er. „Wer ist Sie? Ins erste Stockwerk schaut Sie hinein. Steht Sie auf einer Leiter?“

„Sie haben ein vierblättriges Kleeblatt in der Tasche“, sagte sie, „ja, Sie haben sogar sieben, von denen eines ein sechsblättriges ist.“

„Wer ist Sie?“ fragte der Mann.

„Die Moorfrau!“ sagte sie. „Die Moorfrau, die braut; ich war gerade dabei; der Zapfen saß im Faß, aber eines der kleinen Moorkinder zog aus Mutwillen den Zapfen heraus, schmiß ihn ganz bis hier zum Haus hin, wo er gegen das Fenster sprang; nun läuft das Bier aus dem Faß, und damit ist ja niemand gedient.“

„Erzähle Sie mir doch!“ sagte der Mann.

„Ja, warten Sie ein bißchen!“ sagte die Moorfrau, „jetzt habe ich was anderes zu tun!“ und dann war sie weg.

Der Mann wollte eben das Fenster zumachen, da stand die Frau wieder da.

„Das wär getan!“ sagte sie, „aber die Hälfte vom Bier kann ich morgen noch einmal brauen, wenn das Wetter danach ist. Nun, was wollten Sie von mir wissen? Ich bin wiedergekommen, denn ich halte immer mein Wort, und Sie haben in der Tasche sieben vierblättrige Kleeblätter, von denen eins ein sechsblättriges ist, das verschafft einem Respekt, das ist ein Orden, der an der Landstraße wächst, aber nicht von jedem gefunden wird. Was wollten Sie also fragen? Stehen Sie nun nicht da wie ein lächerlicher Fant, ich muß bald wieder weg zu meinem Zapfen und meinem Faß!“

Und der Mann fragte nach dem Märchen, fragte, ob die Moorfrau es auf ihrem Wege gesehen hätte.

„Ih, du großes Gebräu!" sagte die Frau, „haben Sie noch immer nicht genug vom Märchen? Da dachte ich aber wahrhaftig, das hätten die meisten schon. Hier gibt es anderes zu tun, auf anderes zu achten. Selbst die Kinder sind dem entwachsen. Geben Sie den kleinen Jungen eine Zigarre und den kleinen Mädchen einen neuen Reifrock, das mögen sie lieber! Märchen anhören! Nein, hier gibt's wahrhaftig was anderes zu tun, wichtigere Dinge zu verrichten!"

„Was meinen Sie damit?" sagte der Mann. „Und was wissen Sie von der Welt? Sie sehen doch nur Frösche und Irrlichter!"

„Ja, hüten Sie sich nur vor den Irrlichtern!" sagte die Frau, „die sind unterwegs, die sind losgelassen! Über die sollten wir sprechen! Kommen Sie zu mir ins Moor, wo meine Anwesenheit nötig ist; da werde ich Ihnen alles erzählen, aber beeilen Sie sich ein bißchen, solange Ihre sieben vierblättrigen Kleeblätter mit dem einen Sechser noch frisch sind und der Mond noch am Himmel steht!"

Weg war die Moorfrau.

Die Uhr auf dem Turme schlug zwölf, und ehe sie noch das Viertel schlug, war der Mann aus dem Hause hinaus, hinaus aus dem Garten und stand auf der Wiese. Der Nebel war gefallen, die Moorfrau hatte aufgehört zu brauen.

„Es hat lange gedauert, bis Sie gekommen sind!" sagte die Moorfrau. „Trolle kommen rascher vorwärts als Menschen, und ich bin froh, daß ich ein geborenes Trollweib bin."

„Was haben Sie mir nun zu erzählen?" fragte der Mann. „Ist es etwas über das Märchen?"

„Können Sie denn nie weiterkommen, als nach dem zu fragen?" sagte die Frau.

„Wissen Sie denn vielleicht etwas von der künftigen Poesie?" fragte der Mann.

„Werden Sie bloß nicht hochtrabend!" sagte die Frau, „dann werd ich schon antworten. Sie denken nur an die

Dichterei, fragen nach dem Märchen, so als wäre es die Mutter vom Ganzen! Das Märchen ist wohl nur das Älteste, aber es wird immer für das Jüngste gehalten. Ich kenne es gut! Ich bin auch einmal jung gewesen, und das ist keine Kinderkrankheit. Ich bin mal ein ganz ansehnliches Elfenmädchen gewesen und habe mit den anderen im Mondschein getanzt, der Nachtigall gelauscht, bin in den Wald gegangen und dem Märchenfräulein begegnet, das sich immer herumgetrieben hat. Bald hat es in einer halb aufgeblühten Tulpe übernachtet oder in einer Wiesenblume; dann wieder schlüpfte es in die Kirche und hüllte sich in einen Trauerflor, der von den Altarkerzen herunterhing!"

„Sie sind wunderbar unterrichtet!"

„Ich sollte doch leicht ebensoviel wissen wie Sie!" sagte die Moorfrau. „Märchen und Poesie, ja, die sind vom selben Holz: die können sich ruhig begraben lassen, wo sie wollen. All ihr Werk und ihre Rede kann man nachbrauen und es besser und billiger haben. Sie können sie bei mir für nichts bekommen. Ich habe einen ganzen Schrank voller Poesie auf Flaschen. Es ist die Essenz, das Feine davon; Kräuter, süße wie auch herbe. Ich habe alles auf Flaschen, was die Menschen an Poesie brauchen, so für die Festtage, um sich's ein bißchen aufs Taschentuch zu träufeln und dran zu riechen."

„Sie sagen aber wirklich ganz wunderliche Dinge", sagte der Mann. „Haben Sie Poesie auf Flaschen?"

„Mehr als Sie vertragen können!" sagte die Frau. „Sie kennen doch sicher die Geschichte von dem Mädchen, das aufs Brot trat, um sich nicht seine neuen Schuhe schmutzig zu machen? Die ist geschrieben und gedruckt."

„Die habe ich selber erzählt", sagte der Mann.

„Ja, dann kennen Sie sie ja", sagte die Frau, „und wissen, daß das Mädchen in die Erde gesunken ist, bis zur Moorfrau hinunter, als gerade des Teufels Urgroßmutter einen Besuch machte, um beim Brauen zuzugucken. Sie sah das Mädchen, das heruntersank, und bat sie sich als Sockel aus, ein Andenken an den Besuch, und sie hat sie gekriegt, und ich kriegte ein Geschenk, das mir gar nichts nützt, eine

Reiseapotheke, einen ganzen Schrank voller Poesie auf Flaschen. Die Urgroßmutter sagte, wo der Schrank stehen sollte, und da steht er noch immer. Sehen Sie hin! Sie haben ja Ihre sieben vierblättrigen Kleeblätter in der Tasche, von denen eines ein sechsblättriges ist, dann werden Sie ihn wohl sehen können."

Und wirklich, mitten im Moor lag so etwas wie ein großer Erlenstumpf, das war Urgroßmutters Schrank. Der stünde der Moorfrau und einem jeden in allen Ländern und zu allen Zeiten offen, sagte sie, wenn man nur wisse, wo der Schrank steht. Der war sowohl vorn wie hinten zu öffnen, an allen Ecken und Kanten, ein ganzes Kunstwerk, und sah trotzdem nur aus wie ein alter Erlenstrunk. Die Poeten aller Länder, namentlich in unserem eigenen Land, waren hier nachgemacht; ihrem Geist war nachspekuliert, er war rezensiert, renoviert, konzentriert und auf Flaschen gezogen worden. Mit großem Instinkt, wie man es nennt, wenn man nicht Genie sagen will, hatte die Urgroßmutter sich aus der Natur geholt, was irgendwie nach dem und dem Poeten schmeckte, ein bißchen Teufelszeug hinzugetan, und dann hatte sie seine Poesie auf Flaschen für alle Zukunft.

„Lassen Sie mich mal sehen!" sagte der Mann.

„Ja, es gibt wichtigere Dinge zu erzählen!" sagte die Moorfrau.

„Aber nun sind wir beim Schrank!" sagte der Mann und schaute hinein. „Hier stehen Flaschen in allen Größen. Was ist hier drin? Und was hier?"

„Hier ist etwas, das man Maiduft nennt!" sagte die Frau, „ich hab es nicht probiert, aber ich weiß, spritzt man davon nur einen kleinen Klacks auf den Fußboden, dann steht da gleich ein schöner Waldsee mit Wasserrosen, Blumenbinsen und wilder Krauseminze. Man träufelt nur zwei Tropfen auf ein altes Aufsatzheft, und wenn es auch aus der untersten Klasse ist, und dann wird das Heft zu einer ganzen Duftkomödie, die man sehr schön aufführen und bei der man einschlafen kann, so stark duftet sie. Es ist wohl als eine Höflichkeit gegen mich gemeint, daß auf der Flasche geschrieben steht: ‚Gebräu der Moorfrau!'

Hier steht die Skandalflasche. Die sieht aus, als ob nur schmutziges Wasser drin wäre, und es ist schmutziges Wasser, aber mit Brausepulver aus Stadtklatsch; drei Lot Lügen und zwei Körnchen Wahrheit, mit einem Birkenzweig umgerührt, nicht von einer Spießrute, die man in Salzlake eingelegt und aus dem blutigen Körper des Sünders geschnitten hat, oder einem Rest von des Schulmeisters Rute, nein, frisch vom Besen geholt, der den Rinnstein gefegt hat.

Hier steht die Flasche mit der frommen Poesie im Choralton. Jeder Tropfen klingt wie das Knallen der Höllentüren und ist aus Blut und Schweiß der Züchtigung gemacht; manche sagen, es wäre nur Taubengalle; aber die Tauben seien die frömmsten Tiere, sie hätten keine Galle, sagen Leute, die nichts von Naturgeschichte verstehen."

Hier stand die Flasche aller Flaschen; sie machte sich breit und nahm den halben Schrank ein: die Flasche mit Alltagsgeschichten; die war mit Schweinsfell wie auch mit Blasenhaut zugebunden, denn sie konnte es nicht vertragen, etwas von ihrer Kraft einzubüßen. Jede Nation konnte hier ihre eigene Suppe bekommen, die kam, je nachdem, wie man die Flasche wandte und drehte. Hier war alte deutsche Blutsuppe mit Räuberklößen, auch dünne Häuslersuppe mit richtigen Hofräten, die wie Wurzelgemüse drin lagen, und oben schwammen philosophische Fettaugen. Da war eine englische Gouvernantensuppe und die französische Potage à la Kock, aus Hahnenbeinen und Spatzeneiern bereitet, auf dänisch Cancansuppe genannt; aber die beste von allen Suppen war die Kopenhagener. Das sagten die Verwandten.

Hier stand die Tragödie in einer Champagnerflasche; die konnte knallen, und das muß sie. Das Lustspiel sah aus wie feiner Sand, um ihn den Leuten in die Augen zu streuen, das heißt das feinere Lustspiel; das gröbere war auch auf Flaschen abgezogen, bestand aber nur aus Zukunftsplakaten, wo der Name des Stücks das Kräftigste war. Da gab es ausgezeichnete Komödientitel wie zum Beispiel: ‚*Darfst du aufs Werk spucken?*', ‚*Eins auf den Schnabel*', ‚*Der liebe Esel*' und ‚*Sie ist stinkhagelbesoffen!*'

Der Mann wurde ganz nachdenklich dabei, aber die Moorfrau dachte weiter, sie wollte zu Ende kommen.

„Nun haben Sie wohl genug aus der Lumpenkiste gesehen!" sagte sie, „nun wissen Sie, was da ist; aber da ist etwas Wichtigeres, was Sie wissen müßten, das wissen Sie noch nicht. Die Irrlichter sind in der Stadt! Das ist von größerer Bedeutung als Poesie und Märchen. Ich sollte eigentlich darüber den Mund halten, aber es muß eine Fügung sein, eine Schickung, etwas, was über meine Kraft geht, es ist mir in die Kehle gekommen, es muß raus. Die Irrlichter sind in der Stadt! Die sind losgelassen! Nehmt euch in acht, Menschen!"

„Davon verstehe ich kein Wort!" sagte der Mann.

„Bitte setzen Sie sich da auf den Schrank!" sagte sie, „aber fallen Sie nicht hinein und zerbrechen etwa die Flaschen; Sie wissen, was drin ist. Ich werde von dem großen Ereignis erzählen; es ist erst von gestern; es ist schon früher vorgekommen. Dies hier hat noch dreihundertvierundsechzig Tage vor sich. Sie wissen doch, wie viele Tage das Jahr hat?"

Und die Moorfrau erzählte.

„Hier ging gestern Großes vor sich, draußen im Sumpf! Hier war Kindelbier! Hier wurde ein kleines Irrlicht geboren, hier wurden zwölf von der Sorte geboren, denen es gegeben ist, wenn sie wollen, als Menschen aufzutreten und unter diesen zu handeln und zu befehlen, ganz als ob sie als Menschen geboren wären. Das ist ein großes Ereignis im Sumpf, und darum tanzten sie als kleine Lichter über Moor und Wiese, alle Irrlichtmänner und Irrlichtfrauen; weibliche gibt es auch; aber deren wird nicht Erwähnung getan. Ich saß da auf dem Schrank und hatte alle zwölf kleinen, neugeborenen Irrlichter auf dem Schoß; sie leuchteten wie Johanniswürmchen; sie fingen schon an zu hüpfen, und mit jeder Minute nahmen sie an Größe zu, so daß, ehe noch eine Viertelstunde um war, jedes einzelne so groß aussah wie Vater oder Onkel. Nun ist es ein altes, angeborenes Recht und eine Vergünstigung, daß, wenn der Mond so steht, wie er gestern stand, und der Wind weht, wie er gestern wehte, es allen jenen Irrlichtern, die in dieser Stunde und Minute geboren werden, gegeben und vergönnt ist, Mensch zu werden und ein ganzes Jahr hindurch ringsum ihre Macht auszuüben, eins wies andere. Das Irrlicht kann

durchs ganze Land und auch durch die Welt laufen, falls es keine Furcht hat, ins Meer zu fallen oder in einem schweren Sturm ausgepustet zu werden. Es kann mir nichts dir nichts in den Menschen hineinschlüpfen, für ihn reden und alle Bewegungen machen, die es will. Das Irrlicht kann jede beliebige Gestalt annehmen, Mann wie Frau, in ihrem Geiste handeln; kann es bis zu seinem Äußersten treiben, so daß dabei herauskommt, was es selber will; aber während eines ganzen Jahres muß es dreihundertfünfundsechzig Menschen auf die falsche Fährte zu führen verstehen, und zwar in großem Stil, es muß sie von dem Wahren und dem Richtigen abbringen, dann erreicht es das Höchste,

wozu ein Irrlicht es bringen kann, nämlich Läufer vor der Staatskarosse des Satans zu werden, einen glühend feuergelben Frack zu bekommen und mit der Lohe aus dem Halse zu laufen. Danach kann sich ein schlichtes Irrlicht den Mund lecken. Aber es gibt für ein ehrgeiziges Irrlicht auch Gefahr und viel Unannehmlichkeiten, wenn es eine Rolle zu spielen gedenkt. Gehen einem Menschen die Augen darüber auf, wer es ist, und er kann es wegpusten, dann ist es weg und muß in den Sumpf zurück; und falls, ehe das Jahr um ist, das Licht von der Sehnsucht nach seinen Verwandten überwältigt wird und sich selber aufgibt, dann ist es auch weg, kann nicht mehr hell brennen, geht schnell aus und kann nicht wieder angezündet werden; und wenn das Jahr zu Ende ist und das Irrlicht hat bis dahin noch keine dreihundertfünfundsechzig Menschen von der Wahrheit, und was es sonst an Gutem und Schönem gibt, abgebracht, dann ist es dazu verurteilt, in faulem Holz zu liegen und zu leuchten, ohne sich bewegen zu können, und das ist für ein lebhaftes Irrlicht die furchtbarste Strafe. Dies alles wußte ich, und dies alles erzählte ich den zwölf kleinen Irrlichtern, die ich auf meinem Schoß sitzen hatte, und die waren vor Freude ganz

außer Rand und Band. Ich sagte ihnen, es wäre das sicherste und bequemste, auf die Ehre zu verzichten und nichts zu tun; das wollten die jungen Flämmchen nicht, sie sahen sich bereits selbst feuergelb mit der Lohe aus dem Halse. ‚Bleibt bei uns!' sagte mancher von den Alten. ‚Treibt euer Spiel mit den Menschen!' sagten die anderen. ‚Die Menschen legen unsere Wiesen trocken, sie dränieren! Was soll aus unseren Nachkommen werden?'

‚Wir wollen, hol's die Flamme, flammen!' sagten die neugeborenen Irrlichter, und dann war es entschieden.

Hier wurde sofort ein Minutenball abgehalten, kürzer ging es nun nimmer! Die Elfenmädchen schwangen sich mit all den anderen dreimal rundherum, um nicht großspurig zu wirken; sie tanzen sonst am liebsten mit sich allein. Dann wurde ein Patengeschenk überreicht: ‚Hüpfsteine geworfen', wie es heißt. Geschenke flogen gleich Kieseln über das Sumpfwasser. Jedes Elfenmädchen schenkte einen Zipfel von seinem Schleier: ‚Nimm ihn!' sagten sie, ‚dann kannst du sofort den höheren Tanz tanzen, die schwierigsten Schwünge und Figuren, wenn Not am Mann ist; du kriegst die richtige Haltung und kannst dich in den steifsten Gesellschaften sehen lassen.' Der Ziegenmelker brachte den jungen Irrlichtern bei, an der richtigen Stelle ‚Bra, bra, brav!' zu sagen, und das ist eine große Gabe, die ihren Lohn in sich trägt. Die Eule und der Storch ließen auch etwas fallen, aber das wäre der Erwähnung nicht wert, sagten sie, und dann erwähnen wir es auch nicht. König Valdemars wilde Jagd fuhr gerade über den Sumpf, und als diese Herrschaften von dem Fest vernahmen, schickten sie als Geschenk zwei feine

Hunde, die mit der Schnelligkeit des Windes jagen und ohne weiteres ein Irrlicht oder auch drei tragen können. Zwei alte Alben, die sich durch Reiten ernähren, waren mit auf dem Fest; sie lehrten die Kleinen sogleich die Kunst, durch ein Schlüsselloch zu schlüpfen, das ist dann so, als stünden einem alle Türen offen. Sie erboten sich, die jungen Irrlichter in die Stadt zu führen, wo sie sich gut auskannten. Sie reiten für gewöhnlich auf ihrem eigenen langen Kopfhaar durch die Gegend, das sie zu einem Knoten geschlungen haben, um hart zu sitzen, aber jetzt setzte sich jedes rittlings auf die Hunde der wilden Jagd, nahm die jungen Irrlichter, die fort sollten, um die Menschen zu verleiten und in die Irre zu führen, auf den Schoß – und husch! waren sie weg. Alles das war gestern nacht. Nun sind die Irrlichter in der Stadt, nun haben sie angefangen, aber wie und auf welche Weise, ja, das müssen Sie wohl sagen! Durch meine große Zehe geht eine Wetterfaser, die erzählt mir immerhin ein bißchen."

„Das ist ein richtiges Märchen", sagte der Mann.

„Ja, es ist nur der Anfang davon", sagte die Frau. „Können Sie mir nun erzählen, wie die Irrlichter es da treiben und sich aufführen, in welchen Gestalten sie aufgetreten sind, um die Menschen auf Irrwege zu führen?"

„Ich glaube wahrhaftig", sagte der Mann, „man kann einen ganzen Roman über die Irrlichter schreiben, ganze zwölf Teile, einen über jedes Irrlicht, oder wahrscheinlich noch besser ein ganzes Volksstück."

„Das sollten Sie schreiben", sagte die Frau, „oder es lieber sein lassen."

„Ja, das wäre bequemer und angenehmer", sagte der Mann, „dann wird es einem erspart, in der Zeitung festgenagelt zu werden, und das ist oft ebensolche Drangsal, wie für ein Irrlicht, in faulem Holz zu liegen, zu leuchten und keinen Mucks sagen zu dürfen."

„Mir ist es ganz schnurz", sagte die Frau, „aber lassen Sie lieber die anderen schreiben, die, die es können, und die, die es nicht können! Ich schenke ihnen von meinem Faß einen alten Zapfen, der öffnet den Schrank mit der Poesie auf

Flaschen, da können sie bekommen, woran es ihnen gebricht, aber Sie, mein guter Mann, scheinen mir nun Ihre Finger genügend mit Tinte beschmiert zu haben und sollten so alt und gesetzt sein, daß Sie nicht alljährlich hinter Märchen herrennen, nun gibt es hier viel wichtigere Dinge zu tun. Sie haben doch sicher verstanden, was hier los ist?"

„Die Irrlichter sind in der Stadt!" sagte der Mann, „ich habe es gehört, ich habe es verstanden! Aber was wollen Sie denn, daß ich tun soll? Ich werde ja mit Vorwürfen überschüttet, wenn ich es sehe und zu den Leuten sage: Seht mal, da geht ein Irrlicht in ehrbarem Frack!"

„Die laufen auch in Röcken herum!" sagte die Frau. „Das Irrlicht kann jegliche Gestalt annehmen und allerorten auftreten. Es geht in die Kirche, nicht um des Herrgotts willen, vielleicht ist es in den Pfarrer gefahren! Es spricht an Wahltagen, nicht um des Reichs und Volkes willen, sondern um seiner selbst willen; es ist ein Künstler im Farbtopf ebenso wie im Theatertopf, aber erhält es ganz die Macht, dann ist es aus mit dem Topf! Ich rede und rede, es muß heraus, was mir in der Kehle sitzt, zum Nachteil meiner eigenen Verwandten; aber ich muß nun die Rettungsfrau der Menschen sein! Ich tu's wahrhaftig nicht aus freien Stücken oder wegen eines Ordens. Ich tue das Wahnsinnigste, was ich tun kann, ich erzähle es einem Poeten, und nun kriegt es bald die ganze Stadt zu hören."

„Die Stadt beherzigt das nicht!" sagte der Mann. „Es wird nicht einen einzigen Menschen anfechten, sie denken alle, ich erzähle ein Märchen, sobald ich in tiefstem Ernst zu ihnen sage: ‚Die Irrlichter sind in der Stadt, sagte die Moorfrau, nehmt euch in acht!'"

Die Windmühle

Auf dem Hügel stand eine Windmühle, stolz anzusehen, und stolz fühlte sie sich.

„Ich bin durchaus nicht stolz!" sagte sie, „aber ich bin sehr aufgeklärt, draußen wie drinnen. Sonne und Mond habe ich für den äußeren Gebrauch und für den inwendigen auch, und dann habe ich außerdem Stearinlichter, Tranlampe und Talglichter; ich darf sagen, ich bin aufgeklärt; ich bin ein denkendes Wesen und so wohlgestalt, daß es eine Freude ist. Ich habe einen guten Mühlgang in der Brust, ich habe vier Flügel, und die sitzen mir oben auf dem Kopf, gleich unter dem Hut; die Vögel haben nur zwei Flügel und müssen sie auf dem Rücken tragen. Ich bin von Geburt Holländer, das sieht man an meiner Figur; ein fliegender Holländer, der wird zum Übernatürlichen gerechnet, wie ich weiß, und trotzdem bin ich ganz natürlich. Ich habe einen Umgang um den Bauch und Wohngelegenheit im unteren Teil, dort hausen meine Gedanken. Mein stärkster Gedanke, derjenige, der lenkt und gebietet, wird von den anderen Gedanken ‚der Mann in der Mühle' genannt. Er weiß, was er will, er steht hoch über Mehl und Grütze, hat aber sein Gegenstück, und das wird Mutter genannt; sie ist das Herz; sie läuft nicht fahrig hin und her, auch sie weiß, was sie will, sie weiß was sie kann, sie ist mild wie ein

Lufthauch, sie ist stark wie der Wind; sie versteht es, um den Bart zu gehen, ihren Willen zu bekommen. Sie ist mein weiches Gemüt, Vater ist mein hartes; sie sind zwei und dennoch eins, sie nennen sich auch gegenseitig ‚meine Ehehälfte!' Sie haben Kinder, die beiden, kleine Gedanken, die groß werden können. Die Kleinen machen lauter Unfug! Neulich, als ich, tiefsinnig wie ich bin, Vater und seine Gesellen Mühlgang und Räder in meiner Brust nachsehen ließ – ich wollte wissen, was los war, denn irgend etwas war in meinem Innern los, und man soll in sich selber forschen –, da machten die Kleinen fürchterlichen Unfug, was sich nicht recht gehört, wenn man wie ich hoch auf dem Hügel steht; man muß bedenken, man steht in voller Beleuchtung da. Was ich aber sagen wollte, die Kleinen machten fürchterlichen Unfug! Der Kleinste sauste mir bis in die Kappe hinauf und lärmte herum, daß es mich kitzelte. Die kleinen Gedanken können wachsen, das habe ich gemerkt, und von draußen kommen auch Gedanken, aber nicht von meiner Sippe, denn ich kann keinen sehen, so weit ich auch blicke, keinen außer mir; aber die Häuser ohne Flügel, wo der Mühlgang nicht zu hören ist, die haben auch Gedanken, die kommen zu meinen Gedanken und verloben sich mit ihnen, wie sie es nennen. Es ist schon sonderbar, ja, es gibt viel Sonderbares. Da ist mir etwas eingefallen oder in mich hineingefallen; irgend etwas im Mühlgang hat sich verändert, es ist, als hätte Vater die Hälfte ausgewechselt, hätte ein noch sanfteres Gemüt bekommen, ein noch liebevolleres Eheweib, so jung und fromm und dennoch dieselbe, aber weicher, frommer mit der Zeit. Was herb an ihr war, hat sich verflüchtigt; das Ganze ist sehr erfreulich. Die Tage gehen, und die Tage kommen, immer vorwärts zu Klarheit und Freude, und dann, ja, das ist gesagt und geschrieben, dann wird ein Tag kommen, da ist es mit mir vorbei und doch keineswegs vorbei; ich soll abgerissen werden, um neu und besser zu erstehen, ich soll aufhören und doch weiterhin dasein! Eine ganz andere werden und dennoch dieselbe bleiben! Es wird mir schwer, das zu begreifen, wie aufgeklärt ich auch bin, durch Sonne, Mond, Stearin, Tran und

Talg! Meine alten Balken und das Gemäuer sollen wieder aus den Trümmern aufstehen. Ich möchte hoffen, daß ich die alten Gedanken behalte: Vater in der Mühle, Mutter, Große und Kleine, die Familie, wie ich das Ganze nenne, eines und dennoch so viele, die ganze Gedankenkompanie,

denn die kann ich nicht missen! Und ich möchte auch gern ich selber bleiben, mit Mühlgang in der Brust, Flügeln auf dem Kopf, Balkon um den Bauch, sonst kann ich mich selber nicht wiedererkennen, und die anderen können mich auch nicht erkennen und sagen, da haben wir ja die Mühle auf dem Hügel, stolz anzuschauen, dennoch durchaus nicht stolz."

Das sagte die Mühle, sie sagte viel mehr, aber dies war nun das Wichtigste.

Und die Tage kamen, und die Tage gingen, und der Jüngste Tag war der letzte.

Die Mühle geriet in Brand; die Flammen stiegen hoch auf, schlugen nach draußen, schlugen nach drinnen, leckten an Balken und Brettern entlang, fraßen sie auf. Die Mühle fiel, nur ein Aschenhaufen blieb zurück; der Rauch wallte über die Brandstätte hin, der Wind trug ihn von dannen.

Den Lebewesen, die es in der Mühle gegeben hatte, stieß bei diesem Ereignis nichts zu, sie gewannen dadurch. Die Müllerfamilie, eine Seele, viele Gedanken und dennoch nur einer, ließ sich eine neue, eine wunderschöne Mühle erbauen, die ihr von Nutzen sein konnte, sie glich völlig der alten, man sagte: Da steht ja die Mühle auf dem Hügel, stolz anzusehen! Aber diese war besser eingerichtet, mehr der Zeit entsprechend, denn es geht vorwärts. Das alte Holz, das wurmstichig war und den Schwamm hatte, lag in Staub und Asche; der Mühlenleib erhob sich nicht, wie er gedacht hatte; er hatte es wortwörtlich genommen, und man soll nicht alles wortwörtlich nehmen.

Der Silberschilling

Es war ein Schilling, der kam blitzeblank aus der Münze, sprang und klang. „Hurra! nun fahre ich in die weite Welt hinaus!“ und so kam es.

Das Kind hielt ihn mit warmen Händen fest und der Geizige mit kalten, klammen Fingern; der Ältere wandte und drehte ihn viele Male um, während die Jugend ihn sogleich weiterrollen ließ. Der Schilling war aus Silber, hatte sehr wenig Kupfer in sich und war schon ein ganzes Jahr lang draußen in der Welt, das heißt in dem Land, wo er geprägt worden war; dann kam er auf eine Reise außer Landes, er war die letzte Münze des Landes, er blieb in dem Geldbeutel zurück, den sein reisender Besitzer mithatte, der wußte selber nicht, daß er ihn hatte, bis er ihm zwischen die Finger kam.

„Hier habe ich ja noch einen Schilling von daheim!“ sagte er, „der kann die Reise mitmachen!“ und der Schilling klang und hüpfte vor Freude, als der Herr ihn wieder in den Beutel zurücksteckte. Hier lag er zwischen fremden Gefährten, die kamen und gingen; einer machte dem anderen Platz, aber der Schilling von daheim blieb immer liegen; das war eine Auszeichnung.

Nun waren schon mehrere Wochen vergangen, und der Schilling war weit draußen in der Welt, ohne eigentlich zu wissen wo; er hörte von den anderen Münzen, daß sie französische und italienische wären; die eine sagte, nun wären sie in dieser Stadt, die andere sagte, nun wären sie in jener, aber der Schilling konnte sich keinen Begriff davon machen, man sieht die Welt nicht, wenn man immer im Beutel steckt, und das tat er; wie er aber eines Tages dort so lag, merkte er, daß der Geldbeutel nicht zu war, und da schlich er sich zur Öffnung, um ein bißchen hinauszuschauen; das hätte er jedoch lieber nicht tun sollen, aber er war neugierig, das rächt sich; er rutschte in die Hosentasche hinaus, und als der Geldbeutel abends beiseite gelegt wurde, lag der Schilling immer noch da, wo er lag, und kam mit den Sachen auf den Flur hinaus; hier fiel er gleich auf den Fußboden, niemand hörte es, niemand sah es.

Morgens kamen die Sachen wieder herein, der Herr zog sie an, reiste weg, und der Schilling kam nicht mit, er wurde gefunden, sollte wieder Dienst tun, ging mit drei anderen Münzen aus.

„Es ist doch angenehm, sich in der Welt umzusehen!" dachte der Schilling, „andere Menschen, andere Sitten kennenzulernen!"

„Was ist das für ein Schilling?" hieß es im selben Augenblick. „Das ist kein hiesiges Geldstück! das ist falsch! das ist wertlos!"

Ja, nun beginnt die Geschichte des Schillings, wie er sie späterhin erzählte.

„Falsch! Wertlos! Mich durchzuckte es", sagte der Schilling. „Ich wußte, ich war aus gutem Silber, von gutem Klang und echter Prägung. Sie mußten sich bestimmt irren, mich konnten sie nicht meinen, aber sie meinten mich trotzdem! Ich war es, den sie falsch nannten, ich sei wertlos! ‚Den muß ich im Dunkeln ausgeben!' sagte der Mann, der mich hatte, und ich wurde im Dunkeln ausgegeben und dann bei Tageslicht wieder beschimpft – ‚falsch, ist wertlos! Den müssen wir wieder loszuwerden versuchen!'"

Und der Schilling zitterte zwischen den Fingern, immer wenn er in aller Heimlichkeit fortgeschmuggelt werden und als Münze des Landes ausgegeben werden sollte.

„Ich elender Schilling! Was nützt mir mein Silber, mein Wert, meine Prägung, wenn es nichts zu sagen hat! Man ist für die Welt das, wofür die Welt einen hält! Es muß doch schrecklich sein, ein schlechtes Gewissen zu haben, sich auf dem Wege des Bösen vorwärtszuschleichen, wenn mir, der ich doch völlig unschuldig bin, so zumute sein kann, nur weil ich diesen Eindruck mache! – Jedesmal, wenn ich hervorgeholt wurde, grauste mir vor den Augen, die mich ansehen würden; ich wußte, ich würde zurückgestoßen, über den Tisch geschleudert werden, als wäre ich Lug und Trug.

Einmal kam ich zu einer armen Frau, sie bekam mich als Tagelohn für alle ihre Mühe und Arbeit, aber die konnte mich überhaupt nicht loswerden, niemand wollte mich annehmen, ich war das reinste Unglück für sie.

‚Ich bin tatsächlich gezwungen, jemanden damit anzuführen', sagte sie. ‚Ich kann es mir nicht leisten, einen falschen Schilling aufzuheben; der reiche Bäcker kann ihn kriegen, der kann es am besten verschmerzen, aber trotz allem ist es ein Unrecht, was ich tue.'"

„Nun muß ich obendrein auch noch das Gewissen der Frau beladen!" seufzte es in dem Schilling. „Habe ich mich denn wirklich auf meine alten Tage so verändert?"

„Und die Frau ging zu dem reichen Bäcker, aber er kannte nur zu gut die gängigen Schillinge, ich durfte nicht liegen bleiben, wo ich lag, ich wurde der Frau ins Gesicht geschmissen; sie bekam kein Brot für mich, und ich war so aufs tiefste betrübt, in dieser Weise zum Ärger anderer geprägt worden zu sein, wo ich doch in meiner Jugend so frohgemut und so sicher gewesen war; meines Wertes und meiner echten Prägung so bewußt. Ich wurde so melancholisch, wie ein armer Schilling es nur werden kann, wenn ihn keiner haben will. Aber die Frau nahm mich wieder mit nach Hause, betrachtete mich sehr gütig, milde und freundlich. ‚Nein, ich will niemanden mit dir hinters Licht führen!' sagte sie. ‚Ich will ein Loch in dich hineinmachen, damit jeder sehen kann, daß du ein falsches Ding bist, und doch – da fällt mir gerade ein –, du bist vielleicht ein Glücksschilling, ja, das möchte ich glauben! Der Gedanke kommt mir ganz von ungefähr. Ich mache ein Loch in den Schilling, ziehe eine Schnur durch das Loch und schenke den Schilling dem kleinen Kind der Nachbarin, als Glücksschilling um den Hals.'

Und sie machte ein Loch in mich hinein; es ist keineswegs angenehm, wenn so ein Loch in einen hineingemacht wird, aber ist der Zweck ein guter, kann man vieles ertragen; eine Schnur wurde durch mich hindurchgezogen, ich wurde so etwas wie eine Medaille, die man trägt; ich wurde dem kleinen Kind um den Hals gehängt, und das Kind lächelte mich an, küßte mich, und ich ruhte eine ganze Nacht auf der warmen, unschuldigen Brust des Kindes.

Morgens nahm mich die Mutter in die Hand, sah mich an und hatte so ihre eigenen Gedanken dabei, das merkte ich bald. Sie holte eine Schere und schnitt die Schnur durch.

‚Glücksschilling!' sagte sie. ‚Ja, das wollen wir nun mal sehen!' und sie legte mich in Säure, so daß ich grün wurde; darauf kleisterte sie das Loch zu, rieb mich ein bißchen und ging dann im Dunkeln zu dem Lotterieeinnehmer, um sich ein Los zu holen, das Glück bringen sollte.

Wie war mir unbehaglich zumute! In mir drückte etwas, als sollte ich mittendurch brechen; ich wußte, ich würde falsch genannt und hingeschmissen werden und zwar vor der ganzen Menge von Schillingen und Münzen, die mit Schrift und Kopf dalagen, auf die sie stolz sein konnten; aber ich wurde verschont; bei dem Einnehmer waren so viele Menschen, er hatte so viel zu tun, ich flog klimpernd in die Schublade zu den anderen Münzen hinab; ob das Los späterhin einen Gewinn gebracht hat, weiß ich nicht, aber eins weiß ich, schon am nächsten Tag wurde ich als falscher Schilling erkannt, auf die Seite gelegt und ausgeschickt, um zu betrügen und immer zu betrügen. Das ist einfach nicht auszuhalten, wenn man einen anständigen Charakter hat, und den kann ich mir selber nicht absprechen.

Jahr und Tag ging ich so von Hand zu Hand, von Haus zu Haus, immer beschimpft, immer ungern gesehen; niemand glaubte mir, und ich glaubte nicht an mich selbst, nicht an die Welt, es war eine schwere Zeit.

Da kam eines Tages ein Reisender, dem wurde ich natürlich angedreht, und er war gutgläubig genug, mich als gängige Münze anzunehmen; aber nun sollte er mich ausgeben, und da hörte ich wieder diese Rufe: ‚Wertlos! falsch!‘

‚Ich habe ihn als echt bekommen‘, sagte der Mann und schaute mich nun ganz genau an; da lächelte er über das ganze Gesicht, das pflegte sonst nie ein Gesicht zu tun, wenn es mich genauer ansah: ‚Nein, was ist denn das!‘ sagte er. ‚Das ist ja eine von den Münzen unseres eigenen Landes, ein guter, ehrlicher Schilling von zu Hause, in den man ein Loch geschlagen hat und den man falsch nennt. Das ist zu komisch! Dich werde ich aber aufheben und mit nach Hause nehmen!‘

Mich durchströmte eine Freude, ich wurde ein guter, ehrlicher Schilling genannt, und nach Hause sollte ich kommen, wo ein jeder mich erkennen und wissen würde, daß ich aus gutem Silber war und von echter Prägung. Ich hätte vor Freude am liebsten geblitzt, aber es liegt mir nun gar nicht, zu blitzen, das kann Stahl tun, aber nicht Silber.

Ich wurde in feines, weißes Papier gewickelt, damit ich nicht mit den übrigen Münzen zusammengeriete und etwa fortkäme; und nur bei festlichen Gelegenheiten, wenn Landsleute sich trafen, wurde ich herumgezeigt, und es wurde überaus nett von mir geredet; man sagte, ich wäre interessant; es ist komisch genug, daß man interessant sein kann, ohne ein einziges Wort zu sagen!

Und dann kam ich heim! All meine Not war vorbei, meine Freude begann, ich war ja aus gutem Silber, ich hatte die echte Prägung, und ich hatte gar keinen Ärger davon, daß man ein Loch in mich geschlagen hatte, weil ich angeblich falsch war; es macht nichts, wenn man es nicht ist! Man muß durchhalten; alles kommt mit der Zeit zu seinem Recht! Das ist nun mein Glaube!“ sagte der Schilling.

Der Bischof von Börglum und sein Verwandter

Jetzt sind wir oben in Jütland, weit oben nördlich des Wildmoors; wir können die Nordsee bellen hören, können hören, wie sie rollt, sie ist ganz nahe; aber vor uns erhebt sich ein großer Sandhügel, den haben wir längst gesehen, und wir fahren noch auf ihn zu, langsam fahren wir durch den tiefen Sand. Oben auf dem Sandhügel liegt ein großer, alter Hof, es ist das Kloster Börglum, der größte Flügel ist heute noch Kirche; dort kommen wir am späten Abend hinauf, aber das Wetter ist klar, es sind die hellen Nächte; man kann so weit sehen, so weit ringsum über Felder und Moor bis zum Aalborg Fjord, über Heide und Wiesen, bis über das dunkelblaue Meer.

Nun sind wir dort oben, nun rattern wir zwischen Tenne und Scheune hinein und biegen durch das Tor in den alten Burghof, wo die Lindenbäume in einer Reihe an der Mauer entlang stehen; dort sind sie gegen Wind und Wetter geschützt, darum wachsen sie so, daß die Zweige fast die Fenster verdecken.

Wir gehen die gemauerte Wendeltreppe hinauf, wir gehen durch die langen Flure unter der Balkendecke, der Wind braust hier so seltsam, draußen oder drinnen, man weiß nicht recht wo, und dann erzählt man – ja, man erzählt so viel, man sieht so viel, wenn man Furcht hat oder anderen Furcht machen will. Die alten, verstorbenen Stiftsherren, sagt man, schweben leise an uns vorbei in die Kirche, wo die Messe gesungen wird, man kann es durch das Brausen des Windes hören; man ist so seltsam gestimmt dadurch, man denkt an die alten Zeiten – denkt so stark daran, daß man in der alten Zeit ist.

An der Küste ist ein Schiff gestrandet, die Leute des Bischofs sind unten, sie haben jene nicht verschont, die das Meer verschonte; die See spült das rote Blut fort, das von den zerschmetterten Stirnen floß. Das Strandgut gehört dem Bischof, und da gibt es viel Gut. Die See rollt Tonnen und Fässer heran, gefüllt mit köstlichem Wein für die Keller des Klosters, und der ist voll, übervoll von Bier und Met; in der Küche gibt es erlegtes Wild, Würste und Schinken die Hülle und Fülle; draußen in den Teichen schwimmen der fette Brassen und die leckere Karausche. Der Bischof auf Börglum ist ein mächtiger Mann, der Landbesitz hat, und mehr möchte er sich aneignen; alles muß sich Oluf Glob unterwerfen. In Thy ist sein reicher Anverwandter gestorben. „Verwandter ist des Verwandten ärgster Feind", das kann die Witwe dort unten bezeugen. Ihr Gatte herrschte dort über das ganze Land, nur nicht über die geistlichen Güter; der Sohn ist im fremden Land; schon als Knabe wurde er hinausgeschickt, um fremde Sitten zu lernen, wonach ihm der Sinn stand; jahrelang hat man nichts von ihm gehört, vielleicht ist er längst ins Grab gelegt worden und kommt demnach nie mehr heim, um zu herrschen, wo jetzt seine Mutter herrscht.

„Wie, soll ein Weib herrschen?" sagt der Bischof. Er sendet ihr eine Vorladung und läßt sie vors Thing rufen; aber was nützt ihm das? Sie ist nie vom Gesetz abgewichen, und sie besitzt Kraft durch ihre gerechte Sache.

Bischof Oluf auf Börglum, was heckst du aus? Was schreibst du da auf das glatte Pergament? Was birgt es unter Siegel und Schnur, da du es Reiter und Knappen übergibst, die damit außer Landes reiten, weit fort, in die päpstliche Stadt?

Es ist die Zeit, da das Laub fällt, es ist die Zeit der Strandungen; jetzt kommt der eisige Winter.

Zweimal kommt er, jetzt zuletzt kommt er hier oben mit einem Willkomm für Reiter und Knappen, die mit einem päpstlichen Brief aus Rom heimkehren, der Bannbulle über die Witwe, die den frommen Bischof zu kränken wagte. „Verflucht sei sie und alles, was ihres ist! Ausgestoßen sei sie aus Kirche und Gemeinde! Keiner reiche ihr eine hilfreiche Hand; Anverwandte und Freunde sollen sie scheuen wie Pest und Aussatz!"

„Was sich nicht fügen will, muß brechen!" sagte der Bischof auf Börglum.

Sie lassen alle miteinander von ihr ab; aber sie läßt nicht von ihrem Gott ab, er ist ihr Schutz und Schirm.

Eine einzige Dienstmagd, ein altes Mädchen, bleibt ihr treu; mit ihr geht sie hinter dem Pflug, und das Korn gedeiht, obwohl die Erde von Papst und Bischof verflucht ist.

„Du Kind der Hölle! Ich werde wohl meinen Willen bekommen!" sagt Börglums Bischof, „jetzt rühre ich dich an mit der Hand des Papstes zu Ladung und Urteil!"

Da spannt sie die beiden letzten Ochsen, die sie besitzt, vor den Wagen, setzt sich mit ihrer Magd drauf und fährt über die Heide aus dänischem Land hinaus; sie kommt als Fremde zu fremdem Volk, wo fremde Zunge gesprochen, fremder Brauch geübt wird; weit fort, wo die grünen Höhen zu Bergen ansteigen und der Wein gedeiht. Dort kommen reisende Kaufleute, sie spähen voller Angst von ihren warenbeladenen Wagen umher, fürchten sich vor einem Überfall durch die Knappen der Raubritter. Die beiden armen Frauen auf dem schäbigen Gefährt, von zwei schwarzen

Ochsen gezogen, fahren sicher durch den unsicheren Hohlweg und durch die dichten Wälder. Es ist in Franken, hier begegnen sie einem stattlichen Ritter, ihm folgen zwölf für den Kampf gewappnete Knappen; er hält an und betrachtet den seltsamen Aufzug und fragt die beiden Frauen nach

dem Ziel ihrer Reise und aus welchem Lande sie kämen; da antwortet die Jüngere: Aus Thy in Dänemark, berichtet von ihrem Kummer und Elend; und bald sollte es ein Ende haben, der Herrgott hatte es so gefügt. Der fremde Ritter ist ihr Sohn. Er reicht ihr die Hand, er nimmt sie in die Arme; und die Mutter weint, das hat sie jahrelang nicht gekonnt, wohl aber sich auf die Lippe beißen, daß die heißen Blutstropfen hervorsickerten.

Es ist die Zeit, da das Laub fällt, es ist die Zeit der Strandungen, das Meer rollt Weinfässer an Land, für Keller und Küche des Bischofs; über der Flamme brät das gespießte Wildbret; oben innerhalb der vier Wände ist es warm, jetzt, da der Winter sich festbeißt. Neuigkeiten werden vernommen: Jens Glob aus Thy ist mit seiner Mutter heimgekehrt; Jens Glob ladet vor, er ladet den Bischof vor ein geistliches Gericht und vor Gesetz und Recht des Landes.

„Das wird ihm viel nützen!" sagt der Bischof. „Laß ab von deinen Händeln, Ritter Jens!"

Es ist im Jahr darauf, die Zeit, da das Laub fällt, es ist die Zeit der Strandungen, jetzt kommt der eisige Winter; die weißen Bienen schwärmen, sie stechen einen ins Gesicht, bis sie selber schmelzen.

Heute ist das Wetter recht frisch, sagen die Leute, wenn sie aus dem Freien kommen. Jens Glob steht in Gedanken versunken da, so daß er seinen weiten Rock versengt, ja ein Loch hineinbrennt.

„Du Bischof von Börglum! ich bezwinge dich dennoch! Unter dem päpstlichen Mantel kann das Gesetz dich nicht greifen, aber Jens Glob wird dich greifen!"

Da schreibt er einen Brief an seinen Schwager, Herrn Oluf Hase in Salling, ladet ihn ein, am Weihnachtsabend zur Frühmesse in die Kirche von Hvidberg zu kommen; dort drüben wird der Bischof die Messe abhalten, darum reist er von Börglum nach Thyland, das ist Jens Glob bekannt, er weiß es.

Wiese und Sumpf sind von Eis und von Schnee bedeckt, sie tragen Roß und Reiter, den ganzen Zug, den Bischof mit Pfaffen und Knappen; sie nehmen den kürzesten Weg zwischen dem mürben Schilfrohr, durch das der Wind trübselig hindurchsaust.

Stoße in deine Messingtrompete, du fuchsfellbekleideter Spielmann! Das klingt schön in der klaren Luft. So reiten sie über Heide und Moor, die Weide der Fata Morgana am warmen Sommertag, gen Süden, sie wollen zur Kirche von Hvidberg.

Der Wind bläst lauter in seine Trompete, er bläst einen Sturm, ein Herrgottswetter, es nimmt nur zu an heftiger Gewalt. Im Herrgottswetter geht es zum Gotteshaus. Gottes Haus steht fest, aber das Herrgottswetter tobt über Feld und Moor, über Fjord und Meer. Der Börglumer Bischof gelangt zur Kirche, das gelingt Herrn Oluf Hase schwerlich, wie scharf er auch reitet. Er kommt mit seinen Mannen von jenseits des Fjords Jens Glob zu Hilfe, nun der Bischof vor das Gericht des Höchsten geladen werden soll.

Das Gotteshaus ist der Gerichtssaal, der Altar der Richtertisch; die Lichter in den schweren Messingleuchtern sind schon angezündet. Der Sturm liest Klage und Richterspruch vor. Es braust in den Lüften, über Moor und Heide, über die rollenden Wasser. Keine Fähre setzt in solchem Herrgottswetter über den Fjord.

Oluf Hase steht bei Ottesund; dort verabschiedet er seine Mannen, schenkt ihnen Roß und Rüstung, stellt es ihnen frei heimzuziehen und übergibt einen Gruß an sein Weib; allein will er sein Leben dem brausenden Wasser anvertrauen; aber sie sollen für ihn zeugen, daß es nicht seine Schuld ist, wenn Jens Glob ohne Entsatz in der Kirche zu Hvidberg steht. Die getreuen Knappen verlassen ihn nicht, sie folgen ihm hinaus auf das tiefe Gewässer. Zehn werden weggespült; Oluf Hase selber und zwei seiner jungen Knappen erreichen das andere Ufer; noch haben sie vier Meilen zu reiten.

Mitternacht ist vorüber, es ist Weihenacht. Der Wind hat sich gelegt, die Kirche ist erleuchtet; der strahlende Glanz fällt durch die Fenster über Wiese und Heide. Die Frühmesse ist längst zu Ende; im Gotteshaus ist es still, man kann das Wachs von den Kerzen auf den Estrich tropfen hören. Jetzt kommt Oluf Hase.

Im Waffenhaus* entbietet Jens Glob ihm ein „Guten Tag!“ und sagt: „Nun habe ich mich mit dem Bischof verglichen!“

„Hast du das wirklich getan?“ sagt Oluf, „dann sollst weder du noch der Bischof lebend aus der Kirche fortkommen!“

Und das Schwert fährt aus der Scheide, und Oluf Hase haut zu, daß die Bohle in der Kirchentür zersplittert, die Jens Glob zwischen ihn und sich schiebt.

„Halt ein, lieber Schwager, sieh dir den Vergleich erst

* Eingangshalle der Kirche, wo die Ritter ihre Waffen vor dem Gottesdienst ablegten (Anmerkung d. Übers.).

an! Ich habe den Bischof und seine sämtlichen Mannen geschlagen. Sie sagen in der ganzen Sache keinen Mucks mehr, und ich auch nicht wegen all des Unrechts, das meiner Mutter angetan wurde."

Die Schnuppen in den Kerzen auf dem Altar leuchten so rot, aber röter noch leuchtet es vom Estrich auf; dort liegt im Blute der Bischof mit zerspaltenem Schädel, und erschlagen liegen alle seine Knappen; es ist lautlos und still in der heiligen Weihenacht.

Aber am Abend des dritten Weihnachtstages läuten im Kloster Börglum die Glocken zum Leichenbegängnis; der getötete Bischof und seine geschlagenen Mannen werden unter einem schwarzen Baldachin mit florumwundenen Kandelabern zur Schau ausgestellt. In silberdurchwobenem Brokat, mit dem Krummstab in der kraftlosen Hand liegt der Tote, einstmals ein mächtiger Herr. Weihrauch duftet, die Mönche singen; es klingt wie Klage, es klingt wie ein Richtspruch des Zorns und der Verdammnis, als sollte er weit über das Land vernommen werden, vom Winde getragen, vom Winde mitgesungen; der Wind kann sich zur Ruhe niederlegen, aber niemals wird er ganz still, immer erhebt er sich wieder und singt seine Lieder, singt sie bis hinein in unsere Zeit, singt hier oben von dem Bischof auf

Börglum und seinem harten Anverwandten; er wird in der finsteren Nacht vernommen, von dem furchtsamen Bauern vernommen, der auf dem schweren Sandweg am Kloster Börglum vorüberfährt; vernommen von dem lauschenden Schlaflosen in den dicht ummauerten Räumen von Börglum, und deshalb raschelt es in den langen, laut hallenden Fluren, die zur Kirche hinführen, deren zugemauerter Eingang längst versperrt ist, aber nicht in den Augen des Aberglaubens; sie sehen dort noch die Tür, und sie öffnet sich, die Kerzen von den Messingkronleuchtern der Kirche leuchten, der Weihrauch duftet, die Kirche erstrahlt in der Pracht der Vergangenheit, die Mönche singen die Messe über dem erschlagenen Bischof, der im silberdurchwirkten Brokatmantel daliegt, mit dem Bischofsstab in seiner kraftlosen Hand, und von seiner bleichen, stolzen Stirn leuchtet die blutende Wunde, sie leuchtet wie Feuer; es sind die Sinnesart dieser Welt und ihre bösen Gelüste, die herausbrennen.

Sinkt ins Grab, versinkt in Nacht und Vergessen, unheimliche Erinnerungen aus alter Zeit!

Hört die Stöße des Windes, sie übertönen das grollende Meer! Draußen geht ein Sturm, der Menschenleben kosten wird! Das Meer hat seinen Sinn bis in unsere Zeit nicht gewandelt. Heute nacht ist es nichts als ein Schlund, der verschlingt, morgen vielleicht ein helles Auge, in dem man sich spiegeln kann, wie in alten Zeiten, die wir jetzt begraben haben. Schlafe sanft, wenn du es vermagst!

Jetzt ist es Morgen.

Die neue Zeit scheint voller Sonne in die Stube hinein! Der Wind packt noch einmal zu. Es wird eine Strandung gemeldet, wie in alter Zeit.

Heute nacht ist dort unten bei Lökken, dem kleinen Fischerort mit roten Dächern, wir sehen ihn von den Fenstern hier oben, ein Schiff gestrandet. Es ist auf etwas gestoßen dort draußen, aber die Rettungsrakete schlug eine Brücke zwischen dem Wrack und dem Festland, alle, die an Bord waren, wurden gerettet, sie kamen an Land und ins Bett; heute sind sie ins Kloster Börglum zu Gast geladen.

In den behaglichen Räumen werden sie Gastlichkeit finden und freundlichen Blicken begegnen, können in der Sprache ihres eigenen Landes begrüßt werden, vom Klavier erklingen Melodien ihrer Heimat, und noch ehe sie zu Ende gesungen sind, klingt eine andere Saite, lautlos und dennoch so klangvoll und sicher: der Runenstab des Gedankens erreicht die Heimat der Schiffbrüchigen im fremden Land und meldet von ihrer Errettung; da fühlt sich das Gemüt erleichtert, da kann heute abend beim Fest in der Leutestube von Börglum ein Tanz stattfinden. Den Walzer und Reihentänze werden wir tanzen, und Lieder werden gesungen werden von Dänemark und „dem tapferen Landsoldaten" in jüngster Zeit.

Gesegnet seist du, neue Zeit! Reite auf dem gereinigten Luftstrom den Sommer ins Land! Laß deine Sonnenstrahlen in Herz und Gedanken hineinleuchten! Vor deinem strahlenden Hintergrund schweben die düsteren Sagen aus harten, aus grimmigen Zeiten vorüber.

In der Kinderstube

Vater und Mutter und alle Geschwister waren in der Komödie, nur die kleine Anna und ihr Pate waren allein zu Hause.

„Wir wollen auch eine Komödie spielen!" sagte er, „und die kann sofort anfangen."

„Aber wir haben kein Theater", sagte die kleine Anna, „und wir haben keinen, der spielt! Meine alte Puppe kann nicht, denn sie ist so scheußlich, und meine neue darf sich ihre feinen Kleider nicht zerknautschen."

„Man kann immer Schauspieler bekommen, wenn man nimmt, was man hat", sagte der Pate. „Jetzt stellen wir ein Theater auf die Beine. Hier bauen wir ein Buch auf, da eines und dann noch eines, in schräger Reihe. Jetzt drei auf der anderen Seite; so haben wir die Kulissen! Die alte Schachtel, die da liegt, kann der Hintergrund sein; wir kehren den Boden nach außen. Die Bühne stellt eine Stube dar, das kann jeder sehen! Nun müssen wir jemanden haben, der spielt! Laß mal sehen, was es hier in der Spielzeugschublade gibt! Zuerst die Personen, dann machen wir eine Komödie, eins ergibt sich aus dem anderen, und es wird großartig! Hier liegt ein Pfeifenkopf, und hier liegt ein einzelner Handschuh, die können sehr schön Vater und Tochter sein!"

„Aber das sind nur zwei Personen!" sagte die kleine Anna. „Hier liegt meines Bruders alte Weste! kann die nicht Theater spielen?"

„Groß genug ist sie dazu!" sagte der Pate. „Die kann der Bräutigam sein. Sie hat nichts in der Tasche, das ist schon mal interessant, das ist halb und halb unglückliche Liebe! – Und hier haben wir den Stiefel vom Nußknacker mit einem Sporn daran! Potzblitz, alle Wetter! der kann trampeln und stelzen. Der soll der unwillkommene Freier sein, den das Fräulein nicht mag. Was für ein Stück willst du nun haben? Ein Trauerspiel oder ein Volksstück?"

„Ein Volksstück!" sagte die kleine Anna; „das haben die anderen so gern. Kannst du eins?"

„Ich kann hundert!" sagte der Pate. „Was am liebsten angesehen wird, das sind die aus dem Französischen, aber die schicken sich nicht recht für kleine Mädchen. Wir können ja aber eins von den bravsten nehmen, sie ähneln sich alle miteinander. Nun schüttle ich den Sack! Hokuspokus! Funkelnagelneu! Jetzt sind sie funkelnagelneu! Jetzt hör mal, was der Theaterzettel sagt." Und der Pate nahm eine Zeitung und tat, als läse er daraus vor:

„Pfeifenkopf und guter Kopf
Volksstück in einem Akt

Personen

Herr Pfeifenkopf, Vater
Fräulein Handschuh, Tochter
Herr Weste, Liebhaber
Von Stiefel, Freier

Und nun beginnen wir! Der Vorhang geht hoch; wir haben keinen Vorhang, aber dann ist er eben hoch. Alle

Personen sind auf der Bühne; dann haben wir sie gleich bei der Hand. Jetzt rede ich als Vater Pfeifenkopf. Er ist heute böse; man kann es ihm ansehen, er ist geräucherter Meerschaum.

‚Schnick, schnack, schnurre, basselurre! ich bin Herr in meinem Haus! ich bin der Vater meiner Tochter! Wolle man bitte auf das hören, was ich sage! Von Stiefel ist ein Herr,

in dem man sich spiegeln kann, Saffian am Oberteil und Sporen am Unterteil; schnicke, schnicke, schnack! Er soll meine Tochter haben!‘

Achte nun auf die Weste, Annachen!“ sagte der Pate. „Nun spricht die Weste. Sie hat einen umgeklappten Kragen, ist sehr bescheiden, kennt aber ihren eigenen Wert und hat ein Recht, zu sagen, was sie sagt.

‚Fleckenfrei bin ich! Die Gediegenheit muß auch in Betracht gezogen werden. Ich bin aus echter Seide, und ich trage Schnüre.‘

‚Am Hochzeitstag, länger nicht! Sie sind nicht waschecht!‘ es ist Herr Pfeifenkopf, der spricht. ‚Von Stiefel ist wasserdicht, von kräftigem Leder und dennoch sehr fein, kann knarren, mit dem Sporn klirren und hat etwas Italienisches.‘“

„Aber sie müssen in Versen sprechen!“ sagte die kleine Anna, „das soll am niedlichsten sein.“

„Das können sie auch!“ sagte der Pate. „Und wenn das Publikum es will, steht ihnen der Mund nicht still! – Schau dir das kleine Fräulein Handschuh an, wie sie die Finger ausstreckt.

‚Lieber, wenn ich kann,
Wär ich ohne Mann!
Ach!
Ich kann's nicht ertragen,
Mir platzt der Magen.'

‚Schnack!'

Das war Vater Pfeifenkopf; jetzt spricht Herr Weste:

‚Geliebtes Fräulein Handschuh!
So wahr ich bin geboren,
Mein für immer solln Sie sein,
Das hat Holger Danske geschworen.'

Stiefel schlägt aus, trampelt auf den Fußboden, klirrt mit dem Sporn und rennt drei Kulissen über den Haufen."

„Das ist wunderbar schön!" sagte die kleine Anna.

„Still, still!" sagte der Pate; „stummer Beifall beweist, daß du gebildetes Publikum im ersten Parkett bist. Jetzt singt Fräulein Handschuh ihre große Arie mit Zittern:

‚Ich kann nicht reden,
So muß ich denn krähen
In den hohen Sälen, kikeriki!'

Jetzt kommt das Aufregendste, Annachen! Das ist das Wichtigste in der Komödie! Siehst du, Herr Weste knöpft sich auf, seine Rede wirft er bis zu dir hinunter, damit du klatschst; aber unterlaß es! Es ist vornehmer. Hör nur, wie es in der Seide raschelt: ‚Wir sind völlig außer uns! Nehmen Sie sich in acht! Jetzt kommt die Intrige! Sie sind Pfeifenkopf, ich bin der gute Kopf – wupp, sind Sie weg!' Hast du das gesehen, Annachen?" sagte der Pate. „Szenerie und Spiel sind ausgezeichnet; Herr Weste hat den alten Pfeifenkopf gepackt und in seine Tasche gesteckt; da liegt er, und Herr Weste spricht: ‚Sie sind in meiner Tasche, in meiner tiefsten Tasche! Niemals kommen Sie da heraus, ehe Sie nicht versprechen, mich mit Ihrer Tochter zu vereinigen, Fräulein Handschuh linker Hand; ich strecke die Rechte vor!'"

„Das ist furchtbar schön!" sagte die kleine Anna.

„Und nun antwortet der alte Pfeifenkopf:

,Mir ist ganz blümerant,
Es ist nicht amüsant.
Ich habe einen schweren Stand.
Ich merke, mir fehlt mein hohles Rohr,
Ach, nie zuvor
War so taub mein Ohr.
Nehmen Sie meinen Kopf
Aus der Tasche, und
Schließen Sie mit meiner Tochter
Den Ehebund!'"

„Ist die Komödie schon aus?" fragte die kleine Anna.

„Ih, bewahre!" sagte der Pate, „die ist nur für Herrn Stiefel aus. Die Liebenden knien nieder, der eine singt:

,Vater, oh, höre!'

der andere:

,Nimm den Kopf und beehre
Mit deinem Segen Tochter und Sohn!'

Sie erhalten seinen Segen, feiern Hochzeit, und die Möbel singen im Chor:

‚Knitsch, knatsch, knaus,
Wir sagen alle danke!
Das Stück, das ist jetzt aus!‘

Und nun klatschen wir!“ sagte der Pate, „rufen sie alle miteinander hervor, auch die Möbel. Die sind aus Mahagoni!“

„Ist unsere Komödie nun ebenso gut wie die, die die anderen im richtigen Theater sehen?“

„Unsere Komödie ist viel besser!“ sagte der Pate; „sie ist kürzer, sie ist uns frei Haus geliefert worden, und die Zeit bis zum Tee ist verflogen.“

Des Trommlers Frau ging in die Kirche; sie sah sich den neuen Altar mit gemalten Bildern und geschnitzten Engeln an; die waren so schön, die auf der Leinwand in Farben und Strahlenkranz ebenso wie die in Holz geschnitzten, dazu angemalt und vergoldet. Das Haar glänzte wie Gold und Sonnenschein, herrlich anzusehen; aber Gottes Sonnenschein war doch noch schöner; er glänzte heller, röter zwischen den dunklen Bäumen hindurch, wenn die Sonne unterging. Herrlich, in Gottes Antlitz zu schauen! Und sie blickte in die rote Sonne, und ihre Gedanken waren innig, sie dachte an das Kleine, das der Storch bringen würde, und des Trommlers Frau freute sich so sehr, sie schaute und schaute, und sie wünschte, das Kind möge Glanz von dort erhalten, jedenfalls einem der strahlenden Engel auf dem Altarbild ähnlich werden.

Und als sie dann ihr kleines Kind wirklich im Arm hielt und es dem Vater entgegenstreckte, da war es anzuschauen wie einer der Engel in der Kirche, das Haar war wie Gold; der Schimmer der sinkenden Sonne lag darüber.

„Mein Goldschatz, mein Reichtum, mein Sonnenschein!" sagte die Mutter und küßte die schimmernden Locken; und in der Stube des Trommlers klang es wie Musik und Gesang; hier herrschte Freude, Leben und Aufregung. Der Trommler schlug einen Wirbel, einen Freudenwirbel. Die Trommel ging, die Brandtrommel ging.

„Rotes Haar! Das Kind hat rotes Haar! Glaube dem Trommelfell und nicht dem, was deine Mutter sagt! Trummelumm! trummelumm!"

Und die Stadt redete, wie die Brandtrommel redete.

Der Junge kam in die Kirche, der Junge wurde getauft. Gegen den Namen war nichts einzuwenden: Peter wurde er getauft. Die ganze Stadt, auch die Trommel, nannte ihn Peter, des Trommlers Junge mit dem roten Haar; aber seine Mutter küßte ihn auf sein rotes Haar und nannte ihn Goldschatz.

In den Hohlweg, in den lehmigen Hang, hatte manch einer seinen Namen eingekratzt, um nicht vergessen zu werden.

„Berühmtheit!" sagte der Trommler, „das ist immerhin was!" und dann kratzte er ebenfalls seinen Namen und den seines Söhnchens ein.

Und die Schwalben kamen: sie hatten auf ihren langen Reisen eine dauerhaftere Schrift in die Felsenwand eingemeißelt gesehen, auf der Tempelwand in Hindustan: große Taten mächtiger Könige, unsterbliche Namen, so alt, daß heute keiner sie lesen oder nennen konnte.

Namenswert! Berühmtheit!

Im Hohlweg nisteten die Uferschwalben; sie bohrten sich Löcher in den Hang, Regen und Wind spülten und bröckelten die Namen ab, auch die des Trommlers und seines Söhnchens.

„Peter ist immerhin anderthalb Jahre stehengeblieben!" sagte der Vater.

„Narren!" dachte die Brandtrommel, aber sie sagte nur: „Dumm, dum, dum! dummelum!"

Der Junge wurde ein Bursche voller Lust und Leben, „des Trommlers Sohn mit dem roten Haar." Eine herrliche Stimme hatte er; singen konnte er, und singen tat er, wie die Vögel im Walde; es war Melodie und doch keine Melodie darin.

„Er müßte Chorknabe werden!" sagte die Mutter; „in der Kirche singen, dort unter den wunderbaren, vergoldeten Engeln stehen, denen er gleicht!"

„Feuerkater!" sagten die Witzbolde in der Stadt. Die Trommel hörte es von den Nachbarsfrauen.

„Geh nicht nach Hause, Peter!" riefen die Straßenjungen. „Schläfst du unterm Dach, dann gibt es Feuer im oberen Stock, und dann geht die Brandtrommel."

„Nehmt euch in acht vor den Trommelstöcken!" sagte Peter; und wie klein er auch war, so ging er doch furchtbar drauflos und jagte dem Zunächststehenden seine Faust in den Bauch, so daß diesem die Beine wegrutschten und die anderen die Beine in die Hand nahmen, ihre eigenen Beine.

Der Stadtmusikant war so vornehm und fein, er war der Sohn eines königlichen Silberkämmerers; dem gefiel Peter, er nahm ihn stundenlang mit zu sich nach Hause, gab ihm eine Geige und lehrte ihn spielen; es war, als hätte der Junge es in den Fingern; er wollte mehr werden als Trommler, er wollte Stadtmusikant werden.

„Soldat will ich werden!“ sagte Peter; denn er war noch ein ganz kleiner Kerl und meinte, es wäre das Herrlichste

von der Welt, ein Gewehr zu haben und so „eins, zwei! eins, zwei!“ zu marschieren und Uniform und Säbel zu tragen.

„Du wirst es lernen, dem Kalbfell zu gehorchen! Trummelumm! komm, komm!“ sagte die Trommel.

„Ja, wenn er bis zum General hinaufmarschieren könnte!“ sagte der Vater; „aber dazu muß Krieg sein!“

„Gott bewahre uns davor!“ sagte Mutter.

„Wir haben nichts zu verlieren!“ sagte Vater.

„Ja, wir haben immerhin meinen Jungen!“ sagte sie.

„Wenn er nun aber als General heimkehrt!“ sagte Vater.

„Ohne Arme und Beine!“ sagte Mutter; „nein, ich möchte meinen Goldschatz heil behalten!“

„Tromm! tromm! tromm!“ Die Brandtrommel ging, alle Trommeln gingen. Es war Krieg. Die Soldaten zogen aus, und des Trommlers Junge zog mit: „Rotschopf! Goldschatz!“ Die Mutter weinte; der Vater sah ihn in Gedanken

„berühmt", der Stadtmusikant meinte, er solle nicht in den Krieg ziehen, sondern bei der Stadtmusik bleiben.

„Rotschopf!" sagten die Soldaten, und Peter lachte; sagte aber der eine oder andere: „Fuchsbalg!" dann kniff er den Mund zusammen, sah in die weite Welt hinaus; das Schimpfwort kümmerte ihn nicht.

Brauchbar war der Junge; unerschrockenen Gemüts, guter Laune, und das ist die beste Feldflasche, sagten die alten Kameraden.

In Regen und Sturm, bis auf die Haut durchnäßt, mußte er manche Nacht unter freiem Himmel schlafen, aber die gute Laune verließ ihn nicht, die Trommelstöcke schlugen: „Trommelom! Alle Mann hoch!" O ja, er war in der Tat ein geborener Trommler.

Es war am Tage einer Schlacht; die Sonne war noch nicht aufgegangen, aber Morgen war es, die Luft kalt, der Kampf heiß; es lag Nebel in der Luft, aber noch mehr Pulverdampf. Die Kugeln und Granaten flogen über die Köpfe hinweg und in die Köpfe hinein, in Leib und Glieder; aber vorwärts ging es. Dieser und jener brach in die Knie, aus der Schläfe blutend, kreidebleich im Gesicht. Der kleine Trommler hatte noch seine gesunde Farbe; er hatte keinen Schaden davongetragen; er blickte mit einem überaus vergnügten Gesicht den Regimentsköter an, der vor ihm herhüpfte, so richtig fröhlich, als wäre das Ganze ein Heidenspaß, als schlügen die Kugeln nur ein, um mit ihm zu spielen.

„Marsch! Vorwärts marsch!" waren die Kommandoworte für die Trommel; und diese Worte sollten nicht widerrufen werden; aber sie können widerrufen werden, und darin kann viel Klugheit liegen; und nun wurde gesagt: „Zurück!" und da schlug der kleine Trommler: „Marsch! Vorwärts!" so verstand er den Befehl, und die Soldaten gehorchten dem Kalbfell. Es waren gute Trommelschläge, sie spornten jene zum Siege an, die im Begriff waren, zurückzuweichen.

Leben und Leiber gingen in dieser Schlacht drauf. Die Granate zerreißt das Fleisch in blutende Fetzen; die Granate steckt den Strohhaufen in Brand, zu dem der Verwundete sich hingeschleppt hat, um viele Stunden hier verlassen zu liegen, vielleicht für dies Leben verlassen. Es hat keinen Zweck, daran zu denken! Und dennoch denkt man daran, sogar weit fort in der friedlichen Stadt; dort dachten der Trommler und seine Frau daran; Peter war ja im Krieg.

„Jetzt habe ich das Gewinsel satt!" sagte die Brandtrommel.

Es war am Tage einer Schlacht; die Sonne war noch nicht aufgegangen, aber der Morgen war da. Der Trommler und seine Frau schliefen, das hatten sie fast die ganze Nacht nicht getan; sie hatten vom Sohn gesprochen; er war ja dort draußen – „in Gottes Hand". Und der Vater träumte, der Krieg wäre aus, die Soldaten kämen nach Hause und Peter hätte das silberne Kreuz auf der Brust; aber die Mutter träumte, daß sie in die Kirche einträte, die Gemälde und die geschnitzten Engel mit dem vergoldeten Haar anschaute; und ihr eigener, lieber Junge, der Goldschatz ihres Herzens, stände in weißem Gewande mitten unter den Engeln und sänge so schön, wie sicherlich nur Engel singen können, und mit ihnen stiege er zur Sonne empor und nickte seiner Mutter so liebevoll zu.

„Mein Goldschatz!“ rief sie und erwachte in selbiger Minute. „Nun hat der Herrgott ihn zu sich genommen!“ sagte sie, faltete die Hände, lehnte den Kopf gegen den kattunenen Bettvorhang und weinte. „Wo ruht er jetzt unter den vielen in dem großen Grab, das sie für die Toten schaufeln? Vielleicht im tiefen Sumpf! Keiner kennt sein Grab! Kein Gotteswort wird für ihn gelesen!“ Und das Vaterunser kam lautlos über ihre Lippen; sie neigte den Kopf, sie war so müde, nickte ein Weilchen ein.

Die Tage gehen dahin, im Leben und in den Träumen!

Es war um die Abendstunde; ein Regenbogen erhob sich über der Walstatt, er berührte den Waldrand und das tiefe Moor. Im Volksglauben wird gesagt und bewahrt: Wo der Regenbogen die Erde berührt, liegt ein Schatz begraben, ein Goldschatz; auch hier lag einer; niemand dachte an den kleinen Trommler außer seiner Mutter, und darum träumte sie das.

Und die Tage gehen dahin, im Leben und in den Träumen!

Kein Haar auf dem Kopf war ihm gekrümmt worden, kein Goldhaar. „Trommelom, trommelom, er kommt! er kommt!“ hätte die Trommel sagen und seine Mutter singen können, hätte sie es gesehen oder geträumt.

Mit Gesang und Hurra, mit dem Grün des Sieges ging es heimwärts, als der Krieg zu Ende, der Friede geschlossen war. Der Regimentsköter sprang in großen Kreisen vorauf, als wollte er den Weg dreimal so lang machen, wie er war.

Und Wochen vergingen und Tage, und Peter trat in die Stube der Eltern; er war so braun wie ein Wilder, seine Augen so hell, sein Gesicht strahlte wie der Sonne Schein. Und die Mutter hielt ihn umfangen, küßte seinen Mund, seine Augen, sein rotes Haar. Sie hatte ihren Jungen wieder; er hatte kein silbernes Kreuz auf der Brust, wie es der Vater geträumt hatte, aber er hatte heile Gliedmaßen, wie die Mutter es nicht geträumt hatte. Und es herrschte große Freude; sie lachten, und sie weinten. Und Peter umarmte die alte Brandtrommel.

„Da steht das alte Gestell noch immer!“ sagte er. Und Vater schlug einen Wirbel darauf.

„Es ist gerade, als wäre hier eine große Feuersbrunst aus, gebrochen!" sagte die Brandtrommel. „Feuer im Dachstuhl-Feuer im Herzen, Goldschatz! daß ich nicht lache! Ha, ha, ha!"

Und nun? Ja, was nun? Fragt nur den Stadtmusikanten!

„Peter wächst einfach über die Trommel hinaus", sagte er; „Peter wird größer als ich!" und er war doch immerhin der Sohn eines königlichen Schatzkämmerers; aber alles, was er während eines ganzen Lebens gelernt hatte, lernte Peter in einem halben Jahr.

Er hatte etwas an sich, etwas Frohgemutes, Herzensgutes. Die Augen leuchteten, und das Haar leuchtete – das ist nicht zu leugnen.

„Er sollte sich das Haar färben lassen!" sagte Mutter Nachbarin. „Der Tochter vom Polizisten ist es wunderschön geraten! Und sie hat sich verlobt."

„Aber das Haar wurde ja gleich darauf grün wie Entengrütze und muß immer aufgefärbt werden."

„Das kann sie sich leisten!" sagte Mutter Nachbarin, „und das kann Peter auch. Er verkehrt in den vornehmsten Häusern, sogar bei Bürgermeisters, gibt Fräulein Lotte Unterricht im Klavierspiel!"

Spielen konnte er! Ja, aus der Phantasie spielte er das schönste Stück, das noch nie auf ein Notenblatt niedergeschrieben worden war. Er spielte in den hellen Nächten und in den dunklen auch. Es wäre nicht auszuhalten, sagten die Nachbarn und die Brandtrommel.

Er spielte, daß die Gedanken aufkeimten und große Zukunftspläne emporstiegen: Berühmtheit!

Und Bürgermeisters Lotte saß am Klavier; ihre zarten Finger tänzelten über die Tasten, daß es bis in Peters Herz hineinklang; es war, als würde es ihm viel zu weit, und das geschah nicht einmal, sondern viele Male, und da ergriff er eines Tages die feinen Finger und die schön geformte Hand, und er küßte sie und sah dem Mädchen in die großen, braunen Augen; der Herrgott weiß, was Peter sagte; wir anderen dürfen es raten. Lotte wurde rot bis über Hals und

Schultern, kein Wort erwiderte sie – es kam gerade Besuch in die Stube, der Sohn des Etatsrats, der hatte eine hohe, glatte Stirn, ganz bis nach hinten, bis zum Hinterkopf. Und Peter blieb lange bei ihnen sitzen, und Lotte lächelte ihm am freundlichsten zu.

Abends daheim sprach er von der weiten Welt und dem Goldschatz, der für ihn in der Violine verborgen lag.

Berühmtheit!

„Tummelumm! tummelumm! bumm bumm!" sagte die Brandtrommel. „Jetzt ist es ganz schlimm mit dem Peter! Ich glaube, im Hause brennt's."

Mutter ging am nächsten Tag auf den Markt.

„Weißt du das Neueste, Peter!" sagte sie, als sie zurückkam, „etwas Schönes! Bürgermeisters Lotte hat sich mit dem Sohn vom Etatsrat verlobt; und zwar gestern abend!"

„Nein!" sagte Peter und sprang vom Stuhle hoch. Aber die Mutter sagte: doch! Sie hätte es von der Frau des Barbiers, und deren Mann wieder hätte es aus des Bürgermeisters eigenem Mund.

Und Peter wurde bleich wie ein Laken, und er setzte sich wieder hin.

„Herrgott, was ist dir denn?" fragte die Mutter.

„Gut! gut! Laß mich sein!" sagte er, und die Tränen liefen ihm über die Wangen.

„Mein gutes Kind! mein Goldschatz!" sagte die Mutter und weinte; aber die Brandtrommel sang, in ihrem Innern, nicht laut.

„Lott' ist tot! Lott' ist tot! Ja, das Lied ist aus!"

Das Lied war nicht aus, das hatte noch viele Verse, lange Verse, die allerschönsten, einen regelrechten Goldschatz.

„Sie hüpft umher und ist ganz aus dem Häuschen!" sagte Mutter Nachbarin. „Alle Welt soll die Briefe lesen, die sie von ihrem Goldschatz bekommt, soll hören, was die Zeitungen über ihn und seine Geige sagen. Geld schickt er ihr, das kann sie brauchen, wo sie jetzt als Witwe dasitzt."

„Er spielt vor Kaisern und Königen!" sagte der Stadtmusikant. „Das Los ist mir nicht beschieden gewesen; aber er ist mein Schüler und vergißt seinen alten Lehrer nicht."

„Vater hat doch wahrhaftig geträumt", sagte Mutter, „daß Peter mit dem silbernen Kreuz auf der Brust aus dem Kriege heimkehrte, er hat es nicht im Kriege bekommen, da bekommt man es sicherlich nicht so leicht! Jetzt hat er den Danebrogorden. Das hätte Vater erleben müssen!"

„Berühmt!" sagte die Brandtrommel, und die Vaterstadt sagte es ebenfalls; des Trommlers Sohn, Peter mit dem roten Haar, Peter, den sie als kleines Kind mit Holzschuhen hatte herumlaufen sehen, als Trommler, und wie er zum Tanze aufspielte, berühmt!

„Er hat uns etwas vorgespielt, ehe er vor den Königen spielte!" sagte des Bürgermeisters Gemahlin. „Er war damals von Lotte ganz hin! Er hat immer hoch hinauf geschaut! Damals war es naseweis und völlig abwegig! Mein eigener Mann hat gelacht, als er von dem Unsinn hörte! Jetzt ist Lotte Frau Etatsrat!"

Ein Goldschatz war dem armen Kind in Herz und Seele gesenkt worden, das als kleiner Trommler mit seinem „Marsch! vorwärts!" jene zum Siege führte, die im Begriff waren zurückzuweichen. In seiner Brust lag ein Goldschatz, die Flut der Töne; es brauste von der Geige auf, als steckte eine ganze Orgel darin, als tänzelten über die Saiten alle Elfen einer Sommernacht; man vernahm das Flöten der Drossel und des Menschen helle Stimme; deshalb hallte es in Berückung durch die Herzen, deshalb wurde sein Name durch die Lande getragen. Es war eine große Feuersbrunst, die Feuersbrunst der Begeisterung.

„Und dann ist er so schön!" sagten die jungen Damen, die alten ebenfalls; ja, die Älteste unter ihnen schaffte sich ein Album für berühmte Haarlocken an, nur um sich eine Locke von des jungen Geigers reichem, herrlichem Haar erbitten zu können, einen Schatz, einen Goldschatz.

Und in des Trommlers ärmliche Stube trat der Sohn ein, fein wie ein Prinz, glücklicher als ein König, die Augen waren so strahlend, das Gesicht wie Sonnenschein. Und er nahm seine Mutter in die Arme, und sie küßte seinen warmen Mund und weinte so glückselig, wie man aus Freude weint; und er nickte jedem alten Möbel in der Stube zu, der Ziehkiste mit den Teetassen und Vasen; er nickte der Schlafbank zu, auf der er als kleines Kind geschlafen hatte; aber die alte Brandtrommel stellte er mitten in die Stube, und er sagte zu seiner Mutter und zugleich zu der Trommel gewandt: „Vater hätte heute einen Wirbel geschlagen! Nun muß ich es tun!" Und er schlug auf der Trommel ein ganzes Donnerwetter, und die fühlte sich so geehrt dadurch, daß ihr Kalbfell platzte.

„Er hat eine herrliche Faust!" sagte die Trommel. „Nun habe ich doch für immer ein Andenken an ihn! Ich vermute, daß auch Mutter vor Freude über ihren Goldschatz platzt."

Das ist die Geschichte von Goldschatz.

Der Sturm zieht mit den Schildern um

In alter Zeit, als Großvater ein ganz kleiner Junge war und mit roten Hosen, roter Joppe, einer Schärpe um den Leib und einer Feder an der Mütze herumlief – denn so gingen in seiner Kindheit die kleinen Jungen angezogen, wenn sie ordentlich herausgeputzt waren –, da war so vieles ganz anders als jetzt; da gab es oftmals Feste auf der Straße, Pracht wie wir sie nicht kennen, denn die ist abgeschafft, diese Feste wurden altmodisch; aber Spaß macht es, Großvater davon erzählen zu hören.

Es muß damals wirklich eine Pracht gewesen sein, zuzusehen, wie die Schuhmacher mit ihren Schildern umzogen, wenn sie das Zunfthaus wechselten. Ihre seidene Fahne flatterte; auf die war ein großer Stiefel gemalt und ein Adler mit zwei Köpfen; die jüngsten Gesellen trugen den Zunftpokal und die Lade, und an ihren Hemdärmeln flatterten rote und weiße Bänder; die älteren gingen mit gezücktem Degen, an dessen Spitze eine Zitrone saß. Die Musik schmetterte, und am schönsten von allen Instrumenten war der „Vogel", wie Großvater die große Stange mit dem Halbmond darauf und allem möglichen klingelnden Tingeltangel daran nannte, richtige türkische Musik. Die Stange wurde hochgehoben und geschwenkt, sie klingelte und klang, und es blendete einem richtig die Augen, wenn man die Sonne auf all dem Gold, Silber oder Messing blitzen sah.

Vor dem Zuge lief Harlekin, in einem Anzug, der aus allen möglichen bunten Lumpen zusammengenäht war, schwarz im Gesicht und mit Schellen auf dem Kopf, genau wie ein Schlittenpferd; und dann schlug er mit seinem breiten Stab auf die Leute ein, daß es knallte, ohne weh zu tun, und die Leute drängelten sich, um hierhin und dorthin zu kommen; kleine Knaben und Mädchen fielen über ihre eigenen Beine in den Rinnstein hinunter; alte Weiblein pufften mit den Ellbogen, machten ein mürrisches Gesicht und schimpften. Einer lachte, ein anderer schwatzte; auf den Treppen und in den Fenstern, ja, ganz oben auf dem Dach waren Leute. Die Sonne schien; ein bißchen Regen kriegten sie auch ab, aber das war gut für den Landmann, und wenn sie ordentlich durchweicht wurden, dann war es ein wahrer Segen für das Land.

Oh, wie Großvater erzählen konnte! Er hatte als kleiner Junge all diese Pracht in ihrer größten Herrlichkeit erlebt. Der älteste Zunftgeselle hielt eine Ansprache von dem Gerüst aus, auf dem das Schild ausgehängt wurde, und die Rede war in Versen, so als wäre sie gedichtet worden, und das war sie auch: sie hatten es zu dritt gemacht und hatten zuvor eine ganze Terrine Punsch getrunken, damit die Verse richtig gut würden. Und die Leute riefen nach der Ansprache hurra, aber für den Harlekin riefen sie noch mehr hurra, als er auf dem Gerüst zum Vorschein kam und Gesichter schnitt. Der Narr konnte ganz ausgezeichnet Narrenspossen treiben und trank Met aus einem Schnapsglas, das er dann unter die Leute schleuderte, die es in der Luft auffingen. Großvater hatte eins davon, das der Kalklöscher gefangen und ihm geschenkt hatte. Das war wirklich lustig. Und das Schild hing mit Blumen und Grün an dem neuen Zunfthaus.

„Solch ein Fest vergißt man nie, wie alt man auch wird", sagte Großvater, und er vergaß es auch nicht, ungeachtet dessen, daß er manch andere Festlichkeit und Herrlichkeit zu sehen bekommen hatte und davon erzählte, aber am lustigsten war es doch, ihn erzählen zu hören, wie drinnen in der großen Stadt mit den Schildern umgezogen wurde.

Großvater fuhr ja als kleines Kind mit seinen Eltern dorthin; er hatte damals die größte Stadt des Landes noch nie gesehen. Da gab es so viele Menschen auf der Straße, daß er meinte, es sollte mit den Schildern umgezogen werden, und da gab es viele Schilder, mit denen umgezogen werden mußte; man hätte Hunderte von Stuben mit Bildern füllen können, wenn man sie drinnen und nicht draußen aufgehängt hätte. So waren da beim Schneider alle Arten von Kleidung draufgemalt, der konnte die Leute von grob in fein umnähen; da waren Schilder der Zigarrenwickler mit den reizendsten kleinen Jungen, die eine Zigarre rauchten, genau wie in Wirklichkeit; da gab es Schilder mit Butter und Salzheringen, Priesterkrausen und Särgen und außerdem noch Inschriften und Anschläge; man konnte mühelos einen ganzen Tag in den Straßen auf und ab gehen und sich an Bildern satt sehen, und dann wußte man sofort, welche Menschen dort drinnen wohnten, sie hatten selber ihr Schild ausgehängt, und es ist so gut, sagte Großvater, und so lehrreich, in einer großen Stadt zu wissen, wer drinnen im Haus wohnt.

Aber dann, als Großvater gerade in die Stadt kam, sollte mit den Schildern etwas geschehen; er hat es selbst erzählt, und er hatte keinen Schalk im Nacken sitzen, wie Mutter behauptete, wenn er mir etwas einreden wollte; er sah ganz zuverlässig aus.

In der ersten Nacht, nachdem er in die große Stadt gekommen war, gab es hier das fürchterlichste Unwetter, von dem man jemals in der Zeitung gelesen hatte, ein Unwetter, wie es seit Menschengedenken nicht vorgekommen war. Die ganze Luft war voll von Dachziegeln; alte Bretterzäune kippten um, ja, da war sogar ein Schubkarren, der fuhr von selber die Straße hinab, nur um sich in Sicherheit zu bringen. Es heulte in der Luft, es brüllte und rüttelte, es war ein ganz fürchterlicher Sturm. Das Wasser in den Kanälen stieg bis über das Bollwerk, es wußte nicht, wohin es sollte. Der Sturm fegte über die Stadt hinweg und nahm Schornsteine mit; mehr als eine alte, stolze Kirchturmspitze mußte sich krumm machen und hat es seitdem niemals verwunden.

Vor dem Haus des alten, biederen Feuerwehrhauptmanns, der immer mit der letzten Spritze ankam, stand ein Schilderhaus, der Sturm wollte ihm das kleine Schilderhaus nicht gönnen, es wurde aus den Zapfen gerissen und polterte die Straße hinab; und seltsamerweise richtete es sich vor dem Haus auf, wo der armselige Zimmergeselle wohnte, der beim letzten Brand drei Menschen das Leben gerettet hatte, und dort blieb es stehen; aber es dachte sich nichts dabei.

Das Schild vom Barbier, der große Messingteller, wurde heruntergerissen und in die Fensternische des Justizrats versetzt, und das wäre fast eine Boshaftigkeit, sagte die ganze Nachbarschaft, denn bei ihr und den allerintimsten Freundinnen hieß die gnädige Frau das Schermesser. Sie war so klug, sie wußte mehr über die Menschen, als die Menschen über sich selber wußten.

Ein Schild mit einem abgebildeten gedörrten Klippfisch flog über eine Tür, wo ein Mann wohnte, der eine Zeitung schrieb. Das war ein peinlicher Scherz vom Sturmwind, er hatte sicher nicht daran gedacht, daß mit einem Zeitungsschreiber durchaus nicht zu spaßen ist, er ist in seiner eigenen Zeitung und in seiner eigenen Meinung König.

Der Wetterhahn flog auf das Dach des gegenüberliegenden Hauses, und da stand er wie die schwärzeste Bosheit, sagten die Nachbarn.

Das Faß des Böttchers wurde unter „Damenputz" aufgehängt.

Der Speisezettel der Garküche, der in einem dicken Rahmen an der Tür hing, wurde vom Sturm über dem Eingang des Theaters aufgestellt, wo die Leute nie hingingen; es war ein komisches Plakat: „Meerrettichsuppe und gefüllter Kohl." Aber jetzt kamen Leute!

Der Fuchspelz des Kürschners, der dessen ehrbares Schild ist, wurde auf den Klingelzug des jungen Mannes befördert, der immer in die Frühpredigt ging, wie ein zuge-

klappter Regenschirm aussah, nach Wahrheit strebte und „Beispiel" war, wie seine Tante sagte.

Die Inschrift „Höhere Bildungsanstalt" wurde zum Billardklub hinüberversetzt, und die Anstalt selber bekam das Schild: „Hier werden Kinder mit der Flasche gestillt"; es war durchaus nicht witzig, nur ungezogen, aber der Sturm hatte es nun mal getan, und dem kann man nicht befehlen.

Es war eine fürchterliche Nacht; und morgens, denk nur, da waren fast alle Schilder in der Stadt umgezogen; und an manchen Stellen war es mit einer solchen Bosheit geschehen, daß Großvater es nicht erzählen wollte, aber er lachte sich ins Fäustchen, das sah ich sehr wohl, und es ist möglich, daß ihm jetzt doch etwas im Nacken saß.

Die armen Menschen in der großen Stadt, namentlich die Fremden, irrten sich nun völlig in den Menschen, und das war ja auch nicht anders möglich, wenn sie sich nach den Schildern richteten. Manche wollten in eine sehr ernsthafte Versammlung von Älteren hinein, die die wichtigsten Dinge besprechen wollten, und dann kamen sie in eine brüllende Knabenschule, die im Begriff war, auf die Tische zu springen.

Es gab Leute, die die Kirche mit dem Theater verwechselten, und das ist doch entsetzlich!

Einen solchen Sturm hat es in heutiger Zeit aber nicht mehr gegeben, nur Großvater hat ihn erlebt, und da war er noch ganz klein; ein solcher Sturm kommt vielleicht auch zu unseren Lebzeiten gar nicht vor, aber zu Lebzeiten unserer Enkel; dann wollen wir aber hoffen und beten, daß sie in ihren vier Wänden bleiben, wenn der Sturm mit den Schildern umzieht.

Die Teekanne

Es war eine stolze Teekanne, sie war stolz auf ihr Porzellan, stolz auf ihre lange Tülle, stolz auf ihren breiten Henkel; sie hatte vorn etwas und hinten etwas, die Tülle vorn, den Henkel hinten, und davon redete sie; aber sie redete nicht von ihrem Deckel, der war zerbrochen, der war gekittet worden, der hatte einen Mangel, und von seinem Mangel redet man nicht gern, das tun schon die anderen. Tassen, Sahnegießer und Zuckerschale, das ganze Teegeschirr würde sicherlich das Gebrechen des Deckels eher im Gedächtnis behalten als den guten Henkel und die ausgezeichnete Tülle; das wußte die Teekanne.

„Ich kenne sie!“ sagte sie ganz leise für sich, „ich kenne auch wohl meinen Mangel, und ich bekenne mich zu ihm, darin liegt meine Demut, meine Bescheidenheit; Mängel haben wir alle, aber man ist doch auch begabt. Die Tassen bekamen einen Henkel, die Zuckerdose einen Deckel, ich bekam nun beides und noch eine Sache vorweg, die sie nie bekommen, ich bekam eine Tülle, die macht mich zur Königin auf dem Teetisch. Der Zuckerdose und dem Sahnegießer ist es vergönnt, die Dienerinnen des Wohlgeschmacks zu sein, aber ich bin die Geberin, die Gebieterin, ich bringe den dürstenden Menschen Segen; in meinem Inneren werden die chinesischen Blätter in dem kochenden, geschmacklosen Wasser verarbeitet.“

All dies sagte die Teekanne in ihrer freimütigen, jugendlichen Art. Sie stand auf dem gedeckten Tisch, sie wurde von der feinsten Hand hochgehoben; aber die feinste Hand war ungeschickt, die Teekanne fiel hinunter, die Tülle brach ab, der Henkel brach ab, von dem Deckel zu reden, lohnt sich nicht, von dem ist genug geredet worden. Die Teekanne lag ohnmächtig auf dem Fußboden, das kochende Wasser lief heraus. Es war ein schwerer Schlag für sie, und das schwerste war, daß sie lachten, sie lachten über sie und nicht über die ungeschickte Hand.

„Diese Erinnerung wird wohl niemals von mir weichen!" sagte die Teekanne, wenn sie späterhin ihren Lebenslauf selber erzählte. „Ich wurde Invalide genannt, in eine Ecke gestellt und am Tage drauf an eine Frau verschenkt, die um Kochfett bettelte; ich geriet in Armut, stand ohne Zweck da, sowohl innen wie außen, aber wie ich da stand, begann mein besseres Leben; man ist etwas und wird doch etwas ganz anderes. Erde wurde in mich hineingetan; das ist für eine Teekanne so, als würde man begraben, aber in die Erde wurde eine Blumenzwiebel gelegt; wer sie da hineingelegt, wer sie geschenkt hatte, weiß ich nicht, geschenkt wurde sie, ein Ersatz für die chinesischen Blätter und das kochende Wasser, ein Ersatz für den abgebrochenen Henkel und die abgebrochene Tülle. Und die Zwiebel lag in der Erde, die Zwiebel lag in mir, sie wurde mein Herz, mein lebendiges Herz, ein solches hatte ich nie zuvor besessen. Es war Leben in mir, es war Kraft in mir, viel Kraft; der Puls schlug, die Zwiebel keimte, sie war nahe daran, von Gedanken und Gefühlen gesprengt zu werden; diese schossen in Blüte; ich sah sie, ich trug sie, ich vergaß mich selber über ihrer Schönheit; gesegnet ist es, sich selber über anderen zu vergessen! Sie sagte mir keinen Dank; sie dachte nicht an mich; sie wurde bewundert und gerühmt. Ich freute mich so sehr darüber, wie sehr mußte sie es dann erst tun. Eines Tages hörte ich, wie man sagte, sie verdiene einen besseren Topf. Man hieb mich in der Mitte durch; das tat fürchterlich weh; aber die Blume kam in einen besseren Topf, und ich wurde auf den Hof hinausgeworfen, liege da als ein alter Scherben – aber ich habe die Erinnerung, die kann mir keiner nehmen."

Der Vogel des Volkslieds

Eine Stimmung

Es war Winter; die Erde hatte eine Schneedecke, die wie Marmor wirkte, aus dem Fels ausgehauen: die Luft ist hoch und klar, der Wind scharf wie ein von Zwergen geschmiedetes Schwert, die Bäume stehen wie weiße Korallen, wie blühende Mandelzweige, hier ist es frisch wie in den hohen Alpen. Herrlich ist die Nacht mit blitzendem Nordlicht und zahllosen, funkelnden Sternen.

Die Stürme kommen, die Wolken steigen herauf, schütteln Schwanendaunen aus; die Schneeflocken wirbeln, bedecken Fahrweg und Haus, das freie Feld und die engen Straßen. Wir aber sitzen in der traulichen Stube am brennenden Ofen, und es wird von alten Zeiten erzählt; wir hören eine Saga.

Am offenen Meer lag ein Hünengrab, auf diesem saß um Mitternacht das Gespenst des bestatteten Helden, ein König war er gewesen; der goldene Reif glänzte um seine Stirn, das Haar flatterte im Wind, er war in Eisen und Stahl gekleidet; sein Haupt neigte er voll Trauer und seufzte in tiefem Schmerz wie ein unseliger Geist.

Da kam ein Schiff vorbei, die Männer warfen Anker und stiegen an Land. Ein Skalde war unter ihnen; der trat auf die Königsgestalt zu und fragte: „Weshalb trauerst und leidest du?"

Da entgegnete der Tote: „Keiner hat mein Lebenswerk besungen; es ist tot und verweht; das Lied hat es nicht über die Lande und in die Herzen der Menschen getragen; darum habe ich keine Ruhe, keine Rast."

Und er berichtete von seinem Werk und seinen großen Taten, die seine Zeitgenossen gekannt, aber nicht besungen hatten, denn damals war kein Skalde dagewesen.

Da griff der alte Barde in die Saiten der Harfe, sang von dem jugendlichen Mut des Helden, der Kraft seines Mannestums und der Größe guter Werke. Das Antlitz des Toten leuchtete dabei auf, wie der Rand der Wolke im Mondenschein; froh und glückselig erhob sich die Gestalt in Glanz und Strahlen, die wie ein Blitz des Nordlichts verschwanden; nur der Rasenhügel mit den runenlosen Steinen war zu sehen; aber darüber hin schwang sich beim letzten Klang der Saiten, geradeso als käme er aus der Harfe selber, ein kleiner Vogel, der schönste Singvogel mit dem klangvollen Schlag der Drossel, mit dem seelenvollen Schlag des Menschenherzens, dem Klang des Heimatlandes, wie der Zugvogel ihn vernimmt. Der Singvogel flog über Berg und Tal, über Feld und Wald, es war der Vogel des Volksliedes, der niemals stirbt.

Wir hören das Lied; wir hören es jetzt hier in der Stube am Winterabend, während die weißen Bienen draußen schwärmen und der Sturm heftig stößt. Der Vogel singt nicht nur das Heldenlied, er singt süße, weiche Liebeslieder, so reich und so viele, von der Treue im Norden; er hat Märchen in Worten und Tönen; er hat Sprichwörter und Liedsprüche, die, als Runen unter des Toten Zunge gelegt, diesen dazu bringen, daß er spricht, und man kennt seine Heimat, weiß, wo der Vogel des Volkslieds zu Hause ist.

In heidnischer Vorzeit, in der Wikingerzeit hing sein Nest in der Harfe des Sängers. In den Tagen der Ritterburgen, als die Faust die Waagschale der Gerechtigkeit hielt, als nur die Macht Recht war, ein Bauer und ein Hund als Beute gleichviel galten, wo fand da der Singvogel Zuflucht und Schutz? Roheit und Dummheit dachten nicht an ihn. Im Erker der Ritterburg, wo die Burgherrin das Pergament vor sich hatte und die alten Erinnerungen in Lied und Sage niederschrieb, die ihr das Mütterchen aus dem Torfhaus und der wandernde Hausierer erzählten, wenn sie auf der Bank neben ihr saßen, dort über sie hinweg flatterte und flog, zwitscherte und sang der Vogel, der niemals stirbt, solange die Erde einen Grasbuckel für seinen Fuß hat, der Vogel des Volksliedes.

Jetzt singt er für uns hier drinnen. Draußen ist Schneesturm und Nacht; er legt Runen unter unsere Zunge, wir erkennen unsere Heimat; Gott spricht zu uns in unserer Muttersprache mit den Tönen des Volksliedvogels; die alten Erinnerungen steigen herauf, die verblaßten Farben

werden aufgefrischt, Sage und Lied schenken einen Segenstrunk ein, der Gemüt und Gedanken befeuert, so daß der Abend ein Weihnachtsfest wird. Der Schnee stiebt, das Eis knarrt, der Sturm gebeut, er hat die Macht, er ist der Herr, aber nicht der Herrgott.

Es ist Winterszeit, der Wind scharf wie ein von Zwergen geschmiedetes Schwert; der Schnee stiebt – er stiebt, scheint uns, schon seit Tagen und Wochen und liegt wie ein ungeheurer Schneeberg über der großen Stadt; ein schwerer

Traum in der Winternacht. Alles dort unten ist versteckt und fort, nur das goldene Kreuz der Kirche, Symbol des Glaubens, erhebt sich über das Schneegrab und glänzt in der blauen Luft, im hellen Sonnenlicht.

Und über die begrabene Stadt fliegen die Vögel des Himmels, die kleinen und die großen; sie piepsen und sie singen, je nachdem wie sie es können, jeder Vogel, wie ihm der Schnabel gewachsen ist.

Erst kommt die Schar der Sperlinge, sie piepsen über all das Kleine in Gassen und Straßen, im Nest und im Haus; sie wissen Geschichten vom Vorder- und vom Hinterhaus. „Wir kennen die begrabene Stadt", sagen sie. „Alles Lebendige dort drinnen hat den Pieps! Pieps! Pieps!"

Die schwarzen Raben und Krähen fliegen über den weißen Schnee. „Grab! grab!" schreien sie. „Dort unten ist noch etwas zu holen, noch etwas für den Bauch, der ist das Wichtigste; das meinen die meisten dort unten auf der Erde, und diese Meinung ist bra, bra, brav!"

Die wilden Schwäne kommen auf brausenden Fittichen und singen von dem Herrlichen und Großen, das noch aus den Gedanken und Herzen der Menschen dort drinnen in der unter den Schneeschichten verborgenen Stadt emporkeimt.

Der Tod ist dort nicht, das Leben quillt hervor; wir vernehmen es in Tönen, sie brausen wie von der Orgel in der Kirche, ergreifen uns wie Klänge vom Elfenhügel, wie Ossiansche Gesänge, wie der rauschende Flügelschlag der Walküre. Welcher Einklang! er spricht zu unserem Herzen, erhebt unsere Gedanken, es ist der Vogel des Volkslieds, den wir hören! Und in diesem Augenblick haucht Gottes warmer Atem von oben, der Schneeberg birst, die Sonne scheint hinein. Der Frühling kommt, die Vögel kommen, neue Geschlechter mit den heimatlichen, den gleichen Tönen. Hört den Heldengesang des Jahres: die Macht des Schneesturms, den schweren Traum der Winternacht! Alles löst sich, alles steigt empor im herrlichen Gesang vom Vogel des Volkslieds, der niemals stirbt.

Die kleinen Grünen

Im Fenster stand ein Rosenstrauch, kürzlich war er noch jugendfrisch, jetzt sah er siech aus, er litt an irgend etwas.

Er hatte Einquartierung erhalten, die ihn auffraß; übrigens sehr achtbare Einquartierung in grüner Uniform.

Ich sprach mit einem von den Einquartierten, er war erst drei Tage alt und schon Urgroßvater. Weißt du, was er sagte? Es war die Wahrheit, was er sagte; er sprach von sich und der ganzen Einquartierung.

„Wir sind das merkwürdigste Regiment unter den Geschöpfen der Erde. In der warmen Jahreszeit bringen wir lebendige Junge zur Welt; das Wetter ist ja doch gut; wir verloben uns sogleich und halten Hochzeit. Nähert sich die kalte Zeit, dann legen wir Eier; die Kleinen liegen mollig. Das weiseste Tier, die Ameise, wir haben sehr viel Achtung vor ihr, studiert uns, schätzt uns. Sie frißt uns nicht sogleich, sie nimmt unsere Eier, legt sie in ihren und der Familie gemeinsamen Haufen, unterster Stock, legt uns – ein Zeichen von Verstand – numeriert nebeneinander, Schicht auf Schicht, so daß jeden Tag ein neues aus dem Ei kriecht; dann stecken sie uns in den Stall, quetschen unsere Hinterbeine zusammen und melken uns, so daß wir sterben; es ist eine große Annehmlichkeit! Bei denen haben wir den niedlichsten Namen: ‚liebe kleine Milchkuh!' Alle Tiere mit Ameisenverstand nennen uns so, nur die Menschen – und das ist für uns eine Kränkung, das ist, um seine Süße darüber zu verlieren, können Sie nicht etwas dagegen schreiben, können Sie sie nicht zurechtweisen, diese Menschen? –, nur die Menschen sehen uns so dumm an, gucken mit scheelen Augen, weil wir ein Rosenblatt verspeisen, während sie selber alle Lebewesen fressen, alles, was grünt und wächst. Sie geben uns den verächtlichsten Namen, den abscheulichsten Namen; ich sage ihn nicht, uh! mir dreht sich der Magen um! Ich kann ihn nicht aussprechen, jedenfalls nicht in Uniform, und ich bin immer in Uniform.

Ich bin auf dem Blatt des Rosenstrauchs geboren; ich und das ganze Regiment leben vom Rosenstrauch, aber der lebt wiederum in uns, die wir zu der höher gestellten Schöpfung gehören. Die Menschen dulden uns nicht; sie kommen mit Seifenwasser an und töten uns; das ist ein greuliches Getränk! Ich meine es zu riechen. Es ist fürchterlich, gewaschen zu werden, wenn man dazu geboren ist, nicht gewaschen zu werden!

Mensch! du, der du mich mit den strengen Seifenwasseraugen ansiehst: denke über unseren Platz in der Natur nach, unsere kunstvolle Veranlagung, Eier zu legen und Junge zu gebären! Wir bekamen den Segensspruch mit, die Welt zu erfüllen und uns zu vermehren! Wir werden in Rosen geboren, wir sterben in Rosen; unser ganzes Leben ist Poesie. Hänge uns nicht jenen Namen an, den du am abscheulichsten und garstigsten findest, jenen Namen – ich spreche ihn nicht aus, erwähne ihn nicht! Nenne uns die Milchkuh der Ameise, das Regiment des Rosenstrauchs, die kleinen Grünen!"

Und ich, der Mensch, stand vor dem Strauch und sah mir ihn und die kleinen Grünen an, deren Namen ich nicht nennen werde, ich werde keinen Rosenbürger kränken, eine große Familie mit Eiern und lebenden Jungen. Das Seifenwasser, mit dem ich sie waschen wollte, denn ich war mit Seifenwasser und in böser Absicht gekommen, werde ich nun zu Schaum schlagen, und ich werde hineinpusten, Seifenblasen machen, mir die Pracht ansehen, vielleicht liegt in jeder ein Märchen.

Und die Blase wurde so groß und hatte strahlende Farben, und es war, als läge eine silberne Perle auf ihrem Grunde, die Blase schwankte, schwebte zur Tür und platzte, aber die Tür sprang auf, und da stand Mutter Märchen selber.

„Ja, nun kann sie erzählen, besser als ich, von – ich sage nicht den Namen! – den kleinen Grünen."

„Den Blattläusen!" sagte Mutter Märchen. „Man soll jedes Ding bei seinem rechten Namen nennen, und wagt man es nicht im allgemeinen, dann soll man es im Märchen können."

Der Wichtel und die Madam

Den Wichtel kennst du, aber kennst du die Madam, des Gärtners Madam? Sie war gebildet, konnte Verse auswendig sagen, ja mit Leichtigkeit selber welche machen; nur die Reime, die „Vernietungen", wie sie es nannte, verursachten ihr einige Mühe. Sie hatte Talent zum Schreiben und zum Reden, sie hätte ohne weiteres Pfarrer sein können, zum mindesten Pfarrersfrau.

„Die Erde ist wunderbar in ihrem Sonntagskleid!" sagte sie, und diesen Gedanken hatte sie in Form und Reime gebracht, ein Lied daraus gemacht, sehr schön und lang.

Der Seminarist, Herr Kisserup, der Name tut nichts zur Sache, war ein Geschwisterkind und bei Gärtners zu Besuch; er hörte das Gedicht der Madam und sagte, es täte ihm wohl, innig wohl. „Sie haben Geist, Madam!" sagte er.

„Red nicht solchen Unsinn!" sagte der Gärtner, „setz ihr nicht so was in den Kopf! Eine Frau soll Fleisch und Blut sein, rechtschaffenes Fleisch und Blut, und sich um ihren Kochtopf kümmern, damit die Grütze nicht anbrennt."

„Das Angebrannte kriege ich mit glühender Holzkohle

weg!“ sagte Madam, „und dir nehme ich das Angebrannte mit einem kleinen Kuß weg. Man sollte meinen, du denkst nur an Kohl und Kartoffeln, und dennoch liebst du die Blumen!“ und dann gab sie ihm einen Kuß. „Die Blumen sind der Geist!“ sagte sie.

„Kümmere dich um deinen Kochtopf!“ sagte er und ging in den Garten, der war sein Kochtopf, und um den kümmerte er sich.

Aber der Seminarist saß bei der Madam und redete mit der Madam; über ihre schönen Worte „Die Erde ist wunderbar“ hielt er in seiner Art gewissermaßen eine ganze Predigt.

„Die Erde ist wunderbar, macht sie euch untertan, wurde gesagt, und wir wurden die Herren. Einer ist es kraft des Geistes, ein anderer kraft des Leibes, einer wurde als ein Ausrufungszeichen des Erstaunens in diese Welt gesetzt, ein anderer als ein Gedankenstrich, so daß man sehr wohl fragen kann, was soll er hier? Einer wird Bischof, ein anderer nur ein armer Seminarist, aber alles ist weise bedacht. Die Erde ist wunderbar, und immer im Sonntagskleid! Es ist ein nachdenklich stimmendes Gedicht, Madam, voller Gefühl und Geographie.“

„Sie haben Geist, Herr Kisserup!“ sagte die Madam, „sehr viel Geist, ich versichere es Ihnen! Man wird sich über sich selber klar, wenn man mit Ihnen spricht.“

Und dann unterhielten sie sich weiter, ebenso hübsch und ebenso gut; aber draußen in der Küche war auch einer, der redete, das war der Wichtel, der kleine, graugekleidete Wichtel mit der roten Mütze; du kennst ihn! Der Wichtel saß in der Küche und war Topfgucker; er redete, aber niemand hörte ihn außer der großen schwarzen Miezekatze, dem „Sahnedieb“, wie die Madam sie nannte.

Der Wichtel war so böse auf die Madam, denn sie glaubte nicht an sein Vorhandensein, das wußte er; sie hatte ihn allerdings nie gesehen, aber sie mußte doch mit all ihrer Bildung wissen, daß es ihn gab, und ihm eine kleine Aufmerksamkeit erweisen. Es kam ihr nie in den Sinn, am Weihnachtsabend auch nur einen Löffel Grütze für ihn hinauszustellen, das hatten alle seine Vorfahren bekommen, und zwar von Madams, die gar nicht gebildet waren; die Grütze hatte in Butter und Sahne geschwommen. Der Katze wurde es ganz feucht um den Bart, als sie davon hörte.

„Sie nennt mich einen Begriff!" sagte der Wichtel, „das geht mir über alle meine Begriffe. Sie leugnet mich ja ab! Das weiß ich, weil ich gehorcht habe, und nun habe ich wieder gehorcht; sie sitzt mit dem Knabendrescher zusammen und tuschelt mit ihm, dem Seminaristen. Ich sage genau wie Vater: ‚Kümmere dich um deinen Kochtopf!' Das tut sie nicht; nun werd ich ihn überkochen lassen!"

Und der Wichtel blies ins Feuer, das aufflammte und brannte. „Brrssupp!" da kochte der Topf über.

„Jetzt gehe ich und bohre Löcher in Vaters Socken!" sagte der Wichtel. „Ich ribbele ein großes Loch am Zeh und am Hacken auf, dann gibt's was zu stopfen, falls sie sich nicht hinsetzen und dichten muß; Dichtermadam, stopf Vaters Socken!"

Die Katze nieste drauf; sie war erkältet, und dabei trug sie doch immer einen Pelz.

„Ich habe die Speisekammertür aufgemacht", sagte der Wichtel; „da steht abgekochte Sahne, dick wie Mehlpamps. Wenn du nicht naschen willst, dann will ich!"

„Wenn ich die Schuld und die Prügel kriege", sagte der Kater, „dann laß mich auch von der Sahne naschen!"

„Erst nimmst du den Rahm, dann schlägt man dich lahm!" sagte der Wichtel. „Aber jetzt gehe ich in die Stube des Seminaristen, hänge seine Hosenträger auf den Spiegel und stecke seine Socken in die Waschschüssel, dann denkt er, der Punsch sei zu stark gewesen und er sei selber nicht klar im Kopf. Heute nacht saß ich auf dem Brennholzstapel bei der Hundehütte; es macht mir sehr viel Spaß, den Kettenhund zu ärgern; ich ließ meine Beine herunterhängen und hin und her baumeln; der Hund konnte sie nicht zu fassen kriegen, und wenn er noch so hoch hüpfte; das ärgerte ihn; er bellte und bellte, ich baumelte und baumelte; es war ein schöner Krach. Der Seminarist wurde davon wach, stand dreimal auf und schaute hinaus, aber er hat mich nicht gesehen, obwohl er eine Brille aufhatte; er schläft immer mit der Brille."

„Sag miau, wenn die Madam kommt!" sagte der Kater. „Ich kann nicht gut hören, ich bin heute krank."

„Du bist naschsüchtig!" sagte der Wichtel, „nasch immer los! nasch die Krankheit weg! Aber wisch dir den Bart, damit die Sahne nicht hängen bleibt! Jetzt gehe ich und horche."

Und der Wichtel stand an der Tür, und die Tür stand angelehnt, es war niemand in der Stube außer der Madam und dem Seminaristen; sie sprachen über das, wovon der Seminarist so schön sagte, man müsse es in jedem Haushalt über den Kochlöffel stellen: die Gaben des Geistes.

„Herr Kisserup!" sagte die Madam, „da möchte ich Ihnen bei dieser Gelegenheit etwas zeigen, was ich bisher noch keiner irdischen Seele gezeigt habe, am allerwenigsten einem Mannsbild, meine kleinen Verse, manche sind zwar ein bißchen lang, ich habe sie ‚Reimschmiedekunst eines Dänenweibes' genannt, ich liebe die alten Wörter so sehr!"

„An denen soll man auch festhalten!" sagte der Seminarist; „man muß die Fremdwörter aus der Sprache ausmerzen."

„Das tue ich auch!" sagte die Madam; „nie werden Sie mich ‚Keks' oder ‚Biskuit' sagen hören, ich sage ‚Feingebäck' und ‚Kleingebäck'."

Und sie holte aus der Schublade ein Schreibheft mit einem hellgrünen Deckel und zwei Tintenklecksen heraus.

„In diesem Buch liegt viel Ernst!" sagte sie. „Mein Empfinden regt sich am stärksten im Traurigen. Hier ist nun ‚Seufzer in der Nacht', ‚Meine Abendröte' und ‚Wie ich Klemmensen bekam', meinen Mann; das können Sie überspringen, wenn es auch empfunden und durchdacht ist. ‚Die Pflichten der Hausfrau' ist das beste Gedicht; alle sehr traurig, darin liegt mein Talent. Nur ein einziges ist scherzhaft, es sind einige muntere Gedanken, wie man sie ja auch haben kann, Gedanken über – Sie dürfen mich nicht auslachen! –, Gedanken über – eine Dichterin; das ist nur mir allein bekannt, nur meiner Schublade, und Ihnen nun auch, Herr Kisserup! Ich liebe die Poesie, sie überfällt mich, sie neckt, gebietet und regiert. Ich habe es in der Überschrift ‚Kleiner Wichtel' ausgedrückt. Sie kennen sicher den alten Bauernglauben von dem Hauswichtel, der immer im Haus sein Wesen treibt; ich habe mir vorgestellt, ich selber sei das Haus und die Poesie, die Empfindungen in mir seien der Wichtel, der Geist, der regiert; seine Macht und Größe habe ich in ‚Kleiner Wichtel' besungen, aber Sie müssen mir in die Hand versprechen, es niemals meinem Mann oder jemand anderem zu verraten. Lesen Sie es laut, damit ich hören kann, ob Sie meine Schrift lesen können."

Und der Seminarist las, und die Madam hörte zu, und der kleine Wichtel hörte zu; er horchte, siehst du, und war gerade gekommen, als die Überschrift gelesen wurde: „Kleiner Wichtel."

„Das betrifft ja mich!" sagte er. „Was kann sie von mir geschrieben haben? Ja, ich werde sie zwacken, ihr die Eier und die Küken stiebitzen, dem Mastkalb das Fett vom Leibe ärgern: Sieh mir einer die Madam an!"

Und er hörte mit gespitztem Mund und langen Ohren zu; aber je mehr er von der Herrscherkraft und Macht des Wichtels hörte, von seiner Gewalt über die Madam – es war die Dichtkunst, weißt du, die sie meinte, aber der Wichtel nahm es wörtlich nach der Überschrift –, desto mehr lächelte der Kleine, seine Augen glitzerten vor Freude, in seine Mundwinkel trat gleichsam etwas Vornehmes, er hob die Fersen hoch, stand auf den Zehenspitzen, wurde einen ganzen Zoll größer als vorher; er war entzückt von dem, was über den kleinen Wichtel gesagt wurde.

„Madam hat Geist und viel Bildung! Wie habe ich der Frau Unrecht getan! Sie hat mich in ihre ‚Reimschmiedekunst' hineingebracht, es wird gedruckt und gelesen! Jetzt soll der Kater nicht mehr ihre Sahne trinken dürfen, das tue ich jetzt selbst! Einer trinkt weniger als zwei, es ist immerhin eine Ersparnis, die werde ich einführen und die Madam achten und ehren!"

„Wie sehr er doch ein Mensch ist, der Wichtel!" sagte der alte Kater. „Bloß ein süßes Miau von der Madam, ein Miau über ihn selbst, und sofort wechselt er die Gesinnung. Sie ist schlau, die Madam!"

Aber sie war nicht schlau, es war der Wichtel, der wie ein Mensch dachte.

Kannst du diese Geschichte nicht verstehen, dann frag, aber du darfst nicht den Wichtel fragen, auch nicht die Madam.

Peiter, Peter und Peer

Es ist schier unglaublich, was Kinder in heutiger Zeit alles wissen! Man weiß bald nicht mehr, was sie nicht wissen. Daß der Storch sie aus dem Brunnen oder Mühlteich geholt und als kleines Kind den Eltern gebracht hat, ist jetzt eine so alte Geschichte, daß sie sie nicht glauben, und es ist doch die einzig richtige.

Aber wie kommen die Kleinen in den Mühlteich und in den Brunnen? Ja, das weiß nicht jeder, aber manche wissen es doch. Hast du in einer sternklaren Nacht den Himmel richtig betrachtet, die vielen Sternschnuppen gesehen? Es ist, als fiele ein Stern herunter und verschwände! Die Gelehrtesten können nicht erklären, was sie selber nicht wissen; aber es kann erklärt werden, wenn man es weiß. Es ist, als fiele ein kleines Weihnachtslicht vom Himmel und verlöschte; es ist einer von des Herrgotts Seelenfunken, der auf die Erde niedersaust, und sowie er in unsere dichtere, schwerere Luft eindringt, schwindet der Glanz, es bleibt nur zurück, was unsere Augen nicht zu sehen vermögen, denn das ist etwas viel Feineres als unsere Luft, es ist ein Himmelskind, das gesandt wird, ein kleiner Engel, aber ohne Flügel, das Kleine soll ja ein Mensch werden; still schwebt es durch die Luft, und der Wind trägt es zu einer Blume; das kann nun eine Nachtviole sein, ein Löwenzahn, eine Rose oder eine Pechnelke; hier liegt es und erholt sich. Luftig und leicht ist es, eine Fliege kann mit ihm davonfliegen, für eine Biene ist es noch leichter, und sie kommen abwechselnd und suchen nach dem Süßen in der Blüte; liegt ihnen nun das Luftkind im Wege, dann stoßen sie es nicht hinaus, das bringen sie nicht über sich, sie legen es in die Sonne auf ein Wasserrosenblatt, und von dort krabbelt und kriecht es ins Wasser hinunter, wo es schläft und wächst, bis der Storch es sehen und für eine Menschenfamilie holen kann, die sich ein süßes kleines Ding wünscht; aber süß oder nicht süß, das hängt davon ab, ob das Kleine von der klaren Quelle getrunken oder Morast und Entengrün in den falschen Hals bekommen hat; das macht es so irdisch. Der Storch nimmt, ohne lange zu wählen, das erste, welches er sieht. Eins kommt in ein gutes Haus zu großartigen Eltern, ein zweites kommt zu harten Menschen in großes Elend, es wäre viel besser gewesen, wenn es im Mühlteich geblieben wäre.

Die Kleinen erinnern sich gar nicht, was sie unter dem Wasserrosenblatt geträumt haben, wo abends die Frösche ihnen vorsangen: „Quax, quax! stracks, stracks!" das bedeutet in der Menschensprache: „Wollt ihr wohl sehen, daß ihr schlaft und träumt!" Sie können sich auch nicht erinnern, in welcher Blüte sie zuerst gelegen haben oder wie diese duftete, und dennoch gibt es irgend etwas in ihnen, wenn sie erwachsene Menschen werden, das ihnen sagt: „Diese Blüte lieben wir am meisten!" und das ist die, in der sie als Kinder der Luft gelegen haben.

Der Storch gehört zu den Vögeln, die sehr alt werden, und immer beobachtet er, wie es den Kleinen ergeht, die er gebracht hat, und wie sie sich in der Welt zurechtfinden;

er kann allerdings nichts für sie tun oder ihre Lebensumstände ändern, er hat seine eigene Familie zu versorgen, aber sie gehen ihm nie aus dem Gedächtnis.

Ich kenne einen alten, sehr ehrbaren Storch, der große Erfahrung besitzt und mehrere Kleine geholt hat und ihre Geschichte kennt, in der immer ein bißchen Morast und Entengrütze vom Mühlteich enthalten ist. Ich bat ihn, eine kleine Lebensgeschichte von einem von ihnen zu erzählen, und da sagte er, ich sollte drei anstatt einer haben, aus Peitersens Haus.

Das war eine besonders anständige Familie, die Peitersens; der Mann war einer von den zweiunddreißig Männern der Stadt, und das war eine Auszeichnung; er lebte für die Zweiunddreißig und ging in die Zweiunddreißig. Hier kam der Storch und brachte einen kleinen Peiter, so wurde das Kind getauft. Im nächsten Jahr kam der Storch wieder mit einem, den tauften sie Peter, und als das dritte gebracht wurde, bekam das den Namen Peer, denn in den Namen Peiter, Peter, Peer ist der Name Peitersen enthalten.

Es waren also drei Brüder, drei Sternschnuppen, jeder in seiner Blüte gewiegt, unter ein Wasserrosenblatt im Mühlteich gelegt und von da durch den Storch zur Familie Peitersen gebracht, deren Haus an der Ecke liegt, du weißt schon wo.

Sie wuchsen an Körper und Geist, und nun wollten sie etwas mehr sein als die zweiunddreißig Männer.

Peiter sagte, er wollte Räuber werden. Er hatte die Komödie von *Fra Diavolo* gesehen und sich für das Räuberhandwerk entschlossen als dem entzückendsten von der Welt.

Peter wollte Müllkutscher werden, und Peer, der so ein lieber und artiger Junge war, rund und pummelig, aber seine Nägel kaute, das war sein einziger Fehler, Peer wollte „Vater" sein. Das also sagten sie, wenn man sie fragte, was sie im Leben werden wollten.

Und dann kamen sie in die Schule. Einer wurde der Erste, und einer wurde der Letzte, und einer saß so in der Mitte, aber deswegen konnten sie ja ebenso gut und ebenso klug sein, und das waren sie, sagten ihre sehr einsichtigen Eltern.

Sie gingen auf Kindergesellschaften; sie rauchten Zigarren, wenn niemand es sah; sie nahmen zu an Weisheit und Verstand.

Peiter war von klein auf streitbar gewesen, wie es ein Räuber ja sein muß; er war ein sehr unartiger Junge, aber das kam daher, sagte die Mutter, daß er Würmer hatte; unartige Kinder haben immer Würmer, Modder im Bauch.

Seinen Eigensinn und seine Streitbarkeit bekam eines Tages der Mutter neues, seidenes Kleid zu spüren.

„Stoße nicht gegen den Kaffeetisch, mein Lämmchen!“ hatte sie gesagt. „Du kippst sonst noch den Sahnegießer um, und davon bekomme ich Flecken auf mein neues seidenes Kleid!“

Und das „Lämmchen“ packte mit fester Hand den Sahnegießer und goß die Sahne mit fester Hand der Mutter gleich auf den Schoß, die sich nicht enthalten konnte zu sagen: „Lämmchen! Lämmchen! das war unüberlegt, Lämmchen!“ Aber einen Willen hatte das Kind, das mußte sie zugeben. Wille zeugt von Charakter, und der ist für eine Mutter so vielversprechend.

Er hätte wahrlich Räuber werden können, wurde es im wörtlichen Sinne aber nicht; er sollte nur später wie ein Räuber aussehen: trug einen verbeulten Hut, ging mit bloßem Hals und lang herunterhängendem Haar; er sollte Künstler werden, trug aber nur Kleider wie ein Künstler, außerdem sah er aus wie eine Stockrose; alle Menschen, die er zeichnete, sahen aus wie Stockrosen, so lang waren sie. Er liebte diese Blume sehr, er habe auch in einer Stockrose gelegen, sagte der Storch.

Peter hatte in einer Butterblume gelegen. Er sah auch um die Mundwinkel so schmierig aus, hatte gelbliche Haut, man mußte vermuten, daß Butter herauskam, wenn ihm die Backe geritzt würde. Er war zu einem Butterhändler wie geboren und hätte sein eigenes Aushängeschild sein können, aber inwendig, so ganz im Innern, da war er Müllkutscher; er war der musikalische Teil der Peitersenschen Familie, „aber es langt für sie alle!" sagten die Nachbarn. Er machte siebzehn neue Polkas in einer Woche und setzte sie zu einer Oper zusammen mit Trompete und Rassel*; pfui, wie war die schön!

Peer war weiß und rot, klein und unscheinbar; er hatte in einem Gänseblümchen gelegen. Nie haute er wieder, wenn die anderen Jungen ihn verwichsten, er sagte, er sei der Klügere, und der Klügere gebe immer nach. Er sammelte zuerst Griffel, später Siegel, dann legte er sich eine kleine Naturaliensammlung an, in der sich das Skelett eines Stichlings, drei blindgeborene kleine Ratten in Spiritus und ein ausgestopfter Maulwurf befanden. Peer hatte einen Sinn für das Wissenschaftliche und ein Auge für die Natur, und es machte den Eltern Spaß und Peer ebenfalls. Er ging lieber in den Wald als in die Schule, lieber in die Natur als in die Zucht; seine Brüder waren schon verlobt, als er immer noch dafür lebte, seine Sammlung von Wasservogeleiern zu vervollständigen. Er wußte bald viel mehr von Tieren als von Menschen, ja, er meinte, wir könnten in dem,

* Ein unübersetzbares Wortspiel: Skrald = Abfall, Müll, aber auch Getöse, Knall. Skraldemand = Müllkutscher, Abfallabholer. Aber auch der, welcher die Rassel dreht (Anmerk. d. Übers).

was wir am höchsten stellen, der Liebe, das Tier nicht erreichen. Er sah, daß Vater Nachtigall die ganze Nacht dasaß und seiner kleinen Frau vorsang, wenn die auf ihren Eiern brütete: „Kluck! kluck! zi zi! lololi!" das hätte Peer niemals nachmachen, dem hätte er sich nie hingeben können. Wenn Mutter Storch Junge im Nest hatte, stand Vater Storch die ganze Nacht auf dem Dachfirst auf einem Bein, Peer hätte nicht eine Stunde so dastehen können. Und als er eines Tages das Netz der Spinne betrachtete und was darin saß, entsagte er dem Ehestand gänzlich: Herr Spinne spinnt, um unbedachte Fliegen zu fangen, junge und alte, blutvolle und spindeldürre, er lebt, um zu spinnen und seine Familie zu ernähren, aber Madame Spinne lebt einzig und allein für den Gemahl. Sie frißt ihn vor lauter Liebe auf, sie frißt sein Herz, seinen Kopf, seinen Bauch, nur seine langen, dürren Beine bleiben im Netz zurück, wo er mitsamt den Nahrungssorgen für die ganze Familie saß. Das ist die reine Wahrheit, aus der Naturgeschichte genommen. Das sah Peer, darüber sann er nach, „von seiner Frau so geliebt zu werden, von ihr in heftiger Liebe gefressen zu werden, nein! so weit bringt es kein Mensch; und wäre es eigentlich wünschenswert?"

Peer beschloß, niemals zu heiraten, niemals einen Kuß zu geben oder zu empfangen, es könnte als erster Schritt in den Ehestand aufgefaßt werden. Aber einen Kuß bekam er dennoch, wir bekommen ihn alle, den großen Todesschmatz. Wenn wir lange genug gelebt haben, erhält der Tod den Befehl: „Küsse immerweg!" und dann ist der Mensch weg; vom Herrgott funkelt ein Sonnengeglitzer, so stark, daß einem schwarz vor Augen wird; die Menschenseele, die wie eine Sternschnuppe kam, fliegt wieder fort wie eine Sternschnuppe, aber nicht, um in einer Blüte zu ruhen oder unter einem Mummelblatt zu träumen; sie hat Wichtigeres vor, sie fliegt in das große Ewigkeitsland, aber wie es dort ist und aussieht, kann keiner sagen. Keiner hat dort hineingesehen, nicht einmal der Storch, wie weit er auch blicken kann und wie viel er auch weiß; er wußte jetzt auch nicht das geringste mehr von Peer, dagegen aber wohl von Peiter und Peter, aber von denen hatte ich genug vernommen, und das hast du wohl auch; ich bedanke mich also beim Storch für dieses Mal; aber nun verlangt er für diese kleine, alltägliche Geschichte drei Frösche und eine junge Ringelnatter, er läßt sich seinen Lohn in Lebensmitteln auszahlen. Möchtest du zahlen? Ich nicht! Ich habe weder Frösche noch junge Nattern.

Da lag ein alter Herrensitz mit verschlammten Gräben und einer Zugbrücke; sie war mehr oben als unten; nicht alle Gäste, die anpochen, sind gut. Unter der Dachtraufe waren Löcher eingelassen, durch die man schoß und siedendes Wasser, ja flüssiges Blei auf den Feind gießen konnte, wenn er zu nahe herankam. Drinnen war es hoch bis zur Balkendecke, und das war gut wegen des vielen Rauchs, der vom Kaminfeuer kam, wo die großen feuchten Kloben lagen. An den Wänden hingen Bilder von Männern im Harnisch und stolzen Frauen in schweren Kleidern; die stolzeste von allen ging leibhaftig hier drinnen umher, sie wurde Mette Mogens geheißen; sie war die Herrin der Burg.

Gegen Abend kamen Räuber; sie töteten drei ihrer Leute, dazu den Kettenhund, und dann legten sie Frau Mette vor der Hundehütte in Ketten und setzten sich selber in den Saal hinauf und tranken den Wein aus ihrem Keller und all das gute Bier.

Frau Mette stand an der Kette wie der Hund; sie konnte nicht einmal bellen.

Da kam des Räubers Knecht; er schlich ganz leise herbei, man durfte es nicht merken, denn sonst hätten sie ihn getötet.

„Frau Mette Mogens!“ sagte der Knecht; „weißt du noch, wie mein Vater zu Lebzeiten deines Gemahls auf dem Holzpferd ritt? Da tatest du Fürbitte für ihn, aber es war zwecklos; er sollte dasitzen, bis er ein Krüppel war; aber du schlichest nach unten, so wie ich jetzt herschleiche; du legtest eigenhändig einen kleinen Stein unter jeden seiner Füße, auf daß er sich stützen konnte. Niemand sah es, oder sie taten so, als sähen sie es nicht, du warst die junge, gnädige Frau. Das hat

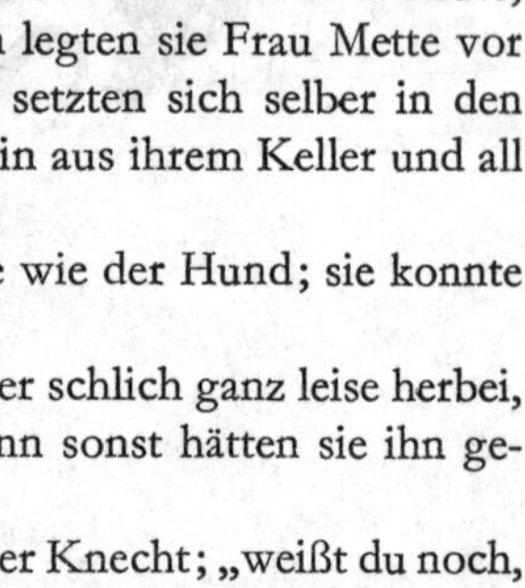

mein Vater erzählt, und das habe ich im Gedächtnis bewahrt und nicht vergessen! Jetzt mache ich dich los, Frau Mette Mogens!"

Und dann holten sie Pferde aus dem Stall und ritten in Regen und Wind davon und erhielten Freundeshilfe.

„Das war gut bezahlt für den kleinen Dienst an dem Alten!" sagte Mette Mogens.

„Bewahrt ist nicht vergessen!" sagte der Knecht.

Die Räuber wurden gehenkt.

Da lag ein alter Herrensitz, er liegt noch da; es war nicht der von Frau Mette Mogens; er gehört einem anderen hochadligen Geschlecht.

Es ist in heutiger Zeit. Die Sonne scheint auf die vergoldete Spitze des Turms, kleine, waldige Inseln liegen gleich Blütensträuchern auf dem Wasser, und rings um diese herum schwimmen die wilden Schwäne. Im Garten stehen Rosen; die Frau des Gutshofs ist selber das feinste Rosenblatt, es leuchtet voller Freude, der Freude an guten Taten, nicht in die weite Welt hinaus, sondern hinein in die Herzen, dort wird es bewahrt, aber nicht vergessen.

Jetzt verläßt sie den Hof und geht zu der kleinen Kate auf dem Felde hinaus. Dort drinnen wohnt eine arme, gichtkranke Magd; das Fenster des Stübchens schaut nach Norden; die Sonne scheint hier nicht herein; die Kranke kann nur auf ein Stück Acker schauen, das durch den hohen Rain abgeschlossen ist. Aber heute scheint hier die Sonne, die warme, wunderschöne Sonne des Herrgotts scheint hier herein; sie kommt vom Süden durch das neue Fenster, wo vorher nur Hauswand war.

Die Gichtbrüchige sitzt im warmen Sonnenschein, sieht Wald und Strand, die Welt ist so groß und so herrlich geworden, und zwar durch ein einziges Wort von der freundlichen Herrin des Hofes.

„Das Wort war so schnell gesagt, die Tat so gering!“ sagt sie; „die Freude, die mir zuteil wurde, war unendlich groß und schön!“

Und deswegen übt sie manche gute Tat, denkt an alle in den ärmlichen Häusern und in den reichen Häusern, wo es auch Betrübte gibt. Es ist verborgen und bewahrt, aber es wird vom Herrgott nicht vergessen.

Da stand ein altes Haus, es war drinnen in der großen, betriebsamen Stadt. Das Haus hatte Stuben und Säle; in die gehen wir nicht hinein; wir bleiben in der Küche; und hier ist es traulich und hell, hier ist es sauber und hübsch; das Kupfer glänzt, der Tisch ist wie gewachst, die Aufwaschschüssel ist wie ein frisch gescheuertes Spickbrett; das hat alles miteinander die Alleinmagd bewerkstelligt und trotzdem noch Zeit gehabt, sich umzuziehen, als wollte sie in die Kirche gehen. Sie hat eine Schleife an der Haube, eine schwarze Schleife; das läßt auf Trauer schließen. Sie hat doch aber niemanden zu betrauern, weder Vater noch Mutter, weder Verwandte noch einen Bräutigam; sie ist ein armes Mädchen. Einmal war sie verlobt gewesen, und zwar mit einem armen Burschen; sie hatten sich innig lieb. Eines Tages kam er zu ihr.

„Wir beiden haben nichts!“ sagte er; „die reiche Witwe drüben im Keller hat mir freundliche Worte gesagt; sie will mir Wohlstand verschaffen; aber du bist in meinem Herzen. Wozu rätst du mir?“

„Zu dem, was du für dein Glück hältst!“ sagte die Magd. „Sei gut und liebevoll zu ihr, aber vergiß nicht, von der Stunde an, da wir uns trennen, können wir beiden uns nicht mehr sehen!“

Und so vergingen zwei Jahre; da traf sie auf der Straße ihren ehemaligen Freund und Bräutigam; er sah kränklich und elend aus; da konnte sie es sich nicht versagen, sie mußte fragen: „Wie geht es dir denn?"

„Ich bin reich, mir geht es in jeder Weise gut!" sagte er; „die Frau ist brav und gut, aber du bist in meinem Herzen. Ich habe meinen Kampf geführt, bald ist es vorbei! Wir sehen uns nun nicht mehr, bis wir beide beim Herrgott sind."

Eine Woche ist vergangen; heute morgen stand es in der Zeitung, daß er gestorben ist; darum trägt die Magd Trauer. Der Verlobte hat die Frau und drei Stiefkinder zurückgelassen, wie zu lesen steht; es klingt brüchig, und dennoch ist das Erz rein.

Die schwarze Schleife läßt auf Trauer schließen. Das Antlitz der Magd tut dies noch mehr; im Herzen ist sie bewahrt, wird nimmer vergessen!

Ja, siehst du, das sind drei Geschichten, drei Blätter auf einem Stengel. Möchtest du mehr Kleeblätter haben? Es sind viele im Buche des Herzens bewahrt, aber nicht vergessen.

Des Pförtners Sohn

Generals wohnten im ersten Stock, Pförtners wohnten im Keller; es war ein großer Abstand zwischen den beiden Familien, das ganze Erdgeschoß und die Rangliste; aber unter demselben Dache wohnten sie, mit Aussicht auf die Straße und auf den Hof; auf diesem war ein Stück Rasen mit einer blühenden Akazie, wenn sie blühte, und unter ihr saß manchmal die geputzte Amme mit dem noch mehr geputzten Generalskind, der kleinen Emilie. Vor ihnen tanzte auf seinen bloßen Beinen des Pförtners kleiner Junge mit den großen braunen Augen und dem dunklen Haar, und das Kind lachte ihm zu, streckte seine Händchen nach ihm aus, und sah der General es von seinem Fenster, dann nickte er hinunter und sagte: „Charmant!" Die Generalin ihrerseits, die so jung war, daß sie fast ihres Mannes Tochter aus einer früh geschlossenen Ehe hätte sein können, schaute nie aus dem Fenster zum Hof hinaus, aber sie hatte ihre Anweisungen gegeben, daß der kleine Junge von den Leuten aus dem Keller zwar dem Kinde etwas vorspielen, es aber nie anrühren dürfe. Die Amme gehorchte den Anweisungen der gnädigen Frau aufs Wort.

Und die Sonne schien zu denen im ersten Stock hinein und zu denen im Keller, die Akazie setzte Blüten an, sie fielen ab, und im nächsten Jahre kamen neue; der Baum blühte, und des Pförtners kleiner Sohn blühte, er sah aus wie eine frische Tulpe.

Die kleine Tochter des Generals wurde fein und blaß, wie das rosa Blatt der Akazienblüte. Nun kam sie seltener hinunter unter den Baum; sie bekam ihre frische Luft in der Kutsche. Sie fuhr mit Mama aus, und immer nickte sie dann Pförtners Georg zu, ja, warf ihm eine Kußhand zu, bis ihre Mutter ihr sagte, nun wäre sie zu groß dafür.

Eines Vormittags sollte er Generals die Briefe und Zeitungen bringen, die morgens in die Pförtnerstube gelegt worden waren. Als er die Treppe hinaufging, an der Tür zur Sandnische vorbei, hörte er etwas da drinnen piepsen;

er meinte, es sei ein Küken, das da jammerte, und dabei war es das Töchterchen vom General in Spitzen und Tüll.

„Sag nichts zu Papa und Mama, sonst werden sie böse!"

„Was gibt es denn, kleines Fräulein?" fragte Georg.

„Da brennt alles!“ sagte sie. „Es brennt lichterloh!“

Georg öffnete die Tür zu der kleinen Kinderstube; der Fenstervorhang war fast verbrannt, die Gardinenstange schwelte und brannte. Georg sprang hinauf, riß sie herunter, rief Leute herbei; ohne ihn wäre das Haus abgebrannt.

Der General und die Generalin fragten die kleine Emilie aus.

„Ich habe nur ein einziges Schwefelholz genommen“, sagte sie, „da hat es gleich gebrannt, und die Gardine hat gleich gebrannt. Ich habe gespuckt, weil ich löschen wollte, ich habe gespuckt, sosehr ich konnte, aber ich hatte nicht genug Spucke, und da bin ich rausgelaufen und habe mich versteckt, weil Papa und Mama böse werden würden.“

„Gespuckt!“ sagte der General, „was ist das für ein Wort! Wann hast du Mama und Papa ‚gespuckt‘ sagen hören? Das hast du von da unten!“

Aber der kleine Georg bekam ein Vierschillingstück. Das wurde nicht zum Bäcker getragen, das kam in die Sparbüchse, und bald lagen darin so viele Schillinge, daß er sich einen Farbkasten kaufen und seine Zeichnungen farbig machen konnte, und davon hatte er viele; die kamen sozusagen aus dem Bleistift und aus den Fingern heraus. Die ersten bunten Bilder wurden der kleinen Emilie verehrt.

„Charmant!“ sagte der General; selbst die Generalin gab zu, daß man deutlich erkennen könne, was der Kleine sich vorgestellt hatte. „Genie hat er!“ Das waren die Worte, die von der Pförtnersfrau in den Keller hinuntergetragen wurden.

Der General und seine Gemahlin waren vornehme Leute; sie hatten zwei Wappen an ihrem Wagen; für jeden von ihnen eins; die gnädige Frau hatte es auf jedem Wäschestück, außen und innen, auf ihrer Nachthaube und ihrem Nachthemd; das eine, ihres, war ein kostbares Wappen, von ihrem Vater für harte Taler erworben, denn er war nicht damit geboren, sie auch nicht, sie war zu früh gekommen, sieben Jahre vor dem Wappen; dessen konnten die meisten Leute sich noch erinnern, nicht aber die Familie. Das Wappen des Generals war alt und groß; es konnte wahrlich in einem ächzen, wenn man es trug, geschweige denn, wenn man zwei trug, und es ächzte in der Generalin, wenn sie stolz und stattlich zum Hofball fuhr.

Der General war alt und grau, saß aber gut zu Pferde, das wußte er, und ritt täglich aus, mit dem Reitknecht in geziemendem Abstand; kam er in eine Gesellschaft, dann war es, als käme er hoch zu Pferde hereingeritten, und Orden hatte er so viele, daß es unbegreiflich war, aber das hatte er sich gar nicht selbst zu verdanken. Als ganz junger Mensch war er beim Militär gewesen, hatte die großen Herbstmanöver mitgemacht, die damals in Friedenszeiten mit den Truppen abgehalten wurden. Aus dieser Zeit konnte er eine Anekdote, die einzige, die er zu erzählen wußte; sein Unteroffizier hatte einem der Prinzen den Weg abgeschnitten und ihn gefangengenommen, und dieser mußte nun mit seiner kleinen Schar gefangener Soldaten, selbst ein Gefangener, hinter dem General her in die Stadt hineinreiten. Es war ein unvergeßliches Ereignis, das immer, all die Jahre hindurch, vom General wiedererzählt wurde, genau mit den gleichen denkwürdigen Worten, die er gesagt hatte, als er dem Prinzen den Säbel überreichte: „Nur mein Unteroffizier konnte Euere Hoheit gefangennehmen, ich niemals!" und der Prinz hatte geantwortet: „Sie sind unvergleichlich!" In einem richtigen Krieg war der General nie gewesen; als dieser das Land überzog, schlug er die diplomatische Laufbahn ein, die ihn an drei ausländische Höfe führte. Er sprach die französische Sprache, so daß er beinahe seine eigene vergaß; er tanzte gut, er ritt gut, auf seinem Frack sprossen Orden hervor ohne Zahl, die Schildwachen präsentierten das Gewehr vor ihm; eines der hübschesten jungen Mädchen präsentierte vor ihm und wurde Generalin, und sie bekamen ein entzückendes kleines Kind, es kam wie vom Himmel gefallen, so entzückend war es, und der Pförtnerssohn tanzte ihm auf dem Hofe etwas vor, sobald es etwas begreifen konnte, und schenkte ihm alle seine bunten Zeichnungen, und sie schaute sie an und hatte ihre Freude an ihnen und riß sie entzwei. Sie war so fein und so reizend.

„Mein Rosenblatt!" sagte die Generalin. „Für einen Prinzen bist du geboren!"

Der Prinz stand schon draußen vor der Tür; aber man wußte es nicht. Die Menschen schauen nicht viel weiter als über die Schwelle.

„Neulich hat unser Junge wahrhaftig das Butterbrot mit ihr geteilt!" sagte die Pförtnersfrau; „da war weder Käse noch Fleisch drauf, aber es hat ihr geschmeckt, als wenn es Rinderbraten gewesen wäre. Das hätte einen schönen Krach gegeben, wenn Generals dieses Mahl gesehen hätten, aber sie haben es nicht gesehen."

Georg hatte sein Butterbrot mit der kleinen Emilie geteilt, gern hätte er sein Herz mit ihr geteilt, wenn es ihr nur Freude gemacht hätte. Er war ein guter Junge, er war aufgeweckt und klug, er ging jetzt auf die Akademie in einen Abendkursus, um dort richtig zeichnen zu lernen. Die kleine Emilie nahm auch zu an Wissen; sie sprach mit ihrer Bonne französisch und hatte einen Tanzlehrer.

„Georg wird Ostern eingesegnet!" sagte die Pförtnersfrau; so weit war Georg.

„Das vernünftigste wäre wohl, wenn er dann in die Lehre käme!" sagte der Vater. „Es müßte ein ordentliches Handwerk sein! und dann hätten wir ihn aus dem Haus!"

„Er wird aber doch immer nachts zu Hause schlafen", sagte die Mutter; „es ist nicht so leicht, einen Meister zu finden, der Platz hat; und kleiden müssen wir ihn ja auch; das bißchen, was er ißt, werden wir immer aufbringen können, er ist ja glücklich über ein paar gekochte Kartoffeln; der Unterricht ist kostenlos. Laß ihn nur seinen eigenen Weg machen, du wirst sehen, wir werden noch Freude an ihm haben, das sagte der Professor auch!"

Die Konfirmationskleider waren fertig, Mutter hatte sie selber genäht, aber sie waren vom Flickschneider zugeschnitten worden, und der konnte gut zuschneiden; wäre er in einer anderen Lage gewesen und hätte sich eine Werkstatt mit Gesellen halten können, sagte die Pförtnersfrau, dann hätte dieser Mann ohne weiteres Hofschneider werden können.

Die Kleider waren fertig, und der Konfirmand war fertig. Georg bekam an seinem Konfirmationstag von seinem Patenonkel, dem alten Gehilfen des Flachshändlers, dem reichsten von Georgs Paten, eine große Tombakuhr. Die Uhr war alt und erprobt, sie ging immer vor, aber das ist besser, als wenn sie nachgeht. Es war ein kostbares Geschenk; und von Generals kam ein Gesangbuch in Saffian, das schickte das kleine Fräulein, dem Georg Bilder geschenkt hatte. Vorn im Buch standen sein Name und ihr Name und „ihm gewogene Gönnerin"; es war nach dem Diktat der Generalin geschrieben, und der General hatte es durchgelesen und „Charmant!" gesagt.

„Es ist wirklich eine große Aufmerksamkeit von einer so vornehmen Herrschaft", sagte die Pförtnersfrau; und Georg mußte die Konfirmationskleider anziehen und mit dem Gesangbuch hinaufgehen, um sich vorzustellen und sich zu bedanken.

Die Generalin war dick eingewickelt und hatte ihr heftiges Kopfweh, wie sie es immer hatte, wenn sie sich langweilte. Sie schaute Georg sehr freundlich an und wünschte ihm alles Gute und niemals ihr Kopfweh. Der General war im Schlafrock, trug eine Mütze mit einem Puschel daran und rotschäftige russische Stiefel; er ging dreimal im Zimmer hin und her, in seine eigenen Gedanken und Erinnerungen versunken, blieb stehen und sagte: „Der kleine Georg ist also nun ein christlich getaufter Mann! Sei er nun auch ein braver Mann und ehre seine Obrigkeit! Diese Sentenz, kannst du dermaleinst als alter Mann sagen, habe der General dich gelehrt!"

Die Rede war länger, als der General sonst eine hielt; und er zog sich darauf wieder ganz in sich selbst zurück und sah vornehm aus. Doch von allem, was Georg hier oben sah und hörte, blieb ihm am klarsten das kleine Fräulein Emilie im Gedächtnis; wie war sie reizend, wie war sie freundlich, wie sie schwebte wie fein sie war! sollte sie gezeichnet werden, dann müßte es in einer Seifenblase sein. An ihren Kleidern, ihrem gelockten blonden Haar hing ein Duft, als wäre sie ein jüngst ausgeschlagener Rosenstrauch;

und mit ihr hatte er einstmals das Butterbrot geteilt; sie hatte es mit riesigem Appetit verspeist und ihm bei jedem zweiten Mundvoll zugenickt. Ob sie sich daran noch erinnerte? O ja, sicherlich; sie hatte ihm „in Erinnerung" daran das schöne Liederbuch geschenkt; und als danach im neuen Jahr der erste Neumond aufging, da ging Georg mit Brot und einem Schilling ins Freie, schlug das Buch auf, um zu sehen, welchen Choral er bekäme. Es war ein Lob- und Danklied; und er schlug auf, um zu sehen, was der kleinen Emilie beschieden sein würde; er nahm sich genau in acht, nicht dort aufzuschlagen, wo die Sterbelieder standen, und dann griff er trotzdem zwischen Tod und Grab ins Buch; daran zu glauben, ging nun doch nicht an! er bekam indessen Angst, als das reizende kleine Mädchen bald bettlägerig wurde; und vor dem Haustor hielt jeden Mittag der Wagen des Arztes.

„Sie werden sie nicht behalten!" sagte die Pförtnersfrau, „der Herrgott weiß schon, wen er sich holen will!"

Aber sie behielten sie; und Georg zeichnete Bilder und schickte sie ihr; er zeichnete das Zarenschloß, den alten Kreml in Moskau; genauso wie er dastand, mit Türmen und Kuppeln, sie sahen aus wie riesenhaft große grüne und vergoldete Gurken, zum mindesten auf Georgs Zeichnung. Das machte der kleinen Emilie ungeheuer viel Spaß, und deshalb schickte Georg im Laufe der Woche noch zwei Bilder, alles Bauwerke, denn bei denen konnte sie sich hinter Tür und Fenstern selber so viel denken.

Er zeichnete ein chinesisches Haus mit Glockenspielen in allen sechzehn Stockwerken; er zeichnete zwei griechische Tempel mit schlanken Marmorsäulen und einer Treppe ringsherum; er zeichnete eine Kirche aus Norwegen; man konnte erkennen, daß sie ganz aus Balken bestand, geschnitzt und seltsam aufgestellt, jedes Stockwerk sah aus, als hätte es Wiegenkufen, am schönsten war jedoch ein Blatt mit einem Schloß, das er „Das Schloß der kleinen Emilie" nannte. So sollte sie einmal wohnen; das hatte Georg sich genau ausgedacht und für dies Schloß alles hergenommen, was er an den anderen Bauwerken am schönsten gefunden hatte. Da waren geschnitzte Balken wie an der norwegischen Kirche, Marmorsäulen wie am griechischen Tempel, ein Glockenspiel in jedem Stockwerk, und zualleroberst Kuppeln, grüne und vergoldete, wie auf dem Kreml des Zaren. Es war ein richtiges Kinderschloß! und unter jedem Fenster stand geschrieben, wozu dieser Saal oder jene Stube gebraucht werden sollte: „Hier schläft Emilie", „hier tanzt Emilie" und „hier spielt sie Besuch haben". Es war lustig anzusehen, und es wurde auch gehörig besehen.

„Charmant!" sagte der General.

Aber der alte Graf, denn da war ein alter Graf, der noch vornehmer war als der General und selber Schloß und Gutshof besaß, sagte nichts; er hörte, daß es von des Pförtners kleinem Sohn ausgedacht und gezeichnet war. Nun, so klein war er ja nicht, er war eingesegnet. Der alte Graf besah sich die Bilder und machte sich so seine eigenen, stillen Gedanken dabei.

Eines Tages war das Wetter ganz trübe, naß, fürchterlich, dieser Tag war einer der lichtesten und besten für den kleinen Georg. Der Professor in der Kunstakademie rief ihn zu sich herein.

„Höre, mein Freund", sagte er, „wir wollen uns einmal ein wenig unterhalten! Der Herrgott hat dich recht gütig mit Gaben bedacht, er hat dich auch gütig mit guten Menschen bedacht. Der alte Graf an der Ecke hat mit mir über dich gesprochen; ich habe auch deine Bilder gesehen, unter die machen wir nun einen Strich, an denen ist so vieles zu verbessern! Jetzt kannst du zweimal in der Woche zu mir in meine Zeichenklasse kommen, dann wirst du sicher dahinterkommen, wie es besser gemacht wird. Ich glaube, in dir steckt mehr ein Baumeister als ein Maler; darüber kannst du mit der Zeit selber nachdenken! aber gehe noch heute zu dem alten

Grafen an der Ecke und danke dem Herrgott für diesen Mann!"

An der Ecke stand ein großes Haus; an dessen Fenstern waren rundherum Elefanten und Dromedare in Stein gehauen, alles aus alter Zeit; aber der alte Graf war mehr für die neue Zeit mit allem, was sie Gutes mit sich brachte, ob es nun aus dem ersten Stock kam, aus dem Keller oder vom Boden.

„Ich glaube", sagte die Pförtnersfrau, „je vornehmer die Leute wirklich sind, desto weniger machen sie von sich her. Wie ist der alte Graf reizend und einfach! Und er spricht tatsächlich genauso wie du und ich; das können Generals nicht! War nicht auch Georg gestern geradezu benommen vor Begeisterung über die reizende Behandlung, die er beim Grafen fand? Und heute bin ich es, nachdem ich mit dem mächtigen Mann gesprochen habe. War es nun nicht gut, daß wir Georg nicht in die Handwerkslehre gesteckt haben? Talent hat er!"

„Aber dem muß von außen geholfen werden!" sagte der Vater.

„Das ist nun geschehen", sagte die Mutter; „der Graf hat sich klar und deutlich geäußert!"

„Es ist aber von Generals ausgegangen!" sagte der Vater. „Bei denen müssen wir uns auch bedanken."

„Das können wir gern!" sagte die Mutter; „aber ich glaube, da ist nicht viel zu danken; dem Herrgott will ich danken, und ihm will ich auch danken, weil die kleine Emilie wieder besser wird!"

Es ging mit ihr vorwärts, es ging vorwärts mit Georg; im Laufe des Jahres bekam er die kleine silberne Medaille, und später die große.

„Es wäre doch besser gewesen, er wäre in eine Handwerkslehre gekommen!" sagte die Pförtnersfrau und weinte; „dann hätten wir ihn jetzt behalten dürfen. Was soll er in Rom? Ich werde ihn nie wiedersehen, selbst wenn er wieder nach Hause kommt, aber das tut er nicht, das liebe Kind!"

„Aber es ist ein Glück für ihn und eine Ehre!" sagte der Vater.

„Ja, vielen Dank, mein Lieber!“ sagte die Mutter, „du redest Dinge, die du gar nicht meinst! Du bist ebenso traurig wie ich.“

Und es hatte seine Richtigkeit, sowohl mit der Abreise wie mit der Traurigkeit. Es sei ein großes Glück für den jungen Menschen, sagten alle Leute.

Und es wurde Abschied genommen, auch bei Generals; aber die Gnädige zeigte sich nicht, sie hatte ihr großes Kopfweh. Der General erzählte zum Abschied seine einzige Anekdote, was er zum Prinzen gesagt hatte und was der Prinz zu ihm gesagt hatte: „Sie sind unvergleichlich!“ und dann reichte er Georg die Hand, eine schlaffe Hand.

Emilie reichte Georg auch die Hand, und sie sah beinahe traurig aus, aber Georg war doch am traurigsten.

Die Zeit vergeht, wenn man etwas tut, sie vergeht auch, wenn man nichts tut. Die Zeit ist gleich lang, aber nicht gleicherweise nützlich. Für Georg war sie nützlich und gar nicht lang, außer wenn er an die zu Hause dachte. Wie es wohl oben und unten ging? Ja, davon wurde geschrieben; und man kann so viel aus einem Brief herauslesen, den hellen Sonnenschein und die dunklen, schweren Tage. Die lagen im Brief, der berichtete, daß der Vater gestorben, die Mutter allein zurückgeblieben sei; Emilie sei wie ein tröstender Engel gewesen, sie sei zu ihr heruntergekommen, ja, das schrieb die Mutter und fügte über sich selber hinzu, sie habe die Pförtnerstelle behalten dürfen.

Die Generalin führte Tagebuch; dort stand jede Gesellschaft verzeichnet, jeder Ball, den sie besucht hatte, und alle Besuche der anderen. Das Tagebuch wurde mit den Visitenkarten der Diplomaten und des höchsten Hochadels ausgeschmückt, sie war stolz auf ihr Tagebuch; es wuchs in der langen Zeit an, in langen Zeiten, während vieler großer Kopfwehanfälle, aber auch während vieler heller Nächte, das heißt vieler Hofbälle. Emilie war zum erstenmal auf einem Hofball gewesen; die Mutter kam in Rosa mit schwarzen Spitzen: spanisch! Die Tochter in Weiß, so hell, so fein! Grünseidene Bänder flatterten gleich Schilf an dem lockigen blonden Haar herunter, das einen Kranz weißer Wasserrosen trug; die Augen waren so blau und klar, der Mund so fein und rot, sie glich einer kleinen Seejungfrau, so schön, wie man sie sich nur vorstellen kann. Drei Prinzen tanzten mit ihr, das heißt, erst einer und dann der nächste; die Generalin hatte acht Tage lang kein Kopfweh.

Aber der erste Ball war nicht der letzte, das hielt Emilie nicht aus; darum war es gut, daß der Sommer kam und Ruhe brachte, frische Luft im Freien. Die Familie war in das Schloß des alten Grafen eingeladen.

Es war ein Schloß mit einem Garten, der sehenswert war. Ein Teil davon war ganz wie in alter Zeit belassen, mit steifen grünen Hecken, als ginge man zwischen grünen Wandschirmen dahin, in denen Gucklöcher saßen. Buchsbaum und Taxus standen zu Sternen und Pyramiden geschnitten, das Wasser sprudelte aus großen mit Muscheln besetzten Grotten; ringsum standen steinerne Figuren aus dem allerschwersten Stein, das konnte man sowohl an den Kleidern wie an den Gesichtern erkennen; jedes Blumenbeet hatte eine bestimmte Form, wie ein Fisch, Wappenschild oder Namenszug, das war der französische Teil des Gartens; von diesem kam man gleichsam in den frischen, freien Wald, wo die Bäume wachsen durften, wie sie wollten, und daher so groß und so prächtig waren; das Gras war grün, man durfte darübergehen, es wurde auch gewalzt, gemäht, gepflegt und gehegt; das war der englische Teil des Gartens.

„Alte Zeit und neue Zeit!“ sagte der Graf; „hier gehen sie ja auch gut ineinander über! In zwei Jahren wird das Schloß selbst sein richtiges Aussehen erhalten, es wird eine Wandlung durchmachen zu etwas Schönem und Besserem; ich zeige Ihnen die Zeichnungen, und ich zeige Ihnen den Baumeister, er ist heute zum Essen hier!“

„Charmant!“ sagte der General.

„Hier ist es paradiesisch!“ sagte die Generalin; „und da haben Sie eine Ritterburg!“

„Das ist mein Geflügelstall!“ sagte der Graf; „die Tauben

wohnen im Turm, die Puten im ersten Stock, aber im Erdgeschoß regiert die alte Else. Sie hat Fremdenzimmer nach allen Seiten: die Bruthennen für sich, die Glucke mit Küken für sich, und die Enten haben einen eigenen Ausgang zum Wasser!"

„Charmant!" wiederholte der General.

Und sie gingen alle, um sich diese Herrlichkeit anzusehen.

Die alte Else stand mitten in der Stube, und neben ihr der Baumeister Georg; er und die kleine Emilie begegneten sich nach mehreren Jahren, begegneten sich im Geflügelstall.

Ja, hier stand er, und er war in der Tat schön anzusehen; sein Gesicht war offen und fest, das schwarze Haar glänzte, und um den Mund spielte ein Lächeln, das sagte: Es sitzt mir ein Schalk im Genick, der kennt euch in- und auswendig. Die alte Else hatte ihre Holzschuhe ausgezogen und stand in Socken da, zu Ehren der hochvornehmen Gäste. Und die Hühner gackerten, und der Hahn krähte, die Enten watschelten davon, „raab! raab!" Aber das feine, blasse Mädchen, die Kindheitsgespielin, die Tochter des Generals, hatte einen Rosenschimmer auf den sonst so bleichen Wangen, ihre Augen wurden ganz groß, ihr Mund war beredt, ohne daß er ein einziges Wort gesagt hätte, und die Begrüßung, die Georg zuteil wurde, war so reizend, wie sie ein junger Mensch sich von einer jungen Dame nur wünschen kann, wenn sie nicht verwandt sind oder zusammen getanzt haben; sie und der Baumeister hatten niemals zusammen getanzt.

Der Herr Graf drückte ihm die Hand und stellte ihn vor: „Ganz fremd ist er nicht, unser junger Freund, Herr Georg!"

Die Generalin neigte den Kopf, die Tochter war im Begriff, ihm die Hand hinzustrecken, aber sie streckte sie nicht hin.

„Unser kleiner Herr Georg!" sagte der General. „Alte Freunde aus dem Haus. Charmant!"

„Sie sind ganz und gar Italiener geworden!" sagte die Generalin, „und Sie sprechen sicher die Sprache wie ein gebürtiger Italiener?"

Die Generalin singe in dieser Sprache, spreche sie aber nicht, sagte der General.

Bei Tisch saß Georg rechts von Emilie, der General hatte sie als Tischdame, der Graf die Generalin.

Georg sprach und erzählte, und er erzählte gut, er war die Unterhaltung und der Geist bei Tisch, obwohl der alte Graf es auch hätte sein können. Emilie saß schweigend da, die Ohren hörten, die Augen glänzten.

Aber sie sagte nichts.

Auf der Veranda zwischen den Pflanzen standen sie und Georg, die Rosensträucher verbargen sie. Georg führte abermals das Wort, sprach als erster.

„Ich danke Ihnen für Ihre Freundlichkeit gegen meine alte Mutter!" sagte er; „ich weiß, in der Nacht, als mein Vater starb, gingen Sie zu ihr hinunter, waren bei ihr, bis seine Augen sich schlossen, ich danke Ihnen!" Er ergriff Emilies Hand und küßte sie, das durfte er wohl bei dieser Gelegenheit; sie wurde glühend rot, drückte aber seine Hand und sah ihn mit ihren lieben blauen Augen an.

„Ihre Mutter war eine liebe Seele! Wie liebte sie Sie! Und alle Ihre Briefe ließ sie mich lesen, ich habe fast das Gefühl, ich kenne Sie! Wie waren Sie freundlich zu mir, als ich klein war, Sie schenkten mir Bilder!"

„Die Sie zerrissen haben!" sagte Georg.

„Nein! ich habe noch immer mein Schloß, die Zeichnung!"

„Nun darf ich es wirklich bauen!" sagte Georg und wurde selber ganz warm, als er dies sagte.

Der General und die Generalin unterhielten sich in ihren eigenen Gemächern über des Pförtners Sohn, er wußte sich ja zu benehmen und sich mit Wissen und Gewandtheit auszudrücken. „Er könnte Hauslehrer sein!" sagte der General.

„Geist!" sagte die Generalin, und dann sagte sie nichts mehr.

In der schönen Sommerszeit kam Herr Georg des öfteren auf des Grafen Schloß. Er wurde entbehrt, wenn er nicht kam.

„Wieviel hat doch der Herrgott Ihnen geschenkt gegenüber uns anderen armen Menschen!" sagte Emilie zu ihm. „Erkennen Sie es nun auch richtig an?"

Das schmeichelte Georg, daß das schöne junge Mädchen zu ihm aufsah, er fand sie daher ungewöhnlich klug.

Und der General war immer mehr davon überzeugt, daß Herr Georg unmöglich ein Kellerkind sein konnte. „Die Mutter war übrigens eine sehr brave Frau!" sagte er, „das zu sagen, bin ich ihrem Andenken schuldig!"

Der Sommer verging, der Winter kam, es wurde abermals von Herrn Georg gesprochen; er war selbst höchsten Ortes wohlangesehen und mit Wohlwollen empfangen worden, der General hatte ihn auf dem Hofball getroffen.

Nun sollte in ihrem Haus ein Ball für die kleine Emilie gegeben werden, konnte man Herrn Georg einladen?

„Wen der König einlädt, den kann auch der General einladen!" sagte der General und reckte sich einen ganzen Zoll vom Fußboden in die Höhe.

Herr Georg wurde geladen, und er kam; und es kamen Prinzen und Grafen, und einer tanzte immer besser als der andere; aber Emilie konnte nur den ersten Tanz tanzen; bei diesem vertrat sie sich den Fuß, nicht gefährlich, aber doch spürbar, und da mußte man vorsichtig sein, mußte mit dem Tanzen aufhören, den anderen zuschauen, und sie saß und schaute zu, und der Baumeister stand neben ihr.

„Sie werden ihr noch die ganze Peterskirche schenken!" sagte der General, als er vorüberging, und er lächelte wie das Wohlwollen in Person.

Mit dem gleichen Lächeln des Wohlwollens empfing er einige Tage darauf Herrn Georg. Der junge Mann kam sicher, um sich für den Ball zu bedanken, was sonst? O doch, mit dem Überraschendsten, dem Erstaunlichsten, mit wahnwitzigen Worten kam er, der General wollte seinen eigenen Ohren nicht trauen; „pyramidale Deklamation", ein Antrag, der undenkbar war: Herr Georg erbat sich die kleine Emilie zur Frau.

„Mann!" sagte der General und wurde krebsrot am Kopf. „Ich verstehe Sie durchaus nicht! Was sagen Sie? Was wollen

Sie? Ich kenne Sie nicht! Herr! Mensch! Sie lassen sich's einfallen, in mein Haus einzufallen! Was denken Sie sich, oder denken Sie sich überhaupt nichts?" und er ging rücklings in sein Schlafzimmer hinein, drehte den Schlüssel um und ließ Herrn Georg allein stehen, der stand ein paar Minuten da, dann machte er kehrt. Auf dem Korridor stand Emilie.

„Hat mein Vater geantwortet . . .?" fragte sie, und die Stimme bebte.

Georg drückte ihre Hand: „Er ist mir davongelaufen! – Es kommt eine bessere Zeit!"

In Emilies Augen standen Tränen; in den Augen des jungen Mannes standen Gewißheit und Zuversicht zu lesen, und die Sonne schien auf die beiden und gab ihnen ihren Segen.

In seiner Stube saß der General völlig übergekocht; ja, es kochte noch immer, es floß über in Worten und Ausrufen: „Wahnsinn! Pförtnerwahnwitz!“

Es war noch nicht eine Stunde vergangen, da hatte es die Generalin aus des Generals eigenem Munde erfahren, und sie rief Emilie und saß allein mit ihr beisammen.

„Du armes Kind! dich in dieser Weise zu beleidigen! uns zu beleidigen! Du hast auch Tränen in den Augen, aber sie stehen dir gut! Du bist reizend in Tränen! Du siehst genauso aus wie ich an meinem Hochzeitstag. Weine nur, kleine Emilie!“

„Ja, das werde ich tun!“ sagte Emilie, „falls ihr nicht ja sagt, du und Vater!“

„Kind!“ rief die Generalin; „du bist krank! sprichst im Wahn, und ich bekomme mein fürchterliches Kopfweh! All dies Unglück, das über unser Haus kommt! Treibe deine Mutter nicht in den Tod, Emilie, dann hast du keine Mutter!“

Und die Generalin bekam feuchte Augen, sie konnte es nicht ertragen, an ihren eigenen Tod zu denken.

In der Zeitung stand unter den Ernennungen zu lesen: Herr Georg zum Professor fünfter Klasse Nummer acht ernannt.

„Es ist schade, daß seine Eltern im Grabe liegen und dies

nicht lesen können!" sagten die neuen Pförtnersleute, die jetzt im Keller unter Generals wohnten; sie wußten, daß der Professor in ihren vier Wänden geboren und großgeworden war.

„Jetzt kommt er in die Rangsteuer!" sagte der Mann.

„Ja, ist es nicht furchtbar viel für ein armes Kind?" sagte die Frau.

„Achtzehn Reichstaler im Jahr!" sagte der Mann; „ja, das ist viel Geld!"

„Nein, ich meine die Auszeichnung!" sagte die Frau. „Denkst du, der macht sich etwas aus dem Geld, das kann er viele Male verdienen! Und er kriegt dazu sicher noch eine reiche Frau. Hätten wir Kinder, Mann, dann müßte unser Kind auch Baumeister und Professor werden!"

Von Georg wurde im Keller gut gesprochen, es wurde gut von ihm im ersten Stock gesprochen; der alte Graf gestattete es sich.

Es waren die Zeichnungen aus der Kindheit, die den Anlaß dazu gaben. Aber weshalb wurde von ihnen gesprochen? Man sprach von Rußland, von Moskau, und dann war man ja beim Kreml, den der kleine Georg einmal für Fräulein Emilie gezeichnet hatte; er hatte so viele Bilder gezeichnet, namentlich an eines erinnerte sich der Graf: „Das Schloß der kleinen Emilie", wo sie schlief, wo sie tanzte und „Besuch haben" spielte; der Professor war ungemein tüchtig, er würde bestimmt als alter Konferenzrat sterben, das war nicht unmöglich, und vorher würde er wirklich ein Schloß für die jetzt so junge Dame erbauen, weshalb nicht?

„Das war ein sonderbarer Scherz", bemerkte die Generalin, als der Graf weg war. Der General schüttelte nachdenklich den Kopf, ritt aus, mit seinem Reitknecht in geziemendem Abstand, und saß stolzer denn je auf seinem hohen Roß.

Die kleine Emilie hatte Geburtstag, Blumen und Bücher, Briefe und Visitenkarten wurden gebracht; die Generalin gab ihr einen Kuß auf den Mund, der General auf die Stirn; es waren liebevolle Eltern, und das Mädchen wie auch die Eltern erhielten hohen Besuch, zwei von den Prinzen. Es wurde von Bällen und vom Theater gesprochen, von diplomatischen Missionen, von der Regierung von Reichen und Ländern. Es wurde von Tüchtigkeit gesprochen, der Tüchtigkeit des eigenen Landes, und dadurch kam die Rede auf den jungen Professor, den Herrn Baumeister.

„Er baut an seiner Unsterblichkeit!“ wurde gesagt, „er baut sich auch sicher in eine der ersten Familien hinein!“

„In eine der ersten Familien!“ wiederholte später der General der Generalin gegenüber. „Wer ist eine unserer ersten Familien?“

„Ich weiß, auf wen angespielt wurde!“ sagte die Generalin, „aber ich sage es nicht laut! ich denke es nicht! Gott fügt es! aber staunen werde ich!“

„Ich werde ebenfalls staunen!“ sagte der General, „ich habe nicht die leiseste Idee!“ und er versank in erwartungsvolles Grübeln.

Es liegt eine Macht, eine unnennbare Macht im Gnadenquell von oben, in der Gunst des Hofes, in Gottes Gunst; und all diese Gunst und Gnade besaß der kleine Georg. Aber wir vergessen den Geburtstag.

Emilies Stube duftete von den Blumen der Freunde und Freundinnen, auf dem Tisch lagen hübsche Geschenke als Gruß und Andenken, aber kein einziges von Georg, es konnte nicht kommen, aber es war auch nicht nötig, das ganze Haus war ein Andenken an ihn. Selbst aus der Sandnische unter der Treppe lugte die Blume der Erinnerung hervor; dort hatte Emilie hervorgelugt, als der Vorhang brannte und Georg als erste Spritze ankam. Ein Blick aus dem Fenster, und die Akazie erinnerte an die Kinderzeit. Blüten und Blätter waren abgefallen, aber der Baum stand mit Rauhreif überzogen, als wäre er ein ungeheurer Korallenzweig; und der Mond glänzte hell und groß zwischen den Ästen hindurch, unverändert in seiner ganzen Unveränderlichkeit, wie damals, als Georg sein Butterbrot mit der kleinen Emilie teilte.

Aus der Schublade holte sie die Zeichnungen vom Zarenschloß hervor, von ihrem eigenen Schloß; die Andenken an Georg; sie wurden betrachtet, und es wurde über sie nachgesonnen; und viele Gedanken stiegen herauf; sie erinnerte sich an den Tag, als sie, von Vater und Mutter nicht bemerkt, zur Pförtnersfrau hinunterging, die in ihren letzten Zügen lag; sie saß bei ihr, hielt ihre Hand, hörte ihre letzten Worte: „Segen! – Georg!" Die Mutter dachte an ihren Sohn. – Jetzt legte Emilie ihren Sinn hinein. O ja, Georg war am Geburtstag dabei, richtig dabei!

Am nächsten Tag, es traf sich so, war im Hause wieder ein Geburtstag: der Geburtstag des Generals; er war einen Tag nach seiner Tochter geboren, natürlich früher als sie, viele Jahre früher. Wieder kamen jetzt Angebinde, und unter diesen ein Sattel, prächtig anzuschauen, bequem und kostbar, nur einer der Prinzen hatte genauso einen. Von wem kam dieser? Der General war begeistert. Ein kleiner Zettel lag dabei; wenn darauf gestanden hätte: „Vielen Dank für den gestrigen Tag!" dann hätten wir anderen wohl erraten können, von wem er kam, aber da stand geschrieben: „Von einem, den Herr General nicht kennen."

„Wen in aller Welt kenne ich nicht!" sagte der General. „Alle Menschen kenne ich!" und seine Gedanken begaben sich auf große Gesellschaft; er kannte sie alle. „Der ist von meiner Frau!" sagte er zuletzt; „sie scherzt insgeheim mit mir! Charmant!"

Aber sie scherzte nicht mit ihm, die Zeiten waren vorbei.

Und nun fand ein Fest statt, abermals ein Fest, nicht bei Generals, ein Kostümball bei einem der Prinzen; auch Masken waren zugelassen.

Der General erschien als Rubens, in spanischer Tracht mit einem kleinen gefältelten Kragen, mit Degen und in guter Haltung, die Generalin war Madame Rubens, in schwarzem Sammet, am Hals hoch geschlossen – entsetzlich heiß! –, mit einem Mühlstein um den Hals, das heißt natürlich einem großen gefältelten Kragen, ganz nach einem holländischen Gemälde, das der General besaß und auf dem besonders die Hände bewundert wurden. Sie glichen so ganz denen der Generalin!

Emilie war Psyche, in Schleier und Spitzen. Sie war wie ein schwebender Schwanenflaum, sie bedurfte gar nicht der Flügel, sie trug sie nur als ein Merkmal der Psyche.

Hier war ein Glanz, eine Pracht, Licht und Blumen, viel Reichtum und Geschmack; es gab so viel zu sehen, daß man Madame Rubens' schöner Hände gar nicht achtete.

Ein schwarzer Domino mit einer Akazienblüte an der Kappe tanzte mit Psyche.

„Wer ist das?" fragte die Generalin.

„Seine Königliche Hoheit!" sagte der General, „ich bin dessen ganz sicher, ich erkannte ihn sogleich am Händedruck!"

Die Generalin hatte ihre Zweifel.

General Rubens zweifelte nicht, näherte sich dem schwarzen Domino und schrieb die königlichen Initialien in die Hand, es wurde verneint, aber ein Fingerzeig wurde gegeben.

„Die Devise des Sattels! Einer, den Herr General nicht kennen."

„Aber dann kenne ich Sie ja!" sagte der General. „Sie haben mir den Sattel geschickt!"

Der Domino hob die Hand und verschwand unter den anderen.

„Wer ist der schwarze Domino, Emilie, mit dem du getanzt hast?" fragte die Generalin.

„Ich habe ihn nicht nach seinem Namen gefragt!" antwortete sie.

„Weil du ihn gewußt hast! Es ist der Professor! Ihr Günstling, Herr Graf, ist hier!" fuhr sie fort und wandte sich an den Grafen, der dicht daneben stand. „Schwarzer Domino mit Akazienblüte!"

„Wohl möglich, meine Gnädige!" entgegnete er. „Aber einer der Prinzen ist übrigens ebenso kostümiert!"

„Ich erkenne den Händedruck!" sagte der General. „Von dem Prinzen habe ich den Sattel! Ich bin meiner Sache so sicher, daß ich ihn an unseren Tisch einladen kann!"

„Tun Sie es! Ist es der Prinz, kommt er sicher!" sagte der Graf.

„Und ist es der andere, dann kommt er nicht!" sagte der General und näherte sich dem schwarzen Domino, der gerade dastand und sich mit dem König unterhielt. Der General brachte besonders ehrerbietig seine Einladung vor, damit sie einander kennenlernen könnten; der General lächelte so sicher, weil er zu wissen glaubte, wen er einlud; er sprach laut und vernehmlich.

Der Domino hob seine Maske; es war Georg.

„Wiederholen Herr General die Einladung?" fragte er.

Der General wurde allerdings um einen Zoll größer, nahm eine strammere Haltung an, machte zwei Schritte rückwärts und einen Schritt vorwärts wie in einem Menuett, und da waren Ernst und Ausdruck zu erkennen, so viel, wie der General in des Generals feines Gesicht hineinlegen konnte.

„Ich nehme niemals mein Wort zurück! Herr Professor sind eingeladen!" und er verbeugte sich mit einem Seitenblick auf den König, der das Ganze sicher gehört hatte.

Und dann fand ein Essen bei Generals statt, und nur der alte Graf und sein Schützling waren eingeladen.

„Den Fuß unter den Tisch", meinte Georg, „dann ist der Grundstein gelegt!" und der Grundstein wurde tatsächlich mit großer Feierlichkeit beim General und der Generalin gelegt.

Der Mensch war gekommen, und wie ja der General wußte, hatte er sich ganz wie ein Mann der guten Gesellschaft unterhalten, war außerordentlich interessant gewesen, der General mußte viele Male sein „Charmant" sagen. Die Generalin erzählte von ihrem Essen, erzählte sogar einer der Damen bei Hofe davon, und diese, eine der geistreichsten, erbat sich eine Einladung für das nächste Mal, wenn der Professor käme. So mußte er ja dann eingeladen werden, und er wurde eingeladen und kam und war wieder charmant, konnte sogar Schach spielen.

„Er stammt nicht aus dem Keller!" sagte der General, „er ist ganz bestimmt ein vornehmer Sohn! Es gibt viele vornehme Söhne, und daran ist der junge Mann völlig unschuldig."

Der Herr Professor, der im königlichen Hause verkehrte, konnte sehr wohl bei Generals verkehren, aber dort festzuwurzeln, davon war hier keine Rede, wohl aber in der ganzen Stadt.

Er wurzelte fest. Der Tau der Gnade kam von oben!

Es war darum gar nichts Überraschendes, daß Emilie, als der Professor Etatsrat wurde, ihrerseits Frau Etatsrat wurde.

„Das Leben ist eine Tragödie oder eine Komödie“, sagte der General, „in der Tragödie sterben sie, in der Komödie kriegen sie sich.“

Hier kriegten sie sich. Und sie kriegten drei gesunde Jungens, aber nicht sofort.

Die lieben Kinder ritten auf dem Steckenpferd durch Stuben und Säle, wenn sie bei Großvater und Großmutter waren. Und der General ritt auch auf dem Steckenpferd, ritt hinter ihnen her, „als Jockey der kleinen Etatsräte!“

Die Generalin saß auf dem Sofa und lächelte, obwohl sie starkes Kopfweh hatte.

So weit brachte es Georg, und noch viel weiter, sonst wäre es gar nicht der Mühe wert gewesen, von des Pförtners Sohn zu erzählen.

Der Umzugstag*

Du entsinnst dich doch noch des Türmers Ole! ich habe von zwei Besuchen bei ihm erzählt, jetzt werde ich von einem dritten erzählen, aber das ist nicht der letzte.

Für gewöhnlich gehe ich um die Neujahrszeit zu ihm hinauf, jetzt dagegen war es am Umzugstag, da ist es nämlich nicht angenehm hier in den Straßen der Stadt, sie liegen so voll von Kehricht, Scherben und Lumpen, gar nicht zu reden von ausgedientem Bettstroh, durch das man waten muß. Da kam ich nun daher und sah, wie in diesem ausgekippten Kübel des Überflusses ein paar Kinder spielten, sie spielten Zubettgehen, alles lud hier zu diesem Spiel ein, fanden sie, ja, sie krochen in das lebendig gewordene Stroh hinein und zogen als Bettdecke ein altes, zerfetztes Stück Wandbezug über sich. „Das ist so schön!" sagten sie; mir war das zuviel, und so mußte ich fort, zu Ole hinauf.

„Heute ist Umzugstag!" sagte er; „Straßen und Gassen

* Der Umzugstag war in Dänemark ein ganz bestimmter Tag im Jahr, für alle verpflichtend (Anmerkung d. Übers.).

dienen als Mülleimer, großartige Mülleimer, mir ist eine Fuhre genug! Damit kann ich was anfangen, und das war auch kurz nach Weihnachten der Fall; ich kam auf die Straße hinunter, es war naßkalt, regnerisch, matschig und richtig ein Wetter für Erkältungen; der Müllkutscher hielt mit seinem Wagen, der war bis obenhin voll, eine Art Musterkarte von den Kopenhagener Straßen zur Umzugszeit. Hinten auf dem Wagen stand ein Tannenbaum, noch ganz grün und mit Lametta auf den Zweigen; der war auf dem Weihnachtsfest gewesen und jetzt auf die Straße geworfen worden, und der Müllkutscher hatte ihn hinten in den Haufen hineingesteckt; lustig anzusehen oder zum Weinen, ja, das kann man ebensogut sagen, es kommt darauf an, was für Gedanken einem dabei kommen, und ich dachte mir dabei etwas, und denken tat bestimmt auch dies und jenes von dem, was auf dem Wagen lag, oder es hätte denken können, was ja ungefähr aufs selbe hinausläuft. Da lag nun ein abgetragener Damenhandschuh; was der wohl dachte? Soll ich es Ihnen sagen? Der lag da und zeigte mit dem kleinen Finger auf den Tannenbaum. ‚Mich rührt dieser Baum!' dachte er, ‚auch ich bin auf Festen mit Kronleuchtern gewesen! Mein eigentliches Leben war eine Ballnacht; ein Händedruck, und ich platzte! Dort hört meine Erinnerung auf; ich habe nichts mehr, wofür ich leben kann!' Das dachte der Handschuh, oder er könnte es gedacht haben. ‚Es ist peinlich mit diesem Tannenbaum!' sagten die Topfscherben. Zerbrochenes Tongeschirr findet nun alles peinlich. ‚Liegt man auf dem Müllwagen', sagten sie, ‚dann darf man nicht großtun und Lametta tragen! Ich weiß, daß ich in dieser Welt von Nutzen gewesen bin, von größerem Nutzen als so ein dürrer Stock!' – Seht ihr, das war ja eine Ansicht, wie sie sicherlich auch andere haben, aber der Tannenbaum sah immerhin noch gut aus, es war ein wenig Poesie in dem Müllhaufen, und davon gibt es am Umzugstag viel ringsum in den Straßen! Der Weg wurde mir beschwerlich und lästig dort unten, und ich wollte gern vorankommen, wieder auf den Turm hinauf und hier oben bleiben, hier sitze ich und schaue gutgelaunt hinunter.

Da spielen nun die guten Bürger ‚Wechselt das Bäumelein!' sie schleppen und schinden sich mit ihrem Umzugsgut ab, und im Eimer sitzt der Wichtel* und zieht mit um; häuslicher Ärger, Familienärger, Sorgen und Kümmernisse ziehen aus der alten in die neue Wohnung mit, und was haben die und wir dann von der ganzen Geschichte? Ja, das steht

ja schon längst in dem guten alten Vers in der *Adressenzeitung* abgedruckt: ‚Denk an des Todes großen Umzugstag!'

Dies ist ein ernster Gedanke, aber es ist Ihnen doch wohl nicht unangenehm, davon zu hören? Der Tod ist und bleibt der zuverlässigste Beamte, ungeachtet seiner vielen kleinen Ämter! Haben Sie niemals darüber nachgedacht?

Der Tod ist Omnibusfahrer, er ist Paßschreiber, er setzt den Namen unter unser Leumundszeugnis, und er ist der Direktor in der großen Sparkasse des Lebens. Können Sie das verstehen? Alle unsere Taten auf Erden, große und kleine,

* Der Wichtel ist der Urheber alles Ungemachs, das die Menschen sich selber bereiten. Es gibt daher in Skandinavien das Sprichwort: „Der Wichtel zieht mit um!" (Anmerkung d. Übers.).

zahlen wir in eine Sparkasse ein, und wenn dann der Tod mit seinem Umzugsomnibus kommt, und wir müssen hinein und mitfahren ins Ewigkeitsland, dann händigt er uns an der Grenze ein Leumundszeugnis aus, als Paß! Als Zehrgeld auf die Reise hebt er diese oder jene Tat, die wir vollbracht haben, von der Sparkasse ab, eine, die unser Verhalten am besten kennzeichnet; es kann erfreulich sein, aber auch entsetzlich.

Noch keiner ist bis jetzt um diese Omnibusfahrt herumgekommen; es wird ja zwar von einem erzählt, der nicht mitfahren durfte, der Schuhmacher von Jerusalem, er mußte hinterherlaufen, hätte er mit in den Omnibus dürfen, dann wäre er der Behandlung durch die Poeten entgangen. Schauen Sie einmal in Gedanken in den großen Umzugstags-Omnibus hinein! Da ist eine gemischte Gesellschaft! Da sitzen nebeneinander König und Bettler, der Geniale und der Dummkopf; fort müssen sie, ohne Gut und Geld, nur mit dem Leumundszeugnis und dem ersparten Zehrgeld! aber welche von unseren Taten wird wohl hervorgeholt und uns mitgegeben? Vielleicht eine ganz kleine, eine, so klein wie eine Erbse, aber die Erbse kann eine blühende Ranke treiben.

Dem armen Aschenputtel, das auf dem niedrigen Schemel in der Ecke saß und Knüffe und harte Worte bekam, wird vielleicht sein abgenutzter Schemel mitgegeben als Zeichen und Notgroschen; der Schemel wird zum Tragsessel beim Einzug ins Ewigkeitsland, wird dort zum Thronsessel erhoben, strahlend wie Gold, blühend wie eine Laubhütte.

Derjenige, der hier immer umherging und den Würztrank der Vergnügungen pichelte, um andere Fehler zu vergessen, die er hier gemacht hat, bekommt sein hölzernes Fäßchen mit und muß von diesem auf der Omnibusfahrt trinken, und dieser Trunk ist rein und pur, so daß sich die Gedanken klären, alle guten und edlen Gefühle werden geweckt, er sieht und empfindet, was zu sehen er bisher keine Lust hatte oder was er nicht sehen konnte, und dann hat er die Strafe in sich, den nagenden Wurm, der auf unabsehbare

Zeiten nicht stirbt. Stand auf den Gläsern ‚Vergessen' geschrieben, so steht auf dem Fasse: ‚Erinnerung'.

Lese ich ein gutes Buch, eine historische Darstellung' muß ich mir den Betreffenden, über den ich lese, dann zuletzt immer so vorstellen, wie er in den Omnibus des Todes kommt, muß darüber nachdenken, welche von seinen Taten der Tod für ihn aus der Sparkasse nimmt, welches Zehrgeld er ins Ewigkeitsland erhielt. Es war einmal ein französischer König, seinen Namen habe ich vergessen, den Namen des Guten vergißt man bisweilen, auch ich vergesse ihn, aber er schimmert sicher wieder hervor; es war ein König, der in einer Hungersnot seines Volkes Wohltäter war, und das Volk errichtete ihm ein Denkmal aus Schnee mit der Inschrift: ‚Schneller als dies schmilzt, hast du geholfen!' Ich könnte mir denken, daß der Tod ihm im Hinblick auf das Denkmal eine einzige Schneeflocke mitgibt, die niemals schmilzt und wie ein weißer Schmetterling über seinem königlichen Haupt ins Unsterblichkeitsland hineinfliegt. Da war zum Beispiel auch Ludwig XI., ja, seinen Namen habe ich behalten, das Böse behält man immer gut, ein Zug an ihm fällt mir oft ein, ich wünschte, man könnte sagen, die Geschichte sei eine Lüge. Er ließ seinen Konnetabel hinrichten, das konnte er tun, zu Recht oder Unrecht, aber des Konnetabels unschuldige Kinder, das eine acht Jahre alt, das zweite sieben, ließ er auf demselben Richtplatz aufstellen und mit ihres Vaters warmem Blut bespritzen, darauf zur Bastille führen und in einen eisernen Käfig stecken, wo sie nicht einmal eine Decke bekamen, mit der sie sich zudecken konnten; und König Ludwig schickte alle acht Tage den Henker zu ihnen und ließ jedem von ihnen einen Zahn ausziehen, damit es ihnen nicht allzu gut ginge, und der Ältere sagte: ‚Meine Mutter würde vor Gram sterben, wenn sie wüßte, daß mein kleiner Bruder so viel leidet; zieh mir darum zwei Zähne aus und laß ihn frei ausgehen!' Und dem Henker traten dabei die Tränen in die Augen, aber der Wille des Königs war stärker als die Tränen, und alle acht Tage wurden dem König auf silbernem Teller zwei Kinderzähne gebracht; er hatte sie gefordert, er bekam sie. Die beiden Zähne, könnte ich mir denken, nahm der Tod aus der Sparkasse des Lebens für König Ludwig XI. und gab sie ihm mit auf die Reise in das große Unsterblichkeitsland; sie fliegen wie zwei Feuerfliegen vor ihm her, sie leuchten, sie brennen, sie zwicken ihn, die unschuldigen Kinderzähne.

Ja, es ist eine ernste Fahrt, diese Omnibusfahrt am großen Umzugstag! Und wann kommt er wohl?

Das ist der Ernst dabei, jeden Tag, jede Stunde, jede Minute kann man den Omnibus erwarten. Welche von unseren Taten wohl der Tod dann aus der Sparkasse nimmt und uns mitgibt? Ja, denken wir doch einmal darüber nach! dieser Umzugstag steht nicht im Kalender."

Das Schneeglöckchen

Es war Winter, die Luft kalt, der Wind scharf, aber im Hause drinnen war es warm und schön, in ihrem Hause lag die Blume, sie lag in ihrer Zwiebel unter Erde und Schnee.

Eines Tages regnete es; die Tropfen drangen durch die Schneedecke ins Erdreich hinab, berührten die Blumenzwiebel, kündeten von der Lichtwelt dort oben; bald drang der Sonnenstrahl so fein und hartnäckig durch den Schnee bis zur Zwiebel hinab und piekste sie.

„Herein!" sagte die Blume.

„Das kann ich nicht", sagte der Sonnenstrahl; „ich bin nicht stark genug, um aufzumachen; ich werde erst im Sommer stark."

„Wann ist es Sommer?" fragte die Blume und wiederholte dies jedesmal, wenn ein neuer Sonnenstrahl nach unten drang. Aber es war noch lange nicht Sommerszeit; es lag noch Schnee, das Wasser fror Nacht für Nacht zu Eis.

„Wie lang es dauert! wie lang es dauert!" sagte die Blume. „Ich merke ein Kribbeln und Krabbeln, ich muß mich recken, ich muß mich strecken, ich muß öffnen, ich muß hinaus! dem Sommer einen guten Morgen zunicken, es kommt eine holdselige Zeit!"

Und die Blume reckte sich und streckte sich dort drinnen in der dünnen Schale, die das Wasser von draußen aufgeweicht, die Schnee und Erde aufgewärmt und in die der Sonnenstrahl hineingepiekst hatte; die Blume sproß unter dem Schnee empor mit weißgrüner Knospe an ihrem grünen Stengel, mit schmalen dicken Blättern, die sie gleichsam beschirmen wollten. Der Schnee war kalt, aber vom Licht durchstrahlt, außerdem so leicht zu durchbrechen, und hier kam der Sonnenstrahl mit größerer Macht als vorher.

„Willkommen! willkommen!" sang und klang es von jedem Strahl, und die Blüte erhob sich über den Schnee in die Lichtwelt hinaus. Die Sonnenstrahlen streichelten und küßten sie, so daß sie sich ganz öffnete, weiß wie der Schnee und mit grünen Streifen verziert. Sie neigte ihr Haupt vor Freude und Demut.

„Schöne Blume!" sangen die Sonnenstrahlen. „Wie bist du frisch und hold! Du bist die erste, du bist die einzige! Du bist unsere Liebe! Du läutest den Sommer, herrlichen Sommer über Stadt und Land ein! Aller Schnee wird schmelzen, die kalten Winde werden vertrieben! Wir werden gebieten! Alles wird grünen! und dann erhältst du Gefährten, den Flieder und Goldregen und zuletzt die Rosen, aber du bist die erste, so fein und hold!"

Überall herrschte Frohsinn. Es war, als sänge und klänge die Luft, als drängen die Strahlen des Lichts in ihre Blätter und Stengel; da stand sie so fein und leicht zu brechen und dennoch so kräftig in der Schönheit der Jugend; sie stand in weißem Gewand mit grünen Bändern und pries den Sommer. Aber es war weit bis zur Sommerszeit, Wolken verhüllten die Sonne, scharfe Winde wehten die Blume an.

„Du bist ein wenig zu früh gekommen", sagten Wind und Wetter. „Wir besitzen noch immer die Macht; die wirst du zu spüren bekommen und mußt dich mit ihr abfinden! Du hättest im Hause bleiben sollen, nicht herauslaufen zum Tändeln, noch ist es nicht an der Zeit."

Es war schneidend kalt! Die folgenden Tage brachten nicht einen Sonnenstrahl; es war für solch eine kleine, zarte Blume ein Wetter, daß man schier totfrieren konnte. Aber es war mehr Stärke in ihr, als sie selber wußte; sie war stark in der Freude und im Glauben an den Sommer, der kommen mußte, der ihr in ihrem tiefen Begehren verkündet und von dem warmen Sonnenlicht bestätigt worden war; und so stand sie denn voll Zuversicht in ihrem weißen Kleid im weißen Schnee, ihren Kopf senkend, wenn die Schneeflocken dicht und schwer herabfielen, während die eisigen Winde über sie hinfegten.

„Du brichst durch!" sagten sie. „Du welkst, du erfrierst! Was wolltest du draußen! Weshalb ließest du dich verlocken? der Sonnenstrahl hat dich zum Narren gehabt! Nun kannst du sehen, wo du bleibst, du Sommernarr*!"

„Sommernarr!" wiederholte sie am kalten Morgen.

„Sommernarr!" jubelten ein paar Kinder, die in den Garten herauskamen, „da steht eins, wie süß, wie schön, das erste, das einzige!"

Und diese Worte taten der Blume so wohl, es waren Worte, wie die Sonnenstrahlen so warm. Die Blume spürte in ihrer Freude nicht einmal, daß sie gepflückt wurde; sie lag in der Kinderhand, wurde von einem Kindermund geküßt, wurde in die warme Stube gebracht, wurde mit freundlichen Augen angesehen, ins Wasser gestellt, so stärkend, so belebend. Die Blume glaubte, daß sie mit einem Male mitten in den Sommer hineingeraten wäre.

Die Tochter des Hauses, ein reizendes Mädchen, war eingesegnet worden; sie hatte einen lieben jungen Freund, und er war ebenfalls eingesegnet worden, er stand schon in der Ausbildung. „Er soll mein Sommernarr sein!" sagte sie; nahm darauf die feine Blüte, legte sie in ein duftendes Stück Papier, auf dem Verse geschrieben standen. Verse über die Blume, die mit Sommernarr anfingen und mit Sommernarr endigten, „Lieber Freund, sei Winternarr!" sie hatte ihn mit dem Sommer genarrt. Ja, das stand alles in den Versen, und die wurden in einen Brief gelegt, die Blüte lag darin, und es war finster um sie, so finster, als ob sie noch in der Zwiebel läge. Die Blume ging auf die Reise, lag im Postsack, wurde gedrückt und gequetscht, es war keineswegs angenehm; aber auch das nahm ein Ende.

* Der dänische Name für Schneeglöckchen: Sommernarr oder Winternarr (Anmerkung d. Übers.).

Die Reise war vorbei, der Brief wurde von dem lieben Freund geöffnet und gelesen; er freute sich so sehr, er küßte die Blume, und sie wurde, in die Verse gewickelt, in eine Schublade gelegt, in der mehr so schöne Briefe lagen, aber alle ohne Blume, sie war die erste, die einzige, wie die Sonnenstrahlen sie genannt hatten, und es machte einen so froh, wenn man darüber nachdachte.

Lange durfte sie auch darüber nachdenken, sie dachte, während der Sommer verging und der lange Winter verging, und als es wieder Sommer wurde, da kam sie wieder heraus. Aber da war der junge Mann gar nicht fröhlich; er faßte die Papiere so heftig an, schmiß die Verse weg, so daß die Blume zu Boden fiel, platt und welk war sie geworden, aber deswegen dürfte sie doch nicht auf den Boden geworfen werden; immerhin lag sie dort besser als im Feuer, dort flammten die Verse und die Briefe auf. Was war geschehen? Was so häufig geschieht. Die Blume hatte ihn genarrt, das war ein Scherz; das Mädchen hatte ihn genarrt, das war kein Scherz; sie hatte sich zu Mittsommer einen anderen Freund auserkoren.

Am Morgen schien die Sonne auf das kleine, plattgedrückte Schneeglöckchen, das aussah, als wäre es auf den Fußboden gemalt. Das Mädchen, welches fegte, hob es auf, legte es in eines der Bücher auf dem Tisch, da sie glaubte, es sei herausgefallen, als sie aufräumte und Ordnung machte. Und die Blume lag wieder zwischen Versen, gedruckten Versen, und die sind vornehmer als die geschriebenen, jedenfalls ist mehr Mühe darauf verwandt worden.

So vergingen Jahre, das Buch stand auf dem Bord; nun wurde es herausgeholt, geöffnet, und es wurde darin gelesen; es war ein gutes Buch: Verse und Lieder des dänischen Dichters Ambrosius Stub, den zu kennen sich wohl lohnte.

Und der Mann, der in dem Buche las, wandte die Seite um. „Da liegt ja eine Blume!“ sagte er, „ein Schneeglöckchen! Das hat sicher seinen Sinn, daß es da hineingelegt wurde; armer Ambrosius Stub! Er war auch ein Schneeglöckchen, ein Sommernarr, ein Dichternarr! er war seiner Zeit voraus, und darum bekam er Regen und scharfe Winde zu spüren, wurde unter den fünenschen Gutsherren weitergereicht, als Blume im Wasserglas, Blume im Reimbrief! Sommernarr, Winternarr, Spaß und Narrenspossen, und dennoch der erste, der einzige, der jugendfrische dänische Dichter. Ja, liege als Zeichen im Buch, kleines Schneeglöckchen! Es hatte schon seinen Grund, als man dich da hineingelegt hat.“

Und dann wurde das Schneeglöckchen wieder ins Buch zurückgelegt und fühlte sich dort sowohl geehrt wie auch zufrieden, weil es wußte, es war ein Zeichen in dem schönen Liederbuch, und weil der, der zuerst von ihm gesungen und geschrieben hatte, auch Sommernarr gewesen war, auch im Winter als Narr dagestanden hatte. Die Blume verstand es nun auf ihre Weise, so wie wir jedes Ding auf unsere Weise verstehen.

Das ist das Märchen vom Sommernarren, dem Schneeglöckchen.

Tantchen

Du hättest Tantchen kennen sollen! sie war reizend! ja, das heißt, sie war gar nicht reizend, was man so unter reizend versteht, aber sie war lieb und gut, auf ihre Weise ulkig, so recht geeignet, über sie zu reden, wenn man über jemanden reden und sich über ihn lustig machen möchte, sie war so, daß man sie unversehens in eine Komödie hineinsetzen konnte, und zwar einzig und allein, weil sie fürs Komödienhaus lebte und für alles, was sich da drinnen tat. Sie war so ehrbar, aber der Agent Kümmel, den Tantchen Lümmel nannte, der sagte von ihr, sie sei theatertoll.

„Das Theater ist meine Schule“, sagte sie, „die Quelle meines Wissens, dort habe ich meine Biblische Geschichte wieder aufgefrischt: *Moses*, *Josef und seine Brüder*, das sind allerdings Opern! Ich habe vom Theater meine Weltgeschichte, Geographie und Menschenkenntnis! Ich kenne aus den französischen Stücken das Pariser Leben – schlüpfrig, aber höchst interessant! Wie habe ich über die *Familie Riquebourg* geweint, wo der Mann sich zu Tode trinken muß, damit sie den jungen Liebhaber kriegen kann! – Ja, wie viele Tränen habe ich in den fünfzig Jahren vergossen, seit ich abonniert bin!“

Tantchen kannte jedes Theaterstück, jede Kulisse, jede Person, die auftrat oder aufgetreten war. Richtig leben tat sie nur in den neun Komödienmonaten, die Sommerszeit ohne Sommertheater war eine Zeit, in der sie alterte, während ein Theaterabend, der sich bis nach Mitternacht ausdehnte, eine Verlängerung ihres Lebens bedeutete. Sie sprach nicht wie andere Leute: „Jetzt kommt der Frühling, der Storch ist schon da!“ oder: „Die ersten Erdbeeren stehen in der Zeitung.“ Sie verkündete das Kommen des Herbstes. „Haben Sie gesehen? Jetzt werden die Theaterlogen ausgelost, jetzt beginnen die Vorstellungen!“

Sie beurteilte den Wert und die gute Lage einer Wohnung danach, wie nahe sie am Theater lag. Es war für sie ein Kummer, als sie die kleine Gasse hinter dem Theater verließ und ein wenig weiter weg in die große Straße zog und dort in einem Haus wohnte, wo sie kein Gegenüber hatte.

„Zu Hause muß mein Fenster meine Theaterloge sein! Man kann doch nicht dasitzen und sich nur mit sich selber beschäftigen, Menschen muß man doch sehen! Aber jetzt wohne ich so, als wenn ich aufs Land hinausgezogen wäre. Will ich Menschen sehen, muß ich in meine Küche gehen und mich auf den Ausguß setzen, nur dort habe ich Nachbarn gegenüber. Nein, als ich in meiner Gasse wohnte, da konnte ich bis zu Flachshändlers hineinschauen, und dann hatte ich nur dreihundert Schritt bis zum Theater, jetzt muß ich dreitausend Gardistenschritte machen."

Tantchen konnte krank sein, aber wie schlecht sie sich auch fühlte, so versäumte sie doch niemals das Theater. Ihr Arzt verordnete ihr einmal, daß sie sich abends Sauerteig unter die Füße legen sollte, sie tat, wie er sie geheißen hatte, fuhr aber ins Theater und saß hier mit Sauerteig unter den Füßen. Wäre sie dort gestorben, sie hätte sich gefreut. Thorvaldsen starb im Theater, das nannte sie einen „seligen Tod".

Sie konnte sich gewiß das Himmelreich nicht anders vorstellen, als daß es dort auch ein Theater gab; es war uns zwar nicht verheißen worden, aber es war doch denkbar, damit die vielen ausgezeichneten Schauspieler und Schauspielerinnen, die voraufgegangen waren, nach wie vor einen Wirkungskreis hätten.

Die Tante hatte ihren Telegraphendraht vom Theater bis in ihre Stube; das Telegramm kam jeden Sonntag zum Kaffee. Ihr elektrischer Draht war „Herr Sivertsen von der Theatermaschinerie", der die Zeichen fürs Auf und Nieder, Herein und Hinaus der Vorhänge und Kulissen gab.

Von ihm bekam sie im voraus eine kurze und bündige Besprechung der Stücke. Shakespeares *Der Sturm* nannte er „verwünschten Kram! Da muß so viel aufgestellt werden, und dann fängt es mit Wasser bis zur ersten Kulisse an!" das heißt, so weit nach vorn gingen die rollenden Wogen. Stand dagegen in allen fünf Akten ein und dieselbe Stubendekoration, dann sagte er, es wäre vernünftig und gut geschrieben, es wäre ein Stück zum Ausruhen, es spielte sich von selber ohne Ausstattung.

In früherer Zeit, wie die Tante die Zeit vor einigen dreißig Jahren nannte, waren sie und der soeben erwähnte Herr Sivertsen jünger; er war damals schon bei der Maschinerie und, wie sie ihn nannte, ihr „Wohltäter“ gewesen. Es war nämlich in jener Zeit Brauch, daß zur Abendvorstellung in dem einzigen und großen Theater der Stadt auch auf dem Schnürboden Zuschauer waren; jeder Maschinengehilfe hatte einen Platz oder zwei Plätze zur Verfügung. Da war es oftmals gesteckt voll und sehr feines Publikum, man sagte, da seien Generalinnen und auch Kommerzienrätinnen gewesen; es war so interessant, hinter die Kulissen zu schauen und zu wissen, wie die Menschen gingen und standen, wenn der Vorhang unten war.

Tantchen war mehrmals dort gewesen, sowohl bei Tragödien wie auch bei Balletten, denn die Stücke, in denen die meisten Schauspieler auftraten, waren vom Schnürboden aus am interessantesten. Man saß da oben ziemlich im Dunkeln, die meisten hatten Abendbrot mit; einmal fielen drei Äpfel und ein Butterbrot mit Rollwurst mitten in Ugolinos Gefängnis hinunter, wo der Mensch vor Hunger sterben sollte, und da gab's im Publikum großes Gelächter. Diese Rollwurst war einer der gewichtigsten Gründe, weshalb die hohe Direktion den Zuschauerplatz auf dem Schnürboden ganz abschaffte.

„Aber ich bin siebenunddreißigmal dagewesen“, sagte Tantchen, „und das vergesse ich Herrn Sivertsen niemals.“

Es war gerade am letzten Abend, daß der Schnürboden dem Publikum offenstand, als *Das Urteil Salomonis* gespielt wurde, Tantchen erinnerte sich noch so gut daran; sie hatte durch ihren Wohltäter, Herrn Sivertsen, dem Agenten Kümmel eine Eintrittskarte verschafft, obgleich er es gar nicht verdiente, da er ständig seine Glossen über den Theaterbetrieb machte und sie aufzog; aber sie hatte ihm nun da oben Zugang verschafft. Er wollte von dem Theaterkram die Kehrseite sehen, so lauteten seine eigenen Worte, und die sahen ihm ähnlich, sagte Tantchen.

Und er sah *Das Urteil Salomonis* von oben und schlief ein; man hätte wahrhaftig glauben können, er sei von einem großen Essen mit manchem Umtrunk gekommen. Er schlief und wurde eingeschlossen, saß und schlief in der finsteren Nacht auf dem Schnürboden, und als er aufwachte, erzählte er, aber Tantchen glaubte ihm nicht: *Das Urteil Salomonis* war aus, alle Lampen und Lichter waren aus, alle Menschen draußen, oben und unten; aber da fing erst die eigentliche Komödie an, das Nachspiel, das wäre am schönsten gewesen, sagte der Agent. Da kam Leben in den Kram! da wurde nicht *Das Urteil Salomonis* gegeben, nein, es war das Jüngste Gericht im Theater. Und dies alles hatte der Agent Kümmel die Frechheit Tantchen aufbinden zu wollen; das war der Dank dafür, daß sie ihm Zugang zum Schnürboden verschafft hatte.

Was erzählte denn der Agent? Ja, es war wirklich ganz sonderbar, aber es steckte Bosheit und Gehänsel dahinter.

„Es sah da oben finster aus", sagte der Agent, „aber da fing der Zauberspuk an, große Vorstellung: Das Jüngste Gericht im Theater. Die Platzdiener standen an den Türen, und jeder Zuschauer mußte sein geistiges Leumundszeugnis vorzeigen, ob er mit freien Händen hineingehen durfte oder mit gebundenen, mit einem Maulkorb oder ohne Maulkorb. Herrschaften, die zu spät kamen, nachdem die Vorstellung schon angefangen hatte, ebenso junge Menschen, die ja unmöglich die Zeit einhalten konnten, wurden draußen an die Kette gelegt, bekamen Filzsohlen an die Füße, um dann beim Beginn des nächsten Akts hineinzugehen, dazu einen Maulkorb. Und dann begann das Jüngste Gericht im Theater."

„Nichts als Bosheit, von der der Herrgott nichts weiß!" sagte Tantchen.

Der Maler mußte, wollte er in den Himmel hinein, eine Treppe hinaufgehen, die er selber gemalt hatte, auf der aber kein Mensch nach oben schreiten konnte. Da hatte man sich ja nur an der Perspektive versündigt. All die Pflanzen und Gebäude, die der Maschinenmeister mit großer Mühe in Ländern aufgestellt hatte, wo sie nicht heimisch waren,

mußte der arme Mensch an ihren rechten Platz versetzen, und zwar vor dem Hahnenschrei, falls er in den Himmel hineinwollte. Herr Kümmel solle nur zusehen, daß er selber hineinkomme; und was er von der Truppe erzählte, sowohl in der Komödie wie in der Tragödie, im Gesang wie im Tanz, war nun das Finsterste von Herrn Kümmel, dem Lümmel! Er hatte es nicht verdient, daß er auf den Schnürboden kam, Tantchen wollte seine Worte nicht in den Mund nehmen. Es sei alles niedergeschrieben, hatte er gesagt, der Lümmel! Es sollte gedruckt werden, wenn er gestorben und verdorben wäre, nicht eher; er wollte nicht zerfleischt werden.

Tantchen hatte nur einmal in ihrem Glückseligkeitstempel, dem Theater, in Angst und Schrecken geschwebt. Es war an einem Tag im Winter, einem jener Tage, wo es zwei Stunden Tag ist und trübes Wetter. Es war eine Kälte und ein Schnee, aber ins Theater wollte Tantchen; es wurde *Herman von Unna* gegeben, dazu eine kleine Oper und ein großes Ballett, ein Prolog und ein Epilog; es würde bis in die Nacht dauern. Tantchen mußte hin; ihr Untermieter hatte ihr ein Paar Schneestiefel mit Pelz innen wie außen geliehen; die reichten ihr hoch an den Beinen hinauf.

Sie kam ins Theater, sie kam in die Loge; die Stiefel hielten warm, sie behielt sie an. Mit einemmal wurde Feuer gerufen; aus einer Kulisse stieg Rauch auf, aus dem Schnürboden kam Rauch; eine furchtbare Bestürzung bemächtigte sich aller. Die Leute stürmten nach draußen; Tantchen war die letzte in der Loge – „zweiter Rang links, von dort nehmen sich die Dekorationen am besten aus“, sagte sie, „sie werden immer so aufgestellt, daß sie von der königlichen Seite aus am schönsten zu sehen sind“ –, sie wollte hinaus, die vor ihr knallten aus Angst und Unüberlegtheit die Türe zu; da saß Tantchen, hinauskommen konnte sie nicht, hinein auch nicht; das heißt in die Nachbarloge hinein, die Trennungswand war zu hoch. Sie rief, niemand hörte sie, sie blickte auf den Rang unter sich, der war leer, er war niedrig, er war nahe; Tantchen fühlte sich in ihrer Angst so jung und leicht; sie wollte hinunterspringen, bekam auch das eine Bein über das Geländer, das zweite von der Bank; da saß sie wie zu Pferde, hübsch drapiert mit ihrem geblümten Rock, das eine Bein schwebte weit draußen, ein Bein mit einem riesigen Schneestiefel; das war ein Anblick! und als man sie erblickt hatte, wurde Tantchen auch gehört und davor bewahrt, zu verbrennen, denn das Theater brannte nicht.

Das war der denkwürdigste Abend ihres Lebens, sagte sie und war froh, daß sie sich nicht selber hatte sehen können, denn sonst wäre sie vor Scham gestorben.

Ihr Wohltäter an der Maschinerie, Herr Sivertsen, kam nach wie vor jeden Sonntag zu ihr, aber die Zeit zwischen Sonntag und Sonntag war lang; in der letzten Zeit hatte sie darum mitten in der Woche ein kleines Kind bei sich zum „Resteessen“, das heißt, um das aufzuessen, was an dem Tag vom Mittag übrig war. Es war ein Kind vom Ballett, das auch Essen nötig hatte. Das Kleine trat als Elfe und auch als Page auf; die schwierigste Partie war als Hinterbein des Löwen in der *Zauberflöte*, aber sie wuchs heran und konnte Vorderbein vom Löwen werden; dafür bekam sie allerdings nur drei Mark, die Hinterbeine warfen einen Reichstaler ab, aber da mußte sie gebückt gehen und auf frische Luft verzichten. Das zu erfahren sei sehr interessant, meinte Tantchen.

Sie hätte es verdient, so lange zu leben, wie das Theater stand, aber das hielt sie nun doch nicht aus; sie starb auch nicht dort, sondern anständig und ehrbar in ihrem eigenen Bett; ihre letzten Worte waren im übrigen recht bedeutungsvoll, sie fragte: „Was wird morgen gegeben?"

Nach ihrem Tode waren etwa fünfhundert Reichstaler vorhanden; wir schließen von den Zinsen darauf, die zwanzig Reichstaler betragen. Diese hatte Tantchen als Legat für ein würdiges altes Fräulein ohne Angehörige bestimmt; sie sollten dazu verwandt werden, jährlich einen Platz im zweiten Rang, linke Seite zu abonnieren, und zwar samstags, dann gab man nämlich die besten Stücke. Diejenige, die den Nießbrauch von dem Legat hatte, mußte sich nur zu einem verpflichten, jeden Samstag sollte sie im Theater an Tantchen denken, die in ihrem Grabe lag.

Das war Tantchens Religion.

Die Kröte

Der Brunnen war tief, deshalb war das Seil lang; die Winde war schwer zu drehen, wenn man den Eimer mit Wasser über den Brunnenrand holen wollte. Die Sonne konnte nie so tief hinuntergelangen, um sich im Wasser spiegeln zu können, wie klar es auch war, aber so weit sie hineinscheinen konnte, wuchs Grün zwischen den Steinen.

Dort wohnte eine Familie vom Geschlechte der Kröten, sie war eingewandert, sie war eigentlich durch die alte Krötenmutter, die noch lebte, kopfüber dahin gekommen; die grünen Frösche, die hier viel eher beheimatet gewesen waren und im Wasser umherschwammen, erkannten die Vetternschaft an und nannten die Neuen die „Brunnengäste“. Diese hatten offenbar die Absicht, dort zu bleiben; sie lebten hier sehr angenehm auf dem Trockenen, wie sie die feuchten Steine nannten.

Mutter Frosch war einmal gereist, war im Wassereimer gewesen, als dieser nach oben ging, aber das wurde ihr zu hell, sie bekam Augenkneifen, zum Glück entwischte sie aus dem Eimer; sie fiel mit einem fürchterlichen Plumps ins Wasser und lag drei Tage hinterher mit Rückenschmerzen. Viel hatte sie von der Welt dort oben nicht erzählen können, aber eins wußte sie, und das wußten sie alle, der Brunnen war nicht die ganze Welt. Mutter Kröte hätte wohl das eine oder andere erzählen können, aber sie antwortete niemals, wenn man fragte, und so fragte man nicht.

„Dick und garstig, fett und häßlich ist sie!" sagten die jungen, grünen Frösche. „Ihre Jungen werden ebenso häßlich."

„Kann gut sein!" sagte Mutter Kröte, „aber einer davon hat einen Edelstein im Kopf, oder ich habe ihn."

Und die grünen Frösche hörten es, und sie sperrten Mund und Nase auf, und da sie das nicht mochten, schnitten sie Grimassen und gingen unter Wasser. Aber die Krötenjungen reckten die Hinterbeine vor lauter Stolz; jeder von ihnen meinte, er habe den Edelstein; und da hielten sie den Kopf ganz still, schließlich aber fragten sie, worauf sie so stolz seien und was ein solcher Edelstein eigentlich sei.

„Es ist etwas so Herrliches und Kostbares", sagte Mutter Kröte, „daß ich es nicht beschreiben kann! Das ist etwas, was man zu seiner eigenen Freude in sich trägt und worüber die anderen sich dann ärgern. Aber fragt nicht, ich antworte nicht."

„Ja, ich habe den Edelstein nicht", sagte die kleinste Kröte; sie war so garstig, wie es überhaupt denkbar war. „Weshalb sollte ich eine solche Herrlichkeit haben? Und wenn sie andere ärgert, kann sie mich doch nicht erfreuen! Nein, ich wünschte nur, daß ich einmal auf den Brunnenrand hinaufkäme und hinausschauen könnte; da muß es herrlich sein!"

„Bleib du lieber, wo du bist!" sagte die Alte, „hier kennst du dich aus, was das hier ist, das weißt du! Nimm dich vor dem Eimer in acht, der zerquetscht dich! Und kommst du wohlbehalten hinein, dann kannst du herausfallen, nicht alle haben so viel Glück beim Fallen wie ich, daß die Glieder und die Eier heil bleiben."

„Quack!" sagte die Kleine, und das ist genauso, als wenn wir Menschen „Ach!" sagten.

Sie hatte eine solche Lust, auf den Brunnenrand hinaufzukommen und hinauszuschauen; sie verspürte ein solches Verlangen nach dem Grün dort oben; und als am nächsten Morgen der Eimer zufällig mit Wasser gefüllt hochgezogen wurde und einen Augenblick vor dem Stein haltmachte, auf dem die Kröte saß, zitterte es in dem kleinen Tier, es sprang in den gefüllten Eimer, sank im Wasser bis auf den Boden, es wurde dann hochgezogen und ausgegossen.

„Pfui, was für ein Greuel!" sagte der Knecht, der die Kröte sah. „Das ist wirklich das Abscheulichste, was ich gesehen habe!" und dann stieß er mit seinem Holzschuh nach der Kröte, die beinahe verstümmelt worden wäre, aber dennoch entkam, indem sie zwischen die hohen Brennesseln schlüpfte. Sie sah Stengel neben Stengel, sie sah auch nach oben! Die Sonne schien auf die Blätter, sie waren ganz transparent; es war für sie wie für uns Menschen, wenn wir mit einemmal in einen großen Wald kommen, wo die Sonne zwischen Zweigen und Blättern hindurchscheint.

„Hier ist es viel schöner als unten im Brunnen! Hier könnte man Lust haben, sein ganzes Leben zu bleiben!" sagte die kleine Kröte. Sie lag eine Stunde dort, sie lag zwei Stunden dort! „Was wohl da draußen ist? Bin ich so weit gekommen, dann muß ich doch zusehen, daß ich weiter komme!" und sie kroch so rasch, wie sie konnte, und kam auf die Straße hinaus, wo die Sonne sie beschien und jeder Stiefel sie bepuderte, als sie quer über die Landstraße marschierte.

„Hier ist man so recht auf dem Trockenen", sagte die Kröte, „ich bekomme fast zuviel des Guten, es juckt schon in mir!"

Jetzt gelangte sie an den Graben; da standen Vergißmeinnicht und Spierstauden, dicht dabei war ein Knick mit Holunder und Weißdorn; hier wuchsen Winden, hier gab es Farben zu sehen; auch ein Falter flog auf; die Kröte glaubte, es sei eine Blüte, die sich losgerissen hatte, um sich besser in der Welt umsehen zu können, das war ja sehr begreiflich.

„Könnte man doch so geschwind vorankommen wie die", sagte die Kröte. „Quack! Ach! welche Herrlichkeit!"

Sie blieb acht Tage und Nächte hier am Graben, und an Nahrung entbehrte sie nichts. Am neunten Tag dachte sie: „Weiter vorwärts!" – aber was mochte es wohl Schöneres geben? Vielleicht eine kleine Kröte oder ein paar grüne Frösche. Es hatte in der letzten Nacht im Wind so geklungen, als wären „Vettern" in der Nähe.

„Es ist herrlich zu leben! aus dem Brunnen heraufzukommen, in Brennesseln zu liegen, auf der staubigen Straße dahinzukriechen und in dem feuchten Graben auszuruhen! Aber weiter vorwärts! zusehen, daß man Frösche oder eine kleine Kröte findet, das kann man doch nicht missen, die Natur genügt einem nicht!" Und so begab sie sich abermals auf Wanderschaft.

Sie kam auf dem Feld an einen großen Tümpel mit Schilf drum herum; dort hinein strebte sie.

„Hier wird es Ihnen zu naß sein?" sagten die Frösche; „aber Sie sind sehr willkommen! – Sind Sie ein Mann oder eine Frau? Es tut nichts zur Sache, deshalb sind Sie ebenso willkommen!"

Und dann wurde sie abends zum Konzert eingeladen, zum Familienkonzert: große Begeisterung und dünne Stimmen; das kennen wir. Bewirtung gab es nicht, nur die Getränke waren frei, der ganze Tümpel, wenn man konnte.

„Ich reise jetzt weiter!" sagte die kleine Kröte; sie verspürte immer den Drang nach etwas Besserem.

Sie sah die Sterne glitzern, so groß und so hell, sie sah den neuen Mond leuchten, sie sah die Sonne aufgehen, immer höher und höher steigen.

„Ich bin sicher noch im Brunnen, in einem größeren Brunnen, ich muß weiter nach oben! Ich habe so eine Unruhe und Sehnsucht in mir!" Und als der Mond voll und rund war, dachte das arme Tier: „Ob das der Eimer ist, der heruntergelassen wird und in den ich hineinspringen muß, um noch höher hinaufzukommen? Oder ist die Sonne der große Eimer? Wie ist er groß, wie ist er strahlend, der kann uns alle miteinander aufnehmen! Ich muß auf eine Gelegenheit achtgeben! Oh, wie es in meinem Kopfe hell wird! Ich glaube, der Edelstein könnte nicht heller leuchten! Aber den habe ich nicht, und um den weine ich nicht, nein, höher hinauf in Glanz und Freude! Ich habe eine Gewißheit und dennoch eine Angst in mir – es ist ein schwerer Schritt! aber man muß ihn machen! Vorwärts! die Landstraße geradeaus!"

Und sie schritt aus, wie ein solches Kriechtier es nur kann, und jetzt war sie auf der großen Straße, wo die Menschen wohnten; hier gab es Blumengärten und Kohlgärten. Vor einem Kohlgarten ruhte sie sich aus.

„Wie viele verschiedene Geschöpfe gibt es doch, die ich nie gesehen habe! Und wie ist die Welt groß und herrlich! Aber man muß sich auch darin umschauen und nicht auf einem Fleck sitzen bleiben." Und dann hüpfte sie in den Kohlgarten hinein. „Wie ist es hier grün! wie ist es hier schön!"

„Das weiß ich wohl!" sagte die Kohlraupe auf dem Blatt. „Mein Blatt ist das größte hier drinnen! es verdeckt die halbe Welt, aber die kann ich entbehren."

„Tuck! tuck!" machte es, da kamen Hühner; sie trippelten im Kohlgarten umher. Das erste Huhn war weitsichtig; es sah die Raupe auf dem krausen Blatt und pickte nach ihr, so daß sie auf die Erde fiel, wo sie sich wand und krümmte. Die Henne sah erst mit dem einen Auge, dann mit dem anderen nach, denn sie wußte nicht, was aus diesem Zucken werden würde.

„Sie tut's nicht gutwillig!" dachte die Henne und hob den Kopf, um zuzustoßen. Die Kröte war so entsetzt, daß sie auf die Henne zukroch.

„Aha, die hat Hilfstruppen!" sagte diese. „Sieh mir einer dies Gewürm an!" und dann machte die Henne kehrt. „Ich mache mir nichts aus dem kleinen grünen Happen, davon kriegt man nur ein Kitzeln im Hals!" Die anderen Hennen waren der gleichen Meinung, und dann gingen sie.

„Ich habe mich von ihnen weggekrümmt!" sagte die Kohlraupe; „es ist gut, wenn man geistesgegenwärtig ist; aber das schwierigste steht noch bevor, nämlich, auf mein Kohlblatt raufzukommen. Wo ist es?"

Und die kleine Kröte kam und äußerte ihre Teilnahme. Sie war froh, daß sie mit all ihrer Garstigkeit die Hennen verscheucht hatte.

„Was meinen Sie damit?" fragte die Kohlraupe. „Ich hab mich ja selber von den Hennen weggekrümmt. Sie sind sehr unangenehm von Ansehen! Darf ich meinen eigenen Grund und Boden für mich haben? Nun rieche ich Kohl! Nun bin ich bei meinem Blatt! Es gibt nichts Schöneres als den eigenen Grund und Boden. Aber höher hinauf muß ich noch!"

„Ja, höher hinauf!" sagte die kleine Kröte, „höher hinauf! sie fühlt genau wie ich! Aber sie ist heute nicht bei Laune, das kommt von dem Schrecken. Wir möchten alle höher hinauf!" und sie guckte so hoch hinauf, wie sie konnte.

Der Storch saß im Nest auf dem Dach des Bauern; er klapperte, und Mutter Storch klapperte.

„Wie hoch die wohnen!" dachte die Kröte. „Wer da hinaufkommen könnte!"

Im Bauernhaus wohnten zwei junge Studenten: der eine war Poet, der andere Naturforscher; der eine sang und schrieb aus Freude über alles, was Gott geschaffen hatte und wie es sich in seinem Herzen widerspiegelte; er sang es hinaus, kurz, klar und reich in klangvollen Versen; der andere faßte die Dinge selber an, ja schnitt sie auf, wenn es sein mußte. Er hielt das Werk des Herrgotts für eine große Rechenaufgabe, subtrahierte, multiplizierte, wollte es innen und außen kennen und mit Verstand darüber sprechen, und es war nichts als Verstand, und er sprach mit Freude und Klugheit darüber. Es waren gute, fröhliche Menschen, die beiden.

„Da sitzt ja ein gutes Exemplar von einer Kröte!" sagte der Naturforscher; „die will ich in Spiritus legen!"

„Du hast ja schon zwei!“ sagte der Poet; „laß die nun ruhig sitzen und sich ihres Daseins freuen!“

„Aber die ist so wunderbar häßlich!“ sagte der andere.

„Ja, wenn wir den Edelstein in ihrem Kopfe finden könnten!“ sagte der Poet, „dann würde ich selber sie aufschneiden helfen!“

„Den Edelstein!“ sagte der zweite, „du kannst aber deine Naturgeschichte!“

„Ist denn nicht etwas sehr Schönes an diesem Volksglauben, daß die Kröte, das allerhäßlichste Tier, oftmals den kostbarsten Edelstein in ihrem Kopf verwahrt? Geht es nicht mit den Menschen genauso? Was hatte Äsop nicht für einen Edelstein, und dann Sokrates?“

Mehr hörte die Kröte nicht, und sie verstand nicht die Hälfte davon. Die beiden Freunde gingen, und es wurde ihr erspart, in Spiritus zu kommen.

„Sie sprachen auch vom Edelstein!“ sagte die Kröte. „Es ist gut, daß ich ihn nicht habe, sonst hätte ich Unannehmlichkeiten bekommen!“

Da klapperte es vom Dach des Bauern, Vater Storch hielt seiner Familie einen Vortrag, und diese sah schief auf die beiden jungen Menschen im Kohlgarten hinunter.

„Der Mensch ist das eingebildetste Wesen!“ sagte der Storch. „Hört, wie die Klapper bei ihnen geht! Und dann können sie doch nicht einmal ordentlich Krach machen. Sie brüsten sich mit ihrer Redegabe, ihrer Sprache! es ist eine komische Sprache: sie wird schon nach einer Tagereise, die wir machen, für sie unverständlich; der eine versteht den anderen nicht. Unsere Sprache können wir auf der ganzen Erde sprechen, in Dänemark so gut wie in Ägypten. Fliegen können die Menschen auch nicht! Sie bewegen sich mit einer Erfindung, die sie ‚Eisenbahn‘ nennen, geschwind dahin, aber da brechen sie sich auch oft den Hals. Mir läuft ein Kälteschauer über den Schnabel, wenn ich daran denke; die Welt kann ohne Menschen bestehen. Wir könnten sie entbehren! Wenn wir nur Frösche und Regenwürmer haben!“

„Das war aber eine gewaltige Rede!“ dachte die kleine

Kröte. „Was ist das für ein großer Mann, und wie sitzt er hoch, ich habe noch keinen so hoch sitzen sehen, und wie kann er schwimmen!" rief sie aus, als der Storch mit ausgebreiteten Fittichen durch die Luft davonflog.

Und Mutter Storch redete im Nest, erzählte vom Lande Ägypten, von den Wassern des Nils und all dem unvergleichlichen Schlamm, den es im fremden Lande gab; es klang für die kleine Kröte ganz neu und wunderbar schön.

„Ich muß nach Ägypten!" sagte sie. „Wenn mich der Storch bloß mitnehmen würde, oder eines seiner Kinder. Ich würde es ihm an seinem Hochzeitstag vergelten. O doch, ich komme nach Ägypten, denn ich bin so glücklich! All die Sehnsucht und Lust, die ich habe, die ist wirklich besser als ein Edelstein im Kopf."

Und dabei hatte gerade sie den Edelstein: die ewige Sehnsucht und Lust, höher, immer höher hinauf! er leuchtete dort drinnen, er leuchtete vor Freude, er strahlte vor Lust.

Im selben Augenblick kam der Storch; er hatte die Kröte

im Grase gesehen, stieß nieder und behandelte das kleine Tier nicht gerade glimpflich. Der Schnabel drückte, der Wind sauste, es war nicht angenehm, aber höher hinauf ging es, hoch hinauf nach Ägypten, das wußte sie; und deswegen glänzten ihre Augen, es war, als flöge ein Funke aus ihnen heraus.

„Quack! Ach!"

Der Leib war tot, die Kröte getötet. Aber der Funke aus ihren Augen, wo kam der hin?

Der Sonnenstrahl nahm ihn, der Sonnenstrahl trug den Edelstein aus dem Kopf der Kröte. Wohin?

Du darfst nicht den Naturforscher fragen, frage lieber den Poeten; er erzählt dir's als Märchen; und die Kohlraupe kommt darin vor, und die Storchenfamilie auch. Denk dir! die Kohlraupe wird verwandelt und wird ein wunderschöner Schmetterling! Die Storchenfamilie fliegt über Berge und Meere ins ferne Afrika und findet dennoch den kürzesten Weg wieder heim ins dänische Land, zu demselben Ort, demselben Dach! Ja, es ist wirklich fast zu märchenhaft, und doch ist es wahr! Du kannst ruhig den Naturforscher fragen, er muß es zugeben; und du selbst weißt es auch, denn du hast es gesehen.

„Aber der Edelstein in dem Kopf der Kröte?"

Suche ihn in der Sonne! sieh ihn an, wenn du kannst!

Der Glanz dort ist zu stark. Wir haben noch nicht die Augen, um in all die Herrlichkeit hineinzusehen, die Gott geschaffen hat, aber wir bekommen sie sicher, und das wird das schönste Märchen sein, denn darin kommen wir selber vor.

Des Paten Bilderbuch

Der Pate konnte Geschichten erzählen, ganz viele und ganz lange, er konnte Bilder ausschneiden und Bilder zeichnen, und wenn es auf Weihnachten zuging, holte er ein Schreibheft mit sauberen weißen Seiten hervor, auf die klebte er Bilder, aus Büchern und Zeitungen herausgeschnitten; hatte er dann nicht genug für das, was er erzählen wollte, dann zeichnete er sie selber. Ich bekam, als ich klein war, mehrere solche Bilderbücher, aber das schönste von allen war doch das aus „dem denkwürdigen Jahr, als Kopenhagen Gas an Stelle der alten Tranlaternen bekam", und das stand auf der vordersten Seite vermerkt.

„Dies Buch muß sehr gut aufbewahrt werden", sagten Vater und Mutter; „das darf nur bei festlichen Gelegenheiten hervorgeholt werden."

Auf den Einband hatte der Pate jedoch geschrieben:

„Zerreiße das Buch, es macht nicht viel aus,
Andere kleine Freunde verübten schlimmeren Graus."

Am schönsten war es, wenn der Pate selber das Buch zeigte, die Verse und das übrige Geschriebene vorlas und dazu so viel erzählte; dann wurde die Geschichte erst so richtig eine Geschichte.

Auf der ersten Seite war ein Bild aus der *Fliegenden Post* ausgeschnitten, wo man Kopenhagen mit dem Runden Turm und der Frauenkirche sah, links war ein Bild aufgeklebt, das eine alte Laterne darstellte, auf der geschrieben stand: „Tran", rechts war ein Kandelaber, auf dem stand geschrieben: „Gas."

„Siehst du, das ist das Plakat!" sagte der Pate; „das ist der Eingang zu der Geschichte, die du hören wirst. Sie könnte auch als eine ganze Komödie gegeben werden, wenn man sie hätte geben können: ‚Tran und Gas oder Kopenhagens Leben und Wandel'. Das ist ein sehr guter Titel! Unten auf der Seite ist noch ein Bildchen zu sehen; es ist nicht so leicht zu verstehen, darum will ich es dir erklären, das ist ein Höllenpferd. Das sollte erst am Schluß des Buches kommen, aber es ist vorausgelaufen, um zu sagen, daß weder der Eingang noch der Mittelteil noch der Ausgang etwas wert ist; das Höllenpferd hätte es besser machen können, falls es das gekonnt hätte. Das Höllenpferd, mußt du wissen, steht tagsüber in der Zeitung angepflöckt, es geht auf Spalten,

wie man es nennt, aber abends kommt es heraus und stellt sich vor die Tür des Poeten und wiehert, daß der Mann drinnen gleich sterben werde, aber er stirbt doch nicht, wenn wirklich Leben in ihm ist. Das Höllenpferd ist fast immer ein bedauernswerter Geselle, der mit sich selbst nicht ins reine kommt, keinen Broterwerb finden kann und Luft und

Nahrung dadurch erhält, daß er umhergeht und wiehert. Des Paten Bilderbuch, davon bin ich überzeugt, gefällt ihm ganz und gar nicht, aber deshalb kann es immerhin das Papier wert sein, auf dem es niedergeschrieben ist.

Siehst du, das ist die erste Seite im Buch, das ist das Titelblatt!“

Es war gerade an dem letzten Abend, an dem die alten Tranlaternen brannten; die Stadt hatte Gas bekommen, und sie strahlte, daß die alten Laternen ganz und gar darin verschwanden.

„Ich war an jenem Abend selber auf der Straße“, sagte der Pate. „Die Leute gingen auf und ab, um sich die neue und die alte Beleuchtung anzusehen. Es waren viele Menschen unterwegs und doppelt so viele Beine wie Köpfe. Die Wächter standen so trübselig herum, sie wußten nicht, wann sie den Abschied bekommen würden, so wie die Tranlaternen; diese ihrerseits dachten sehr weit in die Vergangenheit zurück – sie durften ja nicht an die Zukunft denken. Sie erinnerten sich noch an so vieles von den stillen Abenden und aus den finsteren Nächten. Ich lehnte mich an einen Laternenpfahl“, sagte der Pate; „es zischte im Tran und im Docht, ich hörte, was die Laterne sagte, und das sollst du auch hören.

‚Wir haben getan, was wir konnten', sagte die Laterne. ‚Wir haben unserer Zeit genügt, der Freude und der Trauer geleuchtet; wir haben viel Seltsames erlebt; wir sind sozusagen die Nachtaugen Kopenhagens gewesen. Mögen nun ruhig neue Flammen uns ablösen und das Amt übernehmen; aber wie viele Jahre sie leuchten werden und was sie beleuchten werden, das wird sich erweisen! Sie haben allerdings einen etwas stärkeren Schein als wir alten, aber das ist doch nicht zu verwundern, wenn man als Gaskandelaber gegossen wird und solche Beziehungen hat wie die, der eine lehnt sich an den anderen an! Sie haben Rohre nach allen Richtungen und können sich Kräfte in der Stadt und von außerhalb der Stadt holen! Aber von uns Tranlaternen leuchtet eine jede von dem, was sie in sich hat, und nicht auf Grund von Familienbeziehungen. Wir und unsere Vorfahren haben Kopenhagen seit unendlich langer Zeit, weit in die Vergangenheit zurück, erleuchtet. Da wir nun aber heute den letzten Abend leuchten und sozusagen in der

zweiten Reihe hier auf der Straße mit euch zusammen stehen, ihr glänzenden Kameraden, wollen wir nicht schmollen und neidisch sein, nein, weit entfernt, wir wollen fröhlich und guten Herzens sein. Wir sind die alten Schildwachen, die von neugegossenen Trabanten in besseren Uniformen als den unseren abgelöst werden. Wir wollen euch erzählen, was unsere Sippe, bis ganz zurück zur Urururururgroßmutterlaterne gesehen und erlebt hat: die ganze Geschichte von Kopenhagen. Möget ihr und eure Nachkommen bis zum letzten Gaskandelaber ebenso merkwürdige Dinge erleben und erzählen können wie wir, wenn ihr dereinst den Abschied bekommt, und den bekommt ihr! Darauf müßt ihr vorbereitet sein. Die Menschen erfinden bestimmt eine stärkere Beleuchtung als Gas. Ich habe einen Studenten erzählen hören, man munkele jetzt davon, daß man Seewasser verbrennen will!' Es knisterte im Docht, als die Laterne diese Worte sagte; es war, als hätte sie schon Wasser in sich."

Der Pate hörte genau zu, dachte darüber nach und fand die Idee von den alten Laternen ausgezeichnet, an diesem Übergangsabend vom Tran zum Gas die ganze Geschichte von Kopenhagen zu erzählen und zu zeigen. „Eine gute Idee muß man nicht aus der Hand geben", sagte der Pate, „ich nahm sie sogleich auf, ging nach Hause und verfertigte dies Bilderbuch für dich, es reicht noch weiter in die Vergangenheit zurück als die Laternen.

Hier ist das Buch, hier ist die Geschichte: Kopenhagens Leben und Wandel, es beginnt mit kohlrabenschwarzer Finsternis, mit einer pechschwarzen Seite, das ist der dunkle Zeitraum."

„Jetzt blättern wir um!" sagte der Pate.

„Siehst du das Bild? Nur das wilde Meer und der pfeifende Nordostwind; er treibt dicke Eisstücke; keiner ist zum Segeln draußen außer den großen Gesteinsblöcken, die oben in Norwegen vom Gebirge aufs Eis herniederpolter-

ten. Der Nordost jagt das Eis vor sich her; er will den deutschen Bergen zeigen, welche Klumpen es oben im Norden gibt. Die Eisflotte ist schon unten im Sund vor der Küste von Seeland, dort, wo jetzt Kopenhagen liegt, aber damals gab es noch kein Kopenhagen. Unter der Wasserfläche waren große Sandbänke, auf eine von diesen stießen die Eisschollen mit den großen Gesteinsblöcken auf; die ganze Eisflotte wurde zum Stillstand gebracht, der Nordost konnte sie nicht vom Grunde losbekommen, und da wurde er so wütend, wie es nur möglich war, und sprach eine Verwünschung über die Sandbänke aus, den ‚Diebsgrund', wie er sie nannte, und er schwor, wenn sie sich jemals über die Meeresfläche erheben sollten, da sollten Diebe und Räuber dorthin kommen, Pfahl und Rad errichtet werden.

Aber während er so fluchte und schimpfte, brach die Sonne hervor, und auf ihren Strahlen schaukelten und schwangen sich lichte, freundliche Geister, Kinder des Lichts; sie tänzelten über die kältebringenden Eisschollen hin, die davon auftauten, und die großen Gesteinsblöcke sanken auf den Sandboden hinab.

‚Sonnengelichter!‘ sagte der Nordost. ‚Ist das Kameradschaftlichkeit und Verwandtschaftsgeist! Das werd ich mir merken, und das werde ich rächen. Jetzt verwünsche ich auch euch!‘

‚Wir wünschen Segen auf sie herab!‘ sangen die Kinder des Lichts. ‚Die Bank soll sich heben, wir werden sie schützen! Das Wahre, das Gute und Schöne sollen hier eine Wohnstatt erhalten!‘

‚So ein Gewäsch!‘ sagte der Nordost.

Siehst du, von all dem konnten die Laternen nun nichts erzählen“, sagte der Pate, „aber das kann ich, und es ist von großer Wichtigkeit für Kopenhagens Leben und Wandel.“

„Nun blättern wir um!“ sagte der Pate.

„Jahre sind vergangen, die Sandbank hat sich gehoben; ein Seevogel hat sich auf den größten Stein gesetzt, der aus dem Wasser aufragte. Du siehst es hier auf dem Bild. Jahre und Jahre sind vergangen. Das Meer warf tote Fische auf den Sand, der zähe Sandhafer sproß hervor, welkte, faulte, düngte; es kamen andere Arten Gras und Pflanzen, aus der Sandbank wurde ein grüner Holm. Die Wikinger stiegen an Land. Es fand der Holmgang statt, auf Leben und Tod, und es gab guten Ankergrund am Holm vor Seeland. Die erste Tranlampe brannte, ich glaube, daß man Fische über ihr briet, und Fische gab es hier genug. Der Hering zog in großen Schwär-

men durch den Sund, es war schwierig, das Schiff über sie hinwegzuführen, es blitzte im Wasser, als wäre dort unten Wetterleuchten, es blitzte in der Tiefe wie Nordlicht, der Sund hatte einen Reichtum an Fischen, darum wurden Häuser an der Küste von Seeland erbaut; die Wände waren aus Eichenholz und das Dach aus Rinde, es gab Bäume genug zu diesem Zweck. Schiffe machten im Hafen fest; die Tranlaterne hing in dem schaukelnden Tauwerk; der Nordost wehte und sang: ‚Hui-ii-naus!‘ Brannte auf dem Holm eine Laterne, dann war es eine Diebslaterne: Schmuggler und Diebe verübten ihre Taten auf der ‚Diebsinsel‘.

‚Ich glaube doch, all das Üble, was ich gewollt habe, blüht‘, sagte der Nordost. ‚Bald kommt der Baum, von dem ich Früchte abschütteln kann.‘

Und hier steht der Baum“, sagte der Pate. „Siehst du den Galgen auf der Diebsinsel. Dort hängen an eisernen Ketten Räuber und Mörder, genauso wie sie damals hingen. Der Wind war so heftig, daß die langen Knochengerippe klapperten, aber der Mond schien sehr vergnügt auf sie herab, wie er heute auf ein Gartenfest scheint. Auch die Sonne schien vergnügt herab, zerbröckelte die baumelnden Gerippe, und von den Sonnenstrahlen sangen die Kinder des Lichts: ‚Wir wissen es, wir wissen es! Hier wird es trotz allem in einer künftigen Zeit schön sein! Hier wird es gut und prächtig werden!‘

‚Kükengeschwätz!‘ sagte der Nordost.

Nun blättern wir um!“ sagte der Pate.

„Die Glocken läuteten in der Stadt Roeskilde, dort wohnte der Bischof Absalon; er konnte seine Bibel lesen und sein Schwert schwingen; er besaß Macht und Willen; die fleißigen Fischer am Hafen, deren Stadt heranwuchs und

Marktflecken wurde, wollte Absalon gegen Überfall schützen. Er ließ den unehrenhaften Grund mit Weihwasser besprengen: die Diebsinsel erhielt eine ehrenhafte Marke. Maurer und Zimmermann packten dort drüben an; hier entstand auf Geheiß des Bischofs ein Bauwerk. Die Sonnenstrahlen küßten die roten Mauern, die allmählich höher wurden.

Dort stand ‚Axels Haus', die Burg Absalons.

Schloß mit Türmen
Trotzt den Stürmen,
Treppen
Schleppen
Sich nach oben.
Erker!
Kerker!
Huh!
Buh!
Dickbackig tost
Wüster Nordost,
Faucht,
Staucht
Alles ineinand.
Aber die Burg hielt ihm stand!

Und außerhalb lag ‚Hafn', der Hafen der Kaufleute.

‚Meerjungfraukammer mit blanken Seen,
Erbaut im grünen Gehölz.'*

Hier kamen die Fremden her und kauften die vielen Fische, errichteten Läden und Häuser mit Blasenhaut vor den Fenstern, Glas war zu teuer; Lagerhäuser wurden gebaut mit Giebel und Winde. Siehst du dort drinnen in den Buden die alten Gesellen sitzen, sie dürfen nicht heiraten, sie handeln mit Ingwer und Pfeffer, die Pfeffergesellen**!

* N.F.S. Grundtvig.
** Siehe das Märchen *Des Hagestolzen Nachtmütze* (Anmerkung d. Übers.).

Der Nordost weht durch Straßen und Gassen, wirbelt den Staub hoch, reißt auch ein Strohdach ab. Kuh und Schwein stehen am Straßengraben.

‚Ich will schütteln und rütteln', sagt der Nordost; ‚um die Häuser brausen und um Axels, des Bischofs, Haus! Ich kann mich nicht irren! Sie nennen es Steileborg auf Tyvsö*!' "

Und der Pate zeigte ein Bild davon, das er selber gezeichnet hatte. Auf der Mauer steckte Pfahl neben Pfahl, auf jedem saß der Kopf eines gefangenen Seeräubers und bleckte die Zähne.

„Es ist wirklich geschehen", sagte der Pate; „es lohnt sich, es zu kennen, und es ist gut, wenn man davon weiß. Der Bischof Absalon war in der Badstube und hörte durch die dünne Wand, daß ein Freibeuterschiff dort draußen herankäme. Sogleich sprang er aus dem Bad und auf sein Fahrzeug, blies ins Horn, und die Mannschaft kam, die Pfeile flogen den Räubern in den Rücken, sie wollten fort; sie ruderten scharf; da drangen Pfeile in ihre Hände, es war keine Zeit, sie herauszureißen. Bischof Absolon fing jeden einzelnen lebend und hieb ihm den Kopf ab; einer wie der andere

* »steile« ist der Pfahl mit dem Rad, »Tyvsö« die Diebsinsel (Anmerkung d. Übers.).

wurden sie auf die Ringmauer des Schlosses gespießt. Der Nordost blies mit dicken Kiefern, mit schlimmem Wetter im Rachen, wie der Seemann sagt.

‚Hier will ich mich legen', sagte der Wind, ‚hier will ich mich pflegen und mir den ganzen Krempel anschauen.'

Er ruhte stundenlang, er wehte tagelang; Jahre vergingen.

Der Türmer trat auf dem Turm des Schlosses hervor; er sah gen Osten, gen Westen, gen Süden und Norden. Da hast du es auf dem Bild", sagte der Pate und zeigte es. „Du siehst ihn dort, aber was er sah, das will ich dir erzählen.

Vor der Mauer von Steileborg ist offene See bis ganz zur Kjögebucht hinaus, und breit ist die Fahrrinne zur Küste von Seeland hinüber. Vor der Gemarkung Serritslev und der Gemarkung Solbjerg, wo die großen Dörfer liegen, wächst die neue Stadt mit Fachwerk- und Giebelhäusern mehr und mehr. Da gibt es ganze Gassen für Schuhmacher und Gerber, für Gewürzkrämer und Bierbrauer; da gibt es einen Marktplatz, da gibt es ein Gildenhaus und nahe am Strand, wo früher eine Insel war, steht die prächtige Kirche des Sankt Nikolaus. Sie hat Turm

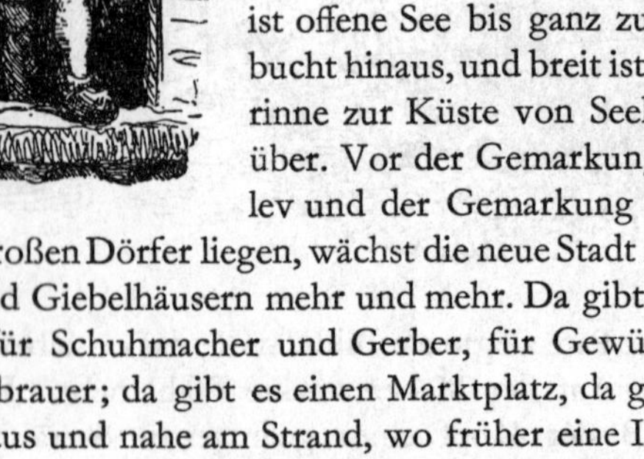

und Spitze, unermeßlich hoch; wie sie sich in dem klaren Wasser spiegelt! Nicht weit von hier steht die Frauenkirche, wo die Messen gelesen und gesungen werden, der Weihrauch duftet, Wachslichter brennen. Kaufmannshafen ist nunmehr die Stadt des Bischofs; der Bischof von Roeskilde herrscht und regiert.

Der Bischof Erlandsen sitzt im Axelhaus. Dort wird in der Küche gebrutzelt, dort werden Bier und Klarett eingeschenkt, dort hört man den Klang von Geigen und Kesselpauken. Kerzen und Lampen brennen, das Schloß erstrahlt, als wäre es die Laterne für das ganze Land und Reich. Der Nordost weht um Turm und Mauern, sie stehen wohl fest; der Nordost weht um die Stadtbefestigungen nach Westen, nichts als ein alter Bretterzaun; der wird wohl halten! Dort draußen steht Dänemarks König, Christopher I. Die Aufrührer haben ihn bei Skjelskör geschlagen; er sucht Zuflucht in der Stadt des Bischofs.

Der Wind pfeift und sagt wie der Bischof: ‚Bleib draußen! Bleib draußen! Dir ist das Tor verschlossen!‘

Es sind friedlose Zeiten, es sind schwere Tage; jedermann will sein eigener Herr sein. Das holsteinische Banner weht vom Turm des Schlosses. Es herrschen Not und Jammer, es ist die Nacht der Angst: Krieg ist im Land und der schwarze Tod, rabenschwarze Nacht – aber dann kam Atterdag*.

Des Bischofs Stadt ist jetzt des Königs Stadt; sie hat Giebelhäuser und enge Straßen, sie hat Wächter und Rathaus, sie hat einen gemauerten Galgen beim Vesterport. Kein auswärtiger Mann darf hier gehenkt werden; man muß ein Bürger der Stadt sein, um dort baumeln zu können, so hoch hinaufzugelangen, daß man Kjöge und die Hühner von Kjöge sehen kann.

‚Es ist ein prächtiger Galgen', sagt der Nordost; ‚das Schöne blüht!' und dann zischte und fauchte er.

Aus Deutschland zogen Verdruß und Not herein.

Die Hanse kam", sagte der Pate; „sie kamen von Speicher und Ladentisch, die reichen Kaufleute aus Rostock, Lübeck und Bremen, sie wollten sich mehr schnappen als die goldene Gans von Valdemars Turm; sie hatten mehr in der Stadt des Dänenkönigs zu sagen als der Dänenkönig selber, sie kamen mit bewaffneten Schiffen, niemand war vorbereitet; König Erik stand auch der Sinn nicht danach, sich mit den deutschen Verwandten herumzuschlagen, es waren ihrer so viele, sie waren so stark. König Erik und sein ganzer Hof jagten schleunigst durchs Vesterport hinaus zur Stadt Sorö, mit dem stillen See und den grünen Wäldern, zu Liebessang und Becherklang.

Aber eine blieb in Kopenhagen zurück, ein königliches Herz, ein königlicher Sinn. Siehst du dies Bild hier, das junge Weib? So fein und zartgliedrig, mit meerblauen Augen und flachsblondem Haar; es ist Dänemarks Königin Philippa, Prinzessin von England. Sie ist in der verstörten Stadt geblieben, wo in den kleinen Gassen und Straßen mit den steilen Treppen, Schuppen und eng aneinanderliegenden Läden die Stadtbevölkerung umherwimmelt und nicht aus noch ein weiß. Die Königin hat den Mut und die Beherztheit eines Mannes; sie ruft die Bürger und Bauern auf, ermuntert, feuert sie an. Die Schiffe werden getakelt, die Blockhäuser bekommen Bemannung, die Schiffskanonen

* Valdemar Atterdag. Atterdag = »wieder Tag« (Anmerkung d. Übers.).

knallen; da ist Feuer und Dampf, da ist gute Stimmung, der Herrgott läßt Dänemark nicht im Stich. Und die Sonne scheint in aller Herzen, sie leuchtet aus aller Augen vor Siegesfreude. Gesegnet sei Philippa! Gesegnet wird sie in der Hütte, gesegnet wird sie im Haus, gesegnet wird sie in des Königs Schloß, wo sie die Verletzten und Kranken pflegt. Ich habe einen Kranz geflochten und um das Bild hier gelegt", sagte der Pate. „Gesegnet sei Königin Philippa!"

„Nun gehen wir viele Jahre weiter!" sagte der Pate. „Kopenhagen geht mit. König Christian I. ist in Rom gewesen, ist vom Papst gesegnet und auf dem langen Wege geehrt worden und hat Huldigungen empfangen. Er baut hier in der Heimat ein Haus aus gebrannten Ziegeln; dort soll die Gelehrsamkeit gepflegt werden, auf lateinisch mitgeteilt werden. Armer Leute Kinder, vom Pflug und aus der Werkstatt, können auch mitmachen, sich durchbetteln, den langen, schwarzen, weiten Mantel bekommen, vor der Tür der Bürger singen.

Dicht neben dem Haus der Gelehrsamkeit, wo alles Latein ist, liegt ein kleines Haus; dort drinnen herrscht das Dänische, in Sprache und Sitten. Hier gibt es Biersuppe als Morgenkost, und um zehn Uhr am Vormittag wird Mittag gegessen. Die Sonne scheint durch die kleinen Scheiben hinein, auf Vorratsschrank und Bücherschrank; in diesem liegen geschriebene Schätze, Herrn Mikkels *Rosenkranz* und *Fromme Komödien*, Henrik Harpestrengs Ärztebuch und Dänemarks Reimchronik von Bruder Niels in Sorö; die sollte jeder dänische Mann kennen, sagt der Hausherr, und er kann es möglich machen, daß sie bekannt werden. Es ist Dänemarks erster Buchdrucker, der Holländer

Gotfred van Gehmen. Er übt die schwarze, wundersame Kunst aus, die Buchdruckerkunst.

Und die Bücher kommen ins Königsschloß und ins Bürgerhaus. Sprichwörter und Lieder erhalten ewiges Leben. Was der Mensch in Leid und in Freud nicht sagen darf, singt der Vogel des Volkslieds, verblümt und dennoch deutlich; er fliegt frei umher, er fliegt weit umher, durch Leutestube, durch Ritterburg; er sitzt als Falke auf des Ritterfräuleins Hand und zwitschert, er schleicht sich als Mäuschen herbei und piepst im Hundeloch dem leibeigenen Bauern etwas vor.

‚Das ist alles Humbug!‘ sagt der scharfe Nordost.

‚Es ist Frühlingszeit!‘ sagen die Strahlen der Sonne; ‚seht, wie das Grün hervorkeimt!‘“

„Nun blättern wir in unserem Bilderbuch weiter!“ sagte der Pate.

„Wie strahlt Kopenhagen! Hier ist Turnier und Spiel, hier ist ein prunkvoller Umzug; sieh die edlen Ritter in Rüstungen, sieh die hohen, vornehmen Frauen in Seide und Gold. König Hans verheiratet seine Tochter Elisabeth an den Kurfürsten von Brandenburg. Wie ist sie jung, wie ist sie heiter! sie schreitet über Sammet; ihre Gedanken sind in der Zukunft: dem Glück häuslichen Lebens. Dicht neben ihr steht ihr königlicher Bruder Prinz Christjern mit den schwermütigen Augen und dem heißen, brausenden Blut. Ihn liebt das Bürgervolk, er kennt dessen Nöte, er hat die Zukunft des armen Mannes im Auge.

Gott allein gebietet über das Glück!“

„Nun blättern wir weiter in unserem Bilderbuch!“ sagte der Pate. „Scharf weht der Wind, singt von dem scharfen Schwert, von der schweren Zeit, von Unfrieden.

Es ist ein eiskalter Tag, es ist Mitte April. Weshalb läuft die Menge vor dem Schloß am alten Zollhaus zusammen, wo das königliche Schiff mit Segeln und Flagge liegt? In Fenstern und auf Dächern sieht man Leute. Es herrschen

Leid und Betrübnis, Erwartung und Angst. Sie sehen zum Schloß hinüber, wo ehedem in den goldenen Sälen der Fackeltanz stattfand, wo es aber jetzt so still und leer ist; sie sehen zum Erker hinauf, wo König Christjern so oft über die ‚Hofbrücke' und die schmale ‚Hofbrückengasse' nach seinem Täubchen hinunterschaute, dem holländischen Mägdlein, das er aus Bergen geholt hatte. Die Läden sind vorgeschoben. Die Menge sieht zum Schlosse hinüber, jetzt tut sich das Tor auf, die Zugbrücke wird herabgelassen. Dort kommt König Christjern mit seiner getreuen Gemahlin, Elisabeth; sie will ihren königlichen Herrn nicht verlassen, nun er in so großer Bedrängnis ist.

In seinem Blut war Feuer, in seinen Gedanken war Feuer; er wollte mit der alten Zeit brechen, das Joch des Bauern brechen, für den Bürger Gutes tun, ‚die gierigen Geier' ducken; aber ihrer waren zu viele für ihn. Er zieht außer

Landes, um draußen Freunde und Anverwandte für sich zu gewinnen. Seine Gemahlin und getreue Mannen begleiten ihn; jedes Auge ist feucht jetzt in der Stunde der Trennung.

Es mischen sich Stimmen in den Gesang der Zeit, gegen ihn und für ihn, ein dreifacher Chor. Vernimm die Worte des Adels, sie wurden niedergeschrieben und gedruckt: ‚Weh über dich, Christjern den Bösen! das vergossene Blut auf dem Markte zu Stockholm schreit laut gegen dich, weh über dich, Verfluchter!'

Und die Rufe der Mönche sprechen dasselbe Urteil: ‚Du seiest verstoßen von Gott und von uns! Die lutherische Lehre hast du herbeigerufen; ihr weihtest du Kirche und Kanzel, ließest die Zunge des Teufels sprechen. Weh über dich, Christjern den Bösen!'

Aber Bürger und Bauer weinen bitterlich: ‚Christjern, du Freund des Volkes! Der Bauer soll nicht wie Vieh verkauft werden, nicht gegen einen Jagdhund eingetauscht werden! Dies Gesetz ist dein Leumund!' Aber die Worte des armen Mannes sind wie Spreu vorm Winde.

Nun segelt das Schiff am Schlosse vorbei, und die Bürger laufen auf den Wall hinauf, um noch einmal das aussegelnde Königsschiff zu sehen.

Die Zeit ist lang, die Zeit ist Not; baue nicht auf Freunde, vertraue nicht auf Anverwandte!

Onkel Frederik im Schlosse zu Kiel möchte sicher König im Lande sein.

König Frederik liegt vor Kopenhagen. Siehst du dies Bild hier: ‚Das getreue Kopenhagen'? Ringsum sind kohlschwarze Wolken mit Bildern ohne Zahl; betrachte nur jedes einzelne! Es ist ein tönendes Bild, es tönt noch in Sagen und Liedern: die schwere, gefahrvolle, die bittere Zeit im Lauf der Jahre.

Wie erging es König Christjern, dem verirrten Vogel? Davon haben Vögel gesungen, und sie fliegen weit umher, über Land und Meer. Der Storch kam im Frühling zeitig, von Süden über die deutschen Lande; er hatte gesehen, wovon jetzt erzählt wird.

‚Den flüchtenden König Christjern sah ich über die Heide fahren; dort begegnete ihm ein elendes Gefährt, dem ein Pferd vorgespannt war; in diesem saß eine Frau, König Christjerns Schwester, Markgräfin von Brandenburg; ihrer lutherischen Lehre treubleibend, war sie von ihrem Gemahl vertrieben worden. Auf

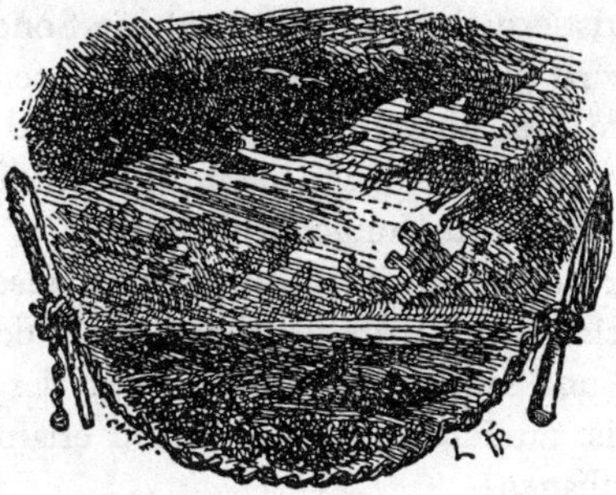

der finsteren Heide begegneten sich die beiden landesverwiesenen Königskinder*. Die Zeit ist lang, die Zeit ist Not, baue nicht auf Freunde oder Anverwandte!‘

Die Schwalbe kam vom Sonderburger Schloß mit kläglichem Gesang. ‚König Christjern wurde verraten! Er sitzt dort in dem brunnentiefen Turm; sein schwerer Schritt wetzt Spuren in den Estrich, seine Finger hinterlassen Zeichen in dem harten Marmor.

Oh, welches Leid fand solche Worte,
Wie sie des Steines Furche fand?‘**

Der Fischadler kam von der rollenden See; sie ist offen und frei, dort fliegt ein Fahrzeug dahin, es ist der kecke Füne Sören Nordby. Das Glück ist mit ihm – aber das Glück ist wie Wetter und Wind wechselvoll.

In Jütland und Fünen schreien Krähe und Raben: ‚Viel können wir haben! Wir können uns laben! Hier liegt Aas von Rossen und auch von Reitern.‘ Es sind friedlose Zeiten, es ist die Grafenfehde. Der Bauer nahm seine Keule, der Mann aus der Stadt sein Messer, dann riefen sie laut: ‚Wir erschlagen die Wölfe, auf daß keine Jungen zurückbleiben!‘ Wolken und Rauch von den brennenden Städten treiben dahin.

* »Und ist doch verwunderlich, sich vorzustellen, daß solch ein gottesfürchtiger, feiner und vornehmer Fürst, wie König Hans einer gewesen, daß seine Kinder so wenig Glück in der Welt haben sollten.« Arild Hvitfeld.

** F. Paludan-Müller.

König Christjern sitzt auf dem Schlosse Sonderburg gefangen; er wird nicht freigelassen, sieht Kopenhagen und dessen bittere Not nicht. Auf dem Norderfeld steht Christian III., wo der Vater einst stand. In der Stadt herrscht Angst; dort herrschen Hunger und Seuchen.

An der Kirchenmauer sitzt in Lumpen ein ausgemergeltes Weib; es ist ein Leichnam; zwei lebendige Kinder liegen auf ihrem Schoß und saugen Blut aus der Brust der Toten.

Der Mut ist zunichte, der Widerstand erlahmt. Du getreues Kopenhagen!

Fanfaren werden geblasen; hört Pauken und Trompeten!

In reichen Kleidern aus Seide und Sammet und mit wehenden Federn kommen auf goldverbrämten Rossen die adligen Herren; sie reiten zum Gammeltorv. Wird hier ein Karussell geritten oder ein Turnier nach althergebrachter Sitte? Bürger und Bauern in ihrem besten Putz strömen ebenfalls hin. Was gibt's da zu sehen? Ist ein Scheiterhaufen errichtet, um papistische Bilder zu verbrennen, oder steht dort der Henker, wie er beim Feuertode von Slaghoek stand? Der König, der Landesherr, ist Lutheraner, das soll bekanntgemacht und für gültiges Recht erklärt werden.

Hochvornehme Damen und adlige Fräulein sitzen mit hohen Kragen und Perlen an der Haube in den offenen Fenstern und schauen auf all das Gepränge. Auf ausgebreitetem Tuch unterm Baldachin sitzt der Rat des Reiches in uralter Tracht, dicht neben dem Königsthron. Der König ist schweigsam. Jetzt wird in dänischer Sprache sein Wille, der Wille des Reichsrats verlesen; Bürgern und Bauern werden strenge Worte gesagt, Worte der Züchtigung um all des Widerstands willen, den sie dem hohen Adel entgegengesetzt haben. Gedemütigt wurde der Bürger, der Bauer wurde Leibeigener. Nun ertönen die Worte des Fluches gegen die Bischöfe des Landes. Ihre Macht ist vorbei. Alle Güter der Kirche und der Klöster gehen an König und Adel über.

Da ist Hochmut und Haß, da ist Prunk, da ist Jammer.

Armer Vogel kommt angehinkt,
Nimmermehr er singt . . .
Reicher Vogel kommt angebraust,
Schwingt die Faust! –

Die Zeit der Umwälzungen bringt schweres Gewölk, aber auch Sonnenschein mit sich; eben jetzt leuchtet er im Hause der Gelehrsamkeit, der Heimstätte der Studenten, und Namen leuchten von dort bis in unsere Zeit herein. Hans Tausen, der arme Sohn eines Schmieds von Fünen.

Es ging jener kleine Knabe aus Birkende hinaus,
Sein Name flog über Dänemarks Volk ihm voraus.
Ein dänscher Martin Luther, sein Schwert, es war
das Wort,
Und siegte mit dem Geiste im Herzensvolk fort*.

Da leuchtet der Name Petrus Palladius, lateinisch, aber auf dänisch Peter Plade, der Bischof von Roeskilde, auch der Sohn eines armen Schmieds im Lande der Jüten. Und von adligen Namen strahlt Hans Friis hervor, des Reiches Kanzler. Er setzte den Studenten an seinen Tisch, sorgte für ihn und auch für den Schulknaben. Und einer vor allen anderen bekommt ein Hurra und ein Lied:

* B. S. Ingemann.

‚Solange ein Student in Axels Hafen
Kann schreiben auch nur einen Buchstaben,
So lange sei König Christian uns wert,
Sein Name sei mit Hurra geehrt*.'

Es fielen Sonnenstrahlen durch das schwere Gewölk in der Zeit der Umwälzungen.

Nun wenden wir die Seite um.

Was saust und singt im Großen Belt vor Samsös Küste? Aus dem Meer steigt eine Seejungfrau mit tanggrünem Haar, sie weissagt dem Bauern: Ein Prinz wird geboren werden, der ein König wird, mächtig und groß.

Auf dem Felde, unter einem blühenden Weißdorn, ward er geboren. Jetzt blüht sein Name in Sagen und Liedern, in Ritterburgen und Schlössern rundum. Die Börse entstand mit Turm und Spitze; Rosenborg wurde errichtet, blickte weit über den Wall; selbst der Student erhielt sein eigenes Haus, und ganz in der Nähe steht der Runde Turm und zeigt gen Himmel, eine Uraniasäule, die nach Hveen hinüberblickt, wo Uranienborg stand; seine goldenen Kuppeln erhielten im Mondenschein Glanz, und Seejungfrauen sangen

von dem Manne drinnen, den Könige und die Großen des Geistes besuchten, dem Genie aus adligem Geblüt, Tycho Brahe. Er ließ Dänemarks Namen so hoch steigen, daß er zugleich mit dem Sternenhimmel in allen geistig erleuchte-

* Poul M. Möller.

ten Ländern der Erde bekannt wurde. Und Dänemark stieß ihn von sich.

Er sang sich Trost zu in seinem Schmerz:

> ‚Ist der Himmel nicht allerwegen,
> Was braucht's für mich denn außer ihm?'

Sein Lied lebt wie das Volkslied, wie das Lied der Seejungfrau von Christian IV."

„Jetzt kommt eine Seite, die du dir genau anschauen mußt!" sagte der Pate; „hier kommt Bild auf Bild wie im Heldengesang Vers auf Vers. Es ist ein Lied, das zu Anfang so froh klingt, so traurig aber an seinem Ende.

Da tanzt ein Königskind im Königsschloß, wie ist sie lieblich anzuschauen! Sie sitzt auf Christians IV. Schoß, seine geliebte Tochter Eleonore. In weiblicher Sitte und Tugend wächst sie auf. Der vornehmste Mann des mächtigen Adels, Korfits Ulfeldt, ist ihr Bräutigam. Sie ist noch ein Kind: sie bekommt auch von ihrer gestrengen Hofmeisterin die Rute zu kosten; sie beklagt sich bei dem Bräutigam, und sie erhält Recht; wie ist sie gescheit, edel und gebildet, kann Griechisch und Latein, singt italienisch zu ihrer Laute, versteht es, vom Papst und von Luther zu sprechen.

König Christian liegt in der Gruft im Dom zu Roeskilde, Eleonores Bruder ist König. Auf dem Schlosse zu Kopenhagen herrschen Glanz und Pracht, dort sind Schönheit und Klugheit zu Hause, vor allen Dingen die Königin selber: Sophie Amalie von Lüneburg. Wer lenkt sein Roß so gut wie sie? Wer ist im Tanz so majestätisch wie sie? Wer spricht mit so viel Wissen und Geist wie Dänemarks Königin?

‚Eleonore Christine Ulfeldt!' diese Worte sprach der französische Gesandte. ‚An Schönheit, Klugheit überstrahlt sie alle.'

Auf dem gewachsten Tanzboden des Schlosses wuchs die Klette des Neides; sie hakte sich fest, sie verfilzte alles und verspritzte den Hohn der Kränkung weithin: ‚Dieser Bastard! Ihr Wagen muß an der Schloßbrücke halten; wo die Königin fährt, wird die Dame gehen!' Es raunt der Klatsch, es wirbelt von Erfindungen, Lügen.

Und Ulfeldt nimmt zu nächtlicher Stunde sein Eheweib bei der Hand. Die Schlüssel für die Tore der Stadt hat er; er schließt eines davon auf. Die Pferde warten draußen. Sie reiten am Strand entlang und segeln zum schwedischen Land hinüber.

Nun wenden wir die Seite um, wie sich das Glück für diese beiden wendet.

Es ist Herbst, der Tag ist kurz, die Nacht ist lang; es ist trübe und naß, der Wind so kalt, und er nimmt zu an Heftigkeit. Es rauscht im Laub an den Bäumen des Walls, das Laub fliegt in Peder Oves Haus hinein; das steht leer und von seiner Herrschaft verlassen. Der Wind braust über Christianshavn, um das Haus von Kai Lykke, jetzt ist es Zuchthaus. Er selbst ist von Land und Ehren vertrieben worden, sein Wappen wurde zerbrochen, sein Bild an den höchsten Galgen gehängt; so wurden seine mutwilligen, leichtfertigen Worte über die geehrte Königin des Landes gestraft. Laut heult der Wind und fegt über den freien Platz, wo das Haus des Reichshofmeisters gestanden hat; jetzt ist hier nur ein einziger Stein übrig, ‚den habe ich als Geröll auf dem segelnden Eis hier heruntergetrieben', braust der Wind, ‚der Stein trieb an Land, wo später Tyvsö sich erhob, von mir verflucht; dann wurde er mit in Herrn Ulfeldts Haus eingebaut, wo die Frau zur klingenden Laute sang, Griechisch und Latein studierte und stolz aufragte, jetzt ragt nur der Stein hier empor mit seiner Inschrift:

Dem Verräter Korfits Ulfeldt
Zu ewigem Gespött, zur Schmach und Schande.'

Aber wo ist sie jetzt, die vornehme Frau? Hu-ih-hu-ih!' pfeift der Wind mit schneidender Stimme. Im ‚Blauen

Turm' hinter dem Schloß, wo das Meerwasser gegen die glitschige Mauer schlägt, dort hat sie nun schon viele Jahre gesessen. Dort im Verlies ist mehr Rauch als Wärme; das kleine Fenster sitzt oben unter der Decke. König Christians IV. verhätscheltes Kind, sie, das feinste Fräulein, die feinste Frau, wie sitzt sie hier kümmerlich, wie sitzt sie hier schlecht! Die Erinnerung hängt Gardinen und Tapeten über die verräucherten Wände des Gefängnisses. Sie denkt an die herrliche Zeit ihrer Kindheit, an ihres Vaters freundliche, strahlende Züge; sie erinnert sich ihrer prächtigen Brautfahrt: der Tage ihres Stolzes, ihrer Drangsal in Holland, in England und auf Bornholm.

Nichts scheint zu schwer für echte Liebe!

Indes, da war sie bei ihm, jetzt ist sie allein, für immer allein! Sie kennt sein Grab nicht, und niemand kennt es.

Treue gegen den Mann war all ihr Fehlen.

Jahre hat sie gesessen, lange und viele Jahre, während das Leben draußen weiterging. Es steht niemals still, aber wir wollen es hier einen Augenblick tun, an sie und an die Worte des Liedes denken:

‚Meinem Gemahl hielt ich treu
den Schwur
In großem Elend, großer Not!'"

„Siehst du dies Bild hier?" sagte der Pate.

„Es ist Winter; der Frost baut eine Brücke zwischen Lolland und Fünen, eine Brücke für Carl Gustav, der unaufhaltsam vorrückt. Plünderungen und Brandschatzungen, Angst und Not überziehen das ganze Land.

Der Schwede liegt vor Kopenhagen. Es ist schneidend kalt und ein Schneegestöber; aber seinem König getreu und sich selber getreu stehen Männer und Frauen zum Kampf bereit. Jeder Handwerker, Ladengehilfe, Student und Magister ist oben auf dem Wall zur Verteidigung und Wehr. Da gibt es keine Furcht vor den glühenden Kugeln. König Frederik schwor, er wolle in seinem Nest sterben. Er reitet dort oben, und die Königin ist bei ihm. Hier herrschen Mut und Manneszucht und Vaterlandsliebe. Laßt den Schweden nur ruhig sein Leichenhemd anziehen und sich in dem weißen Schnee vorwärts schleichen, laßt ihn zu stürmen versuchen! Bohlen und Steine werden auf sie niedergewälzt; ja, die Frauen kommen mit Bräukesseln und gießen siedendes Pech und Teer auf die heranstürmenden Feinde.

In dieser Nacht sind König und Bürger eine einzige, festgefügte Macht. Und die Errettung und der Sieg kommen. Die Glocken läuten, das Dankeslied erklingt. Bürgersleute, hier verdientet ihr euch die Adelssporen!

Was kommt wohl jetzt? Schau dies Bild hier!

Die Gemahlin des Bischofs Svane kommt in geschlossener Kutsche; das darf nur der hohe, mächtige Adel tun. Die stolzen Junker zerbrechen den Wagen; die Frau Bischof muß zu ihrem Bischofssitz laufen.

Ist das die ganze Geschichte? – Viel Größeres wird in der nächsten Stunde zerbrochen werden, die Herrschaft des Übermuts.

Der Bürgermeister Hans Nansen und Bischof Svane reichen einander die Hand zur Tat in des Herrn Namen. Sie sprechen mit Klugheit und Ehrlichkeit; es wird in der Kirche und im Hause des Bürgers vernommen. Ein Handschlag des Zusammenhaltens, und der Hafen wird gesperrt, die Tore geschlossen, die Sturmglocke läutet, die Macht wird dem König allein überantwortet; er, der in der Stunde der Gefahr in seinem Neste blieb, er möge herrschen, gebieten über groß und klein!

Das ist die Zeit der Alleinherrschaft.

Nun wenden wir die Seite um und damit die Zeit.

‚Hallo, halloi, hallo!' Der Pflug ist weggestellt, das Heidekraut darf sich ausbreiten, aber die Jagd ist gut. ‚Hallo, halloi!' Hört die schmetternden Hörner und die bellenden

Hunde. Seht die Jägerschar, seht den König selber, König Christian V.; er ist jung und heiter. In Schloß und Stadt herrscht Fröhlichkeit. In den Sälen brennen Wachskerzen, auf dem Hofe Fackeln, und die Straßen der Stadt haben Laternen bekommen. Alles erstrahlt wie neu! Dem neuen Adel, aus Deutschland herbeigerufen, Baronen und Grafen, werden Gunst und Gaben zuteil; nun gelten Titel und Rang und die deutsche Sprache.

Da ertönt eine Stimme so echt dänisch, es ist der Sohn des Webers, der jetzt Bischof ist; es ist Kingos Stimme; er singt die herrlichen Choräle.

Da ist ein anderer Bürgerssohn, der Sohn eines Küfers, seine Gedanken beleuchten Gesetz und Recht; sein Gesetzbuch wurde der goldene Hintergrund für des Königs Namen, es reicht bis in künftige Zeiten hinein. Der Bürgerssohn, des Landes mächtigster Mann, erhält den Adelsschild und dazu Feinde, so daß das Schwert des Henkers auf dem Richtplatz über Griffenfeldts Haupte hängt. Da wird die Begnadigung zu lebenslänglichem Gefängnis verkündet. Sie schicken ihn auf eine Felseninsel vor Trondhjems Küste.

Munkholm – Dänemarks Sankt Helena.

Aber der Tanz geht leicht im Schloßsaal, dort herrschen Glanz und Pracht, dort erklingt lebhafte Musik, dort tanzen Höflinge und Damen.

Jetzt kommt die Zeit Frederiks IV.

Schau die stolzen Schiffe mit der Siegesflagge! Schau das wogende Meer! Ja, das kann von großen Taten berichten, von Dänemarks Ehren. Wir erinnern uns der Namen, des siegestrunkenen Sehested und Gyldenlöves! Wir erinnern uns an Hvitfeld, der sein Schiff in die Luft sprengte, um die dänische Flotte zu retten, und mit dem Danebrog gen Himmel flog. Wir denken an die Zeit und den Streit damals und den Helden, der vom norwegischen Gebirge heruntersprang, um Dänemark beizustehen: Peter Tordenskjold. Von dem herrlichen Meer, von dem schwellenden Meer donnert sein Name von Küste zu Küste:

‚Ein Blitz durchzuckte den Pulversand,
Ein Donner durchdröhnte das Tuscheln im Land.
Ein Schneiderlehrling sprang vom Tische.
Von Norwegen stach eine Schnau in See,
Und der Wikingergeist erhob sich wie je,
Kam übers Meer in Stahl und Jugendfrische.‘

Es kam ein Luftzug von Grönlands Küste, ein Duft wie aus dem Lande Bethlehems; er kündete vom Lichte des Evangeliums durch Hans Egede und seine Gattin.

Die halbe Seite hier hat deshalb einen goldenen Untergrund; die andere Hälfte, die Trauer bedeutet, ist aschengrau mit schwarzen Spritzern darin wie von Feuerfunken, wie von Seuche und Krankheit.

In Kopenhagen wütet die Pest. Die Straßen sind leer, die Türen verriegelt, ringsum sind mit Kreide Kreuze gezeichnet: dort drinnen ist die Seuche, aber wo das Kreuz schwarz ist, da sind alle tot.

Nachts werden die Leichen weggeschafft, ohne Glockenläuten; sie nehmen auf der Straße die Halbtoten mit; die Leichenwagen rattern, sie sind voller Leichen. Aber aus der Schankstube klingt schaurig das Grölen der Betrunkenen und wildes Gekreisch. Im Trunk wollen sie die bittere Not vergessen; sie wollen vergessen und ein Ende – ein Ende! Alles hat ja ein Ende; hier endigt die Seite mit anderer Not und Heimsuchung für Kopenhagen.

König Frederik IV. lebt noch; sein Haar ist im Laufe der Jahre ergraut. Vom Fenster im Schloß blickt er in das stürmische Wetter hinaus; es ist spät im Jahr.

In einem kleinen Haus beim Vesterport spielt ein Knabe mit seinem Ball; der fliegt auf den Dachboden. Der Kleine nimmt ein Talglicht, geht hinauf, um zu suchen, da bricht Feuer in dem Häuschen aus, in der ganzen Straße. Es leuchtet durch die Luft, daß die Wolken davon glänzen. Seht, wie die Flammen größer werden! Hier gibt es Nahrung fürs Feuer, hier ist Heu und Stroh, hier ist Speck und Teer, hier stehen Brennholzstapel für den Winter. Und alles brennt. Da ertönt ein Weinen und Schreien, da ist große Verwirrung. Durch das Gewühl reitet der alte König, ermuntert, befiehlt. Mit Pulver wird gesprengt, Häuser werden niedergerissen. Jetzt brennt es auch im Nordviertel, und die Kirchen brennen: Sankt Petri, Unser Lieben Frauen! Hört, wie das Spielwerk sein letztes Spiel erklingen läßt: ‚Herr, unsre Not ist groß!'

Nur der Runde Turm bleibt stehen, und das Schloß bleibt stehen; ringsum sind rauchende Brandstätten. König Frederik IV. will dem Volke wohl, er tröstet und sättigt, er ist bei ihm, er ist der Obdachlosen Freund. Gesegnet sei Frederik IV.!

Sieh dir nun diese Seite an!

Sieh, die goldene Kutsche mit Dienern ringsum, mit gewappneten Reitern vorn und hinten, kommt vom Schloß, wo eine eiserne Kette ausgespannt ist, um die Leute daran zu hindern, daß sie zu nahe herangehen. Jeder nichtadlige Mann muß entblößten Hauptes über den Platz gehen; also sieht man nicht viele, sie meiden den Ort. Da kommt nun einer mit niedergeschlagenen Augen, mit dem Hut in der Hand, und das ist gerade der Mann aus jener Zeit, den wir laut nennen:

Wie reinigender Sturm seine Rede klang,
Zur Sonne künftiger Zeiten;
Das welsche Gehabe wie Heuschrecken sprang
Den Weg zurück, den weiten.*

* Christian Wilster.

Es sind das Genie und der Humor, es ist Ludvig Holberg. Die dänische Bühne, das Schloß seiner Größe, hat man geschlossen, als wäre sie das Nest des Aufruhrs. Alle Freude ist begraben; Tanz, Gesang und Musik sind verboten und verpönt. Jetzt regiert finsteres Christentum.

‚Der Dänenprinz!' wie seine Mutter ihn nannte, nun kommt seine Zeit mit sonnigem Wetter, mit dem Gesang der Vögel, mit Freude, dänischem Wesen und Frohsinn:

König Frederik V. ist König. Und die Ketten auf dem Platz vor dem Schloß werden weggeschafft; die dänische Bühne wird wieder eröffnet, da gibt es Gelächter und Freude, da ist gute Stimmung. Und die Bauern reiten den Sommer ein! Es ist die heitere Zeit nach der Zeit des Fastens und der Bedrückung. Das Schöne gedeiht, setzt Blüte und Frucht an in Tönen, in Farben, in der bildenden Kunst. Hör Gretrys Musik! Sieh Londemanns Spiel! Und Dänemarks Königin liebt das dänische Wesen. Lovise von England, schön und mild; Gott segne dich in seinem Himmel! Die Sonnenstrahlen singen lieblich im Chor von Königinnen im dänischen Land: Philippa, Elisabeth, Lovise.

Der irdische Teil ist längst begraben, aber die Seelen leben, und die Namen leben. Wieder entsendet England eine Königsbraut: Mathilde, so jung und bald so verlassen! Von dir werden mit der Zeit Dichter singen, vom jugendlichen Herzen und von der Stunde der Heimsuchung. Und der Gesang hat Macht, eine unabsehbare Macht durch Zeiten und Völker. Sieh den Brand des Schlosses, König Christians

Burg. Man versucht das Beste zu retten, was es gibt. Sieh die Leute auf dem Holm einen Korb mit Silber und kostbaren Sachen forttragen; großer Reichtum ist es, aber plötzlich erblicken sie durch die offene Tür, wo die Flammen lodern, eine Büste aus Bronze, König Christian IV. Da schleudern sie den Reichtum, den sie tragen, fort; sein Bildnis dort drinnen gilt ihnen weit mehr! Das müssen sie retten, wie schwer es auch zu tragen sein mag. Sie kennen ihn ja von Ewalds Lied, von Hartmanns schöner Melodie her.

Im Wort und im Lied ist Macht enthalten, und es wird doppelt laut von der armen Königin Mathilde singen."

„Jetzt blättern wir weiter in unserem Bilderbuch.

Auf dem Ulfeldt-Platz stand der Schandstein; wo in der Welt wurde wohl so einer wie dieser aufgestellt? Beim Vesterport wurde eine Säule errichtet, wie viele gibt es wohl in der Welt gleich dieser?

Die Sonnenstrahlen küßten den Findling, den Grundstein unter der ‚Freiheitssäule'. Alle Kirchenglocken läuteten, alle Flaggen wehten; die Leute jubelten dem Kronprinzen Frederik zu. Alt und jung trugen im Herzen und auf der Zunge die Namen Bernstorff, Reventlow, Colbjörnsen. Mit strahlenden Augen und dankerfülltem Herzen liest man die herrliche Inschrift der Säule: ‚Der König gebot, daß die Leibeigenschaft aufgehoben, den Gesetzen der Landbewohner Ordnung und Kraft verliehen werde, auf daß der freie Bauer mutig und aufgeklärt, fleißig und gut, ein ehrsamer, glücklicher Bürger werden könne.'

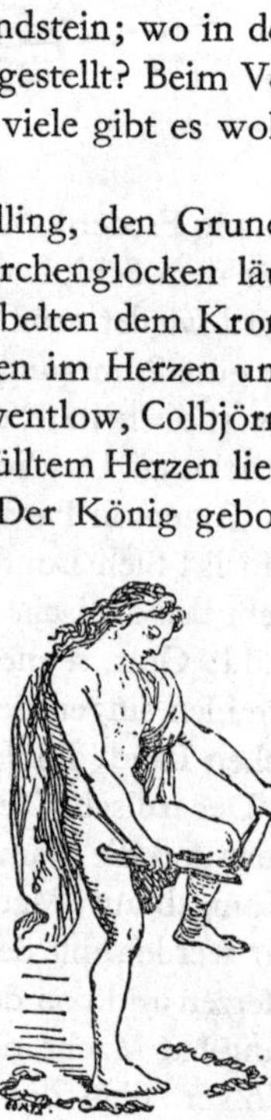

Welch ein Sonnentag! Welch ein ‚Ritt in den Sommer'!

Die Geister des Lichtes sangen: ‚Das Gute wächst! Das Schöne wächst! Bald fällt der Stein auf dem Ulfeldt-Platz, aber die Freiheitssäule wird im Sonnenschein stehen, gesegnet von Gott, von König und Volk.'"

„Wir haben eine alte Straße durchs Land,
Sie führt bis ans Ende der Welt*.

Das freie Meer, Freunden und Feinden offen, und der Feind war da. Sie kam angesegelt, die mächtige englische Flotte; eine Großmacht zog gegen eine kleine aus. Der Kampf war hart, aber das Volk war mutig:

,Fest stand jeder und ohne Bangen,
Kämpfte und hielt den Tod umfangen**!'

Der Feind zollte dem Volk Bewunderung, und es begeisterte Dänemarks Sänger. Dieser Schlacht wird noch heute mit wehenden Fahnen gedacht: des zweiten April, der Dänemark zur Ehre gereichte, der Schlacht am Gründonnerstag auf der Reede.

Jahre gingen dahin. Eine Flotte ward im Öresund gesichtet. Galt es Rußland oder Dänemark? Man wußte es nicht, selbst an Bord wußte es keiner.

Es gibt im Volksmund eine Erzählung, daß an jenem Morgen im Öresund, als die versiegelte Order erbrochen cnd vorgelesen wurde – sie lautete: die dänische Flotte zu überrumpeln –, ein junger Kapitän vor seinen Oberbe-

* N. F. S. Grundtvig.
** W. H. F. Abrahamsen.

fehlshaber hintrat, hochherzig in Wort und Tat, ein Sohn Britanniens. ‚Ich habe einen Eid geleistet', waren seine Worte, ‚daß ich bis an meinen Tod für die Flagge Englands kämpfen werde in offener, ehrlicher Schlacht, nicht aber, daß ich an einem Überfall teilnehmen müsse.'

Und damit stürzte er sich über Bord!

Und die Schiffe nach Kopenhagen kamen –
Fern von dem Orte der Schlacht
Lag ein Kapitän – wer kennt schon den Namen –
Eine Leiche in schwärzester Wassernacht.

Bis die Strömung ihn hergab: Fischer holten
Den Toten im Boot an Schwedens Strand,
Und während die Wasser tosten und grollten,
Würfelte man um die Epauletten im Sand*.

Der Feind stand vor Kopenhagen; es lohte von Flammen, wir verloren die Flotte, nicht aber den Mut und das Vertrauen auf Gott; er demütigt, aber er richtet wieder auf. Die Wunden heilen wie in der Schlacht der Einherier. Kopenhagens Geschichte ist reich an Trost.

Der Volksglaube hat immer gemeint,
Der Herrgott sei Dänemarks Freund.
Halten wir fest, hält er uns wieder,
Und morgen scheint die Sonne auf uns nieder.

Bald schien sie auf die wiedererstandene Stadt, auf reiche Kornäcker, auf Klugheit und Genialität; ein göttlicher Sommertag des Friedens, als die Dichtung durch Oehlenschläger ihre Fata Morgana so farbenprächtig erschuf.

Und in der Wissenschaft wurde ein Fund gemacht, weit mehr als ein goldenes Horn in alten Zeiten, eine Brücke von Gold ward gefunden:

– eine Brücke für den Blitz des Gedankens
Für alle Zeiten in Völker und Reiche hinein.

Hans Christian Örsted schrieb hier seinen Namen ein.

* Carl Bagger.

Und sieh nur! Am Schloß dicht bei der Kirche wurde ein Bauwerk errichtet, zu diesem steuerten selbst der ärmste Mann und die ärmste Frau fröhlich ihr Scherflein bei.

Du weißt doch noch, vorn im Bilderbuch", sagte der Pate, „die alten Gesteinsblöcke, die von den Bergen Norwegens herunterpurzelten und auf dem Eis hier herabgeführt wurden; sie sind auf Thorvaldsens Geheiß wieder vom tiefen Sandgrund emporgehoben worden, zur Schönheit der Form; herrlich anzusehen!

Denke an das, was ich dir gezeigt und erzählt habe! Der Sandgrund im Meer hob sich, wurde eine Schutzwehr für den Hafen, trug Axels Haus, trug den Bischofssitz und des Königs Schloß und trägt jetzt den Tempel der Schönheit. Die Worte der Verwünschung sind verweht, aber was die Kinder des Sonnenlichts in ihrer Freude von der künftigen Zeit gesungen haben, das hat sich erfüllt.

So mancher Sturm ist darüber hingegangen, er kann wiederkommen und wird wieder vergehen. Das Wahre und Gute und Schöne behält den Sieg.

Und hiermit ist das Bilderbuch zu Ende; aber noch keineswegs Kopenhagens Geschichte. Wer weiß, was du selber einmal erleben wirst.

Es hat oft genug düster ausgesehen, ein Sturm hat getobt, aber der Sonnenschein ist doch nicht fortgeweht worden, der bleibt! Und stärker noch als der stärkste Sonnenschein ist Gott! Der Herrgott hat über mehr zu gebieten als nur über Kopenhagen."

Das sagte der Pate und schenkte mir das Buch. Seine Augen glänzten, er war seiner Sache so sicher. Und ich nahm das Buch entgegen, so froh, so stolz und vorsichtig, wie ich kürzlich meine kleine Schwester zum erstenmal trug.

Und der Pate sagte: „Du darfst dein Bilderbuch gern diesen und jenen zeigen, du darfst auch ruhig sagen, daß ich es gemacht, das ganze Buch geklebt und gezeichnet habe. Aber es liegt mir dringend am Herzen, daß sie dabei erfahren, wo ich die Idee dafür herbekommen habe. Du weißt es, erzähle es. Die Idee ist den alten Tranlaternen zu verdanken, die gerade am letzten Abend, als sie brannten, den Gaskandelabern der Stadt als Fata Morgana alles zeigten, was von dem Augenblick an beobachtet worden war, als die erste Laterne am Hafen angezündet wurde, bis zu dem Abend, da Kopenhagen von Tran und von Gas zugleich beleuchtet wurde.

Du darfst das Buch zeigen, wem du willst, das heißt, Leuten mit milden Augen und freundlichem Gemüt, aber wenn ein Höllenpferd kommt – dann klappe es zu, des Paten Bilderbuch."

Die Lumpen

Draußen vor der Fabrik standen zu hohen Stößen aufgestapelte Lumpenhaufen, von weit und breit eingesammelt; jeder Lumpen hatte seine Geschichte, jeder redete auf seine Weise, aber man kann sie nicht alle anhören. Manche Lumpen waren einheimisch, andere kamen aus fremden Ländern. Hier lag nun ein dänischer Lumpen neben einem norwegischen Lumpen; echt dänisch war der eine und urnorwegisch der andere, und das war das Ulkige an den beiden, wird jeder vernünftige Norweger und Däne sagen.

Sie erkannten sich beide an ihrer Sprache, obwohl, sagte der Norweger, beide Sprachen so verschieden voneinander seien wie Französisch und Hebräisch. „Wir steigen auf die Berge, damit sie rauh und ursprünglich klingt, und der Däne pflegt sein läbbrigsüßes, fades Geblök."

Die Lumpen unterhielten sich, und Lumpen ist in jedem Land Lumpen, sie gelten nur im Lumpensack etwas.

„Ich bin Norweger!" sagte der norwegische, „und wenn ich sage, ich bin Norweger, dann glaube ich, daß ich genug gesagt habe! Ich bin fest in der Faser, wie die Urfjelle im alten Norwegen, dem Land, das eine Verfassung hat wie das freie Amerika! Es kitzelt in meinen Fasern, wenn ich daran denke, was ich bin, und den Gedanken in granitenen Worten erzen erklingen lasse!"

„Aber wir haben eine Literatur!" sagte der dänische Lumpen. „Verstehen Sie, was das ist?"

„Verstehen!" wiederholte der Norweger, „Flachlandbewohner, soll ich Ihn auf den Berg hinaufheben und Ihm nordlichtern, Lumpen, der Er ist? Wenn das Eis vor der norwegischen Sonne schmilzt, dann kommen dänische Obstschuten zu uns herauf mit Butter und Käse, recht edle Waren! Und als Ballast ist dänische Literatur mit dabei. Die brauchen wir nicht! Man verzichtet lieber auf schales Bier dort, wo der frische Quell sprudelt, und hier ist es ein Brunnen, der nicht gebohrt wurde, nicht in ganz Europa bekanntgeschwatzt wurde durch Zeitungen, Kameradschaft und Schriftstellerreisen ins Ausland. Frisch weg von der

Leber spreche ich, und Dänemark muß sich an den freien Ton gewöhnen, und das wird es tun, da es sich so skandinavisch an unser stolzes Felsland anklammert, das Urgestein der Welt!“

„So könnte nun ein dänischer Lumpen nie sprechen!“ sagte der Däne. „Das liegt nicht in unserer Natur. Ich kenne mich selber, und wie ich, so sind alle unsere Lumpen, wir sind so gutmütig, so bescheiden, wir trauen uns wenig zu, und dabei gewinnt man wahrhaftig nichts, aber ich mag es so gern, ich finde es so reizend! Übrigens, eins kann ich Ihnen versichern, ich kenne vollauf meinen eigenen Wert, aber ich rede nicht davon, solch eines Fehlers soll mich keiner bezichtigen dürfen. Ich bin weich und gefügig, ertrage alles, beneide niemanden, rede gut über alle, obwohl über die meisten anderen nicht allzuviel Gutes zu sagen ist,

aber das ist deren Sache! Ich mache mich nur immer darüber lustig, denn ich bin so begabt!“

„Sprechen Sie mir nicht diese weichliche Kleistersprache des Flachlandes, mir wird übel dabei!“ sagte der Norweger und löste sich durch den Wind aus dem Haufen und kam auf einen anderen hinüber.

Zu Papier wurden sie beide, und der Zufall wollte es, daß der norwegische Lumpen ein Stück Papier wurde, auf das ein Norweger einen treuen Liebesbrief an ein dänisches Mädchen schrieb, und der dänische Lumpen wurde Manuskript einer dänischen Ode zum Preise von Norwegens Kraft und Herrlichkeit.

Aus den Lumpen kann auch etwas Gutes werden, wenn sie erst aus dem Lumpensack herausgekommen sind und die Wandlung zu Wahrheit und Schönheit vollzogen ist, sie leuchten in guter Eintracht, und in dieser liegt Segen.

Das ist die Geschichte, sie ist ganz lustig und beleidigt durchaus niemanden außer – den Lumpen.

Vænö und Glænö

Vor der Küste von Seeland, auf der Höhe von Holsteinborg, lagen einmal zwei bewaldete Inseln, Vænö und Glænö, auf ihnen waren ein Kirchdorf und einzelne Höfe; die Inseln lagen nahe an der Küste, sie lagen dicht nebeneinander, jetzt gibt es dort nur die eine Insel.

Eines Nachts kam ein fürchterliches Unwetter, das Meer stieg, wie es seit Menschengedenken nicht gestiegen war; der Sturm nahm an Heftigkeit zu; es war ein Wetter wie beim Jüngsten Gericht, es hörte sich an, als sollte die Erde auseinanderbersten; die Kirchenglocken kamen ins Schwingen und läuteten ohne menschliches Zutun.

In dieser Nacht verschwand Vænö in der Tiefe des Meeres; es war, als ob es die Insel nie gegeben hätte. Aber später, in mancher Sommernacht, bei stillem, klarem Niedrigwasser, wenn der Fischer draußen war, um beim Schein der vorn im Boot brennenden Fackel Aale zu stechen, sah er, wenn er sehr scharfe Augen hatte, tief unter sich Vænö liegen mit seinem weißen Kirchturm und der hohen Kirchenmauer. „Vænö harrt Glænös", ging die Sage; er sah die Insel, er hörte die Kirchenglocken dort unten läuten, aber darin irrte er sich nun doch, es waren sicherlich die Stimmen der vielen wilden Schwäne, die hier so oft auf der Wasserfläche liegen; sie glucksen und klagen, als hörte man aus weiter Ferne Glockengeläute.

Es gab eine Zeit, da entsannen sich noch viele alte Leute auf Glænö jener Sturmnacht, und daß sie selber als Kinder bei Niedrigwasser zwischen den beiden Inseln hin und her gefahren waren, wie man heutzutage von Seelands Küste aus, nicht weit von Holsteinborg, nach Glænö hinüberfährt; das Wasser reicht nur bis halb zu den Rädern hinauf. „Vænö harrt Glænös", wurde gesagt, und das wurde Sage und Überzeugung.

Manch kleiner Junge, manch kleines Mädchen lagen in stürmischen Nächten und dachten: heute nacht kommt die Stunde, da Glænö von Vænö geholt wird. Vor Angst beteten sie ihr Vaterunser, schliefen dann ein, träumten süß – und am nächsten Morgen war Glænö noch immer da mit seinen Wäldern und Kornfeldern, seinen freundlichen Bauernhäusern und Hopfengärten; der Vogel sang, das Rehwild sprang; der Maulwurf roch kein Meerwasser, so weit er auch wühlen mochte.

Und dennoch sind Glænös Tage gezählt; wir vermögen nicht zu sagen, wie viele noch übrig sind, aber sie sind gezählt, an einem schönen Morgen ist die Insel verschwunden.

Du warst vielleicht noch gestern hier unten am Ufer, sahst die wilden Schwäne auf dem Wasser zwischen Seeland und Glænö liegen, ein Segelboot mit geblähten Segeln glitt an dem Waldesdickicht vorbei, du selbst fuhrst über die seichte Furt, einen anderen Fahrweg gab es nicht; die Pferde stampften durch das Wasser, es platschte an den Wagenrädern herauf.

Du bist weggereist, fährst vielleicht jetzt ein Stückchen in die weite Welt hinaus und kommst nach ein paar Jahren wieder zurück: du siehst dann hier, wie der Wald einen großen grünen Wiesenzug umschließt, wo das Heu vor schmukken Bauernhäusern duftet. Wo bist du? Holsteinborg prangt ja noch immer hier mit seiner vergoldeten Turmspitze, aber nicht dicht am Fjord, es liegt höher im Lande hinauf; du gehst durch Wald, über Felder zum Strand hinunter – wo ist Glænö? Du siehst keine waldige Insel vor dir, du siehst das offene Meer. Hat Vænö Glænö geholt, dessen es so lange harrte? Wann war diese Sturmnacht, als dies geschah, als die Erde erschüttert wurde, so daß das alte Holsteinborg viele tausend Hahnentritte ins Land hinauf versetzt wurde?

Es war keine Sturmnacht, es geschah am hellichten Sonnentag. Menschliche Klugheit baute einen Deich vor das Meer, menschliche Klugheit schöpfte das Binnengewässer aus, verband Glænö mit dem Festland. Der Fjord ist Wiese geworden mit üppigem Gras, Glænö ist mit Seeland zusammengewachsen. Das alte Schloß liegt, wo es immer gelegen hat. Es war nicht Vænö, das Glænö holte, es war Seeland, das mit langen Deicharmen zugriff und mit dem Mundwerk der Pumpen blies und die Zauberformel sprach, die Worte der Vermählung; und Seeland erhielt viele Morgen Land als Brautgeschenk. Es ist wahr, es ist gerichtlich bestätigt, du kannst dich mit eigenen Augen überzeugen, die Insel Glænö ist verschwunden.

Wer war die Glücklichste?

„Was für herrliche Rosen!“ sagte der Sonnenschein. „Und jede Knospe wird aufbrechen und ebenso schön werden. Es sind meine Kinder! Ich habe sie lebendig geküßt!“

„Es sind meine Kinder!“ sagte der Tau. „Ich habe sie mit meinen Tränen genährt.“

„Ich sollte doch meinen, ich sei ihre Mutter!“ sagte der Rosenstrauch. „Ihr anderen seid nur Gevattern, die je nach Können und gutem Willen ein Patengeschenk gebracht haben.“

„Meine schönen Rosenkinder!“ sagten sie alle drei und wünschten jeder Blüte das größte Glück, aber nur eine konnte die Glücklichste werden, und eine mußte die am wenigsten Glückliche werden; aber welche von ihnen?

„Das werde ich herausbekommen!“ sagte der Wind. „Ich ziehe weit herum, dringe durch den engsten Spalt, weiß draußen und drinnen Bescheid.“

Jede entfaltete Rose hörte, was gesprochen wurde, jede schwellende Knospe spürte es.

Da kam durch den Garten eine trauernde, liebevolle Mutter, in Schwarz gekleidet; sie pflückte eine von den Rosen, die halb entfaltet war, frisch und voll, sie schien ihr die Schönste von allen zu sein. Sie brachte die Blüte ins stille, schweigsame Gemach, wo sich vor wenigen Tagen noch die junge, lebensfrohe Tochter getummelt hatte, aber jetzt gleich einem schlummernden Marmorbildnis in dem schwarzen Sarg ausgestreckt lag. Die Mutter küßte die Tote, küßte darauf die halberblühte Rose und legte sie dem jungen Mädchen auf die Brust, als ob sie durch deren Frische und den Kuß einer Mutter das Herz wieder dazu bringen könnte, daß es schlug.

Es war, als schwellte die Rose auf; jedes Blatt zitterte vor Erwartung und Freude: „Welch ein Weg der Liebe wurde mir beschieden! Ich werde wie ein Menschenkind, bekomme den Kuß einer Mutter, höre Worte des Segens und gehe mit hinein in das unbekannte Reich, an der Toten Brust träu-

mend! Wahrlich, ich wurde die Glücklichste unter allen meinen Schwestern!"

In dem Garten, wo der Rosenstrauch stand, arbeitete die alte Jätefrau; sie betrachtete auch die Schönheit des Strauchs, und ihre Augen blieben auf der größten, einer vollerblühten Rose haften. Ein Tautropfen und noch ein warmer Tag, dann würden die Blätter abfallen; das sah die Frau und fand, sie habe ihrer Schönheit Genüge getan, nun sollte sie auch noch Nutzen stiften. Und sie pflückte sie ab und wickelte sie in eine Zeitung, sie sollte mit anderen entblätterten Rosen nach Hause genommen und mit diesen zusammen eingelegt werden, Potpourri werden; mit den kleinen blauen Knaben zusammengeführt werden, die Lavendel heißen und in Salz einbalsamiert werden. Einbalsamiert werden nur Rosen und Könige.

„Ich werde am meisten geehrt!" sagte die Rose, als die Jätefrau sie herunternahm. „Ich werde die Glücklichste sein! Ich soll einbalsamiert werden."

In den Garten kamen zwei junge Leute, der eine war Maler, der andere ein Dichter; jeder von ihnen pflückte sich eine Rose, schön anzuschauen.

Und der Maler gab auf der Leinwand ein Bild von der blühenden Rose wieder, so daß sie meinte, sie sähe sich im Spiegel.

„So", sagte der Maler, „wird sie viele Menschenalter hindurch leben, während Millionen und aber Millionen von Rosen welken und sterben!"

„Ich war am meisten begünstigt!" sagte die Rose, „ich errang das größte Glück!"

Der Dichter betrachtete seine Rose, schrieb ein Gedicht über sie, ein ganzes Mysterium, alles was er von den Blättern der Rose ablas, Blatt für Blatt: „Liebesbilderbuch", es war ein unsterbliches Gedicht.

„Ich werde mit ihm unsterblich!" sagte die Rose, „ich bin die Glücklichste!"

Jedoch in all dieser Rosenpracht gab es eine, die fast von den anderen verdeckt wurde; zufälligerweise – vielleicht zu ihrem Glück – hatte sie einen kleinen Fehler, sie saß schief auf dem Stengel, und die Blätter an der einen Seite entsprachen nicht denen auf der anderen; ja, mitten in der Blüte selbst wuchs gleichsam ein kleines, verkrüppeltes grünes Blatt heraus; das kommt bei Rosen vor!

„Armes Ding!" sagte der Wind und küßte sie auf die Wange. Die Rose glaubte, es sei ein Gruß, eine Huldigung; sie hatte das Empfinden, als wäre sie ein wenig anders geartet als die anderen Rosen; und daß aus ihrem Innern ein grünes Blatt herauswuchs, das sah sie als eine Auszeichnung an. Da flog ein Schmetterling zu ihr hinunter und küßte ihre Blätter, es war ein Bewerber; sie ließ ihn wieder fliegen. Jetzt kam ein riesig großer Heuschreck; der setzte sich allerdings auf eine andere Rose, rieb sich vor Verliebtheit sein Schienbein, das ist das Zeichen der Liebe bei den Heuschrecken; die Rose, auf der er saß, verstand es nicht, das tat aber die Rose mit der Auszeichnung, mit dem grünen, verkümmerten Blatt, die sah der Heuschreck mit Augen an, welche sagten: „Ich könnte dich vor lauter Liebe auffressen!" und weiter kann die Liebe niemals gehen: der eine geht im anderen auf! Aber die Rose wollte nicht in dem Springinsfeld aufgehen. Die Nachtigall sang in der sternklaren Nacht.

„Das ist allein für mich!“ sagte die Rose mit dem Makel oder der Auszeichnung. „Weshalb werde ich so in allem vor meinen Schwestern ausgezeichnet? Weshalb erhielt ich diese Besonderheit, die mich zu der Glücklichsten macht?“

Da kamen zwei zigarrenrauchende Herren in den Garten; sie sprachen von Rosen und von Tabak; Rosen sollen den Rauch nicht vertragen können, sie wechseln die Farbe, werden grün; das sollte ergründet werden. Sie brachten es nicht über sich, eine der allerprächtigsten Rosen zu nehmen, sie nahmen die mit dem Makel.

„Was für eine neue Auszeichnung!“ sagte diese. „Ich bin über die Maßen glücklich! Die Allerglücklichste!“

Und sie wurde grün vor Selbstbewußtsein und Tabaksrauch.

Eine Rose, halb Knospe noch, vielleicht die schönste am ganzen Strauch, erhielt den Ehrenplatz in dem kunstvoll gebundenen Strauß des Gärtners; der wurde dem jungen Gebieter des Hauses gebracht und fuhr mit ihm in der Kutsche; sie saß als Blüte der Schönheit zwischen anderen Blumen und schönem Grün; sie kam zu Fest und Glanz: Männer und Frauen saßen da, von tausend Lampen so prächtig beleuchtet; die Musik erklang; es war im Lichtmeer des Theaters; und als unter stürmischem Jubel die gefeierte junge Tänzerin auf die Bühne schwebte, flogen Sträuße über Sträuße wie ein Blütenregen vor ihre Füße. Da kam der Strauß geflogen, in dem die herrliche Rose gleich einem Edelstein saß; sie spürte ihr namenloses Glück, die Ehre und den Glanz, in den sie hineinschwebte; und als sie den Fußboden berührte, tanzte sie mit, sie sprang, flog über die Bretter und ging vom Stiel ab, als sie aufprallte. Sie kam der Gehuldigten nicht in die Hände, sie kullerte hinter die Kulisse, wo ein Maschinenarbeiter sie aufhob; er sah, wie schön sie war, wie voller Duft sie war, aber einen Stiel hatte sie nicht. So steckte er sie in die Tasche, und als er abends nach Hause kam, wurde sie in ein Schnapsglas gestellt und lag die ganze Nacht hier auf dem Wasser. Am Morgen früh wurde sie der Großmutter hingesetzt, die alt und kraftlos im Lehnstuhl saß. Sie betrachtete die abgebrochene, schöne Rose, hatte ihre Freude an ihr und ihrem Duft.

„Ja, du kamst nicht auf den Tisch des reichen, feinen Fräuleins, sondern zu der armen alten Frau; doch hier bist du soviel wie ein ganzer Rosenstrauch; wie bist du schön!"

Und sie betrachtete die Blüte mit kindlicher Freude, dachte wohl auch an ihre eigene, längst vergangene, frische Jugendzeit.

„In der Scheibe war ein Loch", sagte der Wind, „ich gelangte leicht da hinein, sah die jugendlich leuchtenden Augen der alten Frau und die abgebrochene, schöne Rose im Schnapsglas. Die Glücklichste von allen! Ich weiß es! Ich kann es erzählen!"

Jede Rose am Strauch im Garten hatte ihre Geschichte. Jede Rose dachte und glaubte, sie sei die Glücklichste, und glauben macht selig. Die letzte Rose aber meinte, sie sei die Allerglücklichste.

„Ich habe sie alle überlebt! Ich bin die letzte, die einzige, Mutters liebstes Kind!"

„Und ich bin ihrer aller Mutter!" sagte der Rosenstrauch.

„Das bin ich!" sagte der Sonnenschein.

„Und ich!" sagten Wind und Wetter.

„Jeder hat teil an ihnen!" sagte der Wind. „Und jeder soll an ihnen einen Anteil haben!" und dann streute der Wind ihre Blätter über den Strauch, wo die Tautropfen hingen, wo die Sonne schien. „Auch ich bekam meinen Anteil", sagte der Wind. „Ich erfuhr die Geschichte aller Rosen, und ich werde sie in der weiten Welt herumerzählen! Sag mir nun, wer war die Glücklichste von ihnen allen? Ja, das mußt du sagen, ich habe genug gesagt!"

Wir fahren zur Ausstellung nach Paris.

Jetzt sind wir da! Das war eine Geschwindigkeit, eine Fahrt, ganz ohne Zauberei; wir fuhren mit dem Dampfschiff und mit der Postkutsche.

Unsere Zeit ist die Zeit des Märchens. Wir sind mitten in Paris, in einem großen Hotel. Blumen stehen als Schmuck die ganze Treppe hinauf, weiche Teppiche liegen auf den Stufen.

Unsere Stube ist behaglich, die Balkontür öffnet sich auf einen großen Platz hinaus. Dort unten wohnt das Frühjahr, es ist nach Paris gefahren, zur selben Zeit eingetroffen wie wir, es ist in Gestalt einer großen, jungen Kastanie gekommen, mit eben ausgeschlagenen, feinen Blättern; wie hat sie sich in Frühlingsschönheit geworfen, lange vor den übrigen Bäumen auf dem Platz! Einer davon ist aus der Zahl der lebenden Bäume ausgeschieden und liegt, mit der Wurzel ausgerissen, der Länge nach auf dem Erdboden. Dort, wo er stand, soll jetzt die frische Kastanie eingepflanzt werden und anwachsen.

Noch hat sie Platz, ist auf dem schweren Wagen hochgestellt, der sie an diesem Morgen nach Paris brachte, vom Lande, mehrere Meilen entfernt. Da hatte sie jahrelang dicht neben einer riesigen Eiche gestanden, und unter der saß oftmals der gute alte Priester, der sich mit den lauschenden Kindern unterhielt und ihnen erzählte. Der junge Kastanienbaum hörte mit zu; die Dryade, die in ihm wohnte, war ja noch ein Kind; sie konnte sich noch an die Zeit erinnern, als der Baum so klein war, daß er nur über die hohen Grashalme und Farne hinaussah. Diese waren jetzt so groß, wie sie werden können, aber der Baum wuchs und nahm mit jedem Jahr zu, trank Luft und Sonnenschein, bekam Tau und Regen und wurde, was notwendig war, von den starken Winden gerüttelt und geschüttelt. Das gehört zur Erziehung.

Die Dryade freute sich ihres Lebens, sie freute sich am Sonnenschein und am Gesang der Vögel, aber immer doch am meisten über die Stimme der Menschen, sie verstand deren Reden ebenso gut, wie sie die der Tiere verstand.

Schmetterlinge, Wasserjungfern und Fliegen, ja, alles was fliegen konnte, machte Besuch; klatschen taten sie alle miteinander: erzählten vom Dorf, den Weingärten, dem Wald, dem alten Schloß mit dem Park, in dem Kanäle und Teiche waren; dort unten im Wasser wohnten auch Lebewesen, die auf ihre Art unter Wasser von Ort zu Ort fliegen konnten, Wesen mit Wissen und Denkvermögen; sie sagten nichts, so klug waren sie.

Und die Schwalbe, die ins Wasser getaucht war, erzählte von den hübschen Goldfischen, von den fetten Brassen, den dicken Schleien und den alten, bemoosten Karauschen. Die Schwalbe gab eine sehr gute Beschreibung, aber man sieht doch selber besser, sagte sie; wie sollte die Dryade jedoch jemals diese Wesen sehen können! Sie mußte sich damit begnügen, über die herrliche Landschaft zu blicken und die emsige Tätigkeit der Menschen zu beobachten.

Das war schön, aber am schönsten war es doch, wenn der alte Priester hier unter der Eiche stand und von Frankreich erzählte, von großen Taten der Männer und Frauen, deren Namen durch alle Zeiten voll Bewunderung genannt wurden.

Die Dryade hörte von dem Hirtenmädchen Jeanne d'Arc, von Charlotte Corday, sie hörte von uralten Zeiten, von der Zeit Heinrichs IV. und Napoleons I. und ganz bis in die Gegenwart herauf von Tüchtigkeit und Größe; sie hörte Namen, deren jeder einen Klang besaß, der bis ins Herz des Volkes drang: Frankreich ist Weltmacht, die Wiege des Genies mit dem Krater der Freiheit!

Die Dorfkinder hörten andächtig zu, die Dryade nicht weniger; sie war Schulkind zusammen mit den anderen. Sie erblickte in der Gestalt der segelnden Wolken Bild für Bild all dessen, was sie hatte erzählen hören.

Der Wolkenhimmel war ihr Bilderbuch.

Sie fühlte sich so glücklich in dem schönen Frankreich, hatte aber doch ein Gefühl, als wären die Vögel, jedes Tier, welches fliegen konnte, viel begünstigter als sie. Selbst die Fliege konnte sich umschauen, weit umher, weit über den Gesichtskreis der Dryade hinaus.

Frankreich war so ausgedehnt und herrlich, aber sie kannte nur einen kleinen Fleck davon; weltweit erstreckte sich das Land mit Weingärten, Wäldern und großen Städten, und von ihnen allen war Paris die herrlichste, die gewaltigste. Dorthin konnten die Vögel gelangen, sie aber niemals.

Unter den Dorfkindern war ein kleines Mädchen, so

zerlumpt, so arm, aber wunderschön anzusehen; immer sang es und lachte es, steckte sich rote Blumen ins schwarze Haar.

„Geh nie nach Paris!“ sagte der alte Priester. „Armes Kind! kommst du dorthin, so ist es dein Verderb!“

Und dennoch ging sie hin.

Die Dryade dachte oft an sie, sie hatten ja beide die gleiche Lust und Sehnsucht nach der großen Stadt.

Es wurde Frühling, Sommer, Herbst, Winter; zwei Jahre vergingen.

Der Baum der Dryade trug seine ersten Kastanienblüten, die Vögel zwitscherten davon im schönen Sonnenschein. Da kam ein stattlicher Wagen die Straße herauf mit einer vornehmen Dame darin, sie selbst lenkte die leichtfüßigen hübschen Pferde; ein geputzter kleiner Jockey saß hintenauf. Die Dryade erkannte sie wieder, der alte Priester erkannte sie wieder, schüttelte den Kopf und sagte traurig: „Du bist dort hingegangen! Das wurde dein Verderb, arme Mari!“

„Die soll eine Arme sein!“ dachte die Dryade, „nein, welche Verwandlung! sie ist als Herzogin verkleidet! Das wurde ihr in der Stadt der Verzauberung zuteil. Oh, wäre ich doch dort in all dem Glanz und all der Pracht! Die leuchtet nachts selbst bis zu den Wolken hinauf, wenn ich dort hinblicke, wo ich weiß, daß die Stadt liegt.“

Ja, dorthin in diese Richtung blickte die Dryade allabendlich, allnächtlich. Sie sah den strahlenden Dunst am Horizont; sie entbehrte ihn in der hellen, mondklaren Nacht; sie entbehrte die segelnden Wolken, die ihr Bilder von der Stadt und aus der Geschichte zeigten.

Das Kind greift nach seinem Bilderbuch, die Dryade griff nach der Wolkenwelt, dem Buch ihrer Gedanken.

Der sommerwarme, wolkenlose Himmel war für sie eine leere Seite, und jetzt hatte sie seit mehreren Tagen nur eine solche gesehen.

Es war in der heißen Sommerzeit, mit sonnenglühenden Tagen ohne ein Lüftchen; jedes Blatt, jede Blüte lag in einem todesähnlichen Schlaf, die Menschen auch.

Da stiegen Wolken herauf, und zwar aus der Richtung, wo nachts der strahlende Dunst verkündete: hier ist Paris.

Die Wolken stiegen höher, waren wie ein ganzes Gebirge geformt, schoben sich weiter durch die Luft, über die ganze Landschaft hinweg, so weit die Dryade schauen konnte.

Die Wolken lagen gleich schwarzblauen, gewaltigen Felsblöcken in der Luft, eine Schicht über der anderen. Die Blitzstrahlen zuckten daraus hervor, „auch sie sind Gottes Diener", hatte der alte Priester gesagt. Und jetzt kam ein bläulicher, blendender Blitz, ein Lichtschein, als wäre es die Sonne selbst, die die Felsblöcke sprengte. Der Blitz schlug ein und zersplitterte den alten, riesigen Eichbaum bis zur Wurzel; seine Krone klaffte, der Stamm klaffte, gespalten stürzte er, als breitete er sich aus, um den Sendboten des Lichts zu umarmen.

Keine erzene Kanone vermag bei der Geburt eines Königskindes so durch die Luft und über das Land zu dröhnen, wie das Donnergrollen hier beim Hingang des alten Eichbaums es tat. Der Regen strömte hernieder, der erfrischende Wind brachte Erquickung, das Gewitter war vorüber, es wurde so sonntäglich festlich. Die Leute des Ortes versammelten sich um die gefällte alte Eiche; der alte Priester sprach ehrende Worte, ein Maler zeichnete den Baum zu bleibendem Andenken.

„Alles vergeht!" sagte die Dryade, „vergeht wie die Wolke und kehrt niemals zurück!"

Der alte Priester kam nicht mehr her; das Dach des Schulhauses war eingestürzt, das Katheder fort. Die Kinder kamen nicht her, aber der Herbst kam, der Winter kam, doch auch der Frühling, und im steten Wechsel der Zeit blickte die Dryade in die Richtung, wo jeden Abend und jede Nacht fern am Horizont Paris wie ein strahlender Nebel leuchtete. Aus diesem flog eine Lokomotive nach der anderen heraus, ein Eisenbahnzug nach dem anderen, sausend, brausend, und zwar zu allen Zeiten; abends und um Mitternacht, morgens und den ganzen hellen Tag hindurch kamen die Züge, und bei jedem strömten Menschen aus aller Herren Ländern aus und ein; ein neues Weltwunder hatte sie nach Paris gerufen.

Wie offenbarte sich dies Wunder?

„Eine Prachtblüte der Kunst und Industrie", sagte man, „ist auf dem pflanzenlosen Sand des Marsfeldes emporgeschossen; eine riesengroße Sonnenblume, von deren Blättern man Geographie und Statistik ablesen kann, Zunftmeistererkenntnisse erwerben kann, zu Kunst und Poesie emporgehoben werden, die Größe und Ausdehnung der Länder erfahren kann." – „Eine Märchenblüte", sagten andere, „eine buntfarbene Lotusblume, die ihre grünen Blätter, gleich Samtteppichen, über den Sand ausbreitet, im Vorfrühling ist sie entsprossen, die Sommerzeit wird sie in all ihrer Pracht sehen, die Stürme des Herbstes werden über sie hinwegbrausen, es wird weder Blatt noch Wurzel übrigbleiben."

Vor der „Militärschule" erstreckt sich die Arena des Krieges, mitten im Frieden, das Feld ohne Gras und Halm, ein Stück Sandteppich, aus der Wüste Afrikas herausgeschnitten, wo die Fata Morgana ihre seltsamen Luftschlösser und hängenden Gärten zeigt; auf dem Marsfeld standen sie noch prächtiger, noch wunderbarer, denn sie waren kraft des Genies Wirklichkeit geworden.

„Aladins Schloß der Gegenwart ist errichtet!" hieß es, „Tag für Tag, Stunde für Stunde entfaltet es mehr und mehr seine reiche Herrlichkeit." In Marmor und Farben prangen die unendlichen Hallen. Meister „Blutlos" bewegt hier seine stählernen und eisernen Glieder in dem großen runden Saal der Maschinen. Kunstwerke aus Metall, aus Stein, aus Geweben künden von jenem geistigen Leben, das sich in allen Ländern der Erde regt; Bildersäle, Blütenpracht, alles, was Geist und Hand in der Werkstatt des Handwerkers schaffen kann, ist hier zur Schau gestellt; selbst die Denkmäler aus dem Altertum, aus alten Schlössern und Torfmooren sind angetreten.

Die überwältigend große, bunte Schau müßte verkleinert, zu einem Spielzeug zusammengedrängt werden, um wiedergegeben, in ihrer Ganzheit begriffen und gesehen werden zu können.

Das Marsfeld trug gleich einem großen weihnachtlichen Gabentisch ein Aladinsschloß der Industrie und der Kunst, und rings um dieses herum waren Schmuckstücke aus allen Landen aufgebaut: Schmuckstücke der Größe; jede Nation wurde an ihre Heimat erinnert.

Hier stand das ägyptische Königsschloß, hier die Karawanserei der Wüste; der Beduine auf seinem Kamel, aus seinem Sonnenland kommend, jagte vorbei; hier machten sich russische Ställe mit feurigen, prächtigen Pferden der Steppe breit; das kleine, strohgedeckte dänische Bauernhaus stand mit seinem Danebrog dicht neben dem prächtig geschnitzten Holzhaus Gustav Vasas aus Dalarne; amerikanische Hütten, englische Cottages, französische Pavillons, Verkaufsbuden, Kirchen und Theater lagen wundersam verstreut, und zwischen all dem der frische grüne Rasen, das klare, fließende Wasser, blühende Sträucher, seltene Bäume, Glashäuser, daß man sich vorkam wie in den tropischen Wäldern; ganze Rosengärten, wie aus Damaskus geholt, prangten unter Dach: welche Farben, welcher Duft!

Künstliche Tropfsteinhöhlen, Süßwasser und Salzwasser enthaltend, gewährten einen Blick in das Reich der Fische; man stand unten auf dem Boden des Meeres unter Fischen und Polypen.

All dies, sagte man, trage nunmehr das Marsfeld und biete es dar, und über diese große, reichgedeckte Festtafel bewege sich gleich emsigen Ameisenschwärmen das ganze Menschengewühl, zu Fuß oder in kleinen Wagen, nicht alle Beine halten eine so ermüdende Wanderung aus.

Vom frühen Morgen bis zum späten Abend kommen sie hier heraus; Dampfschiff auf Dampfschiff, von Menschen überquellend, gleitet die Seine hinab, die Wagenmenge nimmt unaufhörlich zu, die Volksscharen zu Fuß und zu Pferde wachsen an, Straßenbahnen und Omnibusse sind gesteckt voll, mit Menschen vollgestopft und garniert, alle diese Fluten bewegen sich auf ein Ziel zu: „Die Pariser Ausstellung!" Alle Eingänge prangen von den Farben Frankreichs, rings um den Bazarbau der Länder wehen

Fahnen aller Nationen; es summt und brummt aus der Halle der Maschinen, Glockenspiele lassen ihre Melodien von den Türmen erklingen, die Orgel spielt in den Kirchen; heisere, näselnde Lieder aus den orientalischen Cafés mischen sich hinein. Es ist wie ein babylonisches Reich, eine babylonische Sprachverwirrung, ein Weltwunder.

Gewiß, so war es, so klangen die Nachrichten darüber, wer hörte sie nicht? Die Dryade wußte alles, was hier über das „neue Wunder“ in der Stadt der Städte erzählt wurde.

„Fliegt, ihr Vögel! fliegt hin und schaut es euch an, kommt wieder und erzählt!“ so lautete die Bitte der Dryade.

Die Sehnsucht schwoll zu einem Wunsch an, wurde zu einer Lebensfrage – und da: in der stillen, schweigenden Nacht, der Vollmond schien, da sah die Dryade, wie aus seiner Scheibe ein Funke herausflog, er fiel, leuchtete wie eine Sternschnuppe, und vor dem Baum, dessen Äste wie unter einem Windstoß bebten, stand eine riesige, leuchtende Gestalt; sie sprach in Tönen so weich und so laut wie die Posaune des Jüngsten Gerichts, die das Leben wachküßt und zum Gericht zusammenruft.

„Du wirst dort hineinkommen, in die Stadt der Verzauberung, du wirst dort Wurzeln schlagen, die rauschenden Strömungen spüren, die Luft und den Sonnenschein dort. Aber deine Lebenszeit wird dir dann verkürzt werden, die Reihe von Jahren, die dich hier draußen im Freien erwartet, schrumpft dort drinnen zu einer geringen Zahl von Jahren zusammen. Arme Dryade, es wird dein Verderb! Deine Sehnsucht wird zunehmen, dein Begehren, dein Verlangen wird stärker werden! Der Baum selbst wird für dich ein Gefängnis werden, du wirst deine Hülle verlassen, deine Natur verlassen, hinausfliegen und dich unter die Menschen mischen, und dann sind deine Jahre zur halben Lebenszeit einer Eintagsfliege zusammengeschmolzen, zu einer einzigen Nacht nur; dein Leben wird ausgeblasen, die Blätter des Baumes welken und vergehen, kehren niemals wieder.“

So klang es, so sang es, und das Leuchten verschwand,

aber nicht die Sehnsucht und Lust der Dryade; sie bebte vor Erwartung, fiebernd vor wilden Empfindungen.

„Ich komme in die Stadt der Städte!“ jubelte sie, „das Leben beginnt, schwillt an wie die Wolke, keiner weiß, wohin es entflieht.“

Im Tagesgrauen, als der Mond verblaßte und die Wolken sich rot färbten, schlug die Stunde der Erfüllung, die Worte der Verheißung wurden eingelöst.

Es kamen Leute mit Spaten und Stangen; sie gruben rings um die Wurzeln des Baumes tief in die Erde und unter ihnen weg; ein Wagen fuhr vor, von Pferden gezogen, der Baum mit Wurzeln und dem Erdklumpen, an dem sie sich festkrallten, wurde hochgehoben, mit Schilfmatten umwickelt, wie mit einem warmen Fußsack, und dann wurde er auf den Wagen gestellt und festgeseilt, er sollte auf die Reise gehen, nach Paris, dort in der Stadt der Größe Frankreichs, der Stadt aller Städte, sollte er wachsen und bleiben.

Die Zweige und Blätter des Kastanienbaums erschauerten im ersten Augenblick der Bewegung, die Dryade erschauerte in der Wollust der Erwartung.

„Von dannen! von dannen!“ klang jeder Pulsschlag. „Von dannen! von dannen!“ tönte es in bebenden, hingehauchten Worten. Die Dryade vergaß ihrer Heimat Lebewohl zu sagen, den schwankenden Grashalmen und der unschuldigen Gänseblume, die zu ihr aufgesehen hatten wie zu einer großen Dame im Blumengarten des Herrgotts, einer jungen Prinzessin, die hier draußen im Freien Hirtin spielte.

Der Kastanienbaum war auf dem Wagen, er nickte mit seinen Zweigen „Lebt wohl!“ oder „Hinweg“, die Dryade wußte es nicht, sie dachte an das wunderbare Neue und dennoch so Bekannte, das sich vor ihr entrollen würde, und träumte davon. Kein Kinderherz in unschuldiger Freude, kein Blut voller Sinnenglut hat je so erfüllt von Vorstellungen wie sie die Reise nach Paris angetreten.

„Lebt wohl!“ wurde zu einem „Hinweg! hinweg!“

Die Wagenräder drehten sich, die Ferne wurde Nähe, wurde zurückgelassen; die Gegend wechselte, wie die

Wolken wechseln; neue Weingärten, Wälder, Dörfer, Landhäuser und Gärten tauchten auf, standen da, rollten vorbei. Der Kastanienbaum bewegte sich vorwärts, und die Dryade mit ihm. Lokomotiven brausten eine neben der anderen dicht aneinander vorüber, sie kreuzten ihre Wege; die Lokomotiven entsandten Wolken, die sich zu Gestalten formten, und diese erzählten von Paris, von wo sie kamen und wo die Dryade hinwollte.

Alles ringsum wußte und mußte doch verstehen, wohin ihr Weg ging; ihr war, als ob ihr jeder Baum, an dem sie vorbeikam, seine Äste entgegenstreckte und bäte: „Nimm mich mit! nimm mich mit!" In jedem Baum saß ja auch eine sehnsuchtsvolle Dryade.

Welcher Wechsel! welche Schnelligkeit! Es war, als sprössen die Häuser aus der Erde auf, mehr und mehr, dichter und dichter. Die Schornsteine erhöhten sich, ragten auf, übereinander und nebeneinander an den Dächern aufgestellt; große Inschriften mit ellenlangen Buchstaben und gemalten Figuren an den Mauern, vom Erdboden bis zum Gesims hinauf, kamen zum Vorschein.

„Wo fängt Paris an, und wann bin ich dort?" fragte die Dryade sich selber. Das Menschengewühl nahm zu, Getümmel und Geschäftigkeit nahmen zu, Wagen folgte auf Wagen, Fußgänger, Reiter, und ringsum Laden neben Laden, Musik, Gesang, Schreien, Reden.

Die Dryade in ihrem Baum war mitten in Paris.

Der große, schwere Wagen hielt auf einem kleinen Platz, mit Bäumen bepflanzt; von hohen Häusern umgeben, deren sämtliche Fenster jedes seinen Balkon hatte; die Leute schauten von dort oben auf die junge, frische Kastanie hinab, die angefahren kam und jetzt an Stelle des eingegangenen, ausgegrabenen Baumes, der auf der Erde lag, hier eingepflanzt werden sollte. Die Leute blieben auf dem Platz stehen und sahen lächelnd und mit Freude auf das Frühlingsgrün; die älteren Bäume, die bis jetzt nur Knospen hatten, grüßten mit rauschenden Ästen: „Willkommen! willkommen!“ und der Springbrunnen, der seine Strahlen hochschleuderte und sie in das breite Becken niederplätschern ließ, schickte mit dem Wind Tropfen zu dem soeben angekommenen Baum, als wollte er ihm einen Willkommenstrunk anbieten.

Die Dryade spürte, wie ihr Baum vom Wagen gehoben und auf seinen künftigen Platz gestellt wurde. Die Wurzeln des Baumes wurden in die Erde gesenkt, frischer Rasen wurde darübergelegt; blühende Sträucher und Kübel mit Blumen wurden eingepflanzt wie der Baum; hier entstand ein ganzes Stück Garten mitten auf dem Platz. Der eingegangene, ausgegrabene Baum, von der Gasluft, dem Essensdunst und der ganzen, die Pflanzen erstickenden Stadtluft getötet, wurde auf den Wagen gelegt und weggefahren. Das Menschengewimmel schaute zu, Kinder und Alte saßen auf der Bank im Grünen und schauten in die Blätter des Baumes hinauf. Und wir, die wir davon erzählen, standen auf dem Balkon, blickten auf den jungen Frühling hinab, aus der frischen Landluft draußen, und sagten, wie der alte Priester gesagt haben würde: „Arme Dryade!“

„Glückselig bin ich, glückselig!“ sagte die Dryade, „und dennoch, ich kann es nicht so recht fassen, es nicht aussprechen, was ich empfinde; alles ist, wie ich es mir vorgestellt habe! und doch nicht so, wie ich es mir vorgestellt habe!“

Die Häuser waren so hoch, standen so nahe vor einem; die Sonne schien nur auf eine Mauer richtig, und die war mit Anschlägen und Plakaten beklebt, vor denen die Leute stillstanden und sich drängelten. Wagen jagten vorüber, leichte und schwerfällige; Omnibusse, diese überfüllten fahrenden Häuser, eilten sich, Reiter jagten von dannen,

Karren und Kutschen forderten das gleiche Recht. Werden sich nicht, dachte die Dryade, bald auch die hochstrebenden Häuser, die so nahe standen, von der Stelle bewegen, die Gestalt verändern, wie es die Wolken des Himmels können, zur Seite gleiten, damit sie nach Paris hineinschauen konnte, über die Stadt hinweg. Notre-Dame mußte sich zeigen, die Vendôme-Säule und das Wunder, das, was die vielen Fremden hierhergerufen hatte und herrief.

Die Häuser rührten sich nicht von der Stelle.

Es war noch Tag, als die Laternen angezündet wurden, die Gasstrahlen leuchteten aus den Läden, leuchteten zwischen den Zweigen des Baums; es war wie sommerlicher Sonnenschein. Die Sterne hoch droben kamen heraus, dieselben, die die Dryade in ihrem Heimatort gesehen hatte; sie vermeinte einen Luftzug von dort zu verspüren, so rein und sanft. Sie fühlte sich erhoben, gestärkt, merkte, daß sie eine Sehkraft besaß ganz durch alle Blätter des Baumes hindurch, eine Empfindung bis in die äußerste Spitze der

Wurzeln. Sie fühlte, sie wurde in der lebendigen Menschenwelt von freundlichen Augen betrachtet; ringsum herrschten Getümmel und Lärm, Farben und Licht.

Aus der Nebenstraße erklangen Blasinstrumente und zum Tanz verlockende Melodien von Leierkästen. Ja, zum Tanz, zum Tanz! zu Freude und Lebensgenuß rief es.

Es war eine Musik, daß Menschen, Pferde, Wagen, Bäume und Häuser dazu tanzen mußten, falls sie tanzen konnten. Da stieg eine Freude der Trunkenheit in der Brust der Dryade auf.

„Wie beglückend und schön!“ jubelte sie. „Ich bin in Paris!“

Der Tag, der kam, die Nacht, die folgte, und wieder der nächste Tag, die nächste Nacht boten das gleiche Bild, den gleichen Verkehr, das gleiche Leben, wechselnd und dennoch immer das gleiche.

„Nun kenne ich jeden Baum, jede Blüte hier auf dem Platz! ich kenne jedes Haus, jeden Balkon und Laden hier, wo ich in dem kleinen, eingezwängten Winkel aufgestellt worden bin, der mir die riesige, große Stadt verdeckt. Wo sind die Triumphbögen, die Boulevards und das Weltwunder? Nichts von alledem sehe ich! Wie in einen Käfig gesperrt stehe ich zwischen den hohen Häusern, die ich jetzt mit ihren Inschriften, Plakaten, Schildern, all den aufgeschmierten Leckerbissen, die mir nicht mehr schmecken, auswendig kann. Wo ist nur all das, wovon ich vernommen habe, wovon ich weiß, wonach ich mich sehne und um dessentwillen ich her wollte? Was habe ich erwischt, errungen, gefunden! Ich habe eine Sehnsucht wie je, ich spüre ein Leben, nach dem ich greifen und darin ich leben muß! Ich muß in die Reihe der Lebenden hinein! mich dort ergehen, fliegen wie die Vögel, sehen und empfinden, zu einem richtigen Menschen werden, eine Tageshälfte ergreifen um den Preis von Jahren, in der Müdigkeit und Ödheit des Alltags verbracht, wo ich dahinsieche, sinke, falle wie die Nebel der Wiese und entschwinde. Schimmern will ich wie die Wolke, schimmern wie die Sonne des Lebens, wie die Wolke über das Ganze hinwegschauen, vergehen wie sie, niemand weiß, wohin sie treibt!"

Das war der Seufzer der Dryade, er steigerte sich zu einem Gebet: „Nimm meine Lebensjahre, schenke mir die Hälfte vom Leben einer Eintagsfliege! Erlöse mich aus meinem Gefängnis, schenke mir ein menschliches Leben, ein Menschenglück, für eine kurze Weile, nur diese eine Nacht, wenn es nicht anders sein kann, und strafe mich dann nur für meinen kühnen Lebensdrang, das Verlangen meines Herzens! Lösche mich aus, lasse dann meine Hülle, den frischen jungen Baum, welken, gefällt werden, zu Asche werden, im Winde vergehen!"

Es rauschte in den Ästen des Baumes, in jedes Blatt kam ein kribbelndes Gefühl, ein Schauer, als durchrieselte ihn eine Flamme oder schösse daraus hervor, ein Sturmwind fuhr durch die Baumkrone, und deren Mitte entstieg eine Frauengestalt, die Dryade selber. Im selben Augenblick saß sie unter den vom Gaslicht angestrahlten, laubigen Ästen, jung und schön, wie die arme Mari, der gesagt worden war: „Die große Stadt wird dein Verderb sein!"

Die Dryade saß am Fuße des Baumes, vor ihrer Haustür, die hatte sie abgeschlossen und den Schlüssel weggeworfen. Sie war so jung, so wunderlieblich! Die Sterne sahen sie, die Sterne glitzerten, die Gaslampen sahen sie, sie strahlten, winkten! wie war sie schlank und dennoch so fest, ein Kind und dennoch eine vollerblühte Jungfrau. Ihre Kleidung war fein wie Seide, grün wie die aufgesprungenen frischen Blätter im Wipfel des Baumes; in ihrem nußbraunen Haar hing eine halberblühte Kastanienblüte; sie glich der Göttin des Frühlings.

Nur eine kurze Minute lang saß sie regungslos still, dann sprang sie auf, und mit einer Schnelligkeit wie eine Gazelle schoß sie vom Platze fort, war um die Ecke; sie rannte, sie sprang wie der Lichtfunke von einem Spiegel, der in den Sonnenschein gehalten wird, der Lichtfunke, der bei jeder Bewegung bald hierhin, bald dorthin geworfen wird; und hätte man genauer hingeschaut und sehen können, was es zu sehen gab, wie wunderbar; an jeder Stelle, wo sie einen Augenblick verweilte, wurde ihre Kleidung, ihre Gestalt verwandelt, je nach der Eigenart des Ortes, des Hauses, von dessen Lampe sie beleuchtet wurde.

Sie gelangte zum Boulevard; hier entströmte den Gasflammen in Laternen, Läden und Cafés eine Lichtflut. Hier standen Bäume in Reihen, junge und schlanke, jeder verbarg seine Dryade vor den Strahlen des künstlichen Sonnen-

lichts. Der ganze, unendlich lange Bürgersteig war wie ein einziger großer Gesellschaftssaal; hier standen Tische, mit allen Arten von Erfrischungen, Champagner, Chartreuse, bis hinunter zu Kaffee und Bier. Hier war eine Ausstellung von Blumen, von Bildern, Statuen, Büchern und farbigen Stoffen.

Von dem Gewimmel unter den hohen Häusern sah sie über den schreckeinflößenden Strom zwischen den Baumreihen hinweg; hier wogte eine Flut von rollenden Wagen, Kutschen, Landauern, Omnibussen, Droschken, Herren zu Pferde und marschierenden Regimentern. Man setzte Leben und Gesundheit aufs Spiel, wenn man zum gegenüberliegenden Ufer hinüber wollte. Jetzt leuchteten Lampions, dann war das Gaslicht wieder vorherrschend, plötzlich stieg eine Rakete empor, woher, wohin?

Wahrlich, es war die große Landstraße der Weltstadt!

Hier ertönten weiche italienische Melodien, dort spanische Gesänge, von dem Klappern der Kastagnetten begleitet, aber am lautesten, über das ganze hinwegbrausend, klangen die Spieldosenmelodien des Augenblicks, die aufreizende Cancanmusik, die Orpheus nicht kannte und die nie etwas von der schönen Helena gehört hatte, selbst der Schubkarren hätte auf seinem einen Rade tanzen müssen, falls er zu tanzen vermocht hätte. Die Dryade tanzte, schwebte, flog, wechselte die Farben wie ein Kolibri im Sonnenlicht, jedes Haus und seine Welt in ihm warf den Schein zurück.

Wie die leuchtende Lotusblume, von ihrer Wurzel abgerissen, durch den Strom und seine Wirbel von dannen getragen wird, so trieb sie dahin, und wo sie stehenblieb, hatte sie wieder eine neue Gestalt, daher vermochte niemand ihr zu folgen, sie wiederzuerkennen und sie sich anzusehen.

Gleich Wolkengebilden flog alles an ihr vorüber, Gesicht auf Gesicht, aber sie kannte nicht ein einziges, sie sah nicht eine einzige Gestalt aus ihrem Heimatort. In ihrem Innern leuchteten zwei strahlende Augen: sie dachte an Mari, die arme Mari! das zerlumpte, fröhliche Kind mit der roten Blüte im schwarzen Haar. Sie war ja in der Weltstadt, war reich, glänzend, so wie sie am Pfarrhaus vorübergefahren war, an dem Baum der Dryade und der alten Eiche.

Hier war sie allerdings im betäubenden Lärm vielleicht

gerade eben aus der wartenden prunkvollen Kutsche gestiegen; prächtige Wagen hielten hier mit galonierten Kutschern und Dienern in seidenen Strümpfen. Die Herrschaften, die ausstiegen, waren lauter Frauen, reichgekleidete Damen. Sie gingen durch die geöffneten Gittertore und die hohe, breite Treppe hinauf, die in ein Gebäude mit marmorweißen Säulen führte. War dies vielleicht das Weltwunder? Dort war sicher Mari!

„Sancta Maria!" sangen sie dort drinnen. Duftender Weihrauch wallte unter den hohen, gemalten und vergoldeten Bögen dahin, wo Halbdunkel herrschte.

Es war die Magdalenenkirche.

Schwarzgekleidet, in den kostbarsten Stoffen, nach der letzten und vornehmsten Mode verfertigt, schritt hier über den blanken Fußboden die vornehme weibliche Welt durch den Raum. Das Wappen saß auf den silbernen Spangen des in Sammet eingebundenen Gebetbuchs und auf dem stark parfümierten, feinen Taschentuch mit den kostbaren Brüsseler Spitzen. Manche Frauen knieten in stillem Gebet vor den Altären, andere suchten die Beichtstühle auf.

Die Dryade empfand eine Unruhe, eine Furcht, als wäre sie an einen Ort gegangen, den sie nicht betreten durfte. Hier war das Haus des Schweigens, die Königshalle der Geheimnisse; alles wurde geflüstert und lautlos anvertraut.

Die Dryade sah sich selbst in Seide und Tüll vermummt, an Gestalt den anderen Frauen des Reichtums und der hohen Herkunft gleichend; ob jede von ihnen ein Kind der Sehnsucht war wie sie?

Es erklang ein Seufzer, tief schmerzlich; kam er aus der Ecke des Beichtstuhls oder aus der Brust der Dryade? Sie raffte den Schleier dichter um sich zusammen. Sie atmete Kirchenweihrauch und nicht die frische Luft. Hier lag nicht das Ziel ihrer Sehnsucht.

Fort! fort! in rastlosem Flug. Die Eintagsfliege kennt keine Rast, ihr Fliegen ist Leben.

Sie war wieder dort draußen unter strahlenden Gaskandelabern bei prachtvollen Springbrunnen. „Alle Wasserfluten vermögen trotzdem nicht das unschuldige Blut abzuwaschen, das hier vergossen wurde."

Diese Worte fielen.

Hier standen fremde Menschen, sie sprachen laut und lebhaft, wie es keiner in der großen Königshalle der Geheimnisse wagte, aus der die Dryade kam.

Eine große, steinerne Platte wurde gedreht, hochgehoben; sie begriff es nicht; sie sah den offenen Einstieg in die Erdentiefe; dort stiegen sie hinein, aus der sternklaren Luft, aus dem wundervollen Licht der Gasflammen, aus allem lebendigen Leben.

„Ich hab davor Angst!" sagte eine der Frauen, die hier standen; „ich traue mich nicht, da hinunterzuklettern! Mache mir auch nichts daraus, die Herrlichkeit dort zu sehen! Bleib bei mir!"

„Ich soll nach Hause fahren?" sagte der Mann, „von Paris weggehen, ohne das Merkwürdigste gesehen zu haben, das eigentliche Wunder der Gegenwart, entstanden durch die Klugheit und den Willen eines einzigen Mannes!"

„Ich steig da nicht hinunter", war die Antwort.

„Wunder der Gegenwart", hatte es geheißen. Die Dryade hörte es, verstand es; das Ziel ihrer größten Sehnsucht war erreicht, und hier war der Eingang, in die Tiefe hinab, unter die Stadt Paris; das hatte sie nicht geglaubt, aber jetzt hörte sie es, sie sah, wie die Fremden hinabstiegen, und sie folgte ihnen.

Die Treppe war aus Gußeisen, spiralenförmig, breit und bequem. Eine Lampe brannte dort unten, und tiefer unten wieder eine.

Sie standen in einem Labyrinth von unendlich langen, sich kreuzenden Hallen und Bogengängen: alle Straßen und Gassen von Paris waren hier zu sehen, wie in einem trüben Spiegel, die Namen waren zu lesen, jedes Haus dort oben hatte hier seine Nummer, seine Wurzel, die unter dem menschenleeren, asphaltierten Gehsteig vorstieß, der dicht an einem breiten Kanal mit dahinflutendem Schlamm entlangführte. Weiter oben wurde das frische, fließende Wasser unter den Gewölben hingeleitet, und ganz zuoberst hingen, wie ein Netz, Gasrohre und Telegraphendrähte, Lampen leuchteten aus der Ferne, wie Bilder des Widerscheins von der Weltstadt oben drüber. Ab und zu hörte man ein polterndes Grollen dort oben, es waren schwere Wagen, die über die Einstiegdeckel fuhren.

Wo war die Dryade?

Du hast von den Katakomben gehört; sie sind nur ein verschwindender Teil dieser neuen, unterirdischen Welt, dieses Wunders der Gegenwart: der Kloaken von Paris. Hier stand die Dryade und nicht auf der Weltausstellung auf dem Marsfeld.

Ausrufe des Staunens, der Bewunderung und Anerkennung hörte sie.

„Von hier unten", sagte einer, „sprießen nun Gesundheit und längeres Leben für Tausende und aber Tausende nach oben! Unsere Zeit ist eine Zeit des Fortschritts mit all seinem Segen."

Das war die Ansicht der Menschen, die Rede der Menschen, nicht aber die jener Geschöpfe, die hier hausten, lebten und geboren waren, der Ratten; sie pfiffen aus der Ritze in einem Stück alten Gemäuers, ganz deutlich, ganz vernehmbar und für die Dryade verständlich.

Ein großes, altes Rattenmännchen mit abgebissenem Schwanz pfiff durchdringend seine Empfindungen, Beklemmungen und die einzig richtige Ansicht, und die Familie pflichtete ihm in jedem Worte bei.

„Mir wird übel bei dem Miau, dem Menschenmiau, dieser Rede der Unwissenheit! O ja, jetzt ist es hier herrlich, mit Gas und Petroleum! Ich fresse dergleichen nicht. Hier ist es so vornehm und so hell geworden, daß man dasitzt und sich seiner selber schämt und nicht weiß, weshalb man sich schämt. Ach, lebten wir noch in der Zeit der Talglichter! Die liegt doch gar nicht so lange zurück! Das war eine romantische Zeit, wie man es nennt."

„Was erzählst du da alles?" fragte die Dryade. „Ich habe dich bisher nicht gesehen. Wovon redest du da?"

„Von der guten alten Zeit!" sagten die Ratten, „der wunderbaren Zeit der Urgroßvater- und Urgroßmutterratte!

Damals war es eine große Angelegenheit, hier herunterzukommen. Das war ein Rattennest, damit konnte sich das ganze Paris nicht messen! Mutter Pest lebte hier unten; sie tötete Menschen, aber niemals Ratten. Räuber und Schmuggler konnten hier unten frei atmen. Hier war ein Unterschlupf für die interessantesten Persönlichkeiten, die man nunmehr nur in den Melodramtheatern dort oben zu sehen bekommt. Die Zeit der Romantik ist auch in unserem Rattennest vorüber; wir haben hier unten frische Luft bekommen und Petroleum."

So pfiff die Ratte! pfiff die neue Zeit aus, zu Ehren der alten mit Mutter Pest.

Da hielt ein Wagen, eine Art offener Omnibus, mit kleinen, flinken Pferden davor; die Gesellschaft stieg ein, fuhr den Boulevard Sebastopol entlang, aber unter der Erde, oben drüber zog sich die bekannte, mit Menschen gefüllte Pariser Straße dahin.

Der Wagen verschwand im Halbdunkel, die Dryade verschwand, hinaufgehoben in die frische Luft im Lichte der Gasflammen; dort und nicht drunten in den kreuz und quer laufenden Gewölben und deren dumpfiger Luft mußte das Wunder sein, das Weltwunder, das sie in ihrer kurzen Lebensnacht suchte; es mußte stärker strahlen als alle Gasflammen hier oben, stärker als der Mond, der jetzt aufging.

Ja, fürwahr! und sie erblickte es dort drüben, es erglänzte vor ihr, es schimmerte, flimmerte, wie die Venus am Himmel.

Sie sah ein Strahlentor, das sich zu einem kleinen Garten öffnete, voller Licht und Tanzmelodien. Gasflämmchen brannten dort wie Beete um kleine, stille Seen und Teiche, wo Wasserpflanzen, künstlich hergestellt, aus Blechplatten ausgeschnitten, gebogen und angemalt, in all der Beleuchtung prangten und den Wasserstrahl ellenhoch aus ihrem Kelch entsandten. Schöne Trauerweiden, richtige frühlingshafte Trauerweiden senkten ihre frischen Zweige gleich einem grünen, durchsichtigen und dennoch verhüllenden Schleier hinab. Hier zwischen den Büschen brannte ein Feuer, sein roter Schein leuchtete über kleine halbdunkle, verschwiegene Lauben, von Tönen durchbraust, einer Musik, die dem Ohr süß schmeichelte, betörend, lockend, den Menschen das Blut durch die Glieder jagend.

Junge Frauen sah sie, schön, festlich gekleidet, mit dem Lächeln der Unschuld, dem leichten, lachenden Jugendsinn, eine „Mari", mit einer Rose im Haar, aber ohne Wagen und Jockey. Wie wogten sie umher, wie schwangen sie sich in wilden Tänzen! Was war oben, was war unten? Wie von der Tarantel gestochen, sprangen sie, lachten sie, lächelten sie, so glückselig froh, als wollten sie die ganze Welt umarmen.

Die Dryade fühlte sich vom Tanze mitgerissen. Um ihren kleinen, feinen Fuß schloß sich der seidene Stiefel, kastanienbraun wie das Band, das von ihrem Haar über die unverhüllte Schulter niederflatterte. Das grünseidene Kleid wallte in weiten Falten, verbarg aber nicht das hübsch geformte Bein mit dem reizenden Fuß, der vor dem Kopf des tanzenden Jünglings einen Zauberkreis in der Luft zu beschreiben schien.

War sie im Zaubergarten Armidas? Wie hieß dieser Ort?

Der Name leuchtete draußen in Gasflammen: „MABILE".

Töne und Händeklatschen, Raketen und sprudelnde Wasser knallten zugleich mit dem Champagner hier drinnen, der Tanz war bacchantisch wild, und über dem Ganzen stand der Mond, wenn auch ein wenig schief im Gesicht. Der Himmel war wolkenlos, hell und rein, man meinte von Mabile aus in den Himmel hineinzusehen.

Eine verzehrend kribbelnde Lebenslust durchbebte die Dryade, es war wie ein Opiumrausch.

Ihre Augen sprachen, die Lippen sprachen, aber die Worte waren nicht zu hören infolge des Klanges von Flöten und Geigen. Ihr Tänzer flüsterte ihr Worte ins Ohr, die beiden wiegten sich im Takt des Cancans; sie verstand sie nicht, wir verstehen sie nicht. Er streckte seine Arme nach ihr aus, legte sie um sie und umschlang nur die durchsichtige, gasgefüllte Luft.

Die Dryade wurde vom Luftstrom getragen, wie der

Wind ein Rosenblatt davonträgt. In der Höhe vor sich sah sie eine Flamme, ein schimmerndes Licht hoch droben auf einem Turm. Das Feuer glänzte von dem Ziel ihrer Sehnsucht hernieder, glänzte von dem roten Leuchtturm auf der „Fata Morgana" des Marsfeldes, dort hinauf wurde sie vom

Frühlingswinde getragen. Den Turm umkreiste sie; die Arbeiter meinten, es sei ein Falter, den sie herniederschweben sahen und der wegen seiner allzu frühen Ankunft sterben sollte.

Der Mond leuchtete, Gasflammen und Laternen leuchteten in den großen Hallen und in den verstreut liegenden „Bauwerken der ganzen Welt", leuchteten auf den Rasenhügeln und den durch menschliche Geschicklichkeit angelegten Felspartien, von denen durch „Meister Blutlos'" Kraft Wasserfälle niederstürzten. Die Höhlen der Meerestiefe und die Abgründe des Süßwassers, das Reich der

Fische tat sich hier auf, man war auf dem Grunde des tiefen Tümpels, man war unten auf dem Meere in der gläsernen Taucherglocke. Das Wasser preßte von allen Seiten und von oben gegen die dicken Glaswände. Die Polypen, klafterlange, biegsame, sich wie Aale schlängelnde, zitternde, lebendige Gedärme, Arme, griffen nach dem Meeresboden, hoben sich empor, wuchsen in ihm fest.

Eine große Flunder lag nachdenklich dicht daneben, machte sich übrigens behäbig, behaglich breit; die Krabbe kroch wie eine ungeheure Spinne darüber weg, während die Garnelen mit einer Schnelligkeit, einer Hast wendeten, als wären sie die Motten und Schmetterlinge des Meeres.

Im Süßwasser wuchsen Mummeln, Schilf und Blumenbinsen. Die Goldfische hatten sich in Reih und Glied aufgestellt wie rote Kühe auf der Weide, alle mit dem Kopf in dieselbe Richtung, um das strömende Wasser in den Schlund zu bekommen. Dicke, fette Schleie glotzten mit dummen Augen auf die Glaswände; sie wußten, sie waren auf der Pariser Ausstellung; sie wußten, daß sie in mit Wasser gefüllten Tonnen die ziemlich mühselige Reise bis hierher gemacht hatten, in der Eisenbahn landkrank geworden waren, so wie die Menschen auf dem Meere seekrank werden. Sie waren gekommen, um die Ausstellung zu sehen, und sahen sie von ihrer eigenen Süßwasser- oder Meerwasserloge aus, sahen das Menschengewühl, das sich vom Morgen bis zum Abend vorbeibewegte. Alle Länder der Erde hatten ihre Menschen geschickt und ausgestellt, damit die alten Schleie und Brassen, die munteren Barsche und bemoosten Karpfen diese Geschöpfe sehen und ihr Urteil über diese Arten abgeben konnten.

„Es sind Schuppentiere!“ sagte ein morastiger kleiner Weißfisch. „Sie wechseln zwei-, dreimal am Tage die Schuppen und geben durch den Mund Geräusche von sich, Reden wird das genannt. Wir ziehen uns nicht um und machen uns auf leichtere Weise verständlich: Bewegungen mit den Mundwinkeln und Augenaufsperren! Wir haben viel vor den Menschen voraus!“

„Schwimmen haben sie immerhin gelernt“, sagte ein

kleiner Süßwasserfisch; „ich bin von dem großen Binnensee; da gehen in der heißen Zeit die Menschen baden, aber erst legen sie die Schuppen ab, dann schwimmen sie. Sie haben es von den Fröschen gelernt, stoßen mit den Hinterbeinen und rudern mit den Vorderbeinen, sie halten es nicht lange aus. Sie möchten uns ähneln, aber das ist nicht zu erreichen! Arme Menschen!"

Und die Fische sperrten die Augen auf; sie meinten, das ganze Menschengewimmel, das sie im hellen Tageslicht gesehen hatten, bewege sich hier noch immer; ja, sie waren überzeugt, daß sie dieselben Gestalten noch immer sahen, die ihnen sozusagen zuerst auf die Empfangsnerven geschlagen hatten.

Ein kleiner Barsch mit hübsch getigerter Haut und einem beneidenswert runden Rücken versicherte, der „Menschenmorast" wäre noch da, er sähe ihn.

„Ich sehe ihn auch, sehe ihn ganz deutlich!" sagte ein gelbsuchtgoldener Schlei, „ich sehe deutlich die hübsche, wohlgebildete Menschengestalt, ‚langbeinige Dame' oder wie sie sie gleich nannten, sie hatte unsere Mundwinkel und Glotzaugen, zwei Ballons hinten dran und vorn einen zusammengeklappten Regenschirm, großes Entengrüngehänge, allerhand Gebammel. Sie sollte das alles nur einmal ablegen, sollte herumlaufen wie wir, nach der Absicht der Schöpfung, und sie würde wie ein biederer Schlei aussehen, soweit Menschen das können."

„Wo ist denn der geblieben, der an der Leine, das Menschenmännchen, das sie mitgezogen haben?"

„Das fuhr in einem Rollstuhl, saß mit Papier, Tinte und Feder, schrieb alles auf, schrieb alles nieder. Was hatte er zu bedeuten? er wurde Schriftsteller genannt!"

„Er fährt da noch immer!" sagte eine bemooste, jungfräuliche Karausche mit der Heimsuchung der Welt im Schlund, so daß sie davon ganz heiser war; sie hatte einmal einen Angelhaken verschluckt und schwamm noch immer mit diesem im Halse geduldig herum.

„Schriftsteller", sagte sie, „das ist, fischlich verständlich ausgedrückt, eine Art Tintenfisch unter den Menschen."

So unterhielten sich die Fische auf ihre Weise. Aber mitten in der künstlich errichteten, Wasser enthaltenden Grotte ertönten Hammerschläge und der Gesang der Arbeiter, sie mußten die Nacht zu Hilfe nehmen, um alles schnell fertigzukriegen. Sie sangen im Sommernachtstraum der Dryade, sie selbst stand hier drinnen, um wieder davonzufliegen und zu verschwinden.

„Da sind die Goldfische!" sagte sie und nickte ihnen zu. „So habe ich euch doch zu sehen bekommen! Ja, ich kenne euch! Ich kenne euch seit langem! Die Schwalbe in unserem Heimatort hat mir von euch erzählt. Wie seid ihr hübsch, schimmernd, entzückend! Ich könnte jeden einzelnen von euch küssen! Ich kenne auch die anderen! Das ist sicher die fette Karausche, der da, das ist der leckere Brassen, und hier die alten moosüberzogenen Karpfen! Ich kenne euch! Ihr kennt mich nicht."

Die Fische glotzten, verstanden kein einziges Wort, sie schauten in das dämmernde Licht hinaus.

Die Dryade war nicht mehr da, sie stand im Freien, wo die Weltwunderblume den Duft der verschiedenen Länder ausströmte, von dem Schwarzbrotland, der Klippfischküste, dem Wildlederreich, dem Flußufer der Eau de Cologne und dem Morgenland des Rosenöls.

Wenn wir nach einer Ballnacht heimfahren, halb schlafend, klingen uns noch deutlich die Melodien im Ohr, die wir hörten, wir könnten sie alle singen. Und wie im Auge des Getöteten das Letzte, was das Auge erblickte, noch eine Weile haften bleibt, so war noch immer hier in der Nacht das Getümmel und der Schein vom Treiben des Tages erhalten, es war nicht verrauscht, nicht verhallt; die Dryade spürte es und wußte: so braust es weiter am morgigen Tag.

Die Dryade stand unter den duftenden Rosen, vermeinte sie von ihrem Heimatort her zu kennen. Rosen aus dem Schloßpark und aus dem Garten des Priesters. Auch die rote Granatblüte sah sie hier; so eine hatte Mari in ihrem kohlschwarzen Haar getragen.

Erinnerungen aus der Heimat der Kinderzeit draußen auf dem Lande blitzten durch ihre Gedanken; das Bild rundum trank sie mit der Begierde der Augen, während fieberhafte Unruhe sie erfüllte, sie durch die wunderbaren Säle führte.

Sie fühlte sich müde, und diese Müdigkeit nahm zu. Sie hatte ein Verlangen, sich auf den weichen, ausgebreiteten orientalischen Pfühlen und Teppichen hier drinnen auszuruhen oder sich mit der Trauerweide zum klaren Wasser hinunterzuneigen und darin unterzutauchen.

Aber die Eintagsfliege kennt keine Rast. Das Tagesrund ging in wenigen Minuten zu Ende.

Ihre Gedanken erschauerten, ihre Glieder erschauerten, sie sank ins Gras neben dem rieselnden Wasser.

„Du sprudelst aus der Erde mit ewigem Leben!" sagte sie, „labe meine Zunge, schenke mir Erquickung!"

„Ich bin keine lebendige Quelle!" erwiderte das Wasser. „Ich sprudele durch Maschinenkraft."

„Schenke mir von deiner Frische, du grünes Gras", bat die Dryade. „Schenke mir eine von den duftenden Blumen!"

„Wir sterben, wenn wir ausgerissen werden!" erwiderten Halme und Blüten.

„Küsse mich, du frischer Lufthauch! Nur einen einzigen Kuß zum Leben!"

„Bald küßt die Sonne die Wolken rot!" sagte der Wind, „und dann gehörst du zu den Toten, bist vergangen, wie alle Herrlichkeit hier vergeht, ehe noch das Jahr um ist, und ich kann von neuem mit dem leichten, losen Sand hier auf dem Platze spielen, den Staub über den Boden hinfegen, den Staub in die Luft hinauffegen, Staub! Alles nur Staub!"

Die Dryade spürte eine Angst, wie das Weib, das sich im Bade die Pulsader durchgeschnitten hat und verblutet, aber im Verbluten doch noch zu leben wünscht. Sie richtete sich auf, machte einige Schritte vorwärts und sank dann wieder um, vor einer kleinen Kirche. Die Tür stand offen, auf dem Altar brannten Kerzen, die Orgel tönte.

Welche Musik! solche Töne hatte die Dryade niemals vernommen, und trotzdem meinte sie darin bekannte Stimmen zu hören. Sie kamen aus der Herzenstiefe der ganzen Schöpfung. Sie meinte das Rauschen des alten Eichbaums zu hören, sie meinte den alten Priester von großen Taten erzählen zu hören, von berühmten Namen, von allem, was Gottes Schöpfung einer künftigen Zeit als Geschenk zu geben vermochte, ihr geben mußte, um selber dadurch ewig währendes Leben zu erringen.

Die Orgeltöne schwollen an und tönten, sprachen im Lied: „Deine Sehnsucht und Lust riß dich aus deinem dir von Gott gegebenen Platz heraus. Es wurde dein Verderb, arme Dryade!"

Orgeltöne, weich, sanft, klangen wie Weinen, erstarben wie Weinen.

Am Himmel schimmerten die Wolken rot. Der Wind

brauste und sang: „Fahret hin, ihr Toten, jetzt geht die Sonne auf!“

Der erste Strahl fiel auf die Dryade. Ihre Gestalt leuchtete in wechselnden Farben wie die Seifenblase, ehe sie platzt, verschwindet und ein Tropfen wird, eine Träne, die auf die Erde fällt und vergeht.

Arme Dryade! ein Tautropfen, nur eine Träne, rinnend und versiegend!

Die Sonne schien auf die „Fata Morgana“ des Marsfeldes, schien auf das große Paris, auf den kleinen Platz mit den Bäumen und dem plätschernden Springbrunnen zwischen den hohen Häusern, wo die Kastanie stand, aber mit hängenden Zweigen, welken Blättern, der Baum, der noch gestern so lebensfrisch hochaufgerichtet stand wie der Frühling selber. Jetzt war er eingegangen, sagte man; die Dryade war fortgegangen, verweht wie die Wolke, niemand weiß wohin.

Auf der Erde lag eine verwelkte, geknickte Kastanienblüte, das Weihwasser der Kirche vermochte sie nicht ins Leben zurückzurufen. Der menschliche Fuß zertrat sie schnell im Kies.

Das alles geschah und wurde erlebt.

Wir haben es selber gesehen, auf der Pariser Ausstellung von 1867, in unserer Zeit, in der großen, wunderbaren Zeit des Märchens.

Hühnergrethe war der einzige Dauerbewohner in dem neuen, stattlichen Haus, das man auf dem Gut für die Hühner und Enten erbaut hatte; es stand da, wo die alte Ritterburg gestanden hatte, mit Turm, Treppengiebel, Wallgraben und Zugbrücke. Dicht daneben lag eine Wildnis von Bäumen und Strauchwerk; hier war der Garten gewesen und hatte sich bis zu einem großen See hinunter erstreckt, der jetzt Sumpf war. Saatkrähen, Nebelkrähen und Dohlen flogen mit Krächzen und Schreien über die alten Bäume hin, eine wimmelnde Menge von Vögeln; sie wurden nicht geringer an Zahl, auch wenn man mitten in sie hineinschoß, sie nahmen eher zu. Man konnte sie bis ins Geflügelhaus hinein hören, wo Hühnergrethe saß und wo die Entenküken ihr über die Holzschuhe liefen. Sie kannte jede Henne, jede Ente von dem Augenblick an, da sie aus dem Ei auskrochen, sie war stolz auf ihre Hühner und Enten, stolz auf das stattliche Haus, das ihnen erbaut worden war. Reinlich und hübsch war ihr Stübchen, das verlangte die gnädige Frau, der das Geflügelhaus gehörte; sie kam oftmals mit feinen, vornehmen Gästen her und zeigte die „Kaserne der Hühner und Enten“, wie sie es nannte.

Hier gab es einen Kleiderschrank und einen Lehnsessel, ja, hier war auch eine Kommode, und auf dieser stand eine blankpolierte Messingplatte mit dem Wort „Grubbe“ eingraviert, welches der Name jenes alten, hochadligen Geschlechts war, das hier auf der Ritterburg gelebt hatte. Die Messingplatte hatte man gefunden, als man hier grub, und der Küster hatte gesagt, sie hätte keinen besonderen Wert, außer daß sie ein altes Andenken wäre. Der Küster war gut über den Ort und die alte Zeit unterrichtet, er hatte seine Kenntnisse aus Büchern; in seiner Tischschublade lag so vieles aufgeschrieben. Er hatte ein großes Wissen über die alten Zeiten; aber die älteste Krähe wußte wahrscheinlich mehr und krächzte in ihrer Sprache darüber, aber das war die Krähensprache, die verstand der Küster nicht, und wenn er auch noch so klug war.

Der Sumpf konnte nach einem heißen Sommertag dampfen, so daß gleichsam ein ganzer See vor den alten Bäumen lag, wo Saatkrähen, Nebelkrähen und Dohlen umherflogen; so hatte es hier ausgesehen, als der Ritter Grubbe lebte und

der alte Burghof mit roten, dicken Mauern noch stand. Die Hundekette reichte damals ganz am Tor vorbei; durch den Turm kam man auf einem mit Steinen ausgelegten Gang in die Stuben; die Fenster waren schmal und die Scheiben klein, sogar in dem großen Saal, wo der Tanz stattfand, aber zur Zeit des letzten Grubbe war seit Menschengedenken nicht getanzt worden, und doch lag hier noch eine alte Kesselpauke, die bei der Musik verwandt worden war. Hier stand ein kunstvoll geschnitzter Schrank, in dem wurden seltene Blumenzwiebeln verwahrt, denn Frau Grubbe liebte die Gärtnerei und zog Bäume und Pflanzen groß; ihr Gemahl ritt lieber aus, um Wölfe und Sauen zu schießen, und immer wurde ihm von seiner kleinen Tochter Marie das Geleit auf den Weg gegeben. Im Alter von fünf Jahren saß sie stolz zu Pferde und blickte mit großen, schwarzen Augen keck um sich. Sie hatte eine Freude daran, mit der Peitsche zwischen die Jagdhunde zu schlagen; der Vater hätte es allerdings lieber gesehen, sie hätte zwischen die Bauernjungen geschlagen, die kamen, um die Herrschaft zu sehen.

Der Bauer in der Erdhütte dicht neben der Burg hatte einen Sohn, Sören, gleichaltrig mit der kleinen, hochadligen Jungfer, er verstand zu klettern und mußte immer hinauf, um

Vogelnester für sie zu holen; die Vögel schrien, sosehr sie konnten, und einer der größten hackte ihn dicht übers Auge, so daß das Blut herausfloß, man meinte, das Auge sei dabei draufgegangen, aber es hatte dann doch keinen Schaden gelitten. Marie Grubbe nannte ihn ihren Sören, das war eine große Gunst, und die kam dem Vater zugute, dem armseligen Jön; er hatte sich eines Tages etwas zuschulden kommen lassen, sollte bestraft werden, aufs hölzerne Pferd gesetzt werden. Das stand auf dem Burghof mit vier Pfählen als Beinen und einer einzigen schmalen Bohle als Rükken; auf diesem sollte Jön rittlings sitzen und um die Beine einige schwere Mauersteine hängen haben, damit ihm das Sitzen nicht zu leicht würde; er schnitt grausige Gesichter, Sören bat und flehte die kleine Marie an; sie befahl sofort, daß Sörens Vater heruntergenommen werden sollte, und da man ihr nicht gehorchte, stampfte sie auf das Steinpflaster und zerrte an dem Rockärmel ihres Vaters, so daß dieser zerriß. Was sie wollte, das wollte sie, und sie bekam ihren Willen, Sörens Vater wurde heruntergeholt.

Frau Grubbe, die hinzukam, strich ihrer kleinen Tochter übers Haar und sah sie mit freundlichen Augen an, Marie verstand nicht wieso.

Zu den Jagdhunden wollte sie hinein und nicht mit der Mutter, die in den Garten ging, zum See hinunter, wo Wasserrosen und Mummeln in Blüte standen; Rohrkolben und Blumenbinse schwankten zwischen den Schilfhalmen; sie schaute auf all diese Üppigkeit und Frische. „Wie anmutig!" sagte sie. Im Garten stand ein damals seltener Baum, sie hatte ihn selbst gepflanzt, „Blutbuche" wurde er genannt, so etwas wie ein Mohr unter den anderen Bäumen, so schwarzbraun waren die Blätter; er mußte starken Sonnenschein haben, in ständigem Schatten wäre er grün geworden wie die anderen Bäume und hätte damit seine Merkwürdigkeit eingebüßt. In den hohen Kastanien waren viele Vogelnester, ebenso in den Büschen und auf dem Rasen. Es war, als wüßten die Vögel, daß sie hier geschützt waren, hier durfte niemand mit der Büchse knallen.

Die kleine Marie kam mit Sören, er konnte klettern, wie

wir wissen, und es wurden Eier und flaumige Junge heruntergeholt. Die Vögel flogen vor Angst und Schrecken auf, kleine und große flogen! Der Kiebitz draußen vom Felde, Nebelkrähen, Saatkrähen und Dohlen von den hohen Bäumen schrien und schrien, es war ein Schreien, wie die ganze Sippe noch in heutiger Zeit schreit.

„Was macht ihr bloß, Kinder!" rief die sanfte Frau, „das ist ja gottloses Tun!"

Sören stand kleinlaut da, die kleine hochadlige Jungfer sah auch ein wenig beiseite, dann aber sagte sie kurz und schmollend: „Mein Vater hat es erlaubt!"

„Hier ab! hier ab!" schrien die großen, schwarzen Vögel und flogen fort, kamen aber am nächsten Tage wieder, denn hier war ihre Heimat.

Die stille, freundliche Frau blieb dagegen nicht mehr lange in der alten Heimat, der Herrgott berief sie ab, bei ihm hatte sie auch eher ihre Heimat als hier auf der Burg; und die Kirchenglocken läuteten feierlich, als ihr Leichnam zur Kirche gefahren wurde, die Augen der Armen wurden feucht, denn sie war gütig zu ihnen gewesen.

Als sie fort war, nahm sich niemand ihrer Pflanzungen an, und der Garten verwilderte.

Herr Grubbe sei ein harter Mann, sagte man, aber die Tochter, wie jung sie auch war, konnte mit ihm fertigwerden; er mußte lachen, und sie bekam ihren Willen. Sie war jetzt zwölf Jahre alt und von stämmigem Wuchs; sie sah mit ihren schwarzen Augen den Leuten bis ins Innere, ritt ihr Pferd wie ein Mann und schoß mit der Büchse wie ein geübter Jäger.

Da kam großer Besuch in die Gegend, der allervornehmste, der junge König und sein Halbbruder und Gefährte, Herr Ulrik Frederik Gyldenlöve; sie wollten Sauen schießen und blieben einen Tag und eine Nacht auf Herrn Grubbes Hof.

Gyldenlöve saß bei Tisch neben Marie Grubbe, faßte sie um den Kopf und gab ihr einen Kuß, als wären sie miteinander verwandt, aber sie klatschte ihm eins auf den Mund und sagte, sie könne ihn nicht ausstehen, und darüber wurde kräftig gelacht, als wäre es so ungemein spaßig.

Das war es vielleicht auch gewesen, denn fünf Jahre später, Marie Grubbe hatte ihr siebzehntes Jahr vollendet, kam ein Bote mit einem Brief; Herr Gyldenlöve bat sich die Hand der hochadligen Jungfrau aus; das war aber etwas!

„Er ist der vornehmste und galanteste Herr im ganzen Reich!“ sagte Herr Grubbe. „Das kann man nicht verschmähen.“

„Viel habe ich nicht für ihn übrig!“ sagte Marie Grubbe, aber sie verschmähte den vornehmsten Mann des Landes, der dem König zur Seite saß, nicht.

Silbersachen, Wolle und Leinenzeug gingen zu Schiff nach Kopenhagen; sie machte die Reise in zehn Tagen über Land. Die Aussteuer hatte Gegenwind oder keinen Wind; es vergingen vier Monate, bis sie ankam, und als sie kam, war Frau Gyldenlöve weg.

„Eher will ich auf Werg schlafen als in seinem seidenen Bett!“ sagte sie. „Lieber gehe ich auf meinen bloßen Füßen, als daß ich mit ihm in der Kutsche fahre!“

An einem späten Abend im November kamen zwei Frauen in die Stadt Aarhus hereingeritten; es waren Gyldenlöves Gemahlin, Marie Grubbe, und ihre Magd; sie kamen aus Vejle; dorthin waren sie von Kopenhagen aus mit dem Schiff gekommen. Sie ritten zu Herrn Grubbes aus Steinen gemauertem Hof. Er war nicht erfreut über diesen Besuch. Sie bekam gepfefferte Worte zu hören, aber dennoch eine Kammer zum Schlafen; bekam ihre Milchsuppe am Morgen, aber keine Milchsuppenrede, das Böse im Vater, an das sie nicht gewöhnt gewesen war, kam ihr gegenüber zum Vorschein; milden Sinnes war sie nicht, wie man in den Wald hineinruft, so ruft es wieder heraus; sie blieb ihm die Antwort wahrhaftig nicht schuldig und sprach mit Schärfe und Haß von ihrem Eheherrn, mit dem wollte sie nicht zusammen leben, dazu sei sie zu sittsam und ehrbar.

So verging ein Jahr, es verging nicht vergnüglich. Vater und Tochter gaben sich böse Worte, das darf niemals sein. Böse Worte tragen böse Früchte. Was für ein Ende würde dies nehmen?

„Wir beide können nicht unter einem Dach zusammen

leben!“ sagte eines Tages der Vater. „Zieh von hier fort auf unseren alten Hof, aber beiße dir lieber die Zunge ab, als daß du Lügen in Umlauf bringst!“

So trennten sich die beiden; sie zog mit ihrer Magd auf die alte Burg, wo sie geboren und aufgewachsen war, wo die stille, fromme Frau, ihre Mutter, in der Gruft der Kirche begraben lag; ein alter Viehhüter wohnte auf der Burg, das war das ganze Gesinde. In den Stuben hingen Spinnweben, schwarz und schwer von Staub, der Garten wuchs, wie er wollte; Hopfenranken und Winden flochten ein Netz zwischen Bäumen und Buschwerk; Schierling und Nessel nahmen zu an Größe und Kraft. Die Blutbuche war verwildert und stand im Schatten, ihre Blätter waren jetzt grün wie die der anderen, gewöhnlichen Bäume, mit ihrer Herrlichkeit war es vorbei. Nebelkrähen, Saatkrähen und Dohlen flogen, eine wimmelnde Menge, über die hohen Kastanienbäume hinweg, hier war ein Krächzen und Schreien, als hätten sie einander wichtige Neuigkeiten zu berichten: Nun war sie wieder da, die Kleine, die ihre Eier und Kinder hatte stehlen lassen; der Dieb selber, der sie holte, kletterte draußen auf dem blattlosen Baum, saß auf dem hohen Mast und bekam seine herzhaften Hiebe mit dem Tau, wenn er sich nicht schicken wollte.

Das alles erzählte zu unserer Zeit der Küster; er hatte dies aus Büchern und Aufzeichnungen gesammelt und zusammengefügt; es lag mit noch vielem anderen Aufgeschriebenen in der Tischlade verwahrt.

„Auf und ab ist der Welt Lauf!“ sagte er, „es ist seltsam, dies zu hören!“ – Und wir wollen hören, wie es Marie Grubbe erging, darum vergessen wir aber nicht Hühnergrethe, sie sitzt heute in dem stattlichen Geflügelhaus. Marie Grubbe saß hier zu ihrer Zeit, aber nicht mit dem Gemüt der alten Hühnergrethe.

Der Winter ging dahin, der Frühling und Sommer vergingen, dann kam der windige Herbst mit den nassen, kalten Meeresnebeln. Es war ein einsames Leben, ein langweiliges Leben dort auf dem Hof.

Da nahm Marie Grubbe ihre Büchse und ging auf die

Heide hinaus, schoß Hasen und Füchse, schoß, was sie an Vögeln treffen konnte. Dort draußen begegnete ihr mehr als einmal der adelige Herr Palle Dyre Nörrebæk, er war auch mit seiner Büchse und seinen Hunden draußen. Er war groß und stark, damit prahlte er, wenn sie sich unterhielten. Er hätte sich mit dem seligen Herrn Brockenhuus auf Egeskov auf Fünen messen können, dessen Kraft noch immer berühmt war – Palle Dyre hatte nach dessen Beispiel in seinem Tor eine eiserne Kette aufhängen lassen mit einem Jagdhorn daran, und wenn er heimritt, griff er nach der Kette, riß das Pferd vom Erdboden hoch und blies ins Horn.

„Kommt selbst und seht es Euch an, Frau Marie!" sagte er. „Auf Nörrebæk weht ein frischer Wind!"

Wann sie auf seinen Hof kam, steht nicht verzeichnet, aber auf den Leuchtern in der Kirche zu Nörrebæk war zu lesen, daß sie von Palle Dyre und Marie Grubbe auf dem Haupthof von Nörrebæk gestiftet waren.

Einen stattlichen Körper und Kräfte besaß Palle Dyre; er trank wie ein Schwamm, er war wie ein Faß, das nicht voll werden kann; er schnarchte wie ein ganzer Schweinestall; rot und gedunsen sah er aus.

„Schlau wie ein Fuchs und spottsüchtig ist er!" sagte Frau Palle Dyre, Grubbes Tochter. Bald hatte sie dies Leben satt, aber dadurch wurde es gleichwohl nicht besser.

Eines Tages stand der Tisch gedeckt, und das Essen wurde kalt; Palle Dyre war auf Fuchsjagd, und die gnädige Frau war nicht aufzufinden. Palle Dyre kam um Mitternacht nach Hause, Frau Dyre kam weder um Mitternacht noch am Morgen, sie hatte Nörrebæk den Rücken gekehrt, war ohne Gruß und Abschied von dannen geritten.

Es war trübes, feuchtes Wetter; der Wind wehte kalt, ein Schwarm schwarzer, schreiender Vögel flog über sie hinweg, die waren nicht so obdachlos wie sie.

Zuerst zog sie gen Süden, ganz bis ins Deutsche Reich hinunter, ein paar goldene Ringe mit kostbaren Steinen wurden zu Geld gemacht, dann wandte sie sich gen Osten, dann wieder gen Westen, sie hatte keinerlei Ziel vor Augen

und zürnte allen, sogar dem lieben Gott, so elend war ihr zumute; bald wurde auch ihr Körper so elend, sie konnte kaum einen Fuß vor den anderen setzen. Der Kiebitz flog von seinem Grasbüschel auf, als sie über den Büschel fiel; der Vogel schrie, wie er immer schreit: „Dieser Dieb! dieser Dieb!" Nie hatte sie ihres Nächsten Gut geraubt, nur Vogeleier und Vogeljunge hatte sie sich als kleines Mädchen von Grasbüscheln und Bäumen holen lassen; daran dachte sie jetzt.

Dort, wo sie lag, sah sie die Dünen, am Strande drüben wohnten Fischer, aber dorthin konnte sie nicht gelangen, so krank war sie. Die großen, weißen Mantelmöwen flogen über sie hin und schrien, wie Saatkrähen, Nebelkrähen und Dohlen daheim über dem Burggarten schrien. Die Vögel flogen ganz dicht über sie hin, zuletzt meinte sie, sie würden kohlschwarz, aber da wurde es auch Nacht vor ihren Augen.

Als sie die Augen wieder aufschlug, wurde sie hochgehoben und getragen, ein großer, kräftiger Mann hatte sie auf seine Arme genommen, sie blickte ihm in sein bärtiges Gesicht, er hatte eine Narbe über dem Auge, so daß die Augenbraue gleichsam in zwei Hälften geteilt war; er trug sie, so elend wie sie war, zum Fahrzeug, wo er vom Schiffer barsche Worte für seine Handlungsweise zu hören bekam.

Am nächsten Tage segelte das Schiff ab. Marie Grubbe kam nicht an Land; sie fuhr also mit. Kam aber doch wohl zurück? Ja, wann und wo?

Auch darüber wußte der Küster zu berichten, und es war nicht etwa eine Geschichte, die er sich ausdachte, er hatte ihren ganzen seltsamen Verlauf aus einem glaubwürdigen alten Buch, das wir selber hervorholen und lesen konnten. Der dänische Geschichtsschreiber Ludvig Holberg, der so viele lesenswerte Bücher und die kurzweiligen Komödien geschrieben hat, aus denen wir seine Zeit und deren Menschen richtig kennenlernen können, erzählt in seinen Briefen über Marie Grubbe, wo und wie in der Welt er ihr begegnete; es lohnt sich schon, das zu hören, deshalb vergessen wir Hühnergrethe nicht, sie sitzt froh und gut aufgehoben in dem stattlichen Geflügelhaus.

Das Fahrzeug segelte mit Marie Grubbe davon; hier war es, wo wir aufgehört hatten.

Es vergingen Jahre und Jahre.

Die Pest wütete in Kopenhagen, es war das Jahr 1711. Die Königin von Dänemark zog in ihre deutsche Heimat, der König verließ die Hauptstadt des Reiches, wer auch nur konnte, eilte von dannen; die Studenten, auch wenn sie freie Wohnung und Kost hatten, strebten aus der Stadt. Einer von ihnen, der letzte, der noch in dem sogenannten „Borchs Collegium" geblieben war, dicht neben Regensen*, zog nun

* Studentenheim (Anmerkung d. Übers.).

auch fort. Es war um zwei Uhr morgens; er kam mit seinem Ranzen, der mehr Bücher und geschriebene Dinge enthielt als gerade Kleidungsstücke. Über der Stadt hing ein feuchter, klammer Nebel; nicht ein Mensch war auf der ganzen Straße zu erblicken, die er entlangging; ringsum an Türen und Tore waren Kreuze gemacht, dort drinnen war die Seuche, oder die Leute waren gestorben. Auch auf der breiteren, gewundenen Kjödmangergade, wie die Straße vom Runden Turm bis zum Königlichen Schloß genannt wurde, war keiner. Jetzt rumpelte ein großer Leichenwagen vorbei; der Kutscher schwang die Peitsche, die Pferde fielen in Galopp, der Wagen war voll von Toten. Der junge Student hielt sich die Hand vors Gesicht und roch an dem starken Spiritus, den er in einem Schwamm in einer Kreidebüchse aus Messing hatte. Aus einer Kneipe in einer der Gassen tönte kreischender Gesang und unheimliches Gelächter heraus, von Leuten, die die Nacht durch tranken, um zu vergessen, daß die Seuche vor der Tür stand und sie auf den Leichenwagen zu den anderen Toten mitnehmen wollte. Der Student steuerte auf die Schloßbrücke zu, dort lagen ein paar kleine Fahrzeuge, eines lichtete die Anker, um aus der verpesteten Stadt fortzukommen.

„Wenn Gott uns am Leben läßt und wir den rechten Wind haben, gehen wir nach Grönsund bei Falster!“ sagte der Schiffer und fragte den Studenten, der mitwollte, nach seinem Namen.

„Ludvig Holberg“, sagte der Student, und dieser Name klang wie jeder andere Name, jetzt klingt in ihm einer von Dänemarks stolzesten Namen wider; damals war der Träger nichts als ein junger, unbekannter Student.

Das Schiff fuhr am Schloß vorbei. Es war noch nicht hell, als sie auf die offene See hinausgelangten. Nun kam eine leichte Brise, das Segel blähte sich, der junge Student setzte sich, hielt das Gesicht in den frischen Wind und schlief ein, und das war nicht unbedingt das Ratsamste.

Schon am dritten Morgen legte das Fahrzeug vor Falster an. „Kennt Ihr hier jemanden am Ort, wo ich für wenig Geld einkehren könnte?“ fragte Holberg den Kapitän.

„Ich glaube, Ihr tut wohl daran, zu der Fährfrau ins Borrehaus zu gehen!“ sagte er. „Wollt Ihr sehr höflich sein, dann heißt sie Mutter Sören Sörensen Möller! Jedoch, es kann sein, daß sie wütend wird, wenn Ihr Euch zu fein gegen sie benehmt! Den Mann hat man wegen einer Missetat festgenommen, sie besorgt selbst die Fähre, Fäuste hat sie!“

Der Student nahm seinen Ranzen und ging zum Fährhaus. Die Stubentür war nicht verschlossen, die Klinke gab nach, und er trat in eine Stube mit Steinfußboden, wo eine Schlafbank mit einer großen Pelzdecke das Wesentlichste war. Eine weiße Henne mit Küken war an der Schlafbank festgebunden und hatte den Wassernapf umgekippt, so daß das Wasser durch die Bude rann. Es war kein Mensch hier oder in der Kammer daneben, nur eine Wiege stand da mit einem Kind darin. Das Fährboot kam zurück, es saß nur einer darin, ob Mann oder Frau, war nicht so leicht zu sagen. Die Person hatte einen großen Umhang um und eine Kapuze wie eine Haube auf dem Kopf. Das Boot legte an.

Es war eine Weibsperson, die in die Stube trat. Sie sah recht ansehnlich aus, als sie ihren Rücken gerade machte; zwei stolze Augen saßen unter den schwarzen Augenbrauen. Es war Mutter Sören, die Fährfrau; Nebelkrähen, Saatkrähen und Dohlen würden einen anderen Namen schreien, den wir besser kennen.

Mürrisch sah sie aus, schien sich aus dem Reden nicht viel zu machen, aber so viel wurde trotzdem geredet und abgemacht, daß der Student sich auf unbestimmte Zeit bei ihr in Kost gab, solange es in Kopenhagen so schlimm stand.

Zum Fährhaus kam aus dem nahegelegenen Marktflecken regelmäßig dieser oder jener ehrsame Bürger heraus. Da kamen Frands, der Messerschmied, und Sivert, der Korbbeschauer; sie tranken im Fährhaus einen Krug Bier und unterhielten sich mit dem Studenten; er war ein wendiger junger Mann, der sein Praktikum konnte, wie sie es nannten, er studierte Griechisch und Latein und wußte viel über gelehrte Dinge.

„Je weniger man weiß, desto weniger bedrückt es einen!“ sagte Mutter Sören.

„Ihr habt es schwer!" sagte Holberg, als sie eines Tages ihre Kleidung in der scharfen Lauge einweichte und selbst die Holzscheite für das Feuer hackte.

„Das ist meine Sache!" entgegnete sie.

„Habt Ihr Euch von klein auf so schinden und placken müssen?"

„Das könnt Ihr wohl an den Fäusten ablesen!" sagte sie und zeigte zwei zwar kleine, aber harte, kräftige Hände mit abgekauten Nägeln. „Ihr seid ja gelehrt genug, um lesen zu können."

Um die Weihnachtszeit begann ein starkes Schneetreiben; die Kälte setzte ein, der Wind wehte scharf, als wollte er den Leuten das Gesicht mit Scheidewasser waschen. Mutter Sören ließ es sich nicht anfechten, sie warf den Kutschermantel um und zog die Kapuze über den Kopf. Dunkel war es schon am frühen Nachmittag im Hause; Holz und Heidetorf legte sie auf die Feuerstelle; setzte sich dann hin und flickte ihre Socken, es gab sonst keinen, der es tat. Gegen Abend redete sie mehr Worte mit dem Studenten, als es sonst ihre Gewohnheit war; sie sprach von ihrem Mann.

„Er hat aus Fahrlässigkeit einen Schiffer aus Dragör erschossen und muß deshalb jetzt drei Jahre lang auf dem Holm in Ketten arbeiten. Er ist nur einfacher Matrose, da muß das Gesetz denn seinen Lauf nehmen.“

„Das Gesetz gilt auch für den Höhergestellten!“ sagte Holberg.

„Das meint Ihr!“ sagte Mutter Sören und schaute ins Feuer, aber dann begann sie von neuem. „Habt Ihr von Kai Lykke gehört, der eine seiner Kirchen abreißen ließ, und als der Pfarrer Mads deswegen von der Kanzel wetterte, ließ er Herrn Mads in Stahl und Eisen legen, berief ein Gericht ein und verurteilte ihn selber dazu, den Tod durch das Beil zu sterben, er wurde auch enthauptet; das war keine fahrlässige Tat, und dennoch ging Kai Lykke damals frank und frei aus!“

„Er war gemäß jener Zeit in seinem Recht!“ sagte Holberg, „jetzt sind wir darüber hinaus!“

„Das mögt Ihr Dummköpfen vormachen!“ sagte Mutter Sören, stand auf und ging in die Kammer, wo das „Mädel“, das kleine Kind, lag, machte es zurecht und wickelte es, richtete darauf das Bett auf der Schlafbank für den Studenten her; er hatte die Pelzdecke, er war verfrorener als sie, und dabei war er in Norwegen geboren.

Am Neujahrsmorgen war schöner, heller Sonnenschein, der Frost war so stark gewesen und war es noch, daß der Schnee hart gefroren war und man drauf gehen konnte. Die Glocken in der Stadt läuteten zur Kirche; Student Holberg schlug seinen wollenen Mantel um und wollte ins Städtchen.

Über das Borrehaus hinweg flogen schreiend und krächzend Nebelkrähen, Saatkrähen und Dohlen, man konnte vor lauter Geschrei die Kirchenglocken nicht hören. Mutter Sören stand draußen vorm Haus und füllte einen Messingkessel mit Schnee, um ihn übers Feuer zu setzen und sich Trinkwasser zu machen, sie blickte zu dem Vogelgewimmel empor und hatte so ihre eigenen Gedanken dabei.

Student Holberg ging in die Kirche; auf dem Wege dorthin und zurück kam er an Sivert Korbbeschauers Haus beim Tore vorüber, dort wurde er zu einer Schale Warmbier mit Sirup und Ingwer eingeladen; die Rede kam auf Mutter Sören, aber der Korbbeschauer wußte nicht allzuviel, das wußten sicher die meisten nicht: sie sei nicht von Falster, sagte er, etwas bemittelt sei sie sicher einmal gewesen, ihr Mann sei ein gewöhnlicher Matrose, von hitziger Gemütsart, einen Schiffer aus Dragör habe er getötet, „sein Weib verdrischt er, und dennoch nimmt sie ihn in Schutz."

„Ich würde mir solche Behandlung nicht gefallen lassen!" sagte des Korbbeschauers Frau. „Ich stamme aber auch von besseren Leuten ab! Mein Vater war königlicher Strumpfweber!"

„Deshalb seid Ihr auch die Ehe mit einem königlichen Beamten eingegangen", sagte Holberg und machte vor ihr und dem Korbbeschauer eine Reverenz.

Es war der Abend der Heiligen Drei Könige. Mutter Sören zündete für Holberg ein Dreikönigslicht an; das heißt drei Unschlittkerzen, die sie selber gegossen hatte.

„Ein Licht für jeden Mann!" sagte Holberg.

„Jeden Mann?" sagte die Frau und sah ihn starr an.

„Für jeden von den weisen Männern aus dem Morgenland!" sagte Holberg.

„So herum!" sagte sie und schwieg lange still. Aber an diesem Dreikönigsabend erfuhr er trotzdem mehr, als er bisher gewußt hatte.

„Ihr seid dem liebevoll zugetan, mit dem Ihr im Ehestand lebt", sagte Holberg; „die Leute erzählen indessen, daß er täglich übel an Euch handelt."

„Das geht keinen was an außer mir!" erwiderte sie. „Die Schläge hätte ich lieber als Kind bekommen sollen; nun bekomme ich sie wohl um meiner Sünden willen! Was er mir Gutes getan hat, das weiß ich", und sie richtete sich ganz auf. „Als ich auf der offenen Heide krank lag und keiner Lust hatte, sich mit mir abzugeben, außer vielleicht Krähen und Dohlen, die nach mir hacken wollten, trug er mich auf seinen Armen zum Fahrzeug und kriegte für den Fang, den er anbrachte, barsche Worte zu hören. Ich bin nicht dazu geschaffen, krank zu sein, und so erholte ich mich wieder. Jeder hat es auf seine Weise, Sören auf die seine, man soll den Gaul nicht nach dem Halfter einschätzen! Mit dem Mann habe ich im großen und ganzen erfreulicher gelebt als

mit dem, den man den galantesten und vornehmsten von allen Untertanen des Königs nannte. Ich bin mit dem Statthalter Gyldenlöve in den Ehestand getreten, mit dem Halbbruder des Königs; später habe ich Palle Dyre genommen! Gehupft wie gesprungen, jeder auf seine Art, und ich auf die meine. Das war eine lange Rede, aber nun wißt Ihr das!" Und sie ging aus der Stube.

Es war Marie Grubbe! so seltsam ist die Kugel ihres Glücks gerollt. Viele Dreikönigsabende hat sie nicht mehr lebend mitgemacht; Holberg hat niedergeschrieben, daß sie im Juni 1716 starb, aber er hat nicht niedergeschrieben – denn er wußte es nicht –, daß, als Mutter Sören, wie sie genannt wurde, im Borrehaus aufgebahrt lag, eine Menge große, schwarze Vögel über den Platz flogen, sie schrien nicht, so als wüßten sie, daß zu einem Begräbnis Stille gehört. Sobald sie in der Erde lag, waren die Vögel nicht mehr zu erblicken, aber am selben Abend wurden drüben in Jütland, drüben an der alten Burg, eine unabsehbare Menge Nebelkrähen, Saatkrähen und Dohlen beobachtet, die alle gleichzeitig schrien, als hätten sie etwas bekanntzugeben, vielleicht über den, der als kleiner Junge ihre Eier und flaumigen Jungen holte, den Bauernsohn, der

Sockenhalter aus Eisen auf dem königlichen Holm erhielt, und über die hochadlige Jungfrau, die als Fährfrau bei Grönsund endete. „Bra, brav!" schrien sie.

Und das Geschlecht schrie: „Bra! bra! brav!" als der alte Burghof abgerissen wurde. „Sie schreien es noch immer dort, und nun gibt es da nichts mehr zu schreien!" sagte der Küster, wenn er erzählte: „Das Geschlecht ist ausgestorben, der Hof abgerissen, und wo er stand, steht jetzt das stattliche Geflügelhaus mit vergoldeter Wetterfahne und mit der alten Hühnergrethe. Sie freut sich so über ihre hübsche Wohnung, wäre sie nicht hierhergekommen, dann wäre sie im Armenhaus geendet."

Die Tauben gurrten über ihr, die Puter gluckerten ringsum, und die Enten schnatterten.

„Niemand kennt sie!" sagten sie. „Verwandte hat sie nicht. Es ist eine barmherzige Tat, daß sie hier sein darf. Sie hat weder einen Entenvater noch eine Hühnermutter, keinerlei Nachkommen!"

Verwandte hatte sie dennoch; sie kannte sie nicht, der Küster auch nicht, wieviel Geschriebenes er auch in der Schublade liegen hatte, aber eine der alten Krähen wußte davon, erzählte davon. Die hatte von ihrer Mutter und Großmutter über Hühnergrethes Mutter und deren Mutter vernommen, die wir auch kennen, seit sie als Kind über die Zugbrücke geritten war und sich stolz umgeschaut hatte, als gehörten ihr die ganze Welt und all ihre Vogelnester; wir sahen sie auf der Heide bei den Dünen und zuletzt im Borrehaus. Die Enkelin, die Letzte des Geschlechts, war wieder dorthin zurückgekommen, wo die alte Burg gestanden hatte, wo die schwarzen, wilden Vögel schrien, aber sie saß unter zahmen Vögeln, die sie kannten und die sie kannte. Hühnergrethe hatte keine Wünsche mehr, sie freute sich aufs Sterben, sie war alt genug zum Sterben.

„Grab! grab!" schrien die Krähen.

Und Hühnergrethe bekam ein schönes Grab, das keiner kannte außer der alten Krähe, falls die nicht auch gestorben ist.

Und nun kennen wir die Geschichte von der alten Burg, dem alten Geschlecht und Hühnergrethes ganzer Familie.

Was die Distel erlebte

An den reichen Herrensitz angrenzend lag ein wunderschöner, gepflegter Garten mit seltenen Bäumen und Blumen; die Gäste des Hofes äußerten ihre Begeisterung darüber, die Leute der Umgegend, vom Land und aus den kleinen Städten, kamen an den Sonntagen und an den Feiertagen heraus und baten um die Erlaubnis, den Garten anzusehen, ja, ganze Schulen fanden sich zu ähnlichen Besuchen ein.

Außerhalb des Gartens, am Zaun nach dem Feldweg zu, stand eine riesige Distel; sie war so groß, verzweigte sich von der Wurzel ab und breitete sich aus, daß sie sehr wohl ein Distelbusch genannt werden konnte. Keiner beachtete sie außer dem alten Esel, der den Milchwagen der Kuhmägde zog. Der machte den Hals lang, wenn er die Distel sah, und sagte: „Du bist schön! ich könnte dich fressen!" aber der Strick war nicht so lang, daß der Esel weit genug reichen konnte, um sie zu fressen.

Auf dem Gutshof war große Gesellschaft, hochadlige Verwandte aus der Hauptstadt, junge, reizende Mädchen und unter diesen ein Fräulein von weit her; sie kam aus

Schottland, war hoher Abkunft, reich an Gut und Geld, eine Braut, um die es sich wohl verlohne, sagte mehr als einer von den jungen Herren, und die Mütter ebenfalls.

Die Jugend erging sich auf dem Rasenplatz und spielte „Croquet"; sie gingen zwischen den Blumen einher, und jedes junge Mädchen pflückte sich eine Blüte und steckte sie einem der jungen Herren ins Knopfloch; aber das schottische junge Fräulein sah sich lange um, verschmähte und verschmähte; keiner Blüte schien sie Geschmack abgewinnen zu können; da blickte sie über den Zaun, draußen stand der große Distelbusch mit seinen rötlichblauen, kräftigen Blüten, sie sah sie, sie lächelte und bat den Sohn des Hauses, ihr eine davon zu pflücken.

„Es ist die Blüte von Schottland!" sagte sie; „sie prangt in dem Wappen des Landes, holen Sie sie mir!"

Und er holte die schönste und stach sich in die Finger, als wäre es der schärfste Rosendorn, an dem sie wuchs.

Die Distelblüte steckte sie dem jungen Mann ins Knopfloch, und er fühlte sich aufs höchste geehrt. Die anderen jungen Herren hätten sämtlich gern ihre Prachtblume hergegeben, um diese tragen zu dürfen, von den feinen Händen des schottischen Fräuleins geschenkt. Und fühlte sich der Sohn des Hauses geehrt, was fühlte dann wohl der Distelbusch, es war, als gingen Tau und Sonnenschein durch ihn hindurch.

„Ich bin etwas mehr, als was ich glaubte!" sagte er bei sich. „Ich bin offenbar innerhalb des Zaunes beheimatet und nicht außerhalb. Man ist in dieser Welt seltsam gestellt! Nun ist immerhin eine von den Meinen drüben hinterm Zaun und sogar im Knopfloch!"

Jeder Knospe, die heranwuchs und sich entfaltete, erzählte er dieses Ereignis, und es vergingen nur wenige Tage, da hörte der Distelbusch – nicht von Menschen, nicht vom Vogelgezwitscher, sondern von der Luft selber, die den Laut in sich aufnimmt und weit umherträgt, von den innersten Wegen des Gartens und den Stuben des Gutshofs, wo Fenster und Türen offen standen –, daß der junge Herr, der aus des vornehmen schottischen Fräuleins Hand die Distelblüte erhalten hatte, nun die Hand und das Herz dazu bekommen hatte. Es war ein hübsches Paar, eine gute Partie.

„Die habe ich zusammengebracht!" meinte der Distelbusch und dachte an die Blüte, die er fürs Knopfloch hergegeben hatte. Jede Blüte, die erblühte, erfuhr diese Begebenheit.

„Ich werde bestimmt in den Garten gepflanzt!" dachte die Distel, „wahrscheinlich in einen Topf gesteckt, der mich einzwängt, das ist sicher das allerehrenvollste!"

Und der Distelbusch dachte so lebhaft daran, daß er in voller Überzeugung sagte: „Ich komme in einen Topf!"

Er versprach jeder kleinen Distelblüte, die hervorsproß, daß sie auch in den Topf käme, vielleicht ins Knopfloch: das Höchste, was zu erreichen sei; aber keine kam in den Topf, geschweige denn ins Knopfloch; sie tranken Luft und Licht, sonnten sich am Tag und schlürften nachts den Tau, blühten, erhielten von Biene und Bremse Besuch, die nach der Mitgift suchten, dem Honig in der Blüte, und den Honig holten sie sich, die Blüte ließen sie stehen: „Das Räubergesindel!" sagte der Distelbusch. „Wenn ich sie bloß aufspießen könnte! aber ich kann nicht."

Die Blüten ließen die Köpfe hängen, siechten dahin, aber es kamen wieder neue.

„Ihr kommt wie gerufen!" sagte der Distelbusch, „jede Minute erwarte ich, daß wir über den Zaun geholt werden."

Ein paar harmlose Gänseblumen und Wegeriche standen in tiefer Bewunderung dabei und hörten zu und glaubten alles, was er sagte.

Der alte Esel vom Milchwagen schaute verstohlen zu dem blühenden Distelbusch am Wegrand hinüber, aber der Strick war zu kurz, als daß der Esel heranlangen konnte.

Und die Distel dachte so lange an Schottlands Distel, zu deren Geschlecht sie sich zählte, daß sie zuletzt glaubte, aus Schottland gekommen zu sein und daß ihre Vorfahren selbst in das Reichswappen hineingewachsen wären. Es war ein großer Gedanke, aber eine große Distel kann sehr wohl einen großen Gedanken haben.

„Man ist oft aus so vornehmer Familie, daß man es nicht

wissen darf!“ sagte die Nessel, die dicht daneben stand, sie hatte auch irgendwie eine Ahnung, daß aus ihr „Nesseltuch“ werden könnte, wenn sie richtig behandelt würde.

Und der Sommer verging, und der Herbst verging; die Blätter fielen von den Bäumen, die Blumen bekamen kräftige Farben und hatten weniger Duft. Der Gärtnerlehrling sang im Garten über den Zaun hinweg:

„Rauf den Berg und wieder runter,
So verläuft das Jahr ganz munter!“

Die jungen Tannenbäume im Wald begannen Weihnachtssehnsüchte zu bekommen, aber bis Weihnachten war es noch lange hin.

„Hier stehe ich noch immer!“ sagte die Distel. „Es sieht so aus, als ob niemand an mich denkt, und ich habe doch die Partie zustande gebracht; sie verlobten sich, und Hochzeit haben sie gehalten, es ist jetzt acht Tage her. Ja, ich mache keinen Schritt, denn ich kann nicht.“

Es vergingen noch einige Wochen; die Distel hatte noch eine letzte, vereinzelte Blüte, groß und voll, nahe an der Wurzel war sie entsprossen, der Wind wehte kalt über sie hinweg, die Farben verloren sich, die Pracht verlor sich, der Blütenkelch, so groß wie an der Blüte einer Artischocke, kam zum Vorschein, er sah aus wie eine versilberte Sonnenblume.

Da kam das junge Paar in den Garten, jetzt Mann und Frau; sie gingen am Zaun entlang, die junge Frau sah darüber weg.

„Da steht noch immer die große Distel!“ sagte sie. „Jetzt hat sie keine Blüte mehr!“

„O doch, da ist das Gespenst von der letzten!“ sagte er und zeigte auf den silbern schimmernden Überrest der Blüte, selber eine Blüte.

„Schön ist sie ja!“ sagte sie. „So eine sollte in den Rahmen um unser Bild geschnitzt werden!“

Und der junge Mann mußte von neuem über den Zaun hinweg und den Distelkelch brechen. Der stach ihn in die Finger, er hatte ihn ja das „Gespenst“ genannt. Und der Kelch kam in den Garten hinein, hinauf ins Haus und

in den Saal; dort stand ein Gemälde: „Die jungen Eheleute". In das Knopfloch des Bräutigams war eine Distelblüte gemalt. Von dieser wurde gesprochen, und es wurde von dem Blütenkelch gesprochen, den sie brachten, der letzten, silbern schimmernden Distelblüte, die auf dem Rahmen nachgeschnitzt werden sollte.

Und die Luft trug die Unterhaltung hinaus, weit herum.

„Was man doch erleben kann!" sagte der Distelbusch. „Meine Erstgeborene kam ins Knopfloch, meine Letztgeborene kam in den Rahmen! wohin komme ich?"

Und der Esel stand am Wegrand und schaute ihn von der Seite an.

„Komm zu mir, meine Leckerliebste! ich kann nicht zu dir kommen, der Tüderstrick ist nicht lang genug!"

Aber der Distelbusch gab keine Antwort; er stand immer gedankenverlorener da; er dachte und dachte, bis gegen Weihnachten, und dann trieb der Gedanke seine Blüte.

„Wenn die Kinder gut aufgehoben sind, dann findet eine Mutter sich damit ab, außerhalb des Zauns zu stehen!"

„Der Gedanke ist aller Ehren wert!" sagte der Sonnenstrahl. „Sie sollen auch einen guten Platz bekommen!"

„Im Topf oder auf dem Rahmen?" fragte die Distel.

„In einem Märchen!" sagte der Sonnenstrahl.

Hier ist es!

Was man sich ausdenken kann

Es war ein junger Mann, der studierte, um Dichter zu werden, er wollte es bis Ostern werden, heiraten und von der Dichterei leben, und das heißt, das wußte er, man mußte sich bloß etwas ausdenken können, aber er konnte sich nichts ausdenken. Er war zu spät auf die Welt gekommen, alles war vorweggenommen worden, bevor er geboren wurde, über alles war schon gedichtet und geschrieben worden.

„Die glücklichen Menschen, die vor tausend Jahren geboren wurden!" sagte er. „Die hatten es leicht, unsterblich zu werden! Glücklich selbst, wer vor hundert Jahren geboren wurde, da war doch noch etwas da zum Dichten; nun ist die Welt leergedichtet, was sollte ich hineindichten können!"

Er studierte, bis er krank und elend wurde, der bejammernswerte Kerl! Kein Doktor konnte ihm helfen, aber vielleicht die weise Frau. Sie wohnte in dem Häuschen am Hecktor, das sie Fahrenden und Berittenen öffnete; sie konnte aber noch mehr öffnen als das Heck, sie war gescheiter als der Doktor, der im eigenen Wagen fährt und Rangsteuer bezahlt.

„Ich muß zu ihr hinaus!" sagte der junge Mann.

Das Haus, darin sie wohnte, war klein und sauber, aber öde anzuschauen; da gab es nicht einen Baum, nicht eine Blume; vor dem Haus stand ein Bienenkorb, sehr nützlich! Einen kleinen Kartoffelacker gab es dort, sehr nützlich! und einen Graben mit Schlehensträuchern, die waren verblüht und trugen Beeren, die einem den Mund zusammenziehen, wenn man von ihnen kostet, bevor sie Frost bekommen haben.

„Was ich hier sehe, ist unsere poesielose Zeit, wie sie leibt und lebt!" dachte der junge Mann, und das war immerhin ein Gedanke, ein goldenes Korn, das er vor der Tür der weisen Frau fand.

„Schreib es auf!" sagte sie; „Krumen sind auch Brot! Weshalb du herkommst, weiß ich; du kannst dir nichts ausdenken, und doch willst du bis Ostern Dichter sein!"

„Alles ist niedergeschrieben!" sagte er. „Unsere Zeit ist nicht die alte Zeit!"

„Nein!" sagte die Frau, „in alter Zeit wurden die weisen Frauen verbrannt, und die Poeten liefen mit schlotternden Gedärmen und Löchern am Ellbogen herum. Die Zeit ist

gerade gut, es ist die allerbeste! Aber du hast nicht den richtigen Blick für die Sache, du hast kein scharfes Gehör und sprichst abends gewiß nie dein Vaterunser. Hier gibt es in jeder Hinsicht die Hülle und Fülle zu dichten und davon zu erzählen, wenn man erzählen kann. Du kannst es aus den Gewächsen und der Frucht der Erde holen, aus dem fließenden und aus dem stehenden Wasser schöpfen, aber du mußt es verstehen, du mußt verstehen, einen Sonnenstrahl einzufangen. Versuch es nun einmal mit meiner Brille, nimm mein Hörrohr ans Ohr, bete alsdann zum Herrgott und denke nicht an dich selber!"

Das letztere war nun sehr schwer, schwerer, als eine weise Frau verlangen kann.

Er erhielt die Brille und das Hörrohr, wurde dann mitten in den Kartoffelacker gestellt; sie steckte ihm eine große Kartoffel in die Hand; darin tönte es; es war ein Lied in Worten, von der Geschichte der Kartoffeln, interessant – eine alltägliche Geschichte in zehn Abschnitten, zehn Zeilen wären genug.

Und wovon sang die Kartoffel?

Sie sang von sich und ihrer Familie: von der Ankunft der Kartoffel in Europa, der Verkennung, die sie hatte erfahren und erdulden müssen, ehe sie so dastand wie jetzt, als ein Segen anerkannt, größer als ein Goldklumpen.

„Wir wurden auf königliches Geheiß in allen Orten auf dem Rathaus verteilt; es wurde eine Bekanntmachung über unsere große Bedeutung erlassen, aber man glaubte nicht daran, verstand nicht einmal, uns zu pflanzen. Einer schaufelte eine Grube und warf seinen ganzen Scheffel Kartoffeln hinein; ein anderer steckte die Kartoffeln in die Erde, hier eine und da eine, und wartete, daß sie sprießen sollten und ein ganzer Baum daraus würde, von dem man Kartoffeln herunterschütteln konnte. Es kam auch eine Pflanze, Blüten, wäßrige Früchte, aber das Ganze verwelkte. Keiner dachte an das, was in der Erde war, den Segen: die Kartoffeln. Ja, wir haben etwas erfahren und durchgemacht, das heißt, unsere Vorfahren, sie und wir, das kommt allerdings auf eins heraus! welche Geschichten!"

„Ja, nun mag es genug sein!" sagte die Frau. „Betrachte den Schlehdorn!"

„Wir haben auch", sagte der Schlehdorn, „nahe Verwandte in der Heimat der Kartoffel, weiter nördlich, als jene wachsen. Es kamen Normannen aus Norwegen, die steuerten westwärts durch Nebel und Stürme ein unbekanntes Land an, wo sie unter Eis und Schnee Pflanzen und Grün fanden, Sträucher mit den schwarzblauen Beeren des Weines: den Schlehenbeeren, die zu reifen Trauben gefroren, das tun wir auch. Und das Land erhielt den Namen Weinland, das ist Grönland, das ist Schlehenland!"

„Das ist eine ganz romantische Erzählung!" sagte der junge Mann.

„Ja, komm nun mit!" sagte die weise Frau und führte ihn zum Bienenstock. Er blickte hinein. Welches Leben und Treiben! Hier waren Bienen in allen Gängen und fächelten mit den Flügeln, damit in der ganzen großen Fabrik ein gesunder Durchzug wäre, das war ihr Amt; nun kamen von draußen Bienen, mit Körben an den Beinen geboren, die brachten Blütenstaub, der wurde ausgeschüttet, ausgesondert und zu Honig und Wachs verarbeitet; sie kamen, sie flogen weg; die Bienenkönigin wollte auch ausfliegen, aber dann müssen sie alle mit; es war jetzt nicht die Zeit; fliegen wollte sie dennoch; da bissen sie Ihrer Majestät die Flügel ab, und so mußte sie dableiben.

„Steig nun auf den Grabenrand hinauf!" sagte die weise Frau, „komm und schau über die Landstraße, wo lauter Volk zu sehen ist!"

„Das ist aber ein Gewimmel!" sagte der junge Mann, „eine Geschichte neben der anderen! es surrt und schnurrt! es wird mir zu bunt! ich falle hintenüber!"

„Nein, geh vorwärts!" sagte die Frau, „geh mitten hinein in das Menschengewimmel, beobachte, öffne ihm dein Ohr und das Herz dazu: dann wirst du dir bald etwas ausdenken können! Aber ehe du gehst, muß ich meine Brille und mein Hörrohr wiederhaben!" und dann nahm sie beides an sich.

„Jetzt sehe ich nicht das geringste!" sagte der junge Mann, „jetzt höre ich nichts mehr!"

„Ja, dann kannst du nicht bis Ostern Dichter werden!" sagte die weise Frau.

„Wann denn aber?" fragte er.

„Weder bis Ostern noch bis Pfingsten! Du lernst es nicht, dir etwas auszudenken."

„Was soll ich dann tun, wenn ich mit der Poesie mein Brot verdienen will?"

„Das kannst du schon bis Fastnacht schaffen. Schlag die Poeten aus der Tonne*! Schlag ihre Schriften, das ist genauso, als schlügest du sie selber. Laß dich nur nicht verblüffen, schlag nur drauflos, dann kriegst du Klöße, mit denen kannst du dich und auch deine Frau ernähren!"

„Was man sich ausdenken kann!" sagte der junge Mann, und dann schlug er jeden zweiten Poeten aus der Tonne, da er selber kein Poet werden konnte.

Wir haben es von der weisen Frau, sie weiß, wie man sich etwas ausdenken kann.

* Spielt auf den alten dänischen Fastnachtsbrauch an, bei dem die Teilnehmer mit einem Stock auf eine hängende Tonne einschlagen, in die eine lebende Katze eingesperrt ist. Wer ein Loch in die Tonne schlägt, so daß die Katze entwischen kann, wird Katzenkönig (Anmerkung d. Übers.).

Das Glück kann in einem Stück Holz liegen

Jetzt will ich eine Geschichte vom Glück erzählen. Wir kennen alle miteinander das Glück: Manche sehen es jahraus, jahrein, andere nur in gewissen Jahren, nur an einem Tag, ja, es gibt Menschen, die es nur ein einziges Mal in ihrem Leben sehen, aber sehen tun wir es alle.

Nun brauche ich nicht zu erzählen, denn jeder weiß es, daß der Herrgott das kleine Kind schickt und es in einer Mutter Schoß legt – das kann in dem reichen Schlosse sein und in der wohlhabenden Stube, jedoch auch auf offenem Feld, wo der kalte Wind weht; aber sicher weiß nicht jeder, und trotzdem ist es ganz gewiß wahr, daß der Herrgott, wenn er das Kind bringt, auch ein Glücksgeschenk dafür mitbringt, aber das wird nicht offen danebengelegt; das wird irgendwo in der Welt hingelegt, wo man es am wenigsten zu finden erwartet, und trotzdem gibt es das immer; das ist das erfreuliche. Es kann in einen Apfel gelegt worden sein; das war bei einem gelehrten Mann der Fall, der Newton hieß: der Apfel fiel zu Boden, und da fand er sein

Glück. Kennst du die Geschichte nicht, dann bitte den, der sie kennt, daß er sie dir erzählt; ich habe eine andere Geschichte zu erzählen, und das ist eine Geschichte von einer Birne.

Es war ein armer Mann, der in Armut geboren war, in Armut aufwuchs, und in Armut hatte er geheiratet. Er war übrigens Drechsler von Beruf und drechselte vor allem Schirmgriffe und Schirmringe; aber es reichte kaum fürs Nötigste aus.

„Ich finde das Glück niemals!" sagte er. Es ist eine wirklich erlebte Geschichte, und man kann das Land und den Ort nennen, wo der Mann wohnte, aber das tut hier nichts zur Sache.

Die roten, sauren Vogelbeeren wuchsen als reichster Schmuck um sein Haus und den Garten. In diesem stand aber auch ein Birnbaum, der trug aber nicht eine einzige Birne, und dennoch war das Glück in diesen Birnbaum gelegt, in die unsichtbaren Birnen gelegt.

Eines Nachts stürmte es ganz fürchterlich; man berichtete in den Zeitungen, daß die große Postkutsche durch den Sturm von der Straße hochgehoben und wie ein Lappen weggeschleudert worden sei. Mit Leichtigkeit konnte da ein großer Ast vom Birnbaum abbrechen.

Der Ast wurde in die Werkstatt gelegt, und der Mann drehte aus Scherz eine große Birne daraus und dann noch eine große, darauf eine kleine und dann einige ganz kleine.

Der Baum müsse doch einmal Birnen tragen, sagte der Mann, und dann schenkte er sie den Kindern zum Spielen.

Zur Lebensnotdurft in einem feuchten Lande gehört nun ein Regenschirm. Das ganze Haus hatte zum gemeinsamen Gebrauch nur einen; wehte der Wind zu heftig, dann kippte der Regenschirm nach außen um, ja, er knickte sogar ein paarmal durch, aber der Mann setzte ihn sogleich wieder instand; am ärgerlichsten war es jedoch, daß der Knopf, der ihn zusammenhalten sollte, wenn er zusammengeklappt war, viel zu oft absprang oder der Ring, der über ihn gestreift wurde, entzweiging.

Eines Tages sprang der Knopf ab; der Mann suchte auf dem Fußboden danach und erwischte dabei eine der allerkleinsten gedrechselten Birnen, eine von denen, die die Kinder zum Spielen bekommen hatten.

„Der Knopf ist nicht zu finden!" sagte der Mann, „aber dies kleine Ding kann sicher denselben Dienst tun!" Dann bohrte er ein Loch hinein, zog eine Schnur hindurch, und die kleine Birne hielt den zerbrochenen Ring gut zusammen. Es war tatsächlich der beste Zusammenhalter, den der Regenschirm bislang gehabt hatte.

Als der Mann im nächsten Jahr Schirmgriffe in die Hauptstadt schicken sollte, wohin er dergleichen lieferte, schickte er auch zwei von den gedrechselten kleinen Holzbirnen mit einem halben Ring darum und bat, daß man sie ausprobiere, und so kamen sie nach Amerika. Dort merkte man schnell, daß die kleine Birne viel besser hielt als irgendein anderer Knopf, und nun verlangte man vom Händler, daß alle Regenschirme, die von jetzt ab kämen, mit einer kleinen Birne zusammengehalten werden sollten.

Na, da gab es zu tun! Birnen zu Tausenden! Holzbirnen an allen Regenschirmen! Der Mann mußte sich daranmachen. Er drechselte und drechselte. Der ganze Birnbaum ging für die kleinen Holzbirnen drauf! Das brachte Schillinge ein, das brachte Taler ein!

„In dem Birnbaum lag mein Glück!" sagte der Mann. Er legte sich nun eine große Werkstatt zu mit Gesellen und

Lehrlingen. Immer war er guter Laune und sagte: „Das Glück kann in einem Stück Holz liegen!"

Das sage auch ich, der ich die Geschichte erzähle.

Man hat eine Redensart: „Nimm ein weißes Holz in den Mund, dann bist du unsichtbar!" aber das muß dann das richtige Stück Holz sein, das uns als Glücksgeschenk vom Herrgott mitgegeben wird. Das habe ich bekommen, und ich kann auch genau wie der Mann klingendes Gold holen, blitzendes Gold, das allerbeste, es blitzt aus Kinderaugen, klingt aus Kindermund und auch aus Vaters und Mutters. Sie lesen die Geschichten, und ich stehe mitten in der Stube bei ihnen, aber unsichtbar, denn ich habe das weiße Stück Holz im Mund; merke ich dann, daß sie sich über das, was ich erzähle, freuen, ja, dann sage ich auch: das Glück kann in einem Stück Holz liegen!

Der Komet

Und der Komet kam, leuchtete mit seinem feurigen Kern und drohte mit seiner Rute; er wurde vom reichen Schloß aus betrachtet, vom armen Haus, von der Menge auf der Straße und von dem Einsamen, der über die pfadlose Heide ging; jeder machte sich seine Gedanken dabei.

„Kommt und seht euch das Zeichen des Himmels an! Kommt und seht euch die prachtvolle Erscheinung an!" wurde gesagt, und alle eilten, um zu sehen.

Aber drinnen in der Stube saßen noch ein kleiner Junge und seine Mutter; das Talglicht brannte, und der Mutter schien es so, als wäre ein Hobelspan im Licht; der Talg stand in einer Spitze nach oben und wurde kraus, das bedeutete, wie sie meinte, daß der kleine Junge bald sterben müsse, der Hobelspan zeigte ja auf ihn.

Es war ein alter Aberglaube, und den hatte sie.

Der kleine Junge sollte aber viele Jahre auf Erden leben,

leben und den Kometen betrachten, wenn er nach mehr als sechzig Jahren wieder erscheinen würde.

Der kleine Junge sah nicht den Hobelspan im Licht, hatte auch keinen Gedanken für den Kometen übrig, der zum erstenmal in seinem Leben am Himmel leuchtete. Er saß mit einer gekitteten Schüssel vor sich; in der war Seifenwasser zu Schaum geschlagen, und in dies steckte er den Kopf einer kleinen Tonpfeife, steckte den Stiel in den Mund und machte Seifenblasen, kleine und große; sie bebten und schwebten in der Luft, mit den schönsten Farben, die von Gelb in Rot wechselten, in Lila und Blau, und dann wurden sie grün wie die Blätter des Waldes, wenn die Sonne hindurchscheint.

„Gott möge dir viele Jahre hier auf Erden vergönnen, so viele, wie du Blasen machst!"

„So viele, so viele!" sagte der Kleine. „Das Seifenwasser kann ich nie alles wegblasen!" und der Kleine machte eine Blase nach der anderen.

„Da fliegt ein Jahr! da fliegt ein Jahr! Schau, wie sie fliegen!" sagte er bei jeder Blase, die sich loslöste und davonflog. Ein paar flogen ihm in die Augen; es brannte, schwärte, er bekam Tränen in die Augen. In jeder Blase schien ihm ein Zukunftsbild enthalten, glänzend, leuchtend.

„Jetzt kann man den Kometen sehen!" riefen die Nachbarn. „Kommt doch heraus; sitzt doch nicht da drinnen!"

Und die Mutter nahm den Kleinen bei der Hand; er mußte die Tonpfeife hinlegen, das Spiel mit den Seifenblasen liegenlassen; der Komet war da.

Und der Kleine sah die leuchtende Feuerkugel mit dem strahlenden Schweif; manche sagten, er sähe aus, als wäre er drei Ellen lang, andere, er sei Millionen Ellen lang; man sieht auf so verschiedene Weise.

„Kinder und Kindeskinder können gestorben sein, bis der wieder erscheint!" sagten die Leute.

Die meisten, die dies gesagt hatten, waren auch gestorben und verdorben, als er wieder erschien; aber der kleine Junge, für den der Hobelspan im Licht gesessen und von dem die Mutter geglaubt hatte: er stirbt bald! der lebte noch,

war alt und weißhaarig. „Weiße Haare sind die Blumen des Alters!" sagt das Sprichwort, und er hatte viele von diesen Blumen; er war jetzt ein alter Schullehrer.

Die Schulkinder sagten, er wäre so klug, wüßte so viel, könnte Geschichte, Geographie und was man über die Himmelskörper weiß.

„Alles kommt wieder!" sagte er; „haltet euer Augenmerk auf Personen und Ereignisse gerichtet, und Ihr werdet sehen, daß sie alle wiederkehren, in anderer Gewandung, in anderen Ländern."

Und der Schullehrer hatte dann von Wilhelm Tell erzählt, der einen Apfel von seines Sohnes Kopf herunterschießen mußte, aber bevor er den Pfeil schoß, verwahrte er auf seiner Brust einen anderen Pfeil, den er dem bösen Geßler in die Brust schießen wollte. Das war in der Schweiz geschehen, aber viele Jahre vorher geschah das gleiche in Dänemark mit Palnatoke; er mußte auch einen Apfel von seines Sohnes Kopf herunterschießen und verwahrte wie Tell einen Pfeil, mit dem er sich rächen wollte; und vor mehr als tausend Jahren wurde die gleiche Geschichte niedergeschrieben, da soll sie in Ägypten geschehen sein; alles kommt wieder, ebenso wie die Kometen, sie vergehen, verschwinden und kommen wieder.

Und er sprach vom Kometen, der erwartet wurde, dem Kometen, den er als kleiner Junge gesehen hatte. Der Schullehrer wußte von den Himmelskörpern, dachte über sie nach, aber er vergaß deswegen nicht Geschichte und Geographie.

Seinen Garten hatte er in der Gestalt einer Landkarte von Dänemark angelegt. Hier standen Pflanzen und Blumen, je nachdem wie sie in den verschiedenen Gegenden des Landes heimisch waren. „Hole mir Erbsen!“ sagte er, und dann ging man zu dem Beet, welches Lolland vorstellte. „Hole mir Buchweizen!“ und dann ging man nach Langeland. Der wunderbare blaue Enzian und der Porsch waren oben auf Skagen zu finden, die blanke Stechpalme drüben bei Silkeborg. Die Städte selber waren durch Denkmäler angedeutet. Hier stand Sankt Knud mit dem Lindwurm, das bedeutete Odense; Absalon mit dem Bischofsstab bedeutete Sorö; das kleine Fahrzeug mit Riemen war das Zeichen dafür, daß hier die Stadt Aarhus lag. Aus des Schullehrers Garten lernte man gut die Landkarte Dänemarks kennen; aber man mußte ja zuerst von ihm belehrt werden, und das war so lustig.

Jetzt war der Komet zu erwarten, und von dem erzählte er und was die Leute in jenen vergangenen Tagen, als der Komet zuletzt dagewesen war, gesagt und wie sie geurteilt hatten. „Das Kometenjahr ist ein gutes Weinjahr“, sagte er, „man kann den Wein mit Wasser verdünnen, das merkt keiner. Die Weinhändler sollen Kometenjahre sehr schätzen.“

Die Luft war ganze vierzehn Tage und Nächte hindurch voller Wolken, der Komet war nicht zu sehen, aber er war da.

Der alte Schullehrer saß in seinem kleinen Stübchen gleich neben der Schulstube. Die Bornholmer Uhr aus der Zeit seiner Eltern stand in der Ecke, die schweren Bleigewichte gingen weder aufzuziehen noch sanken sie nach unten, der Perpendikel rührte sich nicht; der kleine Kukkuck, der früher hervorkam und den Glockenschlag ausrief, hatte mehrere Jahr lang hinter dem geschlossenen Türchen geschwiegen; alles war dort drinnen still und stumm, die Uhr ging nicht mehr. Aber das alte Klavier dicht daneben, auch aus der Zeit der Eltern, hatte noch Leben, die Saiten konnten erklingen, allerdings ein wenig heiser, konnten die Melodien eines ganzen Menschenalters singen. Der alte Mann erinnerte sich dabei an so vieles, Erfreuliches und Betrübliches, in der Reihe von Jahren, seit er als kleiner Junge den Kometen gesehen hatte, bis jetzt, da er wiederkam. Er erinnerte sich daran, was seine Mutter von dem Hobelspan im Licht gesagt hatte, er erinnerte sich der schönen Seifenblasen, die er gemacht hatte; jede war ein Lebensjahr gewesen, hatte er gesagt, wie leuchtend, wie voll von Farben! alles Schöne und Erfreuliche sah er darin: Kinderspiele und Jugendfreuden, die ganze weite Welt offen im Sonnenschein, und in die wollte er hinaus! Es waren Zukunftsblasen. Als alter Mann vernahm er von den Saiten des Klaviers Melodien aus entschwundenen Zeiten: Erinnerungsblasen mit dem Farbenschimmer des Gedenkens; da tönte das Stricklied der Großmutter:

„Eine Amazone strickte
Sicher nicht den ersten Strumpf!“

Da erklang das Lied, welches die alte Magd des Hauses ihm als Kind vorgesungen hatte:

„Es gibt so manche Gefahren
In dieser Welt zu bestehen
Für den, der jung an Jahren
Und von ihr noch nichts hat gesehen."

Jetzt ertönten die Melodien vom ersten Ball, ein Menuett und ein polnischer Tanz; jetzt erklangen weiche, wehmutsvolle Töne, dem alten Mann traten Tränen in die Augen, jetzt brauste ein Kriegsmarsch auf, jetzt ein Choral, jetzt heitere Töne, Blase auf Blase, wie damals, als er in seiner Kindheit welche aus Seifenwasser gemacht hatte.

Seine Augen waren auf das Fenster gerichtet, eine Wolke draußen am Himmel glitt beiseite, er sah in der hellen Luft den Kometen, seinen leuchtenden Kern, seinen schimmernden Nebelschleier.

Es war ihm, als hätte er ihn erst gestern gesehen, und dennoch lag ein ganzes reiches Menschenleben zwischen jener Zeit und heute; damals war er ein Kind und sah in den Blasen „voraus", jetzt zeigten die Blasen „zurück". Er hatte ein Kindergemüt und einen Kinderglauben, seine Augen glänzten, seine Hand fiel auf die Tasten hinunter – es klang, als spränge eine Saite.

„Kommt doch und seht, der Komet ist da!" riefen die Nachbarn. „Der Himmel ist so wunderbar klar! Kommt doch und seht es euch richtig an!"

Der alte Schullehrer antwortete nicht, er war fortgegangen, um richtig zu schauen; seine Seele wanderte auf einer größeren Bahn dahin, in einen weiteren Raum hinein, als ihn der Komet durchfliegt. Und der wurde wieder von dem reichen Schloß aus betrachtet, von dem armen Haus, von der Menge auf der Straße und dem Einsamen auf der pfadlosen Heide. Des alten Schullehrers Seele wurde von Gott und von den lieben Voraufgegangenen gesehen, von jenen, nach denen es ihn verlangte.

Die Wochentage

Die Wochentage wollten auch einmal bummeln gehen, zusammenkommen und einen Schmaus abhalten. Jeder Tag war so besetzt, daß sie das ganze Jahr über keine freie Zeit zur Verfügung hatten; sie mußten einen ganzen Tag extra haben, aber den hatten sie ja auch alle vier Jahre: den Schalttag, der in den Februar verlegt worden ist, um Ordnung in die Zeitrechnung zu bringen.

Am Schalttag wollten sie also zu einem Schmaus zusammenkommen, und da der Februar der Fastnachtsmonat ist, wollten sie verkleidet kommen, wie zum Karneval, jeder nach seinem Geschmack und seiner Bestimmung; gut essen, gut trinken, Reden halten und einander Angenehmes und Unangenehmes in freimütiger Kameradschaft sagen. Die Recken der Vorzeit warfen sich bei den Mahlzeiten die abgeknabberten Bratenknochen an den Kopf, die Wochentage dagegen wollten sich gegenseitig mit Leckerbissen von Kalauern und dreckigen Witzen bewerfen, wie sie bei harmlosen Fastnachtspossen auftauchen können.

Dann war der Schalttag da, und sie kamen zusammen.

Sonntag, der Vorsitzende der Wochentage, erschien in schwarzseidenem Mantel; fromme Menschen hätten meinen können, er sei als Pfarrer gekleidet, um in die Kirche zu gehen; Weltkinder sahen, daß er im Domino war, um auf Vergnügungen zu gehen, und daß die flammende Nelke, die er im Knopfloch trug, die kleine rote Lampe des Theaters war, die verkündete: „Alles ist ausverkauft, seht nun zu, daß ihr euch gut unterhaltet!“

Montag, ein junger Mensch, mit dem Sonntag verwandt und besonders dem Vergnügen hingegeben, folgte hinterdrein. Er verlasse die Werkstatt, sagte er, wenn die Wachtparade aufziehe.

„Ich muß hinaus und Offenbachs Musik hören; sie steigt mir nicht zu Kopf und geht mir nicht zu Herzen, sie kitzelt mir in den Beinmuskeln, ich muß tanzen, muß einen Bummel machen, mir ein blaues Auge holen, mit dem ich mich schlafen lege, um am nächsten Tag an die Arbeit zu gehen. Ich bin der Neumond der Woche!“

Dienstag, das ist der Ziustag, der Tag der Kraft.

„Ja, das bin ich!“ sagte Dienstag. „Ich gehe an die Arbeit, spanne die Flügel des Merkur an des Kaufmanns Schuhe, sehe in den Fabriken nach, ob die Räder geschmiert sind und sich drehen, führe Aufsicht darüber, ob der Schneider auf dem Tische sitzt und der Steinsetzer auf den Pflastersteinen; jeder gehe seinem Tagewerk nach! Ich beaufsichtige das Ganze, daher erscheine ich in Polizistenuniform und nenne mich Poli-ziestag. Wenn es ein schlechter Kalauer ist, versucht ihr anderen, einen besseren zu machen!“

„Jetzt komme ich!“ sagte Mittwoch*. „Ich stehe mitten in der Woche. Der Deutsche nennt mich Herr Mittwoch. Ich stehe als Gehilfe im Laden, als Blume mitten zwischen den anderen geehrten Wochentagen! Marschieren wir alle auf, dann habe ich drei Tage vor mir und drei hinter mir, es ist wie eine Ehrenwache; ich möchte glauben, daß ich der ansehnlichste Tag der Woche bin!“

Donnerstag kam, verkleidet als Kupferschmied mit Hammer und Kupferkessel, das waren seine Adelsattribute.

„Ich bin von höchster Herkunft!“ sagte er, „heidnisch, göttlich! In den nördlichen Ländern bin ich nach Thor, dem Donnergott, benannt und in den Ländern des Südens nach Jupiter, die beide zu donnern und zu blitzen verstanden; es ist in der Familie geblieben!“

* Dänisch: Onsdag = Odinsdag (Anmerkung d. Übers.).

Und dann schlug er auf den Kupferkessel und bewies seine hohe Herkunft.

Freitag war als junges Mädchen verkleidet und nannte sich Freia, zur Abwechslung auch Venus, es kam auf den Sprachgebrauch in den Ländern an, wo sie auftrat. Sie sei im übrigen ein stiller, sanfter Charakter, sagte sie; aber heute keck und frei; es sei ja Schalttag, und der schenkt der Frau Freiheit, da darf sie nach alter Sitte selber freien und braucht nicht zu warten, bis um sie gefreit wird.

Sonnabend trat als alte Haushälterin mit Besen und anderen Reinigungsattributen auf. Ihr Leibgericht war Biersuppe, indessen verlangte sie nicht, daß sie bei dieser festlichen Gelegenheit allen bei Tisch vorgesetzt werden solle, sondern nur, daß sie sie bekomme, und sie bekam sie.

Und dann setzten sich die Wochentage um den Tisch.

Hier sind sie alle sieben gezeichnet, für lebende Bilder im Familienkreise geeignet; dort kann man sie so lustig darstellen, wie man es vermag, wir stellen sie hier nur als einen Scherz im Februar dar, dem einzigen Monat, der einen Tag als Zugabe erhält.

Sonnenscheingeschichten

„Jetzt will ich erzählen!" sagte der Wind.

„Nein, gestatten Sie", sagte das Regenwetter, „jetzt bin ich an der Reihe! Sie haben lange genug an der Straßenecke gestanden und geheult, wie Sie nur heulen konnten!"

„Ist das der Dank", sagte der Wind, „daß ich Ihnen zu Ehren manchen Schirm umgeklappt, ja geknickt habe, wenn die Leute nicht mit Ihnen zu tun haben wollten?"

„Ich erzähle!" sagte der Sonnenschein, „still!" und das wurde mit Glanz und Majestät gesagt, so daß der Wind sich

legte, so lang wie er war, aber das Regenwetter rüttelte den Wind und sagte: „Das sollen wir uns gefallen lassen! Sie bricht immer durch, diese Madame Sonnenschein. Wir hören nicht hin! es lohnt sich der Mühe nicht, hinzuhören!"

Und der Sonnenschein erzählte.

„Es flog ein Schwan über das wogende Meer; jede seiner Federn schimmerte wie Gold; eine Feder fiel auf das große Kauffahrteischiff hinab, das mit vollen Segeln vorüberfuhr; die Feder fiel in das lockige Haar des jungen Mannes, des Warenaufsehers, Superkargo wurde er genannt. Die Feder des Glücksvogels berührte seine Stirn, wurde zu einer Feder in seiner Hand, und er wurde schnell der reiche Kaufmann, der sich sehr wohl Sporen aus Gold kaufen, goldene Schüsseln in einen Adelsschild verwandeln konnte; ich habe darauf geschienen!" sagte der Sonnenschein.

„Der Schwan flog über die grüne Wiese, wo der kleine Schafhirte, ein Junge von sieben Jahren, sich in den Schatten des alten, einzigen Baumes hier draußen gelegt hatte. Und der Schwan küßte in seinem Fluge eines von den Blättern des Baumes, das fiel auf die Hand des Jungen, und aus dem einen Blatt wurden drei, wurden zehn, wurde ein ganzes Buch, und er las darin von den Wundern der Natur, von der Muttersprache, vom Glauben und Wissen. Beim Zubettgehen legte er sich das Buch unter den Kopf, um nicht zu vergessen, was er gelesen hatte, und das Buch brachte ihn auf die Schulbank, zum Tisch des Wissens. Ich habe seinen Namen unter denen der Gelehrten gelesen!" sagte der Sonnenschein.

„Der Schwan flog in die Waldeinsamkeit, rastete dort auf den stillen, dunklen Seen, wo die Wasserrose blüht, wo die wilden Holzäpfel wachsen, wo Kuckuck und Holztaube beheimatet sind.

Eine arme Frau sammelte Brennholz, abgewehte Zweige, trug sie auf dem Rücken, ihr kleines Kind trug sie an der Brust und ging heim. Sie sah den goldenen Schwan, den Schwan des Glücks, sich von dem schilfbestandenen Ufer erheben. Was schimmerte dort? Ein goldenes Ei; sie legte es an ihre Brust, und die Wärme blieb darin; sicher war Leben im Ei. Ja, es pickte hinter der Schale; sie spürte es und meinte, es sei ihr eigenes Herz, welches schlug.

Daheim in ihrer ärmlichen Stube holte sie das goldene Ei hervor. ‚Tick! tick!' sagte es, als wäre es eine kostbare goldene Uhr, aber ein Ei war es mit lebendigem Leben. Das Ei barst, ein kleines Schwanenjunges, wie mit reinem Golde gefiedert, steckte den Kopf hervor; es hatte um den Hals vier Ringe, und da die arme Frau gerade vier Jungen hatte, drei daheim und den vierten, den sie mit in die Waldeinsamkeit genommen hatte, so begriff sie sogleich, daß hier ein Ring für jedes der Kinder war, und kaum hatte sie es begriffen, da flog der kleine goldene Vogel auf.

Sie küßte jeden Ring, ließ jedes Kind einen der Ringe küssen, legte sie den Kindern ans Herz, steckte sie den Kindern auf den Finger."

„Ich sah es!" sagte der Sonnenschein. „Ich sah, was dann folgte!

Der eine Junge setzte sich in die Tongrube, nahm einen Tonklumpen in die Hand, knetete ihn mit den Fingern, und es wurde die Gestalt des Jason daraus, der das Goldene Vlies geholt hatte.

Der zweite von den Jungen lief sogleich auf die Wiese, wo die Blumen in allen erdenklichen Farben standen; er pflückte eine Handvoll, quetschte sie so fest zusammen, daß ihm der Saft in die Augen spritzte und den Ring befeuchtete, es kribbelte und krabbelte in den Gedanken und in der Hand, und nach Jahr und Tag sprach die große Stadt von dem großen Maler.

Der dritte von den Jungen hielt den Ring so fest in seinem Mund, daß er klang, einen Widerhall vom Herzensgrunde gab; Gefühle und Gedanken stiegen in Tönen auf, stiegen auf wie singende Schwäne, tauchten gleich Schwänen in den tiefen See hinab, den tiefen See des Gedankens; er wurde der Meister der Töne, jedes Land mag nun denken: ‚Mir gehört er!‘

Der vierte Kleine, ja, der war ein Aschenputtel; er hätte einen Pieps, sagte man, er sollte Pfeffer und Fett haben, wie die kranken Küken! Man sprach die Worte allerdings so vielsagend aus, als sollte er sein ‚Fett‘ kriegen, und das kriegte er; aber von mir bekam er einen Sonnenkuß“, sagte der Sonnenschein, „er bekam zehn Küsse für einen. Er war eine Dichternatur, er wurde geknufft und geküßt; aber den Glücksring hatte er von dem goldenen Schwan des Glücks. Seine Gedanken flogen hinaus wie goldene Schmetterlinge, das Symbol der Unsterblichkeit!“

„Das war aber mal eine lange Geschichte!“ sagte der Wind.

„Und langweilig!" sagte das Regenwetter. „Blas mich an, damit ich mich wieder erholen kann!"

Und der Wind blies, und der Sonnenschein erzählte.

„Der Schwan des Glücks flog über die tiefe Meeresbucht, wo die Fischer ihre Netze ausgespannt hatten. Der ärmste von ihnen gedachte zu heiraten, und er heiratete.

Ihm brachte der Schwan ein Stück Bernstein; Bernstein zieht an, es zog Herzen ins Haus. Bernstein ist der schönste Weihrauch. Ein Duft stieg auf wie aus der Kirche, ein Duft stieg auf von Gottes Natur. Sie empfanden so recht das Glück häuslichen Lebens, Zufriedenheit in kleinen Verhältnissen, und da wurde ihr Leben eine einzige Sonnenscheingeschichte."

„Wollen wir abbrechen!" sagte der Wind. „Nun hat der Sonnenschein lange genug erzählt. Ich habe mich gelangweilt!"

„Ich auch!" sagte das Regenwetter.

Was sagen aber wir anderen, die wir die Geschichten gehört haben?

Wir sagen: „Nun sind sie aus!"

Urgrossvater

Urgroßvater war so lieb, klug und gut, wir sahen alle zu Urgroßvater auf; eigentlich wurde er, solange ich zurückdenken konnte, Großvater, auch Großpapa genannt, aber als der kleine Sohn meines Bruders Frederik in die Familie kam, stieg er zum Urgroßvater auf; etwas Höheres konnte er nicht erleben! Er liebte uns alle so sehr, aber unsere Zeit schien er nicht so recht zu lieben: „Alte Zeit war gute Zeit!“ sagte er; „besinnlich und solide war sie! Jetzt ist solch ein Galopp, und alles wird auf den Kopf gestellt. Die Jugend führt das Wort, spricht selbst von Königen, als wären sie ihresgleichen. Jedermann kann seinen Lappen auf der Straße in stinkiges Wasser tunken und ihn über dem Kopf eines Ehrenmannes auswringen!“

Bei dergleichen Reden wurde Urgroßvater ganz rot im Gesicht; aber bald darauf erschien sein freundliches Lächeln wieder, und dann kamen die Worte: „Nun ja! vielleicht irre ich mich ein wenig! Ich stehe in der alten Zeit und kann in der neuen nicht so recht Fuß fassen. Der Herrgott möge sie lenken und führen!"

Wenn Urgroßvater von der alten Zeit sprach, war es fast, als käme sie zu mir zurück. In Gedanken fuhr ich dann in goldener Kutsche mit Heiducken, sah den Aufzug der Zünfte, wie sie mit ihren Schildern, mit Musik und Fahnen umzogen, war in den lustigen Weihnachtsstuben bei Pfänderspielen und Verkleidung mit dabei. Es gab wahrlich auch zu jener Zeit viel Scheußliches und Grausiges, Schandpfähle, Rädern und Blutvergießen, aber all dies Grausige hatte etwas Verlockendes und Aufrüttelndes. Ich vernahm so viel Schönes, ich hörte über den dänischen Adel, der den Bauern die Freiheit schenkte, und von Dänemarks Kronprinz, der den Sklavenhandel aufhob.

Es war wundervoll, Urgroßvater darüber erzählen zu hören, ihn von seiner Jugendzeit erzählen zu hören; aber die Zeit vor dieser war nun doch die allerschönste, so kraftvoll und groß.

„Roh war sie!" sagte Bruder Frederik, „gottlob sind wir darüber hinaus!" und das sagte er rundheraus zu Urgroßvater. Es geziemte sich nicht, und trotzdem hatte ich viel Respekt vor Frederik; er war mein ältester Bruder, er könnte mein Vater sein, sagte er; er sagte allerdings so viel Sonderbares. Sein Abiturium hatte er mit der besten Note gemacht und war so tüchtig in Vaters Kontor, daß er bald mit ins Geschäft eintreten konnte. Er war derjenige, mit dem sich Urgroßvater am meisten abgab, aber sie gerieten immer in einen Disput. Die beiden verstanden einander nicht und würden es auch niemals tun, sagte die ganze Familie, aber wie klein ich auch war, merkte ich trotzdem bald, daß die beiden einander nicht missen konnten.

Urgroßvater hörte mit leuchtenden Augen zu, wenn Frederik von Fortschritten in der Wissenschaft erzählte oder vorlas, von Entdeckungen der Naturkräfte, von allem Merkwürdigen in unserer Zeit.

„Die Menschen werden gescheiter, aber nicht besser!" sagte Urgroßvater dann. „Sie erfinden die fürchterlichsten Vernichtungswaffen, die sie gegeneinander anwenden!"

„Um so schneller ist der Krieg vorüber!" sagte Frederik, „man wartet keine sieben Jahre auf den Segen des Friedens! Die Welt ist vollblütig, sie muß zwischendurch einen Aderlaß haben, das ist unerläßlich!"

Eines Tages erzählte Frederik ihm ein wirkliches Vorkommnis aus unserer Zeit, das sich in einem kleinen Staat ereignet hatte. Die Uhr des Bürgermeisters, die große Uhr auf dem Rathaus, zeigte der Stadt und ihrer Bevölkerung die Zeit an; die Uhr ging nicht ganz genau, aber die ganze Stadt richtete sich trotzdem danach. Nun bekam auch dieses Land Eisenbahnen, und sie stehen mit denen aller anderen Länder in Verbindung, man muß daher die Zeit genau wissen, sonst stößt man an. Die Eisenbahn erhielt ihre Uhr, die nach der Sonne gestellt war, die ging richtig, aber des Bürgermeisters Uhr nicht, und nun richteten sich alle Leute in der Stadt nach der Bahnhofsuhr.

Ich lachte und fand die Geschichte lustig, aber Urgroßvater lachte nicht, er wurde ganz ernst.

„In dem, was du da erzählst, liegt eine ganze Menge verborgen!" sagte er, „und ich verstehe auch deine Absicht, weshalb du mir das erzählst. In deinem Uhrwerk liegt eine Lehre. Ich muß dabei an etwas anderes denken, an die alte, schlichte Bornholmer Uhr meiner Eltern mit den Bleigewichten; sie war ihr und meiner Kindheit Zeitmesser; sie ging zwar nicht so ganz genau, aber sie ging, und wir sahen nach dem Zeiger, an den glaubten wir und dachten nicht an die Räder in ihrem Innern. So war damals auch die Staatsmaschine, man schaute sie getrost an und glaubte an den Zeiger. Jetzt ist die Staatsmaschine eine Uhr aus Glas geworden, wo man bis in die Maschinerie hineinschauen kann, sehen kann, wie die Räder sich drehen und kreisen, es wird einem angst und bange wegen des Zapfens, wegen des Rades! wie wird es mit dem Glockenschlag gehen, denke ich und habe meinen Kinderglauben nicht mehr. Das ist die Schwäche der heutigen Zeit!"

Und dann redete Urgroßvater sich richtig in Zorn. Er und Frederik konnten sich nicht verstehen, aber voneinander lassen konnten sie auch nicht, „genau wie die alte und die neue Zeit!" – das merkten sie beide und die ganze Familie, als Frederik auf Reisen gehen wollte, weit fort, bis nach Amerika. Die Reise mußte im Auftrag des Handelshauses gemacht werden. Für Urgroßvater ward die Trennung schwer, und es war eine weite Reise, ganz übers Weltmeer bis auf die andere Seite des Erdballs.

„Alle vierzehn Tage hast du einen Brief von mir!" sagte Frederik, „und schneller als durch alle Briefe wirst du durch den Telegraphendraht von mir hören können; die Tage werden zu Stunden, die Stunden zu Minuten!"

Durch den Telegraphendraht kamen Grüße, als Frederik in England an Bord ging. Früher als ein Brief, und wenn auch die treibenden Wolken Postbote gewesen wären, kam ein Gruß aus Amerika, wo Frederik an Land gegangen war; es war erst wenige Stunden her.

„Es ist wirklich ein Gedanke von Gott, der unserer Zeit beschieden ist!" sagte Urgroßvater; „ein Segen für die Menschheit!"

„Und in unserem Lande wurden diese Naturkräfte zuerst erkannt und kundgetan, hat Frederik mir erzählt."

„Ja", sagte Urgroßvater und gab mir einen Kuß. „Ja, und ich habe in die beiden freundlichen Augen geblickt, die zuerst diese Naturkraft erkannten und begriffen; es waren Kinderaugen wie deine! Und ich habe ihm die Hand gedrückt!" Und dann gab er mir wieder einen Kuß!

Mehr als ein Monat war vergangen, als mit einem Brief von Frederik die Nachricht kam, daß er sich mit einem reizenden jungen Mädchen verlobt habe, über die sich sicher die ganze Familie freuen werde. Ihre Photographie wurde übersandt und mit bloßem Auge und mit dem Vergrößerungsglas betrachtet, denn das ist das Auffallende an diesen Bildern, daß sie es vertragen können, mit den allerschärfsten Gläsern betrachtet zu werden, ja, dann kommt die Ähnlichkeit erst richtig heraus. Das hat kein Maler vermocht, selbst die allergrößten in alten Zeiten nicht.

„Hätte man nur damals diese Erfindung gekannt!" sagte Urgroßvater, „dann hätten wir die Wohltäter und großen Männer von Angesicht zu Angesicht beschauen können! –

Wie doch dies Mädchen hier freundlich und gütig aussieht!" sagte er und starrte durch das Glas. „Ich würde sie jetzt erkennen, wenn sie zur Tür hereinträte!"

Aber dazu wäre es fast nicht gekommen; glücklicherweise hörten wir zu Hause nicht viel von der Gefahr, bevor sie vorüber war.

Die Jungverheirateten kamen fröhlich und wohlbehalten nach England, von dort wollten sie mit dem Dampfschiff nach Kopenhagen fahren. Sie sahen die dänische Küste, die weißen Sanddünen Westjütlands vor sich liegen; da kam ein Sturm auf, das Schiff lief auf einer der Sandbänke auf Grund und saß fest; die See ging hoch und wollte das Fahrzeug zerschmettern; Rettungsboote konnten nicht ausgesetzt werden; die Nacht kam, aber mitten in der Finsternis sauste von der Küste aus eine Leuchtrakete über das gestrandete Schiff hinweg; die Rakete warf ihr Seil hinüber, die Verbindung zwischen denen draußen und denen an Land war hergestellt, und bald wurde im Rettungskorb ein junges, schönes Weib durch schwere, rollende Seen lebendig herübergezogen; und sie war unendlich froh und glücklich, als der junge Gatte bald neben ihr auf festem Boden stand. Alle an Bord wurden gerettet; es war noch nicht Morgen.

Wir lagen in Kopenhagen im süßesten Schlummer, dachten weder an Leid noch Gefahr. Als wir uns nun zum Morgenkaffee um den Tisch versammelten, erreichte uns ein Gerücht, durch ein Telegramm übermittelt, von dem Untergang eines englischen Dampfschiffs an der Westküste. Wir bekamen große Angst, aber zur selben Stunde kam das Telegramm von den geretteten lieben Heimkehrern, Frederik und seiner jungen Frau, die bald bei uns sein würden.

Alle miteinander weinten; ich weinte mit, und Urgroßvater weinte, faltete seine Hände und – ich bin dessen sicher – segnete die neue Zeit.

An diesem Tage stiftete Urgroßvater zweihundert Reichstaler für das Denkmal von Hans Christian Örsted.

Als Frederik mit seiner jungen Frau nach Hause kam und das hörte, sagte er: „Das war recht, Urgroßvater! jetzt möchte ich dir auch vorlesen, was Örsted schon vor vielen Jahren über die alte und unsere Zeit geschrieben hat!"

„Er war sicher deiner Meinung?" sagte Urgroßvater.

„Ja, das kannst du glauben!" sagte Frederik, „und das bist du auch, du hast für sein Denkmal gestiftet!"

Die Lichter

Da war ein großes Wachslicht, das wußte genau, was es war.

„Ich bin in Wachs geboren und in die Form gegossen!" sagte es. „Ich leuchte besser und brenne länger als andere Lichter; ich gehöre in einen Kronleuchter oder einen silbernen Leuchter!"

„Das muß ein schönes Leben sein!" sagte das Talglicht. „Ich bin nur aus Talg, bin nur gezogen, ich tröste mich aber damit, daß es immer ein bißchen mehr ist als ein Pfenniglicht; das wird nur zweimal eingetaucht, ich bin achtmal eingetaucht worden, um meine anständige Dicke zu bekommen. Ich bin zufrieden! es ist allerdings feiner, und man ist glücklicher daran, wenn man in Wachs geboren ist und nicht in Talg, aber man schafft sich seine Stellung in dieser Welt ja nicht selbst. Sie kommen in den Saal in den Kristallkronleuchter, ich bleibe in der Küche, aber das ist auch ein guter Platz, von dort bekommt das ganze Haus das Essen!"

„Aber es gibt etwas, das ist wichtiger als Essen!" sagte das Wachslicht; „Die Geselligkeit! sie strahlen zu sehen und selbst zu strahlen! Hier ist heute abend Ball, nun werden ich und meine ganze Familie bald abgeholt!"

Kaum war es ausgesprochen, da wurden alle Wachslichter abgeholt, aber auch das Talglicht kam mit. Die Dame des Hauses nahm es selber in ihre feine Hand und trug es in die Küche hinaus; hier stand ein kleiner Junge mit einem Korb, der wurde mit Kartoffeln gefüllt, auch ein paar Äpfel wurden hineingetan. Alles dies schenkte die gute Dame dem armen Jungen.

„Da hast du auch ein Licht, mein Junge!" sagte sie. „Deine Mutter sitzt bis in die Nacht hinein und arbeitet, sie kann es brauchen!"

Die kleine Tochter des Hauses stand daneben, und als sie die Worte „bis in die Nacht hinein" hörte, sagte sie mit inniger Freude: „Ich bleibe heute auch bis in die Nacht hinein auf! Wir geben einen Ball, und ich bekomme die großen roten Schleifen an!"

Wie ihr Gesicht strahlte! Das war eine Freude! Kein Wachslicht kann so strahlen wie zwei Kinderaugen!

„Es ist rührend anzusehen!" dachte das Talglicht, „das werde ich nie vergessen, und das werde ich sicher nie mehr sehen!"

Und dann wurde es in den Korb unter den Deckel gelegt, und der Junge ging damit fort.

„Wo komme ich wohl jetzt hin?" dachte das Licht; „ich komme zu armen Leuten, bekomme vielleicht nicht einmal einen Messingleuchter, während das Wachslicht in Silber steckt und die feinsten Leute zu sehen bekommt. Wie muß es schön sein, den feinsten Leuten zu leuchten! Es ist nun einmal mein Los, aus Talg zu sein und nicht aus Wachs!"

Und das Licht kam zu armen Leuten, einer Witwe mit drei Kindern in einer kleinen, niedrigen Stube gerade gegenüber von dem reichen Haus.

„Gott segne die gute Dame für das, was sie geschenkt hat!" sagte die Mutter, „das ist ja ein wunderschönes Licht! das kann bis in die Nacht hinein brennen."

Und das Licht wurde angezündet.

„Pff-fui!“ sagte es. „Das ist aber ein scheußlich riechendes Schwefelholz, mit dem sie mich angesteckt hat! Dergleichen mutet man einem Wachslicht drüben in dem reichen Hause schwerlich zu!“

Auch dort wurden die Lichter angesteckt; sie strahlten auf die Straße hinaus; die Wagen rumpelten herbei mit den hübsch geputzten Ballgästen, die Musik klang.

„Jetzt fangen sie da drüben an!“ stellte das Talglicht fest und dachte an das strahlende Gesicht des reichen kleinen Mädchens, strahlender als alle Wachslichter. „Diesen Anblick habe ich nie mehr!“

Da kam das Kleinste von den Kindern in dem armen Haus, ein kleines Mädchen war es; sie schlang ihre Arme um den Hals von Bruder und Schwester, sie hatte etwas sehr Wichtiges zu erzählen, das mußte geflüstert werden: „Wir bekommen heute abend – denkt nur! –, wir bekommen heute abend warme Kartoffeln!“

Und ihr Gesicht strahlte vor Glückseligkeit; das Licht schien mitten hinein, es sah eine Freude, ein Glück so groß wie drüben in dem reichen Haus, wo das kleine Mädchen gesagt hatte: „Wir geben heute abend einen Ball, und ich bekomme die großen roten Schleifen an!“

„Warme Kartoffeln zu bekommen, ist das ebensoviel?“ dachte das Licht. „Hier ist ja bei den Kleinen ebenso große Freude!“ und da nieste es drauf; das heißt, es knisterte, mehr kann ein Talglicht nicht tun.

Der Tisch wurde gedeckt, die Kartoffeln gegessen. Oh, wie sie schmeckten! Es war ein wahres Festmahl, und hinterher bekam jeder einen Apfel, und das kleinste Kind sprach den kleinen Vers:

„Dir, lieber Gott, sei Dank gesagt,
Daß du so schön mich sattgemacht.
Amen.

War das nicht schön gesagt, Mutter?“ rief das Kleine danach aus.

„Das darfst du nicht fragen oder sagen!“ sagte die Mutter. „Du mußt einzig und allein an den lieben Gott denken, der dich sattgemacht hat!"

Die Kleinen wurden ins Bett gebracht, bekamen einen Kuß und schliefen gleich, und Mutter saß bis in die Nacht hinein und nähte, um für sich und die Ihren das tägliche Brot herbeizuschaffen. Und drüben aus dem reichen Haus glänzten die Lichter, und die Musik erklang. Die Sterne leuchteten über allen Häusern, über denen der Reichen und denen der Armen, gleich hell, gleich schön.

„Es war im Grunde ein angenehmer Abend!" meinte das Talglicht. „Ob die Wachslichter im silbernen Leuchter es besser gehabt haben? Das wüßte ich gar zu gern, bevor ich heruntergebrannt bin!"

Und es dachte an die beiden gleich Glücklichen, das eine von Wachslichtern, das andere von einem Talglicht bestrahlt!

Ja, das ist die ganze Geschichte!

Das Unglaublichste

Der, welcher das Unglaublichste tun konnte, sollte die Königstochter und das halbe Reich haben.

Die jungen Menschen, ja die alten auch, spannten all ihr Denken, ihre Sehnen und Muskeln an; zwei aßen sich zu Tode, und einer trank sich tot, um das Unglaublichste ihrem Geschmack gemäß zu tun, aber auf diese Weise durfte es nicht getan werden. Kleine Gassenjungen übten sich darin, sich selber auf den Rücken zu spucken, das hielten sie für das Unglaublichste.

An einem bestimmten Tage sollte vorgeführt werden, was jeder als das Unglaublichste vorzuführen hatte. Als Schiedsrichter waren Kinder von drei Jahren bis zu Leuten in den Neunzigern eingesetzt. Es gab eine ganze Ausstellung von unglaublichen Dingen, aber alle waren sich schnell darüber einig, daß das Unglaublichste hier eine große Stubenuhr im Gehäuse war, außen wie innen hervorragend ausgetüftelt. Bei jedem Glockenschlag erschienen lebende Bilder, die zeigten, was die Glocke geschlagen hatte; es waren zwölf ganze Vorstellungen mit beweglichen Figuren, mit Gesang und Rede.

„Das ist das Unglaublichste!“ sagten die Leute.

Die Uhr schlug eins, und Moses stand auf dem Berge und schrieb auf die Gesetzestafeln das erste Gebot: „Ich bin der Herr, dein Gott, du sollst keine anderen Götter neben mir haben!“

Die Uhr schlug zwei, da kam der Paradiesgarten zum Vorschein, wo Adam und Eva sich trafen, beide glücklich, ohne auch nur soviel wie einen Kleiderschrank zu besitzen; sie brauchten auch keinen.

Auf den Schlag drei erschienen die Heiligen Drei Könige, der eine kohlschwarz, wofür er nichts konnte, die Sonne hatte ihn geschwärzt. Sie kamen mit Räucherwerk und Kostbarkeiten.

Schlag vier kamen die Jahreszeiten: der Frühling mit dem Kuckucksvogel auf einem frisch belaubten Buchenzweig, der Sommer mit einer Heuschrecke auf der reifen Kornähre, der Herbst mit einem leeren Storchennest – der Vogel war fortgeflogen –, der Winter mit einer alten Krähe, die in der Ofenecke Geschichten erzählen konnte, alte Erinnerungen.

Schlug die Uhr fünf, dann kamen die fünf Sinne: das Gesicht kam als Brillenmacher, das Gehör als Kupferschmied, der Geruch verkaufte Veilchen und Waldmeister, der Geschmack war Koch, und das Gefühl war Leichenbitter mit Trauerflor bis zu den Füßen hinunter.

Die Uhr schlug sechs: da saß ein Spieler, er würfelte, der Würfel zeigte die höchste Zahl, und das war eine Sechs.

Dann kamen die sieben Wochentage oder die sieben Todsünden, darüber waren sich die Leute nicht einig, die gehörten ja zusammen und waren nicht leicht auseinanderzuhalten.

Dann kam ein Mönchschor und sang die Frühmesse, um acht Uhr.

Auf den Schlag neun folgten die neun Musen; eine war bei der Astronomie angestellt, eine am historischen Archiv, der Rest gehörte zum Theater.

Punkt zehn Uhr trat wieder Moses hervor mit den Gesetzestafeln; auf denen standen alle Gebote Gottes, und ihrer waren zehn.

Die Uhr schlug abermals, da hüpften und sprangen kleine Jungen und Mädchen heraus, sie machten ein Spiel und sangen dazu: „Hört, ihr Herrn, die Uhr schlägt elf, bittet Gott, daß er euch helf!" und das hatte die Uhr geschlagen.

Jetzt schlug sie zwölf, da trat der Wächter hervor mit Kapuze und Morgenstern, er sang das alte Wächterlied:

„Der Erlöser ward geboren,
Als die Uhr schlug Mitternacht."

Und während er sang, sprossen Rosen hervor, und sie wurden zu Engelsköpfen, von regenbogenfarbenen Flügeln getragen.

Es war bezaubernd zu hören, es war schön anzusehen. Das Ganze war ein Kunstwerk ohnegleichen, das Unglaublichste, sagten alle Menschen.

Der Künstler war ein junger Mann, herzensgut, von kindlichem Frohsinn, ein treuer Freund und hilfsbereit gegen seine armen Eltern; er verdiente die Prinzessin und das halbe Reich.

Der Tag der Entscheidung war herangekommen, die ganze Stadt stand geschmückt da, und die Prinzessin saß auf dem Thron des Landes, der neues Roßhaar bekommen hatte, aber deswegen doch nicht bequemer und angenehmer geworden war. Die Schiedsrichter ringsum blickten verschmitzt zu dem hinüber, der gewinnen würde, und er stand freimütig und froh da, sein Glück war ihm sicher, er hatte das Unglaublichste getan.

„Nein, das werde ich jetzt tun!" rief im selben Augenblick ein langer knochiger Kraftkerl. „Ich bin es, der das Unglaublichste tun kann!" und dann ging er mit einer großen Axt auf das Kunstwerk los.

„Ritsch! ratsch! knatsch!“ da lag das Ganze. Räder und Federn sausten umher, alles war zerstört!

„Das konnte *ich*!“ sagte der Mann; „meine Tat hat die seine und die aller anderen geschlagen; ich habe das Unglaublichste getan!“

„Ein solches Kunstwerk zu zerstören!“ sagten die Schiedsrichter. „Ja, das ist das Unglaublichste!“

Das ganze Volk sagte dasselbe, und so mußte er die Prinzessin und das halbe Reich bekommen, denn Gesetz ist Gesetz, und wenn es das Unglaublichste ist.

Vom Wall und von allen Stadttürmen wurde geblasen: „Die Hochzeit wird gefeiert!“ Die Prinzessin war gar nicht erfreut darüber, aber entzückend sah sie aus, und kostbar war sie gekleidet. Die Kirche strahlte spät am Abend von Kerzen, das macht den besten Eindruck. Die adligen Jungfrauen der Stadt sangen und führten die Braut nach vorn, die Ritterschaft sang und geleitete den Bräutigam; der reckte den Kopf so hoch, als könnte er niemals mittendurch brechen.

Jetzt hörte der Gesang auf, es wurde so still, daß man eine Stecknadel hätte zu Boden fallen hören, aber mitten in dieser Stille flog mit Gepolter und Getöse die große Kirchentür auf und – „bumm! bumm!" da kam das ganze Uhrwerk auf dem Mittelgang durch die Kirche marschiert und stellte sich zwischen Braut und Bräutigam. Tote Menschen können nicht umgehen, das wissen wir sehr gut, aber ein Kunstwerk kann umgehen, der Körper war zerschlagen, aber nicht der Geist, der Geist der Kunst spukte, und das war kein Spaß.

Das Kunstwerk stand da, leibhaftig so wie vorher, als es heil und unberührt war. Die Glockenschläge erklangen, einer nach dem anderen, bis zum zwölften, und die Gestalten strömten heraus. Zuerst kam Moses; auf seiner Stirn loderte es wie von Flammen, er warf die schweren steinernen Gesetzestafeln dem Bräutigam auf die Füße, die er auf diese Weise am Kirchenfußboden festnagelte.

„Ich kann sie nicht wieder aufheben!" sagte Moses. „Du hast mir die Arme abgeschlagen! Stehe, wie du stehst!"

Jetzt kamen Adam und Eva, die Weisen aus dem Morgenland und die vier Jahreszeiten, jeder sagte ihm unangenehme Wahrheiten: „Schäme dich!"

Aber er schämte sich nicht.

Sämtliche Gestalten, die zu dem jeweiligen Glockenschlag gehörten, traten aus der Uhr heraus, und alle nahmen furchtbar an Größe zu, es war, als bliebe nicht Platz genug für die richtigen Menschen. Und als beim zwölften Schlag der Wächter mit Kapuze und Morgenstern hervortrat, gab es einen seltsamen Aufruhr; der Wächter ging auf

den Bräutigam los und haute ihm mit dem Morgenstern vor die Stirn.

„Da liege!" sagte er, „Gleiches für Gleiches! Wir sind gerächt, und der Meister auch! Wir verschwinden!"

Und dann verschwand das ganze Kunstwerk; aber die Lichter ringsum in der Kirche wurden zu großen Lichtblumen, und die vergoldeten Sterne unter der Decke schickten lange, helle Strahlen aus, die Orgel klang von selber. Alle Menschen sagten, das sei das Unglaublichste, was sie erlebt hätten.

„Wollen Sie nun den Richtigen herbeirufen!" sagte die Prinzessin, „den, der das Kunstwerk gemacht hat, er sei mein Ehemann und Herr!"

Und er stand in der Kirche, das ganze Volk war sein Gefolge, alle freuten sich, alle segneten ihn; da gab es nicht einen, der mißgünstig gewesen wäre. – Ja, das war das Unglaublichste!

Hören willst du, was die ganze Familie sagte? Ja, höre jetzt zuerst, was die kleine Marie sagte.

Die kleine Marie hatte Geburtstag, das war der allerschönste Tag, fand sie. Die kleinen Freunde und Freundinnen kamen alle, um mit ihr zu spielen, und sie hatte das feinste Kleid an; das hatte sie von Großmutter bekommen, die bei dem lieben Gott war, aber Großmutter hatte es selber zugeschnitten und genäht, ehe sie in den hellen, wunderschönen Himmel hinaufging. Der Tisch in Maries Stube prangte von Gaben; da war die niedlichste kleine Küche mit allem, was zu einer Küche gehört, und eine Puppe, die die Augen verdrehen und „au!“ sagen konnte, wenn man sie auf den Bauch drückte; ja, da war auch ein Bilderbuch mit den schönsten Geschichten zum Lesen, wenn man lesen konnte! aber schöner als alle Geschichten war es doch, wenn man viele Geburtstage erlebte.

„Ja, leben ist wunderschön!“ sagte die kleine Marie. Der Pate fügte hinzu, es sei das schönste Märchen.

In der Stube nebenan hielten sich die beiden Brüder auf; sie waren große Knaben, der eine neun Jahre alt, der andere elf. Sie fanden es auch schön zu leben, auf ihre Weise zu leben, nicht Kind zu sein wie Marie, nein, kecke Schuljungen zu sein, „Sehr gut“ im Zeugnis zu haben und sich im Scherz mit den Kameraden zu raufen, im Winter Schlittschuh zu laufen und im Sommer mit dem Velociped zu fahren, von Ritterburgen, Zugbrücken und

Burgverliesen zu lesen, von Entdeckungen im Inneren Afrikas zu hören. Der eine der Jungen hatte dabei jedoch einen Kummer, nämlich daß alles entdeckt sein könnte, bevor er groß wäre; dann wollte er auf Abenteuer ausziehen. Das Leben sei das schönste Märchen, sagte ja der Pate, und in dem komme man selber vor.

Diese Kinder lebten und hausten im Erdgeschoß; oben wohnte ein anderer Teil der Familie, ebenfalls mit Kindern, aber diese waren schon aus den Kinderschuhen heraus, so groß waren sie; der eine Sohn siebzehn Jahre alt, der zweite zwanzig, aber der dritte sehr alt, sagte die kleine Marie, er war fünfundzwanzig Jahre alt und verlobt. Sie lebten alle in glücklichen Verhältnissen, hatten gute Eltern, gute Kleider, gute Geistesgaben, und sie wußten, was sie wollten: „Vorwärts! weg mit all den alten Bretterzäunen! freien Ausblick auf die ganze Welt! Sie ist das Schönste, was wir kennen. Der Pate hat recht; das Leben ist das schönste Märchen!"

Vater und Mutter, beides ältere Leute – natürlich, älter als die Kinder mußten sie sein –, sie sagten mit einem Lächeln um den Mund, mit einem Lächeln in den Augen und im Herzen: „Wie sind sie jung, die jungen Menschen! Es geht in der Welt nicht ganz so, wie sie meinen, aber es geht. Das Leben ist ein seltsames, schönes Märchen!"

Oben drüber, dem Himmel ein wenig näher, wie man sagt, wenn Leute unterm Dache wohnen, dort wohnte der Pate. Alt war er und dennoch so jung im Herzen, immer heiteren Sinnes, und dann konnte er Geschichten erzählen, viele und lange. Er war weit in der Welt herumgekommen, und aus aller Herren Ländern standen wunderbare Dinge in seiner Stube. Da gab es Bilder von der Decke bis zum Fußboden, und mehrere Scheiben waren aus rotem und aus gelbem

Glas; sah man dort hindurch, dann lag die ganze Welt im Sonnenschein, und wenn das Wetter draußen noch so trübe war. In einem großen Glaskasten wuchsen grüne Pflanzen, und es stand ein besonderer Glashafen darin, in dem schwammen Goldfische; sie sahen einen an, als wüßten sie so viel, worüber sie nicht reden mochten. Alles duftete hier von Blumen, selbst in der Winterszeit, und dann brannte ein großes Feuer im Kamin; es machte solchen Spaß, hier zu sitzen und hineinzuschauen und zu hören, wie es knisterte und krachte. „Der liest mir alte Erinnerungen vor!" sagte der Pate, und der kleinen Marie war es auch so, als erschienen viele Bilder im Feuer.

Aber in dem großen Bücherschrank daneben standen die richtigen Bücher; in einem davon las der Pate oft, und das nannte er das Buch der Bücher, das war die Bibel. Da stand in Bildern die Geschichte der ganzen Welt und aller Menschen, der Schöpfung, der Sintflut, der Könige und des Königs der Könige.

„Alles, was geschehen ist und geschehen wird, steht in diesem Buch!" sagte der Pate. „So unendlich viel in einem einzigen Buch! Denkt darüber nach! Ja, alles, was ein Mensch zu erbitten hat, ist in das Gebet hineingelegt und wird in wenigen Worten ausgesprochen: ‚Vater unser!' Es ist ein Gnadentropfen! Es ist eine Perle vom Trost Gottes! Es wird als Gabe dem Kind in die Wiege gelegt, dem Kind ans Herz gelegt. Kindchen, bewahre es wohl! verliere es niemals, wie groß du auch wirst, und du bist auf den wechselnden Wegen nicht verlassen! Es leuchtet in dich hinein, und du bist nicht verloren!“

Die Augen des Paten leuchteten dabei, sie strahlten vor Freude. Einmal, in jungen Jahren, hatten sie geweint, „und das war auch gut“, sagte er, „es waren Zeiten der Prüfungen, als alles trübe aussah. Jetzt habe ich Sonne um mich herum und in mir. Je älter man wird, desto besser sieht man im Glück und im Unglück, daß der Herrgott immer dabei ist, daß das Leben das schönste Märchen ist, und das kann nur er uns bescheren, und das dauert bis in die Ewigkeit!“

„Leben ist schön!“ sagte die kleine Marie.

Das sagten auch die kleinen und die großen Jungen; Vater und Mutter, die ganze Familie sagte es, aber vor allem der Pate, und er hatte Erfahrungen, er war der Älteste von ihnen allen, er kannte alle Geschichten, alle Märchen, und er sagte, und zwar aus seinem vollen Herzen: „Das Leben ist das schönste Märchen!“

„Tanze, tanze, Püppchen mein!"

Da, das ist aber ein Lied für sehr kleine Kinder!" versicherte Tante Male; „ich kann diesem ‚Tanze, tanze, Püppchen mein' beim besten Willen nicht folgen", aber die kleine Amalie konnte es; sie war erst drei Jahre alt, spielte mit Puppen und erzog diese so, daß sie ebenso klug würden wie Tante Male.

Es kam ein Student ins Haus; er machte mit den Brüdern Schulaufgaben; er sprach sehr viel mit der kleinen Amalie und ihren Puppen, sprach ganz anders als alle anderen; das fand die Kleine so lustig, und dennoch sagte Tante Male, daß er überhaupt nicht mit Kindern umzugehen wüßte; die kleinen Köpfe könnten unmöglich das Gerede verarbeiten. Die kleine Amalie konnte es, ja, sie lernte von dem Studenten sogar das ganze Lied „Tanze, tanze, Püppchen mein!" auswendig und sang es ihren drei Puppen vor, zwei davon waren neu, die eine ein Fräulein, die andere ein Mannsbild, aber die dritte Puppe war alt und hieß Lise. Sie bekam das Lied auch zu hören und kam darin vor.

Tanze, tanze, Püppchen mein!
Seht, wie ist das Fräulein fein!
Ebenso der kleine Mann,
Der hat Hut und Handschuh an,
Weiße Hosen, blauen Frack,
Hühnerauge ist aus Lack.
Er ist fein, und sie ist fein,
Tanze, tanze, Püppchen mein!

Alte Lise, das ist wahr,
Püppchen aus dem vor'gen Jahr,
Hat jetzt neues Haar aus Flachs,
Und ihr Kopf, der ist aus Wachs;
Sie ist wieder ganz wie neu.
Komm, mein Kind, und sei nicht [scheu,
Alle drei ihr tanzen sollt,
Seht doch aus so hübsch und hold.

Tanze, tanze, Püppchen mein!
Schwinge nun dein rechtes Bein!
Fuß nach auswärts, halt dich rank,
Bist ja doch so süß und schlank!
Knickse, dreh dich, wirble rund,
Das ist allemal gesund!
Niedlich seid ihr alle drei,
Ringelreihen, ho, juchei!

Und die Puppen verstanden das Lied, die kleine Amalie verstand es, der Student verstand es; er hatte es ja selber gedichtet, und er sagte, es wäre so ausgezeichnet; nur Tante Male verstand es nicht; sie war durch das Tor des Kindseins hinausgegangen – „Torheiten!" –, aber das war die kleine Amalie nicht, sie singt es.

Von ihr haben wir es.

„Frag die Amagerfrau*!“

Ein uralter Mohrrüb, bieder und gut,
Gar knubbelig, gar dick und so schwer,
Der faßte einen entsetzlichen Mut,
Eine Junge zu heiraten, war sein Begehr.
Ein reizendes junges Rübchen voll Glut,
Von der Mohrrüben allerfeinstem Blut.
Auf der Hochzeit war alles frohgemut,
Die Bewirtung war unbezahlbar gut.
Man zahlte gar nichts. Man war nicht bang,
Schleckte Mondschein, trank vom Tau einen
Fing Blumenflocken auf dem Flug, [Schluck,
Auf Wiesen und Feldern macht' man den Fang.
Der alte Mohrrüb grüßt' mit 'nem Ruck
Und redete ewig und lang.
Die Worte, die gluckten Gluck um Gluck;
Die junge Mohrrübe sagt' keinen Muck,
Saß da ohne Lächeln und schien im Druck,
Jung war sie und schmuck.
Komm selbst und schau!
Oder frag die Amagerfrau!

* Amager, die große Insel südlich von Kopenhagen, ist der Gemüsegarten Kopenhagens, die Frauen, die von dort mit ihrem Gemüse nach Kopenhagen auf den Markt ziehen, heißen kurzweg die „Amagerfrauen“ (Anmerkung d. Übers.).

Ein Rotkohl war der Pfarrer beim Feste,
Mairüben als Brautjungfern, das war 'ne
Schau!
Gurke und Spargel war'n Ehrengäste,
Der Kartoffelchor sang, es klang etwas
rauh.
Groß und klein tanzte, langsam und lau,
Frag die Amagerfrau!
Der alte Mohrrüb hüpft' ohne Schuh,
Hu ha! da platzt' er im Rücken entzwei
Und tot war er, mausetot und im Nu,
Das Mohrrübenfräulein lachte dazu,
So sonderbar leicht war's ihr dabei.
Nun war sie Witwe, sie freute sich gar,
Konnt leben, wie's ihr am liebsten war,
In der Suppe schwimmen als Jungfer,
Mit Haut und mit Haar! [fürwahr,

Komm selbst und schau!
Oder frag die Amagerfrau!

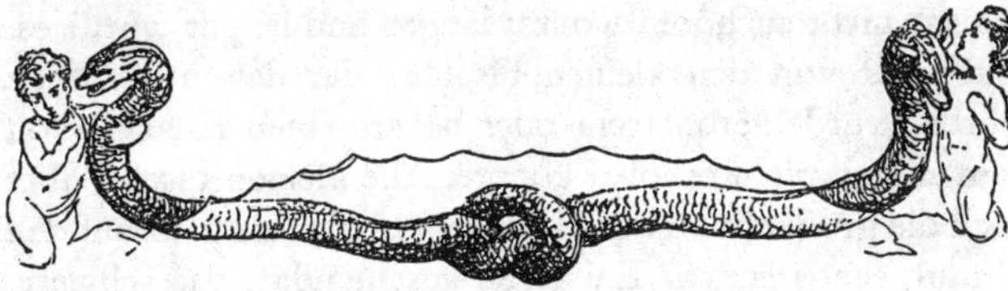

Die grosse Seeschlange

Da war ein kleiner Seefisch aus guter Familie, des Namens entsinne ich mich nicht, den müssen die Gelehrten dir sagen. Der kleine Fisch hatte achtzehnhundert Geschwister, alle gleich alt; sie kannten weder ihren Vater noch ihre Mutter, sie mußten sofort allein fertigwerden und herumschwimmen, aber das war ein großes Vergnügen. Wasser zum Trinken hatten sie genug, das ganze Weltmeer, an die Nahrung dachten sie nicht, die würde schon kommen; jeder würde seinen Freuden nachgehen, jeder würde seine eigene Gechichte haben, ja, darüber dachte auch keines von ihnen nach.

Die Sonne schien ins Wasser hinab, es glitzerte um sie, es war so hell, es war eine Welt mit den erstaunlichsten Geschöpfen, und einige so schauerlich groß, mit riesigen Schlünden, die konnten die achtzehnhundert Geschwister verschlingen, aber darüber dachten sie auch nicht nach, denn keiner von ihnen war bis jetzt verschlungen worden.

Die Kleinen schwammen zusammen, dicht nebeneinander, wie die Heringe und die Makrelen es tun; wie sie aber gerade so schön im Wasser schwammen und an nichts dachten, sank mit entsetzlichem Geräusch von oben, mitten zwischen ihnen hindurch, ein langes, schweres Ding herab, das gar nicht aufhören wollte; länger und länger wurde es, und jeder von den kleinen Fischen, der davon getroffen wurde, wurde zerquetscht oder bekam einen Knacks, von dem er sich nicht erholen konnte. Alle kleinen Fische, aber auch die großen, von der Meeresoberfläche bis ganz auf den Grund, schossen vor Entsetzen auseinander; das schwere, riesige Ding sank tiefer und tiefer, es wurde länger und länger, meilenlang, so lang wie das ganze Meer.

Fische und Schnecken, alles, was schwimmt, alles, was kriecht oder von den Strömungen getrieben wird, bemerkte dieses fürchterliche Ding, diesen unermeßlichen, unbekannten Meeresaal, der ganz urplötzlich von oben heruntergekommen war.

Was war es nur für ein Ding? Ja, das wissen wir! es war der große, meilenlange Telegraphendraht, den die Menschen zwischen Europa und Amerika versenkten.

Es entstand ein Schrecken, wo der Draht versenkt wurde, es entstand ein Aufruhr unter den rechtmäßigen Bewohnern des Meeres. Die fliegenden Fische sausten an der Meeresoberfläche in die Lüfte hinauf, so hoch wie sie konnten, ja, der Knurrhahn schnellte einen ganzen Büchsenschuß weit über das Wasser, das kann er nämlich; andere Fische entflohen zum Meeresgrund, sie schossen mit solcher Geschwindigkeit dahin, daß sie da ankamen, lange bevor der Telegraphendraht dort unten erspäht wurde; sie scheuchten Kabeljau und Flundern auf, die friedlich in der Meerestiefe umherwandelten und ihre Mitgeschöpfe auffraßen.

Ein paar Meerwalzen erschraken so sehr, daß sie ihren Bauch ausspien, sie blieben aber trotzdem am Leben, das konnten sie nämlich. Viele Hummer und Taschenkrebse fuhren aus ihrem guten Harnisch und mußten die Beine zurücklassen.

Bei all dieser Angst und dieser Wirrnis kamen die achtzehnhundert Geschwister auseinander und begegneten sich nicht mehr oder erkannten sich nicht; nur ein Dutzend blieb am selben Fleck, und nachdem sie sich zwei Stunden lang still verhalten hatten, überwanden sie den ersten Schreck und begannen neugierig zu werden.

Sie sahen sich um; sie sahen nach oben, und sie sahen nach unten, und dort in der Tiefe meinten sie das fürchterliche Ding zu erspähen, das sie so in Schrecken versetzt hatte, groß und klein erschreckt hatte. Das Ding lag auf dem Meeresboden, so weit sie sehen konnten; sehr dünn war es, aber sie wußten ja nicht, wie dick es sich machen konnte oder wie stark es war. Es lag ganz still, aber, dachten sie, das konnte Tücke sein.

„Laßt es liegen, wo es liegt! Es geht uns nichts an!" sagte der vorsichtigste von den kleinen Fischen, aber der allerkleinste von ihnen wollte es nicht aufgeben, sich darüber zu unterrichten, was dies Ding sein könnte; von oben war es heruntergekommen, von oben mußte man sich am besten Auskunft holen können, und so schwammen sie an die Meeresoberfläche, es war windstilles Wetter.

Dort trafen sie einen Delphin; das ist so ein Springinsfeld, ein Meerstreicher, der über die Wasserfläche hinweg Purzelbäume schlagen kann; er hatte Augen im Kopf, und er mußte etwas gesehen haben und wissen; den fragten sie, aber er hatte nur an sich selbst und seine Purzelbäume gedacht, nichts gesehen, wußte nichts zu antworten, und so schwieg er und schaute stolz drein.

Darauf wandten sie sich an den Seehund, der gerade untertauchte; der war höflicher, obgleich er kleine Fische frißt; aber heute war er satt. Er wußte etwas mehr als der Springfisch.

„Ich habe manche Nacht auf einem nassen Stein gelegen und nach dem Land hinübergeschaut, meilenweit von hier entfernt; da gibt es arglistige Geschöpfe, man nennt sie in ihrer Sprache Menschen, sie stellen uns nach, aber meistens entschlüpfen wir ihnen doch, das ist mir klargeworden, und das ist auch dem Meeraal klargeworden, nach dem ihr fragt. Der ist in ihrer Gewalt gewesen, ist oben am Land gewesen, sicher seit unvordenklichen Zeiten; von dort haben sie ihn auf einem Schiff mitgenommen, um ihn übers Meer in ein anderes, fernes Land zu bringen. Ich sah, was für Mühe sie hatten, aber sie konnten mit ihm fertigwerden, der war ja an Land schlapp geworden. Sie legten ihn in Ringe und Kreise, ich hörte, wie er rasselte und raschelte, als sie ihn hinlegten, aber er ist ihnen doch entkommen, ist hier herausgekommen. Sie haben ihn mit aller Kraft festgehalten, viele Hände hielten fest, er entwischte trotzdem und gelangte auf den Grund; da liegt er, denke ich, bis auf weiteres!"

„Der ist ein bißchen dünn!" sagten die Fischlein.

„Die haben ihn ausgehungert!" sagte der Seehund, „aber er erholt sich wohl bald, erhält seinen alten Umfang und seine Größe zurück. Ich nehme an, es ist die große Seeschlange, vor der die Menschen solche Furcht haben und von der sie so viel reden; ich habe sie bis jetzt noch nie gesehen und nie an sie geglaubt; jetzt glaube ich, die ist das!" und dann tauchte der Seehund.

„Wie viel der wußte! Wie viel der redete!" sagten die Fischlein. „Ich bin noch nie so klug gewesen! – Wenn es bloß nicht gelogen ist!"

„Wir können ja nach unten schwimmen und es untersuchen!" sagte das Kleinste; „unterwegs hören wir die Meinung der anderen!"

„Wir machen nicht einen Schlag mit unseren Flossen, um etwas zu erfahren!" sagten die anderen und bogen ab.

„Aber ich tu's!" sagte der Kleinste und steuerte auf das tiefste Wasser zu; aber er war weit von der Stelle entfernt, wo „das lange, versenkte Ding“ lag. Der kleine Fisch sah und suchte nach allen Seiten in der Tiefe.

Nie zuvor hatte er seine Welt als so groß empfunden. Die Heringe zogen in großen Schwärmen, schimmernd wie ein Riesenschiff aus Silber, die Makrelen schwammen ebenfalls in Gemeinschaften und sahen noch prächtiger aus. Da kamen Fische in allen Gestalten und mit Mustern in allen Farben; Medusen, gleich halb durchsichtigen Blumen, die sich von den Strömungen tragen und führen ließen. Große Pflanzen wuchsen vom Meeresboden auf, klafterhohes Gras und palmenförmige Bäume, jedes Blatt mit glänzenden Schalentieren besetzt.

Endlich erspähte der kleine Seefisch dort unten einen langen, dunklen Streifen und steuerte darauf zu, aber es war weder ein Fisch noch ein Draht, es war die Reling eines großen, gesunkenen Fahrzeugs, dessen oberstes und unterstes Deck durch den Druck des Meeres zerbrochen waren. Der kleine Fisch schwamm im Rumpf umher, wo die vielen Menschen, die umgekommen waren, als das Schiff sank, jetzt hinausgespült worden waren, bis auf zwei: ein junges Weib lag dort ausgestreckt mit einem kleinen Kind in den Armen. Das Wasser hob sie und wiegte sie gleichsam, sie schienen zu schlafen. Der kleine Fisch erschrak ordentlich, er hatte so gar keine Ahnung davon, daß sie nie mehr erwachen konnten. Die Wasserpflanzen hingen gleich Laubwerk über die Reling herab, über die beiden schönen Leichen von Mutter und Kind. Es war hier so still, es war so einsam. Der kleine Fisch eilte fort, so schnell er konnte, hinaus, wo das Wasser heller leuchtete und wo Fische zu sehen waren. Er war nicht weit gekommen, da begegnete er einem jungen Wal, ganz furchtbar groß.

„Verschling mich nicht!“ sagte das Fischlein, „ich bin nicht einmal ein Kosthappen, so klein bin ich, und mir ist es eine große Annehmlichkeit zu leben!“

„Was willst du so tief hier unten, wo deine Art nicht verkehrt?“ fragte der Wal. Und da erzählte das Fischlein von dem langen, wunderlichen Aal oder was für ein Ding es nun war, das sich von oben hatte herabsinken lassen und selbst die allermutigsten Meeresgeschöpfe in Schrecken versetzt hatte.

„Ho, ho!“ sagte der Wal und holte so tief Wasser ein, daß er einen riesigen Wasserstrahl ausstoßen mußte, wenn er nach oben kam und Luft holte. „Ho, ho!“ sagte er, „das Ding war es also, was mir auf dem Rücken kribbelte, als ich mich umdrehte! Ich dachte, es wäre ein Schiffsmast, den ich als Rückenkratzer benutzen könnte! Aber das war nicht hier an dieser Stelle. Nein, viel weiter draußen liegt das Ding. Ich möchte es doch untersuchen, ich habe nichts anderes zu tun!“

Und dann schwamm er voraus und der kleine Fisch hinterdrein, nicht zu nahe, denn wo der große Wal durch das Wasser vorwärts brauste, entstand gleichsam eine reißende Strömung.

Sie begegneten einem Hai und einem alten Sägefisch; die beiden hatten auch von dem seltsamen Meeresaal gehört, so lang und so dünn; gesehen hatten sie ihn nicht, aber das wollten sie.

Jetzt kam ein Seewolf.

„Ich komme mit!“ sagte er; er wollte denselben Weg nehmen.

„Ist die große Seeschlange nicht dicker als eine Ankertrosse, dann schneide ich sie mit einem Biß durch!“ und er öffnete seinen Rachen und zeigte seine sechs Reihen Zähne. „Ich kann in einen Schiffsanker hineinbeißen, so daß Spuren zurückbleiben, mit Leichtigkeit kann ich diesen Stengel durchbeißen!“

„Da ist er!“ sagte der große Wal, „ich kann ihn sehen!“ Er dachte, er sähe besser als die anderen. „Seht, wie er sich hochhebt, seht, wie er sich krümmt, schlängelt und windet!“

Er war es indessen nicht, sondern es war ein ungemein großer Meeraal, mehrere Ellen lang, der sich näherte.

„Den da, den habe ich schon mal gesehen!“ sagte der Sägefisch, „der hat nie viel Unheil im Meer gestiftet oder große Fische in Schrecken versetzt!“

Und da erzählten sie dem von dem neuen Aal und fragten, ob er mit auf Entdeckungen wollte.

„Ist der Aal länger als ich“, sagte der Meeraal, „dann wird ihm ein Unglück geschehen!“

„Das wird es!“ sagten die anderen. „Wir sind unser genug, um ihn nicht dulden zu müssen!“ und dann eilten sie vorwärts.

Aber da kam ihnen gerade etwas in den Weg, ein sonderbares Ungetüm, größer als sie alle.

Es sah aus wie eine schwimmende Insel, die sich nicht über Wasser halten konnte.

Es war ein uralter Walfisch. Sein Kopf war mit Meerespflanzen bewachsen, sein Rücken mit Kriechtieren und so unglaublich vielen Austern und Muscheln überzogen, daß seine schwarze Haut ganz weißbetupft war.

„Komm mit, Alter!“ sagten sie. „Hier ist ein neuer Fisch angekommen, der nicht geduldet werden darf.“

„Ich möchte lieber liegenbleiben, wo ich liege!“ sagte der alte Wal. „Laßt mich in Frieden! Laßt mich liegen! Ach ja, ja, ja! Ich leide an einer schweren Krankheit! Linderung bekomme ich, wenn ich an die Meeresoberfläche gelange und meinen Rücken drüberweg halte! Dann kommen die guten, lieben Seevögel und picken mich sauber, das tut so gut, wenn sie nur nicht mit ihrem Schnabel zu tief hineinhacken, das geht häufig bis in meinen Speck hinein. Seht doch mal! Das ganze Gerippe von einem Vogel sitzt noch auf meinem Rücken; der Vogel grub die Krallen zu tief hinein und konnte nicht loskommen, als ich auf den Grund sank. Nun haben die kleinen Fische ihn abgenagt. Seht, wie er aussieht und wie ich aussehe! Ich habe eine Krankheit!"

„Das ist nur Einbildung!" sagte der junge Wal. „Ich bin nie krank! Kein Fisch ist krank!"

„Entschuldigen Sie!" sagte der alte Wal; „der Aal hat eine Hautkrankheit, der Karpfen hat die Pocken, und wir alle haben Würmer!"

„Unsinn!" sagte der Hai, er hatte keine Lust, noch mehr zu hören, die anderen auch nicht, sie hatten ja andere Dinge vor.

Endlich kamen sie an die Stelle, wo der Telegraphendraht lag. Er hat ein langes Lager auf dem Meeresgrund, von Europa bis Amerika, über Sandbänke und Meeresschlamm, Felsengrund und Pflanzenwildnis, ja ganze Wälder von Korallen, und dann wechseln die Strömungen da unten, Wasserwirbel strudeln, Fische wimmeln hervor, in größeren Schwärmen als die zahllosen Vogelschwärme, die die Menschen zur Zeit des Vogelzuges sehen. Hier ist ein Aufruhr, ein Platschen, ein Summen, ein Brausen: von diesem Brausen spukt noch ein wenig in den großen, leeren Meermuscheln, wenn wir sie an unser Ohr halten.

Jetzt kamen sie an die Stelle.

„Da liegt das Tier!" sagten die großen Fische, und der kleine sagte es auch. Sie sahen den Draht, dessen Anfang und Ende sich an ihrem Horizont verloren.

Schwämme, Polypen und Medusen schwankten auf dem Grunde, senkten und krümmten sich darüber, so daß er bald verborgen war, bald sichtbar wurde. Seeigel, Schnekken und Schlangen bewegten sich um ihn herum; riesige Spinnen, die einen ganzen Besatz von Kriechtieren mithatten, stelzten über den Draht. Dunkelblaue Meerwalzen oder wie das Gezücht heißt, das mit dem ganzen Rumpf frißt, lagen da und schnupperten gleichsam an dem neuen Tier, das sich auf den Meeresboden gelegt hatte. Flundern und Kabeljaus drehten sich im Wasser um, weil sie nach allen Seiten horchen wollten. Der Sternfisch, der sich immer in den Schlamm einbohrt und nur zwei lange Stiele mit Augen daran draußen läßt, lag da und glotzte, um zu sehen, was bei dem Aufruhr herauskäme.

Der Telegraphendraht lag ohne jegliche Bewegung da. Aber Leben und Geist waren in ihm; menschliche Gedanken liefen durch ihn hindurch.

„Das Ding ist heimtückisch!“ sagte der Wal. „Es ist imstande, mir gegen den Bauch zu hauen, und das ist gerade meine empfindliche Seite!“

„Fühlen wir uns doch mal vor!“ sagte der Polyp. „Ich habe lange Arme, ich habe biegsame Finger; ich habe es angefaßt, ich werde jetzt ein bißchen fester zugreifen.“

Und er streckte die längsten seiner biegsamen Arme nach dem Draht aus und faßte um ihn herum.

„Der hat keine Schuppen!“ sagte der Polyp, „der hat keine Haut! Ich glaube, der bringt niemals lebendige Junge zur Welt!“

Der Meeraal legte sich am Telegraphendraht entlang und streckte sich aus, soweit er konnte.

„Das Ding ist länger als ich!“ sagte er. „Aber auf die Länge kommt es gar nicht an, man muß Haut haben, Bauch und Biegsamkeit.“

Der Wal, der junge, starke Wal, beugte sich ganz hinunter, tiefer als er jemals gewesen war.

„Bist du Fisch oder Pflanze?“ fragte er. „Oder bist du nur ein Obenher-Werk, das sich bei uns hier unten nicht wohlfühlen kann?“

Aber der Telegraphendraht antwortete nicht; das tut er nicht an dieser Stelle. Gedanken gingen durch ihn hindurch, Menschengedanken; sie erklingen für eine Sekunde über die vielen hundert Meilen von Land zu Land.

„Wirst du antworten, oder willst du durchgebissen werden?“ fragte der gefräßige Hai, und all die anderen großen Fische fragten dasselbe: „Wirst du antworten, oder willst du durchgebissen werden?“

Der Draht rührte sich nicht, er hatte seinen besonderen

Gedanken, und einen solchen kann einer haben, der mit Gedanken angefüllt ist.

„Laß sie mich ruhig durchbeißen, dann werde ich heraufgeholt und wieder in Ordnung gebracht, das ist mit anderen von meiner Art in kleineren Gewässern auch geschehen!"

Er antwortete daher nicht, er hatte mehr zu tun, er telegraphierte, lag rechtens und von Amts wegen auf dem Meeresgrund.

Oben drüber ging jetzt die Sonne unter, wie die Menschen es nennen, sie wurde wie das röteste Feuer, und alle Wolken des Himmels lohten wie Feuer, eine prächtiger als die andere.

„Jetzt kriegen wir die rote Beleuchtung!" sagten die Polypen, „dann wird man das Ding vielleicht besser sehen, falls es notwendig ist."

„Auf ihn! auf ihn!" rief der Seewolf und fletschte alle Zähne.

„Auf ihn! auf ihn!" sagten der Schwertfisch und der Wal und der Meeraal.

Sie stürzten vor, der Seewolf vornweg; aber als er gerade den Draht durchbeißen wollte, trieb der Sägefisch vor lauter Heftigkeit seine Säge mitten in das Hinterteil des Seewolfs hinein; es war ein großer Irrtum, und der Wolf hatte keine Kraft zum Beißen.

Jetzt entstand unten in dem Modder ein großes Kuddelmuddel: große Fische und kleine Fische, Meerwalzen und Schnecken gingen aufeinander los, fraßen einander, quetschten, drängelten. Der Draht lag still da und ging seinem Gewerbe nach, und das muß man.

Die dunkle Nacht brütete oben drüber, aber die Milliarden und Milliarden von lebendigen Tierchen des Meeres leuchteten. Krebse, nicht einmal so groß wie ein Stecknadelkopf, leuchteten. Es ist ganz wundersam, aber so ist es nun.

Die Tiere des Meeres betrachteten den Telegraphendraht.

„Was ist das Ding nur, und was ist es nicht?"

Ja, das war die Frage.

Da kam eine alte Seekuh an. Die Menschen nennen diese Art Seejungfrau oder Wassermann. Eine Sie war sie, hatte einen Schwanz und zwei kurze Arme zum Platschen, eine Hängebrust und Tang und Schmarotzer am Kopf, und auf die war sie stolz.

„Wollt ihr Wissen und Kenntnisse haben?" fragte sie, „dann bin ich sicher die einzige, die welche vermitteln kann; aber ich verlange dafür gefahrenfreien Weideplatz auf dem Meeresgrunde für mich und die Meinen. Ich bin ein Fisch wie ihr, und ich bin durch Übung auch Kriechtier. Ich

bin die Klügste im Meer; ich weiß über alles Bescheid, was sich hier unten tut, und über alles, was oben vorgeht. Das Ding da, über das ihr euch den Kopf zergrübelt, ist von oben, und was von da oben herunterplumpst, ist tot oder wird tot und kraftlos; laßt es liegen als das, was es ist. Es ist nur ein menschlicher Einfall!"

„Ich glaube aber, an dem ist ein bißchen mehr dran!" sagte der kleine Seefisch.

„Halt den Mund, Makrele!" sagte die große Seekuh.

„Stichling!" sagten die anderen, und das war noch verletzender.

Und die Seekuh erklärte ihnen, das ganze Alarmtier, das ja übrigens keinen Mucks von sich gab, wäre eine Erfindung vom trockenen Land. Und sie hielt einen kleinen Vortrag über die Arglist der Menschen.

„Sie wollen uns zu fassen kriegen", sagte sie, „das ist das einzige, wofür sie leben; sie spannen Netze aus, kommen mit Ködern am Haken, um uns zu locken. Dies hier ist irgendeine große Angelleine, von der sie hoffen, wir beißen an, die sind so dumm! Das sind wir nicht! Rührt bloß das Machwerk nicht an, das geht auseinander, wird zu lauter Fasern und Schlamm, das Ganze. Was von oben kommt, ist Bruch und Lug und Trug, ist nichts wert!"

„Nichts wert!" sagten alle Meeresgeschöpfe und hielten sich an die Meinung der Seekuh, um eine Meinung zu haben.

Der kleine Seefisch blieb bei seinem Gedanken. „Die unglaublich lange dünne Schlange ist wahrscheinlich der wundersamste Fisch im Meer. Ich habe so ein Gefühl."

„Der wundersamste!" sagen wir Menschen auch und sagen es auf Grund unserer Kenntnisse und mit Überzeugung.

Die große Seeschlange ist es, von altersher in Lied und Sage erwähnt.

Sie ist durch menschliche Genialität zur Welt gekommen und großgezogen worden, ist ihr entsprungen und auf den Meeresgrund gelegt worden, erstreckt sich von den Ländern im Osten zu den Ländern im Westen und bringt Botschaft so schnell wie der Strahl des Lichts von der Sonne bis zu unserer Erde. Sie wächst und wächst an Macht und Verbreitung, wächst Jahr um Jahr, durch alle Meere, rund um die Erde, unter den stürmischen Wassern und den glasklaren Wassern, wo der Schiffer hinunterblickt, als segelte er in durchsichtiger Luft, wo er ein Fischgewimmel sieht, ein ganzes Farbenfeuerwerk.

Ganz unten streckt sich die Schlange aus, eine Midgardschlange voller Segen, die sich in den Schwanz beißt, indem sie die Erde umfängt. Fische und Kriechtiere laufen mit der Stirn dagegen, sie verstehen das Ding von dort oben ja doch nicht: die mit Gedanken angefüllte, in allen Sprachen kündende und dennoch lautlose Schlange des Wissens auf Gedeih und Verderb, das wundersamste von allen Wundern des Meeres, die große Seeschlange unserer Zeit.

Der Gärtner und die Herrschaft

Etwa eine Meile von der Hauptstadt entfernt lag ein alter Gutshof mit dicken Mauern, Türmen und Treppengiebeln.

Hier wohnte, jedoch nur in der Sommerszeit, eine reiche, hochadelige Herrschaft; dieser Hof war der beste und hübscheste von allen Höfen, die sie besaß; er sah von außen aus wie neugegossen und war voller Behagen und Bequemlichkeit im Innern. Das Wappen der Familie war über dem Tor in Stein gehauen, wunderschöne Rosen wanden sich um Wappen und Erker, ein ganzer Rasenteppich breitete sich vor dem Gutshof aus; hier standen Rotdorn und Weißdorn, hier gab es seltene Blumen, selbst außerhalb des Treibhauses.

Die Herrschaft hatte auch einen tüchtigen Gärtner; es war eine Lust, den Blumengarten, den Obst- und Gemüsegarten zu sehen. Hinter diesem lag noch ein Rest von dem ursprünglichen alten Garten des Hofes mit einigen Buchsbaumhecken, so geschnitten, daß sie Kronen und Pyramiden bildeten. Hinter diesen standen zwei riesige alte Bäume; sie waren fast immer ohne Laub, und man konnte leicht auf den Gedanken kommen, daß ein Sturmwind oder eine Windhose große Klumpen Dung über sie ausgestreut hätte, aber jeder Klumpen war ein Vogelnest.

Hier horstete seit unvordenklichen Zeiten ein Gewimmel schreiender Saat- und Nebelkrähen; es war eine ganze Vogelstadt, und die Vögel waren die Herrschaft, Eigentümer des Besitzes, das älteste Geschlecht des Herrensitzes, die eigentliche Herrschaft auf dem Hofe. Keiner von den Menschen dort unten ging sie etwas an, aber sie duldeten diese am Boden gehenden Geschöpfe, obgleich die zuweilen mit der Büchse knallten, so daß es die Vögel im Rückgrat kribbelte und jeder Vogel dadurch vor Schrecken aufflog und schrie: „Pack! Pack!"

Der Gärtner sprach oft zu seiner Herrschaft davon, die alten Bäume fällen zu lassen, sie sähen nicht gut aus, und kämen sie weg, würde man wahrscheinlich auch die schreienden Vögel los, sie würden sich woanders ansiedeln.

Aber die Herrschaft wollte weder die Bäume loswerden noch das Vogelgewimmel, derlei könnte der Hof nicht missen, es wäre etwas aus alter Zeit, und die dürfe man nicht so gänzlich austilgen.

„Diese Bäume sind nun das Erbteil der Vögel, lassen wir es ihnen, mein guter Larsen!"

Der Gärtner hieß Larsen, aber das hat hier nichts weiter zu besagen.

„Haben Sie, lieber Larsen, nicht Platz genug für Ihr Wirken? den ganzen Blumengarten, die Treibhäuser, den Obst- und Gemüsegarten?"

Die hatte er, die hegte, pflegte er, da wirkte er mit Eifer und Tüchtigkeit, und das wurde von der Herrschaft anerkannt, aber sie verhehlten ihm nicht, daß sie bei anderen oftmals Obst aßen und Blumen sahen, die das übertrafen, was sie in ihrem Garten hatten, und das stimmte den Gärtner traurig, denn er wollte das Beste und tat sein Bestes. Er war gut von Herzen, gut im Amt.

Eines Tages ließ die Herrschaft ihn rufen und erzählte in

aller Milde und Herrschaftlichkeit, daß sie am Tage vorher bei vornehmen Freunden eine Sorte Äpfel und Birnen bekommen hätte, so saftvoll, so wohlschmeckend, daß sie und alle Gäste ihre Bewunderung geäußert hätten. Die Früchte waren vermutlich keine inländischen, aber sie sollten eingeführt, hier heimisch gemacht werden, falls unser Klima dies gestattete. Man wußte, sie waren in der Stadt bei dem ersten Obsthändler gekauft worden, der Gärtner sollte hineinreiten und sich erkundigen, wo diese Äpfel und Birnen her waren, und dann Pfropfreiser kommen lassen.

Der Gärtner kannte den Obsthändler gut, es war gerade der, an den er für die Herrschaft den Überfluß an Obst verkaufte, das im Gutsgarten wuchs.

Und der Gärtner machte sich auf in die Stadt und fragte den Obsthändler, wo er diese hochgepriesenen Äpfel und Birnen herhabe.

„Die sind aus Ihrem eigenen Garten!" sagte der Obsthändler und zeigte ihm den Apfel wie auch die Birne, die er wiedererkannte.

Nun, wie freute er sich da, der Gärtner; er lief schleunigst zur Herrschaft und erzählte, daß die Äpfel wie auch die Birnen aus ihrem eigenen Garten seien.

Das konnte die Herrschaft gar nicht glauben. „Das ist nicht möglich, Larsen! können Sie eine schriftliche Bestätigung vom Obsthändler beschaffen?"

Und das konnte er, eine schriftliche Bestätigung brachte er.

„Das ist aber merkwürdig!" sagte die Herrschaft.

Nun kamen jeden Tag auf den herrschaftlichen Tisch große Schalen mit diesen prächtigen Äpfeln und Birnen aus ihrem eigenen Garten; scheffel- und tonnenweise wurde dies Obst an Freunde in der Stadt und außerhalb der Stadt geschickt, ja selbst ins Ausland. Es war eine wahre Freude! Doch mußten sie hinzufügen, daß es ja auch zwei auffallend gute Sommer für das Baumobst gewesen wären, dies sei überall im Lande gut geraten.

Es verging einige Zeit; die Herrschaft speiste eines Mittags bei Hofe. Am Tage darauf wurde der Gärtner zu seiner

Herrschaft gerufen. Sie hatten bei der Tafel Melonen, so saftvoll, so schmackhaft, aus der Majestäten Treibhaus bekommen.

„Sie müssen zum Hofgärtner gehen, guter Larsen, und uns einige Kerne von diesen köstlichen Melonen besorgen!"

„Aber der Hofgärtner hat die Kerne von uns bekommen!" sagte der Gärtner ganz erfreut.

„Dann hat der Mann es verstanden, die Frucht zu höherer Entwicklung zu bringen!" antwortete die Herrschaft. „Jede Melone war ausgezeichnet!"

„Nun, da kann ich stolz sein!" sagte der Gärtner. „Ich muß der gnädigen Herrschaft erzählen, der Schloßgärtner hat in diesem Jahr kein Glück mit seinen Melonen gehabt, und als er sah, wie prächtig unsere standen, und sie kostete, bestellte er drei davon fürs Schloß!"

„Larsen! bilde Er sich nicht ein, daß es die Melonen aus unserem Garten waren!"

„Ich glaube es!" sagte der Gärtner, ging zum Schloßgärtner und erhielt von ihm eine schriftliche Bestätigung, daß die Melonen für die königliche Tafel vom Gutshof gekommen waren.

Das war wirklich eine Überraschung für die Herrschaft, und sie verheimlichte die Geschichte nicht, sie zeigte das Attest vor, ja, Melonenkerne wurden weit herumgeschickt, ebenso wie früher die Pfropfreiser.

Über diese bekam man Nachrichten, daß sie anwuchsen, Frucht ansetzten, ganz ausgezeichnet, und diese erhielten nach dem Gutshof der Herrschaft ihren Namen, so daß der Name nun auf englisch, deutsch und französisch zu lesen war.

Das hatte man bisher nicht für möglich gehalten.

„Wenn nun der Gärtner nur keine zu hohe Meinung von sich selbst bekommt!" sagte die Herrschaft.

Er nahm es auf andere Art: er wollte jetzt gerade danach streben, sich als einer der besten Gärtner des Landes einen Namen zu machen, wollte versuchen, jedes Jahr etwas Vorzügliches von allen Gartensorten zu bringen, und das tat er: aber oftmals mußte er doch hören, daß die allerersten

Früchte, die er gebracht hatte, die Äpfel und Birnen, eigentlich die besten gewesen seien, alle späteren Sorten stünden weit darunter. Die Melonen seien allerdings sehr gut gewesen, aber das sei ja eine ganz andere Art; die Erdbeeren seien wohl vortrefflich zu nennen, aber doch nicht besser als die, die andere Herrschaften hätten, und als die Rettiche in einem Jahr nicht gerieten, da wurde nur von den mißratenen Rettichen gesprochen und nicht von dem, was sonst an Gutem hervorgebracht worden war.

Es war fast, als empfände die Herrschaft eine Erleichterung, wenn sie sagen konnte: „Dies Jahr wurde es nichts, guter Larsen!" Sie waren ganz froh, daß sie sagen konnten: „Dies Jahr wurde es nichts!"

Zweimal wöchentlich brachte der Gärtner frische Blumen in die Gemächer hinauf, immer so geschmackvoll angeordnet; die Farben erhielten durch die Anordnung gleichsam eine stärkere Leuchtkraft.

„Sie haben Geschmack, Larsen!" sagte die Herrschaft,

„es ist eine Gabe, die Ihnen vom lieben Gott verliehen worden ist, Sie haben sie nicht aus sich selbst."

Eines Tages kam der Gärtner mit einer großen Kristallschale, in dieser lag ein Seerosenblatt; darauf war, mit dem langen, dicken Stengel unter Wasser, eine leuchtende blaue Blüte gelegt worden, so groß wie eine Sonnenblume.

„Hindustans Lotus!" rief die Herrschaft aus.

Eine solche Blume hatten sie niemals gesehen; und sie wurde über Tag in den Sonnenschein gestellt und abends in künstliches Licht. Jeder, der sie sah, fand sie auffallend schön und seltsam, ja, das sagte sogar die vornehmste unter den jungen Damen des Landes, und sie war eine Prinzessin; klug und herzensgut war sie.

Die Herrschaft setzte eine Ehre darein, ihr die Blume zu überreichen, und die kam mit der Prinzessin aufs Schloß.

Nun ging die Herrschaft in den Garten, um selbst eine Blume von derselben Art zu pflücken, falls eine solche noch da wäre, aber es war keine zu finden. Da riefen sie den Gärtner und fragten, woher er die blaue Lotus habe.

„Wir haben vergebens gesucht!" sagten sie. „Wir sind in den Treibhäusern gewesen und überall im Blumengarten."

„Nein, dort ist sie allerdings nicht!" sagte der Gärtner. „Es ist nur eine geringe Blume aus dem Gemüsegarten! aber, nicht wahr, wie ist sie schön! Sie sieht aus, als wäre sie ein blauer Kaktus, und ist doch nur die Blüte der Artischocke."

„Das hätten Sie uns gleich sagen müssen", sagte die Herrschaft. „Wir mußten glauben, es sei eine fremde, seltene Blume. Sie haben uns vor der jungen Prinzessin bloßgestellt. Sie sah die Blume bei uns, fand sie so schön, kannte sie nicht, und sie ist ziemlich bewandert in der Botanik, aber diese Wissenschaft hat nichts mit Küchenkräutern zu tun. Wie konnte es Ihnen einfallen, guter Larsen, eine solche Blume in die Gemächer heraufzubringen. Damit haben Sie uns lächerlich gemacht."

Und die schöne blaue Prachtblüte, die aus dem Gemüsegarten geholt worden war, wurde aus den Herrschaftsgemächern hinausgetan, wo sie nicht hingehörte, ja, die Herrschaft entschuldigte sich bei der Prinzessin und erzählte, die Blume sei nur ein Gemüse und der Gärtner habe den Einfall gehabt, sie hinzustellen, er habe dafür aber einen ernstlichen Verweis erhalten.

„Das ist aber bedauerlich und unrecht!" sagte die Prinzessin. „Er hat uns ja die Augen geöffnet über eine Prachtblume, die wir gar nicht beachteten, er hat uns die Schönheit dort gezeigt, wo es uns nicht in den Sinn kam, sie zu suchen! Der Schloßgärtner soll mir, solange die Artischokken Blüten tragen, jeden Tag eine in mein Zimmer heraufbringen."

Und das geschah.

Die Herrschaft ließ dem Gärtner sagen, daß er ihnen wieder eine frische Artischockenblüte bringen möge.

„Sie ist im Grunde schön!" sagten sie. „Höchst bemerkenswert!" und der Gärtner wurde gelobt.

„Das gefällt dem Larsen gut!" sagte die Herrschaft. „Er ist ein verwöhntes Kind!"

Im Herbst kam ein fürchterlicher Sturm; er nahm im Laufe der Nacht so heftig zu, daß viele große Bäume am Waldrand entwurzelt wurden, und zum großen Kummer der Herrschaft – einen Kummer nannten sie das –, aber zur Freude des Gärtners stürzten die beiden großen Bäume mit allen Vogelnestern um. Man hörte durch den Sturm die Schreie der Nebel- und Saatkrähen; sie schlügen mit den Flügeln gegen die Scheiben, sagten die Leute auf dem Gute.

„Nun sind Sie doch froh, Larsen!" sagte die Herrschaft; „der Sturm hat die Bäume gefällt, und die Vögel haben sich in den Wald verzogen. Hier gemahnt nichts mehr an alte Zeiten; jedes Zeichen und jede Spur ist fort! uns hat es traurig gestimmt!"

Der Gärtner sagte nichts, gedachte aber – was er lange vorgehabt hatte – den prächtigen Sonnenplatz ordentlich auszunutzen, über den er vorher nicht verfügte, der sollte eine Zierde des Gartens und eine Freude für die Herrschaft werden.

Die großen, umgewehten Bäume hatten die uralten Buchsbaumhecken zerdrückt und zermalmt mitsamt ihrem ganzen Schnitt. Er siedelte hier ein Dickicht von Gewächsen an, einheimischen Pflanzen aus Feld und Wald.

Was keinem anderen Gärtner eingefallen war in reicher Fülle im Herrschaftsgarten anzupflanzen, das steckte er in den Boden, so wie jedes ihn brauchte, in Schatten und in Sonne, wie jede Art es verlangte. Er hegte es voller Liebe, und es wuchs voller Herrlichkeit.

Der Wacholder von der jütischen Heide ragte hoch auf, in Form und Farbe Italiens Zypresse gleich, die blanke, stachelige Stechpalme, immer grün, in Winterkälte und in Sommersonne, war herrlich anzuschauen. Vorn wuchsen die Farne, viele verschiedene Arten, manche sahen aus, als wären sie Kinder der Palme, und andere, als wären sie die Eltern der feinen, wunderbaren Pflanze, die wir Venushaar nennen. Hier stand die mißachtete Klette, die in all ihrer Frische so hübsch ist, daß sie sich im Strauße sehen lassen kann. Die Klette stand auf dem Trockenen; aber tiefer, im feuchteren Erdreich, wuchs der Ampfer, auch eine mißachtete Pflanze und doch durch ihre Größe und ihr riesiges Blatt so malerisch schön. Klafterhoch, Blüte neben Blüte, wie ein riesiger, vielarmiger Kandelaber, ragte die Königskerze auf, vom Feld hierher umgepflanzt. Da standen Waldmeister, Himmelschlüsselchen und Waldmaiglöckchen, die wilde Kalla und der dreiblättrige, feine Sauerklee. Es war eine einzige Herrlichkeit.

Vorn wuchsen in Reihen, durch Draht gestützt, ganz kleine Birnbäume aus französischer Erde; sie bekamen Sonne und gute Pflege und trugen sehr bald saftige, große Früchte wie in dem Land, aus dem sie kamen.

An Stelle der beiden alten Bäume ohne Blätter wurde eine hohe Fahnenstange aufgestellt, an der der Danebrog wehte, und dicht daneben noch eine Stange, an der sich im Sommer und Herbst der Hopfen mit seinen duftenden Blütenbüscheln hinaufrankte, an der aber im Winter, nach altem Brauch, eine Hafergarbe aufgehängt wurde, auf daß die Vögel des Himmels zur fröhlichen Weihnacht eine Mahlzeit hätten.

„Der gute Larsen wird auf seine alten Tage gefühlsselig!" sagte die Herrschaft. „Aber er ist uns treu und ergeben."

Zu Neujahr erschien in einer der illustrierten Zeitschriften der Hauptstadt ein Bild von dem alten Gutshof; man sah die Fahnenstange und die Hafergarbe für die Vögel des Himmels zur fröhlichen Weihnacht, und es war erwähnt und als ein hübscher Gedanke hervorgehoben, daß ein alter Brauch hier wieder zu Ehren und Ansehen gekommen sei, so bezeichnend gerade für den alten Hof.

„Von allem, was dieser Larsen tut", sagte die Herrschaft, „macht man wer weiß welches Aufhebens. Er ist ein glücklicher Mann! Wir müssen ja beinahe stolz darauf sein, daß wir ihn haben!"

Aber sie waren gar nicht stolz darauf! Sie fühlten, daß sie die Herrschaft waren, sie konnten Larsen kündigen, aber das taten sie nicht, sie waren gute Menschen, und von ihrer Sorte gibt es so viele gute Menschen, und das ist erfreulich für jeden Larsen.

Ja, das ist die Geschichte vom „Gärtner und der Herrschaft".

Nun magst du darüber nachdenken.

Der Floh und der Professor

Es war einmal ein Luftschiffer, dem erging es schlimm, der Ballon platzte, der Mann plumpste herunter und schlug sich kaputt. Seinen Jungen hatte er zwei Minuten vorher mit dem Fallschirm nach unten geschickt, das war des Jungen Glück; er blieb unversehrt und hatte jetzt große Kenntnisse, wie man Luftschiffer wurde, aber er hatte keinen Ballon und nicht die Mittel, sich einen zu beschaffen.

Leben mußte er, und so übte er sich in den Künsten der Geschicklichkeit und darin, mit dem Bauche reden zu können, so einen nennt man Bauchredner. Jung war er und sah gut aus, und als er sich einen Schnurrbart zulegte und anständige Kleidung, konnte man ihn für ein Grafenkind halten. Die Damen fanden ihn hübsch, ja, eine Jungfrau war so berückt von seiner Schönheit und seiner Kunst der Geschicklichkeit, daß sie mit ihm in fremde Städte und Länder zog; dort nannte er sich Professor, weniger tat's nicht.

Sein steter Gedanke war, sich einen Luftballon zu beschaffen und mit seiner kleinen Frau in die Lüfte aufzusteigen, aber sie hatten noch nicht die Mittel.

„Die kommen!" sagte er.

„Wenn sie nur wollten!" sagte sie.

„Wir sind ja junge Leute, und nun bin ich Professor. Krumen sind auch Brot."

Sie half ihm getreulich, saß am Eingang und verkaufte Billetts für die Vorstellung, und das war im Winter ein kaltes Vergnügen. Sie half ihm auch bei einem Kunststück. Er steckte seine Frau in die Tischlade, eine große Tischlade; von da kroch sie in die hintere Tischlade, und dann war sie in der vorderen nicht zu sehen; es war wie ein Augentrug.

Aber eines Abends, als er die Lade herauszog, war sie auch ihm entschwunden; sie war nicht in der vorderen Lade, nicht in der hinteren, im ganzen Hause nicht, nicht zu sehen, nicht zu hören. Das war ihre Kunst der Geschicklichkeit. Sie kam nie wieder; sie war es leid, und für ihn war es ein Leid, er büßte seine gute Laune ein, konnte nicht mehr lachen und Possen treiben, und nun kamen keine Leute mehr; der Verdienst wurde schlecht, die Kleider wurden schlecht; er besaß zuletzt nur einen großen Floh, ein Erbteil von seiner Frau, und darum liebte er den so sehr. Dann dressierte er ihn, lehrte ihn die Künste der Geschicklichkeit, lehrte ihn, das Gewehr zu präsentieren und eine Kanone abzuschießen, aber eine kleine.

Der Professor war stolz auf den Floh, und dieser war stolz auf sich selbst; er hatte etwas gelernt und hatte Menschenblut und war in den größten Städten gewesen, war von Prinzen und Prinzessinnen betrachtet worden, hatte ihren hohen Beifall errungen. Das stand in den Zeitungen und auf Plakaten gedruckt. Er wußte, daß er eine Berühmtheit war und einen Professor ernähren konnte, ja eine ganze Familie.

Stolz war er, und berühmt war er, und trotzdem, wenn er und der Professor reisten, so lösten sie auf der Eisenbahn vierter Klasse; die kommt ebenso schnell an wie die erste. Sie hatten ein stillschweigendes Gelübde getan, daß sie sich niemals trennen, niemals heiraten wollten, der Floh wollte Junggeselle bleiben und der Professor Witwer. Das kommt auf eins heraus.

„Wo man den größten Erfolg hat“, sagte der Professor, „da soll man nicht zweimal hingehen!“ Er war ein Menschenkenner, und das sind auch Kenntnisse.

Schließlich hatte er alle Lande bereist außer dem Lande der Wilden; und so wollte er denn ins Land der Wilden; da fressen sie zwar Christenmenschen, das wußte der Professor, aber er war nicht richtig Christ, und der Floh war nicht richtig Mensch, so meinte er, sie könnten es wohl wagen, dort hinzureisen und sich einen guten Verdienst zu holen.

Sie fuhren mit dem Dampfschiff und mit dem Segelschiff; der Floh machte seine Kunststücke, und so hatten sie freie Reise und kamen in das Land der Wilden.

Hier regierte eine kleine Prinzessin, sie war erst acht Jahre alt, aber sie regierte; sie hatte Vater und Mutter übermannt, denn sie hatte einen Willen und war so unbeschreiblich reizend und ungezogen.

Gleich als der Floh das Gewehr präsentierte und die Ka-

none abschoß, war sie von dem Floh so eingenommen, daß sie sagte: „Der oder keiner!“ Sie wurde ganz wild vor Liebe und war doch ohnehin schon wild.

„Liebes kleines, vernünftiges Kind“, sagte ihr eigener Vater, „könnte man doch erst einen Menschen aus ihm machen!“

„Das überlaß mir nur, Alter“, sagte sie, und das war von

einer kleinen Prinzessin, die mit ihrem Vater spricht, nicht nett gesagt, aber sie war eine Wilde.

Sie setzte den Floh auf ihre kleine Hand.

„Nun bist du ein Mensch, regierst mit mir zusammen, aber du mußt tun, was ich will, sonst töte ich dich und esse den Professor."

Der Professor bekam einen großen Saal als Wohnung. Die Wände waren aus Zuckerrohr, daran konnte er lecken, aber er war kein Leckermaul. Er bekam eine Hängematte zum Schlafen, das war so, als läge er in einem Luftballon, den er sich immer gewünscht hatte und der sein steter Gedanke war.

Der Floh blieb bei der Prinzessin, saß auf ihrer kleinen Hand und auf ihrem feinen Hals. Sie hatte ein Haar von ihrem Kopf genommen, das mußte der Professor dem Floh ums Bein binden, und dann wurde er an dem großen Stück Koralle festgebunden, das sie im Ohrläppchen trug.

Welch eine schöne Zeit war es für die Prinzessin, auch für den Floh, dachte sie; aber der Professor fühlte sich unzufrieden, er war fürs Reisen, liebte es, von Stadt zu Stadt zu ziehen, in den Zeitungen über seine Ausdauer zu lesen und seine Fähigkeit, einen Floh alles menschliche Tun zu lehren. Tagaus, tagein lag er in der Hängematte, faulenzte und bekam sein gutes Essen: frische Vogeleier, Elefantenaugen und gebratene Giraffenschenkel; die Menschenfresser leben nicht nur von Menschenfleisch, das ist feine Kost; „Kinderschulter mit scharfer Sauce", sagte die Prinzessin-Mutter, „ist eine Delikatesse."

Der Professor langweilte sich und wollte gern aus dem Lande der Wilden weg, aber den Floh mußte er mithaben, der war sein Wunder und Broterwerb. Wie sollte er den fangen und erlangen. Das war nicht so leicht.

Er strengte all sein Denkvermögen an, und dann sagte er: „Jetzt hab ich's!"

„Prinzessin-Vater, vergönne es mir, daß ich mich beschäftige! Darf ich die Bewohner des Landes im Präsentieren üben? Das ist das, was man in den größten Ländern der Welt Bildung nennt."

„Und was kannst du mich lehren?" fragte der Prinzessin-Vater.

„Meine größte Kunst", sagte der Professor, „eine Kanone abzufeuern, so daß die ganze Erde zittert und die leckersten Vögel des Himmels alle gebraten herunterfallen! Das gibt einen schönen Knall!"

„Her mit der Kanone!" sagte der Prinzessin-Vater.

Aber im ganzen Lande gab es keine Kanone, außer der, die der Floh mitgebracht hatte, und die war zu klein.

„Ich gieße eine größere", sagte der Professor. „Gib mir nur das Material. Ich brauche feinen, seidenen Stoff, Nadel und Faden, Taue und Leinen sowie Magentropfen für Luftballons, die blähen, heben und lüpfen; die machen den Knall im Kanonenbauch."

Alles, was er forderte, erhielt er.

Das ganze Land kam zusammen, um die große Kanone zu sehen. Der Professor rief nicht eher, als bis er den Ballon ganz fertig hatte, um ihn füllen und damit aufsteigen zu können.

Der Floh saß auf der Hand der Prinzessin und sah zu. Der Ballon wurde gefüllt, er bauschte sich und konnte kaum gehalten werden, so wild war er.

„Ich muß ihn in die Luft steigen lassen, damit er abkühlen kann", sagte der Professor und setzte sich in den Korb, der unter dem Ballon hing. „Allein vermag ich ihn nicht zu lenken. Ich muß einen kundigen Begleiter mithaben, der mir hilft. Es gibt hier niemanden, der es kann, außer dem Floh."

„Ich lasse es ungern zu", sagte die Prinzessin, reichte den Floh aber doch dem Professor, der ihn sich auf die Hand setzte.

„Laßt Leinen und Taue los!" sagte er. „Jetzt geht der Ballon ab."

Sie dachten, er sagte: „Die Kanone!"

Und nun stieg der Ballon höher und höher, bis über die Wolken hinauf, fort aus dem Lande der Wilden.

Die kleine Prinzessin, ihr Vater und ihre Mutter und auch das ganze Volk standen da und warteten. Sie warten noch immer, und glaubst du es nicht, so reise in das Land der Wilden, da erzählt jedes Kind von dem Floh und dem Professor; sie glauben, daß die beiden wiederkommen, wenn die Kanone abgekühlt ist, aber sie kommen nicht, sie sind bei uns daheim, sie sind in ihrem Vaterland, fahren mit der Eisenbahn, erster Klasse, nicht vierter; sie haben guten Verdienst und einen großen Ballon. Niemand fragt, wie sie den Ballon bekommen oder wo sie ihn her haben, sie sind gemachte Leute, angesehene Leute, der Floh und der Professor.

Was die alte Johanne erzählte

Der Wind rauscht in der alten Weide!

Es ist, als hörte man ein Lied; der Wind singt es, der Baum erzählt es. Verstehst du es nicht, dann frage die alte Johanne im Armenhaus, sie weiß davon, sie ist hier im Kirchspiel geboren.

Vor Jahren, als die Hauptlandstraße noch hier vorbeiging, war der Baum schon groß und auffallend. Er stand dort, wo er noch steht, vor dem weiß getünchten Fachwerkhaus des Schneiders dicht am Dorfteich, der damals so groß war, daß das Vieh zur Tränke hierhergeführt wurde, und wo im heißen Sommer die kleinen Bauernjungen nackt herumliefen und im Wasser planschten. Dicht am Baum war aus zurechtgehauenen Steinen ein Meilenstein errichtet worden; jetzt ist er umgestürzt, die Brombeerranken wachsen darüberhin.

Die neue Landstraße wurde jenseits des reichen Gutshofs entlanggeführt, die alte wurde Feldweg, der Teich ein Tümpel, mit Entengrütze überzogen; plumpste ein Frosch hinein, dann teilte sich das Grün, und man sah das schwarze Wasser; ringsum standen und stehen Rohrkolben, Sumpfklee und die gelbe Iris.

Des Schneiders Haus wurde alt und schief, das Dach ein Mistbeet für Moos und Hauslauch; der Taubenschlag fiel in sich zusammen, und der Star nistete drinnen; die Schwalben hängten Nest neben Nest auf dem Hausgiebel und unter der Dachtraufe entlang auf, geradeso, als wohnte hier das Glück.

Das hatte hier einmal gewohnt; jetzt war es einsam und still geworden. Allein und verschlafen und ohne Willen wohnte hier drinnen „der elende Rasmus", wie er genannt wurde; er war hier geboren, er hatte hier gespielt, er war über Felder und Hecken gesprungen, hatte als Kind in dem offenen Teich geplanscht, war auf den alten Baum hinaufgeklettert.

Der streckte in Pracht und Schönheit seine großen Äste empor, wie er es heute noch tut, aber der Sturm hatte den Stamm schon ein wenig verbogen, und die Zeit hatte ihm einen Riß beigebracht, jetzt haben Wind und Wetter Erde in den Riß getragen, hier wächst Gras und Grünes, ja, eine kleine Eberesche hat sich hier selber eingepflanzt.

Wenn im Lenz die Schwalben kamen, umschwirrten sie den Baum und das Dach, sie flickten ihre alten Nester und besserten sie aus, der elende Rasmus ließ sein Nest stehen und verfallen, wie es Lust hatte; er flickte es weder noch stützte er es ab; „was nützt das schon!" war seine ständige Rede, und so hatte auch sein Vater gesagt.

Er blieb in seinem Vaterhaus, die Schwalben flogen fort, aber sie kamen wieder, die treuen Tiere. Der Star flog fort, er kam wieder und flötete sein Lied; früher verstand Rasmus sich auf die Kunst, mit ihm um die Wette zu flöten, jetzt flötete er weder noch sang er.

Der Wind rauschte in dem alten Weidenbaum, er rauscht noch immer, es ist, als hörte man ein Lied; der Wind singt es, der Baum erzählt es; verstehst du es nicht, dann frag die alte Johanne im Armenhaus, sie weiß davon, sie weiß viel vom alten Treiben, sie ist wie eine Chronik mit Aufzeichnungen und alten Erinnerungen.

Als das Haus neu und fest war, zog der Dorfschneider Ivar Ölse mit seiner Frau Maren hinein; beides strebsame, rechtschaffene Leute. Die alte Johanne war damals ein Kind, sie war die Tochter des Holzschuhmachers, eines der Ärmsten im Kirchspiel. Manches gute Butterbrot erhielt sie von Maren, die keinen Mangel an Nahrung hatte; sie stand sich gut mit der Gutsherrin, immer lachte sie und war fröhlich, sie ließ es sich nicht verdrießen, ihren Mund gebrauchte sie, aber auch ihre Hände; ihre Nähnadel konnte sie ebenso schnell laufen lassen wie den Mund, und sie besorgte außerdem ihr Haus und ihre Kinder; es war fast ein Dutzend, elf Stück, das zwölfte blieb aus.

„Arme Leute haben immer das Nest voller Kinder!" brummte der Gutsherr, „könnte man sie ersäufen wie junge Katzen und nur eines oder zwei von den kräftigsten behalten, dann wäre das Unglück geringer!"

„Barmherziger Gott!" sagte die Schneidersfrau. „Kinder sind doch ein Segen Gottes; sie sind die Freude im Haus.

Jedes Kind ist ein Vaterunser mehr! Ist es knapp und hat man viele Münder zu versorgen, dann strengt man sich um so mehr an, findet Rat und Auswege in aller Ehrbarkeit, der Herrgott verläßt einen nicht, wenn wir ihn nicht verlassen!"

Die Gutsherrin pflichtete ihr bei, nickte freundlich und tätschelte Maren die Wange; das hatte sie häufig getan, ja sie sogar geküßt, aber da war die Gnädige ein kleines Kind gewesen und Maren ihr Kindermädchen. Die beiden liebten sich, und diese Empfindungen hörten nicht auf.

Alljährlich um die Weihnachtszeit kam vom Gutshof Wintervorrat ins Schneiderhaus: eine Tonne Mehl, ein Schwein, zwei Gänse, ein Fäßchen Butter, Obst und Äpfel. Das kam der Speisekammer dort zugute. Ivar Ölse sah auch ganz vergnügt aus, kam aber trotzdem bald wieder mit seiner alten Redewendung: „Was nützt das schon!"

Sauber und ordentlich war es hier im Hause, Gardinen an den Fenstern und Blumen ebenfalls, sowohl Nelken wie auch Balsaminen. Ein Sticktuch hing in einem Bilderrahmen, und dicht daneben hing ein „Binde-Brief*" in Reimen, den hatte Maren Ölse selber gedichtet; sie wußte, wie sich Reime fügen. Sie war fast ein wenig stolz auf den Familiennamen Ölse, es war das einzige Wort in der dänischen Sprache, was sich auf Pölse** reimte. „Damit hat man anderen doch immerhin etwas voraus!" sagte sie und lachte. Immer bewahrte sie ihr fröhliches Gemüt, nie sagte sie wie der Mann: „Was nützt das schon!" Ihr Wahlspruch lautete: „Vertrau auf dich selber und auf den Herrgott!" Das tat sie, und das hielt die ganze Sache zusammen. Die Kinder gediehen, entwuchsen dem Nest, kamen weit herum und waren wohlgeraten. Rasmus war der Kleinste; er war ein so schönes Kind, daß einer der großen Künstler in der Stadt sich ihn auslieh, um ihn zu malen, und noch dazu so nackt, wie er zur Welt gekommen war. Das Bild hing jetzt im Königlichen Schloß, dort hatte

* Ein alter Brauch: Man schickte jemandem einen solchen Brief zum Geburtstag, um ihn „zu binden", zu verpflichten, daß er sich durch eine Einladung oder ein Geschenk wieder löste (Anmerkung d. Übers.).

** Pölse = Wurst (Anmerkung d. Übers.).

die Gutsherrin es gesehen und den kleinen Rasmus erkannt, obgleich er nichts anhatte.

Nun aber kam die schwere Zeit. Der Schneider bekam Gicht in beiden Händen, die große Knoten bildete, kein Arzt konnte helfen, nicht einmal die kluge Stine, die „dokterte".

„Man darf sich's nicht verdrießen lassen!" sagte Maren. „Es nützt gar nichts, den Kopf hängen zu lassen! Nun haben wir Vaters Hände nicht mehr zum Helfen, da muß ich zusehen, daß ich meine ein wenig schneller gebrauche. Der kleine Rasmus kann auch die Nadel führen!"

Er saß schon auf dem Tisch, pfiff und sang, er war ein lustiger Junge.

Den ganzen Tag über solle er nicht dort sitzen, sagte die Mutter, das wäre eine Sünde gegen das Kind; spielen und springen solle er auch.

Des Holzschuhmachers Johanne war seine beste Spielgefährtin; sie stammte von noch ärmeren Leuten ab als Rasmus. Hübsch war sie nicht; ging immer mit bloßen Füßen; die Kleider hingen in Lumpen, keinen hatte sie, dem abzuhelfen, es selbst zu tun, kam ihr nicht in den Sinn; sie war ein Kind und fröhlich wie ein Vogel in Gottes Sonnenschein.

An dem Meilenstein unter dem großen Weidenbaum spielten Rasmus und Johanne.

Er hatte hochfliegende Gedanken; er wollte einmal ein vornehmer Schneider werden und drinnen in der Stadt wohnen, wo es Meister gab, die zehn Gesellen auf dem Tische sitzen hatten, das hatte er von seinem Vater gehört; dort wollte er Geselle sein, und dort würde er Meister werden, und dann sollte Johanne kommen und ihn besuchen; und wenn sie dann zu kochen verstünde, dann sollte sie für sie alle das Essen kochen und ihre eigene große Stube haben.

Johanne wagte nicht recht, daran zu glauben, aber Rasmus meinte, daß es schon noch so kommen würde.

Dann saßen sie unter dem alten Baum, und der Wind rauschte in Zweigen und Blättern, es war, als sänge der Wind und als erzählte der Baum.

Im Herbst fiel jedes Blatt, der Regen tropfte von den kahlen Zweigen.

„Sie werden wieder grün!" sagte Mutter Ölse.

„Was nützt es denn schon!" sagte der Mann. „Neues Jahr, neue Sorge um das tägliche Brot!"

„Die Speisekammer ist voll!" sagte die Frau. „Das haben wir unserer guten Gnädigen zu verdanken. Ich bin gesund und habe viel Kraft. Es ist sündhaft, wenn wir klagen!"

Über Weihnachten blieb die Herrschaft auf ihrem Gutshof auf dem Lande, aber in der Woche nach Neujahr siedelten sie in die Stadt über, wo sie den Winter in Freuden und Vergnügungen verbrachten; sie waren selbst beim König zu Ball und Festlichkeiten geladen.

Die Gutsherrin hatte zwei kostbare Kleider aus Frankreich bekommen; die waren aus solchem Stoff, von solch einem Schnitt und solch einer Verarbeitung, daß Schneiders Maren nie etwas Herrlicheres gesehen hatte. Sie erbat sich auch von der Gutsherrin, daß sie mit ihrem Mann zusammen ins Gutshaus kommen dürfe, damit auch er die Kleider sehen könnte. Dergleichen hätte sicher nie zuvor ein Dorfschneider zu sehen bekommen, sagte sie.

Er sah sie und konnte kein Wort hervorbringen, bis er nach Haus gekommen war, und alles was er sagte, war nur, was er immer sagte: „Was nützt es schon!" und diesmal wurden seine Worte Wahrheit.

Die Herrschaft kam in die Stadt; Bälle und Vergnügungen begannen dort drinnen, aber mitten in all dieser Herrlichkeit starb der alte Herr, und die gnädige Frau hatte keine Gelegenheit, die prunkvollen Kleider zu tragen. Sie war so voller Trauer und ging vom Hals bis zur Zehe in schwarzen, dichten Trauerkleidern; auch nicht der kleinste weiße Streifen war zu sehen; alle Hausangestellten waren in Schwarz, selbst die Staatskutsche wurde mit schwarzem, feinem Tuch überzogen.

Es war eine eisigkalte Frostnacht, der Schnee glitzerte, die Sterne funkelten; der schwere Leichenwagen kam mit der Leiche aus der Stadt zur Gutskirche, wo sie in der Familiengruft der Sippe beigesetzt werden sollte. Der Verwalter und der Dorfschulze hielten zu Pferd mit Fackeln vor dem Kirchhofstor. Die Kirche war erleuchtet, und der Pfarrer stand in der offenen Kirchentür und nahm die Leiche in Empfang. Der Sarg wurde zum Chor hinaufgetragen, die ganze Gemeinde folgte. Der Pfarrer sprach, ein Choral wurde gesungen; die Gnädige war mit in der Kirche, sie war in der schwarzüberzogenen Staatskutsche hingefahren, die war drinnen schwarz und draußen schwarz, eine solche war nie zuvor dort im Kirchspiel gesehen worden.

Von all diesem Trauerprunk war den ganzen Winter über geredet worden, ja, das war ein „Herrenbegräbnis“.

„Da konnte man mal sehen, was dieser Mann bedeutete!“ sagten die Leute im Dorf. „Er war von hoher Herkunft, und er wurde hochherrschaftlich begraben!“

„Was nützt das schon!“ sagte der Schneider. „Jetzt hat er weder Leben noch Gut. Wir haben doch immerhin das eine!“

„Nimm doch nicht solche Worte in den Mund!“ sagte Maren, „er hat das ewige Leben im Himmelreich!“

„Wer sagt denn das, Maren?“ meinte der Schneider. „Ein Toter ist guter Dung! aber dieser Mann hier ist wohl sogar zu vornehm, um in der Erde Nutzen zu stiften, er muß in der Gruft bestattet werden!“

„Red doch nicht so gottlos!“ sagte Maren. „Ich sage dir noch einmal: er hat das ewige Leben!“

„Wer hat dir das erzählt, Maren?“ wiederholte der Schneider.

Und Maren warf ihre Schürze über den kleinen Rasmus; er sollte solche Reden nicht hören.

Sie trug ihn in den Torfschuppen hinüber und weinte.

„Die Rede, die du dort drüben hörtest, kleiner Rasmus, die war nicht deines Vaters Rede, es war der Böse, der durch die Stube ging und durch deinen Vater sprach! Bete dein

Vaterunser! Wir wollen es zusammen beten!“ Sie faltete die Hände des Kindes.

„Nun bin ich wieder froh!“ sagte sie. „Vertrau auf dich selber und auf den Herrgott!“

Das Trauerjahr war vorüber, die Witwe ging in Halbtrauer, in ihrem Herzen trug sie eine ganze Freude.

Es wurde davon gemunkelt, daß sie einen Bewerber hätte und schon ans Heiraten dächte. Maren wußte einiges darüber, und der Pfarrer wußte etwas mehr.

Am Palmsonntag, nach der Predigt, sollten die Witwe und ihr Verlobter zur Ehe aufgeboten werden. Er war Holzschnitzer oder Bildhauer, den Namen seines Berufes kannte man nicht genau, damals waren Thorvaldsen und seine Kunst noch nicht so richtig in der Leute Mund. Der neue Gutsherr war nicht von hohem Adel, aber immerhin ein sehr stattlicher Mann; er war jemand, der etwas war, was keiner begriff, sagte man, er meißelte Bildwerke, war tüchtig in seinem Fach, jung und schön.

„Was nützt das schon!“ sagte der Schneider Ölse.

Am Palmsonntag wurde die Ehe von der Kanzel aus aufgeboten, darauf folgten Choralgesang und Abendmahl. Der Schneider, seine Frau und der kleine Rasmus waren in der Kirche, die Eltern gingen zum Abendmahl, Rasmus saß auf der Bank, er war noch nicht eingesegnet. Im Schneiderhaus war es in letzter Zeit knapp an Kleidern gewesen; die alten, die sie hatten, waren immer und immer wieder gewendet, genäht und geflickt worden; jetzt waren sie alle drei in neuen Kleidern, aber schwarz wie zu einer Beerdigung, sie hatten den Bezug von der Trauerkutsche an. Der Mann hatte Mantel und Hosen daraus bekommen, Maren ein hochgeschlossenes Kleid und Rasmus einen ganzen Anzug, in den er bis zur Konfirmation hineinwachsen konnte. Man hatte das äußere wie auch das innere Zeug von der Trauerkutsche genommen. Es brauchte niemand zu erfahren, wozu es früher verwandt worden war, aber die Leute erfuhren es trotzdem schnell, die kluge Stine und ein paar andere ebenso kluge Frauen, die nicht von ihrer Klugheit lebten, sagten, die Kleider würden Krankheit und Siechtum ins Haus bringen,

„man darf sich nicht in die Leichenkutsche kleiden, außer wenn man zu Grabe fahren will."

Des Holzschuhmachers Johanne weinte, als sie diese Reden hörte; und da nun der Zufall es wollte, daß der Schneider von diesem Tag an immer mehr kränkelte, sollte es sich schon noch zeigen, wer darunter zu leiden haben würde.

Und es zeigte sich.

Am ersten Sonntag nach Trinitatis starb der Schneider Ölse, jetzt mußte Maren allein das Ganze zusammenhalten; sie hielt es zusammen, vertraute auf sich selber und den Herrgott.

Im folgenden Jahr wurde Rasmus eingesegnet; nun sollte er in die Lehre gegeben werden, zu einem großen Schneider in die Stadt, zwar keinem mit zwölf Gesellen auf dem Tisch, sondern nur mit einem; der kleine Rasmus konnte als halber gerechnet werden; freuen tat er sich, fröhlich sah er aus, aber Johanne weinte, sie hatte ihn lieber, als sie selber wußte. Die Schneidersfrau blieb in dem alten Haus und führte das Gewerbe weiter.

Um diese Zeit war es, daß die neue Landstraße eingeweiht wurde; die alte, an der Weide und an Schneiders vorbei, wurde Gemeindeweg, der Teich versumpfte, die Wasserpfütze, die noch übrigblieb, war von Entengrütze überzogen; der Meilenstein fiel um, er hatte nichts mehr, wofür er hier noch zu stehen brauchte, aber der Baum blieb stark und schön; der Wind rauschte in Zweigen und Blättern.

Die Schwalben flogen fort, der Star flog fort, aber sie kamen im Frühling wieder, und als sie jetzt zum viertenmal zurückkehrten, kam auch Rasmus in sein Vaterhaus zurück. Er hatte sein Gesellenstück gemacht, war ein schöner, aber schmächtiger Bursche; jetzt wollte er seinen Ranzen schnüren, fremde Länder kennenlernen; danach stand ihm der Sinn. Aber seine Mutter hielt ihn zurück; die Heimat wäre doch am besten! Alle anderen Kinder waren weit verstreut, er war der Jüngste, das Haus sollte er einmal haben. Arbeit könnte er die Hülle und Fülle bekommen, wenn er in der Umgegend herumführe, reisender Schneider würde, vierzehn Tage auf diesem Hof und vierzehn Tage auf jenem nähen würde. Das war so gut wie reisen. Und Rasmus folgte seiner Mutter Rat.

So schlief er denn wieder unter dem Dach seines Geburtshauses, saß wieder unter dem alten Weidenbaum und hörte ihn rauschen.

Gut sah er aus, pfeifen konnte er wie ein Vogel und neue und alte Lieder singen. Er war auf den großen Höfen gern gesehen, namentlich bei Klaus Hansen, dem zweitreichsten Bauern im Kirchspiel.

Die Tochter Else war wie die schönste Blume anzusehen, und sie lachte immer; es gab zwar Leute, die so boshaft waren zu sagen, sie lache nur, um ihre schönen Zähne zu zeigen. Lachlustig war sie und immer in Stimmung, Narrenspossen zu treiben; alles stand ihr gut.

Sie verliebte sich in Rasmus, und er verliebte sich in sie, aber keins von beiden sagte es frei heraus.

So wurde er denn allmählich schwermütig; er hatte mehr von seines Vaters Gemüt geerbt als von dem seiner Mutter. Die Laune war nur gut, wenn Else kam, dann lachten sie beide, scherzten und trieben ihre Späße, aber obwohl die Gelegenheit sich bot, sagte er trotzdem nicht das leiseste Wörtchen über seine Liebe. „Was nützt das schon!" war sein Gedanke, „die Eltern suchen Wohlstand für sie, und ich habe keinen; es wäre am klügsten, hier fortzugehen!" aber er konnte nicht vom Hofe wegkommen, es war, als hätte Else ihn an einem Faden festgebunden, er war für sie wie ein abgerichteter Vogel, er sang und pfiff ihr zu Gefallen und nach ihrem Willen.

Johanne, des Holzschuhmachers Tochter, war Dienstmagd dort auf dem Hofe, für niedere Arbeit angestellt; sie fuhr den Milchwagen auf die Weide, wo sie mit den anderen Mägden zusammen die Kühe molk, ja, Dung mußte sie auch fahren, wenn es nötig war. Sie kam nie in die große Stube hinauf und sah nicht viel von Rasmus oder Else, aber eins hörte sie, daß die beiden so gut wie versprochen waren.

„Da gelangt Rasmus zu Wohlstand!" sagte sie. „Das freut mich aber für ihn!" Und ihre Augen wurden ganz feucht, hier gab es doch keinen Grund zum Weinen!

In der Stadt war Jahrmarkt; Klaus Hansen fuhr hinein, und Rasmus war dabei, er saß neben Else, sowohl auf der Ausfahrt wie auf der Heimfahrt. Er war wie betäubt von seiner Liebe, aber er sagte darüber kein Wort.

„Er muß mir doch etwas über die Sache sagen!" meinte das Mädchen, und darin hatte sie recht. „Will er nicht reden, dann werde ich ihm schon noch einen Schrecken einjagen!"

Und bald wurde auf dem Hof davon gesprochen, daß der reichste Hofbauer im Kirchspiel um Elses Hand angehalten hätte, und das hatte er, aber niemand wußte, was für eine Antwort sie gegeben hatte.

Rasmus wirbelten die Gedanken im Kopfe herum.

Eines Abends steckte Else sich einen goldenen Ring an den Finger und fragte Rasmus dann, was das zu bedeuten habe.

„Verlobung!" sagte er.

„Und mit wem, meinst du?" fragte sie.

„Mit dem reichen Hofbauern?" sagte er.

„Du hast's erraten!" sagte sie, nickte und huschte weg.

Aber er huschte auch weg, kam als verstörter Mensch zu seiner Mutter Haus, schnürte seinen Ranzen. Hinaus wollte er in die weite Welt; es nützte nichts, daß die Mutter weinte.

Er schnitt sich einen Stecken von der alten Weide, er pfiff, als wäre er guter Stimmung, er wollte fort, um die Herrlichkeit der ganzen Welt zu schauen.

„Für mich ist das ein großes Leid!" sagte die Mutter. „Aber für dich ist es wohl das richtigste und beste, daß du fortkommst, da muß ich mich dann damit abfinden. Vertrau auf dich selber und auf den Herrgott, da kriege ich dich sicher fröhlich und vergnügt zurück!"

Er ging die neue Landstraße entlang, da sah er Johanne mit einer Fuhre Dung ankommen, sie hatte ihn nicht bemerkt, und er wollte nicht von ihr gesehen werden; hinter dem Knick setzte er sich hin, hier war er verborgen – Johanne fuhr vorüber.

Und er ging in die Welt hinaus, niemand wußte wohin, seine Mutter dachte: er wird wohl wieder nach Hause kommen, ehe das Jahr um ist; nun bekommt er Neues zu sehen, Neues zu bedenken, legt sich dann in die alten Falten zurück, die können mit keinem Bügeleisen ausgebügelt werden. Er hat etwas zu viel von seines Vaters Gemütsart, ich hätte es lieber gesehen, wenn er meine gehabt hätte, das arme Kind! aber er wird schon nach Hause kommen, er kann mich und das Haus nicht lassen.

Die Mutter sollte Jahr und Tag warten; Else wartete nur einen Monat, dann ging sie heimlich zu der klugen Frau, Stine Madsdatter, die „doktern“ konnte, mit Karten und Kaffee wahrsagen konnte und mehr wußte als ihr „Vaterunser“. Sie wußte daher auch, wo Rasmus war, das sah sie aus dem Kaffeesatz. Er war in einer fremden Stadt, aber deren Namen konnte sie nicht lesen. In der Stadt waren Soldaten und liebreizende Jungfrauen. Er hatte nicht übel Lust, die Muskete zu nehmen oder eine von den Jungfrauen.

Das konnte Else nicht ertragen. Sie würde gern ihr Erspartes hergeben, um ihn freizukaufen, aber niemand dürfe wissen, daß sie es sei.

Und die alte Stine versprach, er werde zurückkehren, sie verstand sich auf eine Kunst, eine gefährliche Kunst für den, auf den sie angewandt wurde, aber es war das äußerste Mittel. Sie wollte den Topf aufsetzen, der ihn herbeikochen sollte, und dann mußte er aufbrechen, wo in der Welt er auch sein mochte, er mußte nach Hause, wo der Topf kochte und die Liebste auf ihn wartete; es konnten Monate vergehen, bevor er kam, aber kommen mußte er, wenn er am Leben war.

Ohne Rast und Ruhe, Tag und Nacht mußte er gehen, über See und Gebirge, ob das Wetter milde oder grimmig war, ob sein Fuß auch noch so müde wurde. Nach Hause wollte er, nach Hause mußte er.

Der Mond stand in seinem ersten Viertel; das müßte bei diesem Kunststück so sein, sagte die alte Stine. Das Wetter war stürmisch, es ächzte in dem alten Weidenbaum; Stine schnitt einen Zweig ab, machte einen Knoten hinein, der würde sicher helfen, Rasmus zu seiner Mutter Haus zurückzuholen. Moos und Hauslauch wurden vom Dach genommen, in den Topf gelegt, der übers Feuer gesetzt wurde. Else mußte eine Seite aus dem Gesangbuch reißen, sie riß zufällig die letzte Seite aus, die mit den Druckfehlern. „Das ist ebenso gut!" sagte Stine und warf sie in den Topf.

Vielerlei wurde für diese Grütze gebraucht, die kochen mußte und ständig kochen, bis Rasmus heimgekehrt war. Der schwarze Hahn in der Stube der alten Stine mußte seinen roten Kamm hergeben, der kam in den Topf. Elses dicker goldener Ring kam mit hinein, und den würde sie niemals wiederbekommen, das sagte Stine ihr im voraus. Sie war so klug, die Stine. Viele Dinge, die wir nicht benennen können, kamen in den Topf; er stand ständig überm Feuer oder auf Glut oder heißer Asche. Nur sie und Else wußten davon.

Der Mond war im Zunehmen, der Mond war im Abnehmen; jedesmal kam Else und fragte: „Siehst du ihn nicht kommen?"

„Vieles weiß ich!" sagte Stine, „und vieles sehe ich, aber die Länge seines Weges kann ich nicht sehen. Jetzt ist er über den ersten Bergen! jetzt ist er auf dem Meer in bösem Wetter! Der Weg ist lang, durch große Wälder, er hat Blasen an den Füßen, er hat Fieber im Körper, aber fort muß er."

„Nein! Nein!" sagte Else. „Mich dauert er!"

„Jetzt ist er nicht aufzuhalten! Denn tun wir das, dann stürzt er auf der Landstraße tot hin!"

Jahr und Tag waren vergangen. Der Mond schien rund und groß, der Wind rauschte in dem alten Baum, am Himmel stand ein Regenbogen im Mondschein.

„Das ist das Zeichen der Bestätigung!" sagte Stine. „Jetzt kommt Rasmus."

Aber er kam trotzdem nicht.

„Die Wartezeit ist lang!" sagte Stine. „Jetzt bin ich es müde!" sagte Else. Sie kam seltener zu Stine, brachte ihr keine neuen Gaben.

Das Herz wurde leichter, und eines schönen Tages wußten alle im Kirchspiel, daß Else dem reichsten Hofbauern ihr Jawort gegeben hatte.

Sie fuhr hinüber, um sich Hof und Ländereien anzusehen, Vieh und Einrichtung. Alles war in gutem Zustand, man brauchte mit der Hochzeit nicht zu warten.

Die wurde drei Tage lang mit großem Schmaus gefeiert.

Es wurde zum Tanz aufgespielt mit Klarinetten und Geigen. Niemand im Kirchspiel war bei der Einladung übergangen worden. Mutter Ölse war auch da; und als die Pracht dann aus war, die Küchenmeister den Gästen ihren Dank gesagt und die Trompeten den Kehraus geblasen hatten, ging sie mit den Resten vom Festmahl nach Hause.

Die Tür hatte sie nur mit einem Pflock verschlossen, der war herausgenommen worden, die Tür stand offen, und in der Stube saß Rasmus. Er war heimgekehrt, in dieser Stunde angekommen. Herrgott, wie sah er aus, nur Haut und Knochen, blaß und gelb war er.

„Rasmus!" sagte die Mutter. „Bist du es wirklich! – wie siehst du elend aus! Aber von Herzen froh bin ich, daß ich dich wiederhabe!"

Und sie setzte ihm das gute Essen vor, das sie vom Festmahl mit nach Haus gebracht hatte, ein Stück vom Braten und von der Hochzeitstorte.

Er hätte in der letzten Zeit, sagte er, oft an seine Mutter, seine Heimat und den alten Weidenbaum gedacht. Es wäre seltsam gewesen, wie oft er in seinen Träumen den Baum und die barfüßige Johanne gesehen hätte.

Else erwähnte er gar nicht. Krank war er, und ins Bett mußte er; aber wir glauben nicht daran, daß der Topf daran schuld war oder daß er irgendwelche Macht auf ihn ausgeübt hätte; nur die alte Stine und Else glaubten daran, aber sie sprachen nicht davon.

Rasmus lag im Fieber, ansteckend war es; niemand ging daher in des Schneiders Haus, außer Johanne, des Holzschuhmachers Tochter. Sie weinte, als sie sah, wie elend Rasmus war.

Der Doktor verschrieb etwas aus der Apotheke für ihn; er wollte keine Arznei einnehmen. „Was nützt das schon!" sagte er.

„Doch, dann wirst du wieder gesund!" sagte die Mutter. „Vertrau auf dich selber und auf den Herrgott! Könnte ich doch sehen, daß du wieder Fleisch an den Körper kriegst, könnte ich dich pfeifen und singen hören, dafür würde ich gern mein Leben hergeben!"

Und Rasmus genas von der Krankheit, aber seine Mutter bekam sie, der Herrgott rief sie zu sich und nicht ihn.

Einsam war es dort im Hause, ärmer wurde es dort drinnen. „Er ist verbraucht!" sagte man im Dorfe. „Elender Rasmus."

Ein wildes Leben hatte er auf seinen Reisen geführt, das und nicht der schwarze Topf, welcher kochte, hatte ihm das Mark aus den Knochen gesogen und die Unruhe in seinen Körper gebracht. Das Haar wurde dünn und grau; etwas Rechtes zu arbeiten hatte er keine Lust. „Was nützt das schon!" sagte er. Lieber saß er im Gasthaus als in der Kirche.

An einem Abend im Herbst, in Regen und Sturm, kam er mühsam den aufgeweichten Weg vom Gasthaus nach Hause; seine Mutter war längst schon dahingeschieden, ins Grab gelegt worden. Die Schwalben und Stare waren auch fort, die treuen Tiere; Johanne, des Holzschuhmachers Tochter, war nicht fort; sie holte ihn unterwegs ein, sie begleitete ihn ein Stück.

„Nimm dich zusammen, Rasmus!"

„Was nützt das schon!" sagte er.

„Das ist ein übler Leitspruch, den du hast!" sagte sie. „Denke an die Worte deiner Mutter: Vertraue auf dich selber und den Herrgott! Das tust du nicht, Rasmus! Das muß man, und das soll man. Sag niemals: Was nützt das schon, dann ziehst du all dein Tun mit der Wurzel aus!"

Sie begleitete ihn bis zu seiner Haustür, dort trennte sie sich von ihm. Er blieb nicht dort drinnen, er steuerte auf die alte Weide los, setzte sich auf ein Stück von dem umgestürzten Meilenstein.

Der Wind rauschte in den Zweigen des Baumes, es war wie ein Lied, es war wie eine Rede. Rasmus antwortete darauf, er sprach laut, aber niemand hörte es außer dem Baum und dem rauschenden Wind.

„Mich überfällt so eine Kälte! Es ist sicher Zeit, zu Bett zu gehen! Schlafen! schlafen!"

Und er ging, aber nicht aufs Haus zu, sondern auf den Tümpel zu, hier wankte er und fiel hin. Der Regen strömte nieder, der Wind war so eisig kalt, er spürte es nicht; aber als die Sonne aufging und die Krähen über das Schilf des Tümpels hinflogen, erwachte er, halbtot am Körper. Hätte er seinen Kopf gebettet, wo seine Füße lagen, dann wäre er nimmer wieder aufgestanden, die grüne Entengrütze wäre sein Leichentuch geworden.

Im Laufe des Tages kam Johanne zum Schneiderhaus. Sie war seine Hilfe; sie brachte ihn ins Krankenhaus.

„Wir haben uns gekannt, seit wir klein waren", sagte sie, „deine Mutter hat mir Bier und auch Essen gegeben, das kann ich ihr nie vergelten! Deine Gesundheit erhältst du wieder, du wirst wieder ein Mensch werden und leben!"

Und der Herrgott wollte, daß er leben sollte. Aber auf und ab ging es mit der Gesundheit und dem Gemüt.

Die Schwalben und der Star kamen und flogen fort und kamen wieder; Rasmus alterte vor der Zeit. Einsam saß er in dem Haus, das immer mehr verfiel. Arm war er, ärmer jetzt als Johanne.

„Du hast keinen Glauben", sagte sie, „und haben wir den Herrgott nicht, was haben wir dann! – Du solltest trotzdem das Abendmahl nehmen!" sagte sie. „Du bist sicherlich seit deiner Einsegnung nicht dort gewesen."

„Ja, was nützt das schon!" sagte er.

„Sagst du das und denkst so, dann laß es sein! Einen unwilligen Gast mag der Herr nicht an seinem Tisch. Denke doch an deine Mutter und deine Kindheit! Du warst damals ein guter, frommer Junge. Darf ich dir ein Kirchenlied vorlesen?"

„Was nützt das schon!" sagte er.

„Mir bringt es immer Trost!" entgegnete sie.

„Johanne, du scheinst eine Fromme geworden zu sein!" und er blickte sie mit trüben, müden Augen an.

Und Johanne las das Lied vor, aber nicht aus einem Buch, sie hatte keines, sie konnte es auswendig.

„Das sind schöne Worte!" sagte er, „aber ich konnte nicht ganz folgen. In meinem Kopf ist es so schwer!"

Rasmus war ein alter Mann geworden, aber Else war auch nicht mehr jung, wenn wir sie schon einmal erwähnen sollen, Rasmus erwähnte sie nie. Sie war Großmutter; ein kleines vorlautes Mädchen war ihr Enkelkind, die Kleine spielte mit den anderen Kindern im Dorf. Rasmus kam, auf seinen Stock gestützt, er stand still, sah dem Spiel der Kinder zu, lächelte sie an, alte Zeiten leuchteten in seine Gedanken hinein. Elses Enkelkind zeigte auf ihn. „Der elende Rasmus!“ rief sie; die anderen kleinen Mädchen folgten ihrem Beispiel. „Der elende Rasmus!“ riefen sie und verfolgten den alten Mann mit ihrem Gekreisch.

Es war ein trüber, schwerer Tag, andere folgten, aber nach trüben, schweren Tagen kam auch ein Sonnentag.

Es war ein schöner Pfingstmorgen, die Kirche war mit grünen Birkenzweigen geschmückt, dort drinnen war ein Duft vom Wald, und die Sonne schien auf das Gestühl. Die großen Altarkerzen waren angezündet, es war Abendmahl, Johanne war unter den Knienden, aber Rasmus war nicht darunter. Gerade an diesem Morgen hatte der Herrgott ihn zu sich gerufen.

Bei Gott ist Gnade und Erbarmen.

Viele Jahre sind seitdem vergangen; des Schneiders Haus steht immer noch, aber niemand wohnt dort, es kann beim ersten Nachtsturm einstürzen. Der Tümpel ist mit Schilf und Sumpfklee zugewachsen. Der Wind rauscht in dem alten Baum, es ist, als hörte man ein Lied; der Wind singt es, der Baum erzählt es; verstehst du es nicht, dann frag die alte Johanne im Armenhaus.

Sie lebt dort, sie singt ihren Choral, den sie Rasmus vorsang, sie denkt an ihn, betet zum Herrgott für ihn, sie, die getreue Seele. Sie kann von vergangenen Zeiten erzählen, von den Erinnerungen, die in dem alten Baume rauschen.

Der Hausschlüssel

Jeder Schlüssel hat seine Geschichte, und es gibt viele Schlüssel: Kammerherrenschlüssel, Uhrenschlüssel, Sankt Peters Schlüssel; wir können von allen Schlüsseln erzählen; aber jetzt erzählen wir nur von dem Hausschlüssel des Kammerrats.

Der war bei einem Kleinschmied entstanden, aber er hätte wahrhaftig meinen können, er sei bei einem Grobschmied, so packte der Mann ihn an, hämmerte und feilte. Er war für die Hosentasche zu groß, also mußte er in die Jackentasche. Hier lag er oft im Finstern, im übrigen aber hatte er seinen bestimmten Platz an der Wand, neben der Silhouette des Kammerrats aus der Kindheit, da sah der aus wie ein Kloß mit Halskrause.

Man sagt, jeder Mensch bekomme in seinem Charakter und seiner Handlungsweise etwas von dem Himmelszeichen, unter dem er geboren ist, Stier, Jungfrau, Skorpion, wie sie im Kalender heißen. Die Frau Kammerrat nannte keines von diesen, sie sagte, ihr Mann wäre unter dem „Zeichen des Schubkarrens" geboren, immer mußte er vorwärtsgeschubst werden.

Sein Vater schubste ihn in ein Kontor, seine Mutter schubste ihn in den Ehestand, und seine Frau schubste ihn zum Kammerrat hinauf, aber letzteres sagte sie nicht, sie war eine bedächtige, brave Frau, die an der rechten Stelle schwieg, sprach und schubste.

Jetzt war er in die Jahre gekommen, „wohlproportioniert“, wie er selber sagte, ein Mann mit Bildung, Gutmütigkeit und außerdem schlüsselklug, eine Sache, die wir bald verstehen werden. Immer war er frohen Mutes, alle Menschen hatte er gern, und er mochte gern mit ihnen reden. Ging er in die Stadt, war es schwierig, ihn wieder nach Hause zu bekommen, wenn Mutter nicht dabei war und ihn schubste. Er mußte sich mit jedem Bekannten unterhalten, den er traf. Er hatte viele Bekannte, und das Mittagessen hatte darunter zu leiden.

Vom Fenster aus paßte die Frau Kammerrat auf. „Jetzt kommt er!“ sagte sie zur Magd, „setzen Sie den Topf über! – Jetzt steht er und unterhält sich mit jemandem, nehmen Sie den Topf wieder vom Feuer, sonst kocht das Essen zu lange! – Jetzt kommt er aber! ja, setzen Sie den Topf wieder auf!“

Aber deshalb kam er doch nicht.

Er konnte genau unter dem Fenster des Hauses stehen und heraufnicken, kam dann aber ein Bekannter vorbei, dann konnte er es nicht lassen, er mußte ein paar Worte zu dem sagen; kam dann, während er mit diesem sprach, ein zweiter Bekannter, dann hielt er den ersten am Knopfloch fest und ergriff die Hand des zweiten, während er einem dritten zurief, der vorbei wollte.

Es war für die Kammerrätin eine Geduldsprobe. „Kammerrat! Kammerrat!“ rief sie dann, „ja, der Mann ist unter dem Zeichen des Schubkarrens geboren, vorwärts kann er nicht kommen, es sei denn, er wird geschubst!“

Er ging mit Vorliebe in Buchhandlungen, sah sich Bücher und Zeitschriften an. Er ließ dem Buchhändler ein kleines Honorar zukommen dafür, daß er zu Hause bei sich die neuen Bücher lesen durfte, das heißt, die Erlaubnis hatte, die Bücher längsseits aufzuschneiden, aber nicht in der Quere, dann konnten sie nämlich nicht für neu verkauft werden. Er war eine lebendige Zeitung in aller Biederkeit, war über Verlobungen, Hochzeiten und Begräbnisse unterrichtet, über Bücherklatsch und Stadtklatsch, ja, er kam beiläufig mit geheimnisvollen Anspielungen, daß er unterrichtet sei, wo keiner unterrichtet wäre. Er hatte es vom Hausschlüssel.

Schon als Jungverheiratete wohnten Kammerrats im eigenen Haus, und seit jener Zeit hatten sie ein und denselben Hausschlüssel, aber damals kannten sie dessen erstaunliche Kräfte nicht, die lernten sie erst späterhin kennen.

Es war zur Zeit Frederiks VI. Kopenhagen hatte damals kein Gas, es hatte Tranlaternen, es hatte kein Tivoli oder „Casino", keine Straßenbahnen und keine Eisenbahnen. Da war es mit Vergnügungen nur mäßig bestellt im Vergleich zu heute. Sonntags machte man einen Spaziergang vors Tor zum Assistenzfriedhof, las die Inschriften auf den Gräbern, setzte sich ins Gras, verzehrte sein mitgebrachtes Essen und trank seinen Schnaps dazu, oder man ging nach Frederiksberg, wo vor dem Schloß Regimentsmusik spielte und viele Menschen waren, die die königliche Familie auf den kleinen, engen Kanälen rudern sehen wollten, wo der alte König das Boot steuerte und er und die Königin alle Menschen ohne Unterschied des Standes grüßten. Dorthinaus kamen wohlhabende Familien aus der Stadt und tranken ihren Abendtee. Heißes Wasser konnten sie in einem kleinen Bauernhaus auf dem Lande außerhalb des Gartens bekommen, aber sie mußten selber ihre Teemaschine mitbringen.

Dorthinaus zogen Kammerrats an einem sonnigen Sonntagnachmittag; die Dienstmagd ging mit der Maschine, einem Korb mit Eßwaren und einem Schnaps von Spendrup voraus.

„Nimm den Hausschlüssel mit!" sagte die Frau Kammerrat, „damit wir wieder zu uns hinein können, wenn wir zurückkommen; du weißt, hier wird bei Dunkelwerden zugemacht, und der Klingelzug ist seit heute morgen kaputt! – Wir kommen spät nach Hause! Wir gehen, wenn wir in Frederiksberg gewesen sind, in Casortis Theater auf Vesterbro und schauen uns die Pantomime *Harlekin, Vorstand der Pauker* an; da kommen sie in einer Wolke herunter; es kostet zwei Mark pro Person!"

Und sie gingen nach Frederiksberg, hörten die Musik, sahen die königlichen Boote mit wehenden Wimpeln, sahen den alten König und die weißen Schwäne. Nachdem sie einen guten Tee getrunken hatten, eilten sie von dannen, kamen aber doch nicht rechtzeitig ins Theater.

Der Seiltänzer war vorbei, der Stelzentanz war vorbei, und die Pantomime hatte angefangen; sie kamen wie stets zu spät, und daran war der Kammerrat schuld; alle Augenblicke blieb er unterwegs stehen, um mit Bekannten zu reden; im Theater selbst traf er auch gute Freunde, und als die Vorstellung vorüber war, mußten er und seine Frau unbedingt mit zu einer Familie in die Vorstadt, um ein Glas Punsch zu trinken, es würde ein Aufenthalt von zehn Minuten sein, aber es zog sich natürlich eine ganze Stunde hin. Es wurde geredet und geredet. Besonders unterhaltsam war ein schwedischer Baron, oder war es ein deutscher, das hatte der Kammerrat nicht genau behalten, die Kunst mit dem Schlüssel dagegen, die der ihm beibrachte, die behielt er für alle Zeit. Es war außerordentlich interessant! Er konnte den Schlüssel dazu bringen, auf alles zu antworten, wonach man ihn fragte, selbst auf das Allergeheimste.

Der Hausschlüssel des Kammerrats eignete sich ganz besonders dafür, der hatte einen schweren Bart, und der mußte abwärts hängen. Den Schlüsselgriff ließ der Baron auf dem Zeigefinger seiner rechten Hand ruhen. Locker und leicht hing er hier, jeder Pulsschlag in der Fingerspitze konnte ihn in Bewegung setzen, so daß er sich drehte, und geschah es nicht, dann wußte der Baron ihn unmerklich zu drehen, wie er wollte. Jede Drehung war ein Buchstabe, von A angefangen und das ganze Alphabet hindurch, so weit man wollte. Wenn der erste Buchstabe gefunden war, drehte der Schlüssel sich zur anderen Seite; darauf suchte man den nächsten Buchstaben, und auf diese Weise bekam man ganze Wörter, ganze Sätze, Antwort auf die Frage.

Das Ganze war Betrug, aber immerhin ein Spaß, das war auch so ziemlich der erste Gedanke des Kammerrats, aber den behielt er nicht, der ging mit ihm ganz in dem Schlüssel auf.

„Mann! Mann!" rief die Kammerrätin. „Vesterport schließt um zwölf Uhr! Wir kommen nicht hinein, wir haben nur eine Viertelstunde, wenn wir uns beeilen."

Sie mußten sich beeilen; allerlei Personen, die in die Stadt hinein wollten, überholten sie schnell. Schließlich näherten sie sich der äußeren Wachstube, da schlug die Uhr zwölf, das Tor klappte zu; eine ganze Reihe von Menschen stand ausgesperrt und unter ihnen Kammerrats mit Magd, Maschine und leerem Essenskorb. Manche standen sehr erschrocken da, andere verärgert; ein jeder nahm es auf seine Weise. Was blieb anderes übrig.

Zum Glück war in der letzten Zeit die Bestimmung erlassen worden, daß eines der Stadttore, Nörreport, nicht geschlossen wurde, da konnten Fußgänger durch die Wachstube in die Stadt hineinschlüpfen.

Der Weg war gar nicht so kurz, aber das Wetter schön, der Himmel klar, mit Sternen und Sternschnuppen, die Frösche quakten in den Gräben und Tümpeln. Die Gesellschaft selber fing an zu singen, ein Lied nach dem anderen, aber der Kammerrat sang nicht, sah auch nicht zu den Sternen hinauf, ja, nicht einmal auf seine eigenen Beine, er fiel, so lang er war, dicht am Grabenrand hin, man konnte glauben, er habe zu viel getrunken, aber es war nicht der Punsch, es war der Schlüssel, der ihm in den Kopf gestiegen war und sich dort drehte.

Endlich gelangten sie zur Wachstube von Nörrebro, kamen über die Brücke und in die Stadt hinein.

„Nun bin ich wieder froh!" sagte die Kammerrätin. „Hier ist unsere Haustür!"

„Aber wo ist der Hausschlüssel!" sagte der Kammerrat. Er war nicht in der hinteren Tasche, auch nicht in der Seitentasche.

„Du Allmächtiger!" rief die Kammerrätin. „Hast du den Schlüssel nicht? Den hast du bei den Schlüsselkunststücken mit dem Baron verloren. Wie kommen wir jetzt hinein! Der Klingelzug ist seit heute morgen kaputt, wie du weißt, der Wächter hat keinen Schlüssel zum Haus. Das ist ja zum Verzweifeln!"

Die Dienstmagd fing an zu heulen, der Kammerrat war der einzige, der Fassung bewahrte.

„Wir müssen beim Krämer eine Scheibe einschlagen!" sagte er, „ihn wachmachen und bei ihm durchgehen."

Er schlug eine Scheibe ein, er schlug zwei ein, „Petersen!" rief er und steckte den Schirmgriff durch die Scheiben; da schrie dort drinnen laut des Krämers Tochter. Der Krämer stieß die Ladentür auf mit dem Ruf „Wächter!" und ehe er die Familie Kammerrat noch richtig gesehen, sie erkannt und eingelassen hatte, pfiff der Wächter, und in der nächsten Straße antwortete ein zweiter Wächter und pfiff. Leute kamen an den Fenstern zum Vorschein. „Wo ist Feuer? Wo ist Krawall?" fragten sie und fragten noch immer, als der Kammerrat schon in seiner Stube war, den Rock auszog und – in dem lag der Hausschlüssel, nicht in der Tasche, sondern im Futter; da war er durch ein Loch, das nicht in der Tasche sein sollte, hineingerutscht.

Von diesem Abend an erhielt der Hausschlüssel eine besonders große Bedeutung, nicht nur wenn man abends ausging, sondern wenn man daheim saß und der Kammerrat sein Können zeigte und den Schlüssel auf Fragen antworten ließ.

Er dachte sich die wahrscheinlichste Antwort aus und ließ sie dann vom Schlüssel geben, zuletzt glaubte er selbst daran; das tat der Apotheker aber nicht, ein junger Mann aus der näheren Verwandtschaft der Kammerrätin.

Dieser Apotheker war ein gescheiter Kopf, ein kritischer Kopf, er hatte schon als Schüler Kritiken über Bücher und Theater verfaßt, aber ohne Namensnennung, das macht viel aus. Er war das, was man einen Schöngeist nennt, er glaubte aber durchaus nicht an Geister, am wenigsten an Schlüsselgeister.

„Doch, ich glaube, ich glaube", sagte er, „guter Herr Kammerrat, ich glaube an den Hausschlüssel und alle Schlüsselgeister so fest, wie ich an die neue Wissenschaft glaube, die anfängt, bekannt zu werden: Tischgeister und die Geister in alten und neuen Möbeln. Haben Sie davon gehört? Ich habe gehört! Ich habe gezweifelt, Sie wissen, ich bin ein Zweifler, aber ich bin bekehrt worden, als ich in einer ganz glaubwürdigen ausländischen Zeitung eine entsetzliche Geschichte gelesen habe. Kammerrat! können Sie sich das vorstellen, ja, ich erzähle die Geschichte, wie ich sie weiß. Zwei kluge Kinder hatten zugesehen, wie die Eltern den Geist in einem großen Eßtisch weckten. Die Kleinen waren allein und wollten es nun in derselben Weise versuchen, indem sie Leben in eine alte Kommode hineinrieben. Das Leben kam, der Geist erwachte, duldete aber kein Kinderkommando; er richtete sich auf, es ächzte in der Kommode, sie schob die Schubläden heraus und legte mit ihren Kommodenbeinen die Kinder je in eine Schublade, und dann rannte die Kommode mit ihnen zur offenstehenden Tür hinaus, die Treppe hinunter und auf die Straße, zum Kanal hin, wo sie sich hineinstürzte und beide

Kinder ertränkte. Die kleinen Leichen kamen in christliche Erde, aber die Kommode wurde ins Rathaus gebracht, wegen Kindermord verurteilt und auf dem Marktplatz lebendig verbrannt. Ich habe es gelesen!" sagte der Apotheker, „habe es in einer ausländischen Zeitung gelesen, ich habe es mir nicht etwa selber ausgedacht. Das ist, der Schlüssel hol mich, wahr! Jetzt fluche ich kräftig!"

Der Kammerrat erklärte ein solches Gerede für einen zu groben Scherz, die beiden konnten niemals über den Schlüssel sprechen. Der Apotheker war schlüsseldumm.

Der Kammerrat machte in Schlüsselkenntnissen Fortschritte; der Schlüssel war seine Unterhaltung und seine Weisheit.

Eines Abends, der Kammerrat war im Begriff, zu Bett zu gehen, er war schon halb ausgezogen, da klopfte es draußen an der Tür zum Flur. Es war der Krämer aus dem Keller, der so spät kam; er war ebenfalls halb ausgezogen, aber ihm wäre, sagte er, plötzlich ein Gedanke gekommen, von dem er fürchte, daß er ihn nicht die ganze Nacht über bei sich behalten könne.

„Es ist meine Tochter, Lotte-Lene, über die ich reden möchte. Sie ist ein schönes Mädchen, sie ist eingesegnet, nun würde ich sie gern gut untergebracht wissen!"

„Ich bin noch nicht Witwer!" sagte der Kammerrat und lächelte, „und ich habe keinen Sohn, den ich ihr bieten könnte!"

„Sie verstehen mich schon, Herr Kammerrat!" sagte der Krämer. „Sie kann Klavier spielen, singen kann sie; das muß man hier oben im Hause hören können. Sie ahnen nicht, was das Mädchen sich alles ausdenken kann, sie kann alle Menschen im Sprechen und Gehen nachahmen. Sie ist für die Bühne geschaffen, und das ist ein guter Beruf für anständige Mädchen aus guter Familie, sie können in eine Grafschaft einheiraten, aber daran denken weder ich noch Lotte-Lene. Singen kann sie, Klavier spielen kann sie! Nun ging ich neulich mit ihr in die Gesangschule. Sie sang vor; aber sie hat nicht, was ich bei einem Frauenzimmer einen Bierbaß nenne, kein Kanarienvogelgekreisch oben in den höchsten Tönen, wie man es jetzt von den Sängerinnen fordert, und da riet man ihr von diesem Beruf durchaus ab. Nun, dachte ich, kann sie nicht Sängerin werden, dann kann sie immer noch Schauspielerin werden, dazu gehört schließlich nur eine Stimme. Heute sprach ich darüber mit dem Regisseur, wie man ihn nennt. ‚Ist sie belesen?' fragte er. ‚Nein', sagte ich, ‚kein bißchen!' – ‚Belesenheit ist notwendig für eine Künstlerin!' sagte er. Die könne sie sich noch immer aneignen, meinte ich, und dann ging ich nach Hause. Sie kann in eine Leihbibliothek gehen und lesen, was es da gibt, dachte ich. Aber nun sitze ich heute abend so da und ziehe mich aus, und da fällt mir etwas ein: weshalb soll man sich Bücher um Geld ausleihen, wenn man sie so geborgt kriegen kann. Herr Kammerrat haben haufenweise Bücher, mag sie die doch lesen; da gibt es genug zum Lesen, und das kann sie umsonst haben!"

„Lotte-Lene ist ein gutes Mädchen!" sagte der Kammerrat, „ein schönes Mädchen! Bücher soll sie zum Lesen haben. Hat sie aber einen spritzigen Geist, wie man es nennt, das Geniale, das Genie? Und hat sie, was ebenso wichtig ist, hat sie Glück?"

„Sie hat zweimal in der Warenlotterie gewonnen", sagte der Krämer, „einmal hat sie einen Kleiderschrank gewonnen, und ein andermal für sechs Betten zu beziehen, das nenne ich Glück, und das hat sie!"

„Ich werde den Schlüssel befragen!" sagte der Kammerrat.

Und er hängte den Schlüssel an seinen rechten Zeigefinger und an den rechten Zeigefinger des Krämers, ließ den Schlüssel sich drehen und Buchstaben für Buchstaben kundtun.

Der Schlüssel sagte: „Glück und Sieg!" und so war Lotte-Lenes Zukunft entschieden.

Der Kammerrat gab ihr sogleich zwei Bücher zum Lesen mit: *Dyveke* und Knigges *Umgang mit Menschen*.

Mit diesem Abend begann so etwas wie eine nähere Beziehung zwischen Lotte-Lene und Kammerrats. Sie kam in die Familie hinauf, und der Kammerrat fand, sie sei ein verständiges Mädchen, sie glaubte an ihn und an den Schlüssel. Die Frau Kammerrat sah in dem Freimut, mit dem sie alle Augenblicke ihre große Unwissenheit kundtat, etwas Kindliches, Unschuldsvolles. Dem Ehepaar gefiel sie, jedem auf seine Weise, und umgekehrt gefiel das Ehepaar ihr auch.

„Da oben riecht es so wunderbar!“ sagte Lotte-Lene.

Da war ein Geruch, ein Duft, ein Apfelduft auf dem Flur, wo die Kammerrätin eine ganze Tonne Gravensteiner Äpfel hingestellt hatte. In allen Stuben war auch ein Räucherduft von Rosen und Lavendel.

„Das wirkt irgendwie vornehm!“ sagte Lotte-Lene. Ihre Augen erfreuten sich dann an den vielen schönen Blumen, die die Kammerrätin immer hier hatte; ja, mitten im Winter blühten da Flieder und Kirschzweige. Die abgeschnittenen blattlosen Zweige wurden ins Wasser gestellt, und in der warmen Stube trieben sie schnell Blüten und Blätter.

„Man sollte meinen, das Leben in den kahlen Zweigen wäre ganz weg, aber sieh nur, wie sie von den Toten auferstehen.“

„Es ist mir bisher nie in den Sinn gekommen!“ sagte Lotte-Lene. „Die Natur ist doch bezaubernd!“

Und der Kammerrat zeigte ihr sein „Schlüsselbuch“, in welchem merkwürdige Dinge standen, die der Schlüssel gesagt hatte; sogar von einem halben Apfelkuchen, der aus dem Schrank verschwunden war, gerade an dem Abend, als die Dienstmagd ihren Schatz zu Besuch hatte.

Und der Kammerrat fragte seinen Schlüssel: „Wer hat den Apfelkuchen gegessen, die Katze oder der Schatz?“ und der Hausschlüssel antwortete: „Der Schatz!“ Der Kammerrat vermutete es schon, ehe er fragte, und die Dienstmagd gestand: der verwünschte Schlüssel wußte ja alles.

„Ja, ist es nicht verwunderlich?“ sagte der Kammerrat. „Der Schlüssel, der Schlüssel! und von Lotte-Lene hat er gesagt: ‚Glück und Sieg!‘ – Das werden wir ja sehen! Ich stehe dafür ein.“

„Das ist wundervoll!“ sagte Lotte-Lene.

Die Gemahlin des Kammerrats war nicht so zuversichtlich, aber sie äußerte ihre Zweifel nicht, wenn der Mann es hörte, vertraute aber späterhin Lotte-Lene an, daß der Kammerrat, als er noch ein junger Mensch war, dem Theater ganz und gar verfallen gewesen war. Hätte ihn damals jemand geschubst, dann wäre er bestimmt als Schauspieler aufgetreten, aber die Familie schubste ihn davon weg. Auf die Bühne wollte er, und um es zu erreichen, schrieb er ein Schauspiel.

„Es ist ein großes Geheimnis, was ich Ihnen anvertraue, Lotte-Lenchen. Das Schauspiel war nicht übel, es wurde im Königlichen angenommen und ausgepfiffen, so daß man seitdem nie mehr etwas darüber vernommen hat, und des bin ich froh. Ich bin seine Frau, und ich kenne ihn. Nun wollen Sie den gleichen Weg einschlagen – ich wünsche Ihnen alles Gute, aber ich glaube nicht, daß es geht, ich glaube nicht an den Hausschlüssel."

Lotte-Lene glaubte an ihn, und in diesem Glauben fanden sie und der Kammerrat zusammen.

Ihre Herzen verstanden einander in aller Züchtigkeit und Ehre.

Das Mädchen hatte im übrigen allerlei Fähigkeiten, die die Kammerrätin schätzte. Lotte-Lene konnte aus Kartoffeln Stärke machen, seidene Handschuhe aus alten seidenen Strümpfen nähen, ihre seidenen Tanzschuhe beziehen, und das alles, obwohl sie es sich leisten konnte, alle ihre Sachen neu zu kaufen. Sie hatte, wie der Wurstkrämer sagte, Schillinge in der Tischlade und Obligationen im Geldschrank. Das wäre eigentlich eine Frau für den Apotheker, dachte die Kammerrätin, aber sie sagte es nicht und ließ es auch den Schlüssel nicht sagen. Der Apotheker wollte sich bald niederlassen, eine eigene Apotheke aufmachen und zwar in einer der nächsten größeren Provinzstädte.

Lotte-Lene las nach wie vor Dyveke und Knigges Umgang mit Menschen. Sie behielt die beiden Bücher zwei Jahre, aber dann konnte sie das eine auch auswendig: Dyveke, alle Rollen, aber sie wollte nur in einer auftreten, in Dyvekes, und nicht in der Hauptstadt, wo es so viel Neid gibt und wo man sie nicht haben wollte. Sie wollte ihre Künstlerlaufbahn, wie der Kammerrat es nannte, in einer von des Landes größeren Provinzstädten beginnen.

Jetzt traf es sich ganz seltsam, daß es gerade am selben Ort war, wo der junge Apotheker sich als jüngster, wenn auch nicht als einziger Apotheker niedergelassen hatte.

Der große, aufregende Abend kam, Lotte-Lene sollte auftreten, Glück und Sieg erringen, wie der Schlüssel gesagt hatte. Der Kammerrat war nicht da, er lag im Bett, und die Kammerrätin pflegte ihn; er mußte weiße Servietten und Kamillentee bekommen: die Servietten um den Leib und den Tee in den Leib.

Das Ehepaar wohnte der *Dyveke*-Vorstellung nicht bei, aber der Apotheker war da und schrieb darüber an seine Verwandte, die Kammerrätin, einen Brief.

„Der Kragen der Dyveke war das Beste!" schrieb er. „Wäre der Hausschlüssel des Kammerrats in meiner Tasche gewesen, ich hätte ihn hervorgeholt und hineingepfiffen, das hätte sie verdient, und das hätte der Schlüssel verdient, der ihr so schändlich ‚Glück und Sieg' vorgelogen hat."

Der Kammerrat las den Brief. Das Ganze sei eine Bosheit, sagte er, Schlüsselhaß, und das unschuldige Mädchen hätte darunter zu leiden.

Und sobald er außer Bett und wieder Mensch war, sandte er ein kleines, aber giftig spöttisches Schreiben an den Apotheker, der zurückschrieb, als hätte er aus der ganzen Epistel nichts anderes als Scherz und gute Laune herausgelesen.

Er dankte dafür wie für jeden künftigen wohlwollenden Beitrag, der den unvergleichlichen Wert und die Wichtigkeit des Schlüssels kundtue; ferner vertraute er dem Kammerrat an, daß er neben seinem Apothekerberuf an einem großen Schlüsselroman schriebe, in dem alle vorkommenden Personen Schlüssel seien, nichts als Schlüssel; der „Hausschlüssel" sei natürlich die Hauptperson, und des Kammerrats Hausschlüssel sei sein Vorbild, mit Seherblick und Wahrsagetalent begabt; um diesen müßten sich alle anderen Schlüssel drehen: der alte Kammerratsschlüssel, der Glanz und Festlichkeiten bei Hofe kannte; der Uhrenschlüssel, klein, fein und vornehm, zu vier Schilling beim

Eisenwarenhändler; der Schlüssel vom Kirchenstuhl, der sich zur Geistlichkeit gehörig fühlte und, da er eine Nacht über im Schlüsselloch der Kirche gesessen habe, Geister gesehen hätte; der Speisekammer-, Holzschuppen- und Weinkellerschlüssel, alle kämen vor, verneigten sich und drehten sich um den Hausschlüssel. Die Sonnenstrahlen blitzen auf ihm, so daß er wie aus Silber aussehe, der Wind, der Weltgeist, sause in ihn hinein, so daß es pfiffe. Er sei der Schlüssel aller Schlüssel, er sei der Hausschlüssel des Kammerrats, jetzt sei er der Schlüssel zur Himmelstür, der Papstschlüssel, er sei „unfehlbar"!

„Boshaftigkeit!" sagte der Kammerrat. „Pyramidale Boshaftigkeit!"

Er und der Apotheker sahen einander niemals wieder. – Doch, beim Begräbnis der Kammerrätin.

Sie starb als erste.

Im Hause herrschten Trauer und Leid. Selbst die abgeschnittenen Kirschzweige, die frische Triebe und Blüten angesetzt hatten, trauerten und verwelkten; sie standen vergessen da, sie pflegte sie ja nicht mehr.

Der Kammerrat und der Apotheker gingen hinter ihrem Sarge, Seite an Seite, als die beiden nächsten Anverwandten, hier war nicht Zeit oder Stimmung zum Zank.

Lotte-Lene legte den Trauerflor um des Kammerrats Hut. Sie war dort im Hause, war längst schon zurückgekehrt, ohne Glück und Sieg auf der künstlerischen Laufbahn. Aber das konnte kommen, Lotte-Lene hatte eine Zukunft. Der Schlüssel hatte es vorausgesagt, und der Kammerrat hatte es gesagt.

Sie kam zu ihm herauf. Sie sprachen von der Verstorbenen, und sie weinten, Lotte-Lene war weich, sie sprachen von der Kunst, und Lotte-Lene war stark.

„Das Theaterleben ist wundervoll!" sagte sie, „aber es gibt da so viel Unannehmlichkeiten und Mißgunst! Ich gehe lieber meine eigenen Wege. Zuerst ich selber, dann die Kunst!"

Knigge hat in seinem Kapitel über die Schauspieler etwas Wahres gesagt, das erkannte sie, der Schlüssel hatte nicht wahr gesprochen, aber darüber sagte sie nichts zum Kammerrat; sie hatte ihn gern.

Der Hausschlüssel war übrigens während des ganzen Trauerjahres sein Trost und seine Aufheiterung. Er stellte Fragen an ihn, und der gab ihm Antwort. Und als das Jahr um war und er und Lotte-Lene an einem stimmungsvollen Abend beisammen saßen, fragte er den Schlüssel: „Heirate ich, und wen heirate ich?"

Da war niemand, der ihn schubste, er schubste den Schlüssel, und der sagte: „Lotte-Lene!"

So ward es gesagt, und Lotte-Lene wurde Frau Kammerrat.

„Glück und Sieg!"

Diese Worte waren vorausgesagt worden – vom Hausschlüssel.

Der Krüppel

Es war einmal ein alter Gutshof mit einer jungen, prachtvollen Gutsherrschaft. Reichtum und Segen besaßen sie, sich erfreuen wollten sie, und Gutes taten sie. Alle Menschen wollten sie so froh machen, wie sie selber waren.

Am Weihnachtsabend stand ein wunderschön geschmückter Weihnachtsbaum in dem alten Rittersaal, wo das Feuer in den Kaminen brannte und um die alten Gemälde Tannenzweige aufgehängt waren. Hier versammelten sich die Herrschaft und die Gäste, es wurde gesungen und getanzt.

Am frühen Abend herrschte schon in der Leutestube Weihnachtsfreude. Auch hier stand ein großer Tannenbaum, dessen rote und weiße Lichter angezündet waren, an dem kleine Danebrogflaggen hingen, ausgeschnittene Schwäne und Fischnetze aus buntem Papier, mit süßen Leckereien gefüllt. Die armen Kinder aus dem Kirchspiel waren eingeladen; jedes hatte seine Mutter mit. Die sah nicht weiter auf den Baum, die sah auf die Weihnachtstische, wo Wollsachen und Leinen lagen, Kleiderstoff und Hosenstoff. Ja, dorthin sahen die Mütter und die erwachsenen Kinder, nur die Allerkleinsten streckten die Arme nach den Lichtern, dem Lametta und den Fahnen aus.

Diese ganze Versammlung kam am frühen Nachmittag, bekam Weihnachtsgrütze und Gänsebraten mit Rotkohl. Wenn man dann den Weihnachtsbaum betrachtet hatte und die Gaben verteilt waren, bekam jeder ein Gläschen Punsch und Krapfen, mit Äpfeln gefüllt.

Sie kamen nach Hause, in ihre eigene arme Stube, und dort wurde von „der guten Lebensweise“ gesprochen, das heißt vom Essen, und die Gaben wurden noch einmal richtig angeschaut.

Da waren nun Gartenkirsten und Gartenole. Sie waren miteinander verheiratet und hatten das Haus und ihr täglich Brot, indem sie im Gutsgarten jäteten und umgruben. Zu jedem Weihnachtsfest bekamen sie ihr gutes Teil an den Gaben; sie hatten auch fünf Kinder, alle fünf wurden von der Herrschaft eingekleidet.

„Es sind wohltätige Leute, unsere Herrschaft!“ sagten sie. „Aber sie haben ja auch die Mittel dazu, und sie haben Freude daran!“

„Hier sind gute Kleider für die vier Kinder dabei zum Auftragen!“ sagte Gartenole. „Aber weshalb ist hier nichts für den Krüppel? Den pflegten sie doch auch zu bedenken, obwohl er beim Fest nicht mit dabei ist!“

Es war das älteste der Kinder, das sie den Krüppel nannten, er trug eigentlich den Namen Hans.

Als kleines Kind war er der tüchtigste und lebhafteste Junge gewesen, aber dann wurden seine Beine mit einem Male schlapp, wie sie sagten, er konnte weder gehen noch stehen, und nun lag er seit fünf Jahren zu Bett.

„Ja, etwas habe ich aber auch für ihn bekommen!“ sagte die Mutter. „Aber das ist nichts Besonderes, es ist nur ein Buch, in dem er lesen kann!“

„Davon wird er nicht fett!“ sagte der Vater.

Aber Hans freute sich darüber. Er war ein recht aufgeweckter Junge, der gern las, aber seine Zeit auch zum Arbeiten verwandte, soweit er, der immer bettlägerig war, irgendwie von Nutzen sein konnte. Er hatte geschickte Finger, gebrauchte seine Hände, strickte wollene Socken, ja, ganze Bettdecken; die Gutsherrin hatte sie gelobt und gekauft.

Es war ein Märchenbuch, das Hans bekommen hatte; in dem stand viel zu lesen, viel zum Nachdenken.

„Das ist von keinerlei Nutzen hier im Hause!“ sagten die Eltern. „Aber mag er lesen, dann vergeht die Zeit, er kann nicht immer Strümpfe stricken!“

Der Frühling kam; Blumen und Grün begannen zu sprießen, das Unkraut auch, wie man die Nesseln ja eigentlich nennen mußte, auch wenn es im Liede heißt:

> Träten alle Könige der Reihe nach her,
> In ihrer Macht und Allgewalt, mit Schild und Speer,
> Nicht einer vermöchte der Nessel zu geben
> Wurzel, Blatt, Stengel, kurzum, ihr Leben.

Im Gutsgarten gab es viel zu tun, nicht nur für den Gärtner und seine Lehrlinge, sondern auch für Gartenkirsten und Gartenole.

„Es ist eine schöne Plackerei!“ sagten sie, „und haben wir dann die Wege geharkt und sie so richtig feingemacht, dann werden sie sofort wieder zertrampelt. Hier auf dem Gut ist ein ständiges Kommen und Gehen von Gästen. Was das kosten muß, aber die Herrschaft ist ja reich!“

„Es ist komisch verteilt!“ sagte Ole. „Wir sind allesamt Kinder Gottes, sagt der Pastor. Warum dann dieser Unterschied?“

„Das kommt von dem Sündenfall!“ sagte Kirsten.

Darüber sprachen sie abends wieder, während der Krüppelhans mit dem Märchenbuch dalag.

Bedrängte Verhältnisse, Rackern und Placken hatten die Hände der Eltern hart gemacht, aber auch ihr Urteil und ihre Ansichten verhärtet; sie konnten nichts dafür, konnten nichts daran ändern und redeten sich nun immer mehr in Ärger und Zorn hinein.

„Manche Menschen bekommen Wohlstand und Glück mit, andere nur Armut! Weshalb müssen wir unter dem Ungehorsam und der Neugier unserer ersten Eltern leiden. Wir hätten es nicht so gemacht wie die beiden!“

„Doch, das hätten wir!“ sagte mit einem Male Krüppelhans. „Das steht alles miteinander hier im Buch!“

„Was steht im Buch?“ fragten die Eltern.

Und Hans las ihnen das alte Märchen vom Holzhacker und seiner Frau vor: die schimpften auch über Adam und Evas Neugierde, die an ihrem Unglück schuld wäre. Da kam der Landeskönig vorbei. „Kommt mit nach Hause!“ sagte er, „dann soll es euch ebenso gut erghen wie mir: sieben Gerichte und ein Schaugericht. Das liegt in einer zugedeckten Terrine, das dürft ihr nicht anrühren, sonst ist es mit dem Herrenleben vorbei!“ – „Was mag in der Terrine sein?“ sagte die Frau. – „Das geht uns nichts an!“ sagte der Mann – „Ja, ich bin nicht neugierig!“ sagte die Frau, „ich hätte nur gern gewußt, weshalb wir den Deckel nicht hochheben dürfen; da ist sicher was Köstliches drin!“

– „Wenn da nur nicht irgend was Mechanisches drin ist!" sagte der Mann, „so ein Pistolenschuß, der losknallt und das ganze Haus wach macht!" – „Ei je!" sagte die Frau und rührte die Terrine nicht an. Aber nachts träumte sie, daß der Deckel sich von selber hochhöbe, es stieg ein Duft vom köstlichsten Punsch auf, wie man ihn auf Hochzeiten und Begräbnissen bekommt. Ein großer Silberschilling lag darin mit der Inschrift: „Trinkt ihr von diesem Punsch, dann werdet ihr die beiden Reichsten in dieser Welt, und alle anderen Menschen werden Bettler!" – und dann erwachte die Frau im selben Augenblick und erzählte ihrem Mann ihren Traum. „Du denkst zu viel an diese Sache!" sagte er. –

„Wir könnten ja ganz behutsam aufmachen!" sagte die Frau. – „Ganz behutsam!" sagte der Mann. Und die Frau hob ganz sacht den Deckel hoch. – Da sprangen zwei kleine flinke Mäuse heraus, und husch! verschwanden sie in einem Mauseloch. „Gute Nacht!" sagte der König. „Jetzt könnt ihr nach Hause gehen und in euren eigenen vier Wänden das Nachsehen haben. Schimpft nicht mehr auf Adam und Eva, ihr seid selber genauso neugierig und undankbar gewesen!"

„Wie ist die Geschichte in das Buch da gekommen?" sagte Gartenole. „Es ist geradeso, als wäre sie auf uns gemünzt. Sie stimmt sehr zur Nachdenklichkeit!"

Am nächsten Tag gingen sie wieder an ihre Arbeit; sie wurden von der Sonne geschmort und vom Regenwetter bis auf die Haut durchnäßt; in ihnen steckten mürrische Gedanken, die kauten sie immer wieder.

Zu Hause war es noch heller Abend, sie hatten ihren Milchbrei gegessen.

„Lies uns noch einmal die Geschichte von dem Holzhacker vor", sagte Gartenole.

„Da sind so viele wunderschöne in dem Buch!" sagte Hans. „So viele, die ihr nicht kennt!"

„Ja, aus denen mach ich mir aber nichts!" sagte Gartenole. „Ich will die hören, die ich kenne!"

Und er und die Frau hörten sie abermals.

Mehr als einen Abend kamen sie auf die Geschichte zurück.

„Das Ganze so richtig erklären kann die Geschichte mir doch nicht!" sagte Gartenole. „Es ist mit den Menschen wie mit Milch, die gerinnt; einiges wird zu feinem Quark und anderes zu der dünnen, wässerigen Molke! Manche Menschen haben in allen Stücken Glück, sitzen alle Tage an der Tafel und kennen weder Kummer noch Not!"

Das hörte Krüppelhans. Kläglich war es mit seinen Beinen bestellt, aber der Kopf war gescheit. Er las ihnen aus dem Märchenbuch vor, las von dem „Mann ohne Kummer und Not". Ja, wo gab es den, und geben mußte es ihn.

Der König lag krank und konnte nicht geheilt werden, es sei denn, man zöge ihm das Hemd an, welches von einem Menschen getragen und abgenutzt worden war, der in Wahrheit sagen konnte, er habe niemals Kummer und Not kennengelernt.

Ein Bote wurde in alle Länder der Erde entsandt, auf alle Schlösser und Gutshöfe, zu allen wohlhabenden und fröhlichen Menschen, wenn man aber so richtig forschte, hatte doch jeder von ihnen Kummer und Not erfahren.

„Ich aber nicht!" sagte der Schweinehirt, der am Graben saß, lachte und sang. „Ich bin der glücklichste Mensch!"

„Gib uns dann dein Hemd!" sagte der Abgesandte, „man wird es dir mit dem halben Königreich bezahlen."

Aber er besaß kein Hemd und nannte sich dennoch den glücklichsten Menschen.

„Das ist ein feiner Bursche!“ rief Gartenole, und er und seine Ehefrau lachten, wie sie seit Jahr und Tag nicht gelacht hatten.

Da kam der Schullehrer vorüber.

„Wie seid ihr fröhlich!“ sagte er, „das ist etwas Seltenes und Neues in diesem Haus. Habt ihr das große Los gewonnen?“

„Nein, das ist es nicht!“ sagte Gartenole. „Es ist Hans, er hat uns aus dem Märchenbuch vorgelesen, er hat uns von dem ‚Mann ohne Kummer und Not‘ vorgelesen, und der Bursche, der hatte kein Hemd. Es fallen einem Schuppen von den Augen, wenn man so was hört, und noch dazu aus einem gedruckten Buch. Jeder hat wohl sein Päckchen zu tragen; man ist nicht der einzige. Das ist immerhin ein Trost!“

„Wo habt ihr das Buch her?“ fragte der Schullehrer.

„Das kriegte unser Hans zu Weihnachten vor einem Jahr. Die Herrschaft hat es ihm geschenkt. Sie wissen, er hat so viel Lust zum Lesen und ist ja ein Krüppel! Wir hätten es damals lieber gesehen, wenn er zwei blaue Leinenhemden gekriegt hätte. Aber das Buch ist sonderbar, das kann einem gleichsam auf das Antwort geben, was man so denkt!“

Der Schullehrer nahm das Buch und schlug es auf.

„Wir wollen dieselbe Geschichte noch einmal hören!“ sagte Gartenole, „ich kann sie noch nicht so ganz auswendig. Dann muß er auch die andere lesen, von dem Holzhacker!“

Diese beiden Geschichten waren und blieben für Ole genug. Sie waren wie zwei Sonnenstrahlen in der armen Stube, in dem bedrückten Gemüt, das Mißmut und Verdruß in sie hineinbrachte.

Hans hatte das ganze Buch gelesen, hatte es viele Male gelesen. Die Märchen trugen ihn in die Welt hinaus, dorthin, wo er ja nicht hinkommen konnte, da die Beine ihm nicht gehorchten.

Der Schullehrer saß an seinem Bett; sie unterhielten sich, und das war für beide ergötzlich.

Von diesem Tag an kam der Schullehrer öfter zu Hans, wenn die Eltern zur Arbeit waren. Es war wie ein Fest für den Jungen, jedesmal wenn er kam. Wie lauschte er dem, was der alte Mann ihm erzählte, von der Größe der Erde und den vielen Ländern und daß die Sonne trotzdem fast eine halbe Million mal größer sei als die Erde und so weit fort, daß eine Kanonenkugel bei ihrer Geschwindigkeit von der Sonne bis zur Erde ganze fünfundzwanzig Jahre brauchte, während die Lichtstrahlen die Erde in acht Minuten erreichen konnten.

Über dies alles weiß allerdings jeder fleißige Schuljunge Bescheid, aber für Hans war es neu und noch wunderbarer als alles, was im Märchenbuch stand.

Der Schullehrer war zweimal im Jahre bei der Herrschaft zu Tisch, und bei einer solchen Gelegenheit erzählte er, welche Bedeutung das Märchenbuch in dem armen Haus erlangt habe, wo allein zwei Geschichten daraus Erkenntnis und Segen gebracht hatten. Der schwächliche, kluge kleine Junge hatte durch sein Lesen Nachdenklichkeit und Freude ins Haus getragen.

Als der Schullehrer vom Gutshof nach Hause ging, drückte die Gutsherrin ihm für Hänschen zwei blanke Silbertaler in die Hand.

„Die sollen Vater und Mutter haben!" sagte der Junge, als der Schullehrer ihm das Geld brachte.

Und Gartenole und Gartenkirsten sagten: „Krüppelhans ist uns trotz allem auch von Nutzen und ein Segen!"

Ein paar Tage später, die Eltern waren zur Arbeit auf dem Gutshof, hielt der herrschaftliche Wagen draußen; es war die herzensgute gnädige Frau, die kam, froh darüber, daß ihr Weihnachtsgeschenk dem Jungen und den Eltern so viel Trost und Freude gebracht hatte.

Sie hatte feines Brot mit, Obst und eine Flasche süßen Saft; was aber noch lustiger war, sie brachte ihm in einem vergoldeten Bauer einen kleinen, schwarzen Vogel, der ganz reizend flöten konnte. Das Bauer mit dem Vogel wurde auf die alte Ziehkiste gestellt, ein Stück von dem Bett des Jungen entfernt, er konnte den Vogel sehen und hören; ja, weit draußen auf der Landstraße konnten die Leute seinen Gesang hören.

Gartenole und Gartenkirsten kamen erst nach Hause, nachdem die gnädige Frau fortgefahren war; sie merkten, wie sich Hans freute, fanden aber dennoch, daß das Geschenk, das da gemacht worden war, nur Mühe mit sich brachte.

„Reiche Leute überlegen nun nicht richtig!" sagten sie. „Müssen wir nun auch den noch mit versorgen. Krüppelhans kann es ja nicht tun. Das Ende wird sein, daß die Katze ihn holt!"

Acht Tage vergingen, es vergingen noch acht Tage; die Katze war in dieser Zeit oftmals in der Stube gewesen, ohne den Vogel scheu zu machen, geschweige denn ihm etwas zu tun. Da ereignete sich etwas Großes. Es war Nachmittag, die Eltern und die anderen Kinder waren zur Arbeit, Hans ganz allein; das Märchenbuch hatte er in der Hand und las von des Fischers Frau, die alle ihre Wünsche erfüllt bekam; sie wollte König sein, das wurde sie; sie wollte Kaiser sein, das wurde sie; aber dann wollte sie der liebe Gott sein – da saß sie wieder im Schlammgraben, aus dem sie gekommen war.

Diese Geschichte spielte nun gar nicht auf den Vogel oder die Katze an, aber es war die Geschichte, die er gerade las, als die Sache passierte; daran erinnerte er sich seitdem immer.

Der Käfig stand auf der Ziehkiste, die Katze stand auf der Erde und blickte mit ihren grünlichgelben Augen starr zu dem Vogel hinauf. Im Gesicht der Katze war etwas, als wollte sie zum Vogel sagen: „Wie bist du niedlich! ich möchte dich fressen!"

Das konnte Hans erkennen; er las es unmittelbar aus dem Gesicht der Katze ab.

„Weg, Katze!" rief er. „Willst du wohl machen, daß du aus der Stube kommst!"

Es sah aus, als setzte sie zum Sprung an.

Hans konnte sie nicht erreichen, hatte nichts weiter, womit er nach ihr werfen konnte, als seinen teuersten

Schatz, das Märchenbuch. Das schleuderte er nach ihr, aber der Einband saß lose, der flog zur einen Seite, und das Buch selber mit all seinen Seiten flog zur anderen Seite. Die Katze ging mit langsamen Schritten ein wenig in die Stube zurück und sah Hans an, als wollte sie sagen: „Misch dich nicht in diese Sache, Hänschen! ich kann gehen, und ich kann springen, du kannst nichts von beidem!"

Hans behielt die Katze im Auge und war in großer Unruhe; der Vogel wurde auch unruhig. Kein Mensch war da, den man rufen konnte; es war, als wüßte die Katze das; sie setzte von neuem zum Sprung an. Hans schüttelte seine Bettdecke, die Hände konnte er gebrauchen; aber die Katze kümmerte sich nicht um die Bettdecke; und als auch die nach ihr geworfen worden war, ohne Erfolg, setzte sie in einem Sprung auf den Stuhl hinauf und aufs Fensterbrett, hier war sie dem Vogel näher.

Hans konnte sein eigenes warmes Blut in sich spüren, aber daran dachte er nicht, er dachte nur an die Katze und den Vogel; aus dem Bett konnte der Junge ja allein nicht kommen, auf den Beinen konnte er nicht stehen, noch weniger gehen. Es war, als ob das Herz sich in ihm umdrehte, als er die Katze vom Fenster auf die Ziehkiste springen und gegen das Bauer stoßen sah, so daß es umkippte. Der Vogel flatterte drinnen ganz aufgeregt herum.

Hans stieß einen Schrei aus, es durchzuckte ihn, und ohne an etwas zu denken, sprang er aus dem Bett, auf die Ziehkiste zu, zerrte die Katze herunter und hielt das Bauer fest, in dem der Vogel in großem Entsetzen saß. Er hielt das Bauer in Händen und rannte damit aus der Tür auf die Straße hinaus.

Da strömten ihm die Tränen aus den Augen; er jubelte und schrie ganz laut: „Ich kann gehen! Ich kann gehen!"

Er hatte seine Beweglichkeit wiedererlangt; dergleichen kann geschehen, und bei ihm geschah es.

Der Schullehrer wohnte gleich nebenan; zu ihm lief er auf seinen bloßen Füßen hinein, nur in Hemd und Wams und mit dem Vogel im Bauer.

„Ich kann gehen!" rief er. „Herr, mein Gott!" und er schluchzte vor lauter Freude.

Und Freude herrschte dort im Hause bei Gartenole und Gartenkirsten. „Einen froheren Tag konnten wir nicht erleben!" sagten sie beide.

Hans wurde aufs Gut gerufen; diesen Weg war er viele Jahre nicht gegangen; es war, als ob die Bäume und Haselsträucher, die er so gut kannte, ihm zunickten und sagten: „Guten Tag, Hans! willkommen hier draußen!" Die Sonne schien ihm ins Gesicht, bis ins Herz hinein.

Die Herrschaft, die jungen, gütigen Gutsleute, ließen ihn bei sich sitzen und sahen ebenso froh aus, als gehörte er zu ihrer eigenen Familie.

Am frohesten war indessen die gnädige Frau, die ihm das Märchenbuch geschenkt hatte, ihm den kleinen Singvogel geschenkt hatte, der jetzt allerdings tot war, vor Schrecken gestorben, aber er war gleichsam das Mittel zu Hansens Gesundung geworden, und das Buch ward für ihn und die Eltern eine Quelle der Erkenntnis; er hatte es noch, er wollte es aufbewahren und lesen, und wenn er noch so alt würde. Nun konnte er ihnen daheim auch von Nutzen sein. Er wollte ein Handwerk lernen, am liebsten Buchbinder werden, „denn", sagte er, „dann kann ich all die neuen Bücher zum Lesen bekommen!"

Am Nachmittag rief die Gutsherrin beide Eltern zu sich herauf. Sie und ihr Gemahl hatten über Hans gesprochen; er sei ein frommer und tüchtiger Junge, habe Lust zum Lernen und auch das Zeug dazu. Der Herrgott unterstützt immer eine gute Sache.

An diesem Abend kamen die Eltern richtig froh vom Gut nach Hause, besonders Kirsten, aber eine Woche drauf weinte sie, denn da reiste Hänschen fort; er hatte gute Kleider anbekommen; er war ein guter Junge; aber nun sollte er über das tiefe Wasser fahren, weit weg, in eine Schule gegeben werden, eine Lateinschule, und es würden viele Jahre vergehen, bevor sie ihn wiedersähen.

Das Märchenbuch bekam er nicht mit, das wollten die Eltern zum Andenken behalten. Und der Vater las oft darin, aber nie etwas anderes als die beiden Geschichten, denn die kannte er.

Und sie bekamen Briefe von Hans, einer immer fröhlicher als der andere. Er war bei guten Menschen in guter Umgebung; und am allerschönsten war es, in die Schule zu gehen; da gab es so vieles zu lernen und zu studieren; er wünschte jetzt nur, daß er hundert Jahre leben und dann einmal Schullehrer werden könnte.

„Wenn wir das erleben könnten!“ sagten die Eltern, und sie drückten sich gegenseitig die Hände, wie beim Abendmahl.

„Was Hans doch beschieden worden ist!“ sagte Ole. „Der Herrgott denkt auch an armer Leute Kind! Gerade bei dem Krüppel sollte sich das zeigen! Ist es nicht so, als läse Hans es uns aus dem Märchenbuch vor?“

Wo wir die Geschichte her haben?

Möchtest du es wissen?

Wir haben sie aus der Tonne, der mit den alten Papieren.

Manch gutes und seltenes Buch ist zum Fettkrämer und Grünwarenhändler gewandert, nicht zum Lesen, sondern als Gebrauchsartikel. Sie müssen Papier haben zu Tüten für Stärke und Kaffeebohnen, Papier, um Heringe, Butter und Käse einzuwickeln. Geschriebene Sachen sind auch zu brauchen.

Oftmals geht in den Eimer, was nicht in den Eimer gehen sollte.

Ich kenne einen Grünwarenlehrling, Sohn eines Fettkrämers; er ist emporgeklettert, vom Keller zum Erdgeschoßladen; ein Mensch mit großer Belesenheit, Tütenbelesenheit, sowohl gedruckter wie geschriebener. Er hat eine interessante Sammlung, und darin mehrere wichtige Aktenstücke aus dem Papierkorb des einen oder anderen viel zu beschäftigten, zerstreuten Beamten; diesen oder jenen vertraulichen Brief von Freundin zu Freundin: Skandalberichte, die nicht weitererzählt werden dürften, von keinem Menschen erwähnt werden sollten. Er ist eine lebendige Rettungsanstalt für einen nicht geringen Teil der Literatur und hat in dieser ein großes Gebiet, er hat den Laden der Eltern und des Prinzipals und hat dort manches Buch oder Seiten aus einem Buch gerettet, die es sehr wohl verdienten, zweimal gelesen zu werden.

Er hat mir seine Sammlung von gedruckten und geschriebenen Dingen aus dem Eimer gezeigt, am reichhaltigsten aus dem des Fettkrämers. Hier lagen ein paar Seiten aus einem größeren Schreiberbuch; die auffallend schöne und deutliche Handschrift zog sogleich meine Aufmerksamkeit an.

„Das hat der Student geschrieben!" sagte er, „der Student, der hier gegenüber wohnte und vor einem Monat gestorben ist. Er hat schwer an Zahnweh gelitten, wie man sieht. Es ist ganz kurzweilig zu lesen! Hier ist nur noch

wenig von ihm Geschriebenes, es war ein ganzes Buch und etwas mehr; meine Eltern gaben der Wirtin des Studenten ein halbes Pfund grüne Seife dafür. Hier ist, was ich retten konnte."

Ich lieh es mir, ich las es, und nun teile ich es mit.

Die Überschrift lautete:

Tante Zahnweh

1

Tante gab mir Naschwerk, als ich klein war. Meine Zähne hielten es aus, wurden nicht verdorben; jetzt bin ich älter geworden, Student geworden; sie verwöhnt mich immer noch mit Süßigkeiten, sagt, ich sei ein Dichter.

Ich habe etwas von einem Poeten in mir, aber nicht genügend. Oft, wenn ich durch die Straßen der Stadt gehe, ist es mir, als ginge ich in einer großen Bibliothek herum; die Häuser sind Bücherregale, jedes Stockwerk ist ein Brett mit Büchern. Dort steht eine Alltagsgeschichte, dort eine gute alte Komödie, wissenschaftliche Werke aus allen Fächern, hier Schundliteratur und gute Lektüre. Ich kann über all das Bücherwesen phantasieren und philosophieren.

Es ist in mir etwas von einem Poeten, aber nicht genug. Viele Menschen haben sicher ebensoviel davon in sich wie ich und tragen deswegen doch kein Schild oder Halsband mit der Bezeichnung Poet.

Ihnen und mir ist eine Gottesgabe geschenkt worden, ein Segen, groß genug für einen selbst, aber viel zu klein, um wieder an andere verteilt zu werden. Sie kommt wie ein Sonnenstrahl, erfüllt Seele und Geist; sie kommt wie ein Blütenduft, wie eine Melodie, die man kennt und deren man sich erinnert, doch man weiß nicht woher.

Neulich abends, ich saß in meiner Stube, hatte das Bedürfnis nach Lektüre, hatte kein Buch, keine Zeitung, da fiel im selben Augenblick ein Blatt, frisch und grün, vom Lindenbaum. Der Luftzug trug es mir zum Fenster herein.

Ich betrachtete die vielen verzweigten Adern; eine kleine

Raupe bewegte sich darauf entlang, als wollte sie das Blatt gründlich studieren. Da mußte ich an die menschliche Weisheit denken; wir kriechen auch auf dem Blatt herum, kennen nur dies, und dann halten wir sogleich einen Vortrag über den ganzen, großen Baum, die Wurzel, den Stamm und die Krone; den großen Baum: Gott, die Welt und Unsterblichkeit, und wir kennen von dem Ganzen nur ein kleines Blatt!

Wie ich so dort saß, bekam ich Besuch von Tante Mille. Ich zeigte ihr das Blatt mit der Raupe, erzählte ihr von meinen Gedanken, und ihre Augen leuchteten.

„Du bist Dichter!" sagte sie, „vielleicht der größte, den wir haben! Sollte ich das erleben, dann will ich gern in die Grube fahren. Du hast mich immer, schon seit dem Begräbnis von Brauer Rasmussen, durch deine riesige Phantasie erstaunt!"

Das sagte Tante Mille und gab mir einen Kuß.

Wer war Tante Mille, und wer war Brauer Rasmussen?

2

Mutters Tante wurde von uns Kindern Tante genannt, wir hatten keine andere Bezeichnung für sie.

Sie schenkte uns Eingemachtes und Zucker, obwohl es ein großer Unfug gegen unsere Zähne war, aber sie sei den lieben Kindern gegenüber schwach, sagte sie. Es sei doch grausam, ihnen das bißchen Naschwerk vorzuenthalten, das sie so gern mögen.

Und deswegen hatten wir Tante so gern.

Sie war ein altes Fräulein, soweit ich zurückdenken kann, immer alt! Ihr Alter blieb gleichsam stehen.

In früheren Jahren litt sie sehr an Zahnweh und redete immer davon, und so kam es, daß ihr Freund, der Brauer Rasmussen, einen Witz machte und sie Tante Zahnweh nannte.

Er braute in den letzten Jahren nicht, lebte von seinen Zinsen, kam oft zu Tante und war älter als sie. Er hatte überhaupt keine Zähne, nur einige schwarze Stümpfe.

Als kleines Kind hätte er zu viel Zuckerzeug gegessen, sagte er zu uns Kindern, und davon käme es, daß man so aussähe.

Tante hatte in ihrer Kindheit sicher niemals Zuckerzeug gegessen; sie hatte die schönsten weißen Zähne.

Sie schonte sie auch, schliefe nachts nicht damit! sagte Brauer Rasmussen.

Das war allerdings boshaft, das wußten wir Kinder, aber Tante sagte, er meine es nicht weiter böse.

Eines Vormittags beim Frühstück erzählte sie einen scheußlichen Traum, den sie nachts gehabt hatte: daß einer ihrer Zähne ausgefallen sei.

„Das bedeutet", sagte sie, „daß ich einen wahren Freund oder eine Freundin verliere!"

„War es ein falscher Zahn", sagte der Brauer und lächelte, „dann kann es nur bedeuten, daß Sie einen falschen Freund verlieren!"

„Sie sind ein unhöflicher alter Herr!" sagte die Tante böse, so habe ich sie nie wieder gesehen, weder früher noch später.

Später sagte sie, ihr alter Freund wollte sie nur ärgern; er sei der edelste Mensch auf Erden, und wenn er einmal stürbe, würde er ein kleiner Engel Gottes im Himmel werden.

Ich dachte viel über die Verwandlung nach, und ob ich in der Lage wäre, ihn in der neuen Gestalt wiederzuerkennen.

Als Tante jung war und er auch jung war, machte er ihr einen Antrag. Sie überlegte zu lange, blieb sitzen, blieb viel zu lange sitzen, wurde für immer ein altes Fräulein, aber immer eine treue Freundin.

Und dann starb Brauer Rasmussen.

Er wurde im teuersten Leichenwagen zu Grabe gefahren und hatte ein großes Gefolge, Leute mit Orden und in Uniform.

Tante stand in Trauerkleidern mit all uns Kindern am Fenster, bis auf den kleinen Bruder, den der Storch eine Woche vorher gebracht hatte.

Jetzt waren der Leichenwagen und das Gefolge vorbei, die Straße war leer, Tante wollte gehen, aber das wollte ich nicht, ich wartete auf den Engel, auf Brauer Rasmussen; er war doch jetzt ein kleines Gotteskind mit Flügeln geworden und mußte erscheinen.

„Tante!" sagte ich. „Meinst du nicht, daß er jetzt kommt! Oder wenn der Storch uns wieder ein Brüderchen bringt, daß er uns dann den Engel Rasmussen bringt?"

Tante war völlig überwältigt von meiner Phantasie und sagte: „Das Kind wird ein großer Dichter!" und das wiederholte sie während meiner ganzen Schulzeit, ja nach meiner Einsegnung und jetzt bis in die Studentenjahre hinein.

Sie war und ist meine teilnehmendste Freundin, sowohl was das Dichterweh wie das Zahnweh anbelangt. Ich habe ja immer Anfälle von beidem.

„Schreib nur alle deine Gedanken nieder", sagte sie, „und stecke sie in die Tischschublade; das machte Jean Paul; er wurde ein großer Dichter, den ich allerdings nicht liebe, er ist nicht spannend; du mußt spannend werden! und du wirst spannend werden!"

In der Nacht nach diesem Ausspruch lag ich in Sehnsucht und Qual, in Drang und Lust, der große Dichter zu werden, den Tante in mir sah und ahnte; ich lag in Dichterweh, aber es gibt ein schlimmeres Weh: Zahnweh; das quälte und peinigte mich; ich wurde zu einem Wurm, der sich krümmt, mit Würzbeutel und spanischer Fliege.

„Das kenne ich!" sagte Tante.

Um ihren Mund lag ein leidvolles Lächeln; ihre Zähne schimmerten so weiß.

Aber ich muß einen neuen Abschnitt in meiner und Tantes Geschichte beginnen.

3

Ich war in eine neue Wohnung gezogen und hatte dort seit einem Monat gewohnt. Hierüber sprach ich mit Tante.

„Ich wohne bei einer stillen Familie; sie denkt nicht an

mich, und wenn ich dreimal läute. Im übrigen ist es ein wahres Radauhaus mit Geräuschen und Lärm von Wind und Wetter und Menschen. Ich wohne gerade über dem Torweg; jedesmal wenn ein Wagen aus- oder einfährt, bewegen sich die Bilder an der Wand. Das Tor knallt und erschüttert das Haus, als fände ein Erdbeben statt. Liege ich im Bett, fahren die Stöße durch all meine Glieder; aber das soll stärkend für die Nerven sein. Ist es windig, und windig ist es in diesem Land immer, dann baumeln die langen Fensterhaspen draußen hin und her und schlagen gegen die Hauswand. Die Türglocke zum Hof des Nachbarn klingelt bei jedem Windstoß.

Unsere Hausbewohner kommen kleckerweise nach Hause, spät abends, in tiefer Nacht; der Mieter über mir, der am Tage Unterricht im Posauneblasen gibt, kommt am spätesten nach Haus und geht nicht zu Bett, ehe er nicht zuvor einen kleinen Mitternachtsspaziergang gemacht hat, mit schweren Schritten und eisenbeschlagenen Stiefeln.

Doppelfenster gibt es nicht, dafür aber eine gesprungene Scheibe, über die hat die Wirtin Papier geklebt, der Wind fährt trotzdem durch den Riß und bringt ein Geräusch hervor wie von einer summenden Bremse. Das ist einschläfernde Musik. Schlafe ich dann endlich ein, werde ich bald vom Hahnenschrei geweckt. Hahn und Henne melden vom Hühnerverschlag beim Krämer im Keller, daß es bald Morgen wird. Die kleinen Nordlandspferdchen, die haben keinen Stall, die sind in der Sandnische unter der Treppe angebunden, stoßen gegen die Tür und die Täfelung, um Bewegung zu haben.

Der Tag dämmert herauf; der Hauswart, der mit der Familie auf dem Boden schläft, poltert die Treppe herunter; die Holzpantoffeln klappern, das Tor knallt, das Haus wackelt, und ist das überstanden, beginnt der Mieter über mir, gymnastische Übungen zu machen, mit jeder Hand eine schwere eiserne Kugel zu heben, die er nicht festhalten kann; sie fällt und fällt immer wieder herunter, während gleichzeitig die Jugend des Hauses, die in die Schule muß, schreiend angestürzt kommt. Ich gehe ans

Fenster, öffne es, um frische Luft zu bekommen, und es ist erquickend, wenn ich sie bekommen kann und die Jungfer im Hinterhaus nicht Handschuhe in Fleckenwasser wäscht, das ist ihr Broterwerb. Im übrigen ist es ein angenehmes Haus, und ich wohne bei einer stillen Familie."

So lautete der Bericht, den ich meiner Tante über meine Wohngelegenheit gab; ich habe es lebhafter geschildert, der mündliche Vortrag klingt frischer als der geschriebene.

„Du bist Dichter!" rief Tante. „Schreib deine Schilderung nur auf, dann bist du ebenso gut wie Dickens! Ja, mich interessierst du nun viel mehr! Du malst, wenn du sprichst! Du beschreibst dein Haus so, daß man es sieht! Es schaudert einen! – Dichte weiter! Füge etwas Lebendiges hinzu, Menschen, reizende Menschen, am liebsten unglückliche!"

Das Haus schrieb ich tatsächlich nieder, wie es dasteht, mit Geräuschen und Tönen, aber nur mit mir selber, ohne Handlung. Die kam später!

4

Es war Winter, später Abend, nach der Theaterzeit, ein fürchterliches Wetter, Schneesturm, daß man fast nicht vorwärts kommen konnte.

Tante war im Theater, und ich war dort, um sie nach Hause zu begleiten, aber man hatte selber genug Mühe, vorwärts zu kommen, geschweige denn andere zu begleiten. Die Mietwagen waren alle mit Beschlag belegt; Tante wohnte weiter draußen, am Rande der Stadt, meine Wohnung dagegen lag ganz in der Nähe des Theaters, wäre das nicht der Fall gewesen, hätten wir bis auf weiteres im Schilderhaus stehen bleiben müssen.

Wir stapften durch den tiefen Schnee vorwärts, von den stöbernden Schneeflocken umsaust. Ich hob die Tante hoch, ich hielt sie fest, ich puffte sie vorwärts. Nur zweimal fielen wir hin, aber wir fielen weich.

Wir gelangten zu meiner Haustür, wo wir uns abklopften; auch auf der Treppe klopften wir uns ab und hatten trotzdem noch Schnee genug, den Fußboden im Flur damit vollzumachen.

Wir legten unser Überzeug und Schuhzeug ab und alles Zeug, das wir ablegen konnten. Die Wirtin lieh Tante trockene Strümpfe und einen Morgenrock; das sei notwendig, sagte die Wirtin und fügte hinzu – was auch stimmte –, daß Tante unmöglich in dieser Nacht nach Haus kommen könne, bat sie, mit ihrer Wohnstube vorliebzunehmen; dort wollte sie auf dem Sofa vor der Tür zu meinem Zimmer, die immer versperrt war, das Bett herrichten.

Und das geschah.

Das Feuer in meinem Ofen brannte, die Teemaschine kam auf den Tisch, es wurde in dem Stübchen gemütlich, wenn auch nicht so gemütlich wie bei Tante, wo im Winter dicke Vorhänge vor der Tür hängen, dicke Vorhänge vor den Fenstern, doppelte Teppiche mit drei Lagen dickem Papier darunter; man sitzt dort wie in einer gut verkorkten Flasche mit warmer Luft; jedoch wurde es auch, wie gesagt, bei mir zu Hause gemütlich; draußen sauste der Wind.

Tante redete und erzählte; die Jugendzeit kehrte zurück, der Brauer kehrte zurück, alte Erinnerungen.

Sie konnte sich erinnern, wie ich den ersten Zahn bekam und wie die Freude in der Familie groß war.

Der erste Zahn! Der Unschuldszahn, blinkend wie ein kleiner, weißer Milchtropfen, der Milchzahn.

Es kam einer, es kamen mehr, eine ganze Reihe, einer neben dem anderen, oben und unten, die schönsten Kinderzähne, und doch nur die Vorhut, nicht die richtigen, die ein ganzes Leben durchhalten sollten.

Auch die kamen, und die Weisheitszähne ebenfalls, die Flügelmänner in der Reihe, unter Qualen und großer Mühe zur Welt gebracht.

Sie gehen wieder fort, jeder einzelne! sie gehen, ehe ihre Dienstzeit um ist, selbst der letzte Zahn geht dahin, und das ist kein Festtag, das ist ein Wehmutstag.

Dann ist man alt, auch wenn der Sinn jung ist.

Dergleichen Gedanken und Reden sind nicht vergnüglich, und dennoch sprachen wir über dies alles, wir versenkten uns wieder in die Kinderjahre, redeten und redeten, die Uhr wurde zwölf, ehe Tante in der Stube nebenan zur Ruhe ging.

„Gute Nacht, mein liebes Kind!“ rief sie, „nun schlafe ich, als läge ich in meiner eigenen Ziehkiste!“

Und sie war zur Ruhe gekommen; aber weder im Haus noch draußen wurde es ruhig. Der Sturm rüttelte an den Fenstern, schlug mit den langen, baumelnden eisernen Haspen, klingelte mit Nachbars Türglocke auf dem Hinterhof. Der Mieter über uns war nach Hause gekommen. Er machte noch einen kleinen nächtlichen Spaziergang auf und ab; zog laut die Stiefel aus, ging dann ins Bett und zur Ruhe; aber er schnarcht so, daß man es mit guten Ohren durch die Decke hören kann.

Ich fand keinen Schlaf, ich kam nicht zur Ruhe; das Wetter legte sich ebenfalls nicht; es war unmanierlich lebhaft. Der Wind sauste und sang auf seine Weise, meine Zähne fingen auch an, lebhaft zu werden, sie sausten und sangen auf ihre Weise. Sie nahmen einen Anlauf zum großen Zahnweh.

Es zog vom Fenster. Der Mond schien auf den Fußboden. Die Beleuchtung kam und ging, wie die Wolken im Sturme kamen und gingen. Es war eine Unruhe von Licht und Schatten, zuletzt aber sah der Schatten im Zimmer aus wie etwas Bestimmtes; ich blickte auf dies Bewegliche und verspürte einen eisig kalten Windhauch.

Im Raume saß eine Gestalt, dünn und lang, wie wenn ein Kind mit dem Griffel etwas auf die Tafel zeichnet, das einem Menschen ähneln soll; ein einziger dünner Strich ist der Körper; ein Strich und noch einer sind die Arme; die Beine sind jedes auch nur ein Strich, der Kopf ist ein eckiges Gebilde.

Bald wurde die Gestalt deutlicher, sie bekam so etwas wie ein Gewand, sehr dünn, sehr fein, aber es zeigte, daß sie zum weiblichen Geschlecht gehörte.

Ich vernahm ein Summen. War sie es oder der Wind, der wie eine Bremse in der gesprungenen Scheibe surrte.

Nein, sie war es leibhaftig, Frau Zahnweh! ihre Fürchter-

lichkeit Satania Infernalis, Gott behüte und bewahre uns vor ihrem Besuch.

„Hier ist gut sein!" summte sie; „die Gegend hier ist gut! sumpfiger Boden, Moorboden. Hier haben die Mücken mit Gift im Stachel gesummt, nun habe ich den Stachel. Der muß an Menschenzähnen gewetzt werden. Sie schimmern bei dem da im Bett so weiß. Sie haben Süßem wie Saurem getrotzt, Heißem und Kaltem, Nußschalen und Pflaumenkernen! Aber ich werde an ihnen rucken und zerren, die Wurzel mit Zugwind düngen, ihnen kalte Füße machen!"

Es war eine entsetzliche Rede, ein entsetzlicher Gast.

„Aha, soso, du bist Dichter!" sagte sie, „ja, ich werde dich in alle Versmaße der Qual hinaufdichten! Ich werde dir Eisen und Stahl in den Leib geben, an allen deinen Nervenfasern reißen!"

Es war, als führe ein glühender Pfriem in den Backenknochen hinein; ich wand und drehte mich.

„Ausgezeichnete Zahnschmerzen!" sagte sie, „eine Orgel, auf der man spielen kann. Ein Mundharmonikakonzert, großartig, mit Pauken und Trompeten, der Pikkoloflöte, der Posaune am Weisheitszahn. Großer Poet, große Musik!"

O ja, sie spielte auf, und furchtbar sah sie aus, wenn man auch nicht mehr von ihr sah als die Hand, die schattengraue, eiskalte Hand mit den langen, pfriemspitzen Fingern; jeder von ihnen war ein Martergerät: der Daumen und der Zeigefinger hatten Kneifzange und Schraube, der Mittelfinger lief in einen spitzen Pfriem aus, der Ringfinger war ein Bohrer und der kleine Finger eine Spritze mit Mückengift.

„Ich werde dich die Versmaße lehren!" sagte sie. „Großer Dichter muß großes Zahnweh haben, kleiner Dichter kleines Zahnweh!"

„Oh, laß mich ein kleiner sein!" bat ich. „Laß mich gar keiner sein! Und ich bin kein Poet, ich habe nur Anfälle von Dichten, so wie Anfälle von Zahnweh! Geh! ach geh!"

„Erkennst du es an, daß ich mächtiger bin als die Poesie, die Philosophie, die Mathematik und die ganze Musik?" sagte sie. „Mächtiger als alle diese gemalten und in Marmor gehauenen Empfindungen? Ich bin älter als sie alle miteinander. Ich bin dicht neben dem Paradiesgarten geboren, außerhalb, wo es windig war und die feuchten Pilze wuchsen. Ich brachte Eva dazu, daß sie sich bei kaltem Wetter etwas anzog, und Adam ebenfalls. Du kannst glauben, im ersten Zahnweh lag Kraft!"

„Ich glaube alles!" sagte ich. „Geh! ach geh!"

„Ja, willst du davon ablassen, Dichter zu sein, niemals Verse aufs Papier bringen, auf die Tafel oder sonst welches Schreibmaterial, dann werde ich dich in Ruhe lassen, aber ich komme wieder, falls du dichtest!"

„Ich schwöre!" sagte ich. „Laß mich nur niemals mehr dich sehen oder spüren!"

„Sehen wirst du mich, aber in einer fülligeren, einer dir lieberen Gestalt, als ich es jetzt bin! Du wirst mich als Tante Mille sehen; und ich werde dir sagen: Dichte, mein lieber Junge! Du bist ein großer Dichter, der größte vielleicht, den wir haben! Aber glaubst du mir und fängst an zu dichten, dann setze ich deine Verse in Musik, spiele sie auf deiner Mundharmonika! Du liebes Kind! – Denk an mich, wenn du Tante Mille siehst!“

Dann verschwand sie.

Ich bekam zum Abschied gleichsam einen glühenden Nadelstich in den Kieferknochen; aber der beruhigte sich schnell, ich schwamm wie auf dem weichen Wasser, sah die weißen Wasserrosen mit den grünen, breiten Blättern sich neigen, unter mir wegsinken, welken, sich auflösen, und ich sank mit ihnen, löste mich in Frieden und Ruhe auf –

„Sterben, schmelzen wie der Schnee!“ sang und klang es im Wasser, „in der Wolke verdunsten, vergehen wie die Wolke!“

Zu mir herab durch das Wasser leuchteten große, glänzende Namen, Inschriften auf wehenden Siegesfahnen, dem Unsterblichkeitspatent – geschrieben auf dem Flügel der Eintagsfliege.

Der Schlaf war tief, Schlaf ohne Träume. Ich hörte nicht den sausenden Wind, die knallende Haustür, des Nachbarn klingelnde Türglocke oder die schwerfällige Gymnastik des Mieters.

Glückseligkeit!

Da kam ein Windstoß, daß die zugesperrte Tür zu Tante hinein aufsprang. Tante sprang auf, kam in die Schuhe, kam in die Kleider, kam zu mir herein.

Ich hätte wie ein Engel Gottes geschlafen, sagte sie, und sie habe es nicht über sich gebracht, mich zu wecken.

Ich erwachte von selbst, schlug die Augen auf, hatte ganz vergessen, daß Tante hier im Hause war, aber bald fiel es mir ein, fiel mir meine Zahnweherscheinung ein. Traum und Wirklichkeit gingen ineinander über.

„Du hast gestern abend wohl nichts mehr geschrieben, nachdem wir uns gute Nacht gesagt haben?“ fragte sie. „Hättest du doch nur! Du bist mein Dichter, und das bleibst du!“

Mir war, als lächelte sie so heimtückisch. Ich wußte nicht, ob es die rührende Tante Mille war, die mich liebte, oder die Entsetzliche, der ich heute nacht ein Versprechen gegeben hatte.

„Hast du gedichtet, liebes Kind?"

„Nein, nein!" rief ich. „Du bist ja Tante Mille."

„Wer sonst!" sagte sie. Und es war Tante Mille.

Sie gab mir einen Kuß, stieg in die Droschke und fuhr nach Hause.

Ich schrieb nieder, was hier geschrieben steht. Es ist nicht in Versen, und es wird nie gedruckt werden.

Ja, hier hört das Manuskript auf.

Mein junger Freund, der künftige Grünwarengehilfe, konnte das Fehlende nicht auftreiben, es war in die Welt hinausgewandert, als Einwickelpapier für Heringe, Butter und grüne Seife; es hatte seine Bestimmung erfüllt.

Der Brauer ist tot, Tante ist tot, der Student ist tot, der, von dem die Gedankensplitter in den Eimer gingen: das ist das Ende der Geschichte – der Geschichte von Tante Zahnweh.

Anhang

Nachwort

„Jetzt werde ich dir eine Geschichte erzählen, die ich gehört habe, als ich klein war, und jedesmal, wenn ich seitdem darüber nachgedacht habe, fand ich sie schöner." Das versichert der Erzähler des Märchens vom Vater, der „immer das Richtige" tut (Band II, S. 229), im ersten Satz. Auf mehr als 1500 Seiten werden in der vorliegenden Ausgabe 156 alte und schöne Geschichten erzählt, darunter viele in der Kindheit zuerst gehörte. Berühmtes und sprichwörtlich Gewordenes ist darunter und manches, das so sehr in den kollektiven Text- und Bildervorrat eingegangen ist, daß es weithin gar nicht mehr einem Verfasser zugeordnet wird – von der *Kleinen Meerjungfrau* bis zu *des Kaisers neuen Kleidern*. Daneben aber steht eine Fülle von wenig oder gar nicht Bekanntem, das noch immer zu entdecken ist. Über diese Geschichten nachzudenken, weil sie dann „jedesmal schöner" werden, ist ein verlockender Vorschlag, und ihm folgend, könnte man nicht nur vertraute Kindergeschichten in neuer Beleuchtung wiederlesen, sondern womöglich auch auf selten betretene Pfade und in unbekannte Landstriche geführt werden.

Denn so weit der Ruhm von Andersens Märchen reicht, so verwunderlich bleibt bei näherem Hinsehen, wie wenig dieses Riesenwerk tatsächlich von Lesern erschlossen ist. Dabei breitet sich hier ein wahrer Kontinent an Märchen und Geschichten aus, in dem man nach Herzenslust Entdeckungsreisen unternehmen könnte. Abseits derallzu bekannten Wege (die sich freilich beim Wiederlesen oft frischer und weniger ausgetreten zeigen, als die Kindheitserinnerungen glauben machen wollten), auch jenseits mancher Geröllfelder von nur noch historisch zu würdigenden, bloß gelegenheitsbezogenen Arbeiten ließen sich hier die sonderbarsten Landschaften entdecken – anheimelnde Gegenden und unheimlich fremde Landstriche, wuchernde Wildnisse und anmutige Gärten. Daß freilich auch unter manchen mißlungenen Versuchen dieses experimentierfreudigen Erzählens, unter manchem Abstrusen und Abseitigen – und oft gerade dort – wunderbare Entdeckungen zu machen wären, kann nur die eigene

Lektüre erweisen. Die folgenden Bemerkungen sollen lediglich ein paar Wegweiser aufstellen und Landkarten für Reiselustige skizzieren; daß der kleine Reiseführer dabei nicht weniger zeitabhängig ist als seine vielen Vorgänger, ist unvermeidlich. Andersens Märchenwelt ist groß und dauerhaft genug, um Wanderern unterschiedlichster Herkunft und Interessen Zugang zu gewähren.

Doch ist die Welt dieser *Märchen* überhaupt eine „Märchen"-Welt? „Märchen" in einem der landläufigen Sinne (als ‚Kinder-' und ‚Hausmärchen', ‚Volks-' oder gar ‚Kunstmärchen') sind nur ein Teil der hier unter diesem Gattungsnamen versammelten Texte. Und Andersens eigene Bezeichnungen in den ursprünglichen Heft- und Buchausgaben schwanken in der Terminologie auffallend zwischen *Märchen, für Kinder erzählt* (1835), *Märchen* (1844) und *Geschichten* (1852) und lassen es schließlich bei dem Kompromiß *Märchen und Geschichten* bewenden (1858 bis 1872). Hatte André Jolles 1930 bei seinem klassischen Versuch, die Texte der Grimmschen *Kinder- und Hausmärchen* zu kategorisieren, kurzweg von der „Gattung Grimm" gesprochen, so könnte man mit demselben Recht Andersens (zumindest frühe und mittlere) Märchen der „Gattung Andersen" zurechnen – die dann allerdings noch bunter und uneinheitlicher wäre als die der Vorgänger.

„Unsere Zeit ist die Zeit des Märchens", hat Andersen oft und gern erklärt, vor allem dort, wo die romantische Modegattung mitsamt der Romantik selbst längst an ihr Ende gekommen zu sein schien – zum Beispiel in der industrialisierten Großstadtwelt der Pariser *Dryade*, an deren Ende dieser Satz, mehrfach hervorgehoben, proklamiert wird. Tatsächlich schien bereits 1835, als Andersens erstes Heft mit *Märchen, für Kinder erzählt* das Licht der Welt erblickte, die Zeit des Märchens schon vorbei zu sein. Genau da aber setzt dieser Märchendichter ein; von diesem Ende aus beginnt er mit der Überfülle des Überlieferten zu spielen.

Gerade die raffinierte Naivität der *Märchen, für Kinder erzählt* erweist diesen Neuanfang als ein Spätprodukt. Die Traditionen, die Andersen aufgreift und abwandelt bricht oder neu kombiniert, umfassen sehr unterschiedliche Bewegungen und Strömungen: romantische Kunstmärchen, wie sie in Frankreich von Perrault erzählt worden waren, in Dänemark vom romantischen B. S. Ingemann und dem lehrhaften Christian Molbech, in Deutschland von Arnim und Novalis, in Goethes *Märchen* und Tiecks *Phantasus* und, auf andere Weise, in E. T. A. Hoffmanns ironischen und unheimlichen Schauergeschichten, und wie sie in Hauffs Märchen oder Chamissos *Schlemihl* fortwirkten; „Volksmärchen" sodann, wie sie (u. a. nach Runges und Brentanos Anregungen) die Brüder Grimm als *Kinder- und Hausmärchen* aufgezeichnet und, von Auflage zu Auflage entschiedener, poetisch überformt hatten und wie sie, diesen Vorbildern folgend, in Norwegen von Asbjørnsen und Moe, in Dänemark in Mathias Winters *Danske Folkeeventyr* und Just Matthias Thieles *Danske Folkesagn* gesammelt worden waren. (Mit allen hier aufgezählten Dichtern und Sammlern ist Andersen persönlich bekannt gewesen.) Und über diese verschiedenen „Märchen"-Traditionen hinaus zieht Andersen – zitierend, paraphrasierend, parodierend – eine Fülle anderer Texte aus unterschiedlichsten Bereichen in seine „Märchen" herein (von denen hier nur einige der wichtigsten genannt werden können): anakreontische Poesie und altnordische Sagas, Reiseberichte aus Afrika und gerade eben aktuelle Kopenhagener Operninszenierungen, naturwissenschaftlich-technische, historische, philosophische Abhandlungen. Schon die (selbst doch entgegen dem eigenen Anspruch entschieden literarischen) Märchen der „Gattung Grimm" integrierten mündliche und literarische Überlieferungen, Schwänke, Legenden, Sagen, Fabeln, Ammenmärchen und Lehrerzählungen, Erbauliches und Exemplarisches unterschiedlichster Herkunft und Wirkungsabsicht. Das Textkorpus aber, das als *Andersens Märchen* weltberühmt geworden ist, zeigt eine noch weit größere Spannweite. Denn es setzt eben dies alles mitsamt der „Gattung Grimm" selbst voraus, und eine Fülle neuer und anderer Traditionsstränge und Neuerfindungen dazu.

Neben Volksmärchen-Bearbeitungen im engeren Sinne finden sich also in bunter Hülle und Fülle politische Satiren und historische Novellen, Pflanzen- und Tierfabeln und (daraus abgeleitete) Dingmärchen, philosophisch-theologische Allegorien und Parabeln, balladeske Bilderbögen, Gedenkblätter und ästhetische Programmschriften. Gegenstand oder Anlaß eines Märchens kann ebensogut eine *Stopfnadel* sein wie die Weltausstellung in Paris *(Die Dryade)*, eine unbedachte Redensart *(Es ist wahrhaftig wahr)* genauso wie ein Dichterjubiläum *(Die alte Kirchenglocke)*, ein privates Kindheitstrauma (wie die Trunksucht der Mutter in *„Sie taugte nicht"*), Reiseerinnerungen aus Skandinavien *(Der Marionettenspieler)*, Italien *(Das Metallschwein)* oder dem Orient *(Eine Rose vom Grabe Homers)*, ein geplanter Dammbau zwischen zwei dänischen Inseln *(Vænö und Glænö)* oder einfach das Grübeln darüber, *Was man sich ausdenken kann*. Die Versuche der Andersen-Forschung, diese Fülle terminologisch zu differenzieren und zu etikettieren, haben nur begrenzten Erfolg gehabt; zu oft erscheint die Grenzverwischung geradezu als ein poetisches Prinzip dieser Texte. (Auch Andersens eigene zeitweilige Unterscheidung von „Märchen" und „Geschichten" hilft nicht viel weiter; das Unterscheidungskriterium ist hier wohl kaum mehr als die Dominanz von Phantastik und Gefühl auf der einen, ‚Realismus' und Rationalität auf der anderen Seite.) „Im Laufe der Jahre habe ich mich so gut wie in fast allen Radien des Märchenzirkels versucht", bemerkt Andersen rückblickend und mit Recht (im Selbstkommentar). Im Spätwerk führt das zu einer erneuten Potenzierung der Bezugsvielfalt, denn nun sind unter den Texten, die von den Märchen gespiegelt oder gebrochen werden, immer mehr eigene: „und wenn daher nicht selten eine Idee oder eine Stimmung entstand, die auf etwas zurückführte, was ich schon einmal geschrieben hatte, ließ ich die Idee fallen oder versuchte sie in eine neue Gestalt zu bringen".

Mit einem Wort: was hier als „Märchen" präsentiert wird, ist eine Welt aus Texten. Und das gilt auch in der Umkehrung: dieses Konvolut bildet einen Text aus Welten – frühgeschichtlichen und modernen, heimischen und exotischen, wissenschaftlichen und poetischen, irdischen und himmlischen. Die Vielfalt dessen, was Andersen als „Märchen" bezeichnete, hat am Ende vielleicht nur einen einzigen, aber höchst bezeichnenden gemeinsamen Nenner: die unbegrenzte und wollüstige Willkür eines Fabulierens, das sich, als „Märchen", keinen Reglementierungen und Regulierungen unterwerfen muß und auch dort frei bleibt, wo es sich fallweise und spielerisch dieses oder jenes Genres bedient. Auch was anderswo verschwiegen werden muß, weil es tabuisiert ist – hier kann es artikuliert werden. Das Märchen darf alles. Und deshalb ist es wohl, wie in der Allegorie vom *Vogel Phönix*, am Ende nichts als ein anderes Wort für die Poesie.

*

Am Beginn dieses Riesenwerks also standen Bearbeitungen von Volksmärchen. Zwar hatte sich Andersen schon von seinen ersten Texten an immer wieder mit Märchenstoffen beschäftigt, in Gedichten und Erzählungen (wie *Der Tote*, das später im neuen Andersen-Ton als *Der Wandergefährte* wieder erzählt wurde) und Dramen (wie *Agnete und der Meermann*, mit Andersens erster Meerjungfrau). Aber *Das Feuerzeug*, das erste der vier in einem unscheinbaren Heft versammelten *Märchen, für Kinder erzählt* (1835), bezeichnete doch einen markanten und bewußten Neuanfang. Hier erklang nicht nur ein Tonfall, der fortan unverkennbar sein sollte, hier wurden auch die fundamentalen Kategorien des Volksmärchen ironisch-parodistisch auf den Kopf gestellt. Neben dem Irgendwann und Irgendwo des „Es war einmal ..." stehen da plötzlich Ortsangaben aus einem Kopenhagen des Jahres 1835; der karnevaleske Übermut des Volksaufstands und Umsturzes, mit deren Panorama der Text ja immerhin endet, steht im scharfen Kontrast zur biedermeierlichen Putzigkeit, die noch die Schürze der bösen Hexe „blaukariert" sein läßt (so wie der Bürgerkönig im *Wandergefährten* sowohl Krone als auch Pantoffeln trägt und, wenn es klopft, die Tür persönlich aufmacht). In Texten wie dem *Wandergefährten* gerät dann auch der statische Held selbst in innere Bewegung; hinter den bloßen Außenansichten seines Tuns und Ergehens wird ein Innenleben sichtbar, in dem empfunden, gegrübelt und geplant wird. Raum- und Zeitvorstellungen des Märchens, seine Figurenkonstellationen und Geschehensmotivierungen werden zugleich aufgegriffen und ‚realistisch' modernisiert. So sind am Ende der *Schneekönigin* die beiden Helden, nach allerlei phantastischen und in märchenhafter Erlösungsgewißheit überstandenen Abenteuern, zwar „im Herzen" Kinder geblieben, aber doch ausdrücklich „erwachsen" geworden. Man muß nur ein Grimmsches Märchen, in dem die Zeit eine Rolle spielt, danebenlegen, um den Unterschied zu ermessen: Wenn in *Dornröschen* die Zeit nach hundert Jahren Stillstand wieder einsetzt, dann ist eigentlich gar keine Zeit vergangen; das Geschehen hat bloß eine Pause gemacht und geht nun weiter wie ein Film, der nach kurzem Stillstand wieder anläuft. In Andersens Text dagegen ist nicht nur Zeit vergangen, hier sind zwei Pubertäten überstanden, zwei Lebensläufe erzählt worden.

Was Andersen gleich mit den ersten „Märchen" gelungen ist und ihren weltliterarischen Siegeszug ermöglicht hat, sind gewissermaßen Volksmärchen zweiter Potenz. Vor allem ihre fingierte Mündlichkeit schafft inmitten einer hochentwickelten Schriftkultur und in souveräner Beherrschung eines literarischen Marktes die vergnügliche Illusion mündlicher Unmittelbarkeit. (Und tatsächlich hat Andersen die meisten Märchen im mündlichen Vortrag überprüft, ehe er sie in den Druck gab.) Leseranreden und praktische Geradlinigkeit, trügerische Abwege und verspielte Umständlichkeiten, Umgangssprachlichkeit in Syntax und Vokabular bis hin zu grammatischen Inkongruenzen und ‚spontanen' Interjektionen – das alles evoziert eine mündliche Erzählung ohne den Umweg über die Schrift. Dabei ist diese Schrift doch (in Heften, Zeitungen, Kalendern und Büchern) nicht nur das tatsächliche Medium, sondern wird auch im vertrackten Modus dieser fingierten Mündlichkeit immer bewußt gehalten. Die Grundfigur der Andersenschen Ironie ist geradezu diese Spannung zwischen dem mündlichen Tonfall der Erzählung und dem Papier, auf dem sie stehen. Ein (zur Verdeutlichung fiktiver) Stilvergleich könnte das veranschaulichen. Ein tatsächlich mündlich überliefertes Volksmärchen könnte, zum Beispiel in einer der Gesprächsnachschriften der Brüder Grimm, so anfangen: „Ein König hatte drei Söhne." In Wilhelm Grimms behaglichem Butzenscheiben-Ton würde sich diese karge Mitteilung wohl verwandeln in den Satz: „Es war einmal ein König, der hatte drei Söhne." Bei Andersen aber müßte es heißen: „Jetzt will ich dir eine Geschichte erzählen, paß nur auf! Sieh, in einem fernen Land lebte einmal ein König, der regierte das Land, denn das müssen die Könige ja tun, und der hatte drei Söhne: eins – zwei – drei, der erste war der älteste und der dritte war der jüngste, und das war so vergnüglich, aber der mittlere war der mittlere, und das blieb er." Übermütig und vorwitzig, durchtrieben manieriert ist diese Prosa, ihre Naivität ist so scheinheilig wie ihre Artigkeit. Würde der brave Soldat, Hexentöter und anarchische Rebell im *Feuerzeug* Märchen erzählen, sie müßten sich wohl ungefähr so anhören.

Nun handelt es sich freilich nur bei dem geringsten Teil der Andersen-Märchen um Volksmärchen-Bearbeitungen im engeren Sinne. Allein für einige frühe Märchen wie das *Feuerzeug* oder den *Wandergefährten*, später noch für *Was Vadder tut* ... und *Tölpel-Hans* lassen sich volkstümliche Vorlagen angeben. In der Mehrzahl der *Märchen und Geschichten* lugen zwar allenthalben Erinnerungen an volkstümliche Stoffe, Motive, Redeweisen hervor, dann aber erscheinen sie als Teil einer komplexen literarischen Überlieferung, deren sich Andersens Texte nach Belieben bedienen und zu der in nicht geringerem Umfang eben auch biblische, literarische, technische und viele andere Modelle, Quellen, Tonfälle gehören. Bei allen Unterschieden aber behalten doch fast alle diese Texte die ‚doppelte Perspektive' bei, die in den Volksmärchen-Bearbeitungen erprobt worden war.

Erklärtermaßen ist sie auf ein heterogenes Zielpublikum berechnet. „Ich erzähle", hat Andersen seinem Dichter-Freund Ingemann geschrieben, „den Kindern, während ich daran denke, daß Vater und Mutter oft zuhören, und ihnen muß man etwas für den Verstand geben." Das gilt nicht nur für die ironischen Sprach- und Genre-Spiele, sondern auch für die unterschiedlichen Auslegungsmöglichkeiten dieser Geschichten. Man kann das *Feuerzeug* als freches Kindermärchen lesen und als Beschreibung eines Volksaufstands (ohne daß der Verfasser dafür zu belangen wäre, schließlich hat er doch bloß ein Märchen erzählt); die *Schneekönigin* ist zugleich eine wunderbar phantasievolle Abenteuergeschichte, eine psychoanalytische Pubertätsgeschichte und eine philosophische Parabel über Erkenntnis, Vernunft und Gefühl. Wie nur wenigen Dichtern der Weltliteratur ist es Andersen gelungen, Kinder und Erwachsene, naive und berufsmäßige Leser gleichermaßen zu fesseln, vergnügliche Unterhaltung und tiefsinnige Mehrdeutigkeit zu versprechen. Andersens *Märchen* sind Klassiker des Kinderzimmers geworden, Andersens *Satiren* hingegen haben den Satiriker Egon Friedell gefesselt – und der Witz ist: es sind dieselben Texte. Was Friedell 1914 unter dem Titel *Andersen: Satiren* in Wien herausgab, ist nichts anderes als eine Auswahl bekannter *Märchen*; und unter dem neuen Etikett zeigen die alten Texte tatsächlich ein anderes Gesicht. Und ob nun die Behauptung, die Verbreitung des Märchens vom *Bösen Fürsten* sei von den Nazi-Besatzern Dänemarks verboten worden, der Wahrheit entspricht oder nur gut erfunden ist – als Karl Kraus diesen Text 1936 ans Ende einer öffentlichen Andersen-Lesung stellte, machte er eine politisch-satirische Lesart sichtbar, eine Anwendungsmöglichkeit, die ihm von Beginn an eingeschrieben war.

Das Klischee vom kindlichen Andersen, bei dessen Lektüre auch erwachsene Leser wieder zu Kindern werden – es wird am entschiedensten durch solche Texte widerlegt, die ausdrücklich von Kindern handeln. Eine wenig bekannte Geschichte wie *Herzeleid* kann veranschaulichen, wie abgründig Andersens ‚Kindlichkeit' sein konnte. Was der (zufolge dem einleitenden Erzählerkommentar) wichtigere zweite Teil dieser kleinen Geschichte schildert, ist ein Außenseiter-Dasein *par excellence*: wer hier keinen Knopf besitzt, gehört nicht dazu. Nicht einmal der ökonomische Wert zählt, bloß das symbolische Zeichen, an dem die Rechtschaffenen einander erkennen. Liest man von dieser Pointe aus den Text noch einmal von vorn, so zeigt er ein ganzes Panorama von Nichtzugehörigkeiten, von Außenseitern in einem Konkurrenzkampf, in dem wie in der Parabel vom *Wassertropfen* jeder gegen jeden steht: Mensch gegen Tier, Mann gegen Frau, Aristokrat gegen Bürgerwitwe, Erwachsene gegen Kinder, Jungen gegen Mädchen, Aktieninhaber und Knopfbesitzer gegen die, die keine Aktien und keine Knöpfe haben. Der Gefahr der Sentimentalisierung begegnet der Text mit sarkastischem Realismus, wenn er die unterdrückte Aggressivität hinter der Familien-Idylle zeigt: den Mops, das letzte Glied einer hierarchischen Kette (gerade so wie später das süße kleine Mädchen), trifft sie mit aller Wucht. Und darum ist er zahnlos und böse, als häßliches Opfer die Fratze des Bürgerglücks. Die Doppelperspektive, die der Text am Ende ausdrücklich reflektiert, ist zugleich eine erzählerische und eine soziale: „von oben" schaut der Erzähler, der bei „Generalkriegskommissars" ein- und ausgeht, an den Blick von unten aber kann er sich gut erinnern; „von oben" schaut er als versöhnlicher Humorist, „von unten" als erbitterter Satiriker. Und mit dem ausdrücklichen Wechsel der Perspektive von ‚oben' nach ‚unten' soll uns das Lachen so gründlich vergehen wie die Selbstgewißheit der überlegenen, erwachsenen Beobachter. Die Kinder-Perspektive: das ist hier zugleich die der Außenseiter, der Häßlichen, Getretenen, der Opfer; Andersens vielbeschworene „Kindlichkeit": ein sozialsatirisches Programm. „Das ist die Geschichte, und wer sie nicht versteht, kann Aktien auf die Gerberei der Witwe zeichnen." (I, 553)

*

Kultur- und sozialhistorisch können solche Geschichten durchaus lokalisiert werden. Sie spielen in dem biedermeierlichen Bürger-Dänemark, in dem Andersen reüssiert und das er als „Entenhof" verspottet hat, in dem provinzielle Borniertheit das Genie ersticken will. Aber andererseits – was für ein Mustergut ist dieser Entenhof doch auch gewesen! Das nach den napoleonischen Kriegen gründlich erniedrigte Dänemark, das die Herrschaft über Norwegen verloren und eben erst einen Staatsbankrott überstanden hatte, war in kurzer Zeit von einer Seemacht zum Kleinstaat geworden. Unter dem vielzitierten Leitsatz aber: „Was draußen verlorenging, sollte drinnen wiedergewonnen werden“, erblühten in diesem gedemütigten Land Kunst und Kultur – in den sparsamen Sparten Literatur, Malerei, Wissenschaften. Unter der sanften Herrschaft Frederiks VI., des Bürger-Königs in Offiziersuniform, entstand eine Kultur zwischen Aufklärung und Romantik, Klassizismus und Biedermeier, deren Bezeichnung als ‚Guldalder‘, als „Goldenes Zeitalter“ der dänischen Kultur sich, der Legende zufolge, Adam Oehlenschlägers romantischem Jugendgedicht *Guldhornene* („Die Goldhörner“) von 1802 verdankte. Der stürmische Romantiker war zur Zeit von Andersens Anfängen schon zu einem jener nationalen Repräsentanten geworden, die in diesem Zeitalter den poetischen Ton angaben – eine jener tragenden Säulen im luxuriösen und stickigen Gewächshaus des ‚Guldalder‘, an denen sich Andersens eigene Pflanzen wohl oder übel emporranken mußten (wie er spät im Märchen vom *Gärtner und der Herrschaft* reflektiert hat). Oehlenschlägers Drama *Aladdin*, der Versuch einer harmonisierend-optimistischen dänischen Antwort auf Goethes *Faust*, formulierte zuerst jenen Aufsteiger-Mythos, dem die Karriere des selbst märchenhaft erfolgreichen Oehlenschläger zu entsprechen schien und nach dessen Vorbild Andersen auch seine eigenen Lebensmärchen stilisierte (angefangen schon mit dem ersten *Märchen*, dem *Feuerzeug*).

Allenthalben müssen Andersens *Märchen* auf die maßgeblichen Figuren des ‚Guldalder‘ reagieren, unterwürfig oder sarkastisch und nicht selten beides zugleich. Der geistvolle, so eitle wie bissige Hegelianer Ludvig Heiberg, der führende Ästhetiker Kopenhagens, wird ein Lieblingsgegner für Andersens Spottlust (vgl. auch hier im einzelnen die Kommentare zu den *Märchen*). Im Kontrast zu dieser urbanen Eleganz entdeckt Steen Steensen Blicher, der große Novellist der Zeit, die ursprüngliche Natur des wilden dänischen Westens in Jütland; und Andersens *Märchen* folgen diesem Vorbild in

Meisternovellen wie *Eine Geschichte aus den Dünen* und *Der Wind erzählt von Valdemar Daae*. Während der Dichter-Theologe Grundtvig die altnordische Mythologie mit einem lutherischen Christentum amalgamiert (womit Andersen sich etwa in *Schlammkönigs Tochter* auseinandersetzt), initiiert sein theologisch-literarischer Gegenpart Søren Kierkegaard, der Einzelgänger und Flaneur, den ‚Existenzialismus'; und Kierkegaards erstes Buch ist eine scharfe und scharfsinnige Kritik von *Andersen als Romanschriftsteller*. (Dabei stand ihm der Verfasser von Märchen wie *Des alten Eichbaums letzter Traum, Der Tannenbaum, Der Schneemann* wohl entschieden näher, als beiden bewußt sein mochte.) Während der Sprachwissenschaftler Rasmus Rask in Kopenhagen das ‚Indoeuropäische' entdeckt, wird mit Bertil Thorvaldsens dänisch-römischen Skulpturen die bildende Kunst des ‚Guldalder' weltläufig. Dieser neben Canova populärste, als Wiedererwecker einer klassizistisch verstandenen Antike fast kultisch verehrte Bildhauer wird für Andersen ein Vorbild, das er in Gedichten und *Märchen* feiert. Und im selben Jahr 1820, in dem die Wirtschaft den Tiefpunkt einer neuen Depression erreicht, entdeckt Hans Christian Ørsted den Elektromagnetismus. Da er diese und weitere Entdeckungen als physische Beweise einer fortschrittsoptimistischen, spätromantisch-spekulativen Naturphilosophie vom „Geist in der Natur" auffaßt *(Ånden i Naturen)*, wird der Naturwissenschaftler zum Popularphilosophen einer Weltbild-Synthese aus Naturwissenschaft, Frömmigkeit und romantischer Dichtung, deren Folgen für Andersens *Märchen* unabsehbar sind.

Ein *Welt*-Dorf ist dieses Kopenhagen, aber eben auch ein Welt-*Dorf*, in seiner Bildungsschicht so überschaubar, daß nichts übersehen wird, und in seiner Gemütlichkeit so unerbittlich, daß keine Abweichung geduldet ist. Das Bild der „Familie" steht im Zentrum dieser Staats-Ideologie und dieses städtischen Lebens. Nach diesem Bild meinte die Bürgerideologie den dänischen Staat zu schaffen, und in gewisser Hinsicht stimmte das sogar. Man kannte sich in den maßgeblichen Kreisen, war verwandt und verschwägert, traf sich in Salons und in der Oper; der Alltag dieser aristokratischen und großbürgerlichen Kreise inszenierte sich als ein Familienidyll von fataler Gemütlichkeit, mit fortwährenden Familienfeiern und dazugehörigen Gedichten, Liedern, Festreden und dem väterlichen König gewissermaßen an der Spitze der Tafel. Daß Andersen, der Proletariersohn aus Odense, von den Collins gefördert wurde, einer der angesehensten Familien Kopenhagens, ist für seine Stellung in dieser ‚Guldalder'-Welt von geradezu allegorischer Anschaulichkeit: Jonas Collin, der unter anderem die königlichen Dichterstipendien verwaltet und von dem Andersen finanziell abhängig ist, nimmt für ihn zugleich die Position eines Adoptivvaters ein (die Anrede „Vater" war üblich). Und wenn sich Andersen, älter geworden, in Collins Sohn (und Nachfolger) Edvards verliebt, dann läßt ihn dieser Beinahe-Bruder brieflich wissen: „Mein Verhältnis zu Ihnen ist, hier wie überall, ein ökonomisches."

Die bourgeoise Selbstzufriedenheit, die Andersen in Märchen wie den *Lumpen* gemütlich, im *Schatten* höchst ungemütlich bloßgestellt hatte, ahndete jede Unregelmäßigkeit, jeden noch so geringen Verstoß gegen ihre Geschmacks- und Moralcodices mit einer Unerbittlichkeit, für die gerade die zeitgenössische Rezeption von Andersens Märchen eindrucksvolle Beispiele liefert. In einem so harmlosen späten „Märchen" wie *Peiter, Peter und Peer* von 1868 beispielsweise wurde von Andersens Kopenhagener Förderern schon die beiläufige Erwähnung von Klapperstorch und Kinderkriegen als ein unverzeihlicher Verstoß gegen die Tabuisierung der Sexualität getadelt und zur Überarbeitung empfohlen. Der Zwang und die Entschlossenheit zur camouflierenden Selbstbehauptung gegen diesen Sanktionierungsdruck waren für Andersens Märchen nicht weniger produktiv als das immer wieder offen bekannte Vorbild der Oehlenschlägers, Thorvaldsens, Ørsteds. Seine Kritik, die im gefälligen Märchengewand den satirischen Dolch häufiger verborgen hielt, als seinen bürgerlichen Lesern bewußt sein mochte, richtete sich gegen die Fundamente jener Kultur, die seine eigene Erfolgsgeschichte ermöglichte. Wie ein Konflikt der klassizistischen Postulate vom „Wahren, Schönen, Guten" mit den Regeln des Erwerbs und des sozialen Ehrgeizes, von Geld und Kunst im zeitgenössischen Kopenhagen ausgehen müßte – daran ließ sein Märchen vom *Schatten* keinen Zweifel. Noch in der verklärendsten Elendsdarstellung wie der Geschichte vom *Kleinen Mädchen mit den Schwefelhölzern* oder dem *Fenster in Vartou* ist die Erinnerung an die erniedrigende Wirklichkeit der eigenen proletarischen Herkunft lebendig. Die Trauer, die trotz allen Übermuts und aller Erzählfreude über diesen Texten liegt, ist auch eine melancholische Signatur der Position ihres Verfassers. Ihr Ursprungsort ist die unüberbrückbare Kluft zwischen Unterwerfung und Selbstbehauptung, zwischen Demut vor den Forderungen jener Aristokraten und Großbürger, die ihn vor dem Rückfall ins Elend beschützen (und in deren Palais und Herrenhäusern der Heimatlose lebte), und dem Aufbegehren des Gedemütigten.

*

Der „vorsichtige Rebell“ (wie Mogens Brøndsted Andersen genannt hat) schrieb nicht nur aus Lust und Laune, Erwerbszwang und Geltungsdrang, sondern oft genug auch aus Notwehr. „Oft, wenn die Leute verrückt gewesen sind, und ich es nicht geschafft habe, um mich zu beißen, hab’ ich ein Märchen geschrieben und sie da hineingesetzt. Zum Beispiel in diesem Märchen *Auf dem Entenhof* [hier II, 244]. Sie dürfen mir glauben, ich habe *diesen* Hahn und *diese* portugiesische Ente erlebt; ich hab’ sie so deutlich, und ich traute mich nicht, es drucken zu lassen, ehe die Mutter tot war; sie war so dumm.“ Wie in diesem Fall die Fabel, so konnte ihm jedes Genre zur Camouflage geraten.

Jene Doppelperspektive, auf die er im Brief an Ingemann aufmerksam gemacht hat, kennzeichnet nicht allein Andersens „Kindermärchen“. Nicht nur für Kinder schreibt er, denen Erwachsene über die Schulter sehen, sondern auch für Erwachsene, die bei anderen Erwachsenen mitlesen: für Eingeweihte, Einverständige. Trainiert durch lebenslange Rollenspiele und durch die rigorosen Sanktionierungen der puritanischen Bürgerkultur Kopenhagens, hat Andersen eine Vielzahl von Camouflage-Verfahren entwickelt, mit deren Hilfe er das Verbotene durchs Erlaubte hindurchsagen, seinen Texten einen doppelten und dreifachen Boden einziehen konnte. Auch das beginnt, vergleichsweise harmlos, in den Volksmärchenbearbeitungen. Wenn im Märchen vom *Großen Claus und kleinen Claus* das schwankhafte Ehebruchsmotiv kindgemäß sublimiert wird, dann geschieht das mit so offenkundiger Ironie, daß jeder mitlesende Erwachsene verstehen muß, aus *welchem* Grund der Ehemann „keine Küster mochte".

Andersens Camouflage, seine Verfahren kalkulierter Mehrdeutigkeit blieben nicht so harmlos. Ihre größte Produktivität und Subtilität erreichten sie dort, wo es in den Texten mehr oder weniger verschlüsselt um Hans Christian Andersen selber ging. Und um den ging es eigentlich fast überall.

Wenige Dichter der Weltliteratur dürften mit gleicher Intensität und Ausdauer auf ihre eigene Person hinter und in ihrem Werk aufmerksam gemacht haben wie dieser egomane Brief- und Tagebuchschreiber, dieser unentwegte Autobiograph, der seine Lebensbeschreibung als *Lebensmärchen* stilisiert und damit umgekehrt auch seine *Märchen* auf sein *Leben* bezogen hat. Andersens Ich-Besessenheit artikuliert sich so immer wieder als ein Ensemble raffinierter literarischer Inszenierungen. Überall stellt er sich selbst dar – und überall haben wir von diesem Selbst nur die Darstellungen. Moderne und postmoderne Subjekt- (und Text-) Theorien und in mancherlei Spielarten die Psychoanalyse – sie alle haben sich längst auf diesen Sachverhalt gestürzt, und ein Ende dieses Interesses ist nicht abzusehen. Wie immer es sich aber mit den Rollen und Masken verhält, welche Bewandtnis es auch mit jener Ich-Schwäche haben mag, die mit mehr oder weniger plausiblen Gründen oft behauptet worden ist: hinter all dem ist ein unbesiegbarer ‚Wille zum Ich' wirksam, rastlos auf dem Posten und immer auf der Lauer, unermüdlich auf der Suche und in einem sehr buchstäblichen Sinne am Werk.

In gewisser Hinsicht handeln darum tatsächlich alle Geschichten Andersens von Andersen. Überall will er von sich, überall will er *sich* erzählen – so ausdauernd und konsequent, daß der angesehene Andersen-Forscher Johan de Mylius ernstlich erwogen hat, zumindest für Andersens Romane die literaturwissenschaftliche Unterscheidung von Erzähler und Verfasser (‚fortæller' und ‚forfatter') überhaupt aufzugeben.

Das Bild, das Andersen dabei selbst von sich erzeugt hat, ist in Dänemark ungefähr so populär wie das von Elvis Presley in den USA. Das gilt sowohl für die Fülle gemalter und photographischer Porträts, für die er sich bereitwilligst in die Pose des skurrilen Sonderlings geworfen hat, als auch für das entsprechende öffentliche *image*. (Und in beiden Hinsichten hat die erfolgreiche Selbstinszenierung beinahe vergessen lassen, daß derselbe Dichter sich zunächst als urbaner *flaneur*, als affektierter Bohemien und Dandy in die Kopenhagener Gesellschaft eingeführt hatte.) Die gewissermaßen offizielle Version des *Lebensmärchens* ist die Geschichte vom häßlichen Entenküken, das trotz aller Anfeindungen im beschränkten „Entenhof" der Spießer zum weltberühmten Künstler aufsteigt: eine genieästhetische Version der Geschichte vom Tellerwäscher und Millionär. Andersen selbst hat sie immer wieder und von Mal zu Mal schlüssiger erzählt, am bündigsten in den einleitenden Sätzen seiner Autobiographie *Mein Lebensmärchen*:

> „Mein Leben ist ein schönes Märchen, so reich und glückselig! hätte ich als Junge, als ich arm und allein in die Welt hinausging, eine mächtige Fee getroffen, und sie hätte gesagt: 'wähle deine Bahn und dein Ziel, und dann, gemäß deiner geistigen Entwicklung, und so wie es vernünftigerweise in dieser Welt zugehen muß, beschütze und leite ich dich!" mein Schicksal könnte dann nicht glücklicher, klüger und besser geführt worden sein, als es das jetzt ist. Die Geschichte meines Lebens wird der Welt sagen, was sie mir sagt: es gibt einen liebenden Gott, der alles zum Besten führt."

Soweit die Schauseite dieser Lebens-Geschichte. Die versteckte Rückseite hat Andersens kundigster Biograph Elias Bredsdorff so resümiert: Andersen kam

„aus Verhältnissen, in denen bittere Armut, moralische Laxheit und Promiskuität herrschten. Seine Großmutter war eine pathologische Lügnerin, sein Großvater litt an Schwachsinn, seine Mutter endete als Alkoholikerin, seine Tante betrieb ein Bordell. Und er mußte damit rechnen, daß irgendwann einmal seine Halbschwester [Karen] auftauchen und ihn, der sich aus dem Milieu befreit hatte, in Verlegenheit bringen würde – ein Gedanke, der ihn viele Jahre lang wie ein Alptraum verfolgte."

Und dies ist nur ein Teil der Heimlichkeiten, deren Aufdekkung er zu fürchten hatte. Der sprichwörtlichen „Bildungskultur" („dannelseskultur") etwa, auf die sich das ‚Guldalder' am meisten zugute hielt und mit deren Kenntnis Andersen folglich gern renommierte, hatte er sich als Lateinschüler, Stipendiat und Almosenempfänger verspätet und verspottet unterworfen; bis ins Greisenalter verfolgten ihn Alpträume vom Schulversagen.

Alpträume anderer Art handelten von den großen und immer unglücklichen Liebesgeschichten seines Junggesellenlebens, von denen nur wenige aussprechbar gewesen waren (und folglich, in Gedichten, Geschichten, autobiographischen Bekenntnissen in erheblicher Lautstärke ausgesprochen wurden): die unerfüllte Liebe zu Frauen wie der fünischen Kaufmannstochter Riborg Voigt oder der gefeierten schwedischen Sängerin Jenny Lind. Die häufigeren und wohl auch intensiveren Zuneigungen zu Männern wie dem Jugendfreund Ludvig Müller, Riborgs Bruder Christian und vor allem Edvard Collin dagegen waren, weil über empfindsame Freundschaft hinaus von leidenschaftlichem Begehren bestimmt, schlechterdings unaussprechlich. In der vergötterten und verhaßten Gestalt Edvards kulminieren die Sehnsüchte und Erniedrigungen von Andersens Existenz: der Sohn des Kopenhagener Ersatz-Vaters und Stipendiumsverwalters Jonas Collin, aus einer der ersten Patrizierfamilien der Stadt, reich und gebildet, elegant und kühl, war ihm zeitweise beinahe ein Bruder, nie der ersehnte Geliebte, immer nur ein Gönner. Seine Abweisung sogar eines unverfänglichen (von

Andersen selbst freilich emotional denkbar aufgeladenen) Duz-Antrags ist darum eines der Lebenstraumata geworden, das in den Romanen und noch in Märchen wie *Der Schatten* immer wieder wörtlich zitiert wird. Überhaupt zeigte sich das vorgebliche Glückskind in den privaten Aufzeichnungen weder als Kind noch als glücklich. Gehetzt von Melancholie und Depressionen, von Angst vor Krankheiten und vor dem Wahnsinn, von Lebens- und Todesangst, nimmt er immer wieder Zuflucht zu der erfolgreichsten Rolle als treuherzig-einfältiger Kindsmann, als lustiger Hypochonder mit lauter Spleens und Ticks. Die gräßlichste der zahllosen Anekdoten, die darüber in Umlauf sind, handelt von dem Schildchen, das er aus lauter Angst davor, im Tiefschlaf lebendig begraben zu werden, auf Reisen auf sein Nachttischchen stellt und das versicherte: „Ich bin scheintot."

Zum öffentlichen Gespött machte er sich mit solchen Anekdoten gleich selbst, so hatte er wenigstens die Erzählfäden der Klatschgeschichten in der Hand. „Es gibt", hat sein norwegischer Dichter-Freund Bjørnson bemerkt, „in Dänemark niemand, über den man so viele Witze erzählen kann wie über Hans Christian Andersen, aber es hat auch seit Holberg keinen Dänen gegeben, der so viele Witze über sich selbst erzählt hat." Da ist der Preis genannt, um den jemand wie Andersen in die ‚Guldalder'-Kultur eintreten und am Ende sogar zum Nationaldichter aufsteigen durfte. Es war teuer und schmerzhaft, unter lauter Enten als Schwan leben zu dürfen; in der *Kleinen Meerjungfrau* hat Andersen von diesem Schmerz so offen erzählt, wie es im Märchen nur möglich war.

Andersens Demütigungen aber haben doch die Empörung nie zu tilgen vermocht. Die Erinnerung daran, daß seine Unmündigkeit selten selbstverschuldet war, hat ihn bis ins Alter hinein nicht zu dem gemütlichen Märchenonkel der Kopenhagener Bourgeoisie werden lassen, der er sein sollte und folglich werden wollte. Wie den zu kurz gekommenen, benachteiligten, geschundenen Helden seiner Märchen und Geschichten schien ihm nur die Wahl zu bleiben, standhaft wie der Zinnsoldat unterzugehen oder nach dem verspäteten und vergeblichen Aufbegehren ums Leben gebracht zu werden wie seine schaurige Selbstkarikatur im *Schatten*. Der Vorrat an Aggressivität aber blieb groß genug, um Märchen wie *Der Floh und der Professor* oder *Tölpel-Hans* oder eben den *Schatten* zu ermöglichen und für die Feinde seiner Helden die abgefeimtesten Todesarten zu ersinnen. Die Kehrseite seiner Unterwerfung ist die Selbstbehauptung, ihre Formen sind Wunschtraum, Satire und Camouflage.

In den Träumen seiner Märchen, Romane und Autobiographien setzt sich der Gedemütigte als den Mittelpunkt seiner Welt, die immer größer werden, mit der äußeren Welt zur Deckung kommen will. Wie in Runges und Grimms Märchen vom Fischer und seiner Frau kennt sein Übermut hier keine Grenze außer der letzten. Erst sind es die bekannten Gestalten der Kopenhagener Welt, die er in den Märchen um seine Selbstbilder kreisen läßt, dann die literarischen, künstlerischen, politischen Nationalheiligen, die Aristokraten und Könige, die ihn (wie in den Reisebüchern) als ihresgleichen, gar als überlegenen Fürsten im Reich der Geister und Künste empfangen. Und am Ende ist der liebe Gott persönlich der Verfasser nicht etwa nur des Lebenslaufs, sondern geradezu des zweibändigen Monumentalwerks namens *Mein Lebensmärchen*.

Aber so sehr Andersen in solchen Texten darum bemüht war, ein verklärendes Bild von sich selbst und seinen Lebensumständen zu entwerfen, so eigensinnig bestand er doch andererseits darauf, in den „Märchen" vom Unaussprechlichen zu reden. Die Halbschwester etwa, die in allen Autobiographien verheimlicht bleibt – im *Die roten Schuhe* wird sie, als Märchenfigur, beim Namen genannt. Das Portait seiner Mutter als einer asozialen Alkoholikerin, das er seinem Publikum so wenig zumuten mochte wie seinen Kopenhagener Mäzenen – als Kindheitserinnerung an eine arme Frau in Odense konnte er es in *„Sie taugte nicht"* doch skizzieren (und im Selbstkommentar sogar noch den kleinen Sohn einführen, der er beinahe selbst hätte sein können). Von den verbotenen Liebesgeschichten schließlich, den erfolglosen Werbungen um andere Männer, den Sprechverboten und

Schmerzen eines Lebens zwischen den etablierten Ordnungen der Geschlechter konnten alle, die es wissen wollten, in Geschichten wie der *Kleinen Meerjungfrau* deutlich genug lesen. Und im Gewand einer griechischen Reiseerzählung ließ sich die Dreieckssituation, an der Andersen bei Edvards Collins Hochzeit verzweifelte, wunderbar auflösen und aussprechen – in der pragmatischen Utopie eines eheähnlichen *Freundschaftsbundes.*

*

Noch auf andere Weise als in der Kunst der Camouflage ist diese gespaltene Existenz literarisch produktiv geworden: im Zwang zur Beobachtung. Das ständige Bewußtsein der Selbstinszenierung, die Angst vor Entdeckung und Demütigung hat diesen Schriftsteller zu einer lebenslänglichen Anspannung und Aufmerksamkeit gezwungen, die den satirischen Blick unvergleichlich geschärft hat. Die Rastlosigkeit seiner Flucht von einem Herrenhaus zum nächsten, von einem Mäzen zum anderen und von Land zu Land, seine unaufhörliche Reise zwischen Stockholm und Lissabon, Paris und Rom, London und Istanbul hat diesem schmerzhaft und überwach geöffneten Blick eine Überfülle von Anblicken geboten, hat ihm Welten eröffnet, aus deren Quellen nicht nur seine poetischen Reisebücher, sondern auch seine Märchen gespeist werden. Ein fliegender Koffer ist Andersens Märchenbuch selbst: hier geht es um die Welt in 156 Geschichten. Die Internationalität der Stoffe und Schauplätze ist dabei nur die äußere, topographische Signatur eines dichten Geflechts intertextueller Beziehungen von den nordischen Sagas über persische und türkische Poesie bis zu den skandinavischen, englischen, französischen, deutschen Schriftstellern seiner Zeit (von denen er die meisten irgendwann unterwegs persönlich kennengelernt hat). Indem es erzählen soll von Hans Christian Andersen in der Welt, erzählt dieses Buch von einer Welt in Hans Christian Andersen. Darum sind die Märchen dieses unglücklichen Egoisten so welthaltig wie nur irgendeiner der großen Romane seines Jahrhunderts.

Der stabile Reisekoffer, den der Gehetzte auf fast allen diesen Fahrten mit sich führte, ist heute im Museum in Odense zu sehen (samt dem gleichfalls stets mitgeführten Seil, mit dem er im Fall einer nächtlichen Feuersbrunst durchs Hotelfenster fliehen wollte). Das letzte Bild, auf dem er mit diesem Koffer zu sehen ist, zeigt Andersens Totenbett in einem kahlen Zimmer in Kopenhagen. Da steht am Fußende des Sterbebetts, in dem der abgemagerte und zahnlose Alte im Nachthemd liegt, der berühmte Koffer. Der Portraitist hat ihn hinzugefügt – ein allegorisches Emblem nicht nur der letzten Reise, sondern auch aller vorangegangenen.

*

So vielseitig Andersens literarisches Werk war, das Romane und Schauspiele, Gedichte und ‚Vaudevilles', Reisebücher und Essays umfaßt – die *Märchen und Geschichten* wurden, je länger je mehr, sein bevorzugtes Experimentierfeld. In den Romanen habe er Antworten zu geben versucht, hat Lutz Rühling über Andersen bemerkt – in den „Märchen" aber habe er Fragen gestellt. Tatsächlich kann man unter diesem Blickwinkel fast alle hier versammelten Texte lesen. Ein erzählerisches Experiment war schon das *Feuerzeug* gewesen – aber wie tollkühn und befremdlich, wie frech und raffiniert sind dagegen spätere Märchen wie *Schlammkönigs Tochter* oder gar *Tante Zahnweh!* Vor allem *ein* Sujet kann heutigen Lesern ins Auge fallen, weil Andersen es mit besonderer Ausdauer und mit erstaunlichen Resultaten erkundet hat: die Suche nach einer neuen Poesie des technisch-industriellen Zeitalters.

Vom Ende der vierziger Jahre bis in seine letzten Texte hinein hat Andersen immer wieder versucht, diese neue Poesie zu entwickeln und zu reflektieren – mit einer Leidenschaft, wie sie wenige seiner schreibenden Zeitgenossen erkennen ließen. Keineswegs hat er sich damit begnügt, das Motivinventar des „Märchens" in derselben Weise um Eisenbahn und Luftschiffahrt, Fabriken und Telegraphie zu erweitern, wie er es früher mit Halskragen und Stopfnadel getan hatte. Sein ausdrücklicher Anspruch war es, Prophet dessen zu sein, was er *Die Muse des neuen Jahrhunderts* nannte. In der so überschriebenen Programmschrift, selbst schon ein erstaunliches Wagnis in einer Sammlung von *Märchen*, nimmt er diese Prophetenposition ganz buchstäblich ein.

Die Antwort auf die Frage, was die „Zukunfts-Poesie" sei, begnügt sich nicht mit der Ablehnung ihres kommerziellen oder politischen Gebrauchswerts, sie zielt auf eine Synthese von romantischem „Geist" (im Ørstedschen Sinne) und zeitgenössischer Moderne. Dabei entstehen im Wechselbad von kühler Ironie und pathetischer Hitze frappierend heterogene Bildmontagen und Zitatcollagen – und kühnere ästhetische Konsequenzen, als sie dem Experimentierer geheuer sein mochten. Die „Muse", die in „unserer geschäftigen, von Maschinen brausenden Zeit", in „der Fabrik unserer heutigen großen Zeit" geboren wird, verfügt willkürlich über die weltliterarische Tradition, ihre Geburt bedeutet einen Traditionsbruch („die Muse wird es zu vergessen wissen"), dessen erste Position die Negation ist. „Wie lautet das Programm der neuen Muse?" heißt die Frage, „was will sie?" – und die Antwort: „Frag lieber, was sie nicht will!"

Selten stand Andersen den frühen Modernisten so nahe wie in diesem romantisierend begonnenen Text. So nachdrücklich er am Konzept einer spätromantischen Versöhnung von Rationalität und Mythos festzuhalten vorgibt, so kategorisch proklamiert er den Tod der „alten Götter" und die Neuordnung der zerstrümmerten Tradition „zu Rhythmen für den Hymnus ihrer eigenen Zeit". Im Schlußpassus dieses erstaunlichen Textes wird das Bewußtsein der Epochenschwelle gesteigert zu einem apokalyptischen Bild, das die panische und die enthusiastische Seite des Textes zu verknüpfen vermag: Der Tod der „alten Götter", das Ragnarøk der altnordischen Mythologie, ist wie die christliche Apokalypse der Weltuntergang. Aber gerade so ist er die Voraussetzung für die Heraufkunft des neuen Gimle, des „neuen Himmels" und der „neuen Erde". Der Schreiber sieht sich dabei selbst auf der Seite nicht des Neuen, sondern des zum Untergang verurteilten Alten; er zählt sich zu denen, die „hier zurückbleiben“, die von der neuen Zeit zerschnitten werden wie der Wurm von der Pflugschar. Aber die prophetische Vision der anbrechenden Welt kompensiert seine Trauer: Im abschließenden Gruß an die Zukunft und ihre neue Muse feiert der Prophet seinen eigenen Untergang.

Es gab in Andersens Welt viele Orte, an denen dieses Pathos sich entzünden und aus dem es Stoff für Erzählungen der Neuen Muse gewinnen konnte, aber schwerlich einen geeigneteren als die Pariser Weltausstellung von 1867, die bis dahin umfangreichste überhaupt. Unter den 15 Millionen Besuchern dieses technisch-industriellen Welttheaters war auch Hans Christian Andersen. Und in dieses Paris, diese „Hauptstadt des 19. Jahrhunderts“ schickt er, acht Jahre vor seinem Tod, eine märchenhaft-mythische Gestalt und zugleich ein Naturwesen par excellence: *Die Dryade*. Die Farbenpracht, der Handlungsreichtum und die Bilderfülle dieser Geschichte scheinen aufs schönste die Sentenz von der „Zeit des Märchens“ zu bestätigen, mit der der Erzähler sie eröffnet und beschließt. Die Konfrontation der exemplarischen Märchengestalt mit den technischen und industriellen Lebensbedingungen der Moderne geht aber keineswegs so eindeutig positiv aus, wie der Erzähler suggeriert. Die Reise nach Paris eröffnet zwar der Protagonistin eine Wunderwelt, und von ihren Erlebnissen lassen sich aufregende Geschichten erzählen – insofern scheint der programmatische Satz eindrucksvoll bestätigt. Dieselbe Reise aber erscheint zugleich als ein Sündenfall, als eine Reise ins neue Babylon und ins Verderben. Insofern behauptet der letzte Satz eine Harmonie, die von der Geschichte selbst doch gerade widerlegt worden ist: Die Konfrontation von Märchenfigur und moderner Welt nimmt für die Märchenfigur ein buchstäblich tödliches Ende. Dieselbe Ambivalenz bestimmt auch die Darstellung der technisch-industriellen Errungenschaften selbst: einerseits sind sie „Wunderwerke“, andererseits Ausdrücke einer industriellen Hybris, die mit den tradierten Lebensordnungen auch die Natur, die Menschen und am Ende womöglich sich selbst zerstört.

Die Spannung, die am Schluß des Textes aufgelöst werden soll, wird also im Gegenteil in eine äußerste Zuspitzung vorgetrieben. Sie besteht nun aber nicht lediglich darin, daß eine mythologische Figur in eine reale, geographisch und zeitlich genau bestimmbare Wirklichkeit transponiert würde. Vielmehr vertritt die Spannung zwischen der märchenhaften Heldin und dem realistischen Schauplatz gleichsam die Spannung zweier unterschiedlicher Konzeptionen von ‚Welt': einer vormodernen und einer modernen Epoche, einer mythologischen und einer aufgeklärt-rationalen Weltsicht, einer romantisch-märchenhaften und einer realistisch-journalistischen Poesie. Dieser Gegensatz ist in Andersens Text erzählerisch umgesetzt in der Spannung zwischen *zwei antagonistischen Erzähl-Konzeptionen*. In ihrem Wechselspiel, ihrer Verschränkung und in der schließlichen Domination der mythologischen durch die realistische wird der Text implizit als das Gegenteil dessen lesbar, was der Erzähler explizit behauptet: als ein Märchen vom Ende des Märchens. Die allmähliche Verwandlung der Raum- und Zeitkonzeptionen vom märchenhaften Irgendwann und Irgendwo zum realistischen „Paris, im Ausstellungsjahr 1867" bringt auch einen unheimlichen Wandel der Titelfigur mit sich: In der modernen Großstadt wird die Dryade buchstäblich unanschaubar, verliert sie ihre faßbare Identität, und wird gerade so zum Spiegelbild der in dieser Welt lebenden Menschen – eine von Todesangst gehetzte „Eintagsfliege" wie sie, fremdbestimmt und ohne faßbares Ich wie sie. Die Entmächtigung des Subjekts unter den Bedingungen der Moderne bildet sich in dieser Erzählung ab als schrittweise Auflösung der epischen Heldin. Und anders als am Ende des verwandten Märchens von der *Meerjungfrau* gibt es hier am Ende nichts mehr, das dieser Auflösung entgegenstünde, keine den Tod überdauernde Substanz. So treibt die Dryade ihrer Auflösung entgegen. Und nichts bleibt von ihr übrig als die Erzählung, die ihren Namen trägt. Die Spannung zwischen vorindustrieller und technisch-industrieller Welt, zwischen mythologischer und realistischer, zwischen vormoderner und moderner Weltsicht hat sich aufgelöst in den traurigen Triumph der Moderne. Die

Dryade wird zur Träne, die der Erzähler um sie weint und die spurlos zerrinnt.

Die Dryade ist die umfassendste, aber bei weitem nicht die einzige Märchenprobe aufs Exempel der *Neuen Muse*. Im kleineren Maßstab wiederholen sich ihre Ambivalenzen in Geschichten wie *Die große Seeschlange*, deren vorgebliche Verschmelzung von mythologischer Seeschlange und technischem Produkt erzählerisch nicht eingelöst wird. Die Handlungsstruktur dieses Märchens straft seine Figurenkonstellation Lügen. Denn weil die „Seeschlange“ eben keine Seeschlange, sondern ein Telegraphenkabel ist, bleibt sie die einzige völlig passive Gestalt des Textes. Ihr reiches Innenleben ist rein metaphorisch: auch hier ist die Seeschlange nicht lebendiges Subjekt, sondern lebloses technisches Medium. Weil aber dennoch eine ‚richtige Geschichte‘ erzählt werden soll, darum muß ein anderer Held her, und das ist der kleine Fisch. Gerade am Kontrast zwischen den lebhaften Episoden um die „rechtmäßigen Bewohner“ des Meeres und dem technischen Gegenstand zeigt sich die Kluft zwischen Andersens Ørstedschem Optimismus und seiner erzählerischen Redlichkeit. Im Scheitern des Technik-Verkünders triumphiert der Märchenerzähler.

Und dieser Triumph läßt sich noch in so marginalen Skizzen wie *Ein Stück Perlenschnur* erkennen, sicher einem der unauffälligsten, beim ersten Lesen vielleicht auch uninteressantesten Texte der *Märchen*. Patriotischer Lobpreis der Sehenswürdigkeiten zwischen Kopenhagen und Korsør – ein solcher Stoff ist schwerlich dazu angetan, ausländische Leser sonderlich zu begeistern. *Ein Stück Perlenschnur* ist, nimmt man nur den erzählten Stoff wahr, ein Prosatext von fulminanter Belanglosigkeit. Eben das aber macht aufmerksam auf die Struktur, in der der Text die sich wandelnden *Bedingungen* alltäglicher Erfahrung reflektiert. Denn in erster Linie geht es gar nicht um die Schönheit der „Perlen“, sondern um unterschiedliche Weisen ihrer „Verkettung“, um den Wandel der Wahrnehmungen von der Fußwanderung zur Eisenbahnfahrt. Und so wird zweimal dieselbe Geschichte erzählt – in unterschiedlichen Tonfällen und Tempi, in zwei verschiedenen Perspektiven, in zwei Welten. Manchmal zeigt sich in solchen Fingerübungen und Nebenwerken anschaulicher als in den berühmten Märchen die Meisterschaft dieses erzählerischen Experimentierers.

*

Die weltliterarischen Wirkungen dieser Texte sind unabsehbar. Sie reichen von Dickens bis zu Cees Nooteboom und, auf verästelten und oft verborgenen Wegen (die fast immer in den Kinderzimmern und ihren ersten Leseabenteuern beginnen), tief hinein in die Werke von Fontane und Raabe, Oscar Wilde, Leo Perutz, Thomas Mann, Franz Kafka – um nur einige der Namen zu nennen, auf die Michael Maar und andere aufmerksam gemacht haben. Einige dieser Wirkungen lassen auch auf die Ursprünge ein verändertes Licht fallen, auf unbekannte oder scheinbar mißlungene Texte Andersens: Als ein Modell für Thomas Manns *Doktor Faustus* (das Maar in ihr erkannt hat) liest sich zum Beispiel die aus den erzählerischen Fugen geratene *Eisjungfrau* neu und anders.

Eine nicht unwichtige Rolle für die Wirkung Andersens in Deutschland spielen die berühmten *Illustrationen* Vilhelm Pedersens und Lorenz Frølichs. Ihr biedermeierlicher Humor, ihre oft subtile Ironie, ihr Sinn für das Dramatische wie für das Beschauliche der Geschichten haben seit den ersten, zu Andersens Lebzeiten erschienen Ausgaben Generationen von Lesern bezaubert. Freilich hat wohl auch die andere Seite dieser illustrativen Gemütlichkeit die Wirkungsgeschichte der Texte mitgeprägt: ihre Neigung nämlich, deren Vielstimmigkeit zu vereindeutigen, kalkulierte Unebenheiten zu glätten, Provokationen zu entschärfen. Das Satirische des *Schattens* vermögen sie so prägnant zur Geltung zu bringen wie das Balladeske der *Geschichte aus den Dünen*. Zur *Muse des neuen Jahrhunderts* aber zeigen sie statt Fabrikhallen und Dampfmaschinen eine Harfe in ossianisch anmutender Gebirgslandschaft und sogar (wovon im Text gar nicht die Rede war) die Wiege der kindlichen Muse in einer Bibliothek.

Unter den zahlreichen Übersetzungen dieser Märchen ins

Deutsche nimmt Thyra Dohrenburgs zuerst 1959 veröffentlichte Übersetzung, die hier erneut vorgelegt wird, eine herausragende Stellung ein. Kaum eine andere Übersetzung (mit Ausnahme vor allem der von Gisela Perlet) hat Andersens sprachliche Eigentümlichkeit so akkurat wiedergegeben, bis hinein in die kleinen syntaktischen Extravaganzen, die rhetorischen Schrullen und stilistischen Sprünge. Das dänische Original vermag auch sie nicht zu ersetzen. Entdecken läßt sich freilich auch in der Übersetzung mehr als genug auf den vielen Reisen, die man hier durch 1500 Druckseiten, durch 156 Märchen aus dem letzten Jahrhundert, unternehmen kann. Schließlich „geht es mit den Geschichten wie mit vielen Menschen: sie werden mit dem Alter immer schöner, und das ist so vergnüglich!“

Heinrich Detering

Vorbemerkung

Die folgenden Kommentare geben, soweit möglich, zu jedem der hier gesammelten *Märchen* Hinweise auf Daten und Umstände der Erstveröffentlichung, auf Anregungen, Vorlagen, Wechselbeziehungen zwischen den Texten und Selbstkommentare Andersens. Dabei machen sie dankbar Gebrauch vom umfangreichen Kommentarband der 1990 abgeschlossenen kritischen Ausgabe durch *Det danske Sprog- og Litteraturselskab* (*H. C. Andersens Eventyr. Kritisk udgivet efter de originale Eventyrhæfter med Varianter ved Erik Dal og Kommentar ved Erik Dal, Erling Nielsen og Flemming Hovmann*, Band VII: *Kommentar. Efter forarbejder af Erling Nielsen udarbejdet af Flemming Hovmann,* Kopenhagen 1990). Querverweise zwischen den Texten, Interpretationsmöglichkeiten und biographische Angaben sind häufig erweitert. Hinweise auf die literarische Wirkungsgeschichte sind naturgemäß nur kasuell – vereinzelte Wegweiser, keine Landkarten. Bei dem häufig zitierten „Selbstkommentar" handelt es sich um die *Bemærkninger*, die Andersen zur letzten Gesamtausgabe seiner *Märchen und Geschichten* zu Lebzeiten schrieb (jetzt in Band 1 der kritischen *Eventyr*-Ausgabe); der Kurztitel *Fußreise ...* verweist auf die satirische Erzählung *Fodreise fra Holmens Canal til Østpynten af Amager i Aarene 1828 og 1829*, 1829, hrsg. von Johan de Mylius, Kopenhagen 1986, der Kurztitel *Schattenbilder* auf das poetische Reisebuch *Skyggebilleder af en Reise til Harzen [...]*, 1831, hrsg. von Johan de Mylius, Kopenhagen 1986; die *Tagebücher* werden (übersetzt) zitiert nach der Gesamtausgabe *H. C. Andersens Dagbøger 1825–1875. Hrsg. von Kåre Olsen und Helge Topsøe-Jensen*, Bd. 1–10, Kopenhagen 1971–1976, die Autobiographie *Mein Lebensmärchen* nach der zweibändigen, revidierten Ausgabe von Helge Topsøe-Jensen: *Mit Livs Eventyr*, Kopenhagen 1951. Die Abkürzung *BfA* verweist auf die Briefsammlung *Breve fra Hans Christian Andersen*, Kopenhagen 1878.

Die Übersetzung Thyra Dohrenburgs, die 1959 erstmals veröffentlicht wurde, folgt dem Text der ersten Ausgabe von Hans Christian Andersens (im folgenden stets: HCA) „Gesammelten Schriften": *Samlede Skrifter*, Kopenhagen 1868. Die in diese Sammlung eingegangenen Sammlungen der *Märchen und Geschichten* werden im folgenden aufgeführt. Deren im Kommentar verwendete Siglen, die sich mit der dänischen kritischen Gesamtausgabe eingebürgert haben, sind jeweils angefügt (in Klammern: der tatsächliche Erscheinungstag).

I. *Eventyr, fortalte for Børn. (Märchen, für Kinder erzählt.)* Kopenhagen 1835–1842.

1. Erste Sammlung.
    a. Erstes Heft, 1835 (8. 5. 1835): *EB 1/35.*
    b. Zweites Heft, 1835 (16. 12. 1835): *EB 2/35.*
    c. Drittes Heft, 1837 (7. 4. 1837): *EB 3/37.*
2. Neue Sammlung.
    a. Erstes Heft, 1838 (2. 10. 1838): *EB 4/38.*
    b. Zweites Heft, 1839 (19. 10. 1839): *EB 5/39.*
    c. Drittes Heft, 1842 (20. 12. 1842): *EB 6/42.*

II. *Nye Eventyr. (Neue Märchen.)*
Kopenhagen 1844–1848.

1. Erster Band.
    a. Erste Sammlung, 1844 (11. 11. 1843): *NE 1/44.*
    b. Zweite Sammlung, 1845 (21. 12. 1844): *NE 2/45.*
    c. Dritte Sammlung, 1844 (7. 4. 1844): *NE 3/45.*
2. Zweiter Band.
    a. Erste Sammlung, 1847 (3. 4. 1847): *NE 4/47.*
    b. Zweite Sammlung, 1848 (4. 4. 1848): *NE 5/48.*

III. Märchen, die in die von Vilhelm Pedersen illustrierte Ausgabe 1850 aufgenommen wurden: *Eventyr. Med Illustrationer af Vilh. Pedersen,* Kopenhagen 1850 (hier: Hefte 2 und 3, 10. 9. und 9. 11. 1849): *EP/50.*

IV. *Historier. (Geschichten.)*
Kopenhagen 1852–1855.

1. Erste Sammlung, 1852 (5. 4. 1852): *H 1/52.*
2. Zweite Sammlung, 1853 (30. 11. 1852): *H 2/53.*
3. *Historier. Med Illustrationer af Vilhelm Pedersen. (Geschichten. Mit Illustrationen von Vilhelm Pedersen.)* Kopenhagen 1855 (30. 4. 1855): *HP/55.*

V. *Nye Eventyr og Historier. (Neue Märchen und Geschichten.)* Erste Reihe. Kopenhagen 1858–1860.

1. Erste Sammlung, 1858 (2. 3. 1858): *NEH 1/58.*
2. Zweite Sammlung, 1858 (15. 5. 1858): *NEH 2/58.*
3. Dritte Sammlung, 1859 (24. 3. 1859): *NEH 3/59.*
4. Vierte Sammlung, 1860 (9. 12. 1860): *NEH 4/60.*

VI. Teile der von Vilhelm Pedersen illustrierten Ausgabe der *Eventyr og Historier (Märchen und Geschichten)*
Kopenhagen 1862/1863.

1. *Eventyr og Historier.* Erster Band, 1862 (hier: drittes Heft, 15. 12. 1862): *EHP 1/62.*
2. *Eventyr og Historier.* Zweiter Band, 1862 (hier: erstes Heft, 9. 2. 1863, drittes Heft, 10. 3. 1863): *EHP 2/63.*

VII. *Nye Eventyr og Historier. (Neue Märchen und Geschichten.)* Zweite Reihe. Kopenhagen 1861–1866.

1. Erste Sammlung, 1861 (2. 3. 1861): *NEH 5/61.*
2. Zweite Sammlung, 1862 (25. 11. 1862): *NEH 6/62.*
3. Dritte Sammlung, 1865 (17. 11. 1865): *NEH 7/65.*
4. Vierte Sammlung, 1866 (11. 12. 1866): *NEH 8/66.*

VIII. Märchen, die erst in die *Gesammelten Schriften* 1868 aufgenommen werden: *Samlede Skrifter,* Bände 25–28. Kopenhagen 1868.

IX. *Dryaden. Et Eventyr fra Udstillingstiden i Paris 1867. (Die Dryade. Ein Märchen aus der Ausstellungszeit in Paris 1867.)* Kopenhagen 1868.

X. *Tre nye Eventyr og Historier (Drei neue Märchen und Geschichten),* Kopenhagen 1870 (17. 12. 1869): *3 NEH/70.*

XI. Band V der von Vilhelm Pedersen illustrierten Ausgabe der *Eventyr og Historier,* Kopenhagen 1874: *EHF 5/74.*

XII. *Nye Eventyr og Historier. (Neue Märchen und Geschichten.)* Dritte Reihe. (1972)

1. Erste Sammlung, 1872 (30. 3. 1872): *NEH 9/72.*
2. Zweite Sammlung, 1872 (23. 11. 1872): *NEH 10/72.*

Zu den ersten deutschsprachigen Übersetzungen vgl. die Bibliographie in Ivy York Möller-Christensen: *Den gyldne Trekant. H. C. Andersens gennembrud i Tyskland 1831–1850 med tilhørende bibliografi.* Odense 1992, S. 305–401.

In den folgenden Kommentaren wird nach dem dänischen Originaltitel des Textes jeweils seine erste Publikation angegeben; die dabei verwendeten Siglen werden im vorangestellten Verzeichnis aufgeschlüsselt. Sofern die Texte zunächst einzeln veröffentlicht waren und später in eine der *Märchen*-Sammlungen aufgenommen wruden, sind hier sowohl die Erstveröffentlichung als auch die erste Aufnahme in die Sammlungen genannt.

Band I

5 *Das Feuerzeug* („Fyrtøiet"). EB 1/35. Der erste der sieben in EB 1 gesammelten Texte war zwar nicht HCAs erste Märchendichtung, wohl aber in Stil und Wirkungsabsicht ein bewußter Neufanfang, den HCA in Briefen an Freunde kommentierte: „Ich habe einige der Märchen wiedergegeben, über die ich als Kind selbst glücklich war" (an Ingemann, BfA I, 292). Verschiedene dänische und deutsche Volksmärchen sowie das *Aladdin*-Märchen aus *1001 Nacht*, das Oehlenschläger mit so

großem Erfolg dramatisiert hatte, sind als Vorbilder oder jedenfalls stoffverwandte Texte aber in jeder Hinsicht eigenständig.

14 *Der kleine Claus und der große Claus* („Lille Claus og Store Claus“). EB 1/35. Wie für *Das Feuerzeug*, so wird auch hier ein in verschiedenen Versionen verbreiteter Volksmärchenstoff sehr selbständig bearbeitet (in dänischen Volksmärchensammlungen sind verwandte Texte unter Titeln wie *Der große und der kleine Bruder* oder *Großer Peter und kleiner Peter* belegt; HCAs Text am nächsten verwandt ist ein Märchen in Giovanni Straparolas *Le piacevoli notti* aus dem 16. Jh., die Joh. Chr. Riise 1818 ins Dänische übersetzt hatte). Die (vor allem sexuelle) Drastik der Volksüberlieferungen wird bei HCA in einem für ihn sehr bezeichnenden Verfahren einerseits (im Sinne der rigoros ‚viktorianischen' Sexualmoral des *Guldalder*) verbürgerlichend verdeckt, andererseits durch die demonstrative Ironie unter der scheinbar unanstößigen Oberfläche wiederum signalisiert.

29 *Die Prinzessin auf der Erbse* („Prindsessen paa Ærten“). EB 1/35. Wie von den beiden ersten, so hat HCA auch von diesem Text behauptet, er greife auf einen mündlich überlieferten volkstümlichen Stoff zurück. Von den verschiedenen Versuchen, eine Vorlage zu identifizieren, hat sich aber in der bisherigen Forschung keiner durchsetzen können, so daß wir es in diesem eher anekdotischen als im engeren Sinne (volks-) märchenhaften Text, dessen Titel und Pointe bald sprichwörtlich wurden, möglicherweise doch mit der ersten ganz freien Erfindung in HCAs *Märchen, für Kinder erzählt* zu tun haben.

31 *Die Blumen der kleinen Ida* („Den lille Idas Blomster“). EB 1/35. Im Unterschied zu den vorigen Texten hat HCA diese Märchen in Selbstkommentaren als „vollständig meine eigene Erfindung“ präsentiert (Vorrede 1837), die er zunächst für Ida Thiele erzählt habe, die Tochter des Volksmärchen-Sammlers und Schriftstellers Just Matthias Thiele. Freilich ist der Text, wie HCA in seiner Autobiographie *Mein Lebensmärchen* bemerkt, „ziemlich verwandt mit [E. T. A.] Hoffmann“ (nämlich dessen *Nußknacker und Mausekönig*, 1819).

40 *Däumelinchen* („Tommelise“). EB 2/35. Diese „vollständig eigene Erfindung“ (Vorrede 1837) verarbeitet verbreitete Volksmärchenstoffe (Däumlingsmärchen, vgl. den *Kleinen Däumling* in Grimms' *Kinder- und Hausmärchen*) und Motive romantischer Kunstmärchen aus Deutschland (E. T. A. Hoffmann, *Prinzessin Brambilla, Meister Floh*) und Dänemark (Oehlenschläger, *Tommeliden*), aber auch literarische Reminiszenzen aus Swifts *Gulliver* und Voltaires *Micromégas* (auf den

HCA in einem ähnlichen Zusammenhang seines frühen Prosabandes *Fußreise* ... ausdrücklich hingewiesen hatte).

54 *Der unartige Junge* („Den uartige Dreng“). EB 2/35. Der Text geht, wie HCA im Selbstkommentar bemerkt hat, auf die *Dritte Ode* Anakreons zurück, die HCA vermutlich in der (spätanakreontischen) dänischen Übersetzung von Christen Pram vom Ende des 18. Jahrhunderts kannte.

57 *Der Wandergefährte* („Reisekammeraten“). EB 2/35. Bereits 1830 hatte HCA in *Der Tote* („Dødningen“, in *Digte*) diesen Volksmärchenstoff (den „ich als Kind gehört und nun frei wiedererzählt habe“, Selbstkommentar) in der ausdrücklichen Hoffnung aufgegriffen, bei einem Publikumserfolg „einen Zyklus dänischer Volks-Märchen“ zu bearbeiten. Tatsächlich ist erst die fünf Jahre später entstandene zweite Bearbeitung in *Märchen, für Kinder erzählt* gekennzeichnet durch die neuartige, eine mündliche Erzählsituation ironisch fingierende Erzählerrolle; und dort erst hat HCA den spielerisch-ironischen Tonfall gefunden, der seit dem *Feuerzeug* erprobt waren; die frühe Version wirkt dagegen blaß und mit literarischem Bildungswissen überladen.

81 *Die kleine Meerjungfrau* („Den lille Havfrue“). EB 3/37. Ursprünglich unter dem Titel „Die Lufttöchter“ konzipiert und angelehnt an einzelne Motive aus Fouqués *Undine* sowie aus Märchen der dänischen Romantik (vor allem B. S. Ingemanns *Die Unterirdischen*), wurde dieser Text eines der berühmtesten und weltliterarisch (auch in musikalischen Bearbeitungen) wirkungsmächtigsten Märchens HCAs. Oscar Wilde schrieb nach dieser Vorlage sein Märchen *The Fisherman and his Soul*; und seine „Schwester in der Trübsal“, ja „Schwester und süße Braut“ wird Adrian Leverkühn in Thomas Manns *Doktor Faustus* die (so der Titel wörtlich:) „kleine Meerfrau“ nennen. Gegenüber Ingemann nennt HCA den Text „die einzige von meinen Arbeiten, die mich selbst rührte, während ich sie schrieb“ (11.2. 1837). Die Geschichte des zwischen den Elementen wechselnden Mischwesens, die bis in einzelne Details HCAs unglückliche Liebe zu dem Kopenhagener Patriziersohn Edvard Collin reflektiert, war in einer Reihe früherer Texte erprobt worden: ansatzweise in einem Gedicht in der romantisch-ironischen *Fußreise* ... und Bemerkungen in der Beschreibung einer romantischen Deutschlandreise *(Schattenbilder)*, breiter ausformuliert dann in Passagen des (seinerseits auf eine Volksballade zurückgreifenden) zweiteiligen Dramas *Agnete und der Meermann* (dort vor allem im „Zwischenspiel“).

108 *Des Kaisers neue Kleider* („Keiserens nye Klæder“). EB 3/37. Der Text geht, wie HCA im Selbstkommentar bemerkt hat, auf eine Erzählung in der Sammlung *El Conde Lucanor* des spani-

schen Prinzen Don Juan Manuel von 1335 zurück, die HCA in einer deutschen Übersetzung von 1836 kennengelernt hatte (*Das Novellenbuch IV*, Leipzig). Erst unmittelbar vor der (zufällig verzögerten) Drucklegung freilich fügte er die geniale Schlußwendung an, in der das kleine Kind den Betrug entlarvt.

114 *Die Galoschen des Glücks* („Lykkens Kalosker"). Ursprünglich nicht in den *Märchen*-Sammlungen, sondern als erster Text des Bandes *Drei Dichtungen* („Tre Digtninger"), Kopenhagen 1838, veröffentlicht; in einer überarbeiteten Form dann in EP 50 und in *Samlede Skrifter* (danach hier übersetzt). Seit 1837 hatte HCA, durch den Erfolg der *Meerjungfrau* beflügelt, an diesem Text gearbeitet: die „Aufmerksamkeit [...] machte einem Lust, hiernach abermals etwas selber zu erfinden" (Selbstkommentar). Als erstes seiner *Märchen* wurde es ausdrücklich „nicht für Kinder" verfaßt (an Henriette Hanck, 10. 2. 1838) – „das satirischste, das ich geschrieben habe, und etwas vom Phantastischen in unserer Literatur" (an dieselbe, 16. 3. 1838), vergleichbar mit der frühen satirischen Erzählung *Fußreise ...*, aber nach HCAs Ansicht „reifer und mit einer Tendenz". Mit Chamissos *Peter Schlemihl* hat Andersens Text die Siebenmeilenstiefel gemeinsam. Die habe er, erklärt er später scherzhaft Henriette Hanck, gegen Verpfändung seines Schattens ausleihen dürfen (beide Motive verweisen auf die spätere Meistererzählung *Der Schatten*; Brief vom 24. 4. 1838).

149 *Die Gänseblume* („Gaaseurten"). EB 4/38. HCAs „eigene Erfindung" (Selbstkommentar), in einem früheren Gedicht *(Künstlerleben)* zuerst angespielt und motivverwandt mit den zwei Jahre zuvor erschienenen *Blumen der kleinen Ida*, steht der Text vielleicht noch im Zusammenhang mit der (durch eine Reihe poetischer Darstellungen ‚öffentlich' gemachten) unglücklichen Liebe zu Riborg Voigt 1831.

154 *Der standhafte Zinnsoldat* („Den standhaftige Tinsoldat"). EB 4/38. Das Märchen, in dessen Helden der achtzigjährige Thomas Mann später „im Grunde das Symbol meines Lebens" erkannte und das er im *Zauberberg* verwandelt neu erzählte, ist eines von HCAs weltweit bekanntesten und (entgegen seinem allgemeinen Hinweis auf volksmärchenhafte Überlieferung) ganz HCAs eigene Erfindung – zugleich der (nach der *Meerjungfrau*) zweite Märchentext, der sich ganz auf HCAs Lebensthema des „falsch gegossenen" Helden konzentriert, der von Geburt an als Außenseiter stigmatisiert ist.

160 *Die wilden Schwäne* („De vilde Svaner"). EB 4/38. Den in zahlreichen Varianten verbreiteten Volksmärchenstoff hat HCA (vorübergehend auch unter der Titelvariante „Die elf Schwäne") ausdrücklich nach der in Matthias Winthers *Dänischen Volksmärchen* veröffentlichten Version desselben Titels

„umgedichtet“ (an Ingemann, BfA I, 444) – stark erweiternd und fabulierend ausgemalt, in einer Reihe von Handlungszügen erheblich modifiziert und streckenweise ganz frei erfunden.

180 *Der Paradiesgarten* („Paradisets Have“). EB 5/39. Obwohl HCA den Text im Selbstkommentar getreu dem romantischen Volksmärchen-Konzept als „eines der vielen Märchen“ ausgibt, „die ich als Kind erzählen hörte“, lassen sich sehr viel konkretere Vorlagen namhaft machen. Angeregt (in diesem Fall eher: provoziert) durch Johann Ludvig Heibergs romantisches Schauspiel *Fata Morgana* (1838), wollte HCA mit diesem Text zunächst einen eigenständigen Gegenentwurf zu der philosophisch-poetischen Konzeption des führenden Kopenhagener Dichters und Kritikers liefern. Als Titel erwog er darum zunächst „Fata Morgana“, dann „Der Vogel Phönix“ (unter dieser Überschrift erschien später einer seiner programmatischen *Märchen*-Texte) und „Die Insel der Glückseligkeit“ (nach dem gleichnamigen Lesedrama des schwedischen Romantikers P. D. A. Atterbom). Erst der letzte Titel macht hinter den zahlreichen Anspielungen auf romantische Texte und Theorien den biblischen Ur-Mythos des Sündenfalls kenntlich. Unter den Reiseberichten, auf die der Text zurückgreift, ist der über Keilhaus Polarreise 1831, den HCA auch im *Bilderbuch ohne Bilder* (9. Abend) aufgegriffen hat. Mit seinem „poetischen Märchen“ war er besonders zufrieden: „Meine Muse hat es mir so herrlich gesungen, so lebendig, daß ich selber über die Herrlichkeit stutzte“ (BHW I, 257).

197 *Der fliegende Koffer* („Den flyvende Kuffert“). EB 5/39. Dieses zunächst unter dem Titel „Die Schwefelhölzchen“ konzipierte Märchen entfaltet Motive aus der nach dem Vorbild von *1001 Nacht* herausgegebenen Sammlung *1001 Tag*, die 1759 in dänischer Übersetzung erschienen war. Weitere Motive stammen aus Musäus' Märchen *Die stumme Liebe* und eigenen früheren HCA-Texten (darunter auch *Das Feuerzeug*).

204 *Die Störche* („Storkene“). EB 5/39. Das Storchen-Motiv, das (zumeist als fabelartige Parodie des bürgerlichen Familienlebens) zu den bevorzugten der biedermeierlichen Genredichtung in Dänemark gehörte, hat HCA seit diesem Märchen immer wieder aufgegriffen, am umfangreichsten in *Moorkönigs Tochter*.

211 *Das Metallschwein* („Metalsvinet“). Zuerst (wie die beiden folgenden Texte) veröffentlicht in dem poetischen Reisebuch *Eines Dichters Basar* („En Digters Basar“, 30. 4. 1842), mit geringfügigen Änderungen in eine deutschsprachige Sammlung, dann zwanzig Jahre später aufgenommen in EHP 1/62 und *Samlede Skrifter*, Bd. 25, 1868. Die vorliegende Übersetzung folgt der letzten (von der frühesten wenig abweichenden) Version.

Dieses und die beiden folgenden „Märchen" zeigen (wie später etwa auch *Vogel Phönix*) besonders deutlich, wie fließend die Grenze zwischen HCAs Reisebüchern, Romanen und dem *Bilderbuch ohne Bilder* auf der einen, den *Märchen und Geschichten* auf der anderen Seite ist. Topographisch-kunsthistorische Erläuterungen nach Art eines Reiseführers und Genrebilder wie im *Bilderbuch* („die Stadt Florenz ist das reinste Bilderbuch", S. 222) sind integriert in ein novellistisches Geschehen mit märchenhaften Zügen. – Zuerst erwähnt ist das Sujet bereits in einer Tagebuchnotiz vom 7.4. 1834, also schon während der 1. Italienreise 1833/34. Eigentümlicherweise hat HCA es in *Eines Dichters Basar* dennoch als Reiseerinnerung von 1840 ausgegeben, vielleicht um den Entstehungszusammenhang zu verhüllen. Möglicherweise spielt auch hier wie in anderen Texten dieser Zeit (vgl. hier *Der Schatten, Die kleine Meerjungfrau* sowie Teile des Italien-Romans *Der Improvisator*) HCAs Verhältnis zu Edvard Collin mit herein. Darüber hinaus könnte der Text auch auf den in Odense geborenen Maler Wilhelm Bendz anspielen, der 1832 in Vicenza gestorben war.

225 *Der Freundschaftsbund* („Venskabs-Pagten"). Zuerst (wie *Das Metallschwein*, vgl. den Kommentar dazu, und *Eine Rose vom Grabe Homers*) veröffentlicht in dem poetischen Reisebuch *Eines Dichters Basar* („En Digters Basar", 30.4. 1842), mit geringfügigen Änderungen zwanzig Jahre später aufgenommen in EHP 1/62 und in *Samlede Skrifter*, Bd. 25, 1868. Die vorliegende Übersetzung folgt dieser letzten Version, die anstelle der ursprünglich einleitenden Landschaftsschilderung das vorangestellte Gedicht enthält.

Nach seiner Griechenland-Reise 1841 hatte HCA, vielleicht unter dem Eindruck eines „Freundschaftsbundes", den er in Smyrna beobachtet hatte, mit der Ausarbeitung „meiner griechischen Novelle" begonnen (Tagebuch 18.8. 1841). Anders als die subtil camouflierenden Darstellungen der unglücklichen Liebe HCAs zu Edvard Collin etwa in *Die kleine Meerjungfrau* und *Der Schatten* ist diese Novelle häufiger als Artikulation seines auch autobiographisch begründeten Interesses an der (zeitgenössisch häufig so genannten) ‚griechischen Liebe' gelesen worden, bis hin zur Wiederveröffentlichung in der „Zeitschrift für männliche Kultur" *Der Eigene* 1903 (unter dem Titel *Die Freundschaftsweihe*). Anregungen für den Text bezog HCA auch aus entsprechenden Berichten in Karl von Hailbronners *Morgenland und Abendland*, Tübingen 1841, und Ferdinand Fenger, *Om det nygræske Folk og Sprog*, Kopenhagen 1832.

236 *Eine Rose vom Grabe Homers* („En Rose fra Homers Grav"). Zuerst (wie *Das Metallschwein* und *Der Freundschaftsbund*,

vgl. zu Genre und Quellen die Kommentare dazu) veröffentlicht in dem poetischen Reisebuch *Eines Dichters Basar* („En Digters Basar", 30.4. 1842), mit geringfügigen Änderungen zwanzig Jahre später aufgenommen in EHP 1/62, und in *Samlede Skrifter*, Bd. 25, 1868. Die vorliegende Übersetzung folgt der letzten (mit der frühesten nahezu identischen) Version.

Von den drei aus *Eines Dichters Basar* übernommenen Texten steht dieser den Genrebildern des *Bilderbuchs ohne Bilder* am nächsten (vgl. hier auch *Ein Bild vom Kastellwall, Aus einem Fenster in Vartou*). Das einleitende Bild könnte noch einmal leise auf das in den vorigen beiden Texten mitbehandelte Sujet der homoerotischen Freundschaft hindeuten, auf die in den Ghaselen des Hafis wiederholt dieses Bild bezogen wird (das in der zeitgenössischen Ghaselen-Mode vor allem bei Platen entsprechend aufgenommen worden war). – Geradezu mustergültig zeigt dieser Text die biedermeierliche Vorliebe für das Kleine und Intime im Kontrast zu einem (Bildungs-) Sujet von ‚klassischer' Monumentalität.

238 *Ole Luköie* („Ole Lukøie"). EB 6/42). Das Märchen von „Ole Schließ-die-Augen", der (schon früher mehrfach literarisch verarbeiteten, auch bei HCA gelegentlich genannten) Figur des dänischen Sandmännchens, hat eine längere Entstehungsgeschichte, an deren Anfang vermutlich die spätere Mittwochs-Episode stand (unter dem Titel „Das Schiff mit dem Storch"). Das Märchen wurde nach HCAs eigener Ansicht „eines meiner buntesten" (an Henriette Hanck, 11.6. 1840). Ein spätes Echo dieses Textes ist in dem einzigen Gedicht hörbar, das HCA in die *Märchen* aufgenommen hat: *„Frag die Amagerfrau!"*

243 *Der Rosenelf* („Rosen-Alfen"). Als erstes Märchen HCAs wurde diese Geschichte zunächst selbständig veröffentlicht (während er in *Das Märchen meines Lebens* noch beklagt, daß zur Entstehungszeit von *Ole Luköie* das Genre unter gebildeten Lesern wenig geschätzt gewesen sei): am 19. Mai 1839 in *Kjøbenhavns Morgenblad*; aufgenommen in EB 6/42.

Das (laut HCAs Selbstkommentar von „einem italienischen Volkslied" angeregte) Märchen verbindet Züge der 5. Erzählung des 4. Tages in Boccaccios *Decamerone* (das HCA vermutlich wegen seiner erklärten Ansicht, dieses Werk sei unsittlich, nicht als Quelle nennen mochte) mit dem zeitgenössisch (etwa bei Ingemann und Tieck), auch in HCAs eigenen früheren Gedichten häufig bearbeiteten Elfen-Motiv. Dessen erste umfassendere Entfaltung findet sich in dem Reisebuch *Schattenbilder* 81831), in dessen III. Kapitel eine gegenüber der Reiseschilderung vergleichsweise eigenständige Elfengeschichte (aber noch als ironisch referierte Traumvision) erzählt wird.

260 *Der Schweineknecht* („Svinedrengen"). EB 6/42. Der vermut-

lich schon einige Jahre vor der Veröffentlichung weitgehend fertiggestellte Text greift (wie früher *Das Feuerzeug* oder *Der Reisegefährte* und später etwa *Tölpel-Hans*) den weltweit und auch in Skandinavien in vielen Varianten überlieferten Volksmärchenstoff von der ‚stolzen Jungfrau' auf. Ähnlich wie dort sind die sexuell drastischen Züge der Vorlage biedermeierlich abgemildert – wie HCA im Selbstkommentar andeutet: Der Text übernehme „ein paar Wesenzüge von einem alten dänischen Volksmärchen, das so, wie es mir als Kind erzählt wurde, geziemenderweise nicht wiedergegeben werden konnte." (Vgl. wiederum die entsprechenden ‚verbürgerlichenden' Glättungen in *Der große Claus und der kleine Claus* und *Tölpel-Hans* und die Kommentare dazu.)

267 *Der Buchweizen* („Boghveden"). EB 6/42. Wiederum ein schon einige Zeit vor der Veröffentlichung entstandener Text, den HCA in einem Brief an Henriette Hanck 1839 eine „Parabel" nennt (BHH 375; den Terminus verwendet er häufig im Sinne von ‚Allegorie'). Die im Text vorausgesetzten Naturvorgänge entsprechen „dem Volksglauben [...], daß das Feuer des Blitzes den Buchweizen schwarz versengt" (Selbstkommentar).

270 *Der Engel* („Engelen"). NE 1/44. Das Heft, in dem dieser von HCA frei erfundene Text erschien (NE 1), war das erste, das ohne den Titel-Zusatz *erzählt für Kinder* veröffentlicht wurde, und zugleich die bis dahin am konsequentesten ‚poetologisch' konzipierte Sammlung. – Zu dem vorliegenden, beliebte (und in HCAs früheren Gedichten erfolgreich erprobte) ‚biedermeierliche' Motive aufnehmenden Text „hat späterhin der berühmte Maler [Wilhelm von] Kaulbach eine schöne Zeichnung gemacht, die es jetzt überall in der Welt als Kupferstich gibt." (Selbstkommentar)

274 *Die Nachtigall* („Nattergalen"). NE 1/44. Die schon 1838 zuerst notierte Idee zu diesem Text hatte HCA bereits im Märchen vom *fliegenden Koffer* verarbeitet. Als „das chinesische Märchen" schrieb er es dann im Oktober 1843 in zwei Tagen nieder. HCAs poetische und in der Märchenform zugleich selbstreflexive Auseinandersetzung mit dem (von den hegelianischen Kopenhagener Ästhetikern um Heiberg lebhaft diskutierten) Konflikt zwischen Natur- und Kunstschönem bezieht einige Realien ein: Die chinesische Einkleidung verdankt sich wohl (über die allgemeine exotistische China-Begeisterung der Zeit hinaus) am meisten Aubers Zauberoper *Der chinesische Prinz* nach Eugène Scribes Libretto, das HCA im Königlichen Theater in Kopenhagen gesehen hatte; eine mechanische Nachtigall war ihm während seiner Schweiz-Reise 1833 in Le Locle vorgeführt worden; als Inbegriff ‚naturgegebener' Schönheit des Gesangs erschien ihm die im September 1843 in Kopenhagen gastierende

schwedische Sängerin Jenny Lind, die er öffentlich umschwärmte.

286 *Die Liebesleute* („Kjærestefolkene"). NE 1/44. Das zuerst in einer Szene des Romans *Nur ein Geiger* („Kun en Spillemand") erprobte Motiv greift in der vorliegenden Ausformung noch einmal auf HCAs unglückliche Liebe zu Riborg Voigt im Jahr 1831 zurück; 1843 hatte er sie zum ersten Mal (mitsamt ihrem Ehemann und ihren Kindern) wiedergetroffen.

290 *Das häßliche Entenküken* („Den grimmige Ælling"). NE 1/44. Als „Geschichte einer Ente" hatte HCA diesen Text zunächst konzipiert und den dann gewählten und längere Zeit beibehaltenen Titel „Das Schwanenjunge" erst im letzten Augenblick zu dem jetzigen abgeändert. Geradezu als „eine Spiegelung meines eigenen Lebens" hat HCA gegenüber Georg Brandes dieses Märchen bezeichnet (21. 7. 1869). Eher wäre es wohl als biographisch wie poetologisch programmatische Darstellung seiner „Genie"-Konzeption zu lesen, zu deren exemplarischer Veranschaulichung HCA sich zunehmend (in Märchen, Romanen, Briefen und namentlich in Autobiographien) selbst stilisierte: zugleich ‚autobiographisch' *und* paradigmatisch für einen spätromantischen Künstlermythos. – Eine spätere Variante desselben Stoffes ist die Geschichte *Im Entenhof* (1861).

302 *Der Tannenbaum* („Grantræet"). NE 2/45. Der Komponist J. P. E. Hartmann hat HCAs Darstellung der Entstehungsgeschichte später (in einer leider wenig glaubwürdigen Version) bekräftigt: HCA sei beim gemeinsamen Opernbesuch während der Ouvertüre hinausgegangen, „um zu schreiben", und noch während der Aufführung in die Loge zurückgekehrt mit den Worten: „na, seid ihr immer noch nicht weiter? Ich bin fix und fertig." – Die zugleich ‚existenzialphilosophische' und (im provokativen Widerstand gegen das überaus beliebte Genre des Weihnachtsmärchens) satirisch-parodistische Geschichte ist wie fast alle Andersenschen Märchen dieser Zeit ohne eine literarische Vorlage geschrieben worden; thematische und strukturelle Entsprechungen zu HCAs autobiographischen Selbstdarstellungen einerseits, zur Philosophie Kierkegaards andererseits sind wiederholt bemerkt worden. (Vgl. hier auch *Des alten Eichbaums letzter Traum* und, als heiteres Gegenstück, *Der Flachs.*)

313 *Die Schneekönigin* („Sneedronningen"). NE 2/45. Vergleichsweise lange und unter mehrfachen Konzeptionsänderungen hat HCA an diesem zunächst unter dem Titel „Der Zauberspiegel" in Maxen bei Dresden begonnen „Märchen in sieben Geschichten" gearbeitet, das bis heute eines seiner berühmtesten geblieben ist. Für das Motiv des Zauberspiegels ist auf Ingemanns Gedicht *Konstnerens Syner* und E. T. A. Hoffmanns *Meister Floh* hingewiesen worden; auf ein Vorbild der Titelgestalt im

dänischen Volksglauben hat HCA selbst hingewiesen (die „Eisjungfrau", die die Seele der Toten holt; als todbringende „Schneekönigin" erscheint sie bereits in einem Gedicht von 1829). Zu den erkenntnistheoretischen und ästhetischen Konzepten, die in diesen Text eingegangen sind, vgl. von HCAs früheren Märchen besonders *Die Nachtigall*. – Die große Bedeutung gerade dieses Märchens für Thomas Manns *Zauberberg* hat Maar herausgearbietet. Eine jüngere, ironische Bearbeitung ist Cees Nootebooms Erzählung *In den niederländischen Bergen* („In Nederland", 1984).

351 *Das Holunderweibchen* („Hyldemoer"). Zuerst veröffentlicht in *Gæa. En æsthetisk Aarbog* auf das Jahr 1845 (erschienen Dezember 1845), aufgenommen in EP/50. Entstanden ist der Text etwa gleichzeitig mit dem *Zauberspiegel*, dem ersten Entwurf zur *Schneekönigin*. Als eine Quelle gibt HCA selbst die Geschichte vom „Holunderweib" in Thieles *Dänischen Volkssagen* an; für die Rahmenhandlung verweist er auf eine eigene Erkrankung im Sommer 1843. Das Motiv hat er 1850 zu einer Märchenkomödie desselben Titels, dann 1868 ungleich komplexer zu dem umfangreichen Märchen *Die Dryade* ausgearbeitet. (Im Selbstkommentar betont HCA, im vorliegenden Märchen sei das volksmärchenhafte „Holunderweibchen [...] zu einer dänischen Dryade geworden".)

361 *Die Stopfnadel* („Stoppenaalen"). Zuerst veröffentlicht in *Gæa. En æsthetisk Aarborg* auf das Jahr 1846 (erschienen Dezember 1845), aufgenommen in NE 4/47. Dieser nach HCAs eigenen Angaben durch eine scherzhafte Bemerkung des befreundeten Bildhauers Bertil Thorvaldsen („Sie könnten ja sogar über eine Stopfnadel schreiben!") angeregte Text, dessen Anfang bereits in *Ole Luköie* auftaucht, ist oft als prototypisches der Andersenschen ‚Dingmärchen' gelesen worden: eine strukturell der Fabel verwandte, in der Einbeziehung alltäglichster Gebrauchsgegenstände aber deutlicher zeitbezogene Satire, deren Vorliebe für Interieurs und Szenerien des bürgerlichen Privatlebens biedermeierliche Leseerwartungen zugleich erfüllt und ironisch in eine Kritik des bürgerlichen Alltags umkehrt.

366 *Die Glocke* („Klokken"). Zuerst veröffentlicht in *Maanedsskrift for Børn* („Monatsschrift für Kinder"), 3. Heft, Mai 1845, aufgenommen in EP 50. Dieses Märchen ist häufig zur Veranschaulichung von HCAs spätromantisch geprägter (namentlich von Ørsteds *Der Geist in der Natur* beeinflußter) religiöser Naturphilosophie herangezogen worden. (Vgl. hier auch *Der Stein der Weisen*.) Wenngleich für einzelne Motive Anregungen in Texten der dänischen und deutschen Romantik vermutet worden sind, hat HCA mit Nachdruck (und glaubwürdig) erklärt, dieses „wie fast alle folgenden Märchen und Geschich-

ten“ seien ausschließlich „eigene Erfindung“, die sich anläßlich zufälliger Anregungen selbständig entfaltet habe. – Im Selbstkommentar betont HCA (in bezeichnend spätromantischer Inspirations-Metaphorik) die Schwellenfunktion gerade dieses Textes: „Dies wie fast alle jetzt folgenden Märchen und Geschichten sind eigene Erfindungen; sie lagen im Geist wie ein Samenkorn, das nur einer Berieselung, eines Sonnenstrahls, eines Wermutstropfens bedurfte, und sie wurden zur Blüte.“

373 *Großmutter* („Bedstemoder“). Zuerst veröffentlicht in *Freia. Nordisk Album for Poesi og Kunst,* Bd. I, Nr. 1, aufgenommen in das poetische Reisebuch *In Schweden* (1851), dann in geringfügig überarbeiteter Version in EHP 2/63. Vielleicht wurde der Text angeregt durch Verse aus Anastasius Grüns *Gedichten* (Leipzig 1837), die auch das ursprüngliche Motto darstellten. Das Motiv des welken Blattes im Buch war freilich im ‚Guldalder‘ beliebt (vgl. hier auch *Das stumme Buch*). Der vorletzte Satz zitiert wörtlich aus einem Brief des Dichters Carsten Hauch zum Tode seiner Tochter.

376 *Elfenhügel* („Elverhøi“). NE 3/45. Auf Johan Ludvig Heibergs in Dänemark bis heute sehr bekanntes historisch-märchenhaftes Schauspiel desselben Titels (1828) hatte HCA bereits 1830 mit einem Gedicht geantwortet; 1842 hatte er den gleichnamigen Hügel auf der Halbinsel Stevns südlich von Kopenhagen besucht. Eine Novelle von Steen Steensen Blicher und Thieles *Dänisches Volkssagen* gaben weitere Anregungen zu diesem (von HCA selbst nicht sehr hoch geschätzten) Märchen. Vgl. auch HCAs früheres Elfenmärchen *Der Rosenelf* (und den Kommentar dazu).

385 *Die roten Schuhe* („De røde Sko“). NE 3/45. Gegenüber Ingemann hat HCA 1845 bemerkt: „dieses Märchen schließt sich ganz an die alten Volks-Geschichten an“ (BfA II, 110); Parallelen finden sich in der Tat in dänischen wie in deutschen Volksmärchen. Im Selbstkommentar hat er darüber hinaus (in einer für ihn überaus bezeichnenden Szene) der Heldin autobiographische Züge zugeschrieben: „In *Mein Lebensmärchen* habe ich erzählt, daß ich zur Konfirmation zum ersten Mal Stiefel bekam, sie knarrten, als ich durch die Kirche ging, und ich freute mich bis in mein tiefstes Innerstes hinein, weil die Gemeinde nun hören konnte, daß die Stiefel neu waren; aber meine Andacht ward gestört, ich fühlte es und hatte gleichzeitig gräßliche Gewissensqualen, weil meine Gedanken ebensoviel bei meinen Stiefeln waren wie bei dem lieben Gott.“ Ein weiterer Zug seiner Herkunft könnte im Text camoufliert sein (vgl. hier auch *Sie taugte nicht,* mit Kommentar): HCAs in sämtlichen autobiographischen Texten verheimlichte Halbschwester, die das poetisch verklärte Bild seiner Herkunft peinlich hätte

korrigieren können, trug denselben Namen wie die Heldin dieser Geschichte.

393 *Springinsfeld* („Springfyrene"). NE 3/45. HCAs Freund Edvard Collin hat als Inspiration für die Geschichte von den (so wörtlich:) „Springern" eine Bemerkung seiner Tochter geltend gemacht. Das Motiv der „Herrenkarten" (also der Spielkarten, die die „Herrschaften" Bube, Dame und König darstellen) hat HCA in seinem zu Lebzeiten nur in englischer Sprache veröffentlichten, dänisch erst postum veröffentlichten Märchen *Herrebladene* ausgearbeitet.

396 *Die Hirtin und der Schornsteinfeger* („Hyrdinden og Skorsteensfeieren"). NE 3/45. In einer ersten Version war dieses Märchen noch deutlicher als in der vorliegenden Überarbeitung von E. T. A. Hoffmanns *Nußknacker und Mausekönig* beeinflußt. (In Dänemark genießt es besondere Popularität, seit es vor einigen Jahren unter Mitwirkung von Königin Margrethe II. zu einem Fernsehfilm und Bilderbuch umgearbeitet worden ist.) Die Geschichte verknüpft ähnlich wie *Der standhafte Zinnsoldat* Züge einer romantischen Liebesgeschichte mit solchen des satirischen ‚Dingmärchens' (vgl. hier *Die Stopfnadel*, mit Kommentar).

403 *Holger Danske* („Holger Danske"). NE 3/45. Die Volkssage von Holger Danske, der unter Schloß Kronborg seiner Wiederkunft harrt wie Barbarossa im Kyffhäuser, kannte HCA ebenso wie nationalromantische Bearbeitungen des Stoffes (namentlich Ingemanns Drama von 1837), als er, anknüpfend an ein eigenes Gedicht von 1830, 1845 diesen Text schrieb (möglicherweise auch, um Vorwürfe zu widerlegen, die nach seinem Reisebuch *Eines Dichters Basar* wegen seines mangelnden Patriotismus erhoben worden waren).

409 *Das kleine Mädchen mit den Schwefelhölzern* („Den lille Pige med Svovlstikkerne"). Zuerst veröffentlicht in *Dansk Folkekalender for 1846*, erschienen Dezember 1845, später aufgenommen in NE 5/48. Als vermutlich einziger Text der Sammlungen entstand diese Geschichte auf Anforderung nach einer Bildvorlage. Eine entsprechende Zeichnung von J. Th. Lundbye (die zur Wohltätigkeit gegenüber Bedürftigen auffordern sollte) hatte der Redakteur des *Folkekalender* HCA mit der Bitte um eine Erzählung geschickt. HCAs Mutter hatte als Kind in Odense selbst hungernd auf der Straße gelegen, woran HCA sich bei seinem Besuch in der Stadt 1845 ausdrücklich erinnert gefühlt hatte (vgl. hier auch *„Sie taugte nicht"*, mit Kommentar). Die Verknüpfung der Elendsdarstellung mit dem tröstlichen Blick ins Himmelreich hatte HCA mit großem Publikumserfolg in seinem frühen (und als erstes ins Deutsche übersetzten) Gedicht *Das sterbende Kind* 1827 erprobt; erheblich komplexer nahm er sie dann in der *Geschichte einer Mutter* wieder auf.

413 *Ein Bild vom Kastellwall* („Et Billede fra Castelsvolden") und
415 *Aus einem Fenster in Vartou* („Fra et Vindue i Vartou") Zuerst unter dem gemeinsamen Titel *Zwei Bilder aus Kopenhagen* („To Billeder fra Kjøbenhavn") erschienen in *Gæa. En æsthetisk Aarbog* auf das Jahr 1847, erschienen Dezember 1846, aufgenommen in H 1/55 („Bild") und HP/55 („Fenster").
Die beiden Texte, die sich offenkundig nicht nur vom „Märchen", sondern auch von der „Historie" sehr weit entfernt haben, entsprechen eher den (jeweils an topographisch genau bestimmte Plätze geknüpften) lyrischen und (überwiegend) biedermeierlichen Genrebildern, mit denen HCA im *Bilderbuch ohne Bilder* (seit 1840 in zahlreichen Auflagen und Übersetzungen) großen Erfolg gehabt hatte. Das Kopenhagener Kastell gehörte (vor allem wegen der Kontrastwirkung von einstiger militärischer Strenge und gegenwärtiger Idylle) zu den bevorzugten Sujets einiger *Guldalder*-Maler, namentlich Christen Købkes; das „Vartou" ist das 1607 gegründete Altenstift Kopenhagens. Die Verschränkung von Elendsdarstellungen (wie sie sich von vergleichbaren Motiven, aber entschieden krasser in Texten wie dem Roman *O. T.* finden) mit sentimentaler Verklärung hatte HCA außer im *Bilderbuch* auch in „Märchen und Geschichten" wie dem *Kleinen Mädchen mit den Schwefelhölzern* oder der *Geschichte einer Mutter* erprobt. Vorbilder für das Bild vom Gefangenen und dem Singvogel konnte er in Gedichten von Heine *(Mein Herz, mein Herz ist traurig)* und Heiberg (*Die Singvögel*, „Sangfuglene") finden.

418 *Die alte Straßenlaterne* („Den gamle Gadeløgte"). NE 4/47. Das satirische Motiv der eitlen Straßenlaterne taucht bereits in HCAs frühem satirischen Prosaband *Fußreise ...* auf. (In HCAs Briefwechsel mit seinem deutschen Verleger ist bei diesem Märchen zum ersten Mal die Versicherung auffällig, es gebe nun wieder ein „neues" Andersen-Märchen.)

426 *Die Nachbarsfamilien* („Nabofamilierne"). NE 4/47. Der etwa gleichzeitig mit der *Straßenlaterne* geschriebene (aber von HCA weniger geschätzte) Text knüpft lose an ästhetische Reflexionen an, die in ungleich komplexerer Form in die *Nachtigall* eingegangen waren; er repräsentiert mustergültig das Genre der allegorischen Satire, dem sich HCA in seinen späteren *Märchen* immer wieder zuwandte.

439 *Der kleine Tuk* („Lille Tuk"). NE 4.47. Vermutlich unmittelbar nach dem *Schatten* abgeschlossen, orientiert sich dieser (laut Selbstkommentar auch „ein paar Kindheitserinnerungen" verarbeitende) Text weitgehend an Ingemanns Gedichtzyklus *Sjællands Kjøbsteder* über die Städte der Insel Seeland: „Ihre Idee: uns eine Sammlung von Volks-Liedern als Vignette zu jeder dänischen Stadt zu geben, spricht mich in hohem Grade an" (an

Ingemann, 5.8. 1843). In aktualisierender Umdeutung hat HCA den Stoff in *Ein Stück Perlenschnur* wieder aufgegriffen (vgl. den Kommentar dazu).

445 *Der Schatten* („Skyggen"). NE 4/47. HCA begann mit der Arbeit an diesem Text noch während seines Neapel-Aufenthalts im Sommer 1846 (Tagebuchnotizen dieser Zeit entsprechen den einleitenden Passagen) als „die Geschichte von meinem Schatten"; im März 1847 beendete er das Märchen in Kopenhagen. Dieses lange Zeit wenig beachtete Meisterwerk hat in den vergangenen Jahrzehnten eine solche Zahl unterschiedlicher Deutungen erfahren, daß es in der skandinavistischen Literaturwissenschaft gelegentlich als Musterfall eines vieldeutig-enigmatischen Erzähltextes erörtert worden ist. Kryptische Zitate und Anspielungen verweisen nicht nur auf literarische Anregungen wie den *Peter Schlemihl* von HCAs Freund und deutschem Übersetzer Chamisso (der ein ähnliches Motiv freilich in ganz andere Richtung entwickelt), poetologische Allegorien wie *Die Nachtigall* („Poesie" und „Schatten") und Schemata des Volksmärchens (die satirisch verzerrt werden wie etwa die Märchenhochzeit am Schluß; Strukturanalogien bestehen vor allem zur *Seejungfrau*), sondern auch auf unpublizierte Texte. Die Ablehnungen der Duz-Anträge nehmen wörtlich Passagen aus HCAs Briefwechsel mit dem geliebten Kopenhagener Patriziersohn, Kindheitsfreund und finanziellen Förderer Edvard Collin wieder auf („Sie haben wohl bemerkt, die Bosheit gilt Ihnen"; Briefwechsel HCA/Collin, Band II, 141). In der Handschrift hat HCA mehrere Fassagen des Schlusses erprobt, darunter eine Version, in der die Ermordung sarkastisch als Befreiung erscheint.

460 *Das alte Haus* („Det gamle Huus"). Zuerst erschienen in englischer Übersetzung als erster Text in dem Charles Dickens gewidmeten Band *A Christmas Greeting to my English Friends* (der mit Ausnahme der *Straßenlaterne* und des abschließenden *Schattens* nur neue Märchen enthielt), Dezember 1847, aufgenommen in NE 5/48. Der Text gehört, zusammen mit den folgenden, zu einer Gruppe neuer und weitgehend ohne besondere Vorlagen entstandener Märchen, die zufolge HCAs Selbstkommentar in einer produktiven Phase in kurzer Folge Ende 1847 niedergeschrieben wurden. Einige beiläufige private Beobachtungen nennt der Selbstkommentar – „wie etwa, daß der kleine Sohn des Dichters Mosen mir bei der Abreise aus Oldenburg [1847] einen seiner Zinnsoldaten schenkte, damit ich nicht so schrecklich allein sein sollte; die kleine Maria des Komponisten Hartmann war es, die als zweijähriges Kind immer, wenn sie Musik und Gesang hörte, dazu tanzen mußte [...]." Auf die (literarisch sicher inspirierendere) Bekanntschaft mit Dickens

(London-Besuch im Sommer 1847) weist HCA in der Widmung des Bandes *A Christmas Greeting* ausdrücklich hin.

471 *Der Wassertropfen* („Vanddraaben"). Zuerst wie *Das alte Haus* (s. d.) in englischer Übersetzung in *A Christmas Greeting* ..., Dezember 1847, dann dänisch in NE 5/48. Diese Geschichte ist die erste, in der HCA sich unmittelbar auf zeitgenössische naturwissenschaftliche und technische Entwicklungen bezieht. Bereits 1830 hatte er (mit dem Botaniker Niels Hofman Bang) zum ersten Mal mikroskopisch Infusorien betrachtet; ein Brief darüber an den Freund Ludvig Læssøe vom 15. 7. 1830 skizziert bereits die hier zentrale Darstellung des Lebens im Wassertropfen. 1834 studiert er wissenschaftliche Arbeiten über Infusorien und ihre Einfärbung; Bulwer Lyttons Roman *Night and Morning* (1841) lieferte darüber hinaus ein Beispiel literarischer Verarbeitung des Stoffes. Wiederholt streifen HCAs Texte der 30er und 40er Jahre das Motiv, bis er es in dieser sarkastischen Parabel zum pessimistischen Gegenentwurf einer optimistischen romantischen Naturphilosophie (etwa des Freundes Hans Christian Ørsted, für den der Text laut HCAs Selbstkommentar geschrieben wurde) entwickelte.

474 *Die glückliche Familie* („Den lykkelige Familie"). Zuerst wie *Das alte Haus* (s. d.) in englischer Übersetzung in *A Christmas Greeting* ..., Dezember 1847, dann dänisch in NE 5/48. Dieser Text entstand während HCAs Aufenthalt bei Dickens in London Anfang 1847; als Titel wurde zunächst erwogen: „Groß muß es sein." Im Selbstkommentar nennt HCA als Anregung die „großen Huflattichstauden [...] und die Schnecken" im Park von Schloß Glorup auf Fünen, wo er sich häufig aufhielt. Diese Angabe scheint eine satirische Absicht zu camouflieren, die im Tagebuch deutlicher artikuliert ist: er habe die Geschichte „in Gedanken an die Vornehmheit daheim" geschrieben (Tagebuch III, 225 f.).

479 *Die Geschichte einer Mutter* („Historien om en Moder"). Zuerst wie *Das alte Haus* (s. d.) in englischer Übersetzung erschienen in *A Christmas Greeting* ..., Dezember 1847, dann dänisch in NE 5/48. Auch dieser zunächst unter dem Titel „Die Mutter" konzipierte Text wurde Ende 1847 in wenigen Tagen niedergeschrieben; zu den Anregungen könnten auch hier Bildvorlagen gehört haben, die das Sujet als melancholisches Modegenre behandelten und die HCA in Briefen mehrfach erwähnt. Er selbst hatte das Thema des sterbenden Kindes mit großem Publikumserfolg in seinem frühen (und als erstes ins Deutsche übersetzten) Gedicht *Das sterbende Kind* bereits 1827, dann wieder im *Engel* und dem *Mädchen mit den Schwefelhölzern*, freilich weitaus anspruchsloser, behandelt. In der Handschrift ist die Erzählung zunächst als Traumvision der Mutter konzipiert.

486 *Der Kragen* („Flipperne"). Zuerst wie *Das alte Haus* (s. d.) in englischer Übersetzung in *A Christmas Greeting* ..., Dezember 1847, dann dänisch in NE 5/48. Als das „originalste und lustigste" der in diesem Heft versammelten Märchen hat HCA den Text bezeichnet (an seinen deutschen Übersetzer Heinrich Zeise, 21. 11. 1847), ein satirisches ‚Dingmärchen' in ähnlich mustergültiger Ausprägung wie früher in der *Stopfnadel*.

490 *Der Flachs* („Hørren"). Zuerst veröffentlicht in der Zeitung *Fædrelandet*, 3. 4. 1849, aufgenommen in EP 50. Der bereits Anfang 1848 geschriebene Text, der möglicherweise von einem Gedicht des dänischen Spätromantikers Christian Winther angeregt wurde, ist vielleicht als optimistischeres Gegenstück zum *Tannenbaum* zu lesen.

496 *Vogel Phönix* („Fugl Phønix"). Zuerst (wie auch *Eine Geschichte* und *Das stumme Buch*) veröffentlicht in *Den nye Børneven*, Bd. II, Heft 1, Mai 1850, wieder aufgenommen in das poetische Reisebuch *In Schweden* („I Sverrig", 1851), dann in EHP 2/63, 10. 3. 1863. Der Titel des Textes war zunächst für den *Paradiesgarten* erwogen worden (vgl. Kommentar dazu). – Die Tragweite dieses poetologischen Gleichnisses erschließt sich erst im Zusammenhang des *Schweden*-Buches: Dort folgt es (als 3. Kapitel) auf die Erzählung von der Vertreibung des ‚romantischen' Berggeistes vom Trollhättan durch die Industrialisierung; in Vogelgestalt verschwindet er am Ende. Darauf ‚antwortet' die *Phönix*-Darstellung, wenn sie den Untergang der „Poesie" geradezu als Bedingung ihrer Neugeburt deutet. Zu diesem für den späteren HCA zentralen Gedanken vgl. hier auch *Die Muse des neuen Jahrhunderts* (und im *Schweden*-Buch das abschließende Kapitel *Das Kalifornien der Poesie*).

499 *Eine Geschichte* („En Historie"). Zuerst veröffentlicht in dem poetischen Reisebuch *In Schweden* („I Sverrig", 1851), aufgenommen in EHP 2/63. Der Text gehört vermutlich in den Zusammenhang einer theologischen Debatte über Gnade und die Lehre von der „Wiederbringung aller" („Apokatastasis panton"), die 1825/26 von Grundtvig u. a. in Gang gebracht worden war, in der Folge auch Dichter wie Ingemann beschäftigte und in den Religionsunterricht des jungen HCA ausstrahlte. Auch in anderen Texten (u. a. der *Fußreise* ..., dem Roman *O. T.*, der Autobiographie *Mein Lebensmärchen*) hat HCA dieses Problem behandelt; vgl. hier bes. auch *Des Schlammkönigs Tochter*.

505 *Das stumme Buch* („Den stumme Bog"). Zuerst veröffentlicht in dem poetischen Reisebuch *In Schweden* („I Sverrig", 1851), aufgenommen in EHP 2/63. Der während HCAs Aufenthalt in Uppsala konzipierte Text steht den Genrebildern des *Bilderbuchs ohne Bilder* nahe (vgl. hier *Ein Bild vom Kastellwall* u. a.). Das im ‚Guldalder' beliebte Motiv des welken Blattes im (hier

metaphorischen Herbariums-)Buch hat HCA auch in *Großmutter* bearbeitet.

508 *Da ist ein Unterschied* („Der er Forskjel"). Zuerst (wie auch *Fünf aus einer Erbsenschote* und *„Sie taugte nicht"*) veröffentlicht im *Folkekalender for Danmark* auf das Jahr 1852, erschienen Dezember 1852, aufgenommen in HP 55. Als Anregung hat HCA im Selbstkommentar (vielleicht ebenso biedermeierlich verklärend wie der Text selbst) einen Besuch im Garten des Herrenhauses Christinelund bei Præstø (auf Süd-Seeland) im Jahr 1851 genannt: „dort stand am Graben ein blühender Apfelbaum, das Abbild des Frühlings selber."

513 *Der alte Grabstein* („Den gamle Gravsteen"). Zuerst unter dem Titel *Der alte Totenstein* („Den gamle Ligsteen") veröffentlicht in der Zeitschrift *Skolen og Hjemmet*, Februar 1852, aufgenommen in HP 55. Im Selbstkommentar hat HCA zu diesem Text bemerkt, er sei „wie ein ganzes Mosaik von Erinnerungen; der Ort, an den die Vorstellung diese Geschichte zuerst verlegt hat, ist Svendborg; dort tauchte zum ersten Mal die Idee auf. Ein abgewetzter Grabstein, der als Treppenstufe vor einer der Türen im alten Collinschen Hause in der Bredgade lag [dem Haus der langjährigen Förderer HCAs in Kopenhagen], kam mir mit seiner halb verwischten Inschrift oft in den Sinn", und „der alte Vater des Komponisten Hartmann" sprach nach dem Tode seiner Ehefrau ähnlich wie die alte Preben im Text; „alle diese Erinnerungen sind benutzt." – Die romantische Idee von der Unsterblichkeit der Poesie, die der irdischen Vergänglichkeit entgegensteht, trägt in HCAs späteren Märchen deutlichere Züge der zeitgenössischen Erfahrung einer Beschleunigung aller traditionellen Lebens- und soziokulturellen Wandlungsvorgänge, die in Texten wie der *Muse des neuen Jahrhunderts* oder dem Reisebuch *In Schweden* (darin der in die *Märchen* aufgenommene programmatische Text *Vogel Phönix*) thematisiert wird; sie bildet wohl auch eine Grundierung des vorliegenden Textes (der damit eher ein romantisches Konzept *gegen* die anbrechende Moderne behaupten würde).

517 *Die herrlichste Rose der Welt* („Verdens dejligste Rose"). Zuerst veröffentlicht im *Folkekalender for Danmark* auf das Jahr 1852, erschienen im November 1851, aufgenommen in H 1/52. Das Rosen-Motiv hatte HCA bereits im Märchen vom *Rosenelf*, in christlicher Auslegung in einigen Gedichten, dann in der *Schneekönigin* behandelt; Vorlage dafür war das in Dänemark bekannte Kirchenlied *Den yndigste Rose er funden* („Die lieblichste Rose ist gefunden") des pietistischen Dichters und Pfarrers Hans Adolph Brorson, auf das auch im letzten Satz des vorliegenden Textes angespielt wird. Zur religiösen Konzeption dieses Textes vgl. hier auch *Am allerletzten Tage*.

521 *Die Geschichte des Jahres* („Årets Historie"). H 1/52. Diese Geschichte eröffnete das erste Heft, das ganz auf die Genrebezeichnung „Eventyr" verzichtete (H 1/52); der schon seit langem vorbereitete Wandel von der romantischen reflektierten) Volksmärchentradition zur spezifischen ‚Andersenschen' Verschränkung märchenhafter und realistischer Stoffe und Schreibverfahren wurde mit diesem Titel programmatisch explizit formuliert. – Während einer seiner Italienreisen hatte HCA schon 1846 die Idee zu einer Geschichte „vom Frühling der durchs Land reist" notiert (Tagebücher III, 84). Vergleichbare Jahreszeiten-Dichtungen finden sich bei den wichtigsten Schriftstellern des dänischen ‚Guldalder' wie Oehlenschläger, Baggesen oder Henrik Hertz, aber auch beim jungen HCA selbst (etwa in einer Passage der *Fußreise* ..., dem Gedichtzyklus *Die zwölf Monate des Jahres* (1832) und anderen Gedichten. Ähnliche Themen und Strukturprinzipien griff er später in *Zwölf mit der Post* und *Die Wochentage* wieder auf.

533 *Am allerletzten Tage* („Paa den yderste Dag"). H 1/52. Den ursprünglich vorgesehenen Titel „Der jüngste Tag" („Dommedag") änderte HCA möglicherweise ab, um die Assoziation mit dem apokalyptischen Weltgericht zu vermeiden. Der Text steht in gedanklichem Zusammenhang mit anderen religiösen Texten derselben Entstehungszeit, vor allem *Die herrlichste Rose der Welt*.

538 *Es ist wahrhaftig wahr* („Det er ganske vist!") H 1/52. Es ist vermutet worden, daß HCA das weltliterarisch verbreitete Motiv des unkontrollierbar anwachsenden Gerüchts in Carsten Hauchs Schauspiel *Der heimgekehrte Seemann* vor Augen gehabt haben könnte, das 1837 erschienen war. Freilich hatte er selbst, als lebenslang bevorzugter Gegenstand Kopenhagener Stadtklatsches, hinreichend einschlägige Erfahrungen gesammelt.

542 *Das Schwanennest* („Svanereden"). Zuerst veröffentlicht in der Zeitung *Berlingske Tidende*, 28. 1. 1852, aufgenommen in H 1/52. Als „eine kleine Geschichte Dänemarks" hat HCA diesen patriotischen Text bezeichnet (an Henriette Hanck, 18. 12. 1851, BHW II, 97). Unter dem Eindruck des Schleswig-Holsteinischen Krieges 1848–51 greift er in der Tat eine ganze Reihe von Lieblingsthemen und -figuren der patriotischen Geschichtsverklärung des dänischen ‚Guldalder' auf, dessen wichtigste geistige Repräsentanten (der Dichter Adam Oehlenschläger, der Bildhauer Bertil Thorvaldsen und der Naturphilosoph und Entdecker des Elektromagnetismus Hans Christian Ørsted) die „Schwanen"-Reihe krönen. „Es wird nicht geschehen!" ist ein Zitat aus einem patriotischen Lied H. P. Holsts; gemeint ist die Teilung des mit Dänemark verbundenen Her-

zogtums Schleswig. Das (wie auch HCAs im selben Zeitraum geschriebene ‚vaterländische' Lieder und Gedichte) demonstrativ friedfertige allegorische Sujet steht in auffallendem Kontrast zu zahlreichen zeitgenössischen Texten zu patriotischen Themen; vgl. dazu hier auch *Die Lumpen*.

545 *Ein heiteres Gemüt* („Et godt Humeur"). H 1/52. Der Text zeigt Verwandtschaft mit den biedermeierlichen Genrebildern, wie HCA sie im *Bilderbuch ohne Bilder*, dann in *Ein Bild vom Kastellwall* und *Vartou* gezeichnet hatte. Die autobiographische Fiktion kondensiert das Selbst-Bild, das HCA auch in seinen umfangreichen Lebensdarstellungen um *Das Märchen meines Lebens* mit erheblichem Publikumserfolg zu inszenieren versuchte (und das dem Selbstbild seiner privaten Aufzeichnungen häufig diametral entgegensteht).

551 *Herzeleid* („Hjertesorg"). H 2/53. Die kurze Erzählung, deren erster Teil auf eine Tagebuchnotiz vom 26. 5. 1847 (über eine ähnliche Begegnung auf Schloß Glorup auf Fünen) zurückgeht und deren zweiter Teil bereits in den *Blumen der kleinen Ida* präludiert ist, „gehört zu meinen besten" (an seinen deutschen Verleger Lorck, 4. 11. 1852). Zu diesem (berechtigten) Urteil vgl. hier auch das Nachwort.

554 *Alles, wo es hingehört* („Alt paa sin rette Plads!") H 2/53. Wie schon *Es ist wahrhaftig wahr* nimmt auch dieser Text eine (im Titel der dänischen Überschrift deutlicher markierte) Redensart auf. Nach HCAs Selbstkommentar hatte ihn der Märchenforscher und Schriftsteller J. M. Thiele aufgefordert, „‚ein Märchen von einer Flöte [zu schreiben], die alles hinbläst, wo es hingehört!' In diesen Worten lag schon eine ganze Idee, und das Märchen entstand." Das Motiv der Zauberflöte kannte HCA freilich bereits aus Gaetano Gioias gleichnamigem Ballett, das er 1833 in Genua gesehen und schon in *Ole Luköie* aufgegriffen hatte; das Problem des sozialen Aufstiegs erörterten schon seine Romane *O. T.* und *Die beiden Baronessen*.

565 *Der Wichtel beim Fettkrämer* („Nissen hos Spekhøkeren"). H 2/53. Von den „Nissen" des dänischen Volksglaubens (die koboldhafter als die deutschen „Wichtel" sind) hatte HCA bereits in früheren Märchen erzählt. Das zentrale Problem von Poesie und Alltags-Pragmatismus, das hier mit freundlicher Ironie behandelt wird, nimmt er in satirischer Zuspitzung in *Der Wichtel und die Madam*, in den Eingangspassagen der *Muse des neuen Jahrhunderts*, zuletzt noch einmal, in eigentümlicher Verschränkung von Satire und Pathos, in *Tante Zahnweh* wieder auf.

570 *In Jahrtausenden* („Om Aartusinder"). Zuerst veröffentlicht in der Zeitung *Fædrelandet*, 26. 1. 1852, aufgenommen in H 2/53. Dieser prophetische Ausblick gehört in den Zusammenhang

derjenigen Texte, in denen HCA sich mit Themen der technisch-industriellen Umwälzungen seiner Zeit befaßte (zuerst in *Der Wassertropfen*, programmatisch dann in der *Muse des neuen Jahrhunderts* und einer Reihe späterer Texte, am umfangreichsten in der *Dryade*). Das Motiv des Raum- und Zeitbegrenzungen aufhebenden Weltverkehrs behandelte er in ähnlicher Akzentuierung wie hier u. a. auch im Kapitel *Trollhättan* seines Reisebuchs *In Schweden*, in satirisch-pessimistischer Zuspitzung in der Geschichte *Der böse Fürst*.

574 *Unterm Weidenbaum* („Under Piletræet“). H 2/53. Die von HCA selbst hochgeschätzte „kleine andersensch-dickenssche Weihnachtsgeschichte“ (an seinen deutschen Verleger Lorck, 4. 11. 1852) enthält, wie er gegenüber Ingemann betonte, „ein ganzes Stück meines eigenen Herzens“ (14. 12. 1852), laut seinem Selbstkommentar „ein paar Seiten der Geschichte meines eigenen Lebens“. Gemeint ist damit offenkundig HCAs u. a. auch in *Mein Lebensmärchen* geschilderte (und wegen ihres geradezu öffentlichen Charakters weithin bekannte) vergebliche Werbung um die schwedische Sängerin Jenny Lind neun Jahre zuvor, 1843 (diese wiederholte Betonung der autobiographischen Referenz ist augenfällig). Nürnberg und die Alpen hatte HCA im Sommer 1852 bereist. Das Motiv des abgewiesenen Werbers, das in zahlreichen Texten HCAs eine wichtige Rolle spielt (vom frühen Schauspiel *Agnete und der Meermann* über die Romane bis zu den „Märchen“ *Ib und die kleine Christine* und *Was die alte Johanne erzählte*), hatte in HCAs vergeblichem Werben um den Studienfreund Ludvig Müller und vor allem um Edvard Collin noch andere autobiographische Vorbilder, auf die einige Texte in verschlüsselter Form anspielten (vgl. hier *Die kleine Meerfrau* und *Der Schatten*). Zum Schluß des Märchens vgl. auch *Das kleine Mädchen mit den Schwefelhölzern* und *Des Schlammkönigs Tochter*.

593 *Fünf aus einer Erbsenschote* („Fem fra en Ærtebælg“). Zuerst (wie auch *Da ist ein Unterschied* und *„Sie taugte nicht“*) veröffentlicht in *Folkekalender for Danmark* auf das Jahr 1853, erschienen Dezember 1852, aufgenommen in HP 55. Die Idee zu dieser Geschichte taucht bereits in *Ole Luköie* auf. Als Odenser Kindheitserinnerung hat HCA das (auch in der *Schneekönigin* behandelte) Motiv des Miniatur-Gartens im Blumenkasten am Fenster in *Mein Lebensmärchen* und im Selbstkommentar geschildert: Der Text habe „seine Wurzel in der Erinnerung aus dem Vaterhaus, wo ein mit Erde gefüllter kleiner Holzkasten, in dem Schnittlauch und eine vereinzelte Erbse eingepflanzt waren, mein eigener blühender Garten war“ – eine ‚biedermeierliche‘ Verklärung der Armut, die zugleich (wie auch andere „Märchen und Geschichten“) allegorisiert auf

die kompensatorische Funktion der Poesie anspielt. – Auf die Ähnlichkeit mit Jesu Gleichnis vom Sämann (Mk 4,1–9) hat Paul Rubow hingewiesen. – In *„Etwas“* hat HCA Grundzüge dieser Geschichte erneut aufgegriffen.

598 *Ein Blatt vom Himmel* („Et Blad fra Himlen“). Zuerst in englischer Übersetzung in Andersens Märchenauswahl *A Poet's Day Dreams* Februar 1853 veröffentlicht, dänisch in HP 55. Den Text, dessen erste Hälfte sich wie eine ‚botanisierende' Neuerzählung des *Häßlichen Entenkükens* liest, hat HCA wie dieses als „eine Spiegelung meines eigenen Lebens“ bezeichnet (an Georg Brandes, 21. 7. 1869). Die wunderbare Heil(s)wirkung der Natur-Kunst hatte schon im Zentrum des *Nachtigall*-Märchens gestanden, religiös modifiziert wird sie in *Des Schlammkönigs Tochter* erneut aufgenommen. Auch das (auf verschiedene Volksmärchen und Sagen zurückgehende) Motiv der wunderbaren Blume hat HCA verschiedentlich bearbeitet, vom frühen Reisebuch *Schattenbilder* ... bis zur Märchenkomödie *Die Blume des Glücks* („Lykkens Blomst“, 1844). Die vorliegende Erzählung unterscheidet sich von diesen Texten grundlegend durch den demonstrativen Verzicht auf eine optimistische Lehre oder eindeutige ‚Pointe' (wie HCA ihn am konsequentesten schon in *Herzeleid* erprobt hatte).

602 *„Sie taugte nicht“* („„Hun duede ikke““). Zuerst veröffentlicht im *Folkekalender for Danmark* auf das Jahr 1853, erschienen Dezember 1852, aufgenommen in HP 55. HCAs veröffentlichte Kommentare zu dieser Erzählung, die er zu seinen besten zählte, camouflieren das unmittelbare autobiographische Modell, auf das HCA, selbst „der Sohn der Waschfrau“, nur in Gesprächen mit Freunden hinwies: die Armut und Trunksucht der zu Hilfsarbeiten genötigten Mutter in Odense. Ihre Geschichte ist es, die hier erzählt wird – was der publizierte Selbstkommentar zugleich bestreitet und andeutet: „Als ich eines Tages auf der Straße einen Jungen gesehen hatte, der zum Waschplatz am Odense-Bach eilte, wo seine Mutter draußen im Wasser stand und Wäsche spülte, hörte ich eine für ihre Strenge bekannte Witwe aus einem Fenster rufen und den Jungen auszanken: ‚Läufst du nun wieder mit Branntwein zu deiner Mutter hinunter! Das ist häßlich! Pfui! Paß nur auf, daß du niemals so einer wirst wie deine Mutter! Sie taugt nichts!' Nur meine Mutter [!] nahm sie in Schutz. ‚Richtet nicht so hart!' sagte sie.“

611 *Die letzte Perle* („Den sidste Perle“). Zuerst in Andersens Märchenauswahl *A Poet's Day Dreams* Februar 1853 veröffentlicht, dänisch in *Almanak eller Huuskalender* auf das Jahr 1854, erschienen November 1853, dann aufgenommen in HP 55. Die Entstehung dieses trotz des einleitenden Bezugs auf den *Dorn*-

röschen-Stoff religiös-allegorischen Textes (vgl. etwa *Ein Blatt vom Himmel* und *Die schönste Rose*) war ganz anlaßgebunden: HCA schickte ihn als Trostgeschenk an seinen einstigen Förderer N. C. L. Abrahams in Kopenhagen, dessen auch HCA freundschaftlich nahestehende Ehefrau Frederikke am 26. 10. 1852 gestorben war.

615 *Zwei Jungfern* („To Jomfruer"). Zuerst veröffentlicht in *Folkekalender for Danmark* auf das Jahr 1854, erschienen Dezember 1853, aufgenommen in HP 55. Die skandinavische Frauenemanzipationsbewegung, auf die sich dieses satirische ‚Dingmärchen' (vgl. hier etwa *Der Kragen*) gleichzeitig mit dem Kopenhagener Bürgerinnen-Stolz bezog, war zur Veröffentlichungszeit eben erst zaghaft in Gang gekommen.

618 *Am äußersten Meer* („Ved det yderste Hav"). Zuerst (wie auch *Das Sparschwein*) veröffentlicht im *Folkekalender for Danmark* auf das Jahr 1855, erschienen Dezember 1854, aufgenommen in HP 55. Vermutlich greift HCA hier auf die 1837 erschienene (und 1851 von ihm gelesene) dänische Übersetzung des Reiseberichts von Sir John Ross über seine Polarfahrt 1829–1833 zurück, bei deren Lektüre er „Tränen in den Augen" gehabt habe (Tagebücher IV, 33). Vgl. hier auch die Anspielungen auf Keilhaus Polarfahrten in *Der Paradiesgarten*.

621 *Das Sparschwein* („Pengegrisen"). Zuerst (wie auch *Am äußersten Meer*) veröffentlicht in *Folkekalender for Danmark* auf das Jahr 1855, erschienen Dezember 1854, in überarbeiteter Form aufgenommen in HP/55. Eines der bissigsten unter HCAs satirischen ‚Dingmärchen'. Die satirische Provokationskraft dieser soziologischen Allegorie wird in der wörtlichen Bedeutung der dänischen Titel-Bezeichnung („das Geldschwein") deutlicher als in der Übersetzung.

625 *Ib und die kleine Christine* („Ib og lille Christine"). HP 55. Wenige der Andersenschen *Historier* stehen seinen Romanen so nahe (und dem „Märchen" so fern) wie diese novellistische Erzählung (vgl. hier aber *Eine Geschichte aus den Dünen*). Den Stoff vom verlassenen und einsam bleibenden Kindheitsfreund hat HCA (mit deutlichen autobiographischen Anspielungen u. a. auf sein Verhältnis zu Edvard Collin) in seinem Roman *Nur ein Geiger*, dann in den *Märchen* auch in *Unterm Weidenbaum* bearbeitet. Die Szenerie um die Stadt Silkeborg, die erst im 19. Jahrhundert im Zusammenhang mit der landwirtschaftlich-industriellen Erschließung Jütlands gegründet wurde, hatte HCA an Ort und Stelle, als Gast des Fabrikanten und Stadtgründers Michael Drewsen, 1853 zuerst skizziert. Den Kontrast zwischen dem alten, wilden und dem neuen, nutzbar gemachten Jütland behandelte sein Roman *Sein oder Nichtsein*.

640 *Tölpel-Hans* („Klods-Hans"). HP 55. Der schon 1844 zuerst konzipierte Text ist neben *Was Vatter tut …* das einzige von HCAs späteren *Märchen*, das noch einmal einen dänischen Volksmärchenstoff bearbeitet (ähnlich frühen Texten wie *Das Feuerzeug, Der kleine Claus und der große Claus*): „als eine mir berichtete Geschichte [steht es] ziemlich allein unter all den später selbsterfundenen." (Selbstkommentar) HCA fügt den Volksmärchen *Von der Prinzessin, der der Mund gestopft wird*, und dem schlauen *Klotte-Hans* (diese Namensform auch zunächst bei HCA) nicht nur die beiden Brüder und die Hofsatire hinzu, er subtilisiert auch wiederum, ‚verbürgerlichend' wie schon in den früheren Volksmärchen-Bearbeitungen (vgl. hier vor allem *Der große Claus und der kleine Claus*), dessen Drastik. (In seinen handschriftlichen Entwürfen dagegen handelte es sich bei der „Bratensoße" noch um Kuhmist usf.).

645 *Der Ehre Dornenpfad* („Ærens Tornevei"). Zuerst (wie auch *Das Judenmädchen*) veröffentlicht im *Folkekalender for Danmark* auf das Jahr 1856, erschienen Dezember 1855, aufgenommen in EHP 2/63. An den berühmten Choreographen August Bournonville, mit dem er befreundet war, schrieb HCA am 24. 11. 1855, er habe soeben „ein kleines Bild-Stück" über den „Dornenpfad der Ehre" geschrieben, der ihnen beiden ja ebenso gut bekannt sei wie „einem Dutzend der großen Männer der Welt", und dieser Weg sei „die große Wahrheit der Geschichte" (BfA II, 327f.). Exemplifiziert wird diese Auffassung außer an Sokrates, dem persischen Poeten Firdausi (vgl. auch *Die Muse des neuen Jahrhunderts*), dem portugiesischen Nationaldichter Camoëns (dem Verfasser von *Os Lusiadas*), dem französischen Ingenieur Salomo de Caus, Columbus, Jeanne d'Arc und Galilei auch an dem für sein Massaker an schwedischen Adligen eingekerkerten und bald sagenhaften Dänenkönig Christian II. (gest. 1559), dem Astronomen Tycho Brahe, dem als Landesverräter auf der Insel Munkholm vor Trondheim inhaftierten Staatsmann Griffenfeld (der, als „Peder Schumacher" geboren, zum Inbegriff des ehrgeizigen Aufsteigers wurde), dem amerikanischen Ingenieur Robert Fulton (den der technikbegeisterte HCA aus Carsten Hauchs Roman *Robert Fulton*, 1853, kannte) und implizit wohl auch an sich selbst (vgl. etwa *Das häßliche Entenküken*). Die hier im Miniaturformat skizzierte, zwischen Geschichtspessimismus und religiöser Hoffnung eigentümlich changierende Geschichtsphilosophie hat HCA dann in dem umfangreichen Roman *Sein oder Nichtsein* entfaltet.

651 *Das Judenmädchen* („Jødepigen"). Zuerst (wie auch *Der Ehre Dornenpfad*) veröffentlicht im *Folkekalender for Danmark* auf das Jahr 1856, erschienen Dezember 1855, aufgenommen in EHP 2/63. Die von HCA selbst hochgeschätzte Erzählung steht

wie *Der Ehre Dornenpfad* in engem Zusammenhang mit der Entstehung des philosophischen Romans *Sein oder Nichtsein*, dessen Heldin Esther der Sara des vorliegenden Textes nachgestaltet ist, vor allem im Hinblick auf ihre religiöse Entwicklung. Als mögliches biographisches Vorbild für beide wie auch für die Jüdin Naomi im Roman *Nur ein Geiger* ist HCAs Kindheitsfreundin Sara Heimann aus Odense genannt worden. (Bemerkenswert ist, daß zumindest Naomi, die als emanzipationswillige Frau und als Jüdin doppelte Außenseiter-Figur im Roman, deutlich als *alter ego* HCAs selbst konzipiert ist.) Bei der „ungarischen Sage", die HCA im Selbstkommentar romantisierend als Vorlage nennt, handelt es sich um die Erzählung *Edle Rache* in Alois Freiherr von Meduyánsky: *Erzählungen, Sagen und Legenden aus Ungarns Vorzeit*, erschienen in Pest 1829.

657 *Der Flaschenhals* („Flaskehalsen"). Zuerst veröffentlicht im *Folkekalender for Danmark* auf das Jahr 1858, erschienen Dezember 1857, aufgenommen in NEH 1/58. Trotz HCAs Angabe, der Märchenforscher und Schriftsteller J. M. Thiele habe (wie *Alles, wo es hingehört*) auch diese Geschichte durch eine scherzhafte Bemerkung angeregt, geht dieses von ihm selbst hochgeschätzte Märchen vermutlich auf HCAs Unterhaltungen mit Charles Dickens im Juni und Juli 1857 zurück (so HCA an Ingemann, Brief vom 2. 11. 1857; in demselben Brief erwähnt HCA auch seine besondere Mühe, hier „die Sprache in den Tonfall zu kriegen, den ich haben mußte"). Zur Darstellung der alten Jungfer vgl. auch *Aus einem Fenster in Vartou*.

669 *Der Stein der Weisen* („De Vises Steen"). Zuerst veröffentlicht im *Folkekalender for Danmark* auf das Jahr 1859, erschienen Dezember 1858, aufgenommen in NEH 5/61. In der Reihe der religiös-lehrhaften Texte, die in den Geschichten dieser Zeit eine besondere Rolle spielen, nimmt der vorliegende Text eine Sonderstellung ein: er unternimmt den Versuch, innerhalb volksmärchenhafter Erzählstrukturen (und komplexer als etwa in *Die Glocke*) eine Synthese der religiösen Anschauungen HCAs zu formulieren. Dabei werden eine Reihe früherer Texte HCAs in Zitaten und Anspielungen berührt, so *Holger Danske*, *Der Paradiesgarten* und *Die Schneekönigin*, *Der Schatten* (dessen pessimistische Darstellung des „Schönen, Wahren und Guten" in dieser Welt hier korrigiert werden soll), auch die im Umkreis des Romans *Sein oder Nichtsein* konzipierte Erzählung *Eine Geschichte aus den Dünen* sowie der synkretistische Erlösungsmythos in *Des Schlammkönigs Tochter*.

689 *Suppe von einem Wurstspeiler* („Suppe fra en Pølsepind"). NEH 1/58. Das Verfahren, eine Redensart zum Ausgangspunkt für eine Geschichte zu nehmen (vgl. hier *Es ist wahrhaftig wahr*, *Alles, wo es hingehört*, *„Sie taugte nicht"*) hat HCA zu diesem

(etwa gleichzeitig mit dem *Flaschenhals* verfaßten) Text im Selbstkommentar erläutert: „In unseren Sprichwörtern und Redensarten liegt oftmals der Keim zu einer ganzen Geschichte; ich äußerte dies und lieferte den Beweis, indem ich das Märchen *Suppe von einem Wurstspeiler* schrieb." – Die Figuren der vier Mäuse (vgl. hier auch *Ole Luköie*) gehen vielleicht auf das Vorbild E. T. A. Hoffmanns in *Nußknacker und Mäusekönig* zurück. Zum Elfenmotiv in der ersten Geschichte vgl. den *Rosenelf* (und den Kommentar dazu), zu dem des Gefangenen in der vierten hier *Ein Bild vom Kastellwall*. Kompositorisch verwandt sind vor allem *Der Stein der Weisen*, *„Etwas"* und *Peiter, Peter und Peer*.

707 *Des Hagestolzen Nachtmütze* („Pebersvendens Nathue"). NEH 1/58. Nicht glücklich, aber produktiv sei er gewesen, als er diese Erzählung geschrieben habe, notiert HCA in einem Brief an Ingemann (5. 1. 1858). Die historische Einbettung des (auch autobiographischen) Stoffes vom einsamen Junggesellen (vgl. hier *Unterm Weidenbaum*) hatte HCA schon für *Die Galoschen des Glücks* beschäftigt; ein unmittelbares Seitenstück zum ersten Teil des vorliegenden Textes bildet ein Dialog in HCAs Roman *Sein oder Nichtsein*. Die Legende der Heiligen Elisabeth von Thüringen (die er im Selbstkommentar ausdrücklich als Vorlage nennt) und die hochmittelalterlichen Dichtungen kannte HCA nicht nur aus historischen Studien zu seinem frühen unvollendeten Roman *Der Zwerg Christians des Zweiten* (1828), aus den Mittelalter-Darstellungen der deutschen Romantiker und von seiner Thüringen-Reise 1854, sondern auch aus Richard Wagners Bearbeitungen, auf die ihn u. a. Franz Liszt aufmerksam gemacht hatte und die HCA leidenschaftlich bewunderte. – „Pebersvend" („Pfeffergeselle") war eine gebräuchliche (heute veraltete) dänische Bezeichnung für einen Junggesellen, ähnlich dem deutschen „Hagestolz".

724 *„Etwas"* („„Noget""). NEH 1/58. Laut HCAs Selbstkommentar ist zu diesem Text „eine vorhandene Sage benutzt worden. An der Westküste von Schleswig hörte ich von einer alten Frau, die ihr Haus ansteckte, um die vielen zu retten, die auf dem Eise draußen waren, als die Springflut kam." – Zunächst unter dem Titel „Die fünf Brüder" konzipiert, nimmt dieser am Heiligabend 1857 niedergeschriebene Text Grundzüge von *Fünf aus einer Erbsenschote* wieder auf. Die Darstellung des fünften Bruders läßt sich als eine Karikatur des Schriftstellers und Kritikers Christian Molbech lesen, der HCAs Märchen scharf angegriffen hatte; ein Jahr vor der Veröffentlichung war er gestorben.

734 *Des alten Eichbaums letzter Traum* („Det gamle Egetræs sidste Drøm"). NEH 1/58. Der wie einige der vorigen Märchen im

Umkreis des philosophischen Romans *Sein oder Nichtsein* entstandene Text, dessen Untertitel auf Dickens' *A Christmas Carol* anspielt, greift im einleitenden Dialog auf Oehlenschlägers in Dänemark populäres *St. Hansaften-Spil* („Johannis-", „Mittsommernachts-Spiel") zurück. Ein pessimistischeres Gegenstück zu diesem Text stellt *Die Dryade* dar, wo die Zeiterfahrung der „Eintagsfliege" und des ‚erfüllten' Sterbens erneut problematisch werden. Auf andere Weise ist auch *Der Tannenbaum* als Gegenentwurf zu diesem Text zu lesen; die Ähnlichkeit der ‚existenzialphilosophischen' Implikationen beider Erzählungen mit Grundanschauungen Kierkegaards ist vor allem von Johan de Mylius betont worden.

741 *Das ABC-Buch* („ABC-Bogen"). NEH 1/58. HCAs Spiel mit dem im Schulunterricht obligatorischen, aber zeitgenössisch häufig satirisch verfremdeten Genre des „ABC-Buchs" geht auf ein frühes Gedicht HCAs von 1826 zurück, in dem die Bücher einer Bibliothek gespenstisch lebendig werden. Das Bild des Hahns ist eine obligatorische Illustration der dänischen ABC-Bücher bis weit ins 20. Jahrhundert hinein gewesen.

Band II

5 *Des Schlammkönigs Tochter* („Dyndkongens Datter"). NEH 2/58. Der ursprünglich erwogene doppeldeutig-ironische Titel lautete „Ein Märchen, das der Storch gebracht hat". – Der Text ist eines der längsten *Märchen* Andersens und „eines meiner größten" (an Ingemann, 10. 2. 1858), er „gehört zu jenen Märchen, auf die ich am meisten Zeit und Fleiß verwandt habe, [...] bis ich der Überzeugung war, daß ich es nun nicht besser machen konnte." (Selbstkommentar) *Des Schlammkönigs Tochter* hat die unterschiedlichsten Genres und literarischen Traditionen in sich aufgenommen und zu einem synkretistischen Erlösungsmythos zwischen Theologie und Psychoanalyse verschmolzen: Volksmärchen-Elemente (Wunderblume, Findelkind, Tier-Mensch-Verwandlung) und Elemente mehrerer früherer Andersen-Märchen; Fabel und Satire (die Storchenfamilie, die Wikingerfeste); romantische Kunstmärchen und zeitgenössische literarische Quellen (vor allem Henrik Hertz' Schauspiel *Das Schwanenhemd* „Svanehammen", nach Musäus); Geschichtserzählung und Saga (Wikingerzüge, Christianisierung, Haithabu; Zitate aus der *Njals saga* und der *Edda*); topographische Texte und Reiseberichte (Ägypten, Nordjütland); ornithologische Abhandlungen (Kjærbølling: *Danmarks Fugle*); Siebenschläferlegende (Himmelsaufenthalt und Zeitenwechsel, auch in HCAs postum veröffentlichter Erzählung

Urbanus behandelt) und Märtyrerlegende (der getötete und aus dem Himmelreich Wunder wirkende Missionar); Bibeltexte (Mose im Schilf, Prediger, neutestamentliches Liebesgebot; die einleitenden Passagen spielen mit dem dänischen Wort „Mose", das auch „Moor" bedeutet); ägyptische und altnordische Mythologie (darunter namentlich der rätselhafte „Schlammkönig", den Wilhelm Heizmann mit dem altnordischen „aurkonungr" identifiziert hat). Die christlich-satirische Wendung gegen die Nationalromantik und ihre Wikinger-Verklärung (bes. Oehlenschläger) hat HCA in der *Muse des neuen Jahrhunderts* programmatisch formuliert. – Erste Notizen zu dieser Erzählung gehen auf das Jahr 1844 oder 1846 zurück; um den Jahreswechsel 1857/58 schrieb HCA („in diesem Winter wie überwältigt von Produktivität", an Ingemann, 10. 2. 1858) die erste Fassung, die dann nach seinen eigenen Angaben noch sechsmal umgeschrieben wurde, bevor er den Text am 20. 4. 1858 dem dänischen König Frederik VII. überreichte. – Die Erzählung war die Vorlage für Birgitta Trotzigs Roman *Dykongens Dotter* (1985), ein Hauptwerk dieser schwedischen Schriftstellerin.

55 *Die Schnelläufer* („Hurtigløberne"). NEH 2/58. Die satirisch-fabelartige (und mit der Fliegen-Fabel am Ende tatsächlich einen Stoff Äsops aufnehmende) Erzählung wurde Anfang 1858 etwa gleichzeitig mit *Des Schlammkönigs Tochter* geschrieben, als HCA „so produktiv [war], wie in langer Zeit nicht" (an Henriette Scavenius, 23. 2. 1858).

60 *Das Glockentief* („Klokkedybet"). Zuerst veröffentlicht in *Folkekalender for Danmark* auf das Jahr 1857, erschienen Dezember 1856, aufgenommen in NEH 2/58. Das Märchen „ist aus dem Volksglauben vom Wassermann im Odense-Bach entstanden und aus der Sage von der Kirchenglocke, die sich vom Kirchturm der Albani-Kirche hinausschwang" (so HCA im Selbstkommentar), also zwei zunächst selbständigen Odenser Lokalüberlieferungen. In Thieles *Dänischen Volkssagen* sind aber auch aus anderen Orten ähnliche „Wassermann"-Sagen verzeichnet.

65 *Der böse Fürst* („Den onde Fyrste"). Zuerst veröffentlicht in *Salonen. En belletristisk Maanedsskrift*, Bd. 1, Heft 1, Oktober 1840, mit dem Untertitel *Ein Märchen (Nacherzählt nach einer mündlichen Mitteilung*), aufgenommen in *Samlede Skrifter*, Bd. 25, 1868, mit dem Untertitel *Eine Sage*. In der Erstveröffentlichung trug der (von HCA zunächst als „Märchen", später als „Sage" ausgegebene) Text, der im Selbstkommentar „zu den allerfrühesten unter meinen Märchen" gerechnet wird, noch den Untertitel „Nacherzählt nach mündlicher Mitteilung". Das gilt aber wohl allenfalls für einzelne Motive, die auch in antiken und persischen Traditionen zu finden sind. Die satirische Reich-

weite des Textes läßt sich nicht zuletzt daran ermessen, daß Karl Kraus eine öffentliche Lesung von Andersen-Märchen 1936 demonstrativ mit eben dieser Geschichte abschloß. (Angeblich ist deren weitere Verbreitung in Dänemark 1940 von der deutschen Besatzung verboten worden.)

69 *Der Wind erzählt von Valdemar Daae und seinen Töchtern* („Vinden fortæller om Valdemar Daae og hans Døttre"). NEH 3/59. Die Quellen, auf die HCA im Kommentar zu dieser balladenhaften Erzählung anspielt, sind vermutlich Thieles *Dänische Volkssagen* und der Borreby-Abschnitt in Tyge Beckers *Prospekte dänischer Herrenhäuser* („Prospecter af danske Herregaarde", 1845).

83 *Das Mädchen, das aufs Brot trat* („Pigen, som traadte paa Brødet"). NEH 3/59 Vermutlich geht auch diese mit Texten wie *Die roten Schuhe* und *Anne Lisbeth* verwandte Erzählung (wie zuletzt *Das Glockentief*) auf eine Odenser Lokalüberlieferung zurück, zu der sich zahlreiche Motivverwandte u. a. in Thieles *Dänischen Volkssagen* finden lassen. „Ich stellte mir die Aufgabe, [die Geschichte] psychologisch zu Sühne und Erlösung wieder emporzuheben; auf diese Weise ist die Dichtung entstanden." Diese Angaben in HCAs Selbstkommentar rücken den Text in die Nähe von Erlösungsgeschichten wie *Des Schlammkönigs Tochter*.

96 *Der Türmer Ole* („Taarnvægteren Ole"). NEH 3/59. Die Titelgestalt hat HCA zuerst in der frühen satirischen Erzählung *Fußreise* ... skizziert, eine (anders konzipierte) Figur desselben Namens erscheint in seiner Komödie *Liebe auf dem Nicolai-Turm* (1829). Auf einige Passagen der *Fußreise* ... (und in einzelnen Motiven auch auf deren Vorbild in E. T. A. Hoffmanns *Abenteuer der Silvesternacht*) greifen auch die beiden Binnenerzählungen zurück. Eine Fortsetzung, die vom „dritten Besuch" erzählt, gab HCA später in *Der Umzugstag* (s. d.). – Die Anspielungen auf die Flensburger Förde verweisen auf den Schleswig-Holsteinischen Krieg 1848–1850 (vgl. hier auch *Das Schwanennest*, mit Kommentar).

104 *Anne Lisbeth* („Anne Lisbeth"). NEH 3/59. Wie auch in anderen Texten dieser Entstehungszeit greift HCA hier einen in früheren Erzählungen erprobten Stoff variierend wieder auf und kombiniert ihn mit Elementen aus mündlicher Lokalüberlieferung aus Fünen und Volksmärchen aus Thieles Sammlung; vgl. hier *Das Mädchen, das aufs Brot trat* und *Die roten Schuhe*. „Mit *Anne Lisbeth* habe ich zeigen wollen, daß alle guten Keime in der Brust des Menschen liegen und, wenn auch auf Umwegen, zur Entwicklung kommen müssen" (Selbstkommentar). Eine Figur gleichen Namens wie die Titelheldin erscheint in seinem Roman *Die zwei Baronessen*.

119 *Kindergeschwätz* („Børnesnak"). NEH 3/59. Die nach HCAs Angaben „selbsterlebte" Geschichte (ein Seitenstück zu *Alles, wo es hingehört* und *Das häßliche Entenküken*) wird schon in einer Passage des Romans *Nur ein Geiger* vorbereitet. – Ein Notizblatt, auf dem HCA dreiundzwanzig auf die Silbe „-sen" ausgehende Namen bekannter Dänen festgehalten hat, verzeichnet neben „Thorvaldsen, Bildhauer" u. a. auch „H. C. Andersen, Dichter".

122 *Ein Stück Perlenschnur* („Et Stykke Perlesnor"). Teil I zuerst veröffentlicht im *Folkekalender for Danmark* auf das Jahr 1857, erschienen Dezember 1856; der gesamte Text zuerst in NEH 3/59. Die Reise über die Insel Seeland, die HCA schon in einem Kapitel des Romans *O. T.* geschildert hatte (vgl. auch *Der kleine Tuk* mit Kommentar), wird im zunächst selbständigen 1. Teil dieser wenig bekannten Technik-Erzählung (vgl. *Die Muse des neuen Jahrhunderts, Die große Seeschlange, Die Dryade* u. a.) lediglich paraphrasiert. Zusammen mit dem zweiten aber führt er auf das neue Thema der Wahrnehmungs-Veränderungen in der Entwicklung von der Fußwanderung zur Reise mit der (1856 fertiggestellten) Eisenbahn zwischen Kopenhagen und Korsør, in „eine Zeit des Übergangs, die ich selbst miterlebt habe". (Selbstkommentar) Die mythischen und historischen Gestalten verweisen einerseits auf (im *Guldalder* romantisch wiederbelebte) altnordische Sagas und bekannte mittelalterliche Herrscher, andererseits auf Künstler der Zeit zwischen Aufklärung (der Dichter Ludvig Holberg) bis in HCAs Zeit (den Komponisten C. E. F. Weyse, die Dichter Oehlenschläger aus Frederiksberg, Baggesen aus Korsør, Ingemann in Sorø u. a.). – Konzeptionell eng benachbart ist hier die späte Geschichte *Urgroßvater* (1870).

130 *Schreibfeder und Tintenfaß* („Pen og Blækhuus"). NEH 4/60. Die (zeitgenössisch verbreitete, u. a. von J. L. Heiberg vertretene) romantische Vorstellung vom wahren Künstler als dem Werkzeug Gottes hatte der junge HCA schon in einem Schulaufsatz von 1825 formuliert; der vorliegende Text ‚verdoppelt' die Idee im selbstreflexiven Spiel mit der „Parabel" in der „Parabel". Im Selbstkommentar verweist HCA auf das Vorbild der seinerzeit bekannten Violinvirtuosen Ernst und Leonhard.

134 *Das Kind im Grabe* („Barnet i Graven"). Zuerst veröffentlicht in *Nya nordiska dikter och skildringar*, Stockholm, Dezember 1859, mit wenigen Änderungen aufgenommen in NEH 4/60. Wie eine Reihe anderer *Märchen* HCAs um 1860 wird auch hier ein schon erprobter Stoff neu bearbeitet (vgl. hier *Die Geschichte einer Mutter* und *Eine Geschichte*) – mit überwiegend sentimentalisierender Tendenz, aber auch im Rückgriff auf die komplexeren religiösen Anschauungen, die am umfassendsten

in *Des Schlammkönigs Tochter* entfaltet worden waren. HCA hat für diesen Text wie für *Die Geschichte einer Mutter* nachdrücklich eine ‚seelsorgerliche' Funktion geltend gemacht: sie hätten ihm selbst „von allen meinen Dichtungen die meiste Freude beschert, da manch eine tief trauernde Mutter in ihnen Trost und Kraft gefunden hat". (Selbstkommentar)

142 *Der Hofhahn und der Wetterhahn* („Gaardhanen og Veirhanen"). NEH 4/60. Die im Schlußsatz ironisch „moralisierende" fabelartige Geschichte vom bestraften Dünkel, in der sich die Grundstruktur von Texten wie *Das Sparschwein* wiederholt, könnte (so hat Paul Rubow vermutet) wie früher Passagen in *Die Galoschen des Glücks* und *Der Buchweizen* gegen den Literatenkreis um den Kopenhagener Dichter und Ästhetiker J. L. Heiberg gerichtet sein.

146 *„Schön!"* („Deilig!"). NEH 4/60. Wie schon *Es ist wahrhaftig wahr, Etwas* und andere Geschichten entfaltet sich der Text aus dem Spiel mit einer geläufigen Redewendung. „In der Geschichte *‚Schön!'* sind so gut wie alle dummnaiven alltagsfaden Aussprüche einer Witwe naturgetreu wiedergegeben." Diese Bemerkung in HCAs Selbstkommentar könnte auf eine Szene verweisen, die er in einem Brief an Theodor Collin bereits am 3.7.1838 geschildert hat; die Geschichte der Verwechslung von „Obelisk" und „Organist" erzählt er in einem Brief an Edvard Collin schon am 16.7.1835. Beides würde abermals die Tendenz bestätigen, in den Texten dieser Entstehungszeit überwiegend sehr viel frühere Einfälle und Stoffe neu zu bearbeiten. Eine späte literarische Wiedergängerin der „Dame" könnte Frau Stöhr im *Zauberberg* des HCA-Lesers Thomas Mann sein.

155 *Eine Geschichte aus den Dünen* („En Historie fra Klitterne"). NEH 4/60. Die in der Hoffnung auf literarische Anregungen unternommene dreieinhalbmonatige Jütland-Reise im Sommer 1859 führte HCA zu den Schauplätzen dieser vielgerühmten Erzählung, die zu einer seiner umfangreichsten wurde. Eine Reihe von Motiven und einzelnen Zügen der Handlung zeigt Verwandtschaft mit den Novellen und Jütland-Reiseschilderungen des bedeutenden jütischen Schriftstellers Steen Steensen Blicher, die HCA unterwegs von neuem las. Darüber hinaus griff er hier (wie schon in *Des Schlammkönigs Tochter*) umfangreich auf topographische und lokalhistorische Forschungsbeiträge zurück. Die wichtigsten literarischen Verwandten dieser Erzählung sind aber Texte von HCA selbst, einige der *Märchen* (*Das kleine Mädchen mit den Schwefelhölzern, Der Ehre Dornenpfad, Der Stein der Weisen, Die Geschichte einer Mutter, Des Schlammkönigs Tochter* u. a.) sowie die Romane *Sein oder Nichtsein* und vor allem *Die zwei Baronessen*, wo die hier behandelten philosophischen und theologischen Probleme von

Vorsehung, Theodizeefrage, Unsterblichkeit der Seele ebenfalls am zentralen (auf eine Tagebuchnotiz Ottilies in Goethes *Wahlverwandtschaften* zurückgehenden) Motiv des „roten Fadens" erörtert und erzählerisch weit weniger komplex und ambivalent behandelt werden. Im Selbstkommentar (der zu diesem Text bei weitem am umfangreichsten geraten ist) hat HCA an eine Unterhaltung mit dem romantischen Dichter Daam Oehlenschläger erinnert: „in Skagen und an Jütlands Westküste [...] fand ich eine Natur und ein Volksleben, das die Gedanken unterstützen konnte, die ich in einer Dichtung niederzulegen wünschte, Gedanken, die mich lange erfüllt hatten und durch ein Gespräch mit Oehlenschläger entstanden waren. Seine Worte hatten einen tiefen Eindruck auf mein junges Gemüt gemacht [...] Wir sprachen über das ewige Leben, und Oehlenschläger warf die Worte hin: ‚Sind Sie so sicher, daß es ein Leben nach diesem gibt?' Ich hielt an meiner Überzeugung fest, auf Gottes Gerechtigkeit begründet, gebrauchte aber in meiner starken Äußerung die unüberlegten Worte: ‚Der Mensch kann es fordern!' – Da erwiderte er: ‚Ist es nicht wieder eine große Eitelkeit von ihnen, ein ewiges Leben fordern zu wollen? Hat Gott Ihnen nicht unendlich viel in diesem Leben geschenkt? [...]' – ‚So können *Sie* reden', sagte ich, ‚Gott hat Ihnen so unendlich viel auf dieser Welt geschenkt, auch ich sollte das sagen, aber wie viele sind nicht ganz anders in der Welt gestellt, sie sind mit einem siechen Körper, einem unterdrückten Geist hier hereingeworfen worden, warum müssen sie solchermaßen leiden, weshalb wurde es so ungleich verteilt, das war Unrecht, und das kann Gott nicht verüben, er wird einen Ersatz dafür gewähren, wird aufrichten und erlösen, was wir nicht tun können!' Was ich äußerte, wurde Stoff zu der kleinen Erzählung *Eine Geschichte aus den Dünen*. Als sie erschien, sagte ein Kritiker, die Worte des Zweifels, um die sie sich gruppierte, hätte ich schwerlich aussprechen hören oder in mir selber getragen, dadurch käme etwas Unwahres in die Erzählung. [...] *Eine Geschichte aus den Dünen* verschaffte mir die herzliche Bekanntschaft mit dem Dichter Paludan-Müller und einen Dank, auf den ich so großen Wert lege, daß ich ihn hier neben meiner Dichtung eintrage."

197 *Der Marionettenspieler* („Marionetspilleren"). Zuerst veröffentlicht in dem poetischen Reisebuch *In Schweden* („I Sverrig"), 1851, aufgenommen in *Samlede Skrifter*, Bd. 26, 1868. Von den vier aus *In Schweden* übergenommenen Texten läßt dieser noch am deutlichsten den ursprünglichen Zusammenhang der Reiseschilderung erkennen. Das in der Romantik beliebte (hier vielleicht von E. T. A. Hoffmann oder N. T. Bruun übernommene) Motiv der belebten Marionetten wird

hier verknüpft mit der (auch in vielen anderen Texten HCAs aufgegriffenen) Naturphilosophie Hans Christian Ørsteds, an den der folgende Text (*Zwei Brüder*) erinnert. – Die am Schluß genannten Trauerspiele (von Kotzebue und Ole Johan Samsøe) waren am Königlichen Theater in Kopenhagen gespielt worden.

203 *Zwei Brüder* („To Brødre"). Zuerst veröffentlicht in *Illustreret Tidende*, 1. Band, Nr. 13, 25. 12. 1859, aufgenommen in *Samlede Skrifter*, Bd. 26, 1868. Der Physiker (u. a. Entdecker des Elektromagnetismus) und Naturphilosoph Hans Christian Ørsted war einer der bedeutendsten Naturforscher seiner Zeit und zugleich, vor allem dank seiner philosophischen Schrift *Der Geist in der Natur* („Ånden i Naturen"), ein zentraler Anreger der dänischen Literatur zwischen Romantik und Realismus. Der mit ihm befreundete HCA griff Ørsteds Gedanken in einer Reihe von Romanen, Programmschriften, *Märchen und Geschichten* auf. Der Bruder Anders Sandøe Ørsted war Jurist und um die Jahrhundertmitte ein einflußreicher dänischer Politiker. Beide waren in der alten Apotheke der Kleinstadt Rudkøbing, des Hauptortes der Insel Langeland, zur Welt gekommen. HCAs weihnachtlich-erbauliche „Phantasie-Vignette" (Selbstkommentar) gehört in die Gruppe seiner ‚Gedenkblätter'; vgl. hier auch *Die alte Kirchenglocke*, *Ein Schwanennest*, *Das Schneeglöckchen*. – „Auf dem Gesetz soll man ein Land gründen" ist der sprichwörtlich gewordene Einleitungssatz des für die dänische Rechtsgeschichte grundlegenden *Jütischen Gesetzes* („Jyske Lov", 1241) und Inschrift des Kopenhagener Gerichtsgebäudes.

206 *Die alte Kirchenglocke* („Den gamle Kirkeklokke"). Zuerst in deutscher Sprache veröffentlicht im *Schiller-Album* 1861, dänisch zuerst im *Folkekalender for Danmark* auf das Jahr 1862, erschienen Dezember 1861, aufgenommen in *Samlede Skrifter*, Bd. 26, 1868. Die Auftragsarbeit für das von F. A. Serre zu Schillers 100. Geburtstag herausgegebene Album veranlaßte HCA zunächst zu einläßlichen Erkundigungen über die Lage Marbachs (das er an der Donau vermutete). Die Geschichte, deren Titel-Sujet in der erklärten Absicht frei erfunden ist, „ein dänisches Element hineinzulegen" (Selbstkommentar), hat HCA auch als „Schillers Märchen" bezeichnet. Die Strukturanalogie zu HCAs Konstruktion seines eigenen *Lebensmärchens* ist offenkundig. Anläßlich der Enthüllung des Weimarer Goethe-Schiller-Denkmals 1857, zu der er eingeladen war, hatte er im Tagebuch notiert: „Schiller ähnelt mir" (Tgb. IV, 286).

212 *Zwölfe mit der Post* („Tolv med Posten"). NEH 5/61. Der zwischen Weihnachten und Silvester 1860 konzipierte Text variiert ein Sujet, das HCA seit der frühen satirischen Erzählung *Fußreise* ... wiederholt bearbeitet hatte, in den *Märchen-*

Sammlungen zuletzt in *Die Geschichte des Jahres* (vgl. den Kommentar dazu).

218 *Der Mistkäfer* („Skarnbassen"). NEH 5/61. Dieses satirische Märchen geht zurück auf eine ausdrückliche Anregung durch Dickens' Mitarbeiter Richard H. Horne (wie HCA glaubte, durch Dickens selbst) in der Zeitschrift *Household Words* (Februar 1852), die HCA nach eigenen Angaben neun Jahre später zufällig wieder vor Augen kam. In einer Sprichwort-Sammlung hatte Horne das (ursprünglich arabische) geflügelte Wort „When they came to shoe the Pasha's horses, the beetle stretched out his leg" mit der Bemerkung versehen: „This is exquisite; we commend it to the attention of Hans Christian Andersen."

229 *Was Vadder tut, ist immer das Richtige* („Hvad Fatter gør, det er altid det Rigtige"). NEH 5/61. HCAs letzte Bearbeitung eines Volksmärchenstoffes, den „ich als Kind gehört und hier auf meine Weise erzählt habe" (Selbstkommentar), greift unter Einbeziehung zeitsatirischer Elemente (die reisenden Engländer) spaßhaft-spielerisch auf einen in Dänemark wie in Deutschland („Hans im Glück") verbreiteten Märchenstoff zurück; Titel und Schlußsatz rücken es ironisch in die Nähe einer moralischen Lehrerzählung.

236 *Der Schneemann* („Sneemanden"). NEH 5/61. Der nach HCAs Angaben unmittelbar während des Jahreswechsels 1860/61 geschriebene Text, eines der gelungensten und wirkungsreichsten (nach seiner eigenen Ansicht „besterzählten", Selbstkommentar) Märchen des Spätwerks, ist öfters als eine subtil verkleidete und ins Parabelhafte verallgemeinerte autobiographische Erzählung gelesen worden. Zentrale Themen des Gesamtwerks („Herrschaft" und Kinderspiel, äußeres Glück/inneres Unglück, körperlich ‚angeborenes' heimliches Leiden, unerfüllte Liebes- und Lebens-Sehnsucht, Vergänglichkeit und Todesnähe, Vergessen) sind hier so komplex vereint wie unterschiedliche Genres (Kindergeschichte, Tier- und Dingmärchen, Satire, Parabel).

244 *Auf dem Entenhof* („I Aandegaarden"). NEH 5/61. Wie einige andere spätere Märchen greift auch dieses auf einen schon früher erprobten Stoff zurück (*Das häßliche Entenküken*). Gegenüber Nicolaj Bøgh soll HCA nachdrücklich auf die satirische Konkretheit des Textes hingewiesen haben: „Sie dürfen mir glauben, ich habe *diesen* Hahn und *diese* portugiesische Ente erlebt; ich hab' sie so deutlich, und ich traute mich nicht, es drucken zu lassen, ehe die Mutter tot war; sie war so dumm" (nach Bøghs Bericht im *Illustreret Familie Journal* Nr. 43, 1885).

251 *Die Muse des neuen Jahrhunderts* („Det nye Aarhundredes Musa"). NEH 5/61. Der zunächst lange vernachlässigte, in den

letzten Jahren aber zunehmend beachtete Text ist HCAs wichtigste literarische Programmschrift (vgl. hier auch das Nachwort). Das nach seinen Angaben elfmal umgearbeitete Pamphlet (oder „Phantasiespiel", so im Selbstkommentar) hat er 1861 gegenüber dem Freund Adolph Drewsen als „etwas vom Genialsten" gezeichnet, das er geschrieben habe. Im Gewand einer nur mit Mühe noch als „Märchen" zu bezeichnenden, zwischen Satire und Pathos (wie auch zwischen spätromantischer und frühmoderner Poetik) eigentümlich changierenden Allegorie – die er jedoch für „aus dem Boden des Märchens entsprossen" erklärte (Selbstkommentar) – entwirft der Text das Bild einer durch die Industrielle Revolution und ihre Folgen hervorgerufenen Epochenschwelle von apokalyptischer Monumentalität – und von der Zweideutigkeit der Apokalypse: als Untergang einer alten und Heraufkunft einer neuen Welt (hier in den durch die Nationalromantik vermittelten Bildern des altnordischen Mythos von Ragnarök und Gimle). Die Fülle der in den Text eingelassenen Anspielungen und Verweise auf disparateste Texte der Weltliteratur und der zeitgenössischen Literatur und Philosophie wurde in der Handschrift in vielen Fällen noch von erläuternden Marginalien aufgeschlüsselt; sie wird in der gedruckten Fassung (wohl absichtsvoll) wieder verdunkelt und verrätselt, so daß der Eindruck einer flutenden Überfülle von häufig fremden Namen und Überlieferungsfragmenten entsteht. Trotz des drastischen Pathos, mit dem der Schreiber sich selbst am Ende zu denen zählt, die um der Heraufkunft der neuen Epoche willen untergehen müssen, ist er doch sichtlich bemüht, seinen eigenen Text selbst im Sinne der proklamierten ‚neuen Poesie' zu formen. Als Versuche einer narrativen Umsetzung des hier Proklamierten lassen sich Texte wie das Reisebuch *In Schweden* (mit den ihrerseits programmatischen Abschnitten *Vogel Phönix*, s. d., und *Das Kalifornien der Poesie*) sowie den *Märchen Die große Seeschlange, Ein Stück Perlenschnur* und vor allem *Die Dryade* lesen. Die zentrale Gestalt des „Meister Blutlos" als der allegorischen Verkörperung einer autonom gewordenen Technik hat HCA einer (eher beiläufigen) Formulierung des schwedischen Dichters Törneros entnommen; sie kehrt in einer Reihe seiner Technik-Texte wieder.

259 *Die Eisjungfrau* („Iisjomfruen"). NEH 6/62. HCAs (noch vor *Eine Geschichte aus den Dünen, Die Dryade, Des Schlammkönigs Tochter*) umfangreichstes und in der Verknüpfung von realistischer Gegenwartsnovelle und Märchenstoffen eines seiner ehrgeizigsten „Märchen" wurde begonnen während der Schweiz-Reise 1861 in Montreux. Zunächst war nur „eine kurze Erzählung" unter dem Titel „Das Adlernest" geplant (vgl. das 7. Kapitel im vorliegenden Text); in anderen Briefen nennt er

den Text, der sich fast zu einem kleinen Roman von 15 Kapiteln ausgewachsen hatte, „mein Alpenmärchen“ und „Die Schneejungfrau“. Nach mehrmonatiger Arbeit war die Erzählung im September 1861 abgeschlossen. Unter den zahlreichen Quellen, die man für einzelne Abschnitte und Motive erwogen hat, sind Erzählungen von Franz von Kobell (auf dessen Anregungen auch HCAs Selbstkommentar hinweist), Zeitungsartikel und Reiseführer (darunter der *Baedeker* von 1857) und die dreibändigen *Alpenreisen* von Johann Georg Kohl (1849–51), auf die der Text in einigen Beschreibungen fast wörtlich zurückgreift. So wichtige wie offenkundige Vorlagen sind darüber hinaus HCAs eigenes Märchen von der *Schneekönigin* und das *Schweden*-Reisebuch (in dessen *Dannemora*-Kapitel die mit der Lorelei verglichene „Schwindel-Hexe“ geschildert ist). – Die weitreichende Bedeutung dieses Textes als einer Vorlage für Thomas Manns *Zauberberg* hat Maar herausgearbeitet.

321 *Der Schmetterling* („Sommerfuglen“). Zuerst veröffentlicht im *Folkekalender for Danmark* auf das Jahr 1861, erschienen Dezember 1860, aufgenommen in NEH 6/62. Der wie *Die Eisjungfrau* während HCAs Schweiz-Aufenthaltes 1861 geschriebene Text entfaltet die (in Deutschland wie in Dänemark) verbreitete Redewendung von dem Verliebten, der ‚von Blüte zu Blüte‘ flattert (vgl. auch die anderen aus Redensarten abgeleiteten Geschichten wie *Alles, wo es hingehört*, *„Etwas“* u. a.); dabei ist gegenüber dem zeitgenössischen dänischen Publikum wohl auch ein selbstironisches Spiel mit den ‚öffentlichen‘ Liebesgeschichten zwischen dem oft verspotteten Junggesellen HCA und von ihm (stets erfolglos) umworbenen Frauen wie Riborg Voigt (vgl. hier etwa *Die Liebesleute*) und Jenny Lind (vgl. hier etwa *Die Nachtigall*) beabsichtigt.

324 *Die Psyche* („Psychen“). NEH 6/62. Das Märchen entstand Anfang 1861 während HCAs Italien- und Schweizreise in Rom. Einen ähnlichen Stoff hatte bereits das Gedicht *Das Meisterwerk des Unbekannten* behandelt („Den Ubekjendtes Mesterværk“, 1838). Die beiden Texten gemeinsame Anregung hat HCA im Selbstkommentar geschildert: „Ein Ereignis bei meinem ersten Aufenthalt [in Rom] gab den ersten Keim ab: Eine junge Nonne sollte bestattet werden, man grub ihr ein Grab und fand darin eine prachtvolle Bacchusstatue.“ Unmittelbares biographisches Vorbild für den Text war aber wohl (unabhängig von auch hier anzunehmenden autobiographischen Zügen) der Maler Albert Küchler, der HCA während dessen erster Italienreise 1831 portraitiert hatte, 1844 zum Katholizismus konvertiert und 1851 Franziskanermönch geworden war; ihn traf HCA 1861 in Rom wieder. Unmittelbar danach begann er mit der Arbeit an diesem Märchen.

341 *Die Schnecke und der Rosenstrauch* („Sneglen og Rosenhækken"). NEH 6/62. Wie der vorige Text entstand auch dieser während HCAs Aufenthalt in Rom im Frühsommer 1861. Unmittelbar biographische Vorbilder für dieses „erlebte Märchen" (so HCA in *Mein Lebensmärchen*) waren nach seinen Angaben der dänische Philosoph Viggo Drewsen („der an seiner eigenen Entwicklung arbeitete und nicht mit anderen Menschen zu tun hatte", aber „ein *vorzüglicher* Mensch wurde") und der mit HCA befreundete norwegische Dichter (und spätere Nobelpreisträger) Bjørnstjerne Bjørnson, den er in Rom öfters traf (Tagebuch, 14. und 24. 5. 1861). Eine (gelegentlich unterstellte) Anspielung auf Kierkegaard war hingegen wohl nicht beabsichtigt.

345 *Die Irrlichter sind in der Stadt, sagte die Moorfrau* („Lygtemændene ere i Byen, sagde Mosekonen"). NEH 7/65. Dieses Märchen (mit dem wohl skurrilsten Titel der Sammlungen) hatte HCA zuerst 1856/7 als eine Märchenkomödie unter dem Titel „Die Irrlichter" („Lygtemændene") konzipiert. In einer damals geschriebenen Skizze bezeichnet er die „Irrlichter" (der geläufige dänische Begriff heißt wörtlich „Lichtmänner") als „Personifikation" der „Illusionen [...], die der Dichter uns im Volksglauben zeigen könnte"; der (hier halb noch naturmagisch, halb schon ‚technisch' verstandene) „Lichtmann" sei „der Herr der Illusionen, der Dämon mit den schimmernden Laterna-magica-Bildern [...], der uns hinauslockt ins Moor, der rote Mann mit dem Licht auf dem Kopf, er, der biegsam ist wie die Flamme, alleszerstörend" (*At være i Slutningen*, 1856). Vor allem die nationale Katastrophe des deutsch-dänischen Krieges von 1864 unterbrach nachhaltig die schon geplante Umarbeitung zu einem Prosamärchen; vgl. die einleitenden Sätze des Textes: „dort sind Seiten eines Zeitmärchens zu finden." (Selbstkommentar) Auf dem seeländischen Herrensitz Basnæs, den er auch als gedachte Szenerie bezeichnet hat, schrieb HCA im Frühsommer 1865 das Märchen nieder (vorübergehend auch unter dem Titel „Die Poesie und die Moorfrau"). Trotz einer nochmaligen Korrektur im August war er mit dem Resultat erklärtermaßen hoch zufrieden; in der Tat muß der Text zu seinen wichtigsten poetologischen Selbstreflexionen gerechnet werden (vgl. hier auch *Vogel Phönix*, *Der Vogel des Volkslieds* und *Die Muse des neuen Jahrhunderts*).

361 *Die Windmühle* („Veirmøllen"). NEH 7/65. Die philosophisch-parabelhafte Geschichte eines Lebensgangs (vgl. etwa *Der Tannenbaum, Der Schneemann*), wohl einer der heitersten und entspanntesten ‚Weltanschauungs'-Texte der Sammlungen, greift als „ein Stück Glaubensbekenntnis" (Selbstkommentar) Probleme wieder auf, die HCA schon in den beiden genannten Märchen sowie in *Am allerletzten Tage*, *Die Muse des neuen*

Jahrhunderts und dem Roman *Sein oder Nichtsein* behandelt hatte. Im Motiv der Mühle liegt darüber hinaus vielleicht eine sehr konkrete politische Anspielung auf die im Krieg von 1864 verbrannte Mühle von Dybbøl (Düppel), die nach der für Dänemark katastrophalen Niederlage ein nationales Symbol geworden war. – Die einleitenden Passagen spielen mit der Doppeldeutigkeit des dänischen Wortes „oplyst", das sowohl (im buchstäblichen Sinne) „erleuchtet" als auch (im übertragenen Sinne) „aufgeklärt" bedeuten kann.

365 *Der Silberschilling* („Sølvskillingen"). Zuerst veröffentlicht im *Folkekalender for Danmark* auf das Jahr 1862, erschienen Dezember 1861, aufgenommen in NEH 7/65. Das (nach HCAs Tagebuchnotizen, abweichend von den Angaben im Selbstkommentar) auf Reisen in Florenz begonnene und in Montreux abgeschlossene Märchen nimmt (in noch deutlicherer Ausprägung des ‚Dingmärchen'-Typus) das Sujet von den abenteuerlichen Reisen eines als Außenseiter zur Welt Gekommenen wieder auf, das HCA zuerst im *Standhaften Zinnsoldaten* erprobt hatte: „an Bord wechselte ich einen Scudo, um Kleingeld zu haben, man gab mir ein falsches Zweifrankenstück; niemand wollte es annehmen, ich ärgerte mich, daß ich hintergangen worden war, aber bald kam die Idee zu einem Märchen darüber, und durch dies habe ich mein Geld wiederbekommen." (Selbstkommentar)

370 *Der Bischof von Börglum und sein Verwandter* („Bispen paa Børglum og hans Frænde"). Zuerst veröffentlicht in *Illustreret Tidende* vom 27. 1. 1861, aufgenommen in NEH 7/65. Während seiner langen Reise durch das (landwirtschaftlich noch unerschlossene und ‚wilde') Jütland 1859, der er Stoff zu der großen Erzählung *Eine Geschichte aus den Dünen* verdankte, hatte HCA auch das abgelegene Børglum-Kloster besucht. Die 1860 geschriebene balladenhafte Erzählung verbindet die dort gewonnenen Eindrücke mit der sagenhaften Überlieferung vom Børglumer Bischof, der in Thieles *Danske Folkesagn* festgehaltenen Sage von *Jens Glob, dem Harten* und der vor allem Steen Steensen Blicher zu verdankenden literarischen ‚Entdeckung' Jütlands (die auch als Gegenbewegung zur Kopenhagener „Bildungskultur" zu verstehen ist), an der HCA sich schon mit *Des Schlammkönigs Tochter* beteiligt hatte. – Im Selbstkommentar hebt HCA die kritische Akzentuierung der Erzählung gegen die nationalromantische Geschichtsverklärung (etwa bei Grundtvig, Oehlenschläger, Ingemann) hervor: „Diese wohlbekannte historische Sage aus einem harten, düsteren Zeitalter, die von vielen noch heute als schön und lesenswert bezeichnet wird, ist hier in Gegensatz gebracht zu unserser gewiß lichtvolleren und glücklicheren Zeit."

379 *In der Kinderstube* („I Børnestuen"). NEH 7/65. Zunächst konzipiert unter dem Titel „Eine ganze Komödie", greift die Geschichte mit der geschilderten Komödie das (im Manuskript erhaltene) ‚Stück' *Ein Fehlgriff und kein Fehlgriff* („Et Feilgreb og ikke et Feilgreb") wieder auf, das HCA als Kind nach dem Vorbild eines parodistischen ‚Trauerspiels' von J. L. Heiberg geschrieben hatte. Einige Passagen griff er dann in der Satire *Die Lumpen* wieder auf.

385 *Goldschatz* („Guldskat"). NEH 7/65. Bereits 1859 hatte HCA Ideen zu zwei Märchen namens „Rotschopf" und (auf Anregung von Thiele) „Die Brandtrommel" notiert; die Ausarbeitung im Sommer 1865 (zunächst unter dem Titel „Die Brandtrommel geht") zog sich über zwei Monate, also vergleichsweise lange hin. Die Geschichte, die an bereits in früheren Romanen (namentlich *Nur ein Geiger*) entfaltete Konzepte anknüpft, ist auch als eine Reaktion auf die Flut patriotischer Dichtungen nach den Kriegen von 1848/50 und 1864 zu lesen, in denen (wie auch in entsprechenden Denkmälern) Figuren wie der tapfere kleine Trommler eine zentrale Rolle spielten. HCAs Selbstkommentar stellt (implizit) diesen Kontrast heraus: „Die Waldeinsamkeit [auf Schloß Frijsenborg in Jütland], der blumenreiche Garten, die gemütlichen Stuben des Schlosses sind in meiner Erinnerung mit dieser Dichtung verbunden, die hier aufkeimte, eine Blüte aus glücklichen Tagen."

395 *Der Sturm zieht mit den Schildern um* („Stormen flytter Skilt"). NEH 7/65. Wie für den vorigen Text ist auch hier die erste Idee bereits 1859 notiert. Der festliche Umzug der Handwerkergilden mit ihren Schildern, an den HCA im Selbstkommentar, in *Mein Lebensmärchen* und anderen Texten erinnert hat und der in Odense tatsächlich 1816 oder 1817 stattgefunden hatte, wird im Dänischen mit dem festen Terminus „at flytte Skilt" bezeichnet („Schilderumzug machen"), mit der der Titel spielt. Der vorletzte Satz verweist ironisch auf Kierkegaards *Der Augenblick*.

401 *Die Teekanne* („Theepotten"). Zuerst erschienen Dezember 1864, aufgenommen in *Samlede Skrifter*, Bd. 27, 1868. In einem dann nicht verwendeten Kapitel des Reisebuches *In Spanien* („I Spanien", 1863) hatte HCA den vorliegenden Text noch in eine spanische Szenerie einbetten wollen: in einem verfallenen Innenhof in Toledo entdeckt der Reisende unter allerlei Gerümpel den „alten Scherben" der Teekanne. Unter den Notizen zu dem geplanten Kapitel findet sich auch die Bemerkung: „in dem Märchen ist mehr von mir selbst als von Toledo" (nach: *Danske Studier* 1940, 124f.).

403 *Der Vogel des Volkslieds* („Folkesangens Fugl"). Zuerst veröffentlicht im *Folkekalender for Danmark* auf das Jahr 1865,

erschienen Dezember 1864, aufgenommen in *Samlede Skrifter*, Bd. 27, 1868. Der wenig beachtete Text (den HCA aus zwei zunächst unabhängig konzipierten, noch in der vorliegenden Fassung unterscheidbaren Teilen zusammengefügt hat) muß wohl im Zusammenhang von HCAs literarischen Programmschriften gelesen werden: als eine Art komplementärer Allegorie zu *Die Muse des neuen Jahrhunderts* und zu *Vogel Phönix*. Die Verschmelzung des Bildes vom altnordischen Skalden und dem ossianischen Sänger geht zurück auf das *Gedicht eines Skalden* des dänisch-deutschen Dichters Heinrich Wilhelm von Gerstenberg (1766), die in Dänemark die literarische wie auch die historiographische und archäologische Entdeckung der ‚heroischen' Vorzeit einleiteten. An deren (wie vermeintlich in Ossians Schottland) mündlich überlieferten ‚Volkes-Gesang' ist also hier bei „Folkesang" wohl eher zu denken als an das ‚Volkslied' der deutschen Romantik. Macphersons *Ossian* hatte der jütländische Dichter Steen Steensen Blicher (vgl. hier *Eine Geschichte aus den Dünen, Der Bischof von Börglum*, mit Kommentaren) ins Dänische übertragen.

408 *Die kleinen Grünen* („De smaa Grønne"). Zuerst veröffentlicht in *Nye Digtninger. Fortællinger og Digte af danske Forfattere*, hrsg. von Christian Winther 1868 (erschienen Dezember 1867), aufgenommen in *Samlede Skrifter*, Bd. 27, 1868. Die poetologische Geschichte über die „Blattläuse" als „Rosenbürger", die unmittelbar u. a. von den botanischen Interessen des Freundes Adolph Drewsen (vgl. hier *Das Schneeglöckchen*) angeregt wurde, geht zurück auf eine Idee, die zuerst in einer Passage der satirischen *Fußreise* ... formuliert wurde.

411 *Der Wichtel und die Madam* („Nissen og Madamen"). Zuerst veröffentlicht im *Folkekalender for Danmark* auf das Jahr 1868, erschienen Dezember 1867, aufgenommen in *Samlede Skrifter*, Bd. 27, 1868. Der Text greift in der Verbindung der volkstümlichen Gestalt des koboldhaften „Nisse" (dessen Streit mit dem Hofhund in Thieles *Dänischen Volkssagen*, ähnlich auch in fünischer Lokaltradition überliefert ist) und poetologischer Satire auf die frühere Geschichte *Der Wichtel beim Fettkrämer* (1852) zurück. Im Vergleich werden wesentliche Eigenarten des Spätstils sichtbar: die ans Manieristische reichende Vorliebe für (selbst-)ironische Gedankensprünge, Verletzungen zunächst scheinbar vorausgesetzter Genreregeln, Selbstreflexivität der Erzählung.

417 *Peiter, Peter und Peer* („Peiter Peter og Peer"). Zuerst veröffentlicht in dem Wochenblatt *Figaro*, Nr. 94 vom 12. 1. 1868, aufgenommen in *Samlede Skrifter*, Bd. 27, 1868. Entgegen HCAs Selbstkommentar wurde diese Erzählung (die die zuerst in *Suppe von einem Wurstspeiler* erprobte Struktur paralleler

Lebensgeschichten aufnimmt; vgl. Kommentar dazu) bereits 1867 begonnen. Seine Hervorhebung der harmonisch-familiären Entstehungsumstände (der Text sei geschrieben „in Zufriedenheit und guter Laune [...], wie sie eine glückliche Häuslichkeit spenden kann") beschönigt den langwierigen, die Veröffentlichung erheblich verzögernden Zank HCAs mit seinen großbürgerlichen Kopenhagener Förderern um „Unanständigkeiten" in der Erzählung – womit die Anspielungen auf die Störche und das Kinderkriegen gemeint waren.

424 *Bewahrt ist nicht vergessen* („Gjemt er ikke glemt"). NEH 8/66. Der Titel ist im Dänischen eine feste Redensart (vgl. „Aufgehoben ist nicht aufgeschoben"), mit der HCA schon im letzten Satz von *Das stumme Buch* (in umgekehrter Bedeutung) gespielt hatte. Das Thema von Vergänglichkeit und Vergessen, das HCA in komplexeren Texten wie *Die Muse des neuen Jahrhunderts*, auch *Ein Stück Perlenschnur* u. a., als die epochale Erfahrung einer Beschleunigung zentraler Lebensvorgänge erörtert hatte, wird hier in Anspielung auf die Bergpredigt (vgl. Mt 6, Verse 4, 6, 18) optimistischer behandelt. – Zufolge HCAs Selbstkommentar sind hier „drei Bilder gezeigt. Das erste nimmt sein Motiv aus Thieles *Volkssagen*; es wird von einer Burgfrau berichtet, die die Räuber bei der Hundehütte des Hofes an die Kette legen; von der Stelle an, als sie befreit wird, habe ich aus Eigenem hinzugedichtet. Das zweite Bild ist aus unserer Zeit. Die Begebenheit habe ich auf [Schloß] Holsteinborg [in Süd-Seeland] erlebt. Das dritte Bild mit der trauernden, armen Magd gehört auch zum Erlebten; aus dem eigenen Munde der Magd hörte ich, was hier niedergeschrieben ist." (Selbstkommentar) Das vermutlich zuerst geschriebene mittlere „Blatt" bezieht sich auf eine Episode, die HCA später auch in *Mein Lebensmärchen* geschildert hat. Das erste geht entgegen HCAs eigenen späteren Angaben nicht auf eine bei Thiele überlieferte Sage zurück, sondern auf eine (vielleicht fiktive) Bildbeschreibung in HCAs Roman *Nur ein Geiger*.

428 *Des Pförtners Sohn* („Portnerens Søn"). NEH 8/66. Während seines Besuches bei dem dänischen Generalkonsul (und Jugendfreund) Jorge O'Neill in der Nähe von Lissabon Anfang 1861 begann HCA mit der Arbeit an dieser (ausdrücklich so benannten) „Erzählung", die er erst Ende Oktober in Dänemark abschloß. Ihr Sujet ähnelt dem des kurz zuvor beendeten *Goldschatz* und des späten Romans *Glückspeter* („Lykke-Peer"), die die in den frühen Romanen eher pessimistisch erzählte Geschichte vom Künstler als Außenseiter (und umgekehrt) ins Optimistische wenden sollen. Anders als in diesen ‚parallelen' Texten enthält der vorliegende, der keine spezifisch märchenhaften Züge mehr aufweist, eine Fülle konkreter und für däni-

sche Zeitgenossen leicht wiedererkennbarer Details aus der Kopenhagener Gesellschaft; das „Komödienhafte" seiner Konstruktion wird in den letzten Absätzen selbstironisch reflektiert.

450 *Der Umzugstag* („Flyttedagen"). Zuerst veröffentlicht in *Illustreret Tidende* vom 12.2.1860, aufgenommen in NEH 8/66. Die erste Idee zu dieser düsteren Fortsetzung von *Der Türmer Ole* (s. d.) hatte HCA bereits 1855 in Briefen an Henriette Wulff als „eine Geschichte von ‚des Müllmanns Wagen'", dann als „Der Müllmann" skizziert. Die Verknüpfung von Todesbild und Müllwagen hatte HCA bereits in dem frühen Gedicht *Umzugstag im April* („Flyttedagen i April", 1830; vielleicht anspielend auf Henrik Hertz' Komödie *Der Umzugstag*, 1828) und in einem Kapitel des Romans *Die beiden Baronessen* erprobt.

456 *Das Schneeglöckchen* („Sommergjækken"). Zuerst veröffentlicht im *Folkekalender for Danmark* auf das Jahr 1863, erschienen Dezember 1862, gekürzt um die letzten knapp 20 Zeilen aufgenommen in NEH 8/66. Die dänische Bezeichnung für das „Schneeglöckchen", die wörtlich „Sommernarr" bedeutet (bezogen auf die trügerische Frühlingshoffnung), hatte HCAs Freund Adolph Drewsen (der sich, so HCAs Selbstkommentar, „mit Eifer und Innigkeit für die dänische Sprache einsetzt" und soeben einen entsprechenden Artikel in einer Gartenzeitschrift verfaßt hatte) dem Dichter Anfang 1862 als Märchen-Sujet vorgeschlagen. – Ambrosius Stub war der wichtigste und populärste Poet des dänischen Rokoko, der aus Kopenhagen fliehen mußte und unglücklich in der Provinz starb. Mit diesem Bezug rückt der Text in die Nähe anderer ‚Gedenk'-Geschichten (vgl. hier etwa *Ein Schwanennest, Zwei Brüder, Die alte Kirchenglocke*). Die Streichung der scherzhaften botanisch-terminologischen Diskussionen am Ende der ersten Fassung hebt diese Ausrichtung noch deutlicher hervor.

461 *Tantchen* („Moster"). NEH 8/66. Die Erzählung von der theatervernarrten Tante als komödiantischer Repräsentantin einer Kunst-Religion (in der man eine frühe und harmlosere Verwandte der kunstbesessenen Mille in *Tante Zahnweh* sehen könnte) spielt an auf eine Reihe populärer Opern-, Singspiel- und Drameninszenierungen des Königlichen Theaters (außer Gerstenbergs *Ugolino*, der dort nie aufgeführt wurde) und Kopenhagener Theaterklatsch.

468 *Die Kröte* („Skrubtudsen"). NEH 8/66. Wie *Des Pförtners Sohn* wurde dieses Märchen während HCAs Portugalreise Anfang 1866 in Setubal konzipiert und dann in Dänemark ausgearbeitet, zunächst unter dem Titel „Der Edelstein im Froschkopf". Das damit benannte Motiv des Volksglaubens verbindet sich hier

mit dem (jetzt religiös gedeuteten) des Widerspruchs von äußerer Häßlichkeit und innerem Adel, das HCA zuerst (auf das Künstlertum bezogen) im *Häßlichen Entenküken* entfaltet hatte, und dem Typus des satirisch-fabelartigen Tiermärchens (wie in *Der Mistkäfer*, *Die glückliche Familie*, *Auf dem Entenhof*).

478 *Des Paten Bilderbuch* („Gudfaders Billedbog"). Zuerst veröffentlicht in *Illustreret Tidende*, Nr. 434–436, Januar/Februar 1868, aufgenommen in *Samlede Skrifter*, Bd. 28, 1868. Die in HCAs Selbstkommentar ausführlich referierte Anregung des Archäologen Christian Jürgensen Thomsen, eine dramatisierte Geschichte Kopenhagens (nach dem Vorbild von Paul Meurices Schauspiel *Paris*, 1855) zu schreiben, wurde nach einigen Notizen 1856/1857 und 1859 erst 1867 ausgearbeitet, bereits unter dem jetzigen Titel. (Dessen „Pate" trägt autobiographische Züge des in Kopenhagen für seine selbst collagierten Bilderbücher bekannten Verfassers.) „Ich beschäftigte mich längere Zeit mit dieser [dramatischen] Dichtung, aber sie wurde mir zu gewaltig [...]. Ich gab das Ganze auf"; aus dem für das Drama vorgesehenen Material wurde dann aber das *Bilderbuch* konzipiert (so im Selbstkommentar). In mehreren Schüben und unter einigen Anstrengungen arbeitete HCA bis Ende Januar 1868 an dem Text. Neben der historischen Korrektheit (für die er überwiegend auf die 1855 erschienene Kopenhagener Stadtgeschichte von L. J. Flamand und Ludvig Holbergs dreibändige *Danmarks Riges Historie*, 1732–35, zurückgriff) legte er vor allem Wert auf eine sprachliche Gestaltung, die „kurz, klar und klangvoll" sein (Brief an den Odenser Bischof Engelstoft vom 24. 1. 1868) und also den in *Die Muse des neuen Jahrhunderts* proklamierten Maßstäben genügen sollte („kurz, klar, reich"). Patriotisch versichert sich der Text in Tableaus populärer dänischer Historienstoffe um das Zentralthema von Bedrohung und Bewährung jener nationalen ‚Identität', die in der nationalen Katastrophe von 1864 gerade ihre schlimmste Gefährdung erfahren hatte (von Absalons Stadtgründung über Christians II. Stockholmer Blutbad, Leonora Christina Ulfeldts Gefangenschaft, Griffenfelds Aufstieg bis zur zeitgenössischen kulturellen Blüte des mit Oehlenschlägers *Goldhörner*-Gedicht eröffneten, in Thorvaldsens Skulpturen und Ørsteds Naturphilosophie kulminierenden ‚Guldalder'). Zugleich liefert das *Bilderbuch* einen trotzig-optimistischen Gegenentwurf zum (z. T. dieselben Stoffe behandelnden) *Der Ehre Dornenpfad* (1856; vgl. Kommentar dazu).

513 *Die Lumpen* („Laserne"). Zuerst veröffentlicht im *Folkekalender for Danmark* auf das Jahr 1869, erschienen Dezember 1868, aufgenommen in EHF 5/1874. Die schon 1859 (zunächst unter dem Titel „Im Lumpenhaufen") entworfene Satire, die nur noch

sehr oberflächlich als ‚Dingmärchen' eingekleidet ist, behandelt wie *Elfenhügel* (1845) die kulturelle Emanzipation des 1814 (mit einer nach amerikanischem Vorbild konzipierten Verfassung) wieder selbständig gewordenen Norwegen und die Reaktionen der einstigen Vormacht Dänemark sowie den Kontrast widerstreitender Nationalismen mit dem vor allem von Studenten in Dänemark und Schweden vertretenen Skandinavismus, der die kulturelle und politische Zusammengehörigkeit der skandinavischen Länder betonte (und dessen feierlicher Höhepunkt der Krönung Oehlenschlägers zum skandinavischen „Dichterfürsten" durch Tegnér im Dom zu Lund war). Die norwegische Selbständigkeitsbewegung war in der Literatur vor allem von dem kühnen Experimentierer Henrik Wergeland proklamiert worden und wurde zu HCAs Zeit in patriotischer Steigerung von dem Sprachreformer Ivar Aasen vertreten (auf den im dänischen Text die Bezeichnung „Aas" für „Berg" anspielen könnte). Die satirische Stoßrichtung des Textes gilt dennoch wohl eher allgemein nationalistischen Strömungen in beiden Ländern als der norwegischen Literatur: Im Selbstkommentar hat HCA die zeitgenössischen Dichter der norwegischen Moderne wie Jonas Lie, Henrik Ibsen und (den mit HCA befreundeten) Bjørnstjerne Bjørnson von seiner Kritik ausdrücklich ausgenommen; eine nachgelassene Skizze würdigt auch Wergeland als den „Johannes der Dichtung in Norwegen" und proklamiert geradezu: „Norwegen, ja du bist die Zukunft der Dichtung."

516 *Vænö und Glænö* („Vænø og Glænø"). Zuerst veröffentlicht im Wochenblatt *Figaro*, Nr. 73 vom 18. 8. 1867, aufgenommen in *Samlede Skrifter*, Bd. 28, 1868. Die sagenhafte Volksüberlieferung, wonach die kleine Insel Glænø eines Tages von der (gleichfalls südlich der Insel Seeland vorgelagerten) Nachbarinsel Vænø geholt werden solle, wird hier durch die technisch kalkulierten Trockenlegungen gleichsam ‚modern' widerlegt, die Glænø mit Seeland verbinden sollten. Die Geschichte, die während der frühesten Planungen im Januar 1867 auf Gut Holsteinborg „anläßlich einer improvisierten Trinkrede" den aus Kopenhagen angereisten Ingenieuren vorgetragen und kurz darauf niedergeschrieben wurde (der Damm wurde erst 1881 gebaut), gehört also in den Zusammenhang von HCAs literarischen Auseinandersetzungen mit der technisch-industriellen Naturunterwerfung (vgl. hier vor allem *Ein Stück Perlenschnur*, *Die Muse des neuen Jahrhunderts*, *Die Dryade*, *Die große Seeschlange*).

519 *Wer war die Glücklichste?* („Hvem var den Lykkeligste?") Zuerst veröffentlicht in *Illustreret Tidende*, Bd. 9, Nr. 461 vom 26. 7. 1868, aufgenommen in NEH 9/72. Die zuletzt in *Peiter*,

Peter und Peer angewandte (dort wiederum dem Modell von *Suppe von einem Wurstspeiler* folgende) Struktur paralleler Lebensgeschichten wird hier noch einmal komplexer ausgestaltet. Das romantische Rosen-Motiv gehört zu HCAs auch in den fabelähnlichen Pflanzen-*Märchen* bevorzugten, vom *Rosenelf* (1839) bis zu *Die Schnecke und der Rosenbusch* (1861).

525 *Die Dryade* („Dryaden"). Mit dem Untertitel: *Ein Märchen von der Ausstellungszeit in Paris 1867* 1868 erschienen. Als einziger Text der *Märchen und Geschichten* wurde *Die Dryade* als selbständiger Band veröffentlicht. Die damit schon äußerlich markierte Sonderstellung kommt dem Text in mehrfacher Hinsicht zu: Er ist (neben *Die Eisjungfrau, Des Schlammkönigs Tochter* und *Eine Geschichte aus den Dünen*) eines der längsten „Märchen"; er kontrastiert in einzigartiger Konsequenz und Komplexität Erzählschemata und -traditionen von Mythos und Märchen mit denen der ‚modernen' realistischen Erzählung und der journalistischen Reportage; und er versucht damit zugleich Konzeptionen narrativ umzusetzen, die in der *Muse des neuen Jahrhunderts* proklamiert worden war. Im einzelnen vgl. dazu hier das Nachwort. – Die Entstehungsgeschichte wird (auch dies wohl programmatisch) in den Text eingezogen. Bereits 1866 aber hatte HCA während eines Paris-Aufenthaltes im Tagebuch notiert: „Es könnte ein Märchen über diese Bäume geschrieben werden, ihre Sehnsucht nach der Welt-Stadt und ihren baldigen Tod hier drinnen." (Tgb., Bd. VII, 84) Während seines Aufenthaltes in Paris zur Weltausstellung 1867, der bis dahin größten überhaupt, arbeitete er diesen Plan aus. Dabei konnte er Motive einzelner eigener *Märchen* ebenso wieder aufgreifen (vgl. das dryadenähnliche *Holundermütterchen*, die *Kleine Meerjungfrau*, auch den *Tannenbaum*; die ‚Technik'-Märchen von *Ein Stück Perlenschnur* bis zur *Neuen Muse*) wie die Erzählmuster seiner poetischen Reisebücher (vor allem *Eines Dichters Basar* und *In Schweden*) und Romane (vor allem der Identitätsproblematik in *Nur ein Geiger*). Im Hinblick auf diese Verschmelzung unterschiedlicher Sujets und Erzählverfahren könnte der schmale, dem Volksmärchensammler und langjährigen Freund J. M. Thiele gewidmete Band geradezu als eine Synthese des Andersenschen Spätwerks erscheinen. – Im Selbstkommentar schildert HCA die Entstehung der Idee zu diesem Text folgendermaßen: „Ich war im Frühling 1867 anläßlich der großen Weltausstellung nach Paris gefahren, wo mein Aufenthalt mich niemals früher oder später in gleichem Maße hingerissen und erfüllt hat wie angesichts dieses Zeitereignisses. Bei meiner Ankunft stand das Ausstellungsgebäude da und war eingeweiht; obwohl die Vorbereitungen noch nicht ganz abgeschlossen waren, war die Ausstellung dennoch gewaltig und

überwältigend. In Frankreich und in allen Ländern kündeten die Zeitungen von dieser Herrlichkeit. Ein dänischer Berichterstatter versicherte, daß keiner außer Charles Dickens imstande wäre, hiervon eine Schilderung zu geben. Es kam mir indessen so vor, als sollte das auch im Bereich meiner Fähigkeiten liegen; wie froh würde ich sein, wenn ich diese Aufgabe lösen könnte und Landsleute und Fremde das dann anerkennen müßten. Von diesem Gedanken erfüllt, sah ich eines Tages draußen auf dem Platz vor dem Hotel, in dem ich wohnte, einen abgestorbenen Kastanienbaum liegen. Dicht daneben hielt ein Fuhrwerk mit einem jungen, frischen Baum, der an diesem Morgen vom Lande hereingeholt worden war, um hier drinnen eingepflanzt zu werden. Die Idee zu einem Märchen von der Pariser Ausstellung lag in dem jungen Baum verborgen und wurde mir geschenkt; die Dryade winkte mir zu."

554 *Hühnergrethes Familie* („Hønse-Grethes Familie"). Zuerst in englischer Übersetzung veröffentlicht im amerikanischen *Riverside Magazine (Riverside Monthly Magazine for Young People)* November/Dezember 1869, dänisch in 3NEH/70. Der Stoff dieser Erzählung ist die Geschichte der (historischen) Frau Marie Grubbe, die in Jens Peter Jacobsens Roman *Fru Marie Grubbe* (1876) weltberühmt wurde. Schon 1824 hatte der große dänische Realist Steen Steensen Blicher sie in seiner (verspätet auch in Deutschland entdeckten) Meistererzählung *Bruchstücke aus dem Tagebuch eines Dorfküsters* behandelt. HCA hat behauptet, diesen Text nicht gekannt zu haben, was vielleicht nicht der Wahrheit entspricht (zumal er Blichers Werk häufiger als Anregung benutzt hat – vgl. hier zu *Eine Geschichte aus den Dünen* und *Der Bischof von Børglum* – und für den vorliegenden Text gelegentlich den Titel „Aus der Schublade des [gelegentlich: ‚alten'] Küsters" erwogen hat). Beide Texte greifen zurück einerseits auf volkstümliche Überlieferungen (u. a. in Thieles *Dänischen Volkssagen* festgehalten), andererseits auf einen kurzen Bericht in Ludvig Holbergs 89. *Epistel* (1748), den HCA 1869 durch einen Artikel in der *Historisk Tidsskrift* kennengelernt hatte. In seine Bearbeitung sind darüber hinaus lokale Gegebenheiten des von ihm als Aufenthaltsort bevorzugten seeländischen Herrenhauses Basnæs eingegangen, wo er die Erzählung im Frühjahr und Sommer 1869 schrieb.

571 *Was die Distel erlebte* („Hvad Tidselen oplevede"). Zuerst in englischer Übersetzung veröffentlicht im amerikanischen *Riverside Magazine*, Oktober 1869, dänisch in 3NEH/70. Der Text (des mittlerweile weltberühmten Verfassers) war wie neun weitere *Märchen und Erzählungen* seit *Hühnergrethes Familie* (1869) ausdrücklich zur *Erst*veröffentlichung im Londoner *Riverside Magazine* vorgesehen: „wenn [das Märchen] *dort* aufge-

nommen ist, kommt es auf dänisch" (an dessen amerikanischen Hrsg. Horace E. Scudder, 12. 7. 1869).

576 *Was man sich ausdenken kann* („Hvad man kan hitte paa"). Zuerst in englischer Übersetzung veröffentlicht im amerikanischen *Riverside Magazine*, Juli 1869, aufgenommen in 3NEH/70. Der Text, der Motive aus dem frühen satirischen Band *Fußreise* ... und den *Galoschen des Glücks* sowie Partien des Märchens *Die Kartoffeln* (1855, postum veröffentlicht) mit Berichten über den Aufstieg eines Schweizer Drechslers verbindet (die HCA laut seinem Selbstkommentar während einer Reise ins Juragebirge gehört hatte), wurde in den Kopenhagener Fastnachtstagen 1869 geschrieben. Obwohl er zu den späten poetologisch-programmatischen Erzählungen gehört und wie diese die Angst vor dem Versiegen der eigenen Phantasie voraussetzt (vgl. *Die Irrlichter sind in der Stadt*), resümiert er Maximen, die seit dem Frühwerk grundlegend für HCAs *Märchen* waren (vgl. etwa die *Galoschen*, den *Zinnsoldat*, den *Tannenbaum*).

581 *Das Glück kann in einem Stück Holz liegen* („Lykken kan ligge i en Pind"). Zuerst in englischer Übersetzung veröffentlicht im amerikanischen *Riverside Magazine*, April 1869, dänisch in *For Romantik og Historie*, Bd. 4, März 1870. Aufgenommen in NEH 9/72. „Während eines Sommeraufenthaltes im Juragebirge geschrieben. Hier hörte ich von einem armen Drechsler, der sich eines Tages, da der Knopf, der seinen Regenschirm immer zusammenhielt, allzu oft absprang, eine kleine hölzerne Birne drechselte, die, in eine Litze gesetzt, sich zum Zusammenhalten als praktischer erwies. Für die Regenschirme der Nachbarn drehte er nun auch ein paar kleine Birnen, und bald erhielt er aus Stadt und Land Bestellungen auf mehr von dieser Art, als einige Jahre vergangen waren, war er ein wohlhabender Mann. Dieses Ereignis gab den Anstoß zu der Geschichte *Das Glück kann in einem Stück Holz liegen.*" Entgegen HCAs Selbstkommentar ist diese Geschichte vom *self made man*, auch ein pragmatisch-kapitalistisches Gegenstück zur romantischen Künstler-Allegorie im *Häßlichen Entenküken*, 1868 in Kopenhagen geschrieben worden. Wie andere späte *Märchen* war sie (hier mit ausdrücklichen Hinweisen auf Amerika) für die Erstveröffentlichung in Scudders *Riverside Magazine* gedacht.

585 *Der Komet* („Kometen"). Zuerst in englischer Übersetzung veröffentlicht im amerikanischen *Riverside Magazine*, Juni 1869. Aufgenommen in NEH 9/72. Der 1869 geschriebene Text greift auf zwei unveröffentlichte frühere *Märchen*-Entwürfe zurück („Die Seifenblasen", 1867, „Unser alter Schulmeister", 1868). Das titelgebende Motiv hatte er zuerst 1835 in einem Gedicht desselben Titels behandelt.

592 *Die Wochentage* („Ugedagene"). Zuerst veröffentlicht in Christian Thorkilsen (Hrsg.): *Souvenir*, November 1868. Aufgenommen in NEH 9/72. Der Text, der im März des Schaltjahres 1868 geschrieben wurde (und zwar „auf Aufforderung und in Eile", Selbstkommentar), variiert noch einmal das Schema, das HCA bereits in *Die Geschichte des Jahres* und *Zwölf mit der Post* benutzt hatte.

595 *Sonnenscheingeschichten* („Solskins-Historiker"). Zuerst in englischer Übersetzung veröffentlicht im amerikanischen *Riverside Magazine*, Mai 1869, dänisch in *Fra nordiske Digtere, et Album 1869*, erschienen November 1869. Aufgenommen in NEH 9/72. Die Einleitung markiert den Text ironisch als Gegenstück zu Geschichten wie *Der Wind erzählt von Valdemar Daae*. Vor allem aber variiert er in größerer Abstraktion von biographischen Vorbildern das Schema der patriotisch-biographischen Bilderreihe (vgl. *Ein Schwanennest, Zwei Brüder*, auch das pessimistische *Der Ehre Dornenpfad*). Mögliche Vorbilder könnten auch hier wieder die Repräsentanten des dänischen *Guldalder* sein: Ørsted, Thorvaldsen, der Komponist J. P. E. Hartmann, in der vierten („Aschenputtel"-)Episode deutlich HCA selbst (vgl. *Das häßliche Entenküken*).

601 *Urgroßvater* („Oldefa'er"). Zuerst in englischer Übersetzung veröffentlicht im amerikanischen *Riverside Magazine*, August 1870, dänisch in *For Idé og Virkelighed*, Bd. II, September 1870. Aufgenommen in NEH 9/72. Diese (wie schon *Der Wassertropfen* und Passagen der *Muse des neuen Jahrhunderts*) zuerst durch Unterhaltungen mit Hans Christian Ørsted inspirierte, dann im Zusammenhang mit Plänen für das Kopenhagener Ørsted-Denkmal geschriebene späte ‚Technik'-Geschichte über Telegraphie und Photographie (vgl. *Die Muse des neuen Jahrhunderts, Die große Seeschlange*) wiederholt für das Thema der Kommunikationstechnik dieselbe Kontrastierung von Vergangenheit und industrialisierter Gegenwart, von der in *Ein Stück Perlenkette* die „alte Großmutter" im Hinblick auf die Verkehrsmittel erzählt hatte.

607 *Die Lichter* („Lysene"). Zuerst in englischer Übersetzung veröffentlicht im amerikanischen *Riverside Magazine*, Juli 1870, dänisch in *Den nye Almanak* auf das Jahr 1871, erschienen Oktober 1870. Aufgenommen in NEH 9/72. Die erste Notiz zur Kerzen-Geschichte stammt aus dem Jahr 1859. In einem Brief an seinen amerikanischen Förderer, den Kinderbuchautor und Herausgeber des *Riverside Magazine* Horace E. Scudder, datiert HCA mit diesem Text den Beginn einer neuen produktiven Phase, nachdem „die dichterische Quelle [...] so lange still lag (Brief vom 29. 3. 1970).

611 *Das Unglaublichste* („Det utroligste"). Zuerst in englischer

Übersetzung veröffentlicht im amerikanischen *Riverside Magazine*, September 1871, dänisch in *Nyt dansk Maanedsskrift*, 1. Band 1871. Mit wenigen Änderungen aufgenommen in NEH 9/72. Als ästhetische Parabel von Kunst und Vergänglichkeit gehört der von HCA selbst hochgeschätzte Text in die Reihe der ästhetischen (Selbst-)Reflexionen in HCAs Spätwerk (die technische Künstlichkeit erscheint dabei im Gegensatz zur *Nachtigall*, vielleicht resignativ, als Voraussetzung des Kunstwerks); als moralisches Gleichnis von Zerstörungswut und Frieden ist es mehrfach im Hinblick auf den Ausbruch des deutsch-französischen Krieges gelesen worden.

619 *Was die ganze Familie sagte* („Hvad hele Familien sagde"). Zuerst veröffentlicht in *For Romantik og Historie*, Band 5, September 1871. Aufgenommen in NEH 9/72. Der zunächst erwogene Titel „Das Leben ist das schönste Märchen" stellt den Text deutlich in die Nähe der verklärenden Autobiographie *Mein Lebensmärchen*; der Satz wandelt eine Eintragung von Carl Gustav Carus in HCAs Album (1846) ab, die HCA dann häufig selbst als Stammbucheintrag zitierte: „Das wunderbarste Mährchen [sic] ist das Leben des Menschen selbst." Die Figur des „Paten" ist wohl – wie in *Des Paten Bilderbuch* – als Selbstportrait HCAs zu lesen.

623 *„Tanze, tanze, Püppchen mein!"* („„Dandse, dandse, Dukke min!"") Zuerst unter dem Titel *Das Lied an die Puppen* („Sangen til Dukkerne") in *Illustreret Børneblad*, 1. Band, Nr. 4, 15. 11. 1871. Aufgenommen in NEH 9/72. Die kleine Skizze verbindet eine Reminiszenz an *Die Blumen der kleinen Ida* mit einem „Lied", dessen 1. Strophe HCA bereits im *Folkekalender for Danmark* auf das Jahr 1857 (erschienenen Dezember 1856) (anonym) veröffentlicht hatte und das seinerseits die Bearbeitung eines volkstümlichen Kinderliedes war. In der Gegenfigur der „Tante Male" deuten sich vielleicht schon Züge der *Tante Zahnweh* an.

625 *„Frag die Amagerfrau!" („„Spørg Amagermo'er!"")* Zuerst veröffentlicht in *Illustreret Børneblad*, 1. Band, Nr. 1, 1. 10. 1871. Aufgenommen in NEH 9/72. Abgesehen von dem vorangegangenen Text, der ein (früher geschriebenes) Gedicht in eine kurze Prosa-Erzählung einbettet, ist diese schon in *Ole Luköie* präludierte Bearbeitung eines alten Kinderreims das einzige seiner (häufig märchenhafte und volkstümliche Stoffe und Motive aufgreifenden) Gedichte, das HCA in die *Märchen und Geschichten* aufgenommen hat.

627 *Die große Seeschlange* („Den store Søslange"). Zuerst veröffentlicht in *Illustreret Tidende*, 13. Band, Nr. 638, 12. 12. 1871. Aufgenommen in NEH 9/72. Geplant in Salzburg 1869 unter dem Titel „Von Europa nach Afrika", dann im selben Jahr in

Nizza als „Was das Meer erzählt“ und „Der kleine Meeresfisch“, sollte dieses letzte der Technik-Märchen HCAs (über die Telegraphenverbindung zwischen Irland und Neufundland 1866) nach seinem Willen zuerst im amerikanischen *Riverside Magazine* veröffentlicht werden; es schien ihm „besonders für meine amerikanischen Leser“ geeignet (an Horace E. Scudder, 11. 10. 1971). Der Text „ist ein Gegenwartsmärchen, wie *Die Dryade* eins ist [vgl. hier auch den Kommentar dazu]. Die Entdeckung der Gegenwart und ihre Bewegungen liefern reichen Stoff zur Dichtung, und wenn mir die Augen dafür geöffnet worden sind, so verdanke ich es H. C. Ørsted.“ (Selbstkommentar) HCAs proklamierte Absicht, die Fische (für deren zoologisch korrekte Schilderung er biologische Fachliteratur konsultiert hatte) wie in seinen früheren fabelartigen Tiermärchen satirisch darzustellen (als gegenüber „der neuen Offenbarung“ der Technik borniert; an Bjørnson, 25.9. 1871), wird durch die Geschichte nur zum Teil eingelöst; vgl. dazu hier das Nachwort. – Das Thema der Telegraphie hatte HCA bereits in *Urgroßvater* behandelt.

639 *Der Gärtner und die Herrschaft* („Gartneren og Herskabet“). Zuerst in NEH 9/72. Die einzige noch nicht separat vorabgedruckte Erzählung in NEH 9/72 war zugleich die künstlerisch am sorgsamsten ausgebreitete (und wohl auch die gelungenste) der Sammlung; nach eigenen Angaben hatte HCA den erklärtermaßen zeitbezogenen Text mindestens fünfmal umgeschrieben. Die autobiographisch-werkgeschichtlichen Parallelen sind so offenkundig und verweisen auf so zentrale Probleme im Verhältnis von HCAs Werk zu seinen vermögenden Förderern, zur zeitgenössischen dänischen Gesellschaft und zu seinem Lesepublikum, daß der Literaturwissenschaftler Peer E. Sørensen ein vieldiskutiertes Buch über die Spannung von rebellierenden und affirmativen Tendenzen in HCAs Märchen mit einer Paraphrase des Märchentitels überschrieb: *Andersen og Herskabet*. Unabhängig von diesem großen Thema, das dem Text in den letzten Jahrzehnten zunehmende Aufmerksamkeit verschafft hat, lassen sich für eine Reihe gärtnerischer Details direkte Parallelen und Anregungen in den Tagebuchnotizen und Briefen des gartenverliebten HCA nachweisen.

648 *Der Floh und der Professor* („Loppen og Professoren“). Zuerst veröffentlicht im *Folkekalender for Danmark* auf das Jahr 1873, erschienen Dezember 1872, aufgenommen in EHF 5/74. Die abgründig satirische Erzählung, ein spätes Meisterstück wie *Der Gärtner und die Herrschaft* und *Tante Zahnweh*, greift vermutlich die Begegnung Henry Morton Stanleys mit David Livingstone auf (dessen kleine Tochter seit 1869 mit HCA korrespondierte), Stanleys sensationeller Bericht *How I Found Living-*

stone war 1872 mit großem Erfolg erschienen; zweitens kannte HCA die Berichte von der spektakulären Flucht des linksrepublikanischen Politikers Léon Gambetta aus dem belagerten Paris 1871 und hatte im selben Jahr Kopenhagener Ballonflüge nach Gambettas Vorbild beobachtet; drittens hatte während der Nordischen Industriemesse 1872 (die HCA mehrfach besuchte) ein Artist namens „Professor" Busch Aufsehen erregt; und viertens kannte HCA vielleicht auch Jules Vernes abenteuerlichen Afrika-Roman *Fünf Wochen im Ballon* (1863; vgl. hier auch *In Jahrtausenden*). Schon diese Kombination kolonialistischer, politischer und literarischer Anregungen mit der Jahrmarkts-Scharlatanerie ist signifikant für diesen Text der Kopenhagener „Stuck"-Jahre, der dänischen ‚Gründerzeit'. – In einer frühen Fassung hatte HCA den „Professor" seine Frau erschießen lassen.

654 *Was die alte Johanne erzählte* („Hvad gamle Johanne fortalte"). Zuerst in NEH 10/72. Begonnen unter dem Titel „Es saust durch den alten Baum", wurde diese im September 1872 geschriebene Erzählung (und nicht die später ans Ende der Sammlungen gestellte *Tante Zahnweh*) das letzte der *Märchen und Geschichten*, das HCA abschloß. Über die in HCAs Selbstkommentar (glaubwürdig) als Quelle genannten Odenser Kindheitserinnerungen hinaus sind zahlreiche autobiographische Details nachweisbar, die auch in anderen *Märchen und Geschichten* bearbeitet worden waren (namentlich die erotischen Enttäuschungen seines Lebens und die religiösen Anfechtungen, von denen in den späten Tagebüchern zunehmend die Rede ist). Die „alte Johanne" hat (als Johanne Marie Jantzen) in HCAs Kindheit tatsächlich als ‚weise Frau' in Odense gelebt.

673 *Der Hausschlüssel* („Portnøglen"). Zuerst in NEH 10/72. „Es ist gar nicht so viele Jahre her, daß auch in Kopenhagen das ‚Tischerücken' eine gewisse Rolle spielte. [...] In Deutschland auf einem größeren Gut bei klugen, aufgeklärten Menschen machte ich die Bekanntschaft mit Schlüsselgeistern." (Selbstkommentar) Im Mai 1854 hatte HCA im Herrenhaus Maxen bei Dresden an einem spiritistischen Experiment teilgenommen, bei dem ein (als Geister-Medium) sprechender Türschlüssel im Mittelpunkt stand (vgl. Tagebuch IV, 133). Die „neue Wissenschaft", der er damals noch Glauben geschenkt hatte, erscheint in diesem ‚Dingmärchen' (schon im Blick auf die fabelartig-satirische Tradition des Genres in HCAs eigenem Werk) ironisch gebrochen. (Ein Zusammenhang dieses Textes mit den Geisterbeschwörungen in Thomas Manns *Zauberberg* scheint zumindest denkbar.)

687 *Der Krüppel* („Krøblingen"). Zuerst in NEH 10/72. Angeregt von dem französischen Märchen vom „Holzhacker und seiner

Frau“, das in Christian Molbechs *Ausgewählten Märchen und Volksdichtungen* 1843 in dänischer Sprache erschienen war, schrieb HCA diese Geschichte zunächst unter dem entschieden weniger provokativen Titel „Das Märchenbuch“. Seine Anteilnahme an dem Stoff verdankte sich wohl auch der Begegnung mit einer verkrüppelten Frau, der er 1870 bei einer (vom Herrensitz Holsteinborg abhängigen) Arbeiterfamilie begegnet war (vgl. Tgb. VIII, 388f.); die Zugehörigkeit zu der langen Reihe von Außenseiter-Darstellungen in HCAs *Märchen und Erzählungen* ist offenkundig. Im Selbstkommentar hat HCA diese Erzählung besonders herausgestellt: „Die Geschichte vom *Krüppel*, eine der allerletzten, die ich geschrieben habe und vielleicht schreibe, gehört nach meiner Meinung zu dem Gelungensten, was ich hervorgebracht habe, und als eine Art Verherrlichung der Märchendichtung könnte sie vielleicht passenderweise die ganze Sammlung abschließen.“

698 *Tante Zahnweh* („Tante Tandpine“). Zuerst in NEH 10/72. Über zwei Jahre arbeitete HCA an diesem Text, den er gelegentlich auch als „Tante Mikkes Zähne“, „Tante Zahnwehs Traum“ und „Zahnweh“ nennt. Das Motiv vom Dichter und seiner Tante taucht zuerst, in fabelartiger Gestalt, in der frühen satirischen *Fußreise* ... auf; jüngere Vorgängerinnen in seinem Werk sind das *Tantchen* in der gleichnamigen Geschichte und „Tante Male“ in *„Tanze, tanze, Püppchen mein“*. Die Schärfe der Darstellung und die Abgründigkeit des selbstironischen Spiels mit poetologischen, philosophischen und religiösen Konzepten früherer Texte (vom *Wichtel beim Speckhöker* über die religiösen Parabeln bis zur *Muse des neuen Jahrhunderts*), mit autobiographischen und zeitkritischen Beziehungen geben dieser (in der HCA-Rezeption seit einigen Jahren zunehmend beachteten) Künstler-Erzählung eine zentrale Bedeutung in HCAs Spätwerk. Wohl auch deshalb hat er sie als die zuletzt geschriebene Erzählung ausgegeben (tatsächlich war das *Was die alte Johanne erzählte*) und ans Ende seiner Sammlungen gestellt. Wie häufig im Spätwerk, ist unabhängig davon das titelgebende Motiv ganz autobiographisch-konkret: „Es geht um Zahnschmerzen und falsche Zähne, ich muß ja zusehen, daß ich etwas aus den Plagen mache, die mir auferlegt sind“, schrieb der notorisch von Zahnweh geplagte und lebenslang als Hypochonder verspottete HCA an Henriette Collin (24. 6. 1870). Michael Maar hat gezeigt, wie die *Satania infernalis*-Sequenz dieses Textes modellbildend für die Teufelserscheinung in Thomas Manns *Doktor Faustus* geworden ist.

Literaturhinweise

Die folgenden Hinweise beschränken sich auf neuere Andersen-Beiträge, die deutschsprachigen Lesern verhältnismäßig leicht zugänglich sind. Sie sollen lediglich Anregungen zur weiterführenden Lektüre geben und erheben keinerlei repräsentativen Anspruch. Einen vollständigen Überblick über die internationale Andersen-Forschung vermitteln die von Aage Jørgensen redigierten chronologischen Bibliographien *H. C. Andersen Litteraturen* (zuerst: *H. C. Andersen Litteraturen 1875–1968,* Århus 1970, dazu: *H. C. Andersen Litteraturen. Tilsføjelser og rettelser: Supplement 1875–1968,* Kopenhagen 1973, kontinuierlich fortgeführt in der vom H. C. Andersen-Haus Odense hrsg. Zeitschrift *Anderseniana*). Hinweise auf die maßgeblichen Ausgaben der Schriften Andersens und wichtige Übersetzungen gibt Elias Bredsdorff im Anhang zu seiner Biographie (s. u.); hinzuzufügen wären neuerdings vor allem Gisela Perlets Neuübersetzungen *Ausgewählter Werke in Einzelausgaben* bei Kiepenheuer, Leipzig/Weimar, die von Mogens Brøndsted und Johan de Mylius besorgten kommentierten Neuausgaben von *Fodreise, Skyggebilleder* sowie der drei Romane *Improvisatoren, O. T.* und *Kun en Spillemand* in der Reihe *Danske Klassikere,* Kopenhagen 1986–88, sowie die Auswahl *Aus Andersens Tagebüchern,* hrsg. und aus dem Dänischen übertragen von Heinz Barüske. 2 Bde., Frankfurt/M. 1980. Außerdem sei hingewiesen auf die zweisprachig dänisch/englisch erscheinende kleine Schriftenreihe des H. C. Andersen-Zentrums der Universität Odense: *Publikationer fra H. C. Andersen-centret.*

Leif-Ludwig Albertsen: Die Deutschen und ihr Märchendichter Andersen. In: Anderseniana, 3. Reihe, I. Band (1970), S. 71–87.

Elias Bredsdorff: Hans Christian Andersen. Des Märchendichters Leben und Werk. München 1980 u. ö. (Zuerst engl. 1977.)

Jørgen Breitenstein u. a.: H. C. Andersen og hans kunst i nyt lys. Odense 1976.

Sven Dahl/Helge Topsøe-Jensen (Hrsg.): Ein Buch über den dänischen Dichter Hans Christian Andersen, sein Leben und sein Werk. Kopenhagen 1955.

Heike Depenbrock/Heinrich Detering: Der Tod der Dryade und die Geburt der neuen Muse. In: Kurt Braunmüller/Mogens Brøndsted (Hrsg.), Deutsch-nordische Begegnungen. Odense 1991, S. 366–390.

Heinrich Detering: Das offene Geheimnis. Zur literarischen Produktivität eines Tabus von Winckelmann bis zu Thomas Mann. Göttingen 1994.

Bernhard Glienke u. a.: Literarische Interpretation. (Zu H. C. An-

dersens *Der Schatten.*) In: Otmar Werner (Hrsg.), Arbeiten zur Skandinavistik. Frankfurt/M. 1989, S. 491–547.
Wilhelm Heizmann: Der Schlammkönig und seine Tochter. Mythos, Psychologie und Erzählverfahren in H. C. Andersens *Dynd-Kongens Datter.* In: skandinavistik 25 (1995), S. 20–34.
Volker Klotz: Das europäische Kunstmärchen. Fünfundzwanzig Kapitel seiner Geschichte von der Renaissance bis zur Moderne. Stuttgart 1985.
Wolfgang Lederer: The Kiss of the Snow Queen. Hans Christian Andersen and Man's Redemption by Woman. Berkeley/Los Angeles/London 1986.
Michael Maar: Geister und Kunst. Neues aus dem Zauberberg. München 1995.
Ivy York Möller-Christensen: Det gyldne Trekant. H. C. Andersens gennembrud i Tyskland 1831–1850 med tilhørende bibliografi. Odense 1992. (Mit Bibliographie und deutscher Zusammenfassung.)
Johan de Mylius: H. C. Andersen, Livs-Chronik. Kopenhagen 1993.
Johan de Mylius/Aage Jørgensen/Viggo Hjørnager Pedersen (Hrsg.): Andersen og Verden/Andersen and the World. Papers from the First International Hans Christian Andersen Conference 1991. Odense 1993.
Erling Nielsen: Hans Christian Andersen in Selbstzeugnissen und Bilddokumenten. Hamburg 1958 u. ö.
Erling Nielsen: Nachwort. In: H. C. Andersen, Sämtliche Märchen in zwei Bänden. München 1959, S. 713–761.
Karin Pulmer: Brüchige Integration. H. C. Andersen und die Lateinschule. In: skandinavistik 14 (1984), S. 36–50.
Paul V. Rubow: H. C. Andersens Eventyr. Kopenhagen, 3. Auflage 1967.

1805 Hans Christian Andersen wird in Odense geboren, er wächst in ärmlichen Verhältnissen auf.
1816 Tod des Vaters.
1818 Wiederverheiratung der Mutter.
1819 Konfirmation. Andersen reist völlig mittellos nach Kopenhagen.
1820–21 Schüler der Tanz- bzw. der Gesangschule des Königlichen Theaters.
1822 *Jugendliche Versuche* (Pseudonym William Christian Walter).
1822–27 Beginn der lebenslangen Unterstützung durch Jonas Collin; Schüler der höheren Schulen von Slagelse und Helsingör.
1827 In Kopenhagen private Vorbereitung auf das Abitur (1828). Gedicht *Das sterbende Kind.*
1829 Zweites Examen. Andersen schlägt die schriftstellerische Laufbahn ein. Satirisches Reisebuch *Fußreise vom Holmens Kanal zur Ostspitze von Amager. Liebe auf dem Nicolaj Turm.*
1830 Reise nach Fünen und Jütland. Liebe zu Riborg Voigt. *Gedichte.*
1831 Deutschlandreise. Begegnung mit Tieck. *Phantasien und Skizzen. Schattenbilder von einer Reise in den Harz und die sächsische Schweiz.* Liebe zu Ludvig Müller.
1832 *Lebensbuch* (gedruckt 1926).
1833 In Paris Zusammentreffen mit Cherubini, Heine, Hugo; in Rom Freundschaft mit Thorvaldsen; Tod der Mutter. *Agnete und der Wassermann* (Schauspiel). Krise in der Freundschaft mit Edvard Collin.
1834 Rückreise aus Italien: Bekanntschaft mit Grillparzer und Schelling.
1835 Literarischer Durchbruch. *Der Improvisator* (Roman). *Märchen, für Kinder erzählt, 1. Heft* und *2. Heft.*
1836 *Auseinandergehen und sich begegnen. O. Z.* (Roman).
1837 Reise nach Schweden. *Märchen, für Kinder erzählt, 3. Heft. Nur ein Spielmann* (Roman).
1838 Jährliche Dichtergage des dänischen Königs. *Drei Dichtungen. Märchen, für Kinder erzählt, Neue Sammlung, 1. Heft.* Kierkegaards Andersen-Studie.
1839 *Märchen, für Kinder erzählt, Neue Sammlung, 2. Heft. Bilderbuch ohne Bilder.*
1840 Zweite Schwedenreise. Werbung um Jenny Lind. Aufent-

halt in Rom. *Der Mulatte. Das maurische Mädchen* (Schauspiele).

1841 Reise von Rom über Malta nach Athen, Smyrna, Konstantinopel, Rückreise über den Balkan nach Wien.

1842 *Eines Dichters Bazar* (Reisebuch). *Märchen, für Kinder erzählt, Neue Sammlung, 3. Heft.*

1843 In Paris Zusammentreffen mit Hugo, Heine, Balzac, Dumas père. *Neue Märchen, Erster Band, 1. Sammlung.*

1844 Deutschlandreise. *Die neue Wochenstube* (Komödie). *Neue Märchen, Erster Band, 2. Sammlung.* Enge Freundschaft mit dem Großherzog Carl Alexander von Sachsen-Weimar.

1845 *Neue Märchen, Erster Band, 3. Sammlung.*

1846 Ausgedehnte Reisen in Europa. *Gedichte, alte und neue.*

1847 Reise durch England und Schottland, in London Besuch bei Charles Dickens. *Das Märchen meines Lebens ohne Dichtung* (Autobiographie). *Neue Märchen, Zweiter Band, 1. Sammlung.* Libretto zu Hartmanns populärer Oper „Klein Kirsten".

1848 *Neue Märchen, Zweiter Band, 2. Sammlung. Die beiden Baronessen* (Roman).

1849 Schwedenreise.

1850 *Ole Luköie*, Märchenspiel.

1851 In den nächsten 20 Jahren wiederholte Reisen nach Deutschland, Italien und in die Schweiz. *Vaterländische Verse und Lieder. In Schweden* (Reisebuch).

1852 *Erzählungen, 1. Sammlung* und *2. Sammlung.* Erste Begegnung mit Ibsen.

1855 *Das Märchen meines Lebens* (Autobiographie).

1857 *Sein oder Nichtsein* (Roman).

1858 *Neue Märchen und Erzählungen, Erster Band, 1. Sammlung. Neue Märchen und Erzählungen, Erster Band, 2. Sammlung.*

1859 Reise durch Jütland. *Neue Märchen und Erzählungen, Erster Band, 3. Sammlung. Neue Märchen und Erzählungen, Erster Band, 4. Sammlung.*

1860 Ausgedehnte Deutschlandreise.

1861 Italienreise, in Rom Begegnung mit Bjørnson und Elizabeth Barrett-Browning. Tod von Jonas Collin. *Neue Märchen und Erzählungen, Zweite Reihe, 1. Sammlung. Neue Märchen und Erzählungen, Zweite Reihe, 2. Sammlung.*

1862 Spanienreise.

1863 *In Spanien* (Reisebuch).

1865 *Neue Märchen und Erzählungen, Zweite Reihe, 3. Sammlung.*

1866 Ernennung zum Ehrenbürger von Odense. *Bekannte und*

	vergessene Gedichte. Reise in die Niederlande und nach Portugal.
1867	Reise zur Pariser Weltausstellung.
1868–70	Märchenübersetzungen und Erstveröffentlichungen in den USA.
1868	*Ein Besuch in Portugal* (Reisebuch). *Die Dryade.* Erste Begegnung mit Georg Brandes.
1869	*Drei neue Märchen und Erzählungen.* Ausgedehnte Frankreich-Reise.
1870	*Glücks-Peer* (Roman). Zunehmende Depressionen.
1871	Norwegenreise, Besuch bei Bjørnson.
1872	*Neue Märchen und Erzählungen, Dritte Reihe, 1. Sammlung* und *2. Sammlung.* Beginn der Erkrankung.
1875	2. April 70. Geburtstag, nationale und internationale Feierlichkeiten. 4. August Tod Andersens in Kopenhagen.

Alphabetisches Verzeichnis sämtlicher Märchen

Inhalt des zweiten Bandes